हिन्द पॉकेट बुक्स

अभी, यहीं, यह

सूफ़ी बोध-कथाओं पर प्रवचन

ओशो, जिन्हें भगवान श्री रजनीश, ओशो रजनीश, या केवल रजनीश के नाम से भी जाना जाता है, एक भारतीय विचारक, धर्मगुरु और रजनीश आंदोलन के प्रणेता-नेता थे। उनका असली नाम चंद्र मोहन जैन था, लेकिन लोगों ने उन्हें 'ओशो' बना दिया। यह शब्द लैटिन भाषा के 'ओशनिक' शब्द से लिया गया है जिसका अर्थ है, सागर में विलीन हो जाना।

अपने संपूर्ण जीवनकाल में आचार्य रजनीश को एक रहस्यदर्शी, गुरु और आध्यात्मिक शिक्षक के रूप में देखा गया। वे धार्मिक रूढ़िवादिता के बहुत कठोर आलोचक थे। 1960 के दशक में उन्होंने पूरे भारत में एक सार्वजनिक वक्ता के रूप में यात्रा की और वे समाजवाद, महात्मा गाँधी और हिंदू धार्मिक रूढ़िवाद के प्रखर आलोचक रहे। उन्होंने मानव कामुकता के प्रति ज्यादा खुले रवैये की वकालत की, जिसके कारण वे भारत तथा पश्चिमी देशों में भी आलोचना के पात्र रहे, हालाँकि बाद में उनका यह दृष्टिकोण अधिक स्वीकार्य हो गया।

अभी, यहीं, यह

सूफ़ी बोध-कथाओं पर प्रवचन

ओशो

हिन्द पॉकेट बुक्स
पेंगुइन रैंडम हाउस इम्प्रिंट

हिन्द पॉकेट बुक्स

यूएसए | कनाडा | यूके | आयरलैंड | ऑस्ट्रेलिया | सिंगापुर
न्यू ज़ीलैंड | भारत | दक्षिण अफ्रीका | चीन

हिन्द पॉकेट बुक्स, पेंगुइन रैंडम हाउस ग्रुप ऑफ़ कम्पनीज़ का हिस्सा है,
जिसका पता global.penguinrandomhouse.com पर मिलेगा

पेंगुइन रैंडम हाउस इंडिया प्रा. लि.,
चौथी मंजिल, कैपिटल टावर -1, एम जी रोड,
गुड़गांव 122 002, हरियाणा, भारत

पेंगुइन
रैंडम हाउस
इंडिया

प्रथम संस्करण हिन्द पॉकेट बुक्स द्वारा 2011 में प्रकाशित
यह हिन्दी संस्करण हिन्द पॉकेट बुक्स में पेंगुइन रैंडम हाउस द्वारा 2023 में प्रकाशित

10 9 8 7 6 5 4 3 2

ISBN 9788121620697

मुद्रकः रेप्रो इंडिया लिमिटेड

www.penguin.co.in

FSC
www.fsc.org
MIX
Paper from
responsible sources
FSC® C047271

This is a legitimate digitally printed version of the book and therefore might not have certain extra finishing on the cover.

क्रम

प्रवचन एक

सात घाटियाँ

उस जगह कभी एक स्त्री रहती थी, जिस धर्म में पलकर वह बड़ी हुई थी, उसने उस धर्म का परित्याग कर दिया। उसने ईश्वर पर विश्वास करने तक की मर्यादा तोड़ दी, और एक दूसरे पंथ पर विश्वास करने लगी। तब वह फिर एक दूसरे पंथ से प्रभावित हो गई। हर बार जब वह अपने विश्वास और पंथ बदलती थी, वह कल्पना करती थी, कि उसने कुछ चीज प्राप्त तो कर ली है, लेकिन फिर भी वह यथेष्ट नहीं है। हर बार जब वह नये पंथ में प्रविष्ट होती थी, उसका स्वागत किया जाता था और उसका सम्मिलित होना शुभ माना जाता था।उसे उसकी समझ और बोध का एक प्रतीक माना जाता था। यद्यपि उसके अंदर, एक प्रकार के भ्रम की स्थिति बनी रहती थी।

अंत में, उसने एक विशिष्ट और प्रसिद्ध सद्गुरु, इमाम जफर सादिक के बारे सुना, और वह उससे भेंट करने गई। उस स्त्री के मतभेदों भरे विचारों को सुनने के बाद उसने कहा :

तुम अपने घर जाओ, मैं तुम्हें अपने निर्णय का संदेश वहीं पहुंचा दूंगा।

इसके बाद शीघ्र ही उस स्त्री ने अपने दरवाजे पर इमाम के एक शिष्य को पाया। उसके हाथ में सदगुरु द्वारा भेजा गया एक पैकेट था।

जब उसने उसे खोला तो देखा कि उसमें एक कांच की बोतल रखी थी, जिसमें काली, लाल और सफेद रेत की तीन तहें उसके आधे भाग तक बिछी थीं और उसके मुंह पर रूई की डाट लगी थी।

बोतल के बाहर लिखा हुआ था – रूई को हटाकर इस बोतल को हिलाओ, और वह देखकर तुम समझ जाओगी कि तुम्हारी स्थिति ठीक इसी जैसी है, उसने बोतल में से रूई निकालकर बोतल में रखी रेत को हिलाया। अलग-अलग रंगों के रेत के कण एक दूसरे में मिल गये। और उसके लिए अंत में जो कुछ रह गया, वह भूरे रंग की रेत का एक ढेर भर था।

मनुष्य एक विरोधाभास है। मनुष्य ही केवल एक ऐसा प्राणी है, केवल ऐसा जीवित अस्तित्व, जो विरोधाभासी है – और यही मनुष्य का अनूठापन है। मनुष्य

ऐसा विशिष्ट प्राणी है, जो अपने अंदर गहरे में विरोधाभासी है। अन्य सभी पशु और प्राणी विरोधाभासी प्रकृति के नहीं हैं।

एक वृक्ष, वृक्ष है, और एक कुत्ता, एक कुत्ता। लेकिन मनुष्य कभी भी एक जैसी स्थिति में नहीं होता। वह निरन्तर कुछ हो रहा है, उसमें कुछ विकसित हो रहा है। मनुष्य सदा अपने आप से होकर गुज़र रहा है, और यही है उसका विरोधाभास। और यह शुरू ही से उसकी केन्द्रीय प्रवृत्ति है। यह कोई संयोगवश नहीं है, बुनियादी रूप से वह ऐसा ही है। एक बार तुम इस विरोधाभास को समझ जाओ, तो तुम्हें मनुष्य होने के बारे में कि मनुष्य क्या होता है, पहिली झलक दिखाई देगी।

मनुष्य हमेशा कुछ बनने या होने की एक योजना या उपाय है। उसके अस्तित्व में, होना और बनना है – यही विरोधाभास है। वह हमेशा जो कुछ वह था, और जो कुछ वह बनने जा रहा है, उसके मध्य में बना रहता है वह हमेशा अपने अतीत और भविष्य के बीच में रहता है – अतीत और भविष्य के दो अनंत छोरों के मध्य वह एक लटकता हुआ पुल है। वह उससे होकर गुजर रहा है, निरन्तर गुजर रहा है। मनुष्य जो भी कुछ है वह उससे कभी भी संतुष्ट नहीं होता, वह उसके पार जाने का प्रयास करता है, हमेशा उससे भी आगे जाने की कोशिश करता है। वह जो कुछ भी कर रहा है, बुनियादी रूप से उसका सारा प्रयास यही है कि कैसे कुछ और अधिक बना जाए, कुछ चीज इससे भी बेहतर या ऊंची की जाये।

मनुष्य एक प्रगति है, वह एक पथिक है, एक यात्री है – और उसका जीवन एक तीर्थयात्रा है, कभी न समाप्त होने वाली तीर्थयात्रा, जो चलती ही चली जाती है। एक कुत्ता उत्पन्न होता है, एक वृक्ष उगता है...वृक्ष जन्मता है, अपने वृक्ष होने के सभी चरित्रगत गुणों के साथ, एक कुत्ता पैदा होता है अपने कुत्तेपन के साथ। मनुष्य किसी दिए गए तथ्य की भांति नहीं है, वह केवल एक सम्भावना और सम्भावित शक्ति लेकर उत्पन्न होता है। मनुष्य बिल्कुल कोरा ही उत्पन्न होता है एक शून्यता की भांति, उस पर कुछ भी नहीं लिखा होता।

सभी दूसरे प्राणियों के पास उनकी एक विशिष्ट अंतर्निहित प्रकृति और आत्मा होती है। मनुष्य में ठीक इसका उल्टा होता है। वह अस्तित्व में पहिले आता है और बाद में वह अपने अंतर्निहित स्वभाव की खोज करना शुरू करता है। दूसरे पशुओं में उनका अंतर्निहित स्वभाव पहिले प्रकट होता है और वे अस्तित्व में उसके बाद आते है। पहिले से ही एक पूर्व निश्चित कार्यक्रम वे अपने साथ ही लाते हैं। वे कभी विकसित नहीं होते, वे ठीक वैसे ही बने रहते हैं। इसी वजह

से वे इतने निर्दोष दिखाई देते हैं, इतने अधिक बेफ्रिक और बिना किसी तनाव के। एक गाय की आंखों में झांककर देखो – कितनी शांतिपूर्ण, और शांत हैं वे। उनमें कोई उत्कंठा, कोई वेदना और कहीं कोई परेशानी नहीं। अब ज़रा मनुष्य की आंखों में झांककर देखो। वे हमेशा मलिन और सोच-विचार में पड़ी होंगी। वे हमेशा एक व्यथा या वेदना से कंपती रहती हैं। उनका कांपना इसलिए है – 'क्या मैं उसे बनाने जा रहा हूं या नहीं? वे कंपती रहती है; क्या मैं स्वयं को ही खोजने में समर्थ हो सकूंगा अथवा नहीं? और वह इसलिए कांपती रहती है

"प्रत्येक स्थिति में क्या मैं पूर्ण विकसित हो सकूंगा अथवा अधूरा रह जाऊंगा।"

सभी जानवर परम विश्राम में रहते हैं, जब कि मनुष्य तनाव में रहता है। यह उसका गौरव भी है और यह उसकी व्यथा भी। यह उसकी महिमा भी है, और यह उसकी समस्या भी। यह उसका गौरव इसलिए है क्योंकि वह स्वयं को सृजित करने में समर्थ है – वह परमात्मा है। और यह उसकी व्यथा भी है क्योंकि हमेशा उसके असफल होने की भी सम्भावना है, हो सकता है वह स्वयं को बनाने में समर्थ न हो सके। कौन जानता है? उसका गौरव है, क्योंकि वह स्वतंत्र है-उस पहिले से किसी पूर्व निश्चित कार्यक्रम के साथ नहीं भेजा गया है। उसे कोई नक्शा नहीं दिया गया है पहिले से, और न कोई पहिले से उसे कोई आदेश दिया गया है।

मनुष्य ही केवल एक ऐसा प्राणी है, जो किसी के आदेशों द्वारा नियंत्रित और निर्देशित नहीं होता। वह इस संसार में कोरा और रिक्त आता है और अपने अस्तित्व को टटोल कर खोजने की शुरुआत करता है। मनुष्य होना एक जोखिम से भरा हुआ दुःसाहस है।

लेकिन जोखिम उठाने में एक अनिश्चितता; असुरक्षा और असफलता का भय भी होता है। कोई भी हमेशा गलत दिशा में भी जा सकता है। इस बारे में गलत जाने की सम्भावना अधिक होती है, और ठीक दिशा में जाने की कम। वहां अनेक मार्ग होते है – उनमें केवल एक मार्ग ही ठीक होता है। तुम हमेशा व्यग्र होते हो, और तुम जो भी रास्ता चुनते हो वह अनिश्चय से चुनते हो, क्योंकि तुम कभी सुनिश्चित नहीं हो सकते – कि प्रत्येक स्थिति में वह मार्ग तुम्हें लक्ष्य तक ले जायेगा, अथवा तुम्हारा अंत किसी ऐसी तंग, और बंद गली में होगा, जहां रास्ता बंद हो जाता है, हो न हो वह तुम्हें कहीं भी न पहुंचाये अथवा तुम्हारा अंत एक मरुस्थल में हो।

मनुष्य का गौरव उसकी स्वतंत्रता है : जो वह स्वयं सृजित कर सकता है,

क्योंकि वह स्वयं ही जो चाहे बन सकता है, उसे किसी चीज के लिए विवश नहीं किया जा सकता। और मनुष्य की वेदना यही है कि वह निश्चित नहीं हो सकता है, इस बारे में कभी निश्चित नहीं हो सकता कि वह ठीक मार्ग पर ही चल रहा है और वह जो कुछ भी कर रहा है वह अर्थपूर्ण है अथवा नहीं।

मनुष्य ही अकेला एक ऐसा प्राणी है, जो पागल होता है। उसके पास सामना करने के लिए, उनको सुलझाने और उनके पार जाकर विकसित होने के लिए बहुत सी समस्याएं होती हैं। यह पहिली चीज है जो मैं तुम्हें समझाना चाहता हूं।

कभी बहुत पहिले एक महान सूफ़ी सद्गुरु था सभी कालों के सद्गुरुओं में महानतम सद्गुरु – उसका नाम था – अल ग़ज़ाली। वह कहता था – "मनुष्य के विकास के मार्ग पर, मनुष्य से विकसित होकर फरिश्ता बनने के लिए, मनुष्य में छिपी सम्भावित शक्ति से वास्तविक मनुष्य बनने तक और सम्भावनाओं से वास्तविकता के मध्य, वहां सात घाटियाँ हैं, और यह सातों घाटियाँ अत्यधिक महत्वपूर्ण हैं। इन्हें समझने का प्रयास करो, क्योंकि तुम्हें इन सातों घाटियों से होकर गुजरना होगा। प्रत्येक व्यक्ति को इन सातों घाटियों से होकर गुजरना होता है।"

यदि तुम ठीक से समझ जाओ कि तुम्हें एक घाटी के साथ करना क्या है, तो तुम उसके पार जाने में समर्थ हो सकोगे, और तुम शिखर को भी प्राप्त कर सकोगे – क्योंकि प्रत्येक घाटी चारों ओर से पर्वतों से घिरी हुई है। यदि तुम घाटी के जाल में उलझे बिना, उससे होकर गुजर जाओ, यदि तुम घाटी के आकर्षणों से आसक्त होकर उसमें खो न जाओ, यदि तुम उससे पृथक, निरासक्त एक साक्षी बनकर रहो और यदि तम्हें सदा यह याद रहे कि यह तुम्हारा घर नहीं है और तुम यहां एक अजनबी हो; और तुम्हें निरन्तर इस बात का ख्याल बना रहे कि तुम्हें पर्वत शिखर तक पहुंचना ही है और तुम कभी शिखर की बात न भूलो, तो तुम शिखर पर पहुंच जाओगे। प्रत्येक घाटी को पार करने के बाद वहां एक महान उत्सव और समारोह होता है।

लेकिन प्रत्येक घाटी को पार करने के बाद तुम्हें दूसरी घाटी में प्रवेश करना होता है, और यह सिलसिला सात घाटियों तक चलता रहता है। एक बार तुम सातवें शिखर पर पहुंच गये, तो फिर उससे आगे फिर वहां और कुछ भी नहीं है। तब मनुष्य अपने आत्म स्वरूप को उपलब्ध हो जाता है; फिर और अधिक विरोधाभास उसमें नहीं रह जाता। फिर वहां न तो कोई तनाव रहता है और न कोई वेदना। यही है वह स्थिति जिसे पूरब में हम बुद्धत्व कहते हैं। इसी स्थिति को ईसाइयों में, क्राइस्ट होने की स्थिति कहकर पुकारते हैं। जैनों में इसी स्थिति

को 'जिन होना', विजित होना कहते हैं। इस बारे में बहुत से नाम हैं, लेकिन बुनियादी धारणा यही है कि जब तक मनुष्य, परमात्मा न हो जाये, वह व्यग्र रहता है। और परमात्मा बनने के लिए इन सातों घाटियों को पार करना होता है।

और प्रत्येक घाटी के अपने-अपने प्रलोभन और आकर्षण हैं। इस बात की काफी सम्भावना है कि तुम किसी घाटी में किसी चीज से इतने अधिक आसक्त हो जाओ, कि तुम उस घाटी को छोड़ने में समर्थ न हो सको। लेकिन यदि तुम दूसरी घाटी में प्रवेश करना चाहते हो, तो तुम्हें उस घाटी को छोड़ना ही होगा। और प्रत्येक घाटी के बाद वहां एक शिखर है, एक बहुत बड़े पर्वत की चोटी। और प्रत्येक घाटी के बाद वहां आनंद और हर्षोल्लास होता है, जो अधिक से अधिक तीव्र और सघन होता जाता है। और सबसे अंत में सातवीं घाटी के पार ब्रह्माण्ड के परमानन्द में डूब कर तुम स्वयं मिट जाते हो। तब केवल परमात्मा ही रह जाता है।

इस सातों घाटियों के बारे में ध्यान से सुनो, और उसे समझने का प्रयास करो। और यह मत सोचो कि अलगज़ाली किसी दार्शनिक विचार धारा की बात कह रहा है। सूफ़ियों की किसी दार्शनिक विचारधारा में कोई दिलचस्पी होती ही नहीं। वे बहुत ही व्यावहारिक लोग होते हैं। यदि वे कुछ भी कहते हैं, तो उसका अपना कोई अर्थ होता है। यदि वे किसी चीज़ के बारे में कुछ बतलाते हैं, तो वह खोजी साधकों के लिए ही कही जाती है। वह उत्सुक लोगों अथवा बुद्धिवादियों के लिए न कही जाकर, केवल उन लोगों के लिए कही जाती है, जो सत्य की यात्रा के पथिक हैं और जो लोग सत्य की एक झलक पाने के लिए कठोर श्रम कर रहे हैं। वह खोजियों के लिए कही जाती है।

पहिली घाटी...पहिली घाटी को ज्ञान की घाटी के नाम से जाना जाता है।

स्वाभाविक है कि ज्ञान सबसे पहिले आता है, क्योंकि मनुष्य जानने से ही प्रारम्भ करता है। किसी अन्य प्राणी के पास ज्ञान नहीं होता, केवल मनुष्य ही जानता है और मनुष्य ही केवल ज्ञान का संचय करता है। केवल मनुष्य ही लिखता, पढ़ता और बातचीत करता है। केवल मनुष्य के ही पास भाषा, शास्त्र और सिद्धान्त हैं। इसलिए ज्ञान को ही पहिली घाटी बनना पड़ा।

इस घाटी का नकारात्मक पक्ष है कि तुम ज्ञानी बन सकते हो, तुम ज्ञान के खूंटे से बंध सकते हो। और तुम जानने का असली उद्देश्य ही भूल सकते हो और तुम ज्ञान में ही अटके रह सकते हो। तब तुम अधिक से अधिक ज्ञान को इकट्ठा

करते रहोगे और तुम जन्म-जन्मों तक उसे इकट्ठा करते रहोगे। तुम एक महान विद्वान और पंडित बन जाओगे, पर तुम जानने वाले न बन सकोगे।

ज्ञान के ढंग से, जानने वाला बनने का मार्ग बिल्कुल ही अलग और जुदा है।

जब जानना घटता है, तो इस बारे में दो चीजें होती हैं – ज्ञान की विषय सामग्री – जिसके द्वारा तुम कोई चीज जानते हो – और दूसरी चेतना का दर्पण, अर्थात तुम, जो जानता है। यदि तुम विषय सामग्री के साथ, तुलनात्मक रूप में जानने की क्षमता की अपेक्षा कहीं अधिक जुड़ जाते हो, तो तुम घाटी में खो जाओगे। वह भाग जो तुम्हें उलझन में फंसा लेता है, जिससे तुम आसक्त हो जाते हो, मैं उसे नकारात्मक भाग कहता हूं।

यदि तुम ज्ञानी या जानकार बन जाते हो, तो तुम नष्ट हो जाते हो, और तुम पहिली घाटी को पार नहीं कर सकते। और तुम्हारे पास जितना अधिक ज्ञान होता है, तुम उतने ही अधिक भ्रमित बने उलझन में पड़े रहोगे – क्योंकि इस बारे में यह तय करने का कोई उपाय है ही नहीं कि सत्य क्या है? वह प्रत्येक बात जो तुम सुनते हो, यदि तुम्हारे सामने ठीक से प्रस्तुत की जाए, तर्कपूर्ण ढंग से तुम्हारे सामने रखी जाए, तो वह ठीक दिखाई देगी। तुम्हारे पास इस बाबत निर्णय लेने का कोई दूसरा मार्ग है ही नहीं, और न इसका कोई मापदण्ड है। इसी वजह से ऐसा हुए चले जाता है। तुम एक सद्‌गुरु के पास जाते हो, उसे सुनते हो और वह ठीक प्रतीत होता है। तब तुम दूसरे सद्‌गुरु के पास जाते हो और उसे सुनते हो, और वह भी ठीक प्रतीत होता है तुम्हें। तुम एक पुस्तक पढ़ते हो वह तुम्हें ठीक लगती है, फिर तुम दूसरी पुस्तक पढ़ते हो – हो सकता है उसमें ठीक विरोधी बात हो – और उसके लिए भी उसके पास उसका अपना तर्क होगा, और वह भी तुम्हें ठीक लगती है। इस बारे में भी यह तय करने का कोई मार्ग नहीं हैं कि सत्य हैं क्या। और यदि तुम ज्ञान इकट्ठा किए चले जाओ, तो तुम विरोधी चीजें और विरोधाभासों को भी इकट्ठा किए चले जाओगे। सभी वक्तव्य परस्पर-विरोधाभासी होंगे, वहां सभी वक्तव्य विरोधाभासी होते हैं। और यहां लाखों तरह के दृष्टि कोण हैं, अतः देर-सबेर तुम अनेक दार्शनिक विचारधाराओं और व्यवस्थाओं की एक भीड़ बनकर रह जाओगे। इससे कोई भी सहायता मिलने वाली नहीं। यह चीज़, सबसे बड़ी बाधा बन जाएगी।

इसलिए ज्ञान की घाटी में पहिली चीज तो यह करना है कि प्रत्येक को निरन्तर सजग बने रहना है और उसे अपनी जानने की क्षमता के साथ आग्रहपूर्वक संबंध बनाए रखना है न कि किसी वस्तु के साथ और न विषय सामग्री के साथ।

उसे साक्षी होने पर जोर देना चाहिए। उसे अधिक से अधिक सचेत और सजग बने रहना चाहिए, तभी कोई व्यक्ति जानने वाला बनता है। बहुत सी चीजों के बारे में अधिक जानकर नहीं, बल्कि ठीक से अधिक सजग बनकर ही वह वास्तव में जानने वाला बनता है।

ज्ञान के मार्ग पर शास्त्रों, मतों, व्यवस्थाओं और विश्वासों से कोई लेना-देना नहीं होता। यह कुछ ऐसी चीज है, जो जानने की क्षमता के बारे में करना है – जिसे तुम जान सकते हो। तुम्हारे अन्दर होशपूर्ण बने रहने की अत्यधिक ऊर्जा है। इसलिए तुम्हारी दिलचस्पी अंतर्वस्तु के साथ न होकर उसे धारण करने वाले पात्र और चेतना के साथ अधिक होनी चाहिए।

ज्ञात के साथ दिलचस्पी न होकर ज्ञाता के साथ दिलचस्पी बनी रहे। ज्ञान के तीर की नोंक दोनों ओर होती है। तीर की एक नोंक ज्ञात की ओर संकेत करती है, और तीर की दूसरी नोंक ज्ञाता की और संकेत करती हो। यदि तुम ज्ञात की ओर ही ताकते रह जाओ, तो घाटी में ही खोकर नष्ट हो जाओगे। यदि तुम ज्ञाता की ओर देखना शुरू करते हो, तो तुम कभी भी खो नहीं सकते, तो तुम घाटी के पार जाने में समर्थ हो सकोगे। और एक बार तुम ज्ञान की घाटी का अतिक्रमण कर जाओ, तो वहां महान प्रसन्नता और आनंद है – क्योंकि तुमने अंदर जो सबसे अधिक सारभूत चीज है, उसे समझ लिया है, किसी ऐसी चीज को, जो बिल्कुल अंत तक बनी रहेगी, कुछ ऐसी चीज जो बुनियादी है, जिसे जानने और जिसके प्रति होशपूर्वक बने रहने की क्षमता तुममें है।

इसलिए यदि तुम ज्ञाता की ओर देखते हो, यदि तुम ज्ञाता के बारे में अधिक सजग हो जाते हो, तो तुमने विधायक भाग का उपयोग किया है।

दूसरी घाटी को पश्चाताप की घाटी कहा जाता है।

जब तुम, 'तुम कौन हो?' की ओर देखना प्रारम्भ करते हो, तो स्वाभाविक रूप से पश्चाताप जन्मता है,। क्योंकि वह सभी कुछ जो तुमने गलत किया है, वह सभी कुछ जो तुमने किया है और तुम्हें नहीं करना चाहिए था, तुम पश्चाताप अनुभव करना शुरू कर देते हो। इसलिए चेतना के साथ एक महान शिखर आता है, लेकिन तभी अचानक चेतना के साथ विवेक जागृत होता है। लेकिन स्मरण रहे कि यह विवेक जो तुम्हारे पास है, सच्चा या प्रामाणिक विवेक नहीं है। यह एक नकली सिक्का है, जो समाज द्वारा तुम्हें दिया गया है। उन लोगों ने तुम्हें बतलाया है कि क्या ठीक है और क्या गलत, क्या नैतिक है और क्या अनैतिक? तुम ठीक तरह से नहीं जानते हो कि क्या नैतिक है और क्या अनैतिक? लेकिन पहिली घाटी को

पार करने के बाद तुम ठीक से जानने में समर्थ हो जाओगे कि क्या नैतिक है और क्या अनैतिक? और तभी अचानक तुम देखोगे कि तुमने क्या गलत किया है, तुम कितने लोगों को चोट पहुंचाते आए हो, तुम दूसरों को पीड़ा देकर सुखी होते रहे हो और स्वयं को सताकर भी सुख लेते रहे हो। और तुम अभी तक कितने अधिक विध्वंसक, हिंसक, आक्रामक, क्रोधी और ईर्ष्यालु रहे हो। तुम्हारी दृष्टि में यह सभी कुछ आएगा। यह सचेत बनने का स्वाभाविक प्राइप्रोडक्ट है और तभी विवेक जाग्रत होता है।

इस विवेक का, उस सामान्य विवेक से जो तुमने समाज से उधार लिए है, कुछ भी लेना देना नहीं है। इसलिए यह तुम्हारे पास हो सकता है, लेकिन फिर भी यह चोट नहीं पहुंचाता, यह इतना प्रामाणिक और सत्य है कि यह तुम्हें पीड़ा नहीं देता और इसके द्वारा तुम्हारा रूपान्तरण हो सकता है। तुम केवल थोड़ा बहुत ही जानते हो कि क्या ठीक है, और तुम गलत किए चले जाते हो, तुम वह सभी कुछ किए चले जाते हो जो कुछ तुम करना चाहते हो। ठीक के बाबत तुम्हारी जानकारी, तुम्हारे अंतर में कोई अन्तर उत्पन्न नहीं करती। तुम जानते हो कि क्रोधित होना बुरा है, लेकिन तुम क्रोध में बने रहते हो। एक ओर तो तुम जानते हो कि क्रोध करना बुरा है और दूसरी ओर तुम्हें क्रोध में बने रहने में तुम्हारे लिए कोई समस्या नहीं होती। एक तो तुम जानते हो कि परिग्रह करना अच्छी बात नहीं है और दूसरी ओर तुम खजाना भरे जाते हो, तुम्हारी पकड़ और चीजों पर अधिकार जमाना बना ही रहता है, न केवल चीजों पर बल्कि तुम व्यक्तियों पर भी अधिकार जमाना शुरू कर देते हो। तुम अपनी पत्नी, अपने पति और अपने बच्चों पर ऐसे नियंत्रण रखते हो जैसे मानो वे वस्तुएं हों। तुम अपनी पकड़ और अधिकार जमाने की प्रवृत्ति से उन्हें नष्ट कर देते हो, और तुम जानते हो कि यह गलत है।

उधार लिया हुआ विवेक या अनुशासन सहायता नहीं करता, वह सामान्य रूप से तुम पर एक भार बन जाता है। पहिली घाटी पार करने के बाद तुम्हारा अपना विवेक अथवा आत्म अनुशासन जाग्रत होता है। अब तुम ठीक-ठीक जानते हो कि क्या गलत है और वह करना तुम्हारे लिए असम्भव बन जाता है। यही वह आवश्यक बात है जहां सुकरात का प्रसिद्ध वचन अर्थपूर्ण बन जाता है कि ज्ञान ही सबसे बड़ा सदाचार है।

अब पश्चाताप की घाटी का नकारात्मक भाग... या नकारात्मक भाव यह है कि तुम अतीत से संबंधित अपराध बोध के बारे में अत्यधिक चिंतित हो जाते हो, कि मैंने कुछ कार्य गलत किया है, और उस गलत कार्य के साथ तुम लाखों

गलत काम करते आये हो। तुम यहां इतनी लम्बी अवधि तक मूर्च्छित रहे हो, कि यदि तुम उन सभी को गिनना शुरू कर दो, तो वह एक तरह की बीमारी सृजित कर देगा। तुम इतने अधिक अपराधबोध से भर जाओगे कि विकसित होने की अपेक्षा तुम गहन अंधकार में गिर जाओगे। इसलिए यदि अपराध बोध उत्पन्न होता है, तो तुम अस्वस्थ हो जाते हो और अतीत के बारे में सोचकर बहुत परेशान होकर, तुम दूसरी घाटी में ही पड़े रहोगे। तुम उससे होकर गुजर जाने में समर्थ ना हो सकोगे। यदि अतीत इतना अधिक महत्वपूर्ण बन जाता है, तो स्वाभाविक है, तुम निरन्तर रोते चीखते हुए अपनी छाती पीट कर विलाप करते रहोगे – कि मैं अभी तक कितने अधिक गलत काम करता रहा हूं।

इसका विधायक भाग है, कि तुम्हें अतीत के साथ नहीं भविष्य के साथ संबंध जोड़ना चाहिए। हां यह ठीक है कि तुमने यह बात नोट कर ली कि तुम अभी तक गलत कार्य करते रहे, लेकिन चूंकि तुम मूर्च्छित थे, इसलिए वह करना स्वाभाविक था। इसलिए उस बारे में अपराधबोध अनुभव करने की कोई जरूरत नहीं है। कोई भी कैसे ठीक हो सकता था, जबकि वह मूर्च्छित था? तुमने यह बात नोट कर ली कि तुम्हारा पूरा अतीत गलत रहा है – लेकिन अब वह तुम्हारी छाती पर एक बोझ उत्पन्न नहीं करता। तुमने उस बात को समझ लिया है। उस बात को नोट कर लेना, उसे समझ लेना तुम्हारी सहायता करता है, क्योंकि तुम अब उसे फिर करने में स्मर्थ न हो सकोगे – अब वह बात ही समाप्त हो गई। तुम यह सोचकर उदास हो सकते हो कि तुमने कई तरीकों से इतने अधिक लोगों को चोट पहुंचाई है, लेकिन साथ-साथ तुम प्रसन्नता का भी अनुभव करोगे, क्योंकि अब ऐसा फिर नहीं होगा। तुम अतीत और उसके अपराधबोध से मुक्त हो चुके हो। अब उसके बारे में तुम्हारा कोई संबंध नहीं रहा, तुम्हारा संबंध तो अब भविष्य के बारे में है क्योंकि एक नया अध्याय खुल चुका है अब।

अब तुम्हारे पास स्वयं अपना विवेक है, अपनी अंतरात्मा है, अब भविष्य गुणात्मक रूप से पूरी तरह, से मौलिक बनने जा रहा है। तुम इस साहसिक कार्य से रोमांचित बने रहोगे। अब तुम्हारे पास स्वयं अपना विवेक है, और तुम्हारा विवेक अब तुम्हें कभी फिर से गलत कार्य करने की अनुमति नहीं देगा। ऐसा नहीं है कि तुम्हें कुछ नियंत्रित करना होगा जब असली विवेक उत्पन्न हो जाता है, तो नियंत्रण करने या अनुशासन थोपने की कोई जरूरत ही नहीं रह जाती। तब ज़ो सहज सरल होता है, वही ठीक होता है और ठीक ही सरल होता है।

वास्तव में यदि तुममें एक बार आत्म अनुशासन या सच्चा विवेक जाग जाता है और यदि तुम फिर कुछ गलत काम करना भी चाहो, तो उसे करने के लिए

तुम्हें अत्यधिक प्रयास करना होगा। और फिर भी वहां उसके सफल होने की अधिक सम्भावना नहीं होती।

अपने स्वयं के विवेक के बिना तुम्हें ठीक कार्य करने के लिए बहुत अधिक प्रयास करना होता है, और फिर भी तुम सफल नहीं होते। इसीलिए कोई भी व्यक्ति बहुत रोमांचित और उत्साहित होता है। कोई भी व्यक्ति अतीत के प्रति दुःखी तो होता है, लेकिन फिर उसके लिए अतीत एक बोझ नहीं रह जाता, क्योंकि अतीत अब रहा ही नहीं, वह एक गुज़री हुई बात हो गई। यही इसका विधायक भाग है और हर किसी को जो रूपान्तरण उसमें घटा है, जो आशीर्वाद उस पर बरसे हैं, जिस विवेक का उसे परमात्मा से उपहार मिला है, उसी का अनुभव करते रहना चाहिए। अब तुम्हारा जीवन एक पूरी तरह से नये पथ पर और नई दिशा की ओर गतिशील होगा।

अब तुम वहां हो, जहां से प्रामाणिक नैतिकता, सदाचार और शील का जन्म होता है।

और तीसरी घाटी को विघ्नों और ठोकरों की घाटी कहा जाता है।

एक बार जब तुम्हारे अंदर सच्चे विवेक का जन्म हो जाता है, तभी तुम यह देखने में समर्थ हो सकोगे कि कितने विघ्न और अवरोध वहां मौजूद हैं। अब तुम्हारे पास यह देखने के लिए आंखें हैं कि वहां कितने विघ्न और अवरोध हैं। वहां उनकी दीवारों के बाद दीवारें हैं। उनमें दरवाज़े भी हैं, पर बहुत कम और काफी दूर-दूर। तुम सभी अवरोधों को देखने में समर्थ हो सकोगे।

अलग़ज़ाली कहता है – 'यह अवरोध चार हैं': पहिला है – प्रलोभन देने वाला संसार और सांसारिक वस्तुएं। यह बहुत सम्मोहित करने वाली चीजे हैं। उनके प्रति वासना उत्पन्न होती है। इस संसार से सभी धर्म आखिर यह क्यों कहते रहे हैं कि प्रत्येक को संसार के प्रलोभनों के पार जाना होगा – क्योंकि यदि तुम संसार से बहुत अधिक सम्मोहित हो गये और सांसारिक वस्तुओं में तुम्हारी लालसा बहुत अधिक हो गई, तो परमात्मा की चाहत के प्रति तुम्हारे पास अधिक ऊर्जा होगी ही नहीं। तुम्हारी चाहत उन वस्तुओं पर ही नष्ट हो जायेगी।

एक व्यक्ति जो अपने पास एक बड़ा घर चाहता है, बैंक में एक बड़ी धनराशि को जमा देखना चाहता है, और जो प्रतिष्ठा चाहता है, वह अपने चाहने की सारी पूंजी संसार की चाहत में लगा देता है। फिर परमात्मा को खोजने के लिए कोई ऊर्जा बचती ही नहीं।

चीजें अपने आप में बुरी नहीं हैं। सूफ़ी लोग, सांसारिक चीजों के विरुद्ध नहीं

हैं। सूफ़ी कहते हैं कि चीजें अपने आप में तो अच्छी हैं, लेकिन जिसने परमात्मा और अंतिम सत्य को पाने की खोज करना शुरू की है, वह पूरी ऊर्जा को खर्च करना गवारा नहीं कर सकता। तुम्हारे पास एक निश्चित गुणों की और निश्चित मात्रा में एक ऊर्जा है। अपनी पूरी ऊर्जा को एक ही चाहत में लगाना होगा। सभी चाहों, को एक चाह ही बनाना होगा। केवल तभी परमात्मा को प्राप्त किया जा सकता है। केवल तभी तुम इस तीसरी घाटी के पार जा सकते हो।

सामान्य रूप से हमारे पास बहुत-सी चाहें होती हैं। धार्मिक व्यक्ति वह होता है, जिसकी केवल एक चाह हो। जिसकी सारी चाहें एक चाह में गिरकर एक बड़ी चाह बन जाये – ठीक वैसे ही जैसे छोटी नदियां, छोटे सोतें और छोटी-छोटी सहायक नदियां एक नदी में गिर कर बड़ी गंगा की धारा बन जाती हैं। एक धार्मिक व्यक्ति वह होता है, जिसकी सारी ऊर्जा केवल एक चाह बन जाती हैं, उसकी चाह केवल परमात्मा को पाने की चाह रह जाती है। वह केवल रूपान्तारण की चाह रखता है।

इसलिए पहिला अवरोध है संसार के प्रति सम्मोहन और दूसरा है व्यक्ति के प्रति आसक्ति।

फिर यह बात याद रहे कि सूफ़ी लोग व्यक्ति के विरुद्ध नहीं हैं, लेकिन वे यह कहते हैं कि किसी को भी व्यक्ति के प्रति आसक्ति नहीं होनी चाहिए, अन्यथा वह आसक्ति ही एक अवरोध बन जाती है; परमात्मा की राह में बाधा बन जाती है। अपनी स्त्री के साथ रहो, अपने पुरुष के साथ रहो; अपने बच्चों और अपने मित्रों के साथ रहो, लेकिन यह मत भूलो कि हम सभी यहां अजनबी हैं और हमारा एक साथ रहना ठीक एक संयोग है। हम सभी यात्री हैं और एक सड़क पर मिल गये हैं। कुछ दिनों तक हम साथ-साथ रहेंगे – उसके लिए धन्यवादी रहेंगे लेकिन देर सबेर सभी के रास्ते जुदा हो जायेंगे। तुम्हारी पत्नी की मृत्यु हो जाती है, वह अपनी राह चली जाती है और तुम कभी न जान पाओगे कि वह कहां चली गई। अथवा तुम्हारी पत्नी किसी अन्य व्यक्ति के प्रेम में पड़ जाती है और तुम्हारे रास्ते अलग-अलग हो जाते हैं अथवा तुम किसी अन्य के प्रेम में पड़ जाते हो। अथवा तुम्हारा पुत्र वयस्क होकर अपना जीवन अपने हाथों में लेकर तुमसे कहीं दूर चला जाता है – प्रत्येक पुत्र को अपने माता-पिता से दूर जाना ही होता है।

हम लोग इसी जीवन की सड़क पर केवल कुछ दिनों के लिए साथ-साथ चल रहे हैं, और हमारा साथ होना ठीक एक संयोग है। यह हमेशा-हमेशा चलने वाला नहीं है। इसलिए प्रत्येक व्यक्ति के साथ बने रहो, व्यक्ति के साथ प्रेमपूर्ण

बनकर रहो, करुणामय होकर साथ रहो, लेकिन आसक्त बनकर नहीं, – अन्यथा तुम्हारी आसक्ति तुम्हें उसके पार जाने के लिए अनुमति नहीं देगी।

इसलिए दूसरी तरह का अवरोध हैं – व्यक्ति के प्रति आसक्ति। तीसरी बाधा को अलग़ज़ाली शैतान और चौथी को अहंकार कहता है।

शैतान से उनका अर्थ मन से है। वह मन, जो अतीत में तुमने संग्रह कर बनाया है। यद्यपि विवेक जाग्रत हो गया है, लेकिन मन की यांत्रिकता अभी भी किसी कोने में दुबकी बैठी है। वह अभी कुछ और समय तक घात लगाये बैठी ही रहेगी। वह तुम्हारे साथ इतनी अधिक लम्बी अवधि से रही है, कि तुम अचानक उसे छोड़ नहीं सकते। वह समय लेती है। और वह प्रतीक्षा करती है और निरीक्षण करती रहती है – यदि वहां उसे कोई अवसर मिलता है, तो वह छलांग लगाकर तुरन्त तुम्हें अपने नियंत्रण में ले लेती है। वह तुम्हारी मालिक बनकर और तुम उसके गुलाम बनकर कार्य करते रहे हो। मन यह स्वीकार नहीं कर सकता कि तुम अचानक उसके मालिक बन जाओ। इसमें समय लगता हैं।

मन एक यांत्रिकत्व है, वह हमेशा ही वहां रहता है। साधक या सत्य के खोजी के लिए मन शैतान है। दैत्य अथवा शैतान, जैसे सूफ़ी इसे दैत्य कहते हैं – जो मन का एक पौराणिक नाम है।

जब यह शैतान जीसस को प्रलोभन देता है, क्या तुम सोचते हो कि यह शैतान उस जगह बाहर खड़ा हुआ था? मूर्ख मत बनो। वहां कोई शैतान बाहर नहीं खड़ा था। वह प्रलोभन, जीसस का मन ही दे रहा था। मन कहता है, 'अब तुम चमत्कारिक रूप से इतने अधिक शक्तिशाली हो चुके हो, फिर दूसरी चीजों के बारे में फिक्र क्यों करते हो? पूरे संसार का साम्राज्य क्यों नहीं पा सकते? तुम उसे प्राप्त कर सकते हो। वह तुम्हारी पहुंच के अंदर है। तुम पूरे संसार पर अधिकार कर सकते हो, तुम्हारे पास इतनी अधिक शक्ति है। तुम आध्यात्मिक रूप से इतने अधिक उच्चतल पर पहंच चुके हो। तुम अपनी सिद्धियों को चारों ओर फैला सकते हो। तुम जितना चाहो उतना धन और प्रतिष्ठा अर्जित कर सकते हो। परमात्मा और धर्म के बारे में फिक्र क्यों करते हो, सभी सम्भावनाओं का उपयोग करो।' यह सारा मन का ही प्रलोभन है।

और जब जीसस कहते है – 'मेरे रास्ते में मत आओ, दूर चले जाओ।' वह यह बात किसी शैतान से नहीं कह रहे जो बाहर खड़ा हो। वह यह बात प्रामाणिक रूप से अपने मन ही से कह रहे हैं – 'कृपया मेरे रास्ते में मत आओ। मेरी कोई दिलचस्पी अब और कामनाओं में रही ही नहीं, जो तुम्हारे पास हैं। मेरी अब कोई और दिलचस्पी उन योजनाओ मे रही ही नही, जो तुम्हारे पास हैं। मैं

तो अब पूरी तरह से भिन्न यात्रा पर चल पड़ा हूं। तुम उस बारे में कुछ भी नहीं जानते, तुम खामोश रहो।'

और चौथा अवरोध है अहंकार – जो खोजने के पथ पर सबसे बड़ा अवरोध है। तुम जैसे ही थोड़ा सा भी होशपूर्ण होना शुरू करते हो, जब तुम्हारा विवेक जाग्रत होता है और जब तुम अवरोध देखना शुरू करते हो, तो अचानक न जाने कहां से एक बहुत बड़ा अहंकार तुम्हें अपने नियंत्रण में ले लेता है : 'मैं अब एक संत बन गया हूं। मैं अब साधारण व्यक्ति नही रहा, मैं अब एक असाधारण व्यक्ति हूं।' और समस्या यही है कि तुम अब एक आसाधरण व्यक्ति बन गये हो। यह एक सत्य है! इसलिए कि अहंकार इसे सिद्ध कर सकता है। यही सबसे बड़ी समस्या है क्योंकि अहंकार व्यर्थ की बात नहीं कह रहा। यह बात बहुत समझदारी की है। यह ठीक ऐसी ही बात है।

फिर भी उस व्यक्ति को सजग बने रहना है क्योंकि यदि तुम अहंकार के जाल में फंसे गये कि 'मैं असाधारण हूं', तो तुम हमेशा तीसरी घाटी में ही बने रहोगे। तुम कभी भी चौथी घाटी में पहुंचने में समर्थ न हो सकोगे और चौथी घाटी में ही कहीं अधिक फूल खिले हैं और वही तुम्हें उस सर्वोच्च और महान आनंद तक ले जायेगी और तुम उनसे चूक जाओगे।

यही वह स्थान है जहां आध्यात्मिक शक्तियाँ या सिद्धियाँ सबसे अधिक बाधक चीजें बन जाती हैं।

इसका नकारात्मक भाग है, इन बाधाओं के साथ संघर्ष शुरू कर देना। यदि तुमने लड़ना या संघर्ष करना शुरू कर दिया, तो तुम घाटी ही में खो जाओगे। इस बारे में संघर्ष करने की कोई जरूरत है ही नहीं। दुश्मनी सृजित मत करो। केवल समझ ही पर्याप्त है।

संघर्ष करने का अर्थ है, दबाना, दमन करना। तुम अपने अहंकार का दमन कर सकते हो, तुम लोगों के साथ अपनी आसक्ति का दमन कर सकते हो तुम वस्तुओं के प्रति अपनी वासना का दमन कर सकते हो और तुम अपने मन या शैतान को भी दबा सकते हो, लेकिन दबा हुआ बचा ही रहेगा और तुम चौथी घाटी में प्रवेश करने में समर्थ न हो सकोगे।

केवल वे ही लोग जो दमन नहीं करते, चौथी घाटी में प्रविष्ट होते हैं। इसलिए दमन करना शुरू मत करो।

इसका विधायक भाग है : इस चुनौती को लेना कि अहंकार तुम्हें चुनौती दे रहा है, उसका अतिक्रमण करने के लिए वस्तुतः उसे एक चुनौती के रूप में लो। उसके साथ संघर्ष मत करो। उसे समझो। उसकी गहराई में झांक कर देखो।

उसके यांत्रिकत्व की ओर देखो कि वह कैसे कार्य करता है। तुम्हारे अंदर यह नया अहंकार कैसे उठ रहा है, यह मन तुम्हारे साथ कैसा खेल, खेले चले जा रहा है तुम कैसे किसी व्यक्ति के साथ संबंध जोड़ लेते हो, तुम कैसे वस्तुओं के साथ बंध जाते हो। बहुत ठंडे होकर निरीक्षण करो और ऐसा कैसे हो रहा है, उसे देखो और वह भी बिना किसी विरोध के। यदि तुम उसके बीच किसी भी तरह से उसके विरोधी बन गये, तब तुम पकड़े जाओगे। यदि तुम आसक्त हो गए तो तुम पकड़ लिए गए। यदि तुम उसके विरोधी बने तो भी पकड़े गए। और ये दोनों चीजें बहुत आसान हैं। लोग केवल दो चीजें ही जानते हैं : या तो वे जानते है कि कैसे मित्र बना जाये अथवा वे जानते हैं कि कैसे शत्रु बना जाये। केवल यह साधारण सी समझ से ही सम्भव है।

यह तीसरी चीज ही सहायता करेगी। निरीक्षण कर्त्ता और साक्षी बने रहो, न तो शत्रुतापूर्ण होकर और न मित्रतापूर्ण होकर रहो। निरपेक्ष या तटस्थ बने रहो। केवल देखो, वे वहां हैं, क्योंकि यदि तुम उनके पक्ष या विपक्ष में अपने व्यवहार या मुद्रा से कोई भाव प्रकट करते हो तो यह भाव प्रदर्शन ही बंधन बन जायेगा। भाव प्रकट करने का अर्थ है तुम्हारा उससे संबंध जोड़ना। स्मरण रहे कि तुम अपने शत्रुओं से उतने ही बंधे हुए हो, जितने तुम अपने मित्रों से बंधे हुए हो। यदि तुम्हारे शुत्र की मृत्यु हो जाती है तुम्हें उसकी कमी उसी तरह खलेगी, जिस तरह एक मित्र की कमी – और कभी इससे भी अधिक, क्योंकि वह तुम्हारे जीवन को कुछ अर्थ दे रहा था। उससे संघर्ष करते हुए तुम एक यात्रा जैसा आनंद लेते थे। अब वह नहीं रहा। उससे संघर्ष करते हुए जिस अहंकार की तुष्टि हो रही थी, वह अब कभी भी न हो सकेगी। अब तुम्हें एक नये शत्रु की तलाश करनी होगी।

इसलिए न तो शत्रु बनाओ और न मित्र। केवल देखो और समझो। अत्यंत ही वैज्ञानिक रूप से निरीक्षणकर्त्ता बने रहो। यही विधायक चीज करने की है। खोजो अहंकार है क्या, और प्रसन्नता से उसकी खोज करो। खोजो वासना क्या है, और बड़े आनंद से उसकी खोज करो।

तब आती है चौथी घाटी : कष्टों और दुःखों की घाटी।

चौथी घाटी में प्रवेश करना अचेतन में प्रवेश करना है। अभी तक तुम चेतना के संसार तक ही सीमित थे। अब पहिली बार तुम अपने को अस्तित्व के अचेतन के गहरे साम्राज्य में पाते हो जो तुम्हारा अंधेरा भाग है, जो तुम्हारा रात वाला भाग है, अब तुम इसमें प्रवेश करोगे। अभी तक तुम दिन वाले भाग

में थे। वह आसान था। अब चीजें अधिक कठिन हो जायेंगी। तुम जितनी ही अधिक ऊँचाई पर जाते हो, तुम्हें उतनी ही अधिक कीमत चुकानी होती है। ऊँचाई पर चढ़ते हुए प्रत्येक कदम अधिक श्रमपूर्ण होता जाता है, जब कि नीचे उतरना कहीं अधिक खतरनाक होता है। प्रत्येक को कहीं अधिक होशपूर्ण होना होता है। प्रत्येक कदम पर अधिक होश की जरूरत होगी, क्योंकि तुम गहरे तल की ओर आगे बढ़ रहे हो।

इस दुःखों और कष्टों की घाटी में प्रवेश करना अपने अचेतन में प्रवेश करना है। इसी प्रवेश के संबंध में, ईसाई रहस्यदर्शी इसे 'आत्मा की अंधेरी रात' कहकर पुकारते हैं। यह प्रवेश उस पागल संसार में प्रवेश है जिसे तुम अपने पीछे छिपाये रहते हो। यह बहुत अलौकिक और अद्भुत पागलपन से भरा हुआ है। तीसरी घाटी तक तो एक व्यक्ति बिना किसी सद्गुरु के भी जा सकता है, लेकिन वह तीसरी के पार नही जा सकता। तीसरी घाटी तक तो कोई भी स्वयं अपने प्रयासों के द्वारा भी जा सकता है। चौथी में साथ के लिए सद्गुरु की अनिवार्य आवश्यकता है।

और जब मैं यह कह रहा हूं कि कोई भी तीसरी घाटी तक स्वयं अपने आप पहुंच सकता है, तो मेरे कहने का यह अर्थ नहीं है कि उसे स्वयं ही जाना है, और मेरे कहने का यह भी अर्थ नहीं है कि प्रत्येक व्यक्ति जाने में समर्थ होगा। मैं केवल सैद्धान्तिक सम्भावना के बारे में ही बतला रहा हूं। तीसरी घाटी तक एक व्यक्ति बिना सद्गुरु की सहायता के जा सकता है, यह केवल एक सैद्धान्तिक सम्भावना ही है। लेकिन चौथी के लिए सद्गुरु पूरी तरह से एक जरूरत बन जाता है – क्योंकि अब तुम्हें गहन अंधकार में डूबना होगा। अभी तुम्हारे पास स्वयं का ऐसा कोई प्रकाश नहीं है, जिसका प्रयोग तुम अंधकार में कर सकते हो। तुम्हें किसी दूसरे व्यक्ति के प्रकाश की आवश्यकता होगी – कोई ऐसा व्यक्ति जो उस अंधरी रात में होकर गुज़रा हो, और जिसके लिए अंधकार में देख पाना सम्भव हो।

दुःखों और पीड़ा की इस घाटी का नकारात्मक भाग संदेह है – बहुत बड़ा संदेह उत्पन्न होगा। तुम नहीं जानते कि यह कैसा संदेह है, तुम्हें अभी तक इसकी कोई जानकारी नहीं है। जो सब कुछ तुम सोचते हो, वह संदेह और कुछ भी नहीं, बल्कि सत्य के बारे में धार्मिक सिद्धान्तों के बारे में अविश्वास अथवा संशय है, यह संदेह नहीं है। संदेह तो पूरी तरह से भिन्न कुछ और ही चीज होता है।

कोई भी व्यक्ति यह कहता है – 'परमात्मा है', तुम कहते हो – 'मैं संदेह करता हूं? तुम वास्तव में संदेह नहीं करते। तुम कैसे संदेह कर सकते हो? तुम

केवल संदेही बने हुए हो। तुम यही कह रहे हो – 'मैं नहीं जानता हूं'। वस्तुतः यह कहने की अपेक्षा 'मैं नहीं जानता हूं' तुम एक बहुत मजबूत शब्द 'संदेह' का प्रयोग कर रहे हो। तुम कैसे कर सकते हो संदेह? संदेह करना तभी सम्भव है जब तुम वास्तविक यथार्थ का सामना कर रहे हो।

उदाहरण के लिए, तुमने कभी कोई भूत नहीं देखा है, और तुम कहते हो – 'मैं भूतों के अस्तित्व पर ही संदेह करता हूं' यह संदेह नहीं है, यह केवल तुम्हारा संदेही होना है। तुम सामान्य रूप से इतना ही कह रहे हो – 'मैं कभी उस अनुभव से गुजरा नहीं, इसलिए मैं कैसे विश्वास कर सकता हूं,' यह संदेह नहीं है। वह संदेह तब बनेगा, जब कब्रिस्तान से गुजरते हुए अचानक तुम्हारा भूत से सामना होगा। तब तुम्हारा पूरा अस्तित्व कांपने लगेगा। तब तुम पहिली बार उस स्थिति में होगे, जहां संदेह उत्पन्न होता है : भले ही तुमने जिसका सामना किया है, वह सचमुच ही हो अथवा तुम्हारा विभ्रम हो। संदेह बहुत अस्तित्वगत होता है, जब कि संशयवादिता बौद्धिक है। संदेही वृत्ति केवल मन में होती है जबकि भय तुम्हारे पूरे अस्तित्व में प्रवेश कर जाता है, तुम्हारे शरीर मन और आत्मा सभी में। तुम्हारा समग्र अस्तित्व कांपने लगता है।

आत्मा की इस अंधेरी रात में संदेह उत्पन्न होते हैं। परमात्मा के बारे में संदेह – क्योंकि तुम तो महान प्रकाश की खोज कर रहे थे, और घट रहा है यह अंधेरा, ठीक उसके विपरीत। तुम तो अधिक आनंद की खोज कर रहे थे और तुम अंधेरी काली रात में जा गिरे। एक बहुत बड़ा संदेह उठ खड़ा होता है कि हो न हो, तुम गलत दिशा में जा रहे हो और प्रत्येक स्थिति में क्या यह खोज किसी मूल्य की है भी अथवा नहीं, क्योंकि तुम तो स्वर्ण की खोज करने निकले थे, तुम तो महान प्रकाश को खोज रहे थे,

तुम तो महान बुद्धत्व, निर्वाण, समाधि या सटोरी की खोज में निकले थे, और बजाय सटोरी और समाधि के, इस काली रात ने तुम्हें पराभूत कर लिया। वह प्रकाश भी जो उस जगह हुआ करता था, वहां अब वह भी नहीं है। वह सुनिश्चितता भी जो हुआ करती थी, अब वहां वह भी नहीं है।

पहिले तुम चीजों को निश्चित रूप से जाना करते थे, अब तुम कुछ भी नहीं जानते। पहिले तुम्हारे पास थोड़ी सी सुरक्षा थी, अब वह भी चली गई। तुम्हारे पैरों तले जमीन ही फिसल गई और अब तुम डूब रहे हो। तब संदेह उठ खड़ा होता है। तब तुम यह महसूस करना शुरू कर देते हो कि यह आध्यात्मिक यात्रा पूरी तरह व्यर्थ तो नहीं है। हो सकता है वहां कोई परमात्मा हो ही नहीं। हो सकता है तुम्हें बेवकूफ बनाया जा रहा हो। यह सम्भव है कि तुमने किसी व्यर्थ की चीज

का चुनाव कर लिया हो। इससे तो अच्छा था कि इस संसार में ही संसार का ही बनकर रहते। इससे कहीं बेहतर था कि हमारे पास बहुत सी अन्य वस्तुएं होती। हम धन का, सैक्स का और सत्ता का सुख भोगते। यह हमने किया क्या? हमने सब कुछ खो दिया और यह परिणाम हुआ।

प्रत्येक खोजी के लिए यह क्षण आता जरूर है। और यदि यह संदेह उठता है, तो स्वाभाविक है कि कोई भी इस अंधकार के विरूद्ध स्वयं अपनी सुरक्षा करना शुरू कर देता है। कोई भी इस अंधकार के विरूद्ध अपने चारों ओर एक सुरक्षा कवच निर्मित करता है, जिससे अंधकार पर विजय प्राप्त की जा सके। प्रत्येक को स्वयं अपनी रक्षा करनी ही होती है। यदि तुम ऐसा करते हो तो तुम फिर से अपने चेतन भाग में वापस फेंक दिए जाओगे। तुम अंधकार के इस रहस्य से चूक जाओगे। प्रकाश सुंदर है, लेकिन अंधकार की तुलना में वह कुछ भी नहीं है। अंधकार कहीं अधिक सुंदर है, कहीं अधिक शीतल, कहीं अधिक गहराई लिए हुए। अंधकार में गहराई है, प्रकाश उथला होता है। और जब तक तुम अंधकार का स्वागत करने में सफल नहीं हो जाते, तुम मृत्यु का स्वागत करने में समर्थ न हो सकोगे।

इसलिए पहिली सिखावन यही है कि तुम्हें अंधकार को स्वीकार करना है, उसका स्वागत करते हुए विश्राममय होना है। परमात्मा की पहिली झलक यह अंधेरा ही होता है। लेकिन तुम इसे बाद में समझोगे कि यह अंधकार नहीं था। यह वास्तव में ऐसा था कि परमात्मा की ओर तुम्हारी आंखें पहिली बार उठी थीं और बहुत अधिक चकाचौंध से भरने के कारण ही तुम्हें अंधेरा दिखाई दे रहा था। वह अंधेरा था नहीं, अंधकार तुम्हारी अपनी व्याख्या थी।

तुम कुछ क्षणों तक सूर्य की ओर देखो और शीघ्र ही तुम चारों ओर अंधकार से घिर जाओगे। प्रकाश इतना अधिक है कि तुम उसे सहन नहीं कर सकते। सूर्य की ओर अधिक देर तक देखने से मनुष्य अंधा हो सकता है। कुछ क्षण सूर्य की ओर देखते रहो और तब तुम अपने घर के अन्दर जाओ, तुम पूरे घर को अंधकार से भरा हुआ पाओगे। कुछ ही क्षण पहिले जब तुम वहां थे, तो प्रत्येक चीज देख सकते थे। अब तुम कोई भी चीज़ नहीं देख सकते, तुम चीज़ों से ठोकर खा जाओगे। वह अंधकार है, यह तुम्हारी व्याखा है। लेकिन यह स्वाभाविक है। बाद में जब तुम इस घाटी के पार चले जाओगे, तब तुम पीछे मुड़कर वास्तविकता देखने में समर्थ हो सकोगे। आत्मा की इस अंधेरी रात में केवल सद्गुरु ही तुम्हारा हाथ थाम सकता है और तुमसे यह कहकर तुम्हें आश्वस्त कर सकता है – 'चिंता मत

करो। यह तुम्हें जो अंधेरा दिखाई देता है, वह अंधेरा नहीं है। यह परमात्मा से तुम्हारी पहिली मुलाकात है। तुम उसके निकट आ रहे हो'

इस बारे में तीन चीजें समझने जैसी हैं – नींद, मृत्यु और समाधि।

नींद है मृत्यु की भांति। पूरब में हम कहते हैं कि यह छोटी मृत्यु है, बौनी मृत्यु। हम प्रत्येक रात्रि मर जाते हैं और अंधेरी रात की स्याह चादर में खो जाते हैं। तब आती है मृत्यु – नींद की अपेक्षा एक बड़ी मृत्यु। शरीर लुप्त हो जाता है लेकिन मन बना रहता है और फिर से जन्म लेता है। तब आती है अंतिम मृत्यु – समाधि जहां शरीर भी मिट जाता है और मन भी मिट जाता है और केवल सबसे अंदर का केन्द्र, चेतना ही रह जाती है। यही होती है अंतिम-मृत्यु।

इस चौथी घाटी में तुम उस अंतिम मृत्यु का साक्षात्कार करते हुए, जो तुम्हें घटने जा रही है, उसकी पहिली झलक पाते हो। यदि तुम इसे अस्वीकार कर देते हो, यदि तुम उसके विरुद्ध स्वयं अपने आप को बचाते हुए एक रक्षा कवच निर्मित कर लेते हो, तो तुम वापस तीसरी घाटी में फेंक दिए जाओगे, जहां तुम खो जाओगे। और एक बार तुम इस चौथी घाटी से चूक गये, तो तुम हमेशा उसमें जाने से डरते ही रहोगे।

वे लोग जो अपने पिछले जन्मों में किसी समय इस चौथी घाटी में प्रवेश करने के बाद भयभीत होकर भाग खड़े हुए हैं, ऐसे व्यक्तियों के बारे में मेरा निरीक्षण यही रहा है कि ऐसे लोग किसी भी चीज की गहराई में जाने से हमेशा डरते ही रहते हैं। प्रेम – और प्रेम की गहराई में जाने से वे डर जायेंगे। वे सम्भोग के सर्वोच्च्य शिखर पर जाने में डरेंगें। मित्रता में भी वे कुछ ही दूर तक जा सकेंगे, उसके पार जाने से वे डरेंगे। शिष्यत्व – और समर्पण करने में भी वे डरेंगे, प्रार्थना में वे भयभीत हो जायेंगे। वे उन सभी चीजों से डरेंगें जो उन्हें फिर से चौथी घाटी में ले जा सकती हैं। वे चेतन रूप से हो सकता है, सचेत न हों कि वे इतना भयभीत क्यों होते हैं।

यह चौथी घाटी बहुत महत्वपूर्ण हैं, क्योंकि यह ठीक मध्य में है। वहां सात घाटियाँ हैं और चौथी ठीक उनके मध्य में है। तीन घाटियाँ इस ओर और तीन घाटियाँ उस ओर। चौथी घाटी अत्यधिक महत्वपूर्ण है, यह एक सेतु है। इस सेतु पर सद्गुरु की आवश्यकता है, क्योंकि तुम ज्ञात से अज्ञात की ओर, सीमित से असीम की ओर, तथा साधारण से रहस्यमय पथ की ओर जाते हुए उस सेतु से गुजर रहे हो।

विधायक भाग है – आस्था और समर्पण और नकारात्मक भाग है संदेह और

सुरक्षा। सद्गुरु बिल्कुल प्रारम्भ ही से तुम्हें आस्था और समर्पण के बारे में सिखाना शुरू करता है, जिससे धीमे-धीमे वह तुम्हारी आबोहवा या जलवायु बन जाए क्योंकि जब तुम चौथी घाटी में प्रवेश करोगे, तब उसकी आवश्यकता पड़ेगी।

कभी-कभी लोग मेरे पास आकर मुझसे कहते हैं : हम यहां बिना समर्पण किए हुए क्यों नहीं रह सकते? क्या हम ध्यान करते हुए और आपको सुनते हुए जितना भी चाहें उसका लाभ उठाते हुए, नहीं रह सकते? आखिर समर्पण करने की आवश्यकता क्या है?

वे लोग नहीं समझ सकते, हो सकता है प्रारम्भ में ये इतना अधिक संगत न दिखाई दे। क्यों? आखिर किसके लिए? तुम बिना समर्पण किए हुए मुझे सुन सकते हो और तुम बिना समर्पण किए यहां ध्यान भी कर सकते हो। तुम बिना समर्पण किए हुए ही विकसित करने वाले थेरेपी ग्रुप्स में से भी होकर गुज़र सकते हो। यह पूरी तरह से ठीक दिखाई देता है। समर्पण करना बिल्कुल भी आवश्यक नहीं दिखाई देता। लेकिन तुम नहीं जानते कि भविष्य में क्या होने जा रहा है? उसी के लिए, तैयारी ठीक अभी से करनी होती है। तुम उस क्षण के आने की प्रतीक्षा नहीं कर सकते। यदि पहिले से तैयारी नहीं की गई, तो तुम चूक जाओगे। तब जब ठीक समय आता है और तुम्हारा घर जल रहा होता है, और यदि तुमने अभी तक कुंआ नहीं खोदा है और तुम उसे खोदना शुरू करते हो, तो जिस समय वह खुद कर तैयार होगा, घर जल चुका होगा।

किसी को भी घर में आग लगने से पहिले ही कुंआ खोदना होता है। इसलिए ठीक अभी यह बात संगत नहीं लग सकती है। मैं इसे भली भांति समझ सकता हूं। तार्किक दृष्टि से ठीक अभी यह बात संगत नहीं है। मुझे सुनते हुए समझो कि समर्पण की जरूरत क्यों है? इस पर ध्यान करो कि समर्पण की क्या आवश्यकता है? लेकिन जब तुम चौथी घाटी में प्रवेश करोगे, तो समर्पण की आवश्यकता होगी। और तुम अचानक समर्पण करने के तरीके नहीं सीख सकते। जरूरत पड़ने से पूर्व ही तुम्हें इसे सीखते रहना होगा। समर्पण को ही तुम्हें अपनी जलवायु बनाना होगा।

पांचवीं घाटी...गर्जन-तर्जन करने वाली घाटी है।

पांचवीं घाटी में तुम मृत्यु में प्रवेश करते हो। चौथी घाटी में नींद भरे अंधकार में प्रविष्ट हुए थे, और पांचवीं में तुम मृत्यु में प्रवेश करते हो। अथवा यदि तुम आधुनिक पारिभाषिक शब्दावली का प्रयोग करना चाहो, तो कह सकते हो कि चौथी घाटी में तुमने अपने अचेतन में प्रवेश किया था और पांचवीं में

तुम सामूहिक-अचेतन में प्रवेश करते हो। भय उत्पन्न होता है क्योंकि तुम अपनी वैयक्तिकता खोने जा रहे हो।

चौथी घाटी में तुमने दिन या प्रकाश को खो दिया था, लेकिन तुम वहां मौजूद थे। पांचवीं में तुम स्वयं अपने आपको खो रहे हो – तुम्हें यह अनुभव होता है – जैसे मानो तुम हो ही नहीं, तुम मिट गये हो, तुम पिघल गये हो। तुम्हारा यह अनुभव-कि मैं ही केन्द्र हूं – धुंधला पड़ना शुरू हो जाता है, धुंध के बादलों से ढकने लगता है।

मृत्यु में प्रवेश के साथ, सामूहिक अचेतन में प्रवेश होता है, और बहुत अधिक भय लगता है, बहुत अधिक पीड़ा का अनुभव होता है – यह पीड़ा या व्यथा उन सभी से कहीं अधिक तीव्र होगी, जिनका अभी तक तुमने अनुभव किया है – क्योंकि उस स्थान पर होने या न होने का प्रश्न उठ खड़ा होता है। तुम मिट रहे हो, तुम्हारा पूरा अस्तित्व तीव्र उत्कंठा और लालसा से भर जायेगा, तुम चौथी घाटी में वापस लोटना चाहोगे वहां अंधेरा था, लेकिन कम से कम वह इसलिए अच्छा था, क्योंकि तुम तो थे वहां। अब यह अंधेरा और अधिक प्रगाढ़ और सघन हो गया है। इतना ही नहीं, तुम उस अंधेरे में गुम होते जा रहे हो। शीघ्र ही तुम्हारा कोई चिन्ह तक वहां नहीं रह जाएगा।

नकारात्मक भाग है अपनी आत्मा से, आत्म भाव से बंधे रहना। इसी कारण महान सद्‌गुरु-बुद्ध अथवा जलालउद्दीन रूमी स्मरण रहे, अनात्मा अनत्ता पर जोर देते हैं। सूफ़ी इसे फ़ना होना कहते हैं – कोई पूरी तरह मिट ही जाता है। और इस मिटने के लिए उस एक को तैयार रहना चाहिए, उसे पहिले ही से तैयार होना चाहिए, बल्कि उसके प्रति एक गहरा स्वागत भरा भाव भी होना चाहिए। यह परमानंद लाने जा रहा है, क्योंकि तुम्हारी सारी पीड़ाएं तुम्हारे अहंकार में ही निहित होती हैं। यह विचार ही कि – 'मैं हूं', तुम्हारा अज्ञान है। यह विचार ही कि – 'मैं हूं', तुम्हारे लिए सभी तरह की व्यग्रताएं और समस्याएं सृजित करता है। अहंकार पूरा नर्क ही है।

ज्यॉ पॉल सात्र ने कहा है : दूसरा व्यक्ति ही नर्क हैं, यह ठीक नहीं है। नर्क तो तुम स्वयं हो। नर्क है, तुम्हारा अहंकार। यदि दूसरे व्यक्ति से नर्क जैसा अनुभव होता है तो तुम नर्क जैसा अनुभव अपने अहंकार के कारण ही करते हो – वे उस पर निरन्तर चोट करते रहते हैं। वे तुम्हारे बटन दबाये चले जाते हैं। क्योंकि तुम्हारे पास अहंकार रूपी घाव है, तो तुम्हे लगता है कि प्रत्येक व्यक्ति उस पर चोट कर रहा है। यह तुम्हारी अपनी धारणा है – 'मैं बहुत विशिष्ट हूं' और जब कोई व्यक्ति उस विशिष्टता को नहीं पहिचानता या मानता तो उससे पीड़ा

होती है। जब तुम्हारे पास विशिष्ट होने जैसी कोई धारणा या विचार नहीं होता, तो इसी स्थिति को ज़ेन के लोग 'साधारण और सरल बनना' कहते हैं, यदि तुम साधारण और सरल बन जाते हो तो इस घाटी के पार चले जाते हो।

इसलिए नकारात्मक भाव है – आत्मभाव से बंध जाना और विधायक भाव है – अनात्मा और अस्तित्वहीनता में विश्राम करना, मरने के लिए स्वेच्छा, आनंद और स्वतंत्रता से तैयार होना।

तब आती है छठवीं घाटी – पाताल जैसी अथाह घाटी।

कोई एक मिट जाता है। पांचवीं घाटी में कोई एक मिट रहा था और छठी घाटी में कोई भी एक रह ही नहीं जाता। 'वह' अतीत की स्मृति मात्र बन जाता है, पूरी तरह अस्तित्वहीन हो जाता है। पांचवीं घाटी में वह एक मृत्यु में प्रवेश कर रहा था और छठी घाटी में मुत्यु घटती है, वह एक मर ही जाता है, उसका निशान तक नहीं रह जाता। इसीलिए इसे 'पाताल की अथाह घाटी' कहा जाता है। यह सबसे अधिक पीड़ामय है, क्योंकि यह अंतिम घाटी से एक घाटी पहिले है, यह छठी घाटी है। उस एक को अस्तित्वहीनता की न होने की सबसे बड़ी पीड़ा से होकर गुज़रना होता है। कोई यह विश्वास कर ही नहीं सकता। क्योंकि एक विशिष्ट अर्थ में – 'कोई एक है,' और एक विशिष्ट अर्थ में वह एक नहीं भी है। वह एक अपने मुर्दा शव को देख सकता है – वह एक मर चुका है और फिर भी वह एक यह जानता है कि वही उसे देख भी रहा है, इसलिए वह एक किसी न किसी तरह, किसी न किसी सीमा तक रहता जरूर है। आत्मा के बारे में पुरानी सारी धारणाएं असंगत हो जाती हैं। आत्मा की एक नई धारणा का जन्म होता है। मृत्यु घटती है और कोई एक पूरी तरह मिट जाता है। यही है वह स्थिति जिसे ईसाई सलीब पर चढ़ना कहते हैं। अस्तित्वहीनता आ पहुंची। कोई एक ठीक रिक्त आकाश जेसा हो जाता है। हिन्दू इसे समाधि और ज़ेन इसे सटोरी कहते हैं।

और नकारात्मक भाग है – शिकायत करना। इस बात का स्मरण करना तुम्हारे लिए अच्छी बात है। सलीब पर चढ़ते समय जीसस में दोनों तरह के व्यवहार दिखाई दिए। पहिले उन्होंने शिकायत की। उन्होंने आसमान की ओर ऊपर देखा और कहा : क्यों? आखिर तुमने मेरा परित्याग क्यों कर दिया? तुमने मुझे क्यों दूसरे की दया पर छोड़ दिया? यह है नकारात्मक भाग। वह शिकायत कर रहे हैं। वह मर रहे हैं और कोई दैवी सहायता नहीं आ रही है। वह सलीब पर चढ़े हैं – और उनके अंदर कहीं गहरे में वहां कोई छिपी हुई चाह जरूर बैठी है – जो कह रही है कि कब परमात्मा का हाथ बढ़ेगा और हर चीज ठीक हो

जायेगी, क्रास, ताज बन जायेगा और एक नये गौरव के साथ वे नीचे उतारे जाएगें। कहीं न कही उनके अचेतन मन के केंद्र में एक छिपी हुई इच्छा वहां जरूर होनी चाहिए, और हो सकता है वह स्वयं उसके प्रति सचेत न हों। उन्होंने काफी देर तक प्रतीक्षा की होगी, कि अंतिम स्थिति आ पहुंची। वह अपने क्रॉस को खुद ढोते हुए पहाड़ी पर गये, उन्होंने हर तरह की जलालतें बरदाश्त की, लेकिन वह प्रतीक्षा करते रहे, बहुत धैर्य से इंतजार करते रहे, उस क्षण का इंतजार करते रहे। अब उनके हाथों में कीलें ठोंक दी गईं। अब कुछ ही क्षणों की देर है, कि वह हमेशा के लिए मिट जायेंगे। अब इस बारे में कुछ और प्रतीक्षा करने का समय बचा ही नहीं और न कोई सहायता ही आई और न परमात्मा ही दिखाई दिए। इसीलिए उन्होंने पुकारा – "तूने क्यों मेरा परित्याग कर दिया? तूने क्यों मुझे दूसरों की दया पर छोड़ दिया"? यह है नकारात्मक भाग, जो जीसस जैसे मनुष्य के लिए भी स्वाभाविक है।

यदि तुम अतीत के बारे में सोचते हो, तो शिकायत करोगे – मैं वह सभी कुछ करता रहा, जिसे करने के लिए मुझसे कहा गया था, वह सभी कुछ, जिसे करने के लिए तूने मुझे आदेश दिया था। मैं आंखें मूंदकर तुम्हारा अनुसरण करता रहा और अंत में यह मिला फल? यह है उसकी प्रतिपूर्ति...?

और विधायक भाग है – गहन कृतज्ञता का भाव। इस दूसरे विधायक भाग में वह पूरा अतीत भूल जाता है, वह भविष्य की ओर देखता है और आस्था बनाए रखता है। अंतिम परीक्षा की घड़ी आ पहुंची। उसकी सर्वोच्च परीक्षा की घड़ी, और वह इसके लिए कृतज्ञता का अनुभव करता है – "यदि तेरी यही मर्जी है, तो ऐसा ही हो।" यही सब कुछ जीसस ने किया भी। उन्होंने दोनों तरह से व्यवहार किया। पहिले उन्होंने नकारात्मक भाग प्रदर्शित किया, जो सहज मानवीय है। मैं जीसस से प्रेम करता हूं क्योंकि उन्होंने इस भाग को प्रकट किया। वह प्रामाणिक रूप से एक सच्चे मनुष्य थे। इसी वजह से वह बार-बार कहा करते थे – "मैं एक इंसान का बेटा हूं"। जितनी बार वह कहते हैं कि मैं परमात्मा का बेटा हूं, उतनी बार यह भी कहते हैं कि मैं एक साधारण मनुष्य का पुत्र हूं।

वह शाश्वत थे, जो समय में अवतीर्ण हुए; वह उस पार के संसार से इस संसार में आये। वह दोनों संसारों के होकर भी उसके भी पार हैं। इसी तरह प्रत्येक सद्गुरु दोनों संसारों का होता है।

उसका एक पैर इस संसार में और दूसरा उस संसार मे होता है। और उस क्रॉस पर चढ़ने के दिन, उस घड़ी जब सभी कुछ मिटने जा रहा था जीसस ने दोनों मुद्राएं प्रकट की। पहिले उन्होंने 'मनुष्य का पुत्र' होने की मुद्रा प्रकट की।

वह कहते हैं – "क्यों"? आखिर तुमने मुझे क्यों त्याग दिया? मैंने तुमसे आशा की थी, मैंने प्रार्थना की थी, मैं सदाचार का जीवन जीता रहा – और यह है मेरी इच्छापूर्ति और यह है उसका पुरस्कार?"

लेकिन तभी वह तुरन्त समझ जाते हैं कि वह महत्वपूर्ण बात से चूके जा रहे हैं। यदि यही है परमात्मा की मर्ज़ी, तब ऐसा ही हो। वह समर्पण कर देते हैं। विधायक भाग है, समर्पण और कृतज्ञता।

'तुमने क्यों मेरा परित्याग कर दिया?', यह कहने के साथ ही वह अपनी शिकायत को, अपनी मानवोचित कमज़ोरी को पहिचान लेते हैं। उस क्षण वह जरूर ही हंसे होंगे, एक मनुष्य होने के नाते उन्होंने उसकी सीमा जरूर देखी होगी और उन्होंने उसे छोड़ दिया, वह उससे मुक्त हो गये। तुरन्त ही वह कहते हैं, ठीक इसके बाद ही उनका वक्तव्य है – 'तेरा ही राज्य आये। तू जो करे वही ठीक'। कृतज्ञता का जन्म हुआ। यह सम्पूर्ण समर्पण है। अब वहां इससे अधिक और कुछ भी नहीं है।

एक परमात्मा के पुत्र की भांति जीसस की मृत्यु हुई। और यह अंतराल बहुत-बहुत छोटा है। पलक झपकते ही एक मनुष्य से उनका रूपान्तरण परमात्मा में हो गया। जिस क्षण शिकायत, आस्था में बदलती है, तुम भी मनुष्य से परमात्मा बन जाते हो। वह प्रार्थना ही बन जाते हैं। 'तेरा किया हुआ ही ठीक'। अब वह और रहे ही नहीं। अब उनकी अपनी कोई चाह रही ही नहीं।

और तब आती है सातवीं घाटी, जो अंतिम है, सबसे आखिरी है। वह घाटी है – मधुर गीतों और उत्सव-आनंद की घाटी।

पुनर्जन्म, मरकर पुनः जीवन प्राप्त करना, इस सातवीं घाटी में ही घटता है। ईसाइयों का मरने के बाद पुनः जीवन प्राप्त करने का यही अर्थ है कि जीसस का पुनर्जन्म हुआ। फिर से नया जन्म हुआ उनके गौरवमय शरीर का, पुनर्जन्म हुआ प्रकाशमय शरीर का और पुर्नजन्म हुआ एक दिव्य शरीर का। अब इसमें न कुछ नकारात्मक है और न कुछ विधायक। अब इस स्थान पर कोई द्वैतता नहीं है। एक है – केवल एक। एकत्व का जन्म हुआ। हिन्दू इसे अद्वैत कहते हैं। अब दो नहीं रहे। कोई एक अपने घर वापस लौट कर आ गया।

गीतों भरी घाटी... अलग़ज़ाली ने इसे एक बहुत सुंदर नाम दिया है। अब उस जगह कुछ भी शेष न रहा – केवल एक गीत, उत्सव आनंद का परमात्मा की प्रशंसा में गाया जाने वाला गीत और परमानंद रह गया। यही है वह – जिसे मैं अंतिम शिखर परमानंद कहता हूं।

यदि मुझसे इस घाटी को कोई नाम देने को कहे, तो मैं इसे सर्वोच्च शिखर परमानंद की घाटी कहकर पुकारूंगा। केवल उत्सव आनंद का समारोह ही शेष रह जाता है। किसी एक की पूरी तरह खिलावट हो जाती है, उसका पूरा विकास हो जाता है। उसकी सुवास चारों ओर फैल जाती है। अब उस जगह से कहीं और की कोई यात्रा नहीं होती। मनुष्य वह सब कुछ बन गया है, जिसके लिए वह खोज कर रहा था, उसे तलाश करते हुए संघर्ष कर रहा था।

मनुष्य एक विरोधाभास है। वह वैसा नहीं है, जैसा वह है। वह, वह है, जो अभी तक नहीं हो सका है। लेकिन जिस दिन तुम उस सर्वोच्च स्थिति को उपलब्ध हो जाते हो, तो तुम्हारे हृदय में एक हास्य उत्पन्न होगा, क्योंकि तब तुम जानोगे, कि तुम हमेशा से वही थे ही। तुम्हें बस उसकी जानकारी नहीं थी। वह भविष्य तुम्हारे अंदर ही छिपा हुआ था। तुम्हें केवल उसे अनावृत्त कर देना था।

ये सातों घाटियाँ, खोज करने की घाटियाँ हैं। यह अंतर्यात्रा का एक बहुत सुंदर नक्शा है, यह सूफ़ी नक्शा है।

और अब यह बोध कथा :

उस जगह कभी एक स्त्री रहती थी। वह जिस धर्म में पलकर बड़ी हुई थी, उसने उस धर्म का परित्याग कर दिया। उसने ईश्वर पर विश्वास तक करने की मर्यादा तोड़ दी, और वह एक दूसरे पंथ पर विश्वास करने लगी। तब वह फिर एक अन्य पंथ से प्रभावित हो गई।

हर बार जब वह अपना विश्वास और पंथ बदलती थी, वह कल्पना करती थी कि उसने कुछ चीज प्राप्त तो कर ली है, लेकिन फिर भी वह पर्याप्त नहीं है। हर बार जब वह नये पंथ में प्रविष्ट होती थी, उसका स्वागत किया जाता था और उसका सम्मिलित होना शुभ माना जाता था, वह उसकी समझ और बोध का प्रतीक माना जाता था। यद्यपि उसके अंदर एक प्रकार के भ्रम की स्थिति हमेशा बनी रहती थी।

यह स्त्री पहिली घाटी में ही खो गई थी – ज्ञान की घाटी में – और वह उसके नकारात्मक भाग में ही अटक गई, वह विद्वान बन गई। वह एक मार्ग से दूसरे मार्ग पर गई, वह एक शिक्षक से दूसरे शिक्षक के पास गई, और उसने सभी उपदेशों और सिद्धान्तों का अध्ययन किया और हर बार उसने कुछ नई चीज से शुरुआत की और वह उससे रोमांचित और उत्तेजित भी हुई। वह एक तरह के मधुर मिलन जैसा होता

और देर सबेर वह उसके साथ ऊब जाती और वह फिर से खोज करती हुई इधर-उधर भटकने लगती।

इसके फलस्वरूप उसने भिन्न-भिन्न प्रकृति की बहुत-सी जानकारियां इकट्ठी कर लीं, और विरोधाभासी मार्गों का काफी ज्ञान बटोर लिया। स्मरण रहे, प्रत्येक व्यवस्था और मार्ग ठीक कार्य करता है। इसे कभी भूलना नहीं चाहिए। प्रत्येक कार्य विधि या व्यवस्था कारगर तो होती है, लेकिन तभी, जब वह पूरी शुद्धता से की जाए। यदि तुम उसमें बहुत-सी कार्य विधियां और व्यवस्थाएं मिला दोगे, तो वह कभी कारगर नहीं होगी। यह ठीक इसी तरह से होगा जैसे तुम कुछ भाग और पुर्जे मर्सिडीज बेन्ज से ले लो, कुछ हिस्से रॉल्स रॉयस से, कुछ पुर्जे शेवरलेट से, कुछ भाग फोर्ड से और थोड़े से पुर्जे किसी ट्रक से अथवा कहीं और से लेकर उन सब को एक साथ जोड़ दो। वे सभी भाग और पुर्जे उपयोगी हैं, लेकिन तुम्हारा यह यांत्रिक संयोजन जो तुमने तैयार किया है, काम नहीं करने का। एक पुर्जा जो किसी विशिष्ट कार की यांत्रिक व्यवस्था में कार्य कर रहा था वह दूसरी कार के भागों के साथ कार्य करने में समर्थ न हो सकेगा। प्रत्येक व्यवस्था अपने आप में पूरी एक आंगिक इकाई होती है। वह अपने आपमें परिपूर्ण होती है।

यदि तुम महावीर को सुनते हो और उनसे कुछ सुंदर विचार पाते हो, और तब तुम बुद्ध के पास जाकर उन्हें सुनते हो, और वहां भी कुछ सुंदर विचार पाते हो और उन दोनों के विचारों को जोड़कर तुम एक खिचड़ी तैयार करते हो, तो तुम स्वयं भ्रमित हो जाओगे। जो भाग तुमने महावीर से लिया, वह बहुत सुंदर था, लेकिन वह एक निश्चित व्यवस्था अथवा कार्य विधि का एक भाग था, वह एक विशिष्ट समग्रता का एक आंगिक भाग था। वह केवल उस विशिष्ट समग्रता में ही कारगर हो सकता था, वह बुद्ध की किसी चीज के साथ मिलकर कारगर नहीं हो सकता। और बौद्ध धर्म के कुछ भाग या सूत्र बहुत सुंदर हैं, लेकिन केवल बौद्धों के अनुशासित समग्र ढांचे में ही।

अब यह स्त्री अधिक से अधिक भ्रमित हो गई। वह उलझन में पड़ गई। और यह स्त्री ऐसे बहुत से लोगों की प्रामाणिक प्रतिनिधि है। यहां भी बहुत से लोग इस जैसे ही हैं – जो एक शिक्षक से दूसरे के पास, एक मार्ग से दूसरे मार्ग की ओर जाते हुए जानकारियां इकट्ठी कर रहे हैं। और वे लोग सोचते हैं कि कई स्थानों से थोड़े से बुद्धिमत्तापूर्ण वक्तव्य इकट्ठा कर वे विद्वान बनने जा रहे हैं। ये लोग पूरी तरह मूर्ख हैं। वे निश्चित रूप से पागल ही बनेंगे।

प्रत्येक पद्धति अपने आप में पूर्ण है और वह कार्य करती है। लेकिन उसे किसी अन्य पद्धति के साथ मत मिलाओ। उसे स्वयं अकेले ही कार्य करने दो।

इस स्त्री ने उस धर्म का परित्याग कर दिया, जिसमें उसका जन्म और पालन पोषण हुआ था। तब वह एक नास्तिक बन गई – उसने उस धर्म को भी छोड़ दिया। तब वह एक अन्य आस्था वाले सम्प्रदाय में सम्मिलित हुई। उसने नास्तिकता भी छोड़ दी। और तब वह किसी अन्य सत्य से कायल होकर किसी अन्य की खोज करती रही। प्रत्येक बार उसने अपने विश्वास बदले और कल्पना की कि उसने कुछ चीज प्राप्त कर ली है, लेकिन वह पर्याप्त नहीं है।

वह बस शास्त्रों के केवल कुछ खंडों और बोध-वचनों को इकट्ठा कर रही थी। यह बोधवचन, बोध भरे थे, वे उस पद्धति के लिए उपयोगी हो सकते थे, जहां से वे लिए गए थे, लेकिन वे उसी क्षण व्यर्थ हो जाते थे, जैसे ही उन्हें वहां से लिया जाता था।

एक हिन्दू रहस्यदर्शी के बारे में यह कहा जाता है कि वह भीख मांगने गया, और एक स्त्री ने उसकी आंखों की ओर देखा...उसकी आंखें बहुत सुंदर थी। संतों की आंखें सुंदर ही होती हैं, संतों जैसी सुंदर आंखें किसी और की नहीं हो सकती – उतनी गहराई, उतना आनंद, और यह अनुभव कि वह पहुंच चुका है, और वह विश्रामपूर्ण स्थिति। विश्राम और करुणा। वह स्त्री तुरन्त उन आंखों से जैसे सम्मोहित हो गई। उसने उस रहस्यदर्शी का पीछा करना शुरू कर दिया।

एक दिन रहस्यदर्शी ने उससे पूछा – "आखिर मामला क्या है? तुम मेरा पीछा क्यों करती हो? मुझे तुम्हारे अंदर कोई भी आत्मिक खोज नहीं दिखाई देती।"

उस स्त्री ने स्वीकार किया और कहा : "वास्तव में मुझे धर्म या आत्मा से कुछ भी लेना-देना नहीं। मैं तो बस आपकी आंखों की ओर आकर्षित हूं। आपकी आंखें बहुत अधिक सुंदर हैं।"

रहस्यदर्शी ने कहा – "तुम घर जाओ। कल मैं तुम्हारे घर आऊंगा।"

वह बहुत प्रसन्न हो गई। उसने सोचा कि रहस्यदर्शी की भी उसमें दिलचस्पी हो गई है। उसने स्नान किया, शरीर में इत्र फुलेल लगाया। हर चीज को फूलों से सजाया, पूरे घर को साफ किया। बहुत बड़ी आशा और अपेक्षा से वह प्रतीक्षा कर रही थी। और तब वह रहस्यदर्शी आया। वह विश्वास ही न कर सकी। वह अपनी आंखें बाहर निकाल कर, एक तश्तरी में रखकर भेंट करने आया था।

और उसने कहा – "तुम इन्हें अपने पास रखो, अन्यथा तुम्हें अनावश्यक रूप से मेरा पीछा करना पड़ेगा। इन आंखों को तुम अपने पास रखो। तुम इन्हें अब पास रख सकती हो। मेरे लिए इनका अब अधिक उपयोग ही नहीं रहा, क्योंकि मुझे जो कुछ भी देखना था, वह मैंने देख लिया। और यह अच्छा नहीं

लगता कि तुम केवल मेरी आंखों के कारण ही मेरा पीछा करो। तुम इन्हें अपने पास रखो।"

लेकिन क्या ये अब वे ही आंखें हैं? वे आंखें तो अब रही ही नहीं। वे आंखें केवल तब थीं जब वे पूरे शरीर की आंगिक एकता के साथ थीं। अब वे कुछ भी नहीं हैं। अब यदि तुम उसमें देखो, तो वह झील जैसी गहराई नहीं पाओगे। तुम उनमें झांक सकते हो, लेकिन तुम उनमें कोई प्रेम और करुणा नहीं पाओगे। अब वहां कुछ भी नहीं है। वे बस साधारण रंगहीन पत्थर भर हैं, एकदम अर्थहीन। अर्थ तो हमेशा समग्रता में होता है,

इसलिए यह कभी मत सोचो कि बुद्धिमत्तापूर्ण वचन इकट्ठा कर तुम भी प्रज्ञावान बन सकते हो। यह सम्भव ही नहीं है। इस युग में बहुत से लोगों ने ऐसा प्रयास किया। भारत में महात्मा गांधी यह प्रयास कर रहे थे, कुछ चीजें कुरान से लेकर, थोड़ी सी चीजे बाइबिल से, कुछ चीजें गीता से और कुछ चीजें धम्मपद से लेकर और उन सभी को इकट्ठा कर एक खिचड़ी बना देना। इस खिचड़ी को वह सभी धर्मों का संश्लेषण कह कर पुकारते थे। यह बिल्कुल अर्थहीन है। तुम सभी धर्मों का संश्लेषण तैयार नहीं कर सकते। यह इसी तरह होगा जैसे तुम मेरा हाथ काट दो, कृष्णामूर्ति के पैर और मेहरबाबा का सिर काट कर एक साथ इकट्ठा कर लो और उसे सभी धर्मों का संश्लेषण बतलाओ। इसका कोई भी उपयोग नहीं होगा। उससे दुर्गन्ध आयेगी। वह कुरूप होगा। यही था वह सब कुछ जो महात्मा गांधी ने किया।

कोई भी संश्लेषण सम्भव ही नहीं है और न किसी विश्लेषण की कोई आवश्यकता है। गुलाब और कमल के फूल के बीच किसी कृत्रिम रचना बनाने की कोई आवश्यकता ही नहीं है। वे दोनों जैसे वे हैं, अपने आप में पूर्ण और सुंदर हैं। कमल, कमल है और गुलाब, गुलाब है। इस्लाम, इस्लाम है, हिन्दुत्व, हिन्दुत्व है, ज़ेन, ज़ेन है, सूफ़ी धर्म, सूफ़ी धर्म है, यहूदी धर्म, यहूदी धर्म है और जैन धर्म, जैन धर्म है। वे जैसे भी है वे उसी रूप में पूर्ण और सुंदर हैं। उनमें किसी तरह की कोई कमी नहीं हैं।

प्रत्येक पद्धति अपने आपमें पूरी है।

अब इस स्त्री ने प्रत्येक धर्म से कुछ चीजें लेकर इकट्ठी कर ली। और प्रत्येक बार वह एक नये सम्प्रदाय में गई... निश्चित ही जब भी किसी सम्प्रदाय में कोई नव प्रवेशी आता है, तो लोगों को बहुत अच्छा लगता है। इससे सिद्ध होता है कि वे लोग ही ठीक हैं। यह स्त्री, उस सद्गुरु से उस सद्गुरु के पास, और उससे भी अन्य दूसरे सद्गुरु के पास जाती रही और उनको छोड़ती रही। और अब वह उनके सद्गुरु के पास आई है, इसलिए उनका सद्गुरु सभी सद्गुरुओं में निश्चित

रूप से महान होना ही चाहिए। इसलिए उन सभी ने उसका स्वागत किया और उन्होंने उसको एक अच्छी समझदार और बोध को उपलब्ध स्त्री मानते हुए उसे अपने पंथ में सम्मिलित किया।

वास्तव में उसमें कोई समझ नहीं थी और वह पागल होने जा रही थी। और वह बोध को उपलब्ध नहीं हुई थी, वह प्रतिदिन उससे दूर होती जा रही थी। लेकिन इस तथ्य को जानने के लिए उसे किसी प्रामाणिक सद्गुरु के पास जाना था।

उसकी आंतरिक दशा प्रत्येक तरह से भ्रमपूर्ण और उलझन भरी थी। अंत में उसने एक विशिष्ट और प्रसिद्ध सूफ़ी सद्गुरु इमाम जफर सादिक के बारे में सुना।

केवल एक प्रामाणिक सद्गुरु ही आघात कर सकता है। अन्य दूसरे नकली सद्गुरु कभी भी आघात नहीं कर सकते। वे आघात कैसे कर सकते हैं? तुम उनके ग्राहक हो, उनका काम तुम्हें फुसलाना है। वे तुम्हें आघात पहुंचा कर विरक्त नहीं कर सकते। वे स्वयं तुम्हारे साथ सामंजस्य स्थापित करते हैं। वास्तव में वे हमेशा वही कहते हैं, जो तुम सुनना चाहते हो। वे कभी ऐसा कुछ नहीं कहते, जिससे तुम्हें चोट लगे – अन्यथा तुम उन्हें छोड़ सकते हो।

मैं जानता हूं, मैं इस देश में लाखों लोगों के सम्पर्क में आया हूं। और चूंकि मैं उन पर निरन्तर चोट करता रहा, इसलिए धीरे-धीरे वे लोग मुझे छोड़ कर चले गये। वे यहां सत्य सुनने के लिए नहीं आये थे। वे यहां अपना माना गया सत्य सुनने के लिए आए थे – और उनके पास कुछ भी नहीं था, उनके पास सत्य नाम की कोई चीज ही नहीं थी। यदि उनके पास सत्य ही होता तो पहिली बात तो यह कि उन्हें मेरे पास आकर मुझे सुनने की कोई जरूरत ही नहीं थी। लेकिन उनका ख्याल था कि उनके पास सत्य है। यदि वे किसी नकली सद्गुरु के पास जाते हैं, तो वह ऐसी बातें कहेगा, जिन्हें वे सुनना चाहते हैं। वह उनके अनुसार स्वयं को उनके अनुकूल बनाते हैं। और जब भी कोई सद्गुरु स्वयं को तुम्हारे अनुकूल बनाता हैं, तो सावधान रहना – सद्गुरु है ही नहीं। क्योंकि यदि वह स्वयं को तुम्हारे अनुकूल बना रहा है तो वह तुम्हारा रूपान्तरण कैसे कर सकता है? वह तुम्हारा अनुसरणकर्त्ता है। वह तुम्हें सान्तवना देने का प्रयास करता है। वह रूपान्तरण करने वाला माध्यम नहीं बन सकता।

रूपान्तरण, पीड़ायुक्त होता है। एक सद्गुरु को उसके साथ काम करने के लिए कठोर होना ही होता है।

यह स्त्री इमाम जफर सादिक के पास आई। जब वह उनके पास गई...

उसके मतभेदों से भरे विचारों को सुनने के बाद सादिक ने कहा – "तुम अपने घर जाओ। मैं तुम्हें अपना निर्णय एक संदेश के रूप में वहीं भेजूंगा।"

यही तरीका है सूफ़ियों का। वे लोग बहुत-बहुत प्रयोगात्मक लोग होते हैं। व्यावहारिक होने के साथ उनमें बहुत गहराई होती है। वस्तुतः कुछ भी कहने की अपेक्षा वह कहता है – "मैं अपना संदेश भेजूंगा। तुम अपने घर जाओ।" उन्होंने उस स्त्री की वास्तविकता जरूर ही समझ ली होगी – कि वह पहिले ही से काफी अधिक भ्रमित है। उससे कुछ भी कहना उसे और अधिक भ्रम और उलझन में डालने वाला होता। ठीक अभी तो उसे कुछ भी नहीं सिखाया जा सकता। ठीक अभी तो उसे कुछ सीखने की जरूरत ही नहीं है, क्योंकि वह पहिले ही से काफी अधिक सीख चुकी हैं। उसके सीखे हुए को तो अनसीखा करना है, इसलिए उन्होंने उससे कोई बात ही नहीं की।

इसके बाद शीघ्र ही उस स्त्री ने अपने दरवाजे पर इमाम के एक शिष्य को पाया। उसके हाथ में सद्‌गुरु द्वारा भेजा गया एक पैकेट था। जब उसने उसे खोला, तो देखा, उसमें एक कांच की बोतल रखी हुई थी, जिसमें काली, लाल और सफेद रेत की तीन तहें, उसके आधे भाग तक बिछी या भरी थी, और उसके मुंह पर रूई की एक डाट लगी थी। उस बोतल के बाहर चिपके लेबिल पर लिखा हुआ था – 'रूई को हटाकर इस बोतल को खूब हिलाओ और उसे देखकर तुम समझ जाओगी कि तुम्हारी भी स्थिति ठीक इसी जैसी है।

उसने बोतल में से रूई निकाल कर बोतल में रखी रेत को खूब हिलाया। अलग-अलग रंगों के रेतकण एक दूसरे में मिल गए। और उसके लिए अंत में जो कुछ रह गया, वह भूरे रंग की रेत का एक ढेर भर था।

सादिक उसे यह दिखाने का प्रयास कर रहा है – "तुम ठीक एक भ्रमजाल बनकर रह गई हो। तुम सभी तरह के रंगों का एक मिश्रण बन कर रह गई हो और परिणाम स्वरूप तुम केवल मटमैली हो गई हो। तुम्हारे पास अपना कोई रंग ही नहीं रह गया है।"

और रेत की यह तीन तहें बहुत महत्वपूर्ण हैं।

सूफ़ी कहते हैं कि परमात्मा को पाने के यहां तीन मार्ग हैं : ज्ञान, प्रेम और कर्म, ठीक जैसे कि हिन्दू इसे ध्यान मार्ग, भक्ति मार्ग कहते हैं। ऐसा इसलिए है

क्योंकि मनुष्य के पास कार्य करने की तीन सामर्थ्य या क्षमताएं हैं : ज्ञान प्राप्त करने की क्षमता, संवेदना और भावों की अनुभूति की क्षमता, और कार्य करने की सामर्थ्य। शरीर है कार्य करने का स्रोत, हृदय है भावों और अनुभूतियों का स्रोत – प्रेम और भक्ति का स्रोत और मन या बुद्धि है ज्ञान और जानने का स्रोत।

मनुष्य की इन्हीं तीन क्षमताओं के कारण, फलस्वरूप तीन द्वार हैं। इन्हीं तीनों द्वारों के द्वारा मनुष्य दिव्यता में प्रवेश करता है। कर्म सबसे अधिक निम्न तल पर है और इसे काले रंग से चित्रित करते हैं, भाव और प्रेम की अनुभूति शुभ या श्वेत है और वह सर्वोच्च है। और दो के मध्य बुद्धि या ज्ञान है लाल। बुद्धि को लाल रंग से चित्रित किया गया है, क्योंकि वह बहुत आक्रामक है, रक्तपात जैसा है, इसलिए उसका रंग रक्त की भांति है। सूफ़ियों के द्वारा हृदय को सफेद रंग से चित्रित किया गया है, क्योंकि वह निर्दोष और शुद्ध है। तुम भौतिक विज्ञानियों से पूछ सकते हो। वे कहते हैं कि सफेद रंग का अर्थ है कि सूर्य की सभी किरणें वापस लौट कर परावर्तित होती हैं। काले रंग का अर्थ है कि सूर्य की सभी रंगों की किरणें अवशोषित कर ली गई हैं। लाल रंग का अर्थ है कि केवल लाल रंग की किरणें ही परावर्तित होती हैं। और हरे रंग का अर्थ है कि हरे रंग की किरण ही वापस लौटती हैं। प्रत्येक प्रकाश की किरण के साथ रंग होते हैं। यदि कोई वस्तु सभी रंगों को सोख लेती है, तो वह काली हो जाती है। यदि कोई विशिष्ट वस्तु सभी रंगों का त्याग कर देती है, वह सफेद बन जाती है। इसलिए काला रंग कामनाओं को तुष्ट करने वाला और सफेद रंग त्याग का या संन्यास का प्रतीक है।

प्रेम एक बलिदान है, प्रेम एक त्याग है। जब तुम प्रेम करते हो, तुम सभी कुछ देने को तैयार रहते हो। देने से तुम शुभ खेत बन जाते हो। बुद्धि बहुत आक्रामक होती है, वह हमेशा लड़ने के मूड में होती है? – तर्क-वितर्क करती रहती है, इसलिए उसका रंग लाल होता है। कर्म सबसे निम्न तल पर होता है, उसका उद्‌गम है शरीर। लेकिन वहां यह तीन द्वार होते हैं। उस बोतल में वहां रेत की तीन पर्तें थीं; और उससे बोतल आधी भरी हुई थी। सद्‌गुरु ने निर्देश दिया था – बोतल पर लगी डाट को हटाकर बोतल को हिलाया जाये और देखा जाये कि आखिर क्या होता है? यही तुम्हारी भी स्थिति है। वहां तुमने कुछ चीज उन व्यक्तियों से ली हैं, जो प्रेमपूर्ण ढंग से रहते हुए प्रेम की बात करते हैं, कुछ चीज उन लोगों से ली हैं जो ज्ञान के बारे में चर्चा करते हुए बुद्धि में जाते हैं, और कुछ चीज उन लागों के बारे में हैं जो हमेशा कर्म की बात करते हुए ही जीते हैं, और वे सभी तुम्हारे पास इकट्ठे होकर तुममें मिल गए हैं। और अब

तुम्हारे पास अपना स्वयं का कोई भी रंग नहीं रह गया है। तुम ठीक मटमैली हो गई हो, एक उलझन, एक भ्रम।

उस स्त्री के लिए वह जरूर ही बहुत बड़ा आघात रहा होगा – क्योंकि अन्य स्थानों में वह जहां भी पहिले गई थी, वहां उसका स्वागत किया गया था, और हर जगह उससे यह कहा गया था कि अब वह बोध को उपलब्ध हो गई है, क्योंकि उसने ठीक सद्गुरु का चुनाव किया था। अब वह ठीक द्वार पर ही पहुंची थी। अब वह समझदार बन गई थी, जबकि अब तक वह पागल बनी इधर-उधर व्यर्थ भटक रही थी। उसे बहुत स्वागत समारोह के साथ उस, सम्प्रदाय में सम्मलित किया गया था। लेकिन सादिक ने उस पर चोट की। उसने उससे कोई बात तक करना ठीक नहीं समझा। उसने उसे एक संदेश भेजा। उसकी चेतना की स्थिति प्रदर्शित करने के लिए उसने एक प्रायोगिक विधि अपनाई। वह पहिली घाटी में ही खो गई थी और पहिली घाटी के ही पार न जा सकी थी। यह कहानी बहुत महत्वपूर्ण है। तुममें से बहुत से लोग पहिली घाटी में ही भटक रहे हैं। यदि तुम दूसरी घाटी में प्रवेश करना चाहते हो तो तुम्हें वह सारा कबाड़ जो तुमने अपने मन में इकट्ठा कर रखा है, उसे छोड़ना होगा। तुम्हें सभी तरह के विचारों को मिटाना और छोड़ना होगा। तुम्हें सीखे हुए को भुला देना होगा।

सीखे हुए को भुलाना ही विधायक मार्ग है। सीखे हुए को भुलाने या अनसीखा करने के द्वारा ही तुम्हारे अंदर एक नये तरह के व्यवहार का जन्म होता है – तुम्हारी दिलचस्पी ज्ञात के प्रति अर्थात विषय सामग्री के प्रति क्रम होती जायेगी। और तुम्हारा संबंध ज्ञाता या जानने वाले से अधिक जुड़ता जायेगा। और एक बार तुमने अपने सारे ज्ञान को गिराकर उससे छुट्टी पा ली, तो तुम्हारे सामने यह स्पष्ट हो जायेगा कि क्या कर्म मार्ग तुम्हारा द्वार बनने जा रहा है। अथवा वह मार्ग प्रेम है अथवा वह द्वार ज्ञान मार्ग का है। ठीक अभी तो तुम मटमैले रंग के बालू के ढेर जैसे हो।

इस कहानी पर ध्यान करो, और सात घाटियों पर ध्यान करो। मैं इसे पुनः दोहराना चाहूंगाः मनुष्य एक विरोधाभास है। मनुष्य ही केवल एक ऐसा प्राणी है, जो स्वयं का अतिक्रमण कर अपने से श्रेष्ठ होने का प्रयास करता है। मनुष्य ही केवल एक ऐसा प्राणी है, जिसके अंदर अपने से पार जाने की गहरी चाह है। यह मनुष्य का गौरव है, क्योंकि यह मनुष्य को परमात्मा का उपहार है और यही मनुष्य की पीड़ा भी है।

अब यह तुम पर निर्भर करता है कि तुम इसे वरदान बना लो अथवा अभिशाप।

प्रवचन दो

पुनः प्राप्त किए गए हीरे

पहिला प्रश्न :

> मैं प्रायः सोचता हूं कि लोग जिस पागल समाज में पल कर विकसित हुए हैं, उसकी अपेक्षा यदि बच्चों को उठाकर एक स्वतंत्र प्रेमपूर्ण वातावरण में रखा जाए तो वे पूर्ण विकसित होकर स्वतंत्र, प्रेमपूर्ण और बोध को उपलब्ध हो सकेंगे? लेकिन यदि ऐसा ही हुआ होता तो बहुत से आदिम समाजों में बुद्धों की भरमार होती। ऐसा क्यों नहीं होता?

उत्तर :

पहिली बात तो यह : तुम्हें स्वयं अपने आपको पाने के लिए पहिले स्वयं को खोना होगा। बच्चे का जन्म निर्दोषता में होता है, और यदि बच्चा अपनी निर्दोषता को नहीं खोता, तो वह कभी भी बुद्धत्व को उपलब्ध न हो सकेगा। बुद्धत्व का अर्थ है कि तुमने उसे खो दिया और फिर से प्राप्त किया – स्वर्ग से तुम निष्कासित किये गए और तुमने उसे फिर से प्राप्त कर लिया। बुद्धत्व होने का यह एक भाग है कि पहिले तुम्हें उसे खो देना चाहिए।

यह ठीक एक मछली की भांति है, जो हमेशा सागर में ही रहती है। इस मछली के लिए सागर को जानना असम्भव है। यह उन लोगों के लिए बहुत स्पष्ट नहीं है, जो सागर से बाहर खड़े हुए हैं, लेकिन यह मछली के लिए उतना स्पष्ट नहीं है। वह सागर में ही उत्पन्न हुई है, वह उसका ही एक भाग बनकर एक लहर की तरह रही है। सागर को जानने के लिए उससे थोड़ा सा अलगाव चाहिए, थोड़ी सी दूरी चाहिए। मछली सागर के प्रति अनभिज्ञ ही बनी हुई मर जाएगी। लेकिन मछली को बाहर निकालो, उसे सागर से बाहर तट पर गर्म रेत पर फेंक दो, जहां वह पीड़ा से छटपटायेगी, बिना जल के तड़पेगी, लेकिन इस पीड़ा में ही मछली पहिली बार जानेगी कि वह अब तक सागर में रहती रही है। और पहिली बार ही उसके अंदर एक गहरी प्यास, एक उत्कट चाह, फिर से सागर में वापस लौट जाने की होगी। और वह वापस लौटने का प्रयास भी करेगी।

और यदि वह सफल होती है और वापस लौटकर फिर से सागर में चली जाती है, तो उसके लिए यह बहुत बड़ा आनंद और प्रसन्नता होगी। वह हमेशा

से सागर में ही रहती रही थी, लेकिन ऐसा आनंद उसे कभी न मिला था। लेकिन अब उसे प्रसन्नता होगी, वह रोमांचित और हर्षित होगी। अब प्रत्येक क्षण उसके लिए एक तरह का परमानंद बन जायेगा। और यह वही पुराना सागर है, यही सागर जिसमें उसने जन्म लिया था। आखिर कौन सा फर्क पड़ गया? एक नई चेतना का जन्म हुआ। मछली अब और अज्ञानी नही रही, मछली अब बोध को उपलब्ध हो गई।

आदिम समाजों में तुम किसी बुद्ध को न खोज पाओगे, तुम वहां किसी क्राइस्ट को न पा सकोगे।

आदिम समाज सागर में रहते हैं। तुम उनमें बच्चों जैसी निर्दोषता पाओगे, तुम उनमें पाओगे पशुओं जैसा भोलापन और निष्कपटता, लेकिन तुम उनमें एक भी बुद्ध न खोज पाओगे। एक बुद्ध वह होता है, जिसने अपनी निर्दोषता को पहिचान लिया। पहिचान करने से ही अन्तर उत्पन्न होता है। लेकिन पहिचानने के पहिले, तुम्हें उसे खोना होगा।

मैं समझ सकता हूं। तुम्हारा प्रश्न बहुत संगत है। यदि यह पागल समाज तुम्हें मानसिक रुग्णता के मार्ग पर ले जाता है, तभी तुम्हारा तार्किक मन यह कहेगा कि आदिम समाज में फिर सभी लोग बुद्ध क्यों नहीं है। यह समाज ही तुम्हें पागलपन तक ले जाता है लेकिन इस चलने में तुम अपने आंतरिक केन्द्र से दूर हटना शुरू हो जाते हो। पीड़ा उत्पन्न होती है और फिर उस आंतरिक केन्द्र अथवा घर वापस लौटने की तीव्र चाह पैदा होती है। यह वह चाह ही है जिसके बारे में सभी धर्म, उसे घर वापस लौटना कहते हैं।

जो कुछ समाज ने तुम्हारे साथ किया है, तुम्हें उसे अनकिया करना है। धर्म, समाज के विरोध में है। वह समाज के लिए विष नाशक दवा की भांति है। यही वजह है कि जब धर्म, समाज का एक भाग बन जाता है, वह फिर अधिक समय तक धर्म रहता ही नहीं। वह ईसाइयत, हिन्दुत्व, जैनिज्म अथवा जूडिज्म जैसा सम्प्रदाय बन जाता है। तब वह धर्म रहता ही नहीं। धर्म बुनियादी रूप से समाज के विरुद्ध होता है। उसे होना ही चाहिए – क्योंकि समाज तुम्हें, तुम्हारी आत्मा से दूर ले जाता है, और धर्म तुम्हें अपनी आत्मा में वापस ले जाता है। वह उस सभी को नष्ट और बरबाद कर देता जो समाज ने व्यक्ति के लिए किया है। लेकिन इसके पहिले वह उसे बरबाद करे, समाज को कुछ काम करना होता है।

इसलिए बुद्ध केवल सुसंस्कृत समाज में ही विद्यमान होते हैं। बुद्धत्व को उपलब्ध व्यक्तियों का अस्तित्व केवल बहुत समझदार समाज में ही होता है। यह विरोधाभासी दिखाई देगा, लेकिन कैसे भी हो यह है ऐसा ही। यदि तुम इस

दृष्टिकोण से देखो तो तुम एक विद्रोही बनोगे, लेकिन फिर भी तुम समाज के विरुद्ध नहीं होगे। इस बारे में एक अंतर है। तुम इस सारे पागलपन के प्रति जो समाज द्वारा निर्मित किया गया है, बहुत करुणामय ही बने रहोगे। यह इस खेल का ही एक भाग है। यही बुद्धत्व को सम्भव बनाता है।

एक दूसरा उदाहरण लो। एक व्यक्ति जो हमेशा स्वस्थ रहा हो, वह यह नहीं जानता कि बुखार क्या होता है, वह सिर दर्द के बारे में भी नहीं जानता। वह किसी भी तरह की बीमारी के बारे में कुछ भी नहीं जानता। क्या तुम कल्पना कर सकते हो कि उसे अपने स्वास्थ्य का कोई अनुभव होगा? ऐसा होना सम्भव ही नहीं है। चीजों के स्वभाव के अंतर्गत वह यह कभी नहीं जानेगा कि स्वास्थ्य क्या होता है? और वह है पूर्ण स्वस्थ इसलिए यह जानने के लिए कि कोई स्वस्थ है, स्वास्थ्य की कुशल जानने के लिए, स्वस्थ होना ही काफी नहीं हैं। एक व्यक्ति स्वस्थ हो सकता है, पूरी तरह स्वस्थ, और वह उसके प्रति सचेत भी नहीं हो सकता – क्योंकि जानकारी, विपरीतता से होती है। जानकारी होती है दो विरोधी चीजों के मध्य विचार – विमर्श करने की विधि से। पूर्व पक्ष का विरोध अर्थ की विपरीतता से होना चाहिए। स्वास्थ्य को बीमारी का अनुभव होना चाहिए, तभी तुमने जो खो दिया है तुम उसके प्रति सचेत होते हो। और यदि तुम उसे फिर से प्राप्त कर लेते हो तो उस बारे में महान प्रसन्नता होती है।

इस बारे में एक सूफी कहानी कही जाती है...

एक बहुत धनी व्यक्ति सत्य और आनंद की खोज कर रहा था, अथवा इस खोज के लिए तुम जो चाहो नाम दे सकते हो। उसके पास काफी अधिक धन था और वह किसी भी उस व्यक्ति को जो उसे इसकी कुंजी दे सके, कोई भी धनराशि भेंट करने के लिए तैयार था। वह एक शिक्षक से दूसरे के पास गया, लेकिन कोई भी उसे आनंद और प्रसन्नता न दे सका।

वह अपने साथ एक थैली में हीरों का बोझ लिए हुए चल रहा था, जिससे वह उस थैली को किसी सद्गुरु के चरणों में रखकर कह सके – "अब आप इसे ले लीजिए, लेकिन मुझे प्रसन्न होने का रहस्य बतला दीजिए।"

तब वह एक सूफ़ी सद्गुरु के पास आया। वह सूफ़ी एक पेड़ के नीचे बैठा हुआ था। वह धनी व्यक्ति अपने घोड़े पर चढ़कर अपने साथ वह प्रसिद्ध थैली लिए चल रहा था, जो पूरे देश भर में मशूहर हो गई थी, उसके पास आया और उसने वह थैली सद्गुरु के सामने रखकर कहा – "मैं प्रसन्नता की खोज में हूं और मैं उसके लिए कोई भी मूल्य चुकाने को तैयार हूं, आप यह हीरे ले सकते है, लेकिन मुझे प्रसन्नता दे दीजिए।"

और उस सूफी सद्गुरु ने तुरन्त ही कुछ किया। सूफी लोग ऐसे व्यक्ति होते हैं, जो उत्तर देने के स्थान पर कुछ करते हुए एक स्थिति सृजित करते हैं। वह सद्गुरु उस थैली पर झपटा और उसे लेकर भाग खड़ा हुआ।

एक क्षण के लिए वह धनी व्यक्ति जो कुछ अचानक हुआ, उस पर विश्वास ही नहीं कर सका। और तब अचानक जो कुछ भी हुआ था, उसने अनुभव किया कि वह सद्गुरु उसके हीरे लेकर चला गया है। इसलिए चीखते-चिल्लाते हुए उसने भी उस सद्गुरु के पीछे भागना शुरू कर दिया। लेकिन उस गांव में वह सद्गुरु प्रत्येक गली कूंचे के कोने-कोने को जानता था। और वह धनी व्यक्ति यह चिल्लाता हुआ उसके पीछे भाग रहा था – "मैं तो लुट गया। मेरे जीवन भर की सम्पत्ति मुझसे लूट ली गई। यह व्यक्ति तो एक चोर है। अरे! कोई उसे पकड़ो। अब यह एक सद्गुरु नहीं रहा। यह तो धोखेबाज है। यह शख्स तो एक ठग है।" और वह इस तरह चीखता-चिल्लाता उसके पीछे भाग रहा था। लेकिन वह उस सद्गुरु को पकड़ न सका, क्योंकि वह सद्गुरु उस कस्बे के हर गली कूंचे से परिचित था।

पूरे कस्बे के लोग उस धनी व्यक्ति के चारों ओर इकट्ठे हो गये और उससे कहा – "आप फिक्र मत कीजिए।" लेकिन उसने कहा – "मैं फिक्र क्यों न करूं? मैं तो पूरी तरह बरबाद हो गया। वह सब कुछ जो मेरे पास था वह उसी थैली में था और वह व्यक्ति उसे लेकर भाग गया है।" और वह चीखे जा रहा था, वह उतना ही दुःखी व्यक्ति था जितना अधिक दुःखी कोई हो सकता था।

तब वह धनी व्यक्ति लोगों की भीड़ के साथ उसकी खोज करने लगा, और अंत में उन्होंने सद्गुरु को उसी पेड़ के नीचे बैठे हुए पाया, और वह थैली भी उसी जगह रखी हुई थी, जहां उस धनी व्यक्ति ने उसे रखा था। उसका घोड़ा भी वहीं खड़ा हुआ था। वह धनी व्यक्ति तेज़ी से उस पर झपटा। उसे उठाकर उसने अपनी छाती से लगाया और राहत भरी एक गहरी सांस लेते हुए कहा – "हे परमात्मा! तेरा बहुत-बहुत शुक्रिया।"

और उस सूफ़ी सद्गुरु ने उससे कहा – "तुम प्रसन्न हो अथवा नहीं? यही प्रसन्नता की कुंजी है। मुझे बताओ, तुम्हें प्रसन्नता मिली या नहीं?"

और उस व्यक्ति ने कहा – "वास्तव में मुझे ऐसी प्रसन्नता आज तक नहीं मिली।"

आदिम समाज में लोग निर्दोष हैं, वे लोग ईडेन के उद्यान में रहने वाले आदम और ईव की भांति हैं। उन्होंने अभी तक ज्ञान के वृक्ष का फल नहीं

चखा। एक सभ्य मनुष्य ही वह आदम है, जिसे स्वर्ग से निष्कासित कर दिया गया है। उसने ज्ञान के वृक्ष का फल चख लिया है। और अब वह निर्दोष नहीं रहा। वह भ्रष्ट हो गया है।

लेकिन आदम जीसस नहीं बन सकता। ऐसा सम्भव ही नहीं है। तुम्हें ऊपर उठने के लिए नीचे गिरना पड़ेगा। तुम्हें पाने के लिए पहिले अपने को खोना होगा। आदम, जीसस के लिए मार्ग तैयार करता है। निर्दोषता से वंचित होने पर एक नई सम्भावना का जन्म होता है – वह फिर से निर्दोषता में प्रवेश कर सकता है, वह फिर से स्वर्ग के उद्यान में प्रविष्ट हो सकता है। दूसरी निर्दोषता को ही हिन्दू लोग दूसरा जन्म लेना अर्थात द्विज बनना कहते हैं, यह दूसरी निर्दोषता का नया जन्म हुआ। जो गुणात्मक रूप से पहिली निर्दोषता से पूरी तरह भिन्न है। पहिली निर्दोषता का उसे ज्ञान नहीं था। वह निर्दोषता स्वयं के प्रति सचेत न थी, वह प्रकाशवान नहीं थी, वह अंधेरे जैसी थी। दूसरी तरह की निर्दोषता में समझ की दीप्ति है। उसमें एक रोशनी जल रही है। वह स्वयं सचेत है। वह न केवल निर्दोष है। उसमें निर्दोषता के साथ सचेतनता भी है।

इसलिए इस पागल समाज में भी एक तरह से तुम्हारे लिए कुछ चीज सुंदर भी है – वह तुम्हारे हीरों की थैली को तुमसे दूर ले जाती है। वह तुम्हारे लिए प्रसन्नता सृजित करने की सम्भावना बनती है। यदि तुम उसमें खो जाते हो तो कुछ चीज गलत हो गई है, अन्यथा इस बारे में गलत कुछ भी नहीं है। इससे दूर जाना, वापस लौटने का ही एक भाग है। जितनी भी दूर जाना सम्भव हो, उतना ही दूर चले जाओ, फिर वापस लौटना उतना ही सुंदर बन जायेगा, जितना वह बन सकता है। परमात्मा से उतनी ही दूर चले जाओ, जितनी दूर तुम जा सकते हो। तुम उससे जितनी अधिक दूर चले जाओगे, वापस लौटना उतना ही अधिक आनंददायक बन जायेगा।

इसीलिए आदिम समाजों में बुद्ध नहीं होते। वे केवल पागल समाज में ही होते हैं। यह है पहिली चीज।

और दूसरी चीज है : एक आदिम समाज भी वास्तव में पूरी तरह आदिम नहीं होता। वास्तव में कोई भी समाज पूरी तरह आदिम हो ही नहीं सकता। समाज यदि है, तो उसका अर्थ है कि उसमें सभ्यता प्रविष्ट हो गई है, भले ही वह प्राचीन हो। हो सकता है वह आदिकालीन सभ्यता हो, हो सकता है उसमें सड़कें, कारें और वायुयान न हों, इससे कोई भी फर्क नहीं पड़ता। यह चीजें समाज को समाज नहीं बनातीं।

एक समाज बनता है नियमों, अधिनियमों वर्जनाओं और प्रतिबंधों से। एक आदिम समाज में भी यह चीजें वहां होती ही हैं, वे भले ही अपरिपक्व, और मूढ़ हों, उतनी ही आदिम हों, जितना कि वह समाज आदिम है, लेकिन वे वहां होती हैं। कोई भी समाज बिना नियमों के नहीं रह सकता। समाज का अर्थ ही है – नियम। कोई भी समाज बिना निषेधों के अस्तित्व में नहीं रह सकता। समाज का अर्थ ही है – निषेध, प्रतिबंध। कोई भी समाज बिना दमन के नहीं रह सकता। समाज का अर्थ ही है, दमन करना। समाज का अर्थ है कि प्रत्येक व्यक्ति को समूह के साथ उसके अनुकूल बनाना। इस अनुकूल बनाने की प्रक्रिया में व्यक्ति अपनी निर्दोषता खो देता है। वह प्रदूषित हो जाता है।

इसलिए दूसरी चीज यह स्मरण रखने की है कि एक आदिम समाज भी आखिर एक समाज होता है, इसलिए वहां भी बुद्ध होने की कुछ सम्भावना है। लेकिन समाज जितना अधिक जटिल होता है वहां बुद्धत्व घटने की सम्भावना उतनी ही अधिक होती है। जहां जितनी अधिक सम्भावना पागल बनने की होती है, वहां उतनी ही अधिक सम्भावना बुद्धत्व घटने की होती है।

अब यह तुम्हारे ऊपर निर्भर है कि तुम उस स्थिति का उपयोग किस तरह करते हो। एक सभ्य समाज बहुत बड़ी सम्भावनाएं सृजित करता है। तुम आविष्ट बन सकते हो , तुम दुविधा और कठिनाई में पड़ सकते हो। तुम जम कर बर्फ जैसे बन सकते हो – यह तुम्हारा चुनाव है। अन्यथा समाज जितना अधिक जटिल होता है, तुम बुद्धत्व घटने के उतने ही अधिक निकट होते हो। तुम उस अवसर का उपयोग कर सकते हो।

बुद्ध का जन्म एक बहुत दमित मनोभावों वाले हिन्दू समाज में हुआ। वह भारतीय सभ्यता का शिखर समय, स्वर्ण काल था। समाज बहुत तर्कनिष्ठ और जटिल था। बुद्ध उसी समाज में उत्पन्न हुए। और जैनों के चौबीस तीर्थंकर, बुद्ध, और हिन्दुओं के राम, कृष्ण और अन्य अवतार भी समाज के इसी तर्कनिष्ठ और आभिजात्य वाली पर्त से ही आये। वे सभी समृद्ध और कुलीन थे। वे सभी समाज की निम्न पर्त से नहीं आये। वे सभी राजा थे अथवा राजपुत्र थे। क्यों? क्योंकि इस शिखर का पागलपन तुम्हें वास्तव में परमात्मा से बहुत अधिक दूर ले जाता है। और तभी मुड़कर वापस आना सम्भव होता है।

मैं यह नहीं कह रहा हूं कि अनिवार्य रूप से बदलाव होने ही जा रहा है – मैं ऐसा कह ही नहीं रहा हूं। यह तुम पर ही निर्भर करेगा।

तुम जिस पागलपन में रह रहे हो, उसके प्रति यदि तुम सचेत हो जाते हो, तो बदलाव होना शुरू हो जाता, यदि तुम उस नासमझी और पागलपन के प्रति

सचेत नहीं होते हो और मूर्च्छित ही बने रहते हो तो तुम भी नासमझ और पागल बने ही जीते रहोगे।

यह कोई संयोग नहीं है कि पूरब की अब धर्म में उतनी अधिक दिलचस्पी नही रह गई है। पूरब अभी भी इतना अधिक निर्धन है और समाज का इतना अधिक अधःपतन हो गया है कि वह अब पहिले जितना तर्कनिष्ठ और समृद्ध नहीं रह गया है। उसकी समस्याएं अब बहुत अधिक शारीरिक निम्नतल की हैं। वह आध्यात्मिक समस्याओं के बारे में सोच भी नहीं सकता।

यह कोई संयोग नहीं है कि पश्चिम धर्म में अधिक से अधिक दिलचस्पी ले रहा है। विशेष रूप से अमेरिकन धर्म के साथ बहुत गहराई से जुड़ते जा रहे है, क्योंकि अब अमेरिका सभ्यता, तर्क-वितर्क, आभिजात्य और समृद्धि के चरम शिखर पर है। ठीक यही चीज ढाई हजार वर्ष पूर्व भारत में भी घटी थी जब भारत सोने की चिड़िया कहा जाता था – ठीक जैसा कि आज अमेरिका है। अमेरिका एक आधुनिक भारत है।

अब सूर्य पश्चिम में उदय होने जा रहा है। अब पूरब एक मरुस्थल है। भारत का सम्भावित क्षेत्र अब साम्यवादी है। वह अब धर्म के लिए नहीं रह गया है। पूरब के देश धीमे-धीमे साम्यवादी होते जा रहे हैं। भारत का धर्म अब केवल साम्यवादी ही हो सकता है – जो सबसे निम्नतल का धर्म है।

इसलिए अमेरिकी मन विशेष रूप से सुसंस्कृत अमरीकी मन की दिलचस्पी अब बुद्ध में है, मार्क्स में नहीं, उसकी दिलचस्पी कृष्ण में है, मार्क्स में नहीं। लेकिन चीनी मन की दिलचस्पी, मार्क्स, लेनिन और माओ में है। भारत के मन की दिलचस्पी गांधी में, मार्क्स में, समाजवाद और साम्यवाद में है। जब तुम्हारी शारीरिक आवश्यकताएं पूरी हो जाती हैं, जब तुम्हारी मानसिक जरुरतों की पूर्ति हो जाती है, तब वहां धार्मिक बनने के सिवा और कोई रास्ता नहीं रह जाता। तब तुम ध्यान, सटोरी और समाधि की खोज करना शुरू कर दोगे।

दूसरा प्रश्न :

> पूना आने से पहिले मैं सोचता था कि दूसरों की सहायता करने के लिए मेरे पास कुछ है। अब मैं यह अनुभव करता हूं कि सहायता करने के संबंध में मैं कुछ भी नहीं जानता। अधिक से अधिक मैं यही कर सकता हूं कि जो व्यक्ति उपचार के लिए मुझ पर निर्भर है, मैं उसके साथ उपस्थित बना रहूं, और उस क्षण अपनी सहज प्रवृत्ति और अपनी जानकारी का अनुसरण करूं। इस जगह मुझे बहुत भय लग रहा है।

उत्तर :

अब वास्तव में तुम्हारे सहायक बनने की, एक थेरेपिस्ट या उपचारक बनने की यह शुरूआत है। जब तुम्हारा उपचारक बनने का अहंकार विसर्जित होना शुरू हो गया, तो तुम्हारे द्वारा संवेदना का प्रवाहित होना शुरू हो गया। अहंकार ही एकमात्र बाधा है, एक प्रामाणिक उपचारक यह नहीं जानता कि वह एक उपचारक है, वह अपने द्वारा परमात्मा के प्रवाहित होने का एक माध्यम होता है।

और मैं समझ सकता हूं कि तुम भय का अनुभव क्यों कर रहे हो – क्योंकि तुम्हारी सारी विशेषज्ञता और तुम्हारा पूरा अतीत एक सूक्ष्म अहंकार और अपने 'मैं' के चारों ओर रहता रहा है। अब वह और अधिक संगत प्रतीत नहीं होता। जब अतीत और अधिक संगत नहीं रह जाता, तो वह व्यक्ति भय का अनुभव करता है। वह अपना जानने का, अपने ज्ञान का दम्भ खोने लगता है, जो अभी तक तुम्हारा अवलम्ब था, वह तुम्हारी जमीन थी, जिस पर तुम खड़े हुए थे, वह उसे खोने लगता है। तुम इसे और उसे जानते थे, तुम यह जाना करते थे कि कैसे दूसरों की सहायता की जाये, जो कुछ जरूरत हो वह सभी कुछ किया जाये... और अब वह सभी कुछ मिट रहा है। अब यह जान पाओगे कि क्या किया जाये और तुम यह भी जानोगे कि प्रत्येक प्रश्न का सही उत्तर क्या है? लेकिन अब पहिली बार यदि तुम अपने मरीज या उपचार कराने वाले व्यक्ति के लिए उपलब्ध बने रहे, तो ठीक उत्तर तुम्हारे द्वारा आयेगा। वह तुम्हारे द्वारा झंकृत होगा। यह सच है कि वह तुम्हारा उत्तर न होगा, वह फिर तुम्हारा उत्तर रह नहीं जायेगा, वह तुम्हारे द्वारा परमात्मा का ही प्रत्युत्तर होगा।

यहां मेरा यही पूरा कार्य है। मैं एक नई तरह के उपचारक तैयार कर रहा हूं। पूरी तरह से भिन्न प्रकार के उपचारक, जिनका कार्य मरीज के प्रति कुछ भी कार्य न करने का होगा, बल्कि केवल उपलब्ध बने रहने का होगा। उनकी उपस्थिति ही उपचार करने वाली उपस्थिति होगी, उनके द्वारा चमत्कार घटेंगे, लेकिन वे यह नहीं कह सकेगें – यह मैंने किया है। यह चमत्कार, परमात्मा, अथवा वह अज्ञात शक्ति अथवा समग्र अस्तित्व ही करेगा।

लेकिन यह कुछ दिनों, कुछ महीनों, या कुछ वर्षों के लिए है...? यह निर्भर करता है। यदि तुम इसमें समर्पित हो जाते हो। यदि तुम विश्रामपूर्ण बने रहते हो, तो तुम्हारी हिचक शीघ्र ही मिट जायेगी। यदि तुम समर्पण नहीं करते हो, यदि तुम प्रतिरोध किये चले जाते हो, तब इसमें कई महीने और कई वर्ष लगेंगे। अथवा हो सकता है कि तुम प्रतिरोध करने में सफल भी हो जाओ और हो सकता है

वह फिर घटना ही समाप्त हो जाये। तब तुम एक महान अवसर से चूक जाओगे – एक द्वार खुला था, लेकिन तुमने उसे खुलने की अनुमति नहीं दी।

मेरा यह निरीक्षण है कि जब कोई संगीतकार एक प्रामाणिक और सच्चा संगीतज्ञ बनता है, तो वह सभी साजों को दूर फेंक देता है। उसे उनकी कोई जरूरत ही नहीं रह जाती। अब संगीत उसके आंतरिक केन्द्र से उमगता है, वह किसी साज़ से उत्पन्न नहीं होता। जब एक तीरंदाज एक प्रामाणिक धनुर्धर बनता है, तो वह अपने तीर और कमान को फेंक देता है। उनकी फिर कोई जरूरत रह ही नहीं जाती। जब एक उपचारक, सच्चा उपचारक बनता है, तो वह यह भूल ही जाता है कि वह एक उपचारक है।

वह व्यक्ति जो जान लेता है, पूरी तरह बिना किसी ज्ञान के बोझ के निर्दोष बन जाता है। और इसकी प्रक्रिया में... मैं यह नहीं कह रहा हूं कि तुम्हें किसी प्रशिक्षण की जरूरत नहीं है, नहीं, बिल्कुल भी नहीं। मैं यह भी नहीं कह रहा हूं कि तुम्हें मनोविश्लेषण के बारे में, मन और आत्मा के उपचार के बारे में, अथवा दवाओं के बारे में जानने की कोई आवश्यकता नहीं है – मैं यह कह ही नहीं रहा हूं। मैं तो यह कह रहा हूं कि तुम्हें यह सभी कुछ जानना है, और एक दिन तुम्हें यह सभी कुछ भूल भी जाना है। मैं यह नहीं कह रहा हूं कि कोई भी व्यक्ति जो तीरंदाजी के बारे में कुछ भी नहीं जानता है, वह अचानक केवल समर्पण करने से ही एक धनुर्धर बन जायेगा, नहीं। पहिले तो उसे जानने की जरूरत होती है – और यह पहिला भाग है। उसे सीखना होता है। तब दूसरा भाग जो उससे उच्चतम का है कि जब तुम सब कुछ सीख जाओ, उस सीखे हुए को भूल जाओ।

ज़ेन में वे कहते हैं कि यदि कोई व्यक्ति महान चित्रकार बनना चाहता है, तो पहिले तो उसे बारह वर्ष तक दिन रात चित्रकला सीखना चाहिए। उसे वह सभी कुछ सीखना चाहिए जो रंगों, चित्रण करने, कैनवास और तकनीक के बारे में सम्भव है और बारह वर्षों बाद उसे अपना कैनवास, ब्रुश और अपने रंग फेंक देना चाहिए और बारह वर्ष के लिए उसे चित्रकला के बारे में सभी कुछ भुला देना चाहिए। न तो उसे कभी छूना चाहिए और न उस बारे में कभी बात करनी चाहिए। और तब एक दिन उसे फिर से चित्र बनाना शुरू कर देना चाहिए। अब कोई चीज उस चित्र में मौलिक होगी। जिस सारी तकनीक की जरूरत है, वह वहां है, लेकिन वह चेतन मन का अब भाग नहीं है, और न वह अब अहंकार का ही कोई भाग रह गया है। वह अचेतन में बहुत गहरे प्रविष्ट हो गया है। प्रशिक्षण के बारह वर्ष, अस्थियों और रक्त का एक भाग बन गये हैं।

तब बारह वर्षों के लिए वह उस बारे में पूरी तरह भूल जाता है। इसलिए

उसके चेतन मन से सभी कुछ मिट गया। यदि तुम उससे कुछ पूछो, तो वह कुछ भी बताने में समर्थ न हो सकेगा। वह चित्रकला के बारे में कुछ भी बताने में समर्थ न होगा। अब वह एक निर्दोष बच्चे की भांति चित्र बनायेगा, जो कोई भी चीज़ चित्रकला के बारे में जानता ही नही, यद्यपि उसके चित्रण में तकनीक की पूरी विशेषज्ञता और कुशलता होगी। अब उसके अंदर दो महान चीज़ों का मिलन होगा : बच्चे की निर्दोषता और एक विशेषज्ञ के अनुभव व ज्ञान की पूरी क्षमता का मिलन।

सामान्य रूप से होता क्या है? कोई भी ठीक एक विशेषज्ञ तो बन जाता है। तकनीकी रूप से बहुत कुशल भी हो जाता है... तब तुम चित्रण तो कर सकते हो, पूरी कुशलता से चित्र बना सकते हो, लेकिन कहीं किसी चीज़ की कमी होगी। वह चित्र तो परिपूर्ण होगा, लेकिन तुम उसकी आत्मा से चूक जाओगे। कोई व्यक्ति उसमें कोई भी दोष खोजने में समर्थ न हो सकेगा। यह सच तो है, लेकिन एक चित्र के लिए काफी नहीं है – कि कोई भी व्यक्ति उसमें कोई दोष न खोज सके। यह पर्याप्त नहीं है। इसकी जरूरत है। लेकिन यह पर्याप्त नहीं है। किसी और चीज की भी जरूरत है। किसी चित्र के बारे में यह कहना कि उसमें कोई दोष या, कमी नहीं है, यह प्रशंसा करना नहीं है।

यदि कोई कवि अपनी कविता प्रस्तुत करता है और तुम कहते हो – "हां। यह पूरी तरह वैसी ही है, जैसी कि होना चाहिए थी, इसमें कहीं कोई गलती नहीं है, न तो भाषा की, न कहीं व्याकरण की और न लय की – प्रत्येक चीज पूरी तरह ठीक है," पर यह उसकी प्रशंसा नहीं हुई। यह मृत प्रशंसा ही हो सकती है। इसे मृत होना ही चाहिए, क्योंकि इसमें वहां जीवन नहीं है। यह एक मुर्दा है। प्रत्येक चीज ठीक तो दिखाई देती है पर कुछ सारभूत चीज की कमी है।

मैंने एक पागल व्यक्ति के बारे में सुना है, जो पागलखाने से भाग निकला। वह दर्शनशास्त्र का एक प्रोफेसर था – और बहुत चालाक व्यक्ति था। जब वह पागलखाने से भागकर बाहर आया, तो स्वाभाविक रुप से उसने सोचना शुरू किया कि कैसे खोजे जाने से बचा जाये – क्योंकि वे लोग उसकी खोज करना तुरन्त शुरू कर देंगे। पूरे देश भर में उसकी खोज की जायेगी, क्योंकि वह एक खतरनाक पागल था और पुलिस उसकी ताक में रहेगी।

इसलिए उसने समस्या पर खूब सोचा कि आखिर क्या किया जाये? कैसे फिर से पकड़े जाने से बचा जाये? और उसने इसका एक बहुत कुशल हल निकाला। वह जानता था, कि लोगों ने यह सोचना प्रारम्भ क्यों किया कि वह एक पागल था, और ऐसा केवल इसलिए, हुआ क्योंकि वह बहुत असंगत वक्तव्य दिया करता

था। इसलिए उसने सोचा कि मुझे एक काम करना चाहिए। मुझे कोई भी असंगत या मूर्खतापूर्ण वक्तव्य देना ही नहीं चाहिए। और दूसरी बात यह कि मुझे केवल वही वक्तव्य देना चाहिए जो पूरी तरह निश्चित हो और कोई भी व्यक्ति उनमें कोई दोष न निकाल सके। मैं केवल वही चीजें कहूंगा जो विज्ञान द्वारा सिद्ध हैं और मैं ऐसी कोई भी बात न कहूंगा, जिसे सिद्ध न किया जा सकता हो। मेरे सभी वक्तव्य बेदाग और निर्दोष होंगे।'

इसलिए उसने अपने स्मृति कोष को टटोला। वह एक बहुत बड़ा विद्वान और प्रसिद्ध प्रोफेसर था। उसे थोड़े से वे वक्तव्य याद आए, जो पूरी तरह ठीक और त्रुटिहीन थे। कोई भी व्यक्ति उनमें कोई दोष नहीं निकाल सकता था। उदाहरण के लिए – 'यह पृथ्वी गोल है'। 'दो और दो मिलाकर चार होते हैं, और कुछ ऐसे ही वक्तव्य। यही उसकी पूरी बातचीत थी। तुम कुछ भी कह सकते हो और वह कहेगा – 'पृथ्वी गोल है। दो और दो मिलाकर चार होते हैं।' बस इसी तरह की कुछ बातें और भी। यही उसकी पूरी बातचीत होती थी। तुम कुछ भी उससे कहो और वह कहता – "यह पृथ्वी गोल है। दो और दो मिलाकर चार होते हैं।" और वह इसी तरह की बातें करता था। केवल इस जैसी ही बातें।

वह तीन दिनों के अंदर फिर से पकड़ा गया। वह बहुत आश्चर्य से भर गया। आखिर क्यों? जब वह पकड़ा गया, तो उसने अधीक्षक से पूछा – "लेकिन मैं बहुत उलझन में हूं। मैंने ऐसा एक भी वक्तव्य नहीं दिया, जिसे गलत सिद्ध किया जा सकता हो। क्या आप सिद्ध कर सकते हैं कि पृथ्वी गोल नहीं है? आखिर इसमें गलत क्या था? उन लोगों को पता कैसे चला कि मैं एक पागल हूं?"

उसमें गलत कुछ भी नहीं था – स्पष्ट रूप से सभी कुछ ठीक था। वक्तव्य पूरी तरह प्रामाणिक थे – पृथ्वी गोल है और दो तथा दो मिलाकर चार होते हैं। लेकिन यह असंगत है। कोई व्यक्ति अपनी स्त्री के बारे में बात कर रहा है और तुम कहो – "यह पृथ्वी गोल है" तो यह कहना असंगत है। अर्थहीन है।

एक कुशल कलाकार कलापटुता से चीजें बनाये चला जाये, लेकिन वह निरर्थक हैं। वह एक बहुत सुंदर चित्र बना सकता है, लेकिन उसमें कुछ चूक रहेगी – वह अभिप्राय ही से चूके जा रहा है। तुम उसके रंगों के संयोजन मे कोई त्रुटि न खोज सकोगे – तुम उसकी ड्राइंग में कोई दोष न खोज सकोगे, तुम उसमें कोई भी दोष न खोज सकोगे। यदि तुम त्रुटियां निकालना भी चाहो, फिर भी कोई त्रुटि खोजने में समर्थ न हो सकोगे। लेकिन आवश्यक बात यह है ही नहीं। उसमें अभिप्राय कहां है? उसका महत्त्व क्या है? उसमें कहीं कुछ चीज कम है उसमें

समग्रता की कमी है। वह एक यांत्रिक कौशल मात्र है। उसमें आंगिक एकत्व की कमी है। आंगिक एकत्व विशेषज्ञता से नहीं निर्दोषता से आता है।

इसलिए यहां ऐसे चित्रकार हैं जो केवल कलापटु हैं, वे यांत्रिक चित्रण करते हैं। इसी यांत्रिक कलापटुता के विरुद्ध, चित्रकला के संसार में एक महान विद्रोह हुआ। लोगों ने विद्रोह कर आर्ट कालेज में जाकर चित्रकला सीखना बंद कर दिया और कहा : हम लोग स्वतंत्र रूप से चित्रकार बनेंगे। इसीलिए उन्होंने सभी सिद्धान्तों और नियमों से मुक्त होकर चित्र बनाने शुरू किए। अब उनके चित्र मौलिक हो सकते थे, उनका कुछ महत्त्व हो सकता था, लेकिन वे कैनवास पर उसका चित्रण करने में असमर्थ थे। वे यह भी नहीं जानते थे कि कैसे रेखाकृति बनाई जाये, और कैसे रंगों का समिश्रण किया जाए। उनके मस्तिष्क में चित्र की धारणा तो बहुत महान और महत्वपूर्ण थी लेकिन उसे कैनवास पर उतारने की कलापुटता नहीं थी।

आधुनिक चित्रकला के साथ यही सब कुछ हुआ। आधुनिक चित्र की ओर देखना ही बहुत उलझन में डाल देता है। तुम यह जान ही नहीं पाते कि तुम आखिर क्या देख रहे हो? वह कलाकार तो प्रतीत होता है, पर ऐसा लगता है जैसे वह चित्र बनाने के बारे में कुछ भी नहीं जानता है।

मैंने सुना है :

एक बार एक धनी व्यक्ति पिकासो के पास आया। वह दो चित्र खरीदना चाहता था, लेकिन उसके पास केवल एक चित्र ही पहिले से तैयार था। और वह व्यक्ति दो चित्रों के लिए कुछ भी धनराशि देने को तैयार था। इसलिए पिकासो ने उससे कहा – 'आप थोड़ी सी प्रतीक्षा कीजिए। मैं आपको दो चित्र ही लाकर दूंगा।" वह अंदर गया और उसने पहिले से तैयार पेंटिंग्स को दो टुकड़ों में काटकर दो चित्र तैयार कर दिए।

अब यदि तुम पिकासो की पेंटिंग को दो अथवा चार टुकड़ों में भी काट दो, उससे कोई भी अंतर न पड़ेगा – क्योंकि वह ठीक रंगों का एक पागलपन से भरा गड़बड़ झाला है। और उसने अपनी एक पेंटिंग को दो पेंटिंग बनाकर बेच दिया।

पिकासो के बारे में एक दूसरी कहानी भी है...

उसके चित्रों की एक प्रदर्शनी लगी हुई थी और कला के समालोचक विशेष

रूप से एक पेंटिंग के चारों ओर खड़े हुए थे। उसकी पेंटिंग बहुत अजीब होती थी, लेकिन यह चित्र तो उन सभी से, जो उसने अभी तक बनाए थे, सबसे अधिक विचित्र था। और वे सभी लोग वास्तव में उसकी कुछ प्रशंसा कर रहे थे, जैसे वह बेजोड़ हो। और तभी पिकासो आया और उसने कहा – "इस चित्र को उल्टा किसने टांग दिया?" उस पेंटिंग का नीचे का भाग ऊपर और ऊपर का भाग नीचे था।

अथवा एक दूसरी अन्य कहानी भी...

एक धनी महिला ने पिकासो से अपना पोर्ट्रेट बनाने को कहा। उसने उसे बनाया भी। उसे बनाने में उसे कई महीने लगे। और उसे उसके लिए लाखों डालर की धनराशि मिलने वाली थी।

तब वह महिला आई और चित्र देखकर उसने कहा – "इसमें प्रत्येक चीज पूरी तरह ठीक हैं लेकिन मुझे नाक का चित्रण पसन्द नहीं है।"

इसलिए पिकासो ने कहा – "ठीक है, आप सात दिनों बाद तशरीफ लाइये।"

और जब वह उस चित्र के सामने उसे सुधारने बैठा तो बहुत फिक्र में पड़ गया। और वह स्त्री जो उन दिनों उसके साथ रहा करती थी, उसने उससे पूछा – "आप इतने परेशान क्यों हैं? मैंने आज तक आपको कभी भी इतना परेशान नहीं देखा" उसने कहा – "समस्या यह है कि मैंने चित्र में नाक को कहां चित्रित किया है, मैं उसे खोज ही नहीं पा रहा हूं।"

कोई भी व्यक्ति बहुत अधिक कलापटु हो सकता है लेकिन तब वह कलाकृति निष्प्राण हो जाती है और कोई व्यक्ति बच्चे जैसे निर्दोष और मौलिक हो सकता है, लेकिन तब भी उसकी पेंटिंग प्रामाणिक नहीं हो सकती। ज़ेन के मानने वाले लोग ठीक ही कहते हैं। एक पेंटिंग के लिए बच्चे जैसी निर्दोषता और कलापटुता दोनों ही चीजों की जरूरत होती है – दोनों चीजों की जरूरत एक साथ। तभी एक महान संश्लेषण या सृजन का जन्म होता है।

एक व्यक्ति को उसे सीखना चाहिए और तब उसके बारे में सब कुछ भूल जाना चाहिए। यहां थेरेपी और सभी चीजों के बारे में भी मेरा यही दृष्टिकोण है – पहिले तो तुम्हें उसे भली भांति जानना है और तब जो कुछ तुमने जाना है, उसे भुला देना है। तब वह जानना तुम्हारे रक्त में समाविष्ट हो जाता है। तब तुम्हारे चारों ओर अचेतन में एक वातावरण उत्पन्न हो जाता है। वह फिर अचेतन

से ही कार्य करता है। और चेतन रूप से तुम बहुत-बहुत अनजान, निर्दोष और मौलिक बने रहते हो। तभी उस बारे में एक महान आनंद मिलता है।

तुम मुझसे पूछ रहे हो : पूना आने से पूर्व मैं सोचता था कि दूसरों की सहायता करने के लिए मेरे पास कुछ है। अब मैं यह अनुभव करता हूं कि सहायता करने के बारे में मैं कुछ भी तो नहीं जानता।

यह शुभ है। इसे इसी भांति होना भी चाहिए। अब प्रामाणिक सहायता की शुरूआत होगी। अधिक से अधिक मैं यही कर सकता हूं, कि जो व्यक्ति अपने मन के उपचार के लिए मुझ पर निर्भर है, मैं उसके साथ उपस्थित बना रहूं और उस क्षण अपनी सहज प्रवृत्ति और जानकारी का अनुसरण करूं।

यह शब्द 'सहज प्रवृत्ति' भी शीघ्र बदल जायेगा और इस प्रवृत्ति के साथ तुम शीघ्र अंतर्ज्ञान का अनुभव करना शुरू कर दोगे। मैं समझ सकता हूं कि तुमने सहज प्रवृत्ति शब्द का प्रयोग क्यों किया क्योंकि तुम अभी तक अंतर्ज्ञान अथवा 'आन्तरिक बोध' जैसी घटना के बारे जानते ही नहीं हो। मैं तुम्हारे लिए इसे स्पष्ट करना चाहता हूं।

जब शरीर स्वेच्छा से स्वयं प्रवर्तित होकर कार्य करता है तो उसे सहज प्रवृत्ति कहा जाता है, और जब आत्मा स्वेच्छा से प्रवर्तित होकर कार्य करती है तो उसे अंतर्ज्ञान या अंतर्बोध कहते हैं। वे एक जैसे ही लगते हैं पर फिर भी हैं एक दूसरे से अलग। सहज प्रवृत्ति, शरीर की होती है, – स्थूल और अंतर्ज्ञान, आत्मा का होता है – बहुत सूक्ष्म। और इन दो के मध्य मन है, एक विशेषज्ञ की भांति जो कभी भी सहज स्वाभाविक रूप से कार्य करता ही नहीं। इसलिए इस बारे में मनोवैज्ञानिक सत्ता या राज्य के लिए कोई समान शब्द है ही नहीं। शारीरिक के लिए सहज प्रवृत्ति और आत्मिक के लिए – अंतर्ज्ञान – लेकिन इन दोनों के ही मध्य में है मन। अर्थात ज्ञान या जानकारी। ज्ञान कभी भी सहज और स्वाभाविक नहीं हो सकता। इसलिए सहज प्रवृत्ति या अर्तज्ञान के समान, मनोराज अर्थात मनोवैज्ञानिक सत्ता के लिए, इस बारे में कोई शब्द है ही नहीं।

मैं समझ सकता हूं कि तुमने खासतौर से यह शब्द 'सहज प्रवृत्ति' का क्यों उपयोग किया। शुरू में इसका अनुभव इसी भांति होगा, क्योंकि तुम अभी तक अपनी आत्मा के प्रति सचेत नहीं हो। लेकिन यह तब भी ठीक है, इसे सहज प्रवृत्ति ही बना रहने दो। बुद्धि की अपेक्षा सहज-प्रवृत्ति कहीं अधिक बेहतर है। सहज प्रवत्ति में बुद्धि की अपेक्षा कहीं अधिक गहराई है, और अंतर्ज्ञान, बुद्धि की तुलना में कहीं अधिक ऊंचाई पर है। दोनों ही बुद्धि के पार हैं और दोनों ही शुभ हैं।

पहिले कोई भी सहज प्रवृत्ति के बारे में सचेत होता है, तब धीमे-धीमे वह अंतर्ज्ञान के बारे में भी सजग हो जायेगा। और तभी वहां इन दोनों का एक तरह का मिलन होगा। तब दोनों ही शब्द मिट जाएंगे तब वहां एक समग्रता होगी, तथावा होगा। तब कोई भी एक पूर्ण आंगिक इकाई के रूप में कार्य करता है। यही वह क्षण है, जब तुम परमात्मा के एक उपकरण बन जाते हो।

तीसरा प्रश्न :

मेरे और अन्य दूसरे व्यक्तियों कें अनुभवों में यहां समाधान स्वरूप एक ही शब्द है और वह है – ऊर्जा। मैं इसका अनुभव कर सकती हूं। कभी अधिक और कभी कम – और मैं यह भी महसूस करती हूं कि अपने आपको उस अनुभव के लिए अधिक खुला रखना, परिवर्तन होने की अनुमति देना है। फिर भी यह मुझे उलझन में डाल देता है, जैसे कि यह मेरे लिए पूरी तरह से एक नई धारणा है और मैं इसके बारे में और अधिक जानना चाहती हूं। क्या यह आंतरिक घटना है अथवा बाह्य, अथवा यह दोनों ही है? क्या कोई इसका दुरुपयोग कर सकता है? कृपया स्पष्ट करें।

उत्तर :

यह प्रश्न है सुचेता की ओर से। वह एक ही चीज में अटक कर गई है और वह महत्वपूर्ण चीज है ऊर्जा, जिसे हम यहां उत्पन्न कर रहे हैं।

उन लोगों के लिए जो यहां दर्शक के रूप में आते हैं, यह अनुपलब्ध है। उन लोगों के लिए जो केवल यह देखने के लिए आते हैं कि यहां क्या हो रहा है, वे इसे देखने में समर्थ न हो सकेंगे। और असली घटना यही है। लेकिन यह अदृश्य है। तुम्हें सहभागी बनना होगा, केवल तभी तुम इसके बारे में जान सकोगे।

एक चीज को जानने के बारे में दो ढंग होते हैं, पहिला ढंग है दर्शक बन कर देखने का। तुम फिल्म देखने सिनेमाहाल में जाते हो और कुर्सी पर बैठे हुए, जो कुछ सामने पर्दे पर चल रहा होता है, उसे देखते हो। आधुनिक मनुष्य का मन एक दर्शक बन कर रह गया है। आधुनिक मन के लिए यही एक समस्या है, कि वह एक दर्शक बन कर रह गया। कोई नृत्य कर रहा है, तुम उसे देख रहे हो। लोग अपने टी. वी. सैट के सामने, पांच, छः, और सात घंटों तक अपनी कुर्सियों से चिपके रहते हैं। अमेरिका में यह औसत पांच घंटों का है। यह ऐसा हो गया है जैसे मानो टी. वी. सैट उनका परमात्मा हो, और वे लोग उसकी पूजा

कर रहे हों। वे लोग उससे चिपक कर रह जाते हैं। वे उठ नहीं सकते, वे उसे देखते हुए लगभग लकवाग्रस्त हो जाते हैं। कोई व्यक्ति उसमें प्रेम कर रहा है, और लोग उसे देख रहे हैं। कोई व्यक्ति कुश्ती लड़ रहा है, लोग उसे देख रहे हैं। कोई व्यक्ति नाच रहा है, और लोग उसे नाचता देख रहे हैं। कोई व्यक्ति गीत गा रहा है, लोग उसे सुन रहे हैं। लोग दर्शक बनकर रह गये हैं।

और जब तुम एक दर्शक बन जाते हो, तो बहुत अधिक खो देते हो। तुम्हारा जीवन बहुत उथला बन जाता है, क्योंकि दर्शक बनने के द्वारा परमात्मा उपलब्ध नहीं होता। परमात्मा केवल उपलब्ध होता है – सहभागी बनने के द्वारा। यदि तुम जानना चाहते हो कि नृत्य क्या होता है, तो नाचो। दर्शक मत बने रहो। देखते ही मत रहो। नृत्य क्या होता है, तुम यह नहीं जान पाओगे यदि तुम केवल नर्तक को ही देखते रहे। तुम केवल नाचने वाले की गतियों को जानते हो, तुम यह नहीं जानते कि नृत्य करते हुए नाचने वाला अपने अंदर उसे कैसे महसूस करता है। उस नर्तक या नर्तकी के आंतरिक केन्द्र पर जो प्रसन्नता, जो आनंद घट रहा है और जिसका वह अनुभव कर रहा है, तुम उसे नहीं जान पाते। वहां महान चीजें घट रही हैं। यदि वहां एक प्रामाणिक नर्तक नृत्य कर रहा है तो महान चीजें घट रही हैं उसके अंदर।

जब निंझित्सकी नृत्य किया करता था, तो कभी वह इतनी ऊंची उछाल लेता था, जिसका लेना मनुष्य शरीर के लिए असम्भव था। वैज्ञानिक भी उसकी कल्पना नहीं कर सकते थे। पृथ्वी की गुरुत्वाकर्षण शक्ति के कारण इतनी बड़ी और ऊंची छलांग लगाना सम्भव ही नहीं था। और दूसरी घटना घटती थी, जब वह उस उछाल से पृथ्वी पर नीचे आता था, वह ऐसे धीमे-धीमे नीचे की ओर गिरता जैसे वह भारहीन पंखों वाला कोई पक्षी हो। ऐसा पहिले कभी भी नहीं हुआ था। ऐसे हो भी नहीं सकता था। ऐसा होना भी नहीं चाहिए। लेकिन ऐसा हो रहा था, और वे सभी लोग उलझन में पड़ गये थे। और ऐसा हमेशा ही नहीं होता था। यदि निंझित्सकी ऐसा चाहता था, तब वैसी घटना नहीं घटती थी। जिस क्षण वह उसकी चाह करता था, वह उससे चूक जाता था। यदि कोई व्यक्ति केवल नृत्य की फोटोग्राफी करने आया होता, तो वह उस तरह की छलांग लगाने मे समर्थ न हो पाता। और उसे नीचा देखना पड़ता। जो वह कर सकता था, वह कुछ भी नहीं था। वैसा तभी हुआ करता था, वह जब नृत्य करते हुए पूरी तरह मिट जाता था। तब धीमे-धीमे वह इस बारे में अधिक सचेत होने लगा – कि जब वह अनुपस्थित होता था, जब नृत्य में नर्तक खो जाता था, तभी वह घटना घटती थी। तब अचानक गुरुत्वाकर्षक शक्ति प्रभावी हो पाती थी, जैसे मानो कोई दूसरे

तरह का, हवा मे उठने का, दैवी नियम कार्य करना शुरू कर देता था। यह ऐसा था जैसे मानो कोई शक्ति उसे ऊपर की ओर खींचना शुरू कर देती थी।

तुम इसे बाहर से नहीं जान सकते। तुम निंझित्सकी को उछाल भरते देख सकते हो – लेकिन तुम यह नहीं जान सकते कि उसके अंदर क्या घट रहा है। उसके अंदर तो एक तरह की सटोरी घट रही थी। पश्चिम इस तथ्य के प्रति सचेत नहीं था, इसलिए किसी भी व्यक्ति ने उससे यह नहीं कहा कि वह सटोरी थी। यदि वह पूरब में हुआ होता – किसी सूफ़ी देश अथवा ज़ेन वाले देश, अथवा किसी ताओवादी देश में, तो वह तुरन्त ही पहिचान लिया जाता। और उसके लिए महान सम्भावनाओं का द्वार खुल गया होता।

पश्चिम में ठीक इसके विपरीत हुआ। निंझित्सकी पागल हो गया, क्योंकि वह इतना अधिक एक विशिष्ट दिशा की ओर गतिशील हो गया था। वह यह हिसाब ही नहीं लगा सका कि उसे क्या हो गया था। वह उससे इतना अधिक भयभीत हो गया था, जैसे मानों वह किसी दुरात्मा अथवा इस जैसी किसी अन्य शक्ति के अधिकार में चला जाता था। जो उसके लिए परमात्मा का द्वार बन सकता था, वही उसके लिए पागलखाने का द्वार बन गया। उसे उन क्षणों में एक सद्गुरु की आवश्यकता थी। उसे एक ऐसे व्यक्ति की जरूरत थी, जो उसकी इस आंतरिक घटना को महसूस कर सकता। एक सद्गुरु उसके लिए बहुत बड़ी सहायता बन जाता। लेकिन वह इसके प्रति सचेत नहीं था कि उसे एक सद्गुरु की जरूरत है। वह उसके प्रति बेखबर था कि उसे कोई आध्यात्मिक घटना घट रही थी। वह अव्यवस्थित हो गया। उसे स्वयं अपने आपसे डर लगने लगा।

तुम कैसे देख सकते हो कि निंझित्सकी को क्या घट रहा है? मैं यहां बैठा तुमसे बातचीत कर रहा हूं। तुम मेरे शब्दों को सुन सकते हो, लेकिन तुम यह नहीं देख सकते कि वे कहां से आ रहे हैं। तुम मेरा हृदय नहीं देख सकते।

इसलिए एक ढंग है दर्शक बने रहने का ढंग। दूसरा ढंग है सहभागिता का, सहभागी बनने का। यहां दो तरह के लोग आते हैं। जो दर्शक बनकर आते हैं, वे ठीक बात से चूक जाते हैं। पूरी विषय वस्तु उन्हें एक उन्माद भरी यात्रा जैसी दिखाई देती है। लोग कर क्या रहे हैं यहां? इन लोगों को आखिर क्या हो रहा है? ये इतने नाच क्यों रहे हैं? इतना अधिक गीत-सगीत क्यों? इतना अधिक रोना, चीखना चिल्लाना क्यों? इन लोगों को आखिर क्या घट रहा है? यह किस तरह का ध्यान है? दर्शक आते हैं और वे यह सब कुछ देखकर उलझन में पड़ जाते हैं। वे इसके बाह्य रूप को समझ नहीं पाते, इसका ठीक हिसाब नहीं लगा पाते।

सुचेता ठीक ही है। वह ठीक चीज पर आकर रुक गई है।

मेरे तथा अन्य दूसरे व्यक्तियों के अनुभवों में यहां समाधान स्वरूप एक ही शब्द है, और वह है ऊर्जा। मैं इसे अनुभव कर सकती हूं – कभी अधिक और कभी कम। और मैं यह भी महसूस करती हूं कि अपने आपको उसे अनुभव करने के लिए खुला रखना, परिवर्तन होने देने की अनुमति देना है।

तुम बिल्कुल ठीक कह रही हो। तुम्हें कभी इसका अधिक और कभी कम अनुभव होगा, इसलिए नहीं, कि यह कभी अधिक होती है और कभी कम। ऐसा इसलिए है क्योंकि कभी तुम अधिक संवेदनशील होते हो और कभी कम संवेदनशील। ऊर्जा तो निरन्तर प्रवाहित हो रही है, नदी तो निरन्तर बहे ही जा रही है – यह निर्भर करता है तुम्हारी संवेदनशीलता पर कि एक विशिष्ट क्षण में तुम कितना अधिक उसका अनुभव करने में समर्थ हो सकोगी। ऐसा नहीं है कि ऊर्जा कभी यहां हो और कभी वह मिट जाये, वह यहां चौबीस घंटे बनी ही रहती है। यह यहां तब तक तो बनी ही रहेगी, जब तक मैं यहां हूं, अथवा उनके लिए जो अत्यधिक संवेदनशील हैं, यह मेरे चले जाने के बाद भी उपलब्ध रहेगी। यह तुम्हीं पर निर्भर करता है।

इसलिए जब यह कम प्रवाहित होती लगे, तब निरीक्षण करना – तुम जरूर ही एक दर्शक बन गए होगे। तभी यह कम प्रवाहित होती लग रही है। जब उसका प्रवाह तेज़ हो, तो भी निरीक्षण करना। तुम जरूर ही सहभागी बन गए हो – तभी इसका प्रवाह अधिक तेज़ लग रहा है। इसलिए इसे एक कुंजी की तरह अपने पास रखना। जब भी यह कम लगे, तो बस सचेत बन जाना, तुम्हारी सहभागिता उसमें अधिक बढ़ जाना चाहिए। तुम्हें दर्शक बनने के जाल में गिरने से बचना ही चाहिए।

इसी कारण मैं यह आग्रह करता हूं, कि जब तुम ध्यान कर रहे हो, तो अपनी आंखें बंद रखना, आंखों पर पट्टी बांधना जिससे तुम दर्शक न बन सको। अन्यथा तुम्हारी प्रवृत्ति इस बारे में इतनी गहरी है, क्योंकि तुम्हारी पूरी संस्कृति ने तुम्हें दर्शक बनने के लिए ही तैयार किया है। इसलिए यदि तुम्हें ध्यान भी घट रहा है और तुम ऊर्जा की ओर गतिशील हो, कि अचानक यह विचार उठ खड़ा होता है। 'जरा देखें तो, दूसरों को' क्या घट रहा है? और तुम चूक जाते हो। यदि तुम आंखें खोलते हो तो एक बहुत बड़ा परिवर्तन घटित होता है, तुम उसके भागीदार बने रहने से नीचे गिर कर एक दर्शक बन जाते हो। और यह कोई छोटी दूरी नहीं है। यह उतनी ही बड़ी दूरी है, जितनी कि जमीन और आसमान के बीच होती है। और तब अचानक ऊर्जा फिर से प्रवाहित नहीं हो रही होती,

और न तुम यहां रह पाते हो। यदि तुम यहीं बने रहना चाहते हो, तो यहीं बने रहने का एक ही ढंग है कि उसके भागीदार बने रहो।

और यदि तुम भागीदार या उसके साथ सहभागी बने रहते हो, तो तुम्हें परिवर्तन के लिए कोई भी कार्य करने की जरूरत नहीं है। ऊर्जा ही उसे करेगी। उसे मुझे कहने की अनुमति दो। वह घटेगी। तुम्हारी ओर से जो कुछ जरूरी है, वह प्रतिरोध न करना ही है। वह सभी कुछ जो तुम्हारी ओर से आवश्यक है, वह है अपने को खुला हुआ रखना और सहयोग करना – एक प्रेमपूर्ण सहभागिता, न कि भयपूर्ण सुरक्षा। और हां, तुम्हें परिवर्तन के बारे में फिक्र करने की कोई जरूरत नहीं। परिवर्तन तो बहुत आसानी से घटता है।

तुम कहती हो : 'यह अभी भी मुझे उलझन में डालता है।' शुरू में यह तुम्हें उलझन में डालेगा ही। यह उलझन में डालने वाली चीज आती ही है, क्योंकि अभी तुम नियंत्रण में नहीं हो, अभी तुम स्वयं अपने मालिक नहीं बने हो। तुम अभी उसकी व्यवस्था नहीं कर सकते, तुम उसकी कामना नहीं कर सकते, वह तुम्हारे वश के बाहर है, वह तुम्हारी अपेक्षा बहुत बड़ी है। इसी वजह से वह तुम्हें उलझन में डालती है। बहुत बड़ी चीज़ में हम हमेशा उलझ कर रह जाते हैं, क्योंकि हम हमेशा कुछ ऐसी चीज़ चाहते हैं, जिसकी हम व्याख्या कर सकें, जिसे अपने हाथों से पकड़ सके, जिस पर अपना अधिकार स्थापित कर सकें। कोई भी चीज जो तुमसे अधिक बड़ी है, तुम्हें उलझन में डालती है, क्योंकि उसके सामने मन बहुत अधिक छोटे होने का अनुभव करता है। छोटा होने के कारण वह उसके रूप आकृति की हिसाब नहीं लगा पाता। और एक बार जब मन यह अनुभव कर लेता है कि मैं उसके आकार का परिमाण नहीं जान सकता, वह उसे असाधारण और बेबूझ मानना शुरू कर देता है और उससे भयभीत होकर, उससे पलायन करने के बारे में सोचना शुरू कर देता।

यहां से बहुत से लोग पलायन कर जाते हैं। एक बार ऊर्जा उन्हें अपने अधिकार में ले लेती है, तो चीजें घटना शुरू हो जाती हैं... और वे लोग चाहते हैं कि वे हमेशा घटती ही रहें – मनुष्य का मन इसी तरह से कार्य करता है। पहिली बात तो यह कि वे लोग यहां आते ही इसलिए हैं, जिससे उन्हें कुछ घटे। यदि कुछ भी नहीं घटता है, तो वे लोग नाराज हो जाते हैं। और यदि उन्हें कुछ घटने लगता है, तो वे भयभीत हो जाते हैं। भय और क्रोध, यह दोनों एक ही ऊर्जाएं हैं। भय है नकारात्मक क्रोध और क्रोध है विधायक भय। अंतर केवल नकारात्मकता और विधायकता का है। और इसी तरह से लोग कार्य किये जा रहे हैं। यदि कुछ भी नहीं घटता तो वे नाराज हो जाते हैं जैसे मानो मैं ही उनके लिए कुछ नहीं

कर रहा हूं। लेकिन बात केवल इतनी सी है कि वे सहभागी नहीं बन रहे हैं। लेकिन वे लोग मुझसे नाराज हैं, जैसे मानो मैं दूसरों के लिए तो कर रहा हूं और उनके लिए कुछ भी नहीं कर रहा हूं। वे मुझे पत्र लिखे चले जाते हैं कि जब कुछ अन्य व्यक्तियों को घट रहा है, तो उन्हें क्यों नहीं घट रहा है? जैसे मानो मैं ही इसके लिए जिम्मेदार हूं। वह तुम्हें इसलिए नहीं घट रहा है, क्योंकि तुम सहयोग नहीं कर रहे हो।

और वह तुम्हें नहीं घट सकता, यदि तुम उसकी अपेक्षा या आशा कर रहे हो। तुम्हारी आशा और अपेक्षा ही अवरोध है। और वह तुम्हें नहीं घट सकता, यदि तुम प्रतियोगी हो, यदि तुम यह सोच रहे हो कि वह तुम्हारी महिला मित्र अथवा पुरुष मित्र अथवा किसी अन्य को तो घट चुका और वह तुम्हें नहीं घट रहा है। यदि तुम प्रतियोगिता में हो तो वह तुम्हें नहीं घटेगा। सभी प्रतियोगिताएं, अहंकार से ही आती हैं। तब तुम नाराज होते हो।

और यदि कुछ घटता है, तब तुम भयभीत हो जाते हो। तब तुम इतना अधिक भयभीत हो जाते हो कि यह सोचना शुरू कर देते हो कि अब कहां जाया जाये, और इस स्थान से कैसे छुटकारा पाया जाये! क्योंकि कुछ ऐसी चीज घट रही है, जो एक पागलपन है। वह एक उपद्रवी जैसी है। उपद्रवी इस अर्थ में कि वह है क्या, इस बारे में तुम्हारे पास कोई विचार ही नहीं हैं, तुम्हारे पास वह मन ही नहीं है, जो उसकी व्याख्या कर सके, तुम्हारे पास कोई ऐसी दार्शनिक विचारधारा नहीं है, जो उसे तुम्हें स्पष्ट कर सके।

सुचेता कहती है – "फिर भी वह मुझे उलझन में डाल देती है, जैसे वह मेरे लिए पूरी तरह से एक नई धारणा है।"

ठीक, वह पूरी तरह से एक नई चीज़ है। उसे धारणा या विचार मत कहो। वह एक धारणा होकर एक वास्तविकता हो। वह कोई विचार नहीं है। यह ऊर्जा कोई धारणा भी नहीं है। यह संसार में सबसे अधिक फलप्रद परिणाम देने वाली शक्ति है। इस शक्ति के द्वारा ही लोगो का रूपान्तरण होता है। यह रासायनिक है। इसी शक्ति के बारे में रसायन शास्त्री युगों से बात करते आये हैं। यह वह रसायनशास्त्र है, जो स्थूल को सूक्ष्म में, लोहे को स्वर्ण में, निम्न तल को उच्च तल में और काम ऊर्जा को प्रार्थना में रूपान्तरित करता है, जो तुम्हें भिन्न तलों, उच्चतम तलों और सर्वोच्च तल की ओर गतिशील करने योग्य बनाता है।

लेकिन मैं समझ सकता हूं कि उसके कहने का अर्थ क्या है? वह कह रही है कि उसके पास वह तत्वज्ञान नहीं है, जो उसे एक शक्ल दे सके, उसको चित्रित कर सके। लेकिन यहां न तो ऐसा कोई तत्वज्ञान है और न मैं इसे तुझे दे सकता

हूं। कभी भी कोई व्यक्ति ऐसा कोई तत्वज्ञान देने में समर्थ नहीं हुआ है, जो इस अनुभव को किसी रूप या आकार में प्रकट कर सके। यह अनुभव इतना अधिक विराट है और सभी तत्वज्ञान या दर्शनशास्त्र इतने अधिक छोटे हैं। सारे तत्वज्ञान मनुष्य की बुद्धि तक सीमित हैं और हैं विश्वजनीन विश्वव्यापी ऊर्जा। यह बुद्धि में नहीं समा सकते और तुम्हें इसे करने का प्रयास करना भी नहीं चाहिए, अन्यथा तुम पागल हो जाओगी और यह तुम्हारी प्रतिष्ठा और सम्मान को आघात पहुंचायेगा।

'और मैं इस बारे में और अधिक जानना चाहती हूं।' इसे भूल जाओ। इसके बारे में और अधिक जानने से कोई भी सहायता मिलने वाली नहीं। और इस अनुभव में अधिक बने रहना ही, केवल इस बारे में अधिक जानने का एकमात्र उपाय है। कभी इसके विपरीत मत करना। सामान्य रूप से हमारा मन कहता है : 'पहिले इस बारे में कहीं अधिक जान लो, तब उसके अंदर जाकर उसका अनुभव करना'। यह सोच कहीं अधिक चालाकी से भरी हुई है। लेकिन यह काम नहीं करती है। मन कहता है – पहिले जान लो, तब उसके अंदर जाओ। बिना जाने उसके अंदर छलांग लगाना खतरनाक है, वह खतरनाक हो सकता है। तुम मिट सकती हो, बरबाद हो सकती हो। अथवा हो सकता है तुम फिर उसके बाहर निकल ही न सको। कौन जाने? यह अच्छा है अथवा बुरा, यह दिव्य है अथवा शैतान? कौन जानता है? इसलिए पहिले उसके बारे में हर चीज अच्छी तरह जान लो। पर उसके अन्दर गये बिना, उसके बारे में जानने का यहां कोई अन्य उपाय है ही नहीं। यही खतरा है, यही जोखिम और जुआ है।

इसी कारण मैं अपने संन्यासी को एक जुआरी कहता हूं। वे लोग मेरे साथ बिना किसी घबड़ाहट और बिना हिचके अज्ञात में जाने को तैयार हैं। मैं उन्हें कोई गारंटी नहीं दे सकता। यह सम्भव है ही नहीं, ऐसा चीजों का स्वभाव और प्रकृति ही नहीं है। जिस सत्य के बारे में गारंटी दी जा सके, वह असत्य है। सत्य के प्रति गांरटी दी ही नहीं जा सकती। प्रत्येक को उसके अंदर धड़कते हुए हृदय के साथ जाना होगा। प्रत्येक को जोखिम उठानी ही होगी। इस बारे में खतरा है। या तो तुम बुद्धत्व को उपलब्ध हो जाओगे अथवा तुम पागल हो जाओगे। यही खतरा है इस बारे में।

इसी वजह से एक सद्गुरु की आवश्यकता होती है, और सद्गुरु के प्रति महान प्रेम की भी आवश्यकता होती है, जिससे तुम उस पर श्रद्धा रख सको। जिससे जब चीजें तुम्हारे हाथ से निकलना शुरू होने लगें, वह उन्हें अपने हाथों में ले सके। यदि तुम उस पर श्रद्धा नहीं रखते, तब पागलपन घटने जा ही रहा

है। इसलिए मैं कभी भी किसी भी व्यक्ति को, बिना सद्गुरु के इस अज्ञात की यात्रा पर चलने का सुझाव देता ही नहीं।

मैं जानता हूं कि कभी-कभी ऐसा भी होता है कि एक व्यक्ति बिना सद्गुरु के भी इस यात्रा पर आगे जा सकता है, लेकिन इसे एक अपवाद के रूप में ही लेना चाहिए, उसे कोई नियम नहीं बनाना चाहिए। हम उसके बारे में भूल सकते हैं। हां, ऐसा होता है कि जब कभी कोई व्यक्ति सभी स्वरों को छोड़कर बिना किसी के निर्देशन में सत्य तक पहुंचता है। लेकिन इसे केवल एक संयोग ही समझना चाहिए, इससे किसी को कोई आदर्श नहीं बना लेना चाहिए। कहीं अधिक अच्छा यही है, यही कहीं अधिक आनंद, तथा उत्सवपूर्ण है, कि किसी ऐसे व्यक्ति के साथ चला जाए, जो उस मार्ग को जानता हो, जो उस मार्ग पर बार-बार आया गया हो।

सूफ़ी कहते हैं कि यदि तुम किसी पर्वत शिखर पर चढ़ने का मार्ग पूछना ही चाहते हो, तो किसी ऐसे व्यक्ति से पूछो जो प्रति दिन उस पर चढ़ता और उतरता हो। पूछना है तो उस डाकिया से पूछो जो उस पर्वत शिखर पर जाकर वहां पत्र सौंपता हो – जो वहां प्रतिदिन आता और जाता हो। मार्ग पूछना है, तो एक ऐसे व्यक्ति से पूछो, जो उस रास्ते को इतनी परिपूर्णता से जानता हो कि उस मार्ग पर आंखों पर पट्टी बांध कर भी जा सके, जो बिना किसी प्रकाश के वहां अंधेरे में भी जा सके।

लेकिन मैं इस बारे में तुम्हें कोई ज्ञान नहीं दे सकता। इस बारे में ऐसी किसी जानकारी या ज्ञान का कहीं कोई अस्तित्व है ही नहीं। इसे जानने का केवल अनुभव ही एक मात्र उपाय है। मैं तुम्हें एक आमंत्रण दे सकता हूं। मैं सुचेता से कह सकता हूं – 'आओ, मेरे साथ चलो।' अपना भय छोड़ो, और अपने उस मन का भी विसर्जन करो जो चीजों का स्पष्टीकरण चाहता है।' यह ऐसी चीजें हैं जिनको स्पष्ट नहीं किया जा सकता, जिनकी कोई व्याख्या नहीं की जा सकती, क्योंकि ये ऐसी चीज़ें हैं, जो रहस्यमय हैं। और वे ही असली तथा प्रामाणिक चीज़ें हैं। जिस चीज़ को स्पष्ट किया जा सके, वह अर्थहीन होती है, वह तुच्छ और अनावश्यक होती है। वह सभी, जो सुंदर है, वही सभी कुछ सत्य है, वही सभी कुछ महान है, वही व्याख्या के पार है। वह एक रहस्य है। तुम्हें उसके अंदर जाना है। तुम्हें उसी का स्वाद और सुवास लेना है।

'और मै इस बारे में और अधिक जानना चाहती हूं।' यह शुभ है कि तुम इस बारे में और अधिक जानना चाहती हो, लेकिन इसे जानने का उपाय तो और अधिक उसके अन्दर जाना ही है।

क्या यह आंतरिक घटना है अथवा बाह्य, अथवा यह दोनों ही है?' यह न अंदर है और न बाहर, क्योंकि ऊर्जा के लिए अंदर या बाहर जैसा कुछ होता ही नहीं। अंदर और बाहर तो हमारे ही अहंकार द्वारा सृजित किए विभाजन हैं। यह तुम्हारे घर के ही समान है। क्या तुम कह सकते हो कि यह मेरे घर का अंदर का भाग है, और यह बाहर का भाग है। क्या तुम सोचते हो कि आकाश को अंदर और बाहर में बांटा जा सकता है, क्योंकि तुमने एक छोटी सी दीवार बना दी है? आकाश को विभाजित नहीं किया जा सकता। आकाश अविभाजित और अखण्ड ही बना रहता है। उसमें अंदर और बाहर होता ही नहीं है। वह एक आकाश ही होता है। वह आकाश जो तुम्हारे घर के अंदर है, वही आकाश तुम्हारे घर के बाहर भी है। और वहाँ उसको दो भागों में बाँटने का कोई उपाय है ही नहीं। और ऐसी ही ऊर्जा भी है। वही एक प्राण शक्ति है वही एक जीवन है, वही एक परमात्मा है। उसके अंदर ही सभी कुछ है। न वह नीची है और न ऊंची, न वह अंदर है, न वह बाहर, न वह भौतिक है और न आध्यात्मिक। सारे विभाजन अहंकार के विभाजन हैं। वह कोई विभाजन जानती ही नहीं।

'क्या यह आंतरिक घटना है अथवा बाहृय, अथवा यह दोनों ही है? क्या कोई इसका दुरुपयोग कर सकता है?'

नहीं, इसकी ऐसी कोई भी सम्भावना नहीं है। तुम इसका दुरुपयोग नहीं कर सकते, क्योंकि इससे पहिले तुम इसे पा सको, तुम्हें मिटना होगा। तुम इसे केवल इसी शर्त पर प्राप्त कर सकते हो कि तुम न रहो। तुम मिट ही जाओ। इसलिए फिर कौन दुरुपयोग कर सकता है इसका? यदि तुम रहोगे, तो तुम इसे कभी प्राप्त ही न कर पाओगे। सुरक्षा के लिए यह ऐसी ही बनी है। कोई भी इसका दुरुपयोग कर ही नहीं सकता – क्योंकि इसके पहिले तुम इसे प्राप्त कर सको, तुम्हें पूरी तरह मिट जाना होगा। यही इसकी बुनियादी जरूरत है। परमात्मा का कोई भी दुरुपयोग नहीं कर सकता। उसकी आंतरिक बनावट ही इसे वर्जित बनाती है, इसकी सुरक्षा करती है, क्योंकि इससे पहिले तुम्हारा परमात्मा में प्रवेश हो, तुम्हें मिटना होता है।

और एक बार जब तुम गिर जाते हो, तुम होते ही नहीं हो, तो वहाँ उसका उपयोग अथवा दुरुपयोग करने वाला होगा कौन? 'दुरुपयोग' शब्द को ही भुला दो। तुम इसका प्रयोग भी नहीं कर सकते। वही तुम्हारा प्रयोग करना शुरू कर देता है। तुम ठीक उसके एक उपकरण बन जाते हो – एक निष्क्रिय वाहन, खाली बांस की पोंगरी। फिर परमात्मा तुम्हारे द्वारा प्रवहित होने लगता है। जब वह गीत गाना शुरू करता है, तुम ही उसकी बांसुरी बन जाते हो, अन्यथा तुम

एक पोले बांस होते और पोले बांस का ठूंठ ही बने रहते हो। सारे गीत उसी के गीत हैं। वह तुम्हारा ही उपयोग करता है। तुम न तो उसका प्रयोग कर सकते हो और न दुरुपयोग, क्योंकि तुम अब रहे ही नहीं।

चौथा प्रश्न :

भगवान! आप यह क्यों कहे चले जाते हैं, जब तुम एक सद्‌गुरु को खोज लो; जब कि आप ठीक मेरे सामने ही तो हैं :

उत्तर :

यह प्रश्न है आनंद विमोक्ष की ओर से। मैं यह इसलिए दोहराये चला जाता हूँ, कि यद्यपि मैं तो तुम्हारे सामने हो सकता हूँ, पर तुम्हीं मेरे सामने नहीं हो। और जब तक हम दोनों एक दूसरे के आमने-सामने न हो, जब तक हमारे हृदयों की धड़कन न मिले, जब तक मुझे यह शब्द दोहराने ही होंगे

विमोक्ष! मैं तुम्हारे सामने बैठा हूँ, लेकिन तुम हो कहाँ? तुम मेरे सामने ही नहीं हो। तुम अब भी अपने को छिपा रहे हो, तुम अभी भी अपनी ही गुफा में छिपे हुए हो। तुम अभी भी गुफा से बाहर आने और मेरा आमना-सामना करने से डर रहे हो। और यह केवल मेरा आमना-सामना करना ही नहीं, मुझसे मुठमेड़ करना है।

और मुझे तुम्हें पुकारते ही रहना होगा – "आगे बढ़ो। मेरे निकट आओ।" इसी वजह से मुझे यह बार-बार दोहराना पड़ता है – "अब तुम एक सद्‌गुरु को खोज लो।"

सद्‌गुरु ने तुम्हें खोज लिया है, लेकिन तुमने ही अभी तक सद्‌गुरु को नहीं खोजा है। मैंने तुम्हें चुन लिया है, लेकिन तुमने ही अभी तक मेरा चुनाव नहीं किया है। विमोक्ष! इसे तुम्हारा भी चुनाव बनना होगा – तभी वहाँ एक मिलन होगा। और उस मुलाकात या मिलने में ही हम और तुम दोनों ही मिट जायेंगे।

पाँचवा प्रश्न :

आप कहते हैं कि किसी को भी अपराध-बोध का अनुभव नहीं करना चाहिए, लेकिन इससे बचना कैसे सम्भव है? छोटे से छोटा सूक्ष्मतम नकारात्मक भाव अथवा उद्वेग, यदि अंदर की ओर मुड़ जाता है, तो वह स्वयं को मारता और कचोटता है और यदि वह बाहर की ओर घूम जाता है, तो दूसरे पर चोट करता है। मुझे ऐसा प्रतीत होता है कि जब तक कोई भी आत्मोपलब्ध नहीं हो जाता अथवा बुद्धत्व को उपलब्ध नहीं हो

जाता, तब तक इस बारे में हमेशा ही गहरे में एक अस्तित्वगत अवमानना का भाव निश्चित ही बने रहना चाहिए।

उत्तर :

यह प्रश्न है हन्नाह का।

पहिली बात तो यह कि अस्तित्वगत अवमानना जैसी कोई चीज होती ही नहीं। इस बारे में केवल मनोवैज्ञानिक अवमानना होती है, अपमान या हीनता होती है, और यह तुम्हारे द्वारा ही उत्पन्न की हुई होती है।

अस्तित्व, अपमान या अवमानना जैसी कोई चीज जानता ही नहीं, क्योंकि अस्तित्व, अहंकार के बारे में भी कुछ नहीं जानता। क्या तुमने किसी वृक्ष को कभी अवमानित और दीन होते देखा है? क्या तुमने किसी चट्टान को अवमानित होते देखा है? क्या मनुष्य के अतिरिक्त तुमने अन्य किसी को भी अवमानित होते देखा है?

प्रकृति का निरीक्षण करो और तुम आश्चर्यचकित हो जाओगे। यदि दो कुत्ते लड़ रहे हैं, तो वे मनुष्यों की तरह लड़ना शुरू नहीं करते। वे इतने मूर्ख नहीं हैं। वे पहिले एक दूसरे के सामने यह प्रदर्शित करते हैं कि मैं हूँ और कैसा हूँ। वे भौंकते हैं, उछलते हैं, एक दूसरे को अपना सीने और दाँत दिखलाते हैं। वे सामान्य रूप से यह दिखलाते हैं कि 'मैं हूँ'। तुम क्या हो, यह तुम दिखलाओ और दूसरे उन्हें देखते हैं, और तब यह तय होता है – क्योंकि वे मूर्ख नहीं हैं। इस बारे में लड़ने की कोई जरूरत ही नहीं है। तब यह तय हो जाता है कि कौन शक्तिशाली है। तब वह, जो कमजोर है, वह अपनी टांगों के बीच दुम दबाकर और पीठ दिखलाते हुए भाग जाता है।

लेकिन इस बारे में किसी की शान नहीं गिरती। स्मरण रहे, यदि तुम सोचते हो कि वह, जो अपने पैरों के बीच अपनी दुम दबाकर भागा जा रहा है, उसकी हैंठी या अवमानना हुई है, तो तुम गलत हो। फिर तुम अपने मनुष्य मन को उसके बीच में ला रहे हो। यह एक समान्य-सा निर्णय है। यदि तुमसे पूछूँ कि कौन सी संख्या बड़ी है – दो या तीन? – और तुम कहते हो तीन, तो क्या दो की अवमानना हुई? यह मूर्खता, निरी मूर्खता है। ये कुत्ते, बुद्धिमान प्राणी हैं। उन्होंने बिना किसी हिंसा के, बिना किसी संघर्ष के, केवल वाद विवाद के युद्ध से ही निर्णय कर लिया। असली लड़ाई में जाने की क्या तुक है, जब कौन कमजोर है, इसका निर्णय आसानी से लिया जा सकता है। निश्चित रूप से शक्तिशाली ही जीतेगा, इसलिए लड़ाई में जाने का लाभ क्या?

वह एक, जिसने मैदान छोड़ दिया, स्मरण रहे, कायर नहीं है। उसने अपना पूरा हृदय खोल कर रख दिया, उसने अपने कोई भी ताश के पत्ते छिपाये नहीं, यहां तक कि ट्रम्प कार्ड भी; उसने सारे पत्ते मेज पर खोल कर सभी कुछ प्रकट कर दिया। यह देखकर कि दूसरे के पास उससे अच्छे पत्ते हैं, और उसके पास वैसे नहीं हैं, उसके लिए बात ही खत्म हो गई। इस बारे में फिर लड़ने की कोई जरूरत रही ही नहीं और न अवमानना अनुभव करने की जरूरत रही – परमात्मा ने उसे, उससे बड़ा और शक्तिशाली कुत्ता बनाया है और उसे एक छोटा और कुछ कमजोर, इसलिए सारी बात ही समाप्त हो गई।

एक व्यक्ति एक सूफ़ी सद्गुरु के पास आया और उससे पूछा – "मैं आपके जैसा क्यों नहीं हूँ?" और सूफ़ी सद्गुरु ने कहा – "तुमने मुझे उलझन में डाल दिया। मैं भी तुमसे ठीक यही बात पूछ सकता हूं – मैं तुम्हारे जैसा क्यों नहीं हूं? मैं तुम्हारे जैसा भी नहीं हूं, यह मानकर अवमानित भी हो सकता हूं। पर परमात्मा कभी दो व्यक्तियों को एक जैसा नहीं बनाता। तुम, तुम हो, मैं, मैं हूं।"

एक व्यक्ति एक ज़ेन सद्गुरु के पास आया और उससे यही बात पूछी – "आप इतने अधिक पवित्र, इतने अधिक सुंदर और इतने अधिक व्यक्तित्व वाले क्यों हैं? मैं आपके जैसा क्यों नहीं हूं?"

और ज़ेन सद्गुरु ने उससे कहा – "आओ मेरे साथ बाहर चलो।" और वह उसे बाहर ले गया और अपने बागीचे में खड़े दो वृक्ष दिखलाये। एक वृक्ष बहुत लम्बा था, जो बादलों से कानाफूसी कर रहा था, और दूसरा बहुत छोटा था।

उसने कहा – "देखो, एक वृक्ष बड़ा है और दूसरा छोटा, लेकिन मैंने कभी भी छोटे वृक्ष को बड़े वृक्ष से यह पूछते नहीं सुना कि मैं तुम्हारे जैसा क्यों नहीं हूं? और मैं यहां कई वर्षों से रहा हूं। इस बारे में कोई समस्या है ही नहीं। छोटा वृक्ष अपने छोटा होने में खुश है; बड़ा वृक्ष अपने बड़े होने में खुश है। इस बारे में उनमें कोई मुकाबला नहीं है, इसलिए वहां कोई अपमान भी नहीं है।"

हन्नाह बहुत अहंकारी है। मुझे स्मरण है, कई वर्ष पूर्व जब इसने संन्यास लिया था। इसमें संन्यास लेने का अधिक भाव भी नहीं था, यह द्विविधा में थी – संन्यास लूं अथवा नहीं। लेकिन मैंने कभी न नहीं कहा केवल शालीनता के नाते ही मैं कभी न नहीं कहता। मुझे न क्यों कहना चाहिए? इसने माउन्ट आबू में संन्यास लिया था। यह बात जरूर ही पाँच या छः वर्ष पूर्व की होगी। जब मैंने इसे संन्यास का नया नाम दिया... मुझे याद है, जो नाम मैंने इसे दिया था, वह बहुत सुंदर नामों में से एक था, जो हम भारत में किसी को दे सकते हैं। मैंने इसे 'गंगा' का नाम दिया था। यह सबसे अधिक सुंदर सरिता है, हिन्दुओं के

लिए सर्वाधिक पवित्र और पावन। और इस गंगा के तट पर ही वह सभी कुछ जो भारत में सुंदरतम है उसकी खिलावट हुई। वहीं वेदों की ऋचाएं जन्मीं, वहीं उपनिषदों के छंद गूंजे, वहीं बुद्ध ने उपदेश दिए, वहीं महावीर आते-जाते रहे। सभी चौबीस तीर्थकर, कृष्ण, राम और बुद्ध और सभी महान संत, वे किसी न किसी रूप में गंगा के ऋणी हैं।

हन्नाह ने तुरन्त वह नाम लेने से इनकार कर दिया और कहा – "मैं इस नाम को पसंद नहीं करती। मेरा हन्नाह नाम ही बहुत सुंदर है।" मैंने शालीनता के नाते कहा – "ठीक है, मैं तुम्हारा पुराना नाम ही रखूंगा।" लेकिन उस क्षण यह मेरे निकट सम्पर्क में आई, और तभी से मेरे लिए एक बंद संदूक बनकर रह गई। तब से मैं इससे कोई सम्पर्क बनाने में समर्थ न हो सका। इसने मेरे दिए नाम से इनकार कर दिया। मैंने इसे संन्यास दिया, लेकिन इसने मुझे स्वीकार करना व्यर्थ समझा। इसका अपना अहंकार, अपना नाम और अपना पुराना अतीत ही उसके लिए सभी कुछ था।

स्मरण रहे कि यह अहंकार ही है, जो नीचा देखने और अवमानना का अनुभव करता है और यह अस्तित्वगत नहीं है। अस्तित्व के पास अवमानना जैसी कोई चीज होती ही नहीं। तुम्हारे पास जितना बड़ा अहंकार है, तुम उतने ही अधिक अपमान का अनुभव करोगे। और स्मरण रहे, इसका कारण तुम्हारा अहंकार ही है। अस्तित्व किसी तरह की अवमानना से पूरी तरह बेखबर है। एक गुलाब का फूल, कमल के फूल के सामने इसलिए हीन होने का अनुभव नहीं करता, क्योंकि कमल का फूल बड़ा है। और गेंदा, गुलाब के सामने इसलिए हीनता का अनुभव नहीं करता, क्योंकि गुलाब के पास इतनी मधुर सुवास है। कोई भी अस्तित्व में तुलना नहीं करता। किसी के भी पास तुलना करने वाला कोई भी अहंकार है ही नहीं। जहां तक तुलना करने का संबंध है, अस्तित्व पूर्ण रूप से मौन है। अहंकार जो हमारा मनोवैज्ञानिक कैंसर है, वही हीनता का अनुभव करता है।

दूसरी बात : आप कहते हैं कि किसी को भी अपराध बोध का अनुभव नहीं करना चाहिए, लेकिन इससे बचना कैसे सम्भव है? छोटे से छोटा सूक्ष्मतम नकारात्मक भाव अथवा उद्वेग, यदि अंदर की ओर मुड़ जाता है, तो वह स्वयं को मारता और कचोटता है और यदि वह बाहर की ओर घूम जाता है, तो दूसरे पर चोट करता है।

इस बारे में उसके अंदर या बाहर कहीं किसी ओर मुड़ने की आवश्यकता ही नहीं है। तुम सामान्य रूप से उसका निरीक्षण कर सकते हो और वह भाप की तरह उड़ कर विलुप्त हो जाता है। न वह अंदर जाता है और न वह बाहर।

उदाहरण के लिए, तुम्हारे अंदर क्रोध उठता है। यह नकारात्मक भाव है, विष है। अब इस बारे में तीन तरह की प्रतिक्रियाओं की सम्भावनाएं हैं। हन्नाह ने केवल दो का उल्लेख किया है, वह केवल दो को ही जानती है। बहुत से लोग केवल दो तरह की प्रतिक्रियाओं के बारे में जानते हैं। पहिली है कि उस व्यक्ति को क्रोध बाहर फेंक देना है, इस आग और जहर को दूसरों पर उलीच देना है। तब यह विध्वंसात्मक है। और स्वाभाविक रूप से दूसरों को जलाने और घायल करने के बाद तुम अपराध बोध का अनुभव करोगे। मैं समझ सकता हूं। तुम्हें अपनी मूर्खता और बेवकूफी का अनुभव होगा, तुम यह महसूस करोगे कि तुमने कुछ चीज गलत की है। तुम्हें वैसा नहीं करना चाहिए था।

अथवा दूसरी सम्भावना है कि तुम अपने क्रोध को दूसरों पर प्रकट न करके उसे अपने अंदर की ओर मोड़ देते हो। तब तुम स्वयं को चोट पहुंचा कर अपने को ही जख्मी करते हो। तब तुम्हारे उदर में फोड़े और घाव हो जायेंगे। तब यह आग तुम्हें अंदर से उग्र और उन्मादी बनायेगी। तब तुम हमेशा जलते हुए ज्वालामुखी के शिखर पर बैठे रहोगे। तुम कभी भी विश्राममय नहीं रहोगे। तुम हमेशा बैचेन और उद्विग्न बने रहोगे। तुम्हारे जीवन से प्रसन्नता बिदा हो जायेगी। समाज, धर्म और राज्य यह सभी दूसरी तरह की प्रतिक्रिया के पक्ष में है। समाज कहता है – दूसरों पर क्रोध प्रकट मत करो, अलावा तुम उसके साथ अन्य जो कुछ भी करना चाहो, करो – उसे अपने अंदर निगल जाओ – लेकिन दूसरों पर क्रोध प्रकट मत करो। यदि तुम फोड़ों और घावों से ग्रस्त होते हो, तो यह तुम्हारा अपना मामला है। यदि तुम्हें कैंसर होता है, तो यह भी तुम्हारा अपना मामला है। और समाज ने तुम्हे ऐसे स्पष्टीकरण दिए हैं, जिनसे कैंसर को तुम्हारे क्रोध से जोड़ने की कोई भी जरूरत नहीं हो। यदि तुम आज क्रोध को अंदर ही अंदर पी लेते हो तो उसके फोड़े और जख्म ठीक अभी प्रकट न होंगे। उनमे प्रकट होने में वर्षों लगेंगे। हो सकता है कि क्रोध को पीने के चालीस वर्ष बाद अल्सर प्रकट हो और क्रोध निकालने या पी जाने के साठ वर्ष बाद कैंसर प्रकट होगा। इसलिए तुम कैंसर को क्रोध के साथ जोड़ने में समर्थ न हो सकोगे। तुम कोई भी कारण खोजकर दिखाने में समर्थ न हो सकोगे कि वह क्रोध ही था जिसके कारण कैंसर उत्पन्न हुआ। यह बहुत अधिक दूर जाकर निकालने जैसी बात प्रतीत होती है।

समाज के निर्णय के अनुसार तुम्हें दूसरों के साथ ठीक व्यवहार करना चाहिए। समाज दूसरे लोगों की सुरक्षा करता है, क्योंकि दूसरे लोगों से मिलकर ही समाज बनता है। समाज कहता है – तुम आत्म विध्वंसक बन सकते हो, यह तुम्हारा अपना मामला है। समाज किसी की हत्या करने के तो विरुद्ध है, लेकिन

आत्महत्या करने के विरुद्ध नहीं है। यदि तुम अपने नकारात्मक मनोभावों का अंदर दमन करते हो, तो यह आत्महत्या करने जैसा है। मैं इन दोनों के विरुद्ध हूं क्योंकि यह दोनों प्रतिक्रियाएं अपराधबोध उत्पन्न करेंगीं, यह दोनों ही कई जटिलताएं उत्पन्न करेंगी।

मेरा तरीका क्या है? मेरा ढंग है कि यदि वहां क्रोध है, तो उसका निरीक्षण करो। वहां होने वाले क्रोध के साक्षी बन जाओ। उस बारे में कुछ भी करने की जरूरत ही नहीं है। बस केवल उसे देखते रहो। और तुम आश्चर्यचकित हो जाओगे कि केवल देखने मात्र से उसका मिटना प्रारम्भ हो जाता है। देर-सवेर घिर आये बादल छंट जाते हैं, मिट जाते हैं। और जब बादल विलुप्त हो जाते हैं, और तुम उस बारे में कोई भी प्रतिक्रिया नहीं करते हो – न तो उसे बाहर दूसरों पर फेंकने की और न अपने अंदर पी जाने की – तुम कभी भी किसी अपराध बोध का अनुभव नहीं करोगे।

और ठीक इसी तरह से प्रत्येक को, अपने सभी तरह के नकारात्मक मनोभावों के साथ व्यवहार करना चाहिए। उनके साक्षी बने रहो, केवल उनका निरीक्षण करते रहो। सूफ़ी लोग इसे 'सहादा' कहते हैं – साक्षी बने रहो। हिन्दू इसे साक्षी कहकर पुकारते हैं। बस निरीक्षण करते रहो, और कुछ भी करो ही मत। करने की कुछ भी आवश्यकता ही नहीं है। सभी प्रयास गलत हैं। यदि तुम उसके बारे में कुछ भी करते हो, तो कोई चीज समझो गलत ही होने जा रही है – क्योंकि तुम कुछ भी उसके प्रभाव से करोगे। यदि तुम कुछ भी दूसरों के साथ करते हो, तो वह गलत होगा, यदि तुम कुछ भी स्वयं के साथ करते हो, तो वह भी गलत होगा। उस नकारात्मक मनोभाव के प्रभाव और धक्के से कुछ गलत होने ही जा रहा है। और तब बाद में अपराध बोध उत्पन्न होगा।

लेकिन इस बारे में कुछ भी न करने का एक तरीका है – निरीक्षण कर्त्ता बने रहो, बस साक्षी बने रहो। उसे देखते रहो। वह है वहां। तुम वह नहीं हो, तुम केवल देखने वाले हो। जब भी तुम्हें क्रोध आए, खामोशी से शांत बैठ जाओ। जब तुम्हारे अंदर ईर्ष्या जागे, जब तुम घृणा से भरे हुए हो, अपना दरवाजा बंद कर शांत बैठ जाओ।

क्रोध को वहां बने रहने दो, तुम अपने सामने क्रोध की बिजलियों को गिरते हुए देखते रहो। घृणा को एक फिल्म की रील की तरह घूमते हुए, तुम उसके निरीक्षण कर्त्ता बने रहो।

और तुम आश्चर्यचकित रह जाओगे। वे मनोभाव, एक बात तय है, हमेशा ही नहीं बने रह सकते। देर सबेर वे बिदा हो जाते हैं। उन्हें जाने में केवल कुछ

मिनट लगते हैं। और जब वह चले जाते हैं, वे चले ही जाते हैं। अपने पीछे कोई निशान भी नहीं छोड़ जाते। कोई अपराधबोध उत्पन्न नहीं होता। और वह व्यक्ति जिसके अंदर कोई अपराध-बोध उत्पन्न नहीं होता, धार्मिक है। मैं उसी व्यक्ति को धार्मिक कहता हूं, जो किसी भी तरह का कोई अपराध-बोध सृजित नहीं करता।

छठा प्रश्न :

> प्यारे भगवान! आज प्रातःकाल का प्रवचन सुनते हुए मैं गहरी नींद में चली गई और तभी अचानक मैंने अपनी पीठ पर एक भारी बोझ का अनुभव किया। पहिले तो मैंने सोचा मैंने जरूर ही खर्राटों से कुछ शोर उत्पन्न किया होगा और उसे रोकने के लिए ही किसी ने जरूर ही मुझे जगाया होगा, लेकिन मैंने पाया कि मुझे चोट पहुंचाने वाला कोई व्यक्ति है ही नहीं। आखिर क्या था वह?

उत्तर :

यह प्रश्न है शीला का।

मैंने अभी तक इस प्रश्न का उत्तर नहीं दिया था, क्योंकि प्रत्येक दिन जब मैं इसका उत्तर देना चाहता था, वह फिर से गहरी नींद में चली जाती थी। यह कोई नया प्रश्न नहीं है। मैं अभी तक प्रतीक्षा करता रहा। लेकिन आज वह जागी हुई है, इसलिए मैंने विचार किया कि यही ठीक क्षण है उत्तर देने का।

शीला! क्या तू मेरे हाथ के स्पर्श को नहीं पहिचान सकी, जब मैंने तुझे जगाया था?

प्रवचन तीन

अभी, यहीं, यह

यह कहा जाता है कि यह दृष्टांत-कथा सूफ़ी सद्गुरु इमाम मुहम्मद बाकिर से ही संबंधित है। यह बोध होने पर कि मैं चींटियों की भाषा बोल और समझ सकता हूं, मैंने उनमें से एक चींटीं से सम्पर्क किया और पूछा – 'तुम्हारा परमात्मा किस आकृति का है? क्या वह चींटी से मिलता जुलता है?'

उसने उत्तर दिया : परमात्मा? नहीं, वास्तव में हम लोगों के पास एक डंक होता है, लेकिन परमात्मा, उसके पास दो डंक होते हैं।"

परमात्मा क्या है?

अल हिलाज-मंसूर कहता है :

विचार और सिद्धान्तों का मवाद इकट्ठा होकर फोड़ा बना, फूटा :
और फिर चारों ओर शांति छा गई एक सन्नाटा और मौन छा गया।
विचारे गये, तो शब्द भी मिट गये और रह गया केवल होश।
तब विचारों और सिद्धान्तों के वस्त्र उतार कर
मैं उसके सामने नग्न खड़ा हो गया।
पहिले मेरे इश्क की भट्टी में देह की मिट्टी जली,
और फिर आग भी बुझ गई
तब सभी कुछ स्पष्ट हो गया, और चारों ओर शीतलता छा गई।
और उस विश्राम में चारों ओर अंधकार
तब फिर शीतल प्रकाश वाले बोध का सूरज उगा।
मैं इश्क की शराब पीकर मदमस्त बना नाचता रहा
तब उस तक मेरे पहुंचने, पाने
और उससे मिलने वाला आनंद भी मिट गया।
उस तलाश और खोज के मिट जाने पर
मैं पूर्ण विश्राम को उपलब्ध हुआ।
उसके अप्रकट होने और उसकी जुदाई की तड़प के बाद ही

वह पूर्ण एकत्व घटित हुआ
पिघल कर उस पूर्ण मिलन में, मैं पूरी तरह मिट गया,
जैसे बूंद सागर में समाहित हो गई।

परमात्मा क्या है?

यह तुम्हीं पर निर्भर करता है। तुम्हारा परमात्मा तुम्हारा परमात्मा होगा, मेरा परमात्मा, मेरा परमात्मा होगा। इस बारे में उतने ही अधिक परमात्मा हैं, जितनी वहां परमात्मा की ओर देखने की सम्भावनाएं हैं। और यह स्वाभाविक है। हम अपने तल और स्तर के पार नहीं जा सकते, हम अपनी आंखों और मन के द्वारा परमात्मा के प्रति केवल सचेत हो सकते हैं। हमारे शरीर और मन के छोटे से दर्पण में परमात्मा एक विचार या प्रतिच्छाया की भांति होगा। इसी वजह से वहां परमात्मा के बारे में इतनी अधिक धारणाएं हैं।

यह आकाश में पूर्णमासी की चांदनी रात में दमकते चन्द्रमा की भांति है। अस्तित्व में लाखों करोड़ों सरिताएं झीलें, समुद्र और छोटे झरने, सोते और तालाब हैं और इन सभी का जल परमात्मा को ही प्रतिबिम्बित करता है। उन सभी के जल में चन्द्रमा की ही प्रति छाया बनती है। एक छोटे से पोखर में चन्द्रमा की अपने ढंग से प्रतिच्छाया बनेगी और विशाल सागर उसे अपने ढंग से प्रतिबिम्बित करेगा।

तब इस बारे में वहां बहुत बड़े-बड़े विवाद हैं। हिन्दू कुछ कहते हैं, मुसलमान कुछ दूसरी चीज कहते हैं, ईसाई फिर कुछ और ही बात कहते हैं। और इसी तरह से कितनी ही तरह की बातें कही जाती हैं। सारा विवाद ही मूर्खतापूर्ण है। पूरा विवाद ही अर्थहीन है। परमात्मा लाखों दर्पणों में लाखों तरह से अपने को प्रतिबिम्बित करता है। प्रत्येक दर्पण अपने ढंग से उसे प्रतिबिम्बित करता है। सभी बुनियादी बातों में पहिली चीज यही समझ लेने जैसी है। इस बुनियादी बात को न समझने के कारण ही धर्मों के मध्य इस बारे में विवाद होना स्वाभाविक है, क्योंकि वे सभी यह सोचते हैं – 'यदि हमारा दृष्टिकोण ठीक है, तब दूसरों का गलत होगा ही। उनके दृष्टिकोण का ठीक होना, दूसरों के गलत होने पर निर्भर होता है। यह मूढ़ता है। परमात्मा तो अनन्त है और तुम अनेक तरह से और बहुत सी खिड़कियों के द्वारा देख सकते हो। और यह स्वाभाविक है कि तुम केवल उसे स्वयं के माध्यम से ही देख सकते हो – तुम ही वह खिड़की बनोगे। तुम्हारा परमात्मा, परमात्मा को उतना ही प्रतिबिम्बित करेगा जितना कि वह तुम्हें करेगा; तुम दोनों ही वहां होगे।

जब मंसूर कुछ भी कहता है, तो वह कुछ भी बात अपने ही बारे में कह रहा है। यह अत्यन्त ही प्रभावी और आकर्षक वक्तव्य है – 'तब वह एकत्व और मिलन घटित हुआ, तब पिघल कर एकरूपता घटित हुई'। यह वक्तव्य परमात्मा की अपेक्षा अल हिलाज मंसूर के बारे में ही अधिक कहता है। मंसूर का यही है परमात्मा। यह मंसूर का ही अनूठा अनुभव है।

मंसूर को कत्ल कर दिया गया, जीसस की तरह उसे सलीब पर चढ़ा दिया गया मुसलमान उसे न समझ सके। ऐसा हमेशा ही होता है। तुम कोई भी महत्वपूर्ण चीज, स्वयं अपने से ऊंचे तल की नहीं समझ सकते। यह तुम्हारे लिए एक खतरा बन जाता है। यदि तुम उसे स्वीकार करते हो, तब तुम्हें यह ही स्वीकार करना होगा कि वहां कुछ ऐसी भी सम्भावना है, जो तुम्हारी अपेक्षा अधिक उच्चतम तल की है। इससे अहंकार आहत होता है, इससे तुम्हारा अपमान होता है, तुम्हें हीनता का अनुभव होता है। तुम मंसूर को, क्राइस्ट को, अथवा सुकरात को केवल एक इसी कारण से मार देना चाहते हो, क्योंकि तुम यह सोच भी नहीं सकते, तुम यह स्वीकार नहीं कर सकते कि तुम्हारे दृष्टिकोण की अपेक्षा, इस बारे में किसी अन्य उच्च दृष्टिकोण की भी सम्भावना है। तुम यह विश्वास करते हुए प्रतीत होते हो कि इस अस्तित्व में तुम्हीं अंतिम सत्य हो, तुम्ही एक नायाब उदाहरण हो, कि तुम पराकाष्ठा पर हो और इस बारे में तुम्हारे पार कहीं कुछ भी नहीं है। यह अधार्मिक चित्त का मूढ़तापूर्ण दृष्टिकोण है। एक धार्मिक मन हमेशा ही हर चीज के लिए खुला हुआ होता है। एक धार्मिक चित्त कभी भी अपनी सीमाओं से आबद्ध नहीं होता। वह सदा यह स्मरण रखता है कि विकास का कहीं कोई अंत नहीं है, और प्रत्येक विकसित हुए चले जाता है।

बाइबिल में कहा गया है कि परमात्मा ने मनुष्य का सृजन अपनी ही छवि या आकृति में किया। यह एक मनुष्य का ही वक्तव्य है, यह परमात्मा के बारे में कुछ भी नहीं कहता है। यह प्रामाणिक रूप से कुछ चीज मनुष्य के बारे में ही बतला रहा है। यह मनुष्य ही है, जो स्वयं अपने बारे में ही लिख रहा है। यह स्वाभाविक है कि मनुष्य अपनी ही सीमा और भाषा में ही विचार करता है और परमात्मा को अपनी ही आकृति प्रदान करता है। मनुष्य के विचार की यही सीमा है कि मनुष्य ही अस्तित्व का केन्द्र है, और परमात्मा ने मनुष्य का सृजन अपनी ही आकृति या रूप में किया। उसे ऐसा करना ही था... कम से कम मनुष्य द्वारा सृजित धार्मिक ग्रंथों में उसे मनुष्य के मन और अहंकार का अनुसरण करना ही था।

पर मामला ठीक इससे उल्टा है। मनुष्य ने ही परमात्मा का सृजन अपने

ही रूप और आकृति में किया। मनुष्य का परमात्मा, मनुष्य की आकृति का है। तुम इसे देख सकते हो। तुम मंदिरों में जा सकते हो और तुम वहां परमात्मा की मूर्तियां देख सकते हो। वे मनुष्य की आकृति में बनाई गई हैं, थोड़ी अधिक सुंदर और बेहतर हैं, लेकिन थोड़े से बदलाव के साथ वे मनुष्य शरीर की ही सुंदरतम सजावट हैं। उनकी आंखें मनुष्य जैसी ही हैं, लेकिन उनमें करुणा का भाव कहीं अधिक है। बस थोड़ी सी करुणा और उड़ेल दी गई है। एक मनुष्य के ही आदर्श के रूप में हमारी सारी देव-प्रतिमाएं हैं।

जब नीत्शे ने यह घोषणा की, कि परमात्मा मर गया है, तो वास्तव में वह स्वयं के परमात्मा के विरुद्ध कुछ भी नहीं कह रहा था। वह सामान्य रूप से यही कह रहा था कि जिस परमात्मा का हम अभी तक अनुसरण करते आये हैं। वह अब और उपयुक्त नहीं रह गया है, क्योंकि मनुष्य अब विकसित हो गया है। वह परमात्मा, जिसका हम अभी तक अनुसरण करते रहे हैं, वह एक बचकाना और बच्चों जैसी बुद्धि-वालों के लिए उपयुक्त पुस्तकों में वर्णित कल्पित परमात्मा था। मनुष्यता अब युवा हो गई है। एक व्यक्ति जो एक पत्थर को परमात्मा मानकर उसकी पूजा कर रहा है, वह एक बहुत आदिम बात के बारे में कुछ कह रहा है। उसका वक्तव्य बहुत आदिम, प्राचीन, और पागलपन से भरा हुआ है। कोई व्यक्ति जो एक मूर्ति की पूजा कर रहा है, उससे थोड़ा बेहतर है, लेकिन फिर भी वह सीमित है। सभी रूपों और आकृतियों की सीमा होती है। कोई व्यक्ति एक वृक्ष की पूजा कर रहा है...वह थोड़ा अधिक जीवंत है, क्योंकि वृक्ष में एक प्रकार की जीवन ऊर्जा है। परमात्मा परम चेतना और प्राण ऊर्जा है, वृक्ष परमात्मा के साथ सहभागी है, इसलिए उसमें भी जीवन-ऊर्जा है। परमात्मा हरा-भरा आनंदपूर्ण और चिर नूतन है और ऐसा ही वृक्ष भी है, और परमात्मा में खिलावट है और वृक्ष में भी फूल खिलते हैं। इस बारे में उनमें एकत्व है।

लेकिन एक वृक्ष एक वृक्ष ही होता है। हो सकता है उसमें दिव्यता की प्रतिच्छाया बहुत दूर की हो, लेकिन वृक्ष की परमात्मा की तरह पूजा करना अज्ञान है। कोई भी व्यक्ति जो नदी की पूजा कर रहा हो, वह अपने ढंग से ठीक हो सकता है – क्योंकि नदी भी उस दिव्यता को अभिव्यक्त कर रही है, वह उसके सतत प्रवाह, पवित्रता और प्रत्येक चीज बहुत सीमित रूप में अभिव्यक्त हो रही है। वह तो समग्र है, उसमें तो सभी कुछ समाया है। इसलिए कोई भी एक वस्तु उसकी समग्रता को अभिव्यक्त नहीं कर सकती। कोई भी अकेली एक वस्तु उसकी पूर्णता और समग्रता को कैसे अभिव्यक्त कर सकती है? यदि तुम वृक्ष की पूजा करते हो, तो फिर नदी के बारे में...? यदि तुम नदी की उपासना करते

हो, तो फिर सूर्य के बारे में क्या कहोगे? यदि तुम सूर्य की आराधना करते हो, तो फिर चन्द्रमा के बारे में? तुम केवल एक चीज की पूजा कर रहे हो – और चूंकि वह एक अकेली होने कारण सीमित है, वह सारी पूर्णता का प्रतिनिधित्व नहीं कर सकती।

जब नीत्शे ने कहा, 'परमात्मा मर गया है,' तो वह कह रहा था कि परमात्मा के बारे में अभी तक की गई सारी व्यवस्था असंगत हो गई है। मनुष्य उस सभी के पार चला गया है, मनुष्य अब कहीं अधिक परिपक्व हो चुका है। मनुष्य को प्रत्येक समय नये परमात्मा की आवश्यकता होती है। जैसे ही मनुष्य अधिक परिपक्व और विकसित होता है, उसे कही अधिक विकसित और निर्दोष परमात्मा की आवश्यकता होती है। ईसाइयों की ओल्ड टेस्टामेंट में देखो – उसका परमात्मा बहुत भयानक और ईर्ष्यालु है। उसका परमात्मा घोषणा करता है – 'मैं बहुत ईर्ष्यालु परमात्मा हूं, यदि तुम किसी अन्य की पूजा अर्चना करोगे, मैं तुम्हारा शत्रु बन जाऊंगा। मैं तुम्हें यातनाएं सहने के लिए नर्क में फेंक दूंगा, मैं तुम्हें जलती आग में झोंक दूंगा। ऐसा परमात्मा बहुत आदिम युग का प्रतीत होता है, ऐसा लगता है जैसे वह आततायी बादशाह चंगेजखाँ जैसे व्यक्ति का कोई निरंकुश आदेश हो – जो बहुत सुसंस्कृत और तर्कयुक्त न हो।

हिन्दुओं का परमात्मा कहीं अधिक तर्कसंगत है। अपनी बांसुरी के साथ कृष्ण कहीं अधिक सुसंस्कृत हैं। लेकिन बुद्ध शिखर पर पहुंच जाते हैं, क्योंकि इन्होंने परमात्मा की अवधारणा ही छोड़ दी। वह धर्मपारायणता की बात करते हैं। परमात्मा का वास्तविक शब्द ही परमात्मा जैसी वस्तुओं को बनाता है : स्पष्ट रूप से उनकी व्याख्या कर उन्हें एक ठोस, चट्टान जैसी आकृति देकर साकार बनाता है। बुद्ध ने इस धारणा को ही ध्वस्त कर दिया। वह कहते हैं, "वहां धार्मिकता तो है, लेकिन वहां कोई भी परमात्मा नहीं हैं। वहां दिव्यता है। अस्तित्व इस दिव्यता और भगवत्ता से ही भरा हुआ है, लेकिन वहां परमात्मा की प्रकार कोई व्यक्ति स्वर्ण सिंहासन पर आरूढ़ होकर न तो कोई सृजन कर रहा है, न कोई व्यवस्था अथवा नियंत्रण कर रहा है। नहीं, वहां एक व्यक्ति की भांति कोई भी परमात्मा नहीं है। पूरा अस्तित्व दिव्यता से आपूरित है, यही सत्य और प्रामाणिक है। उसमें धर्मपारायणता अतिरेक से प्रवाहित हो रही है।"

अब यह एक कहीं अधिक उच्च्व तल की धारणा है। हमने एक व्यक्ति की सीमाओं को पीछे छोड़ दिया। हमने परमात्मा को एक प्रक्रिया जैसी बना दिया। प्राचीन धारणा कहती है, परमात्मा ने इस संसार का सृजन किया, क्योंकि वह सृष्टा है। बुद्ध इस विचार से राजी नहीं हैं। वह कहते हैः परमात्मा एक सृजनात्मकता

है, सृष्टा नहीं हैं। परमात्मा अपनी सृजनात्मकता में एक हो गया। इसलिए तुम जब भी किसी चीज का सृजन करते हो, तुम परमात्मा का ही अंश ग्रहण करते हुए उसकी सृजनात्मकता के एक भाग बन जाते हो।

जब एक चित्रकार अपना चित्र बनाने में खो जाता है, जब वह अपने चित्र के सृजन में पूरी तरह डूब जाता है, तब वह एक साधारण चित्रकार नहीं रह जाता। वह तल्लीन होने के उन क्षणों में दिव्य हो जाता है। तभी वह एकत्व... तभी वह एकरूपता घटती है।

एक नर्त्तक जब नृत्य करते हुए पूरी तरह उसमें लीन हो जाता है, फिर वह एक साधारण मनुष्य नहीं रह जाता, उसके साथ उसकी रमणीयता और पूर्ण सौंदर्य प्रकट होता है। वे लोग भी जो केवल दर्शक बने देख रहे हैं, इन्हें भी कुछ चीज अजीब, अविश्वसनीय और अद्‍भुत घटना शुरू हो जाती है।

अल हिलाज मंसूर को कत्ल किए जाने से नौ वर्ष पूर्व ही कारागार में बंदी बनाकर डाल दिया गया था। और वह अत्यधिक प्रसन्न था क्योंकि उसने नौ वर्षों का उपयोग निरन्तर ध्यान करने में किया। बाहर तो वहां हमेशा शोर व्यवधान, मित्र-शिष्य समाज, संसार और हजारों चिंताएं थी। वहां बहुत प्रसन्न था। जिस दिन उसे कारागार में बंद किया गया, उसने हृदय से इसके लिए परमात्मा को धन्यवाद दिया। उसने कहा – तू मुझसे इतना अधिक प्यार करता है, तभी तो तूने संसार भर से मुझे बचाने के लिए ही इतनी ऐसी सुरक्षा दी है कि वहां अब तेरे और मेरे सिवा और कुछ भी नहीं बचा। तभी तो वैसा मुझे घटा, तभी तो उस मिलन में पिघल कर मैं पूरी तरह से मिट गया।

वे नौ वर्ष अत्यधिक तल्लीनता के वर्ष थे। और उन वर्षों के बाद आखिर यह तय किया गया कि उसे कत्ल किए जाना है, क्योंकि इस सजा से वह जरा भी तो नहीं बदला, बल्कि उसके विपरीत वह उसी दिशा में और अधिक आगे बढ़ गया। उसके आगे बढ़ने की दिशा थी कि उसने यह घोषणा करना शुरू कर दिया – 'मैं ही परमात्मा हूं – अनअलहक। मै ही सत्य हूं। मैं ही अस्तित्व हूं।'

उसके सद्‍गुरु अल जुन्नैद ने कई तरह से उसे समझाने की कोशिश की – 'तू इस तरह की चीजों की घोषणा मत कर, उस बात को अपने अंदर ही रख, क्योंकि लोग उसे नहीं समझेंगे और तू अनावश्यक रूप से मुसीबत में पड़ जायेगा।'

लेकिन यह मंसूर के वश के बाहर की बात थी। वह जब भी उस विशिष्ट दशा में होता था, जिसे सूफी 'हाल' कहकर पुकारते हैं – वह जब भी इस स्थिति में होता था, वह नाचना और गाना शुरू कर देता था। और वे वाक्य अथवा उसका गाना या कुछ भी कहना, अतिरेक से छलकते उद्‍गार थे, जिन पर नियंत्रण

रखना उसके लिए असम्भव था। वहां नियंत्रण करने वाला कोई था ही नहीं, सारा नियंत्रण जाता रहा था। जुन्नैद उसकी स्थिति को समझता था, लेकिन वह दूसरे लोगों की भी चित्त दशा को भली-भांति जानता था कि देर-सबेर मंसूर को धर्म विरोधी समझा जावेगा। उसकी घोषणा – "मैं ही परमात्मा हूं" एक तथ्य था, उसके पीछे उसका अनुभव ही यह घोषणा कर रहा था, लेकिन लोग उसे नहीं समझ सके। उन लोगों ने उसे उसका दम्भ और अहंकार समझा और फलस्वरूप परेशानी खड़ी हो गई। और उसे सजा देने का क्षण आ पहुंचा।

नौ वर्षों के बाद उन लोगों ने यह निर्णय किया कि इस बीच यह शख्स जरा भी नहीं सुधरा, और वास्तव में गहरे में उसका पागलपन और अधिक बढ़ गया है। अब तो वह निरन्तर 'अनअलहक', मैं ही सत्य हूं की घोषणा कर रहा था। इसलिए अंतिम रूप से यह निर्णय लिया गया कि उसे फांसी पर लटका दिया जाये, उसे मृत्युदण्ड दिया जाये।

जब वे लोग उसे कारागार की कोठरी से बाहर निकालने के लिए गए, तो बहुत मुश्किल उत्पन्न हो गई – क्योंकि वह 'फना' की रहस्समय स्थिति में डूबा हुआ था। अब वह एक व्यक्ति नहीं रह गया था, वह केवल शुद्धतम ऊर्जा का पुंज था। उस शुद्ध ऊर्जा-पुंज को बाहर घसीट कर कैसे लाया जाये? जो लोग उसे बाहर निकालने गये थे वे हतप्रभ और मूक बने रह गये। उस अंधेरी कोठरी में जो कुछ घट रहा था, वह इतना अधिक अद्भुत था, वह इतना अधिक प्रकाशवान था कि मंसूर को चारों ओर से इस संसार का नहीं, जैसे कोई दैवी आभा मंडल घेरे हुए था। मंसूर वहां एक व्यक्ति की भांति मौजूद ही नहीं था। सूफ़ियों के पास इस स्थिति के लिए इस बारे में दो शब्द हैं – एक है 'बक़ा' और दूसरा है 'फ़ना'। 'बक़ा' का अर्थ होता है कि तुम अपनी अस्मिता को सीमाबद्ध कर रहे हो, तुम अपने चारों ओर एक परिभाषा खड़ी कर रहे हो, तुम्हारे पास एक सीमा रेखा है, जो यह इंगित करती है कि यह तुम हो। 'फ़ना' का अर्थ है कि तुम अब पिघल कर परमात्मा में घुल गये और तुम्हारी कोई परिभाषा, या सीमा बद्धता ही नहीं रही। बक़ा एक 'बर्फ के क्यूब की भांति है, और फ़ना की स्थिति है – पिघले हुए बर्फ क्यूब की, जो नदी में घुल कर उसके साथ एक हो गया।

रहस्यदर्शियों के साथ ऐसा निरन्तर घटता रहता है : वे 'बक़ा' से 'फ़ना' में और 'फ़ना' से 'बक़ा' की स्थिति में आते-जाते रहते हैं। ये लगभग दिन और रात की तरह होता है। धीमे-धीमे इस बारे में एक तरह की लयबद्धता आ जाती है। कभी तुम उस रहस्यदर्शी को बक़ा की स्थिति में पाओगे – और जब तुम उसे बक़ा की स्थिति में पाओगे तो तुम उसमें एक ऐसी सर्वाधिक अनूठी वैयक्तिकता

देखोगे, जो उससे पूर्व कभी न देखी होगी। बक़ा की उस स्थिति में वह अनूठी वैयक्तिकता बहुत मौलिक, बहुत पवित्र और प्रतिरोध रहित निर्मल होगी। वह आकाश के विरुद्ध खड़े एक ऊँचे पर्वत-शिखर की भांति होगी, अथवा काली अंधेरी रात में जगमगाते हुए एक सितारे की भांति – इतनी अधिक स्पष्ट, इतनी अधिक सभी से अलग और एक विशिष्ट व्यक्ति की भांति होगी। बक़ा का यही अर्थ होता है – व्यक्तिगत रूप से एक विशिष्ट व्यक्तित्व।

सामान्य संसार में तुम ऐसे विशिष्ट व्यक्तियों को न खोज सकोगे। इस स्थान पर लोग तो बहुत हैं, लेकिन ऐसे विशिष्ट व्यक्तित्व नहीं हैं। लोग तो बहुत हैं, लेकिन ऐसी वैयक्तिकता वाले व्यक्ति नहीं हैं। यहां एक ऐसा व्यक्ति है जिसके पास अपनी कोई वैयक्तिकता नहीं है, वह भीड़ का एक गुमनाम भाग है, वह उसी तरह जीता है, जैसे भीड़ के अन्य सभी लोग जीते हैं, वह उन्हीं लोगों की तरह बातचीत करता है, वह उन्हीं की तरह भोजन करता है, वह उसी तरह फिल्म देखने जाता है, जैसे वे सभी लोग जाते हैं, वह वैसे ही कार खरीदता है। जैसे वे खरीदते हैं, वह वैसे ही घर बनाता है, जैसे वे बनाते हैं – वह निरन्तर उन सभी लोगों का, जनसमूह का, अर्थात भीड़ का अनुसरण कर रहा है। वह स्वयं में स्थित नहीं है, वह बहुत बड़ी उलझन में पड़ा हुआ है। उसकी सीमा रेखाएं बेतरतीब और अव्यवस्थित हैं। वे सीमा-रेखाएं वहां हैं तो, लेकिन वे गड्डमड्ड हैं, वे जरा भी स्पष्ट नहीं हैं। यदि तुम उसके अंदर झांकों, तो तुम उसे वहां नहीं पाओगे। तुम वहां परिवार व समाज द्वारा थोपे गये नियमों और अनुशासन से निर्मित आदतों से निर्मित एक ढांचे अर्थात कंडीशनिंग की पर्त पाओगे। वह एक मुसलमान होगा, क्योंकि उसका जन्म एक मुसलमान के घर में हुआ है। वह एक हिन्दू होगा, क्योंकि उसका जन्म एक हिन्दू परिवार में हुआ है। वह गीता के पाठ को दोहरा रहा होगा, क्योंकि उसके पिता उसका रोज पाठ और उच्चारण करते थे – और उसके पिता के पिता भी ऐसा ही किया करते थे। युगों-युगों से वे उसका पाठ करते आये हैं, इसलिए वह भी उसका पाठ कर रहा है। यह सभी कुछ एक संयोग जैसे ही प्रतीत होता है, इसके पास अपना कोई अनूठापन नहीं है। वह भीड़ भरे समाज का केवल एक भाग है। वह उसी तरह जीता है, जैसे वे लोग जीते हैं, वह उसी तरह मर जाता है, जैसे वे लोग मरते हैं। वह उनका ही जीवन जीता है और उनकी ही मौत की तरह मरता है। वह कभी भी अपने अधिकार का स्वयं अपने होने कर दावा नहीं करता, वह कभी भी विद्रोह नहीं करता। सामान्य मनुष्य की यही स्थिति है और यही उसका सामान्य व्यक्तित्व है। यह कोई वैयक्तिकता है ही नहीं।

निजता और वैयक्तिकता का उदय केवल तभी होता है, जब तुम बहुत स्पष्टवादी और निर्मल होते हो। जब तुम अपने अपनी आत्मा के मौलिक चैतन्य रूप को उपलब्ध होते हो। जब तुम अपना ही कार्य करते हो। जब तुम इस बात की जरा भी चिंता नहीं करते कि दूसरे लोग क्या कहते हैं, जब तुम अपनी स्वतंत्रता के लिए अपना पूरा जीवन बलिदान करने को तैयार होते हो। जब स्वतंत्रता तुम्हारे लिए सर्वोच्च तथा अंतिम मूल्य बन जाती है और कोई भी चीज कुछ भी अर्थ नहीं रखती तुम्हारे लिए, तभी तुम अपनी निजता में 'बक़ा' की स्थिति को प्राप्त करते हो। और यह भी विरोधाभास है, केवल विशिष्ट व्यक्ति ही 'फ़ना' में पूरी तरह पिघलने, मिट जाने और पूर्ण विलुप्त होने की स्थिति में जा सकता है।

पहिले तुम्हें स्वयं में होना होगा, केवल तभी तुम विलुप्त हो सकते हो। यदि तुम हो ही नहीं, तब कौन जा रहा है विलुप्त होने? पहिले तुम्हें स्वयं को भीड़ से मुक्त करना होगा, केवल तभी तुम छलांग लगा सकते हो। इसलिए विरोधाभास यही है, कि जो व्यक्ति बक़ा की स्थिति में हो, केवल वही फ़ना की स्थिति में जा सकता है।

समूह में रहने वाला सामान्य मनुष्य फ़ना की स्थिति में नहीं जा सकता, क्योंकि वह यह जानता ही नहीं कि वह कौन है, उसके पास अभी तक न तो कोई पता है, और न उसके पास अभी तक कोई नाम है और न कोई पहिचान है। वह भीड़ में केवल एक संख्या की भांति है। उसकी आसानी से हटाकर उसके स्थान पर दूसरे व्यक्ति को रखा जा सकता है, और उसे बदला जा सकता है। वह एक विशिष्ट तरह के कार्य करने वाला केवल एक भाग है। वह एक कर्मचारी है। उदाहरण के लिए वह एक इंजीनियर हो सकता है। यदि उसकी मृत्यु हो जाती है, तुम उसके स्थान पर वहां दूसरे इंजीनियर को रख सकते हो और कोई भी उसके अभाव का अनुभव नहीं करेगा। अथवा वह एक डॉक्टर हो सकता है। यदि वह मर जाता है तुम उसके स्थान पर वहां दूसरे डॉक्टर को बैठा देते हो, और कोई भी व्यक्ति उसके अभाव का अनुभव नहीं करेगा। वह बदले जाने भाग या पुर्जे की तरह है, वह एक ड्यूटी निभाने वाला कर्मचारी है।

लेकिन वह व्यक्ति, जो ब़का की स्थिति में होता है, वह एक कर्मचारी की भांति नहीं होता, उसके पास, उसके अस्तित्व में एक पूरी तरह से भिन्न गुणात्मकता होती है। उसके अभाव को हमेशा के लिए महसूस किया जाता रहेगा। एक बार यदि वह चला गया, तो तुम उसके स्थान पर दूसरे व्यक्ति न पा सकोगे। तुम जीसस के स्थान पर दूसरा जीसस नहीं पा सकते। तुम वेटिकन के पोप के स्थान

पर बदल कर दूसरा पोप रख सकते हो और जिसे तुमने कई बार बदला भी है। हर बार जब एक पोप मर जाता है, उसके स्थान पर दूसरा आ जाता है। तुम बहुत आसानी से पुरी के शंकराचार्य को बदल सकते हो, इस बारे में कहीं कोई समस्या ही नहीं है। एक शंकराचार्य मरता है, तुम वहां दूसरे को बिठा देते हो। लेकिन तुम आदि शंकराचार्य के स्थान पर दूसरे नहीं बदल सकते। तुम जीसस को बदल कर दूसरा जीसस नहीं ला सकते, तुम दूसरा मुहम्मद बदल कर नहीं ला सकते। एक बार वह चले गये, तो वे हमेशा के लिए चले गये। वे एक अनूठी निजता को लेकर अस्तित्व में रहे – और यही स्थिति होती है बक़ा की। और केवल ऐसे ही लोग फ़ना की स्थिति में जाने में समर्थ हैं। यह विरोधाभासी दिखाई देता है, क्योंकि फ़ना का अर्थ है तुम अपनी पूरी छवि और अपना पूरा अस्तित्व खो रहे हो।

लेकिन पहिले तुम्हारे पास खोने के लिए वह अस्तित्व तो होना चाहिए। यदि वह तुम्हारे पास है ही नहीं, तो तुम उसे कैसे खो सकते हो? तुम उसका त्याग कैसे कर सकते हो, यदि वह तुम्हारे पास है ही नहीं। इसलिए विरोधाभास, प्रत्यक्ष रुप से ऐसा आभास होता है। इसके पीछे एक बहुत बड़ा सार्वभौमिक नियम काम कर रहा है। पहिले तुम्हारे पास गिराने या छोड़ने के लिए कुछ पूंजी अपने पास होनी चाहिए। पहिले उसे एक साथ इकट्ठा करो। उसे एक साथ इकट्ठा करना होता है, तभी आता है मौन। पहिले उसे एक साथ एक स्थान पर इकट्ठा करो, उसका एकीकरण करो, बक़ा बनो, और तभी तुम फ़ना में जा सकते हो।

यह शख़्स, मंसूर, एक अनूठी वैयक्तिकता का मालिक बना। वह जहां कहीं भी गया, तुरन्त उसे पहिचान लिया गया। उसकी ओर दृष्टि न जाना, उससे चूकना असम्भव था। वह भारत भी आया। वास्तव में उसके सद्गुरु अल जुन्नैद ने उससे कहा : 'तुम्हारे लिए अच्छा यही है कि तुम दूसरे देशों में जाकर रहो, अन्यथा यहां तुम पकड़ लिए जाओगे। इसलिए दूर-दूर देशों तक उसने यात्राएं की। प्रत्येक जगह वह तुरन्त पहिचान लिया गया। वह सम्राटों का सम्राट था। तुम उसकी ओर देखे बिना रह ही नहीं सकते थे। यदि वह दस हजार लोगों की भीड़ में भी खड़ा हुआ था, तब भी तुम उसे देख और पहिचान सकते थे। वह बक़ा की स्थिति में था, वह स्फटिक या बिल्लौर की भांति स्पष्ट था। उसकी उपस्थिति अत्यधिक, सघन, और विरल थी। एक बार तुमने उसकी ओर देख लिया, तो अन्य सभी व्यक्तियों के चेहरे पीले, फीके और सपाट दिखाई देने लगते थे। इसलिए देर-सबेर वह हर जगह पहिचान लिया गया और उसे उस देश को छोड़ कर जाना पड़ा, क्योंकि समस्याएं खड़ी होने लगी।

वह मध्य पूर्व के कई देशों में गया, लेकिन वह जहां कहीं भी गया, कुछ दिनों तक तो सभी कुछ ठीक-ठाक रहा – वह वहां बिना पहिचाने रहता रहा – लेकिन अधिक समय तक नहीं। इसलिए अंत में वापस आकर उसने अपने सद्गुरु जुन्नैद से कहा – "यह अब निरर्थक हो गया है। मैं हर जगह पकड़ा जा सकता हूं, इसलिए यहीं क्यों नही?"

जब इस शख्स को कैदखाने की कोठरी से बाहर लाने का प्रयास किया गया, तो जो अधिकारी उसे बाहर ले जाने के लिए आये थे, वे उसे कोठरी में खोज ही नहीं सके, कि वह वहां है कहां? वह वहीं था। पूरी तरह से वहीं था, क्योंकि पूरी कोठरी उसकी दीप्ती; उसकी उपस्थिति से आलोकित थी। वह उपस्थिति बहुत सघन थी, पर फिर भी अव्याख्य! वे लोग कोठरी में प्रवेश ही नहीं कर सके। वे लोग भय से स्तब्ध, आश्चर्य चकित होकर खड़े सोचते रहे – आखिर क्या करना चाहिए?' अंत में साहस जुटाकर उन्होंने उसे खींच कर बाहर लाने का प्रयास किया, लेकिन ऐसा करने में वे सफल न हो सके। तब इस बारे में केवल एक ही रास्ता था : उसके सद्गुरु अल-जुन्नैद से कहा गया कि वह आकर उनकी सहायता करे, क्योंकि समय गुजरता जा रहा था और उन्हें मंसूर को फांसी पर चढ़ाना था और वे उसे बाहर भी नहीं निकाल पा रहे थे।

अल जुन्नैद आया और उसने कहा :"मंसूर अब मेरी बात सुनो। मैंने अनेक बार तुमसे कहा कि अब तुम अपने को अल्लाह के सुपुर्द कर दो। यदि वह चाहता है कि तुम सूली पर चढ़ो तो सामान्य होकर सूली पर चढ़ जाओ। उसे अपना काम पूरा करने दो। अब बहुत हुआ, यह यथेष्ट है।" और जब अल जुन्नैद ने चिल्ला कर कहा तो मंसूर 'फ़ना' की स्थिति में वापस लौटा। अब फिर से वहां एक सीमा रेखा दिखाई दी, अब वह एक ऊर्जा का बादल न रहा, वह ठोस और सघन बन गया। उसके शरीर की सीमाएं प्रकट हुई। उसका सद्गुरु आ पहुंचा था और उसे अपने सद्गुरु की बात सुननी ही थी।

तब उसे कत्लगाह तक ले जाया गया। लेकिन उसे मारना बहुत कठिन था। उसके शरीर पर तलवार के प्रहारों से एक हजार घाव हो गए – लेकिन वह फिर भी जीवित था। तब उन्होंने उसके एक-एक अंग को काटना शुरू किया, लेकिन वह फिर भी जीवित था – क्योंकि कत्लगाह पर वह फिर ब़का की स्थिति से फ़ना की स्थिति में चला गया। वह फिर से परमानंद में, परमात्मा की उस ऊर्जा में लीन हो गया।

मंसूर जैसी स्थिति के शख्स के लिए परमात्मा एक ऊर्जा है। बुद्ध की स्थिति

वाले व्यक्ति के लिए परमात्मा, परम चैतन्य है। जीसस के लिए परमात्मा, प्रेम है। वह एक व्यक्ति नहीं है। यह तीन 'एल', 'लव' (प्रेम), 'लाइफ' (जीवन) और 'लाइट' (प्रकाश) सीखने जैसे हैं'। परमात्मा, प्रेम, जीवन, और 'लाइट' (प्रकाश) सीखने जैसे हैं। परमात्मा प्रेम, जीवन और प्रकाश है। तुमने तीन 'आर' के बारे में सुना होगा। यह तीन 'आर' तुम्हें सम्य बनाते हैं और यह तीन 'एल' तुम्हें धार्मिक बनाते हैं।

और अधिक जीवंत बना – इतने अधिक जीवंत कि तुम जीवन के साथ एक हो जाओ। और तब प्रेम को उमगने दो, वह इतना अधिक हो जाये, कि उसका प्याला छलकना शुरू हो जाये। तब तुम सीमाओं का अतिक्रमण कर देते हो। तब तुम्हीं में से एक नई तरह का प्रकाश झरना शुरू जो जाता है, तुम दीप्तिवान हो उठते हो। ये तीन 'एल' सीखने जैसे हैं, और वे तीन आर भुलाने जैसे हैं।

सूफ़ी धर्म का पूरा तत्वज्ञान उस परमात्मा तक पहुंचना है, जिसकी कोई भी धारणा नहीं है और जो एक ब्रह्माण्डीय ऊर्जा जैसा है। लेकिन हम सभी की उसके बारे में अपनी-अपनी धारणाएं हैं और सभी धारणाएं और विचार बचकाने हैं, अपरिपक्व हैं। परमात्मा को किसी विचार या धारणा में आबद्ध नहीं किया जा सकता।

हमारे पास दूसरों के द्वारा ही दिए गए विचार और धारणाएं हैं और हमने उन्हें सीखा हुआ है। वे सभी साधारण जन समूह द्वारा दिए गए संकेत और सुझाव हैं, और इन विचारों को तुम्हारे मन में ठूंस दिया गया है। ईसाइयों की धारणा है कि वह एक सफेद दाढ़ी वाला बूढ़ा व्यक्ति है। वह देखने में बहुत प्राचीन लगता है, और वह चारों ओर से फरिश्तों से घिरा हुआ स्वर्ण-सिंहासन पर बैठा हुआ पूरे संसार को नियंत्रित कर रहा है। इसमें गलत कुछ भी नहीं है, पर इसमें कोई भी चीज ठीक भी नहीं है। छोटे बच्चों के कौतूहल को सुंतष्ट करने के लिए तो यह ठीक है, क्योंकि बच्चों को भी परमात्मा के बारे में किसी विचार या धारणा की आवश्यकता होती है, लेकिन इस बचकानेपन से प्रत्येक व्यक्ति को विकसित होना होता है।

हम बच्चों के मनों में इसी तरह के विचार बरबस ठूंसे चले जाते हैं।

मैंने सुना है :

पादरी ने श्रीमती मोट से कहा, जिनके बच्चे को ठीक अभी बपतिस्मा (ईसाई बनाकर नामकरण संस्कार) दिया गया था।

'ओह मिसेज मोट। मैंने ऐसा बच्चा आज तक नहीं देखा जो बपतिस्मा के समय इतना अधिक शालीन व्यवहार कर रहा हो।"

श्रीमती मोट ने उत्तर दिया – "ऐसा इसलिए है, क्योंकि मैं तथा मेरे पति पानी भरी बाल्टी के साथ उस पर एक सप्ताह तक अभ्यास करते रहे हैं।

यदि तुम एक बच्चे पर एक सप्ताह तक पानी से भरी बाल्टी उड़ेल कर अभ्यास करते रहे हो, तो निश्चित ही वह उसका अभ्यस्त हो जाता है। और यही सभी कुछ युगों-युगों से मनुष्यता के साथ किया जाता रहा है – तुममें विचार और धारणाएं उड़ेलने का अभ्यास किया गया है। जो लोग इनका अभ्यास करते हैं, वे यह नहीं जानते कि वे क्या कर रहे हैं क्योंकि वे भी उसी जाल में हैं। उनके माता-पिता ने उन विचारों को उड़ेलने का उन पर अभ्यास किया। वे नहीं जानते कि वे हैं क्या और इस बारे में वे क्या बता रहे हैं? यदि तुम यह पूछने का बहुत अधिक आग्रह करो कि आखिर परमात्मा शब्द का ठीक अर्थ क्या होता है, तो तुम किसी भी व्यक्ति और प्रत्येक व्यक्ति को असुविधा में डाल दोगे। इसलिए प्रश्न पूछे जाने का समर्थन नहीं किया जाता, प्रत्येक को उन चीजों को स्वीकार करना ही होता है, प्रत्येक को उन पर विश्वास करना ही पड़ता है। यदि तुम बहुत अधिक प्रश्न पूछते हो तो कोई भी उनका उत्तर नहीं देना चाहता, यदि तुम पूछते ही चले जाओ तो तुम दूसरे व्यक्ति को बहुत असुविधा में डाल दोगे, क्योंकि तुम उसकी और देखते हुए उसे नग्न करना शुरू कर देते हो। उसके लिए भी एक विश्वास भर है ओर वह भी यह नहीं जानता कि परमात्मा है क्या?

बच्चे भय दिखाकर ही प्रशिक्षित किए जाते हैं और भय के कारण ही वे परमात्मा से लिपटते जाते हैं। यही कारण है कि जब भी तुम भयभीत होते हो, तुम परमात्मा के बारे में अधिक सोचने लगते हो। अंधेरी रात में एक कब्रिस्तान से होकर गुजरते हुए तुम परमात्मा को याद करने के लिए बाध्य हो जाते हो। जब तुम अकेले और बीमार होते हो अथवा तुम कठिनाइयों, निराशा, व्यग्रता और दुःख में होते हो, तुम परमात्मा का स्मरण करते हो। परमात्मा, दुखों के साथ अधिक जुड़ा हुआ है। यदि तुम प्रसन्न होते हो, तुम्हारी प्रवृत्ति परमात्मा को भूल जाने की होती है। प्रसन्नता के साथ परमात्मा का कोई संबंध नहीं है। यथार्थ में होना तो ठीक उल्टा होना चाहिए – जब तुम प्रसन्न होते हो, तुम परमात्मा तक आसानी से पहुंच सकते हो, क्योंकि एक आनंदित चित्त में प्रवाह होता है, एक प्रसन्न चित्त खुला हुआ होता है, एक प्रसन्न चित्त कहीं अधिक योग्य और सूक्ष्म हो जाता है।

एक दुःखी चित्त सिकुडा और बंद होता है, भयभीत रहने वाला कैसे खुला हुआ हो सकता है? ऐसा होना सम्भव ही नहीं है।

मैंने सुना है :

एक युवक देहात की सड़क पर, अपने ट्रक को बीच सड़क पर चलते हुए एक वृद्ध व्यक्ति को बचाकर निकलना चाहता था, लेकिन वह वृद्ध व्यक्ति उसे रास्ता ही नहीं दे रहा था।

अंत में किसी तरह जब वह वृद्ध व्यक्ति से गुजरता आगे निकला तो पीछे लौटकर वह अपने हाथ में पिस्टल लेकर वृद्ध व्यक्ति के पीछे जाकर बोला – 'बुढ़ऊ! क्या तुम्हें नाचना आता है?' और यह कहते हुए उसने वृद्ध व्यक्ति के पैरों के आस पास अट्ठहास करते हुए गोलियां चला दी। वह बूढ़ा भय से जमीन पर उछलने लगा।

जब वह युवा आगे बढ़ा तो बूढ़े व्यक्ति ने झपटकर अपनी छिपी हुई शॉटगन उसकी पीठ से लगाकर पूछा – "जवान! क्या तुमने किसी खच्चर को कभी चूमा है?"

शॉटगन की नली को अपनी पीठ से लगी देखकर उस युवक ने कहा – "नहीं! लेकिन में हमेशा ऐसा करना चाहता था।"

भय के द्वारा तुम कोई भी स्थिति निर्मित कर सकते हो। और तुम्हारा परमात्मा भय के द्वारा सृजित किया गया है। तुम्हारा परमात्मा और कुछ भी नहीं है, बल्कि वह तुम्हारे भय की ही मूल प्रवृत्ति है। वह तुम्हारा अनुभव नहीं है।

स्काटलैंड के एनरडीज कस्बे में एक मां ने अपने छोटे बच्चे को भय के द्वारा ही अनुशासित किया। जब भी वह शैतानी करता, वह उससे कहा करती थी – "परमात्मा उसे कभी पंसद नहीं करता।" और जब भी वह खासतौर से आज्ञा न मानकर अपनी मनमानी करने लगता तो वह कहती – "परमात्मा तेरी इस हरकत से बहुत नाराज होगा।"

प्रायः यह चेतावनियां ही उसके लिए पर्याप्त होती। लेकिन एक रात जब उसने रात्रि भोजन के बाद उसे मिठाई देने के स्थान पर प्लेट में सिकुड़े जामुन जैसे पल्म खाने को दिए तो उसने जैसे विद्रोही कर दिया। उसने प्लेट में रखे हुए प्लम खाने से साफ इनकार कर दिया। मां ने उसे बहुत बहलाया लेकिन उसने एक

न सुनी। अंत में उसने कहा – "परमात्मा ऐसे छोटे जिद्दी बच्चों को जरा भी पसंद नहीं करता, जो अपनी प्लेट में रखे प्लमों को खाने से मना करते हैं।"

लेकिन वह छोटा बच्चा अपनी जिद से टस-से-मस न हुआ। वह कहती ही रही – "देख खा ले, नहीं तो परमात्मा नाराज हो जायेगा" लेकिन किसी न किसी वजह से वह छोटा बच्चा जिद पकड़ गया और प्लेट में रखे आखिर उन दो पल्मों को खाने से साफ इनकार कर दिया...उसके विद्रोह का कारण ही झुरियां पड़े वे गहरे नीले रंग के दो प्लम ही थे।

मां ने कहा – ''ठीक है, अब तुझे अपने बिस्तर पर जाकर सो जाना चाहिए। तुम बहुत शैतान बच्चे हो और परमात्मा तुमसे बहुत नाराज है, वास्तव में बहुत नाराज है।"

यह कहते हुये उसने सीढ़ियों द्वारा ऊपर ले जाकर उसके बेडरुम में उसे लिटा दिया। उसे नीचे आये अधिक देर नहीं हुई थी कि तभी एक भयंकर तूफान आया बादलों की गर्जन लर्जन के साथ हमेशा से कहीं अधिक बिजली कौंधने लगी। बादलों की गर्जन से जैसे आसमान फटने लगा और उसकी प्रतिध्वनि चारों ओर व्याप्त हो गई। अचानक क्रुद्ध तेज हवाओं के साथ तेज मेह की बौछारें खिड़कियों से टकराने लगीं। वह बहुत तेज तूफान था और उसने सोचा कि उसका बेटा डर रहा होगा, इसलिए उसे उसके पास जाकर उसे राहत देनी चाहिए। उसने धीमे से उसके शयनकक्ष का दरवाजा खोला, वह यह आशा कर रही थी कि वह उसे भयभीत और रोता हुआ और शायद अपने सिर को चादर से ढका हुआ पायेगी। लेकिन उसके आश्चर्य का ठिकाना न रहा, क्योंकि वह बिस्तरे पर था ही नहीं और खिड़की के पास वह अपने चेहरे को उसके शीशे से रगड़ता हुआ बुदबुदा रहा था। उसने सुना कि वह बुदबुदा रहा था – "हे मेरे परमात्मा! मेरे दो प्लम न लेने की वजह से ही तूने इतना शोर-शराबा और हंगामा बरपा कर दिया।"

लेकिन जो तुम्हारा परमात्मा है, वह ऐसा ही है।

वह तुम्हारे भय के कारण उत्पन्न हुआ परमात्मा है, अथवा तुम्हारे लालच के कारण पोषित परमात्मा। भय और लालच के कारण ही तुम परमात्मा के बारे में एक निश्चित धारणा पर विश्वास किए चले जाते हो। यह धारणा उतनी ही मूढ़तापूर्ण है, जितना मूढ़तापूर्ण तुम्हारे भय और लालच हैं। इसका परमात्मा के साथ कुछ भी लेना देना नहीं है, इसमें कुछ चीज जो की जानी है, वह तुम्हारे और तुम्हारे मनोविज्ञान के साथ की जानी है।

यदि तुम वास्तव में यह जानना चाहते हो कि परमात्मा है क्या, तब तुम्हें सभी तरह के भय और सभी तरह के लालच को छोड़ना होगा। तुम्हें वास्तव में अपने पूरे मनोविज्ञान और पूरे मन को छोड़ना होगा। परमात्मा का अनुभव अमन की अथवा फ़ना होने की स्थिति है, जब तुम पिघल कर मिट जाते हो, तुम रहते ही नहीं, तभी तुम जानते हो कि परमात्मा क्या होता है?

इसलिए थोड़ी सी चीजें समझने जैसी हैं। परमात्मा एक धारणा, एक सिद्धान्त, एक कल्पना, एक स्पष्टीकरण और एक तत्व ज्ञान नहीं है, जरा भी नहीं। तुम किसी भी उस चीज की धारणा कैसे कर सकते हो, तुम्हारा उससे कभी आमना-सामना नहीं हुआ, इसलिए उसके बारे में तुम जो कुछ भी सोचोगे वह उधार लिया हुआ होगा, वह नकली होगा। असली तो तुम्हारा स्वयं का ही अनुभव होगा। तुम्हारा परमात्मा एक तरह का स्पष्टीकरण है – क्योंकि जीवन में वहां बहुत-सी समस्याएं हैं, जीवन में वहां बहुत-सी उलझनें और बहुत से रहस्य हैं और उनको स्पष्ट करने में तुम हमेशा अपने को कठिनाई में पाते हो। यहां जन्म भी है और मृत्यु भी है, और यहां पूरा अस्तित्व ही अत्यधिक सुंदर है। आखिर यह कहां से आया? किसने इसका सृजन किया? क्यों इसका सृजन किया गया? यह सब ऐसा क्यों है? वस्तुतः यह वैसा क्यों नहीं है? मन में हजार प्रश्न उठते हैं और तुम्हें किसी सुविधाजनक और चिंतामुक्त स्पष्टीकरण की आवश्यकता होती है, जिससे तुम आराम से अच्छी तरह सोच सको। परमात्मा का स्पष्टीकरण एक आवरण जैसा है। वह तुम्हारी सभी समस्याओं को ढक लेता है। अकेली एक धारणा में तुम प्रत्येक चीज की व्याख्या कर देते हो।

जब भी तुम कहते हो – 'परमात्मा ही जानता है इसे' तो सामान्य रूप से तुम्हारे कहने का यही अर्थ होता है मैं नहीं जानता। लेकिन यह बहुत चालाकी से भरी व्यूह रचना है। तुम यह नहीं कह सकते कि मैं नहीं जानता, तुम कहते हो 'परमात्मा ही जानता है।' यह तुम्हें एक इस तरह का अहसास कराता है, कि तुम भले ही उसे न जानो, लेकिन किसी स्थान पर कोई ऐसा है जो जानता है, और वह तुम्हारा परमात्मा है, और वह तुम्हारी फ्रिक करता है, तुम्हें चिंता करने की कोई जरूरत है ही नहीं। पिता जानते हैं, मां जानती है, परमात्मा जानता है, कोई व्यक्ति जानता है, इसलिये चिंता करने की जरूरत क्या? तुम भारमुक्त बने रह सकते हो। लेकिन मैं तुमसे कहना चाहता हूं परमात्मा कोई व्याख्या अथवा वक्तव्य नहीं है। और जो लोग किसी व्याख्या या वक्तव्य में अटके रहते हैं, वे कभी भी परमात्मा को न जान सकेंगे।

सभी व्याख्याओं, सिद्धान्तों और सारे तत्वज्ञान को गिरा देना ही परमात्मा

को जानना है। सभी तरह के सोच-विचार से मुक्त हो जाना ही परमात्मा को जानना है, क्योंकि सोच विचार ही बाधा है। तुम अनजाने, अज्ञात के बारे में कैसे सोच सकते हो? तुम केवल ज्ञात के बारे में ही विचार कर सकते हो। विचार करना उसी एक चीज को बार-बार चबाये चले जाना है। जिसे तुम पहिले ही से जानते हो, तुम केवल उसी के बारे में विचार कर सकते हो। विचार, तुम्हें कभी कोई चीज मौलिक नहीं देते, वे दे भी नहीं सकते, यह उनकी प्रकृति ही नहीं है। और परमात्मा तो सबसे अधिक अज्ञात और महत्वपूर्ण सत्ता है। परमात्मा का अर्थ है – समग्रता। वह ज्ञात नहीं है। सभी व्याख्याएं, तरह-तरह के धोखे और छलावे हैं। तुम भली-भांति जानते हो कि तुम स्वयं अपने को धोखा दे रहे हो और दूसरों को धोखा दे रहे हो।

एक ईमानदार और सत्यनिष्ठ खोजी सभी व्याख्याएं छोड़ देगा। यही है उसका वह अर्थ जब अल-हिलाज कहता है –

> जब तुम सारे विचार, सिद्धान्त और व्याख्याएं एक साथ इकट्ठी कर उन्हें एक साथ छोड़ देते हो, तभी घिरता है मौन और तभी आती है – शांति, तब शब्द भी खो जाते हैं
>
> तब शब्दों की बिल्कुल जरूरत ही नहीं रह जाती, जब सारे सिद्धान्त, सारी व्याख्याएं और वक्तव्य और सारे तत्वज्ञान ही धीमे-धीमे गिर जाते हैं। तब तुम शब्दों को करने क्या जा रहे हो? उनकी जरूरत ही क्या है?
>
> विचार गये, तो शब्द भी खो गये
> और रह गया केवल होश या चेतना
> जब शब्द खो जाते हैं, तब उस मौन में से ही चेतना जन्मती है।
> तब सभी कुछ उघारकर मैं नग्न खड़ा हो गया
>
> – तुम पूरी तरह से नग्न हो जाते हो। परमात्मा के सामने तुम्हें पूर्णतः नग्न ही खड़ा होना होता है, तुम्हारे चारों ओर न व्याख्याएं रह जाती हैं और ने कोई तत्व ज्ञान। तुम्हें इन वस्त्रों को छोड़ देना होता है।
>
> तुम्हें यथासम्भव नग्न ही होना होगा, पूरी तरह नग्न, बिना वस्त्रों के पूरी तरह से खाली। केवल तभी परमात्मा से सम्पर्क होने की सम्भावना होती है।

परमात्मा कोई व्यक्ति नहीं है – यह दूसरी बात स्मरण रखने की है। यह सोच कि परमात्मा एक मनुष्य जैसा है, मानवोचित है। जब हम परमात्मा के बारे में मनुष्य जैसा होने की बात सोचते हैं, तो यह तीव्र उत्साहयुक्त लगता है, अपनापन जैसी ऊष्मा का अनुभव होता है। लाओत्से उसे ताओ कहता है,

लेकिन 'ताओ' शब्द में वह उष्णता और उत्साह नहीं है। तुम ताओ को आलिगंन में नहीं ले सकते, और न ताओ ही तुम्हें अपने हृदय से लगा सकता है। बुद्ध कहते हैं – 'धम्म' – एक नियम लेकिन नियम तो बहुत ठंडा प्रतीत होता है। तुम्हें चाहिए उष्णता भरा आलिंगन, तुम्हें एक ऐसे परमात्मा की आवश्यकता है, जो तुमसे प्रेम कर सके, तुम्हें चूम सके, तुम्हें प्यार दुलार दे सके, जो तुम्हें अपने निकट ले जा सके, जो तुम्हारा हाथ थाम सके। मनुष्य की यही कामना होती है, कामना होती है प्रेम की ऊष्मा पाने की।

पर अस्तित्व का न तो यह दायित्व है और न उसके लिए यह जरूरी है कि वह तुम्हारी कामनाओ को पूरा करे। तुम्हारा कामना करना तो ठीक है, लेकिन तुम्हारी कामना से सामान्य रूप से यह प्रदर्शित होता है कि तुम परमात्मा से नहीं, प्रेम से चूके जा रहे हो। इसे समझने का प्रयास करो। तुम्हारी कामना यही दिखला रही है कि तुम अपने माता-पिता के अभाव का अनुभाव कर रहे हो, अथवा तुम्हें प्रेमी या प्रेमिका का अभाव साल रहा है। तुम्हारी कामना सामान्य रूप से यही प्रदर्शित कर रही है कि प्रेम के लिए वहां एक तीव्र लालसा है, जिसे तुम परमात्मा पर प्रक्षेपित कर रहे हो। इसीलिए परमात्मा एक व्यक्ति बन जाता है। तुम अपनी आवश्यकता के कारण परमात्मा को एक व्यक्ति में बदल देते हो। लेकिन यह तुम्हारी आवश्यकता है और इस बारे में यह जरूरी नहीं है कि तुम्हारी आवश्यकता की पूर्ति हो। जो यह तुम्हारी जरूरत है और तुम्हें उसे गिराना होगा। इसी वजह से मेरा जोर है कि तुम अपने प्रेम में कभी भी अतृप्त मत रहो, अन्यथा तुम कभी भी सच्चे परमात्मा को खोजने में समर्थ न हो सकोगे।

अधिक से अधिक जितना प्रेम कर सकते हो, करो। मनुष्यों से प्रेम करो, पशुओं से प्रेम करो, वृक्षों से प्रेम करो, चट्टानों, पर्वतों और सरिताओं से प्रेम करो, जितना अधिक कर सकते हो, उतना प्रेम करो। प्रेम का इतना अधिक प्रगाढ़ अनुभव हो जाने दो, जिससे तुम्हारे प्रेम की आवश्यकता की पूर्ति हो जाये, जिससे एक दिन तुम प्रेम का अतिक्रमण कर सको।

ठीक कल ही इसी बारे में एक प्रश्न मां आनंद प्रेम ने पूछा था। वह पूछ रही थी – आध्यात्मिक व्यक्ति, प्रेम के पार क्यों जाना चाहते हैं? ऐसा क्यों है? क्योंकि यदि तुम अपने प्रेम में अभी भी संतुष्ट नहीं हो, तो तुम अपने प्रेम की आवश्यकताओं को परमात्मा पर प्रक्षेपित किए चले जाओगे। और वह एक नकली परमात्मा होगा। वह परमात्मा तुम्हारा अपना प्रक्षेपण होगा। वह तुम्हारी अपनी ही धारणा होगी, वह परमात्मा की वास्तविकता नहीं होगी। तुम परमात्मा की सत्यता या वास्तविकता को देख ही नहीं सकते। तुम परमात्मा को उसी सीमा तक देख

सकोगे जैसा तुम देखना चाहते हो। तुम वह नहीं देख सकते, जो वह है। तुम्हारे पास एक तरह की तृप्त होने की चाह होगी।

इसलिए फ्रॉयड जब यह कहता है कि परमात्मा एक तरह की इच्छा-पूर्ति ही है, तो वह पूरी तरह से गलत नहीं है। वह निन्नयानवे प्रतिशत लोगों के बारे में ठीक है। वह आनंद प्रेम के बारे में ठीक है। आनंद प्रेम, प्रेम की चाह से पीड़ित है। वह एक प्रेमी खोजने का प्रयास कर रही है, लेकिन नहीं कर सकती, क्योंकि प्रेमी के बारे में उसके पास अपनी एक विशिष्ट धारणा है। वही धारणा एक बाधा बन जाती है। वह एक निर्दोष और कुशल प्रेमी को खोज रही है। पहिली बात तो यह कि एक निर्दोष आदर्श प्रेमी खोज पाना वाकई बहुत अधिक कठिन है, और यदि ऐसा कोई प्रेमी खोज भी लिया तो निर्दोष प्रेमी किसी भी तरह से तुम्हारी आकांक्षा में सहायक न होगा। केवल एक निर्दोष प्रेमी एक निर्दोष प्रेमिका से ही जुड़ सकता है। दोनों ही बिना किसी आकांक्षा या आवश्यकता के होंगे। उनका प्रेम पूरी तरह से एक नई किस्म का होगा, वह एक तरह की सहभागिता के रूप में होगा। और ऐसा नहीं है कि उन्हें एक दूसरे की जरूरत है, क्योंकि उनके पास इतना अधिक है इसलिए वे उसे देना चाहेंगे।

एक निर्दोष प्रेमी वह होता है, जो अपने अकेलेपन में भी आनंदित होता है, जितना कि वह अपनी प्रेमिका के साथ होता है, इस बारे में कोई अंतर नहीं होता। तभी वह एक निर्दोष प्रेमी होता है। लेकिन वह अकेलेपन में भी इतना ही प्रसन्न रहता है।

अब आनंद प्रेम, एक निर्दोष प्रेमी की खोज किए चली जा रही है और चूंकि वह एक निर्दोष प्रेमी खोज नहीं सकती और सामान्य उसके लिए मूल्यहीन हैं, इसलिए अब वह अपने प्रेम को परमात्मा पर प्रक्षेपित करना शुरू कर सकती है। वह अपने प्रश्न में लिखती है : मीरा के बारे में क्या हुआ? मीरा ने कृष्ण के रूप में परमात्मा से प्रेम किया और फिर भी वह परमात्मा को उपलब्ध हुई। हां उसने कृष्ण के रूप में परमात्मा से प्रेम किया, लेकिन मीरा का प्रेम एक निर्दोष मनुष्य प्राणी का प्रेम है। उसकी कोई आकांक्षा या जरूरत नहीं थी, वह कृष्ण से कुछ भी नहीं चाहती थी, वह सामान्य रूप जिए जा रही थी। उसके पास गाने के लिए एक गीत है, और उसे वह गा रही है। उसके पास नृत्य करने लिए नृत्य है और वह नाच रही है। उसके पास पाने के लिए कुछ भी नहीं है, वह केवल देती है। और वह उससे हज़ार गुना पाती है — और वह कुछ दूसरी ही चीज है, लेकिन उसके पास पाने के लिए कुछ भी नहीं है।

यदि तुम मीरा बनना चाहती हो, तो आनंद प्रेम, पहिले तुम्हें मनुष्य के प्रेम

की जरूरतों के बारे में तृप्त होना होगा – अन्यथा तुम्हारा कृष्ण नकली होगा, वह मीरा का कृष्ण नहीं होगा। तुम्हारा कृष्ण केवल तुम्हारी कल्पना होगा, तुम्हारा कृष्ण केवल तुम्हारी दमित कामना का प्रक्षेपण होगा। तुम्हारे कृष्ण में कहीं अधिक कामुकता होगी। पहिले मनुष्य के प्रेम की आवश्यकताओं को पूर्ण कर उन्हें समाप्त होने दो, और उनको समाप्त करने के लिए पहिले उनके अंदर जाना होगा। मैं उनके विरुद्ध नहीं हूं, और स्मरण रहे मैं यह भी नहीं कह रहा हूं कि उनमें कुछ चीज़ गलत है। एक अर्थ में उससे बहुत बड़ा सबक मिलता है और यह केवल उनसे होकर गुजरने में ही मिलता है। उससे होकर गुजरो, असम्भव की मांग मत करो – अन्यथा प्रेम घटेगा ही नहीं।

मनुष्य नाम के प्राणी की सीमाओं को याद रखो और अपनी सीमाओं को भी भूलो मत। और जिस तरह का भी प्रेम मिलना सम्भव हो, उससे प्रवेश करो। असम्भव की लालसा मत करो, अन्यथा जो भी सम्भव है। तुम उससे भी चूक जाओगे। और जो असम्भव है, वह कभी भी नहीं घटता। असम्भव तो दूसरे रास्ते से घूम कर घटता है, सम्भव के द्वारा होकर गुजरो, उसकी तृप्ति में से ही अपनी आत्मा को जन्मने दो – तब असम्भव भी घट सकता है। अब तुम उसके योग्य बन गई हो।

यदि लोगों के प्रेम की आवश्यकताओं की पूर्ति नहीं होती, तो वे उसे परमात्मा पर प्रक्षेपित किये चले जाते हैं – बेचारे परमात्मा को अनावश्यक रूप से उसे सहन करना पड़ता है। जब मैं आनंद प्रेम के प्रश्न को पढ़ रहा था, तो मैं परमात्मा के बारे में सोचकर बहुत-बहुत उदास हो गया। यदि आनंद प्रेम ने परमात्मा को प्रेम करना शुरू कर दिया, तब जरा परमात्मा के बारे में भी विचार तो करो – क्योंकि न भी नहीं कर सकता, वह कोर्ट कचहरी भी नहीं जा सकता, उसे बस तुम्हारे प्रेम को सहन करना ही होगा।

पहिले मनुष्य के कोलाहल, और मनुष्य के दुःखों से होकर गुजरो, मनुष्य प्रेम के आनंद और उसकी पीड़ाओं से होकर गुज़रो। उसके द्वारा अपने को परिपक्व होने दो। तभी तुममें वह सुवास होगी, जो परमात्मा को भेंट की जा सकती है, उससे पूर्व नहीं। पहिले कमल का एक फूल बनो, कामना की कीचड़ से बाहर आओ। स्मरण रहे – कमल कीचड़ से ही उत्पन्न होता है। कामनाओं से ही कामनाहीन होने की स्थिति आती है और अचाह का कमल खिलता है। कामनाओं की व्यर्थता बार-बार हर बार देखने पर एक दिन कोई इतना परिपक्व हो जाता है कि वह उस कामना को ही गिरा देता है। उसके गिराने में ही उससे मिलन हो जाता है। जब वहां कोई कामना या चाह होती ही नहीं, फिर उस परमात्मा को समझने या देखने में कोई

बाधा रह ही नहीं जाती। फिर सभी जगह परमात्मा ही होता है, तब केवल ही होता है। लेकिन परमात्मा कोई व्यक्ति नहीं है।

ईसाई कहते हैं कि परमात्मा, परम पिता है। पर परमात्मा पिता नहीं है। सामान्य रूप से इससे यही प्रदर्शित होता है कि तुम्हारी पिता की आवश्यकता अभी भी अधूरी और अतृप्त है। इस बारे में ऐसे भी लोग हैं, जो कहते हैं परमात्मा एक मां है। इससे सामान्य रूप से यही प्रदर्शित होता है कि उनकी मां की चाह अधूरी और अतृप्त है। वहां कुछ ऐसे भी लोग हैं जो सोचते हैं, परमात्मा एक प्रेमी है। तब उनकी प्रेम की आवश्यकता या आकांक्षा अतृप्त है। तुम परमात्मा के बारे में जो कुछ भी कहते हो, कुछ चीज तुम्हारे बारे में ही प्रकट होती है। यदि तुम परमात्मा को पिता जैसा सोचते हो, तो साधारण रूप से इससे यही प्रकट होता है कि तुम अपने पिता से असंतुष्ट हो, तुम अभी तक अपने पिता के साथ अपने झगड़े और विवाद सुलझा नहीं पाये हो और तुम अपने पिता पर बहुत अधिक आश्रित बन गये हो। अब तुम्हारी आकांक्षा है कि आकाश में एक पिता हो सकता है, तुम्हारे पिता की मृत्यु हो चुकी हो और तुम बिना पिता के नहीं रह सकते हो। हो सकता है कि तुम्हारे पिता तुमसे कहीं दूर हों और तुम बिना पिता के नहीं रह सकते हो। तुम अभी तक अवयस्क और बच्चे जैसे हो और तुम्हें ऐसे किसी व्यक्ति की जरूरत हो जिससे तुम लिपट सको। तब तुम परमात्मा का सृजन पिता के रूप में करोगे।

परमात्मा न तो पिता है और न माता, न वह प्रेमी है और न प्रेमिका। परमात्मा व्यक्ति जैसा है ही नहीं।

परमात्मा एक ऊर्जा है, एक ब्रह्माण्डीय ऊर्जा। परमात्मा एक निरन्तर सृजनात्मकता है। परमात्मा है – प्रेम, जीवन और प्रकाश। परमात्मा अनुभवजन्य कोई वस्तु नहीं है, और वह ऐसी कोई अनुभवजन्य वस्तु भी नहीं है, जिसका एक दिन तुम परमात्मा के रूप में साक्षात्कार करोगे। परमात्मा न तो कोई पदार्थ या वस्तु है और न कोई विषय। जब विषय और वस्तु मिलकर एक दूसरे में खो जाते हैं, फ़ना हो जाते हैं, तब वहां एक नई तरह का अनुभव होता है – जिसे कृष्णमूर्ति 'जानना' अथवा निरीक्षण करते रहने से उत्पन्न प्रज्ञा कहते हैं। यह अनुभव जैसा नहीं है क्योंकि 'अनुभव' शब्द में ही सब कुछ पूरा या समाप्त हो जाता है, जैसे चक्र पूरा हो जाता है। परमात्मा कभी पूरा नहीं होता कभी समाप्त नहीं होता, वह सतत चलते रहने वाला एक घटनाक्रम है, जो सदा खुला खिलता हुआ निरन्तर गतिशील है। परमात्मा एक सक्रिय ऊर्जा है। परमात्मा एक कार्य विधि है, कोई वस्तु नहीं है।

इसलिए 'जानना' सतत निरीक्षण से एक बोध उत्पन्न होना अर्थात 'एक्सपीरियेन्सिंग' क्या है? अनुभव होने और 'जानने' अर्थात 'एक्सपीरियोन्सिंग' में अंतर क्या है? अन्तर यह है कि अनुभव या 'एक्सपीरियेन्स' में तुम वस्तु से पृथक बने रहते हो। उदाहरण के लिए तुम मुझे सुन रहे हो। यह अनुभव दो तरह से हो सकता। उन लोगों के लिए जो यहां केवल एक दर्शक अथवा श्रोता भी भांति बैठे हैं, यह एक अनुभव है। मैं यहां उनसे पृथक हूं, वे वहां मुझे सुनते हुए अपने अहंकार में केन्द्रित हैं, और वे लोग निरन्तर यह निर्णय ले रहे हैं, क्या यह ठीक है अथवा गलत? क्या इसका अभ्यास किया जा सकता है अथवा नहीं, क्या यह उन पर लागू होता है अथवा नहीं, क्या यह उनके शास्त्रों के अनुकूल है अथवा नहीं – वे लोग अपने अंदर निरन्तर यह निर्णय ले रहे है, यह उनका एक अनुभव है।

लेकिन वे लोग जो मेरे साथ गहरे प्रेम में डूबे हैं, जो मेरे विरुद्ध नहीं हैं, जो वहां मुझे किसी विवशता से आश्रित होकर नहीं सुन रहे हैं, जो मुझसे इतने अधिक डूबे हैं जैसे वह मुझे न सुनकर अपने आपको ही सुन रहे हैं, अपने ही हृदय की धड़कनों को सुन रहे हैं, तब वहां वह अनुभव न होकर 'एक्सपीरियेन्सिग,' अर्थात जानना, एक बोध को उपलब्ध होना होता है। तब मैं यहां उन लोगों से पृथक नहीं हूं और वे लोग भी वहां दूर बैठे हुए भी मुझसे पृथक नहीं हैं। तब वहां एक एकत्व और एकरूपता घट रही है।

परमात्मा यही एकत्व और एकरूपता है, उसे 'जानना' और उसकी गहरी समझ है, वही 'एक्सपीरियेन्सिंग' है।

यदि तुम जानना चाहते हो कि परमात्मा क्या है, तो तुम्हें अनुभव करने, बोधपूर्वक जानने अर्थात 'एक्सपीरियेन्सिंग' की कला को सीखना होगा। तब इस बारे में मस्जिद, मंदिर या चर्च जाने की कोई आवश्यकता नहीं है। जहां कहीं भी यह 'एक्सपीरियेन्सिंग' स्वयं मिटकर अस्तित्व में एकरूपता और एकत्व की अनुभूति हो, तो वही चर्च होता है, वही मंदिर और मस्जिद होती है। गुलाब के फूल की ओर देखते हुए यदि तुम मिटकर गुलाब का फूल ही हो जाते हो अथवा गुलाब का फूल मिटकर तुममें समा जाता है – दृष्टा दृश्य बन जाता है, और उनमें कोई भेद नहीं रह जाता, वहां एक दूसरे का आमना-सामना करने वाली दो चीजें नहीं रह जाती, बल्कि एक मिलन, पिघल कर एक दूसरे में घुलना और एकत्व घटता है, तब वहां कोई सीमाएं नहीं रह जाती। किसी भी भांति तुम गुलाब के फूल में प्रविष्ट हो जाते हो और गुलाब का फूल तुममें समा जाता है। और यह सम्भव है, यह रूपान्तरण होना सम्भव है। चूंकि

ऐसा होने की सम्भावना है, तभी वह धर्म संगत और अर्थपूर्ण है, अन्यथा धर्म सार्थक नहीं होगा। गुलाब के फूल बने रहकर ही तुम परमात्मा में प्रवेश करते हो। तब सभी सम्भावनाओं का उस दिव्यता तक जाने में द्वार की तरह प्रयोग किया जा सकता है।

मैंने सुना है...

बर्नेड साइनन लिखता है : एक ऐसे व्यक्ति के बारे में सोचो, जो गांव की पहाड़ी सड़क पर अपनी कार चलाता हुआ ऊपर की ओर चढ़ रहा है। जो पहाड़ की चोटी पर पहुंच कर अपनी कार रोकता है और टहलता हुआ पंजे के आकार की पहाड़ियों के बीचे पहाड़ी दर्रे के निकट जाता है। वह झुककर अपने सामने फैले हुए वृक्षों के झुंड के बीच से बड़ी प्रसन्नता से पूरा दृश्य देखता है। वही ऊपर निस्तब्ध नीले आकाश के विस्तार में पक्षियों के झुंड गुनगुनी धूप सेकते हुए आराम से चक्राकार मंडरा रहे हैं। नीचे मैदान में मृदुल बयार में हरे वृक्षों का झुरमुट झूमता हुआ आनंदित दिखाई दे रहा है, जब कि पहाड़ की बगल में पशु और भेड़ें शांति से घास चर रहे हैं। पूरे दृश्य में एक शांत-सौंदर्य है और वह व्यक्ति एक गहरी श्वांस लेकर कहता है – "वास्तव में यह बहुत सुंदर और प्यारा है।"

उसी क्षण वहां एक दूसरी कार से दूसरा व्यक्ति उतर कर पहिले व्यक्ति के निकट आता है। पहिला व्यक्ति बुदबुदा कर दूसरे से पूछता है – "है न बहुत सुंदर दृश्य?"

दूसरा व्यक्ति एक क्षण चुप रहता है, फिर कुछ सोचकर कहता है – "वास्तव मे कुछ और भी घटनाएं यहां भी घट रही हैं, क्या आपने उस पर विचार किया है? ये सुंदर पक्षी जो आकाश में चक्राकार मंडरा रहे हैं ये अपना भोजन खोज रहे हैं। उन कीट-पतंगों को और पृथ्वी पर घिसटने वाले कीड़ों को जिन्हें पक्षी अपनी निर्दयी चोंच से उनकी चीरफाड़ कर चबर-चबर भक्षण कर जाते हैं, वे कैसे आकर्षक दिखाई देंगे?'

पहिले व्यक्ति ने बैचेनी से स्थान बदलते हुए कहा – "ओह! जाने भी दो।"

दूसरे व्यक्ति ने फिर कहा- ''वे भेड़े जो बहुत शांति से चरती हुई दिखाई दे रही हैं और जो मोटी हो रही हैं, वे शीघ्र ही डर से कांपती, घिसटती बूचड़खाने में ले जाई जायेंगी, और वहां खून से सने फर्श को सूंघते ही वे भय से मर जायेंगीं। उनके छोटे मेमने उनसे छीनकर कसाई द्वारा हलाल कर हुक से लटका दिए जाएंगे।

पहिला व्यक्ति खामोश है, क्योंकि दूसरा व्यक्ति बोले जा रहा है – "धूप में हरे वृक्षों के झुरमुट का इस तरह लहरना – पर इस झुरमुट में हत्या और मारपीट कर अंग-भंग करने का कृत्य निरन्तर जारी है, जैसे मकड़े मकड़ियों का और बड़े कीड़े, छोटों का भक्षण कर रहे हैं। यदि उन कीड़ों की आवाजों को बढ़ा कर उनकी व्याख्या की जा सकती, तो भय और दर्द भरी चीखें भी निश्चित रूप से इस हरे-भरे चरागाह में चारों ओर सुनाई देतीं।"

पहिला व्यक्ति कवि है, वह विधायक दृष्टि द्वारा देखता है। दूसरा व्यक्ति एक समालोचक है, वह नकारात्मक दृष्टि से देखता है। बर्नाड साइनन इस छोटी कथा को यही समाप्त कर देता है। मैं इस कथा में एक अन्य व्यक्ति, एक रहस्यदर्शी को भी अंदर लाना चाहता हूं।

एक तीसरी कार आती है और उसमें से एक रहस्यदर्शी नीचे उतरता है, जो दोनों व्यक्तियों की कहानियां सुनकर हंसता है और कहता है – "जीवन न तो यह है और न वह है। जीवन दोनों ही एक साथ है। तुम दोनों कहते तो ठीक हो, लेकिन जीवन इससे भी कहीं अधिक है। हां, वहां अंधेरी रात है और वहां चमक भरा दिन भी है, वहां गर्मी भी और जाड़ा भी है और मृत्यु भी। तुम दोनों ही ठीक हो, लेकिन एक दृष्टिकोण के विरुद्ध तुमने दूसरे को चुन लिया है। तुम में से प्रत्येक जीवन की आधी तस्वीर देख रहा है और तुम उस आधे चित्र को पूरे चित्र पर थोपने का प्रयास कर रहे हो। तब तुम गलत हो जाते हो। मैं कुछ भी चुनता ही नहीं, मैं सामान्य रूप से जैसा यह है, इसे वैसा ही स्वीकार करता हूं।

हां, वहां जीवन है और वहां मृत्यु भी है और दोनों ही ताने-बाने की तरह एक दूसरे से जुड़े हैं। दोनों को एक साथ देखते हुए ही कोई इसके पार जाता है, कोई इसका अतिक्रमण कर उच्चतम शिखर पर पहुंचता है। तब कोई भी अधिक समय तक किसी एक दृष्टिकोण से नियंत्रित नहीं होता। तब तुम जीवन और मृत्यु को एक दूसरे का एक भाग बना हुआ देखते हो, और तब तुम दोनों का ही इस तरह अतिक्रमण कर उस शाश्वतता को देखते हो। तब वहां न तो सुंदरता होती है, और न कुरूपता, वहां शुद्ध सत्य होता है।

सुंदरता चुनाव है एक दृष्टिकोण का, कुरूपता चुनाव है दूसरे दृष्टिकोण का। किसी भी दृष्टिकोण को न चुनना ही सत्य है। सत्य में चुनाव होता ही नहीं।

परमात्मा, इस अस्तित्व या सत्य का कोई एक दृष्टिकोण नहीं है। परमात्मा है – सभी दृष्टिकोणों का बिना किसी चुनाव के एक साथ होना। यदि तुम चुनते हो, तो तुम चूक जाते हो, यदि तुम नहीं चुनते, तो उससे किसी भी तरह तुम उससे चूक ही नहीं सकते। लेकिन इस बारे में एक समस्या है...जब तुम चुनते हो, तुम स्वयं में बने रह सकते हो – क्योंकि सभी चुनाव अहंकार का पोषण करते हैं। जब तुम नहीं चुनते हो, तो तुम मिट जाते हो। तुम अपने चुनाव, पसंदगी और नापसंदगी के साथ मिट जाते हो। बिना चुनाव किए तुम अस्तित्व में रह ही नहीं सकते। अहंकार बिना चुनाव के अस्तित्व में रह ही नहीं सकता। चुनाव करना ही उसकी सांस-प्रश्वास है। जैसे सांस चली जाने पर तुम जीवित नहीं रह सकते, इसी तरह बिना चुनाव के, बिना कोई दृष्टिकोण लिए हुए, बिना उसके पक्ष या विपक्ष में रहे बिना अहंकार भी अस्तित्व में नहीं रह सकता। एक बार जब तुम कोई दृष्टिकोण नहीं अपनाते, तुम मिट जाते हो। उसी मिटने में ही परमात्मा होना है।

स्मरण रहे, तुम कभी परमात्मा से मिल न सकोगे। कोई भी आज तक परमात्मा से नहीं मिला। जब लोग कहते हैं कि वे परमात्मा से मिले हैं, तो जो कुछ उनके कहने का अर्थ है, वह यही है कि वे मिट गये, और वहां बोध हुआ, स्वयं को जानना हुआ, निरन्तर, स्थिर और शाश्वत, 'एक्सपीरियेन्सिंग' की घटना घट गई। वह ऊर्जा अतिरेक से छलकती हुई ऊर्जा है, और वही परमात्मा है।

इसलिए स्मरण रहे, परमात्मा कोई अनुभवजन्य वस्तु नहीं है, वह किसी अनुभव का विषय है – परमात्मा है अपने में बोध को उपलब्ध होना, मिटना – 'एक्सपीरियेन्सिंग'। परमात्मा स्थिर या जड़ नहीं है, बल्कि एक निरन्तर होने वाली प्रक्रिया है, वह एक सतत विकास, निरन्तर विस्तार, एक विस्फोट और एक सतत् तलाश है। यह प्रक्रिया चलती ही चली जा रही है। यह एक साहसिक अभियान है, यह एक तीर्थयात्रा है, जो न कहीं से शुरू होती है और न कहीं पर समाप्त होती है। परमात्मा न तो वहां स्वर्ग में है और न कहीं और ही – परमात्मा वहां कहीं भी नहीं है, परमात्मा तो यहां है। और परमात्मा तभी नहीं है, परमात्मा अभी है। और परमात्मा 'वह' नहीं है, परमात्मा 'यह' है।

यदि तुम ये थोड़े से शब्दः यहीं, अभी, यह... समझ सकते हो तो यह तीन शब्द ही सूफ़ी धर्म, ज़ेन और सभी सारभूत धर्मों के आधार-स्तंभ हैं। इन तीनों शब्दों को अपने अस्तित्व की घाटी में बार-बार थिरकने, कंपने और गूंजने दो – 'यहीं' 'अभी,' 'यह'

जो लोग परमात्मा के बारे में, कहीं बहुत दूर, कहीं और, 'वह' जैसा सोचते हैं, वे लोग केवल कल्पनाएं करते हुए जो स्पष्ट है और ठीक निकट ही है, उससे चूकते जा रहे हैं। परमात्मा कहीं दूर नहीं है। वह तुम्हारे इतना ही निकट है, जितना तुम स्वयं के निकट हो। वह तुम्हारा ही सबसे अंदर का केन्द्र है, फिर वह कैसे दूर हो सकता है? और परमात्मा, तब और वहां-कहीं अतीत या भविष्य में नहीं है। यह वह परमात्मा नहीं है, जो मोज़ेज के समय में टहल रहा था। जो लोगो से बातचीत करता था, यह वह परमात्मा भी नहीं है, जो मुहम्मद से बात किया करता था और तुम लोगों से बात नहीं करेगा। यह वह नहीं है, जो उपनिषद के ऋषियों को गीत गाकर सुनाया करता था और उसने तुम्हें अब भुला दिया है अथवा तुम्हारा परित्याग कर दिया है। परमात्मा सदा अभी ही है। परमात्मा कभीं भी न तो अतीत है और न भविष्य। परमात्मा से संबंध जोड़ने में, अतीत और भविष्य अर्थहीन शब्द हैं। तुम यह नहीं कह सकते 'परमात्मा था,' तुम यह नहीं कह सकते – 'परमात्मा होगा'। तुम्हें सदा यही कहना होगा – 'परमात्मा है'। इस बारे में केवल एक ही काल है – वर्तमान काल। और परमात्मा है यहीं, इसी क्षण अभी। हम में तुम में सब में।

यदि तुम 'एक्सपीरियेन्सिंग' या बोधपूर्ण जानने की स्थिति में बने रह सकते हो, तो परमात्मा यहीं, अभी और यहीं है। यदि तुम इस स्थिति में नहीं बने रह सकते तो परमात्मा कभी भी कहीं भी नहीं है। बोधपूर्ण गहन अनुभव या जानने की स्थिति को सूफ़ी 'ध्यान' कहते हैं। लेकिन यहीं अभी यह वाला परमात्मा खतरनाक परमात्मा है। तुम्हें इस स्थिति में होने के लिए स्वयं को मिटाना होगा। तुम्हें इसमें पिघलना होगा। यह बहुत बड़ी जोखिम उठाना है। हमने इस जोखिम से बचने के लिए प्रतिस्थापन, अर्थात इसके बदले में ऐसी ही कोई दूसरी चीज सृजित कर ली है।

एक चर्च में यह घोषणा की गई कि आज पुराने पादरी के स्थान पर एक प्रतिस्थापित व्यक्ति उपदेश देगा।

एक छोटे बच्चे ने समझकर मां से पूछा – "यह प्रतिस्थापित व्यक्ति क्या होता है?"

मां ने समझाते हुए कहा – "देखो बेटे! उदाहरण के लिए यदि तुम बेसबॉल फेंककर खिड़की का शीशा तोड़ दो और हमारे पास दूसरा असली शीशा न हो, तो उसके स्थान पर हम खिड़की में गत्ते का एक टुकड़ा लगा सकते हैं... यही है वह जिसे हम प्रतिस्थापित कहते हैं।"

जब प्रतिस्थापित पादरी उस सुबह अपना उपदेश समाप्त कर चुका तो छोटे बच्चे ने झुककर मां के कान में कहा – "मां यह व्यक्ति तो निश्चित रूप से प्रतिस्थापित न होकर, असली सिरदर्द है।"

तुम्हारे सभी प्रतिस्थापन असली सिरदर्द ही होते हैं, क्योंकि असली चीज के स्थान पर बदली गई नकली चीज कभी भी संतुष्ट नहीं कर सकती। कोई भी प्रतिस्थापित व्यक्ति कभी भी तुम्हें तृप्त नहीं कर सकता। कोई भी प्रतिस्थापित कभी भी तुम्हारी प्यास नहीं बुझा सकता। लेकिन मनुष्य बहुत बेईमान है और प्रतिस्थापन सृजित किये चले जाता है। तुम्हारे सभी मंदिर प्रतिस्थापन हैं। तुम्हारे सभी शिक्षक प्रतिस्थापन हैं, तुम्हारी सारी प्रार्थनाएं प्रतिस्थापन हैं। तुम्हारी असली प्रार्थना तुम्हारे अन्दर से अभी उमगी ही नहीं, और न तुम अभी तक 'एक्सपीरियेन्सिंग अर्थात अनुभवजन्य सच्चे आत्मबोध तथा समझ का मंदिर ही खोज सके हो। लेकिन स्मरण रहे, तुम इन्हीं प्रतिस्थापनों का चुनाव करते हो और तब तुम दुःखी होते हो। और जब तुम भुगतते हो, तुम परमात्मा को दोष देते हो।

मैंने सुना है...

छियासी वर्ष के कोहेन को पोलैंड द्वारा यहूदियों के संगठित रूप से किये गये कत्लेआम, जर्मनी के यातना शिविरों और दर्जनों यहूदी विरोधी हादसों से होकर गुजरना पड़ा था

सिनेगॉग में बैठे हुए वह प्रार्थना कर रहा था – "ओह! मेरे मालिक! क्या यह सच नहीं है कि हम लोग आपके द्वारा चुने हुए लोग नहीं हैं।"

रोते हुए बूढ़े कोहेन ने कहा – "तब ठीक है, क्या वह समय नहीं आ गया है, जब आप किसी अन्य व्यक्ति का चुनाव कर लें।"

कोई भी व्यक्ति परमात्मा द्वारा चुना गया व्यक्ति नहीं है। परमात्मा के चुने लोगों को तुमने ही चुना है – और तब तुम पीड़ित होते हो। यहूदियों ने वास्तव में बहुत लम्बी अवधि तक दुःख और यातनाएं झेली हैं। और उनकी सभी पीड़ाएं, अकेली एक ही चीज में घनीभूत की जा सकती हैं: उन लोगों ने स्वयं का ही परमात्मा के चुने हुए लोग बनने का चुनाव किया है। इस प्रामाणिक अहंकार ने ही बहुत बड़े विरोध को जन्म दिया। और वे लोग हठी बने इस विश्वास से लिपटे हुए हैं। जितनी अधिक पीड़ाएं वे सहते हैं, वे उतने ही और अधिक हठी बन जाते हैं।

लेकिन परमात्मा ने किसी भी व्यक्ति का चुनाव नहीं किया है। परमात्मा चुन कैसे सकता है? क्योंकि सभी लोग उसके ही हैं। चुनाव करने का वहां कोई प्रश्न ही नहीं उठता। लेकिन हम लोग अपने विचारों और धारणाओं का चुनाव करते हैं, तव वे ही धारणाएं और विचार कारागार बन जाते हैं, वे संकट और हादसे उत्पन्न करते हैं। सावधान, यदि तुम कष्ट सहन कर रहे हो तो अतीत में पीछे झांकों – तुमने जरूर ही किसी गलत चीज का चुनाव कर लिया है, अन्यथा तुम्हें कष्ट न उठाने होते। हजारों लोगों का निरीक्षण करने और उनकी पीड़ाओं को देखने के बाद, यही मेरा मूल निरीक्षण है। मैं जब भी किसी व्यक्ति को दुःखों और पीड़ा से त्रस्त देखता हूं, धीमे-धीमे मैं एक चीज के बारे में पूरी तरह से निश्चित हो जाता हूं कि उसने कुछ गलत विचार और धारणाएं चुन ली हैं, कि उसने कुछ गलत मान्यताओं का चुनाव कर लिया है। लेकिन जो लोग पीड़ित होते हैं, वे हमेशा जिम्मेदारी दूसरों पर थोप देते हैं। और कभी-कभी यह बहुत अन्यायपूर्ण लगता है। यदि एक युगल मेरे पास आता है और मैं पति अथवा पत्नी किसी एक को दुःखी पाता हूं? लेकिन दूसरा बिल्कुल भी दुःखी नहीं होता है और दुःखी साझीदार जिम्मेदारी दूसरे पार्टनर पर फेंकने का प्रयास करता है, और कहता है – 'मेरे दुखों और कष्टों का कारण यह ही है।' उस व्यक्ति से जो दुखी है, यह कहना कि अपने दुःख के लिए उसे ही जिम्मेदार होना चाहिए, बहुत कठोरता लगती है – क्योंकि उसके दुःख के लिए कोई दूसरा व्यक्ति जिम्मेदार हो कैसे सकता है? यदि दूसरा पार्टनर प्रसन्न है, तो जरूर ही उसने भिन्न मूल्यों का चुनाव किया होगा। उसने जरूर ही वह मूल्य और गुण चुने होंगे, जो उसे प्रसन्नता, स्वास्थ्य और पूर्णता दे सकें। यदि तुमने गलत मूल्यों को चुना है, तो दुःखी रहोगी ही, लेकिन तुम हमेशा तथ्यों में हेर-फेर करते हुए उनकी इस तरह से व्याख्या कर सकते हो जिससे ऐसा लगे कि जो दुःख तुम भोग रहे हो, जैसे मानो वे तुम्हें दूसरे के द्वारा ही दिये गये हैं। कोई भी तुम्हें दुःखी नहीं बना सकता। मूल रूप से हमेशा वह तुम ही होते हो, जो यह निर्णय लेते हो कि दुःखी हुआ जाये अथवा नहीं। प्रत्येक स्थिति में तुम एक दृष्टिकोण अपना सकते हो, जिससे तुम उन दुखों से मुक्त हो सको, और प्रत्येक स्थिति में तुम भिन्न दृष्टिकोण से जितने अधिक दुःख सृजित करना चाहो, कर सकते हो। लेकिन लोग दुःखी होना ही पसंद करते हैं। इसका एक कारण है : वे जितने अधिक दुखी रहते हैं, उतना अधिक वे अपनी उपस्थिति का बोध कराते हैं। दुःख सहने में अहंकार, मजबूत होने का अनुभव करता है, जब कि आनंद में वह विलुप्त हो जाता है।

इसलिए तुम कहे चले जाते हो कि तुम आनंद चाहते हो तुम्हें आनंद की खोज है, लेकिन जब मैं तुम्हारे अंदर झांकता हूं तो ठीक इसके विपरीत पाता हूं। तुम दुःख खोज रहे हो, तुम दुःखों पर जीते हो, तुम्हें दुःखों की ही तलाश है। तुम कहे चले जाते हो कि तुम आनंद खोज रहे हो, लेकिन तुम दुःखों की ही तलाश किये चले जाते हो। जब तक मन की इस बनावट को पूरी तरह से न समझ लिया जाये, तुम कभी भी परमात्मा को जानने में समर्थ न हो सकोगे। परमात्मा ही परमानंद है और आनंद मिलना केवल तभी सम्भव है, जब तुम इस बात को ठीक से समझ जाओ कि तुम कैसे अपने दुःखों को सृजित करते हो। प्रतिस्थापित जीवन वाले लोग ही दुःखों को सृजित करते हैं।

उदाहरण के लिए, तुम एक स्त्री को प्रेम करना चाहते हो, लेकिन प्रेम करना खतरनाक है, असामाजिक और विद्रोही है। और कौन जाने इसका क्या परिणाम हो? इसीलिए तुम विवाह करने का समझौता करते हो। अब विवाह प्रेम के लिए एक प्रतिबद्धता है। तुम कभी भी प्रसन्न न हो सकोगे, तुम हमेशा दुखी ही रहोगे। निश्चित रूप से तुम सुविधापूर्ण ढंग से रहते हुए दुःखी रहोगे। सुविधापूर्ण ढंग से दुःखी रहना, लेकिन दुःखी रहना यह सभी एक ही जैसा है। तुम्हारे पास एक निश्चित सुरक्षा होगी, एक अच्छा बैंक बैलेन्स होगा, प्रतिष्ठा और सम्मान होगा, लेकिन तुम प्रसन्न न रहोगे। ज़रा तुम अपने प्रतिष्ठित व्यक्तियों की ओर देखो। उनके पास वह सभी कुछ है, जिसके बारे में वे सोचा करते थे कि वह उनके लिए सहायक होगा, उनके पास वह सभी कुछ है। जो एक धन है उनके पास, शक्ति है उनके पास, प्रतिष्ठा है उनके पास। लेकिन उनकी आंखों में झांको-उनमें उजाड़ मरुस्थल है। एक भी तो फूल नहीं खिला उनमें, वहां कोई भी प्रसन्नता नहीं है। वे लोग किसी तरह बस अपने को घसीटे लिए जा रहे हैं। उन्होंने अमीर बनकर समझौता कर लिया है।

जाओ, और जाकर किसी मंदिर अथवा मस्जिद के कोने में जाकर बैठ जाओ, और वहां से आते-जाते लोगों का निरीक्षण करो। क्या तुम उनमें कोई उत्सव आनंद देखते हो? क्या तुम उनमें सच्ची प्रसन्नता देखते हो? क्या तुम उनमें कोई नृत्य देखते हो? – नहीं, कुछ भी नहीं। लोग मंदिर में बस ऐसे चलते हुए आते हैं, जैसे वह उनके औपचारिक कर्त्तव्य का एक भाग हो, और जितनी शीघ्र हो सके, वहां से बाहर चले जाते हैं। उन्हें एक निश्चित कर्त्तव्य निभाना होता है, उन्हें समाज को यह प्रदर्शित करना होता है कि वे धार्मिक व्यक्ति हैं – इसका उन्हें लाभ मिलता है। लेकिन वहां कोई भी प्रसन्नता नहीं होती। मंदिर एक प्रतिस्थापन है।

लोगों को प्रार्थना करते हुए देखो। उनकी आंखों से एक भी आंसू की बूंद तक नहीं गिरती। लोगों को प्रार्थना करते देखो। उनके चेहरों में कोई चमक और दीप्ति नहीं है। उनके चारों ओर नृत्य की कहीं कोई तरंग नहीं है। और वे पूरे जीवन भर प्रार्थना ही किये चले जाते हैं। यह समय और ऊर्जा का केवल मात्र अपव्यय है। उन्होंने एक प्रतिस्थापन चुन लिया है, असली स्थान नकली विकल्प या प्रतिस्थापन चुनने तक सावधान रहें। केवल तभी तुम परमात्मा को प्राप्त कर सकते हो। परमात्मा के पास कोई भी प्रतिस्थापन नहीं है। परमात्मा ही प्रामाणिक तौर पर असली है।

अब यह छोटी-सी बोध कथा :

यह कहा जाता है कि यह दृष्टान्त कथा सूफ़ी सद्गुरु इमाम मुहम्मद बाकिर से संबंधित है।

"यह बोध होने पर कि मैं चींटियों की भाषा बोल और समझ सकता हूं, मैंने उनमें से एक चींटी से सम्पर्क किया और पूछा – 'तुम्हारा परमात्मा किस आकृति या शक्ल का है? क्या वह चींटी उससे मिलता जुलता हुआ है?"

उसने उत्तर दिया – "परमात्मा? नहीं, वास्तव में हम लोगों के पास एक डंक होता है, लेकिन परमात्मा, उसके पास दो डंक होते हैं।"

तुम्हारे सभी धर्म और दर्शनशास्त्र इसी जैसे है – परमात्मा केवल तुम्हारा बड़ा बनाने या विस्तीर्ण करने वाला रूप है। तुम्हारे पास एक डंक है, उसके पास दो होते हैं। तुम सत्तर वर्ष तक जीते हो, वह शाश्वत रूप से सदा जीवित रहता है। तुम बूढ़े होते हो, वह कभी भी बुढ़ाता नहीं। लेकिन अंतर परिमाण या मात्रा का है, गुण का नहीं। तुम्हारा परमात्मा, तुम्हारे द्वारा ही प्रक्षेपित, संशोधित सभी बुराइयों को हटाकर सुधारा हुआ, सजाया-संवारा श्रेष्ठ रूप है। तुम्हारा परमात्मा तुम ही हो, जैसे कि तुम बनना चाहते हो।

प्रवचन चार

पृथ्वी और आकाश एक-दूसरे से पृथक हैं

पहिला प्रश्न :

> वान गॉग ने स्वयं अपने को क्यों मारा? क्यों आत्माहत्या की उसने? हेमिंगवे ने अपने ही मुंह में बंदूक की नली रखकर, अपने सिर को ही विस्फोट कर क्यों उड़ा दिया?
>
> वे अपनी नदियों को, अपने वातावरण और आबोहवा को तथा अपने भोजन को क्यों विषाक्त बना रहे हैं? वे क्यों इस सभी को अपने तर्कों, मनोविज्ञान और कानूनों के द्वारा न्याय संगत ठहराते हैं? एक दो महीनों के लिए ऐसे लोग यहां क्यों आते हैं, और आपमें उनके लिए भी इतनी अधिक करुणा क्यों है? मेरा तो ऐसे लोगों से जी मिचलाने लगता है, और मैं इन लोगों से थक चका हूं।

उत्तर :

यह प्रश्न है प्रगीत की ओर से।

पहिली बात : वहां आत्महत्याएं और आत्महत्याएं ही हैं। प्रत्येक आत्महत्या के संबंध में कुछ न कुछ चीज अनूठी है – जैसे प्रत्येक के संबंध में कुछ चीज़ अनूठी है। तुम्हारा जीवन तुम्हारा है, और तुम्हारी मृत्यु भी तुम्हारी ही होने जा रही है। कभी-कभी यह सम्भव होता है, कि तुम्हारा जीवन भी तुम्हारा न हो, लेकिन यह सम्भव ही नहीं है कि तुम्हारी मृत्यु, तुम्हारी न हो।

जीवन गुमनाम हो सकता है। यदि तुम दूसरों के साथ रहते हो, तुम बहुत अधिक समझौते कर सकते हो, तुम अनुकरण कर सकते हो – लेकिन मृत्यु हमेशा अनूठी होती है, क्योंकि मृत्यु अकेली है। तुम अकेले ही मरते हो। वहां कोई समाज नहीं होता है। तुम्हारी मृत्यु में उनका कोई भी अस्तित्व नहीं होता। जब तुम जीवित होते हो, तब वहां पूरी भीड़ होती है, वहां जनसमूह होता है, लेकिन जब तुम मरते हो, तो पूरी तरह अकेले होते हो।

मृत्यु के पास एक गुण है। इसलिए कभी ऐसा होता है कि एक व्यक्ति आत्महत्या कर सकता है, क्योंकि वह गुमनाम अस्तित्व से थक जाता है, जो किसी

को जीने के लिए करने पड़ते हैं। यही कारण है कि वान गॉग ने आत्महत्या की – वह एक दुर्लभ व्यक्ति था, जो महान चित्रकार अभी तक जन्मे हैं, उनमें से एक। लेकिन उसे अपने जीवन के प्रत्येक क्षण समझौते करने पड़े। वह उन सभी समझौतों से बुरी तरह थक गया था, वह भीड़ के सामूहिक मन का एक भाग बनकर और अधिक समय तक नहीं रह सकता था।

उसने स्वयं में बने रहने की खातिर अपने आप को मार दिया। वह केवल लगभग तैंतीस वर्ष की आयु का था, जब उसने स्वयं को मार डाला। यदि वह पूरब में हुआ होता तो वहां उसके सामने दूसरा विकल्प भी खुला होता – आत्महत्या अथवा संन्यास। प्रत्येक उस व्यक्ति के पास जिसके लिये जीवन का कुछ अर्थ होता है, वैयक्तिकता होती है, उसके पास यह दो विकल्प ही होते हैं, और उसे इन दोनों के मध्य ही चुनना होता है।

पश्चिम में संन्यास जैसी कोई चीज अस्तित्व में रही ही नहीं। यदि तुम एक ईसाई भिक्षु बन जाते हो, तो यह फिर से एक समझौता है, तुम फिर भी समाज के एक भाग बने रहते हो। भले ही तुम समाज के बाहर जाकर रहने लगते हो, तुम उसके एक भाग ही बने रहते हो। समाज तुम्हें नियंत्रित किये चला जाता है – उसके पास दूर से ही नियंत्रित करने की व्यवस्था होती है। वह वास्तव में तुम्हें उससे बाहर जाने की अनुमति नहीं देता। तुम एक ईसाई बने रहते हो, तुम एक कैथोलिक बने रहते हो, भले ही तुम मठ में जाकर रहने लगे हो। इससे कोई भी अधिक अंतर नहीं पड़ता।

पूरब में, संन्यास की पूरी तरह से भिन्न एक अलग सुवास है। जिस क्षण तुम संन्यास लेते हो, फिर तुम एक हिन्दू नहीं रह जाते, तुम फिर और मुसलमान या ईसाई नहीं रह जाते। जिस क्षण तुम संन्यासी बनते हो तुम सर्व साधारण की सामूहिकता का परित्याग कर देते हो। तुम स्वयं में स्थित हो जाते हो। तुम्हें यह जानकर आश्चर्य होगा कि पूरब में लोग उतनी अधिक आत्महत्याएं नहीं करते, जितनी पश्चिम में करते हैं। और यह अन्तर बहुत अधिक बड़ा है, केवल संयोगवश ही यह बहुत बड़ा हो गया है। पूरब में हमने एक सृजनात्मक किस्म की आत्महत्या का सृजन किया है ओर यही है – संन्यास। तुम फिर भी जीवित रह सकते हो, लेकिन अब तुम अपने ढंग से जी सकते हो। तब आत्महत्या करने की जरूरत ही नहीं रह जाती अथवा बहुम कम हो जाती है।

पश्चिम में ऐसा हमेशा से होता रहा है कि अनूठे व्यक्तियों को जिनकी अपनी विशिष्ट वैयक्तिकता थी, आत्महत्या करनी पड़ी! मध्यम श्रेणी के लोग जिये चले जाते हैं और अनूठे लोगों को आत्महत्या करनी पड़ती है।

एक वान गॉग, एक हेमिंग्वे, एक मायोकोव्सकी अथवा एक निझिंत्सकी – ये अनूठे व्यक्ति हैं। या तो उन्हें आत्महत्या करनी पड़ी अथवा उन्हें पागल हो जाना पड़ा – समाज में नियंत्रित कर उन्हें पागल बनने पर विवश कर दिया। समाज उन्हें इतने अधिक दबाव में रखता है कि या तो उन्हें समाज के सामने आत्मसमर्पण करना पड़ता है और वे बस गुमनाम हो जाते हैं, अथवा उन्हें पागल हो जाना पड़ता है अथवा उन्हें आत्महत्या करनी पड़ती है। और यह सभी नष्ट कर देने वाले विकल्प हैं।

नीत्शे पागल हो गया, यह उसका आत्मघात करने का अपने ढंग था। निझिंस्की ने आत्महत्या की। यह उसका पागल बनने का अपना ढंग था। नीत्शे के पास बुद्ध जैसी ही प्रतिभा और गुण थे। यदि वह पूरब में हुआ होता, तो एक बुद्ध बन गया होता, लेकिन पश्चिम वह विकल्प देता ही नहीं। उसे पागल होना पड़ा। वान गॉग के पास भी तीव्र प्रज्ञा और सृजनात्मकता के अद्वितीय और अनूठे गुण थे। वह संन्यास और समाधि के मार्ग पर बहुत आगे बढ़ सकता था, लेकिन वहां उसके लिए कोई खुला द्वार ही न था। उसे जीवित रहने के लिए जो समझौते करने पड़े, वे सभी उसे बहुत कचोट रहे थे, और वह उन सभी से बहुत थक चुका था। उनकी कोई कीमत नहीं रह गई थी। एक दिन उसने अपना वह चित्र पूरा किया – वह चित्र, जिसे उसने हमेशा चित्रित करना चाहा था – और उस दिन उसने महसूस किया – "अब इस बारे में किसी भी व्यक्ति से, किसी भी कारण, कोई भी समझौता करने की कोई आवश्यकता ही नहीं है। मैंने अपना सर्वश्रेष्ठ योगदान दे दिया। अब मिट जाने का समय आ पहुंचा है।"

वह सदा से ही सूर्योदय का चित्र बनाना चाहता था। वह सूर्योदय को वर्षों तक चित्रित करता रहा, लेकिन फिर भी वह किसी चीज से चूक रहा था, कुछ कमी रह जाती थी कहीं और बार-बार नया चित्र बनाने लगता। जिस दिन उसका यह चित्र पूरा हुआ, वह परिपूर्ण हो गया, पूर्ण संतुष्ट हो गया, कि आखिर जो चित्रित करना चाहता था वह, वैसा ही चित्र पूरा होने की घटना घट ही गई – उसी क्षण उसके लिए यह बहुत स्पष्ट हो गया कि अब इस बारे में उसकी कोई जरूरत ही नहीं रह गई – उसने मन ही मन कहा – "मैं केवल इसी चित्र के पूरे होने की प्रतीक्षा कर रहा था। मैं इसे चित्रित करने में ही परिपूर्ण हो गया। मेरी खिलावट हो गई। अब समझौते करने की जरूरत क्या? आखिर क्यों?" और उसने आत्महत्या कर ली।

वह पागल नहीं था, वह एक सामान्य मध्यम दर्जे का औसत व्यक्ति न था। उसकी आत्महत्या करना कोई अपराध नहीं था। उसकी आत्महत्या प्रामाणिक

रूप से तुम्हारे तथाकथित समाज को बुरा बताना या एक अपराधी ठहराना था, जो इतने अधिक समझौते करने के लिए बाध्य बनाता है। औसत दर्जे के लोग समझौता करने को तैयार हो जाते हैं, क्योंकि उनके पास खोने के लिए कुछ भी नहीं होता। वास्तव में वे लोग भीड़ का भाग बनकर बहुत अच्छा महसूस करते हैं, क्योंकि भीड़ में रहते हुए उन्हें स्वयं के बारे में सोचने की जरूरत ही नहीं रहती, जैसे मध्यम श्रेणी के और लोग हैं, ठीक वैसे वे भी है! वे भीड़ में अपने आप को खो सकते हैं। वे जनसमूह के मन में स्वयं को भूल सकते है और स्वयं को खो सकते है, और सामूहिक मन में रहते हुये उनकी कोई जिम्मेदारी नहीं होती। उन्हें यह फिक्र करने की जरूरत नहीं होती कि वे बुद्धिमान हैं अथवा मूर्ख, उन्हें यह चिंता करने की जरूरत नहीं होती कि वे मूर्च्छित हैं अथवा जागे हुए।

लेकिन एक, ऐसा व्यक्ति जिसके पास आत्मा जैसी कोई चीज है, निरन्तर अपने को नीचे गिराते हुए एक भार जैसा महसूस करेगा, उसे छोटी-छोटी साधारण मूल्यहीन और अर्थहीन चीजों के लिए – डबलरोटी और मक्खन के लिए, कपड़ों के लिए, और शरण पाने को एक घर के लिए समझौते करने होंगे।

वान गॉग बहुत निर्धन था क्योंकि उसके चित्र बिकते नहीं थे। उसके बनाए चित्र अपने समय से लगभग सौ वर्ष आगे थे। ऐसा हमेशा ही हुआ है। एक मनुष्य की प्रज्ञा जितनी अधिक महान होती है, उतना ही बड़ा अन्तर उन लोगों के मध्य होता है जो उसके समय में उसके आस पास रहते थे, और जिन लोगों के लिए उसके वे चित्र, उनकी कविताएं उसके दृढ़ता से दिए गए वक्तव्य अर्थपूर्ण होंगें। ऐसा व्यक्ति अपने समय से पूर्व ही आता है।

यही कारण है कि बुद्ध के दिए गये वक्तव्य आज भी संगत है, उनमें अभी भी ताज़गी है, वे पुराने होकर व्यर्थ नहीं हुए हैं। उनका समय अब आया है। यह ऐसा है जैसे मानो वे अपने समय से ढाई हजार वर्ष पूर्व आ गए थे।

विन्सेंट वान गॉग के चित्र अब महान चित्र बन गए हैं, उनकी अब चारों ओर बहुत अधिक प्रशंसा हो रही है। वह समय से कुछ पूर्व आ गया था, और वे लोग हमेशा यही करते हैं। उसका भाई उसे पर्याप्त धन दिया करता था, जिससे उसका शरीर और आत्मा लयबद्ध होकर सृजन कर सकें, क्यों कि उसके बनाये चित्रों का कोई खरीदार नहीं था। इसीलिए वह उसे पर्याप्त धनराशि देता था... पर वान गॉग उस धनराशि में से आधी खाने पीने में खर्च करता था और एक समय ही भोजन करता था और आधी धनराशि चित्र बनाने का सामान खरीदने के लिए उसे बचानी होती थी।

ज़रा सोचें, उसके लिए जीना कितना अधिक कठिन था। उसके बनाये चित्रों

की कोई भी प्रशंसा नहीं करता था। एक बार ऐसा हुआ कि उसके भाई ने कुछ योजना बनाकर अपने एक मित्र से कहा – "तुम उसके पास जाकर कम से कम उसका एक चित्र खरीदो। कम से कम उसे अपने जीवन में यह प्रसन्नता मिलनी ही चाहिए कि किसी व्यक्ति ने उसके बनाये चित्र को खरीदा। तुम धन मुझसे लो और उसकी एक पेंटिंग खरीद लाओ।"

वह मित्र वान गॉग के पास गया। वह बहुत खुश हुआ। यह पहिला व्यक्ति था जो उसके बनाए चित्रों की प्रशंसा करने के लिए उसके पास आया था। लेकिन शीघ्र ही वह पहिचान गया कि इस व्यक्ति की उसके चित्रों में कोई दिलचस्पी नहीं है...पहिले तो वान गॉग उत्तेजित और रोमांचित हो रहा था। वह उत्साह से जैसे उभरते हुए अपने सभी चित्र दिखला रहा था, जो उसने अभी तक बनाए थे। लेकिन उस व्यक्ति की किसी भी चित्र में कोई दिलचस्पी नहीं थी, वह तो केवल अपना कर्त्तव्य पालन कर रहा था। उसने कहा – "कोई भी चित्र चलेगा। तुम बस मुझे अपना बनाया कोई भी चित्र दे दो और धनराशि मुझसे ले लो।"

इससे वान गॉग को और अधिक गहरी चोट लगी। उसने उस धनराशि को फेंकते हुए उस व्यक्ति से तुरंत घर से बाहर चले जाने को कहा, और कहा – "मुझे संदेह हो रहा है कि इस घटना के पीछे मेरा भाई है। वह हमेशा से यह चाहता रहा है कि कोई मेरे बनाये चित्र खरीदे, और ऐसा लगता है कि उसी ने तुम्हें चित्र खरीदने भेजा था! आप यहां से तुरन्त चले जायें। मैं आपको चित्र नहीं बेचूंगा। मैं तो चाहता था कि कोई व्यक्ति मेरे बनाये चित्रों को देखे, उन्हें चाहे, सराहे, उनसे प्रेम करे। लेकिन आप वह व्यक्ति नहीं हैं। आपमें चित्रों के प्रति न कोई ज्ञान है और न पहिचान, आपमें कोई सौंदर्य-बोध ही नहीं है, आप यह भी नहीं जानते कि एक चित्र का क्या अर्थ होता है। आप बस यहां से तशरीफ ले जायें।"

इसलिए उसकी बनाई एक भी पेंटिंग नहीं बिकी। उपवास करते, भूखे रहते वह सप्ताह में तीन या चार दिन अपना चित्र बनाता रहता और तीन या चार दिन ही वह भर पेट भोजन करता। जिस दिन उसने अपना चित्र पूरा किया, जिसे वह हमेशा से ही पूरा करना चाहता था...

सूर्य के प्रेम में वह पागल था। सूर्य ही जीवन का स्रोत है। यह हो सकता है कि परमात्मा के स्थान पर सूर्य ही उसका प्रतीक हो, यह भी हो सकता है कि वह सूर्य के माध्यम से ही परमात्मा की खोज कर रहा हो। जिस दिन उसने 'सूर्योदय' का चित्र पूरा किया, उसने आत्महत्या कर ली। आत्महत्या करना कोई

अपराध नहीं है, यह शुद्ध रूप से उदासीन और गुणहीन समाज के विरुद्ध, जिसे हमने संसार में उत्पन्न किया है, एक पुकार अथवा एक चीख है।

यह शुद्ध रूप से उनके लिए एक विरोध प्रदर्शन है, जिनके पास जीवन है, लेकिन यह समाज जीने योग्य नहीं है। यह समाज केवल उन उदासीन लोगों के लिए ही है जो मध्यम श्रेणी के सामान्य लोग हैं। यह समाज उन लोगों के लिए है जो वास्तव में प्रेम नहीं करते, जो केवल जीवन में घिसटना चाहते हैं।

लेकिन प्रत्येक आत्महत्या की भिन्न गुणात्मकता होगी। तुम पूछते हो, हेमिंग्वे ने क्यों आत्महत्या की? हेमिंग्वे की आत्महत्या का, वानगॉग की आत्महत्या से जुदा कुछ और ही स्वाद और सुवास है। हेमिंग्वे की पूरी खोज, स्वतंत्रता की खोज है। जन्म होता है, लेकिन वह तुम्हारा चुनाव न था। जैसा कि अस्तित्ववादी कहते हैं – 'तुम जीवन के प्रवाह में फेंक दिये गये। तुम्हें उस प्रवाह में फेंक दिया गया, यह तुम्हारा चुनाव न था। किसी भी व्यक्ति से कभी यह पूछा नहीं गया कि तुम जनम लेना चाहते हो या नहीं? इसलिए जन्म लेना एक स्वतंत्रता नहीं है, वह पहिले ही हो चुका है।'

सबसे अधिक महत्वपूर्ण चीज है प्रेम, लेकिन इसे करना सम्भव नहीं हैं। जब यह घटता है तो स्वयं से घटता है। तुम इसकी व्यवस्था नहीं कर सकते, तुम इसकी कामना नहीं कर सकते। यदि तुम केवल अपनी चाह या कामना के द्वारा ही किसी व्यक्ति से प्रेम करना चाहते हो, तो यह असम्भव है। जब यह घटता है, तो स्वयं से घटता है और अकस्मात तुम्हें प्रेम हो जाता है। यही वजह है कि हम 'प्रेम में गिरने' का या 'पड़ने' का वाक्य का प्रयोग करते हैं। तुम प्रेम में 'गिर' पड़ते हो। लेकिन तुम इसकी कामना या संकल्प नहीं कर सकते, वह कहीं अज्ञात से आता है। यह ठीक जीवन के ही समान है। यह ऐसा है जैसे मानो परमात्मा यह व्यवस्था करता है कि तुम इस व्यक्ति के प्रेम में गिरो। यह ऐसा है, जैसे मानो कि यह निर्णय किसी पहाड़ पर छाये कोहरे में से प्रकट होता है। तुम इसके निर्णायक भाग नहीं होते, तुम तो उसके शिकार जैसे अधिक होते हो। तुम उसके विरुद्ध कुछ भी नहीं कर सकतें। यदि यह घटता है तो तुम्हें उसके अंदर जाना ही होता है, यदि यह नहीं घटता तो फिर तुम जो चाहो करो, वह नहीं घटेगा। कोई भी व्यक्ति आदेश देकर प्रेम को उत्पन्न नहीं कर सकता।

और जीवन में सबसे अधिक महत्वपूर्ण तीन ही चीजें हैं – जन्म, प्रेम और मत्यु। केवल मृत्यु ही एक ऐसी चीज है, जिसके बारे में तुम कुछ कर सकते हो – तुम आत्महत्या कर सकते हो।

हेमिंग्वे की खोज स्वतंत्रता के लिए थी। वह कुछ अनूठी चीज करना चाहता था, और उसने वह की। वह जन्म की व्यवस्था न कर सका, वह प्रेम की व्यवस्था न कर सका, अब वहां केवल मृत्यु ही बची थी। वहां केवल एक ही चीज थी, जिसके साथ तुम जो कुछ करना चाहो, कर सकते थे। वह तुम्हारा कृत्य होगा, व्यक्तिगत कार्य, जो तुम्हारे द्वारा किया गया कार्य होगा।

मृत्यु के बारे में एक रहस्यात्मक गुणात्मकता है, यह एक बहुत अजीब विरोधाभास है। यदि तुम ठीक अभी जन्में किसी शिशु की बगल में खड़े हुए हो, और यदि तुमसे कोई व्यक्ति पूछता है – 'इस शिशु के बारे में कुछ ऐसी बात बतलाओ, जो पूरी तरह से सुनिश्चित हो' – जब कि शिशु अपने पालने में आराम से गहरी नींद में है – तो तुम पूरी तरह सुनिश्चित कौन सी बात बता सकते हो? तुम केवल एक ही बात कह सकते हो : कि 'यह एक दिन मरेगा।' यह बात कहने में बहुत अजीब लगती है। अन्य कोई भी चीज अनिश्चित है। वह प्रेम कर सकता है, वह प्रेम नहीं भी कर सकता है। वह सफल हो सकता है, वह असफल भी हो सकता है। वह एक पापी हो सकता है, वह एक संत भी हो सकता है। यह सभी होने की सम्भावनाएं हैं, लेकिन इस बारे में वहां कुछ भी, कोई भी चीज निश्चित नहीं है। किसी भी चीज की भविष्यवाणी करना सम्भव ही नहीं है। वहां केवल एक ही चीज तुम कह सकते हो – और वह बात उस बच्चे के बारे में कहना, जो ठीक अभी जन्मा है और तुम्हारे ही बगल में लेटा है, बहुत अशोभनीय और बेहूदी लगती है – लेकिन केवल वही एक चीज पूरी तरह सुनिश्चित है कि वह कभी मरेगा। यह भविष्यवाणी की जा सकती है और तुम्हारी भविष्यवाणी कभी भी गलत न होगी।

इसलिए मृत्यु में एक विशिष्ट गुण है, उसके बारे में यह निश्चित होना कि वह घटने जा रही है। इसीके साथ-साथ उसके बारे में कुछ चीज पूरी तरह अनिश्चित भी है। कोई भी कभी नहीं जानता कि वह कब घटने जा रही है। इस बारे में सुनिश्चितता है कि वह घटने जा रही है, और इस बारे में यह अनिश्चितता है कि वह कब घटने जा रही है। यह दोनों ही निश्चितता और अनिश्चितता उसे एक रहस्यमय और विरोधाभासी बना देती हैं। यदि तुम जीते चले जाते हो, तो वह होगी – लेकिन तब वह फिर कहीं पहाड़ी पर घिरे कोहरे और धुंधलके से प्रकट होगी। तुम उसके निर्णय करने वाले खण्ड नहीं बनोगे। जन्म घटता है, प्रेम घटता है, तो क्या मृत्यु भी घटित होगी? इस बात ने हेमिंग्वे को बैचेन बना दिया। वह कम से कम जीवन में एक चीज तो करना चाहता था, जिस पर उसके अपने हस्ताक्षर होते, जिसके बारे में वह कह सकता – ''यह मैंने किया'। इसी

वजह से उसने आत्महत्या की। आत्महत्या करना उसकी स्वतंत्रता में उसका एक अभ्यास था, एक व्यायाम या कसरत थी।

तुम मृत्यु के बारे में कोई भी चीज़ नहीं जान सकते, जब तक कि तुम स्वयं उसमें प्रवेश न करो। हेमिंग्वे का दृष्टिकोण था कि यदि वह होने ही जा रही है, तब वह उसमें क्यों घिसटता हुआ जाये। क्यों नहीं तुम उसमें स्वेच्छा से प्रवेश करो। वह तो घटने जा ही रही है। उसके जीवन की पूरी दिलचस्पी मृत्यु में थी, इसी वजह से उसकी दिलचस्पी सांडों के द्वंद्व युद्ध में हुई। मृत्यु उसमें बहुत निकट दिखाई देती थी। मृत्यु के विषय से वह निरन्तर आकर्षित होता था, कि वह थी क्या? लेकिन तुम उसे नहीं जान सकते। भले ही कोई व्यक्ति तुम्हारे सामने भी मर रहा हो, तुम मृत्यु के बारे में कुछ भी नहीं जान पाते। तुम बस इतना जानते हो कि उसका सांस लेना बंद हो गया, कि अब इस व्यक्ति की आंख फिर नहीं खुलेगी, कि यह व्यक्ति अब फिर से न बोल सकेगा, कि उसका हृदय अब और नहीं धड़केगा – और बस इतना ही। लेकिन यह कुछ भी नहीं है। इन चीजों से तुम मत्यु को कैसे जान सकते हो? रहस्य, रहस्य ही बना रहता है, तुमने तो उसको स्पर्श तक नहीं किया है।

तुम उसमें प्रवेश करने से ही उसे जान सकते हो। लेकिन यदि तुम उसमें घसीट लिए जाओ, तो वहां तुम्हारे अचेत हो जाने की अधिक सम्भावनाएं हैं – क्योंकि तुम उसमें घसीट लिए गये हो। लोग हमेशा लगभग अचेत अवस्था में ही मरते हैं।

इससे पहले कि मृत्यु घटित हो, वे भयभीत हो जाते हैं। इतने अधिक भयभीत कि उन्हें एक किस्म का 'कोमा' चारों ओर से उसकी रक्षा करता है। यह मूर्च्छा या बेहोशी में ले जाने वाली, प्राकृतिक विधि है। जब तुम आपरेशन के लिए ले जाये जाते हो, तो तुम्हें अचेत करने की आवश्यकता होती है – और मृत्यु सबसे बड़ा आपरेशन है, जिसमें शरीर से आत्मा अलग की जायेगी। इसलिए प्रकृति ने एक ऐसी व्यवस्था निर्मित की है – कि इसके पहिले मृत्यु घटना शुरू हो, तुम बेहोशी में चले जाते हो, सारी चेतना विलुप्त हो जाती है। पहिली बात तो यह तुम्हारी चेतना ही बहुत अधिक नहीं है। जब तक तुम जीवित थे, वह दिए की छोटी सी टिमटिमाहट थी। जब मृत्यु की आंधी आती है, तो यह टिमटिमाती ज्योति बुझ जाती हैं, और वहां पूरा अंधकार छा जाता है।

हेमिंग्वे पूरी तरह होशपूर्ण होकर मत्यु में प्रवेश करना चाहता था। वह मृत्यु में प्रविष्ट होने का होशपूर्ण अभ्यास था। लेकिन ऐसा केवल आत्महत्या के द्वारा अथवा समाधि के द्वारा ही सम्भव था। ये केवल दो सम्भावनाएं ही हैं। होशपूर्वक

मरने के केवल दो रास्ते हैं। तुम आत्महत्या कर सकते हो, तुम अपनी मृत्यु की स्वयं व्यवस्था कर सकते हो। तुम्हारे पास तुम्हारी भरी हुई रिवाल्वर तैयार हो सकती है, उस पर ध्यान केन्द्रित करो, उसे अपनी छाती अथवा अपने सिर पर रखो, स्वयं होशपूर्ण उसका ट्रिगर खींचो, फिर होने वाले विस्फोट और मृत्यु को देखो। यह एक सम्भावना है। यह बहुत विध्वंसात्मक सम्भावना है।

एक दूसरी सम्भावना है, अधिक से अधिक ध्यान में गहरे उतरो, जिससे चेतना की स्थिति को उपलब्ध हो सको, जो मृत्यु की बेहोशी में न डूब सके। तब इस बारे में आत्महत्या करने की कोई आवश्यकता नहीं रह जाती। तब जब कभी भी मृत्यु आती है, उसे आने दो। तुम पूरी तरह सचेत, सजग और उसके निरीक्षक बनकर मरोगे।

इसलिए यही है आत्महत्या अथवा संन्यास, आत्महत्या अथवा समाधि।

और पश्चिम में संन्यास और समाधि उपलब्ध ही नहीं हैं। इसी कारण इन दोनों दुर्लभ लोगों को आत्महत्या करनी पड़ी। और इन लोगों को नहीं समझा जा सका। लोग सोचते रहे कि ये लोग किसी किस्म की बीमारी से ग्रस्त, मानसिक रोगी, पागल और अस्वस्थ थे, और वे ऐसे थे नहीं।

मैं यह नहीं कह रहा हूं कि वे सभी व्यक्ति जो आत्महत्या करते हैं, ऐसे ही हैं। वहां ऐसे मानसिक रूप से विक्षिप्त लोग भी हैं जो आत्महत्या करेंगे। ये लोग अस्वस्थ विचारों से भरे हैं, जिनकी दिलचस्पी जीवन की अपेक्षा कहीं अधिक मृत्यु में है, जो लोग विध्वंस और विनाश में खुश होते हैं। ये लोग आत्म विध्वंसक बनावट वाले हैं, जो अपने को विषाक्त बनाये चले जाते हैं।

मैं सभी आत्महत्याओं के बारे में नहीं कह रहा हूं – लेकिन तुमने केवल इन दो के बारे में ही पूछा था। और वहां बहुत से ऐसे लोग हैं, जो आत्महत्याएं करते हैं। लेकिन ये दो व्यक्ति तो बहुत दुर्लभ हैं। इन दो में बहुत सम्भावना थी। यदि विनसेंट वान गॉग और हेमिंग्वे पूरब में हुए होते अथवा उनका पूर्वी दृष्टिकोण रहा होता, तो उनकी खिलावट महान सन्यासियों जैसी होती।

और तुमने यह भी पूछा है – 'यहां लोग अपनी नदियों को, अपनी वायु को और अपने भोजन को विषाक्त क्यों करते हैं?

जब तुम बुद्धिहीनता और असंवेदनशीलता में जीते हो तो तुम लोग ऐसी नासमझी भरा जीवन जीते हो, जिससे स्वाभाविक रूप से तुम्हारी दिलचस्पी मृत्यु की ओर गतिशील होना शुरू हो जाती है। इसी वजह से वहां निरन्तर युद्ध होते रहते हैं। और जिस अवधि को तुम शांति के दिन कहकर पुकारते रहते हो, उसका

शांति के साथ अधिक संबंध नहीं है। वे लोग एक नये युद्ध की केवल तैयारियां कर रहे हैं। इसलिये या तो तुम युद्ध करते रहते हो, अथवा तुम युद्ध के लिए तैयार होते रहते हो। इस बारे में इतिहास में केवल दो तरह के समय या काल होते हैं : वास्तविक युद्ध का और युद्ध करने के लिए तैयारियों का। वहां कभी भी कोई शांति काल नहीं होता। यह शांति पूरी तरह नकली है, यह मात्र बहाने हैं। शांति के नीचे, चोरी-छिपे तुम दूसरे युद्ध की तैयारियों में जुटे हो।

वहां युद्ध के लिए आखिर इतना अधिक आकर्षण क्यों है? – क्योंकि जब लोग मर रहे हैं, वे लोग थोड़े से सजग होते हैं। जब किसी जगह खतरा होता है, तुम थोड़े से सजग हो जाते हो। तुम यह नहीं जानते कि किसी और ढंग से भी सजग हुआ जा सकता है। इसी कारण जिन दिनों युद्ध होता है तो तुम लोगों के चेहरों को अधिक जीवंत देखोगे। कुछ चीज उनमें घट रही है, अन्यथा कुछ भी तो नहीं होता है। वरना किसी मूर्ख द्वारा कही गई वही पुरानी कहानी जो क्रोध और शोर-शराबे से भरी हुई है, दोहराई जा रही है, जिसका कोई भी, कुछ भी, अर्थ नहीं है। प्रतिदिन तुम सुबह उठते हो, और उसी पहिये द्वारा बनाई लीक पर तुम्हारे जीवन की गाड़ी चलना शुरू हो जाती है। प्रति रात तुम सोने के लिए बिस्तरे पर जाते हो और तुम फिर दिन भर की दोहराने वाली रूटीन प्रक्रिया का अंत कर देते हो। तुम आश्वस्त हो सकते हो कि कल भी तुम फिर से यही सभी कुछ करोगे। जब युद्ध होता है, तो फिर चीजें उसी तरह रूटीन से नहीं होती, अचानक तब वहां हवा में नई खबरें तैर रही होती हैं, कुछ चीज नई हो रही होती हैं। इसीलिए लोगों की प्रवृत्ति विध्वंसात्मक है, वे युद्ध का सृजन करते हैं।

और वे कई तरह की लड़ाइयों का सृजन करते हैं। वे प्रकृति के साथ भी निरन्तर संघर्ष कर रहे हैं। प्रकृति ही हमारा जीवन है, वही हमारा वास्तविक स्रोत है। लेकिन फिर भी बर्ट्रेंड रसल जैसा व्यक्ति भी एक पुस्तक लिखता है, जिसका शीर्षक है – Conquest of nature (प्रकृति पर विजय)। विजय? यह विचार ही आक्रामक है। यह ऐसे है, जैसे जानो हम प्रकृति के विरुद्ध हैं और प्रकृति हम लोगों के विरुद्ध है। हम एक ही हैं। हमीं प्रकृति हैं। ये वृक्ष प्रकृति हैं – क्या सभी मनुष्य प्रकृति के भाग नहीं हैं? यह हवा प्रकृति है, चांद और सूरज प्रकृति हैं – क्या ये नेत्र और मुस्कानें और ये आंसू प्रकृति नहीं हैं?

ठीक जैसे यह पृथ्वी वृक्षों को उगाये चले जा रही है, वैसे ही यह मनुष्यों को उत्पन्न किए जा रही है। यह वही प्रकृति है। यह वही पर्यावरण है, यह सभी कुछ एक समग्रता है – और यह एक दूसरे पर आश्रित है। और प्रत्येक वस्तु अन्य दूसरी वस्तु पर आश्रित है।

लेकिन पश्चिम का मन बहुत अधिक आक्रामक है। प्रकृति पर विजय प्राप्त करना है। तुम्हें स्वयं अपने से ही, अपनों के मध्य संघर्ष करना है, तुम्हें प्रकृति से लड़ना है। केवल इतना ही नहीं, तुम्हें स्वयं अपने से भी युद्ध करना है। ये तीन लड़ाईयां हैं : मनुष्य, दूसरे मनुष्यों के साथ लड़ता है, मनुष्य प्रकृति से लड़ता है और मनुष्य स्वयं अपने आप से लड़ता है। जब मनुष्य दूसरे मनुष्यों से लड़ता है, तो यह राजनीति है। जब मनुष्य प्रकृति से लड़ता है, तो यह विज्ञान है। और जब मनुष्य स्वयं से लड़ता है, तो यह धर्म है। यह एक किस्म का मूर्खतापूर्ण रास्ता है, जैसे मानो पूरी चीज लड़ने पर ही आश्रित हो।

तुम किसी व्यक्ति को धार्मिक मनुष्य कहते हो? – क्या उस व्यक्ति को, जो निरन्तर स्वयं अपने से ही संघर्ष करता है, जो दमन करता है, जो अपने जीवन को खण्डों में काट रहा है, जो चुनाव कर रहा है, जो निर्णय ले रहा है, जो नष्ट कर रहा है, अपने को विभाजित कर रहा है, और जिसके विचारों, कार्यों ओर भावों के बीच कोई तारतम्य नहीं है? यह वही रास्ता है – एक आक्रामक और हिंसक रास्ता। यही राजनीति में दिखाई देता है, क्योंकि मनुष्य तो वही है। यही धर्म में भी दिखाई देता है क्योंकि मनुष्य वही है। तुम जो कुछ भी प्रकृति के साथ करते हो, यह उसमें भी दिखाई देता है। तुम पूछ रहे होः वे क्यों नदियों को, अपनी वायु और अपने भोजन को विषाक्त बना रहे हैं? – क्योंकि लोगों को हिंसा ने विषाक्त बना दिया है। इसलिए वे जो कुछ भी करते हैं, वह विषाक्त हो जाता है। वे आत्मघाती हैं – क्योंकि वे लोग नहीं जानते कि यह जीवन क्या है और इसे कैसे जिया जाये। वे नहीं जानते कि उत्सव और आनंद क्या होता है। वे नहीं जानते कि यह जीवन एक भेंट है, यह एक दिया गया महान उपहार है। वे नहीं जानते कि कृतज्ञता क्या होती है? इसलिए वे लोग हर सम्भव तरीके से विध्वंसक बनते जा रहे हैं।

पश्चिम का तरीका, मृत्यु की ओर अधिक से अधिक विकसित होता जा रहा है और यह प्रतिदिन इस ग्रह को मृत्यु के निकट लाता जा रहा है। किसी भी दिन यह ग्रह एक विस्फोट के साथ पूर्ण शून्य में विलीन हो सकता है। पूरी बुद्धि, चतुराई, तकनीकी ज्ञान-विज्ञान, राजनीति और प्रत्येक वस्तु, एक ही ओर दिशा निर्देश दे रहे हैं, कि कैसे यह पूरी पृथ्वी आत्मघात कर ले।

लेकिन यह है वही मनुष्य। मैं तुम्हें ठीक इससे विपरीत बनाना चाहता हूं : एक ऐसा मनुष्य, जो प्रेम करता है, जो युद्ध नहीं करता जो स्वयं से प्रेम करता है। इसी कारण मेरा धर्म स्वयं तुम्हारे लिए एक प्रेम है। एक व्यक्ति जो स्वयं से प्रेम करता है, वह दूसरों से भी प्रेम करता है। तब इस संबंध में एक पूरी तरह

से भिन्न किस्म की राजनीति होगी, जो प्रेम पर आधारित होगी। वह व्यक्ति, जो स्वयं से प्रेम करता है और दूसरे व्यक्तियों से भी प्रेम करता है, वह प्रकृति से भी प्रेम करता है – क्योंकि वृक्ष भी किसी प्रजाति के लोग हैं, मनुष्य हैं, पक्षी भी मनुष्य हैं, पशु भी मनुष्य हैं। तब इस संबंध में इस संसार में एक अलग किस्म का विज्ञान होगा। लेकिन विज्ञान को धर्म से ही आना होगा, क्योंकि धर्म सबसे अधिक गहरा केन्द्र है। क्योंकि तुम स्वयं से ही घृणा करते हो, तुम दूसरों से घृणा करते हो, तुम प्रकृति से घृणा करते हो। ये सभी मूल घृणा की ही ठीक प्रतिध्वनियां हैं, जिन्हें तुम अपने साथ ढोये हुए चलते हो।

'वे क्यों इस सभी को अपने तर्कों, मनोविज्ञान और कानूनों के द्वारा न्यायसंगत ठहराते हैं?'

इससे अलग वे और कर भी क्या सकते हैं? एक व्यक्ति को प्रत्येक चीज न्यायोचित ठहराना होता है। वास्तव में, जब तुम कुछ चीज गलत कर रहे हो, तुम्हें तुरंत उसकी सफाई देनी होगी, अन्यथा जो कुछ तुमने किया है, तुम स्वयं उसके प्रति सचेत बने रहोगे। और तुम स्वयं अपनी ही दृष्टि में अपराधी बने रहोगे। इससे बचने के लिए तुम्हें प्रमाण खोजकर उसे युक्तिपूर्वक ठीक सिद्ध करना होगा।

> "एक बार एक वैज्ञानिक मेरे साथ ठहरा हुआ था। मुझे अपने उद्यान को एक जंगल जैसा बनाने से प्रेम था, इसलिए मेरे घर के चारों ओर एक सुंदर जंगल था। उस वैज्ञानिक ने मुझसे कहा – क्या आप इसके प्रति सचेत है? यदि आपने इन वृक्षों को घर के इतने अधिक निकट विकसित होने की अनुमति दी, तो ये पूरे घर भर में फैल जायेंगे। ये खतरनाक चीजें हैं। इस बारे में मनुष्य और वृक्षों के मध्य निरन्तर एक संघर्ष चल रहा है। यदि आपने इन्हें घर से दूर नहीं रखा, तो कुछ ही वर्षो में इनकी जड़ें आपके घर की बाहरी दीवारों में प्रविष्ट होकर पूरे घर को ही नष्ट कर देंगी। फिर उन्होंने कहा – "मैं वृक्षों से घृणा करता हूं।"

यह अभी तक मनुष्य का व्यवहार रहा है : नष्ट कर देना। यदि तुम भी यही रास्ता अपनाते हो, तो प्रत्येक चीज शत्रुतापूर्ण बन जायेगी – ये बेचारे निर्दोष वृक्ष भी तुम्हें शत्रु जैसे लगेंगे। और इस बारे में कुछ सच्चाई भी हैं, इसलिए तुम उसको अपने तर्क का आधार बना सकते हो। हां : यह बात सच है : यदि वृक्षों को पूरी तरह स्वतंत्रता से विकसित होने के लिए छोड़ दिया जाये, तो वे तुम्हारे शहरों और

घरों तक में फैल जायेंगें। यह बात सच है, यह एक तथ्य है। लेकिन एक छोटे से तथ्य के आधार पर तुम इसे पूरा जीवन दर्शन बना लो, यह गलत है।

इसी तरह अन्य दूसरी चीज और भी बड़ी सच्चाई है। हम वृक्षों के साथ ही जीवित हैं। सभी वृक्षों को नष्ट कर दो और तुम मर जाओगे। तुम श्वास द्वारा ओषजन अंदर लेते हो, और वृक्ष ओषजन बाहर फेंकते हैं। तुम कार्बनडाइआक्साइड छोड़ते हो श्वास के साथ, और वृक्ष उसे सांस के साथ अंदर खींचते हैं। इसलिए जब तुम घिरे हुए वृक्षों के बीच रहते हो, तुम अधिक जीवंत होते हो। यह ठीक कोई कविता नहीं है। जब तुम एक जंगल के अन्दर जाते हो, तो तुम्हारे हृदय को एक बहुत बड़ा आनंद मिलता है, तुम अचानक अधिक जीवंत होने का अनुभव करते हो, जैसे मानो हरियाली तुम्हें भी हरा-भरा बना देती है। यह केवल एक काव्य न होकर, शुद्ध विज्ञान है। ऐसा इसलिए है क्योंकि वहां अधिक ओषजन है, चारों और अधिक धड़कता हुआ जीवन है, कहीं अधिक प्राण ऊर्जा है। और जब तुम सांस द्वारा उस ओषजन को अपने अंदर लेते हो तो रक्त शुद्ध हो जाता है। तुम अपने शरीर के विषों को सांस के साथ आसानी से बाहर उलीच सकते हो, और अधिक समय तक जीवित रह सकते हो।

इसलिए इस बारे में वृक्षों के साथ एक तरह की साझेदारी है : वे तुम्हारा विष लेते हैं और उसे शुद्ध कर तुम्हारे लिए ओषजन तैयार करते हैं : तुम ओषजन सांस के द्वारा अंदर लेते हो, तुम उस ओषजन का प्रयोग करते हो और कार्बनडाइआक्साइड को बाहर फेंक देते हो। वृक्ष कार्बनडाइआक्साइड का अपने भोजन के रूप में प्रयोग करते है। इसलिए उनके साथ परिपूर्ण साझेदारी है। मनुष्य, बिना वृक्षों के जीवित नहीं रह सकते।

जानवरों को भी वृक्षों की जरूरत है और वृक्षों को भी जानवरों की जरूरत है। वे एक दूसरे से पृथक नहीं हैं, वे एक ही लय के दो भाग हैं। यह भी एक सच्चाई है। और जीवन को इससे दूर नहीं रहना चाहिए। प्रत्येक को इसकी समग्रता में समझना होगा। और प्रत्येक को इस ढंग से रहना चाहिए कि कोई भी एक सच्चाई बनकर ही न रह जाये, अथवा पूर्ण बनने का बहाना करे। इस संबंध में कुछ भी नष्ट करने की जरूरत नहीं है। इस बारे में न लड़ने या संघर्ष करने की जरूरत है। यही ताओ का मार्ग है, यही सूफी धर्म और ज़ेन का मार्ग है।

इस संबंध में एक प्रसिद्ध ज़ेन कथा है...

एक राजा ने अपने पुराने बढ़ई से कहा, कि वह एक विशिष्ट मेज चाहता है। बूढ़े बढ़ई ने कहा – "मैं एक बूढ़ा व्यक्ति हूं और मेरा बेटा अभी काम करने के

लिए तैयार नहीं हुआ है। वह अभी धीमे-धीमे सीख रहा है। लेकिन मैं कोशिश करूंगा। मैं अपना श्रेष्टतम प्रयास करूंगा। मुझे कृपया समय दीजिए।"

और तीन दिनों के लिए वह बूढ़ा व्यक्ति जंगल में गुम हो गया। तीन दिनों बाद वह जंगल से लौटा।

राजा ने उससे पूछा – "मेज के लिए थोड़ी सी लकड़ी लाने के लिए तुम्हें तीन दिन क्यों लग गये?"

बूढ़े बढ़ई ने उत्तर दिया – "कभी तो इसमें तीन लगते हैं और कभी-कभी तो तीन महीने लग जाते हैं। और कभी ऐसा भी होता है कि तुम्हें तीन वर्षों तक लकड़ी नहीं मिलती। यह एक बहुत कठिन कला है।"

राजा उलझन में पड़ गया। उसने कहा – "इसे और स्पष्ट करो। आखिर तुम्हारे कहने का मतलब क्या है। इसे विस्तार से स्पष्ट करो।"

और उस व्यक्ति ने कहा – "पहिले मुझे उपवास पर जाना होता है – क्योंकि केवल जब मैं उपवास करता हूं तभी मेरा मन धीमे-धीमे शांत होता है। जब मेरा मन शांत होने लगता है तो सभी विचार विसर्जित हो जाते हैं और सारी आक्रामकता विसर्जित हो जाती है। तब मैं फिर हिंसक नहीं रह जाता, तब वहां शुद्ध प्रेम और करुणा जन्मती है – एक भिन्न तरंग उठने लगती है। जब मैं अमन की तरंगों से भर जाता हूं, मैं तभी जंगल के अंदर जाता हूं, क्योंकि केवल उस तरंग के द्वारा मैं ठीक वृक्ष को ढूंढ पाता हूं। आक्रामक चित्तवृत्ति से मैं ठीक वृक्ष को कैसे ढूंढ सकता हूं? और मुझे वृक्षों से स्वयं पूछना होता है, कि क्या उसमें से कोई मेज बनने के लिए तैयार है। मैं आगे बढ़ता हूं, वृक्षों को चारों ओर से देखता और समझता हूं और जब मैं अनुभव करता हूं कि कोई वृक्ष राजी और इच्छुक है...उनकी यह स्वेच्छा केवल अमन की स्थिति में अनुभव की जा सकती है। इसलिए इस संबंध में पहिले मैं उपवास और ध्यान करता हूं, और ज़ब मैं अंदर से पूरी तरह खाली और निर्भर हो जाता हूं, तब मैं केवल अनुभव करने के लिए वृक्षों के साथ उनके चारों ओर घूमता हूं। जब मैं अनुभव करता हूं कि यह वृक्ष योग्य और अनुकूल है, मैं उसकी बगल में बैठकर उससे अनुमति लेता हूं – "मैं आपकी एक डाली को काटने जा रहा हूं, क्या आप राजी हैं? यदि वृक्ष कहता है कि 'हां, पूरे हृदय से,' केवल तभी मैं उसे काटता हूं, अन्यथा मैं उस डाली को काटने वाला होता कौन हूं?"

अब यह पूरी तरह से भिन्न रास्ता है। इस बारे में मनुष्य और वृक्ष के मध्य कोई संघर्ष नहीं है, और वहां एक मित्रता है। मनुष्य वृक्षों के साथ निकट सम्पर्क

में डूबने का प्रयास करता है और वह उनसे अनुमति मांगता है। पश्चिमी मन के लिए यह सभी व्यर्थ है। पश्चिमी मन कहता है – "तुम क्या व्यर्थ की बातें कर रहे हो? एक वृक्ष से पूछना, उसकी अनुमति लेना, कहीं तुम पागल तो नहीं हो गये? और वृक्ष कैसे हां या नहीं कह सकता है?"

लेकिन अब पश्चिमी का विज्ञान धीमे-धीमे सचेत बनता जा रहा है कि वृक्ष भी 'हां' या 'नहीं' कह सकते हैं। अब ऐसे सूक्ष्म उपकरण अस्तित्व में आ चुके हैं, जो वृक्ष की चित्तवृत्ति को खोज सकते हैं – कि क्या वृक्ष राजी है अथवा वह अनिच्छुक है। वह प्रसन्न है या अप्रसन्न। अब ऐसे सूक्ष्म उपकरण विकसित हो चुके हैं – ठीक कार्डियोग्राम की तरह के। तुम वृक्ष का कार्डियोग्राम ले सकते हो। एलेक्ट्रोनिक उपकरण वृक्ष की चित्तवृत्ति का पता लगा सकते हैं।

जब लकड़हारा वृक्ष के आसपास आता है, तो वृक्ष भय से कांपने लगता है, वह उदास और भयभीत होकर अपने जीवन से लिपटे रहना चाहता है। कोई भी ताओ धर्म का व्यक्ति वृक्ष को इस चित्त दशा में नहीं काटेगा, नहीं, वह उसे बिलकुल छुयेगा ही नहीं। यदि वृक्ष इच्छुक ही नहीं है तो हम होते कौन हैं काटने वाले? जब वृक्ष स्वयं अपने से सहभागी बनने को तैयार होता है, केवल तभी वह काटा जा सकता है।

अब इस मेज की एक भिन्न गुणात्मकता होगी। वह वृक्ष की ओर से दिया गया एक उपहार होगा, वह छीनी हुई चीज नहीं होगी। वृक्ष को इसके लिए लूटा नहीं गया, उस पर विजय प्राप्त नहीं की गई। यह समझना कठिन न होगा कि अब इस मेज में एक भिन्न तरह की तरंगें होंगी। इसके संबंध में कुछ चीज पावन होगी। यदि तुम इस मेज को अपने कमरे में रखोगे, तुम इस मेज के 'चारों ओर एक विशेष किस्म का अंतराल निर्मित करोगे, जो दूसरी मेजों के साथ सम्भव न होगा। वहां तुम्हारे साथ एक मित्रवत व्यवहार होगा क्योंकि तुमने उससे मित्रवत व्यवहार किया था। वह वहां तुम्हारे परिवार का एक हिस्सा बनकर रहेगी, किसी शत्रु के शरीर से काटे गये अंग की भांति नहीं।

पश्चिमी मन स्वयं के विरुद्ध और प्रकृति के प्रति बहुत अधिक आक्रामक है। या तो मनुष्य को पीछे मुड़कर पश्चिम के आक्रामक व्यवहार को छोड़ देना होगा अथवा मनुष्य को इस ग्रह को 'गुडबाई' कहने के लिए तैयार होना पड़ेगा। यह ग्रह मनुष्य को अब और अधिक बरदाश्त नहीं कर सकता। वह उसे पहिले ही से पर्याप्त सहन कर चुका है।

'एक दो महीने के लिए ऐसे लोग यहां क्यों आते हैं और आपमें उनके लिए लिए इतनी अधिक करुणा क्यों है?'

उन्हें करुणा की ही जरूरत है, केवल करुणा के द्वारा ही, वे करुणा सीख सकेंगे। उसे सीखने का इस बारे में अन्य कोई उपाय है ही नहीं। यदि मेरी करुणा और प्रेम का अनुभव कर सके तो वे प्रेम पूर्ण और करुणामय बनना शुरू होंगे। यह तो प्रेम का केवल वातावरण ही है जो किसी को प्रेम सिखलाता है। मैं यहां प्रेम का ऐसा वातावरण निर्मित कर रहा हूं। यह कोई सिखावन नहीं है, यह एक जलवायु निर्मित करना है।

और मेरे पास अन्य कुछ भी देने के लिए है ही नहीं। कोई भी यहां आता है, मैं उसे अपना प्रेम और करुणा दे सकता हूं – क्योंकि यही सब कुछ है मेरे पास।

और प्रगीत कहता है – 'मेरा तो ऐसे लोगों से जी मिचलाने लगता है और मैं इन लोगों से आज़िज आ चुका हूं।'

यदि तुम्हारा उन्हें देख कर जी मिचलाता है और तुम उनसे आज़िज आ चुके हो, तब तुम भी उन्हीं लोगों में एक हो। यह जी मिचलाने और आजिज़ आने या थक जाने का व्यवहार हिंसक है।

यह प्रश्न आखिर उठा ही क्यों? प्रगीत के मन में इतने अधिक लम्बे प्रश्न का जन्म हुआ और उसके द्वारा पूछा गया यह पहिला प्रश्न है। वह यहां लगभग दो वर्षों से है। इतना अधिक लम्बा प्रश्न उत्पन्न कैसे हुआ? उनका मन बहुत हिंसक और आक्रामक है। वह गेस्टाल्ट और बायो एनरजिटिक थेरेपी ग्रुप्स को संचालित करता है। और वहां वह लोगों को पीटा करता है। और उसने अभी तक यह प्रश्न कभी नहीं पूछा। लेकिन ठीक कुछ ही दिनों पूर्व एक व्यक्ति ने वास्तव में इसे बुरी तरह पीट दिया। इसीलिए यह प्रश्न पूछा गया है।

यदि तुम उनसे थक चुके हो और उन्हें देख कर तुम्हें मिचली आती है, तो तुम उन्हीं में से एक हो। प्रेम और करुणा का अनुभव करो। प्रेम और करुणा के द्वारा ही लोगों की सहायता करो। मैं जानता हूं, तुम्हें कभी केवल करुणा वश ही किसी के प्रति बहुत कठोर बनना पड़ता है, लेकिन यह कठोरता की दूसरी गुणात्मकता है। कभी तुम्हें किसी पर बलप्रयोग करना पड़ता है, लेकिन जब तुम उन्हें चोट पहुंचाकर उन पर बलप्रयोग करोगे तो स्वाभाविक है कि वे भी पराकाष्ठा पर जा सकते हैं, और तुम पर चोट भी कर सकते हैं। एक प्रामाणिक ग्रुप लीडर हमेशा खतरे में जीता है। यही इसमें जोखिम है। तुम उनके नकारात्मक भावों को परिधि पर लाने के लिए लोगों को उत्तेजित करते हो, उन्हें भड़काते हो और जब यह नकारात्मकता परिधि पर आती है, तो स्वाभाविक है तुम उसका शिकार हो सकते हो। तुम खतरे में होते हो।

लेकिन एक ग्रुपलीडर को इसे कृतज्ञता से स्वीकार करना होगा। यदि कोई व्यक्ति ग्रुपलीडर पर आघात करता है तो उसे उसके सामने झुकना चाहिए और उसे धन्यवाद देना चाहिए – क्योंकि यही है जो वह चाहता था। वह एक स्थिति निर्मित कर रहा था, जिसमें दमित क्रोध उबल कर बाहर निकले, उसका विस्फोट हो। एक बार वह क्रोध बिदा हो जाये तो उस व्यक्ति में पूरी तरह से एक भिन्न तरह की ऊर्जा होगी। ग्रुप की यह विधि एक रेचन प्रक्रिया है, यह तुम्हारी व्यवस्था से मवाद बाहर निकालने की प्रक्रिया है। लेकिन जब तुम किसी के अंदर से मवाद बाहर निकालते हो तो कभी-कभी मवाद की कुछ बूंदें तुम्हारे कपड़ों पर भी गिर सकती हैं – ऐसा होना स्वाभाविक है। जब तुम शल्यक्रिया करते हो तो तुम्हारे हाथ खून से सन जायेंगे और उसके बाद तुम्हें स्वच्छता के लिए पूर्ण स्नान की आवश्यकता होगी।

नाराज मत हो, अन्यथा तुम भी उन लोगों के एक भाग बन जाओगे।

अब प्रगीत कहता है – 'मैं किसी भी ग्रुप को निर्देशित नहीं करना चाहता और न मैं व्यक्तियो को उत्तेजित करना चाहता हूं। क्या मैं उद्यान में काम कर सकता हूं?'

– नहीं! हरगिज नहीं। मैं अपने वृक्षों से बहुत प्रेम करता हूं।

दूसरा प्रश्न :

मेरे प्रश्न का उत्तर देते हुए आपने एक स्त्री के रूप में मेरा उल्लेख किया। इसलिए आपने मुझे खोज लिया। चेहरे पर दाढ़ी उग आने के बाबजूद मैं आपको धोखा न दे सकी। केवल मेरी छोटी सी एक प्रार्थना है – क्या मैं अपने नाम के आगे 'स्वामी' शब्द को बनाए रख सकती हूं?

उत्तर :

मुझे खेद है मां आनंद सुचेता! मैं फिर से भ्रमित हो गया। हां! ऐसा ही हुआ। ठीक एक दिन पूर्व ही स्वामी आनंद सुचेता ने एक प्रश्न पूछा और मैंने उसके संबंध में उसे स्त्री समझते हुए ही उत्तर देना जारी रखा।

अब यहां दो ओर सुचेता भी हैं और दोनों ही स्त्रियां हैं। उन्होंने भी मुझे प्रश्न लिखकर पूछे हैं। लेकिन जिस स्वामी ने यह प्रश्न पूछा है, वास्तव में वह ही इसके महत्व को समझा है। 'स्वामी' वहां स्पष्ट रूप से है। प्रश्न में 'स्वामी' ही लिखा है, लेकिन दो कारणों से मैं कुछ भ्रमित हो रहा था। पहिली बात तो यह कि आनंद सुचेता के पास वास्तव में हृदय एक स्त्री का ही है। दाढ़ी उग आने से कोई भी अंतर नहीं पड़ता।

इस बारे में एक तो जैविक रूप से कोई स्त्री या पुरुष होता है और दूसरे मनोवैज्ञानिक रूप से। जब मैं किसी व्यक्ति को संन्यास दे रहा होता हूं तो मुझे दो बार यह सोचना पड़ता है कि उसे मां कहकर पुकारूं या स्वामी कहकर। तुम्हारे लिए मानसिक रूप से व्यथित करने वाली स्थिति उत्पन्न न हो जाये, मैं तुम्हारे जैविक शरीर के अनुसार ही तुम्हें स्वामी और मां कहकर संन्यास दिये चले जाता हूं। लेकिन कभी-कभी यह बहुत स्पष्ट होता है कि इस व्यक्ति को स्वामी कहना पूरी तरह से गलत होगा। उसके पास ऐसा स्त्रैण हृदय होता है कि उसका मार्ग प्रेम ही होता है। उसमें बहुत अधिक ग्राह्यता होती है।

ठीक परसों ही प्रभास आया था यहां। अब उसके पास हृदय तो एक स्त्री का है पर शारीरिक रूप से वह एक लम्बा चौड़ा पुरूष है, लेकिन उसके पास एक अत्यंत ही कोमल और सहनशील स्त्री हृदय है – बहुत ही प्रेमपूर्ण हृदय है उसके पास। वह मनोवैज्ञानिक रूप से पुरुष न होकर स्त्री है। और वास्तव में यही महत्वपूर्ण है, क्योंकि मेरे कार्य का संबंध तुम्हारे जैविक शरीर से न होकर तुम्हारे मन से है।

लेकिन मैं प्रसन्न हूं क्योंकि आनंद सुचेता ने इस महत्वपूर्ण बात को समझा।

वह कहती है : आपने स्त्री के रूप में मेरा उल्लेख किया। आखिर आपने मुझे खोज ही लिया। चेहरे पर दाढ़ी उग आने के बावजूद मैं आपको धोखा न दे सकी। केवल मेरा छोटा सा एक अनुरोध है – क्या मैं अपने नाम के आगे स्वामी शब्द को बनाये रख सकती हूं?"

उसे तुम बनाये रख सकती हो। लेकिन यह भी जानती हो कि तुम एक स्त्री हो। और इस बारे में प्रसन्न बनी रहो – क्यों कि मेरी समझ से स्त्रैण चित्त, पुरुष चित्त की अपेक्षा, कही अधिक परमात्मा के निकट होता है। पुरुष चित्त है पश्चिम का मन और स्त्रैण चित्त है – पूरब का मन। पुरुष चित्त आक्रामक है और स्त्रैण चित्त ग्राहक है, उसमें ग्राह्यता है। और परमात्मा उन्हीं के पास सरलता से आता है जो उसका स्वागत कर उसे ग्रहण कर सकते हैं – एक गर्भ की भांति, जो उसको अपने गर्भ में धारण कर सकते हैं।

अपने नाम के साथ 'स्वामी' जोड़े रहो। यह दूसरों के लिए है। लेकिन तुम स्वयं अपने लिए अधिक से अधिक स्त्रैण होकर उसका स्मरण करती रहो। अपने स्त्रीत्व को अनुमति दो कि वह तुम्हें अपने अधिकार या नियंत्रण में ले ले।

दूसरी बात यह, यद्यपि यह प्रश्न स्वामी आनंद – सुचेता ने पूछा है, लेकिन यह प्रश्न उनमें से एक मां सुचेता के लिए कहीं अधिक संगत है। उसने प्रश्न

पूछा तो नहीं है, लेकिन वास्तव में उसे पूछना चाहिए था। यह उसके लिए अधिक संगत था।

इसलिए जब कभी मैं मूर्ख बनता हूं, या भ्रमित होता हूं तो मैं कुछ कारणों से ऐसा करता हूं। इसे खोजने का प्रयास करो, आखिर क्यों? जब मैं कोई गलती करता हूं तो उस पर ध्यान करो और तुम सदा उससे समृद्ध ही बनोगे।

तीसरा प्रश्न :

> प्रवचन के लिए आप प्रतिदिन आते हैं और चले जाते हैं। मैं बहुत चिंतित रहता हूं कि आप एक कदम रखने से यदि चूके तो कहीं गिर न पड़ें, क्योंकि आप इतनी अधिक खुमारी में रहते है।

उत्तर :

यह सच है। लेकिन मैं इतनी अधिक लम्बी अवधि से शराबी रहा हूं कि तुम्हें जरा भी भयभीत होने की आवश्यकता नहीं है। मैं इसी ढंग से पच्चीस वर्षों से रहता आ रहा हूं। शुरू में वास्तव में चलना मेरे लिए कठिन होता था। मैं स्वयं ही बहुत अधिक डरता था कि मैं किसी भी क्षण गिर सकता हूं। किसी तरह शरीर इतना अधिक दूर हो गया, उस संबंध में उतनी अधिक दूरी हो गई, जैसे धरती और आकाश एक दूसरे से दूर होते हैं। मुझे व्यवस्थित करने में कुछ समय लगा, यद्यपि प्रत्येक चीज स्थिर हो चुकी थी, लेकिन वह नशा या खुमारी अभी तक है। यह परमात्मा की शराब की खुमारी है। एक बार तुमने उस दिव्य झरने का जल छक कर पी लिया, तो तुम कभी भी न पीने वाले की स्थिति में नहीं रह सकते। एक बार ही पीना पर्याप्त है। उसकी एक बूंद तुम्हें हमेशा के लिए डुबोने के लिए काफी है। तुम्हें बार-बार पीने की कोई आवश्यकता नहीं है : तुम फिर कभी भी प्यासे नहीं रह सकते।

मैं तुम्हारे प्रश्न को समझ सकता हूं, लेकिन ज़रा भी फिक्र मत करो। किसी तरह से...मैं इसे 'किसी तरह से' कहकर पुकारता हूं, क्योंकि मैं इसकी व्यवस्था नहीं कर रहा हूं। मैं व्यवस्था कर भी नहीं सकता, क्योंकि मैं वहां व्यवस्था करने के लिए हूं ही नहीं, वह व्यवस्था स्वयं अपने आप हो जाती है। किसी न किसी तरह मैं मतवाला, लेकिन साथ ही होशपूर्ण भी बना रहता हूं।

सूफियों के पास इस संबंध में एक विशिष्ट सिद्धान्त है — और उसे समझना बहुत अर्थपूर्ण होगा। वे उसे 'अहवाल' कहते हैं, जो दो स्थितियों के मध्य आने-जाने से है। यह दो स्थितियां हैं बक़ा और फ़ना की; वैयक्तिकता या निजता

और वैयक्तिकता का पिछलकर मिट जाना। इन दो स्थितियों के मध्य वहां एक तरह की लयबद्धता होती है, यह एक ही समय में दो कार्यों के एक साथ होने में तालमेल रखना है। इस स्थान में ऐसे लोग हैं जो अपनी बक़ा की स्थिति में हैं, लेकिन वे फ़ना की स्थिति के बारे में कुछ भी नहीं जानते। तब यहां ऐसे लोग भी है जो अपनी फ़ना की स्थिति में हैं लेकिन वे यह भूल गए हैं कि बक़ा की स्थिति में कैसे वापस लौटा जाये। दोनों ही असंतुलित हैं।

नशे या खुमारी तथा होश, इन दोनों के मध्य एक तरह के संतुलन की आवश्यकता है। एक को पिए हुए भी सचेत रहना होगा अर्थात वह सजगता पूर्ण खुमारी होगी। यही सर्वोच्च रसायन है – जहां दो विरोध मिलकर एक बन जाते हैं। यह सब से महान संश्लेषण है। अल-हिलाज मंसूर के सद्गुरु जुन्नैद के बारे में कहा जाता है कि वह इन दो विपरीत ध्रुवों के मध्य एकतान होने के लिए कुछ अनुशासन आरोपित किया करता था।

ऐसा कहा जाता है कि

एक बार सद्गुरु ने अपने शिष्य अल शिबली को एक अनुशासन साधने का आदेश दिया...अल शिबली बाद में स्वयं एक महान सद्गुरु बना। इस शख्स, अल जुन्नैद ने कई सद्गुरुओं को सृजित किया। उसके पास सद्गुरुओं को बनाने की एक महान सृजनात्मक ऊर्जा थी। वह सद्गुरुओं का सद्गुरु था। जब अल शिबली अपनी समाधि या सटोरी अथवा फ़ना की स्थिति को उपलब्ध हुआ, वह बक़ा की स्थिति में वापस लौटने में असमर्थ हो गया। वह उस खुमारी में इतना अधिक डूब गया, खो गया कि सद्गुरु उससे बहुत अधिक नाराज हो गया। उसने कहा – "सुन शिबली! तू पहिले अपनी बक़ा की स्थिति से लिपटा रह गया था और अब तू आगे बढ़कर दूसरी स्थिति से जाकर लिपट गया है। तेरा बंधना, लिपटना जारी है। इस बंधन से ही मुक्त होना है। एक को कहीं अधिक तरल बनना है। एक को एक स्थिति से आसानी से दूसरी स्थिति में जाने में समर्थ बनना है – ठीक घड़ी के पेंडुलम की तरह, जो दाएं से बाएं और बाएं से दाएं डोलता रहता है। बिना किसी हिचक के, बिना किसी घबराहट के, बिना बंधे हुए, एक को उस शांति और मृदुल गतिशीलता को उपलब्ध होना है।

लेकिन अल शिबली इस आदेश का अनुसरण न कर सका। तब सद्गुरु ने कहा – "यदि तेरे पास पर्याप्त आत्म-अनुशासन नहीं है, जिससे तू अपनी 'अहवाल' आदि की रहस्यमय स्थितियों को अपने काबू में न रख सके, तो अच्छा यही हैं कि तुझे कुछ समय के लिए अपने को पागलखाने में भर्ती कर देना चाहिए।"

एक सद्गुरु के द्वारा दी गई बड़ी अजीब सलाह थी – "जा, जाकर खुद किसी पागलखाने में भर्ती हो जा, और वहां तब तक रुक, जब तक तू उस अनुशासन को उपलब्ध न हो जा, जो तुझे खुमारी में डूबे रहने के साथ होशपूर्ण भी बना सके।"

सर्वोच्च परमानंद के पथ पर यही सबसे बड़ी समस्या रही है और तुम इस घटना को कई ढंगों में पाओगे। तुम बुद्ध को देखो। बुद्ध में चेतना और सजगता एक साथ थी। रामकृष्ण परमहंस में सजगता नहीं थी। वह समाधि की खुमारी में ही डूबे रहते थे। उनमें किसी संतुलन की कमी थी। यदि तुम मुझसे पूछो, तो मैं तुम्हें रामकृष्ण को लक्ष्य बनाने की सलाह नहीं दूंगा। जब रामकृष्ण अपनी फ़ना होने वाली स्थिति में चले जाते थे तो कई दिनों तक लगभग अचेतावस्था में ही पड़े रहते थे। एक बार तो वह छः दिनों तक बेहोश यानी कि कोमा जैसी स्थिति में रहे। और जब वह उस दशा से बाहर आये तो उन्होंने चीखना शुरू कर दिया – और परमात्मा से मांगने लगे 'मुझे वापस उसी अवस्था में फिर से पहुंचा दो।' वह एक छोटे बच्चे की तरह हो गये।

यह स्थिति बक़ा की स्थिति से श्रेष्ठ है। इसमें परमानंद है – लेकिन वहां एक अन्य उच्च स्थिति और भी है। यह है बुद्ध की स्थिति। वह खुमारी में होते हुए भी सजग बने रहते थे। किसी ने उन्हें कभी भी अचेत नहीं देखा। उन्होंने इस सर्वोच्च संकलन को व्यवस्थित किया था।

परमानंद, अद्वैत और फ़ना होने का मार्ग, शांत उद्वेगरहित ओर संयमित होने का भी मार्ग है, क्योंकि यह सभी स्थितियों के ज्ञान का विज्ञान है। जैसा कि शेख इब्न अजीना ने कहा है – "एक विस्मरण भरी खुमारी की अपेक्षा सचेतन या होशपूर्ण खुमारी की स्थिति कहीं अधिक उच्च है। परमानंद साध्य नहीं साधन है, इसके बावजूद भी यह पूरी तरह से सारभूत साधन है।"

इसलिए तुम्हें जरा भी भयभीत होने की आवश्यकता नहीं है। मैं पियक्कड़ हूं, खुमारी में डूबा हूं पर साथ ही साथ पूर्ण सजग भी हूं। मेरी खुमारी इस बात को फिक्र रखती है कि मैं इतना भी अधिक सजग न हो जाऊं। कि मैं बक़ा की स्थिति में जाकर थिर हो जाऊं। मेरा होश और मेरी चेतना यह फिक्र रखती है कि मैं फ़ना की स्थिति में थिर न हो जाऊं। ये दोनों एक पक्षी के पंखों की भांति एक दूसरे की सहायता करते हैं – वे एक दूसरे के विरोधी हैं पर इसके बावजूद एक दूसरे के पूरक भी हैं। एक पंख के सहारे तुम नहीं उड़ सकते, तुम्हें दोनों पंखों की आवश्यकता होगी।

और यही मेरी सिखावन है। यहां मेरा पूरा प्रयास ही यही है कि तुम्हें सजग और पियक्कड़ एक साथ बनाया जाये। इसीलिए मैं तुमसे नृत्य करने के लिए कहे चले जाता हूं, जिससे नृत्य में मस्ती का प्याला अतिरेक से छलकने लगे, और मैं तुम्हें ध्यान, होश और विपस्सना के ढंग भी सिखाये चले जाता हूं, जिससे दोनों साथ-साथ विकसित हो सकें। जिस दिन तुम पूर्ण खुमारी में होगे, कि अचानक तुम अपने अंदर बोध का एक प्रकाश पाओगे, जो तुम्हें सजग बनाये रखेगा। और निश्चित रूप से जैसा कि अजीना कहता है – कि होश भरी खुमारी कहीं अधिक उच्च है, एक विस्मरण भरी खुमारी की तुलना में।

चौथा प्रश्न :

पूरे दिन भर, जब मैं मस्ती और आनंद में चारों ओर घूमती रही, मैं अपने-आप में पूरी तरह डूब कर खो गई। मैं इसका आनंद ले रही हूं, लेकिन इसमें ध्यान कहां आता है?

उत्तर :

ध्यान में बारे में सब कुछ यही कहा जा सकता है कि वह प्रामाणिक आनंद है। यह प्रश्न है विद्या की ओर से। अब वह किसी दुःख की लालसा कर रही है। वह आनंद ले रही है, लेकिन वह उस आनंद का समारोह नहीं मना सकती, वह अपने लिए कुछ कठिनाई उत्पन्न करना चाहती है। प्रसन्न होना वास्तव में बहुत अधिक कठिन है और प्रसन्नता में प्रसन्न होना तो ओर भी अधिक कठिन। एक बार तुम प्रसन्न होना शुरू कर दो, फिर तुम किसी मुसीबत या कठिनाई की ओर देखना शुरू कर देते हो, तुम यह विश्वास कर ही नहीं सकते कि तुम प्रसन्न हो सकते हो, कि तुम वास्तव में प्रसन्न हो सकते हो। कोई न कोई चीज गलत होनी ही चाहिए। जब तुम दुःखी होते हो, तुम पूरी तरह खुश रहते हो – तुम्हारी, वही तुम्हारी स्थिति है, तुम उसे भली भांति जानते हो, तुम्हारी उसके साथ अच्छी जान पहिचान है, और वही तुम्हारी पहिचान है। जब तुम दुःखी होते हो, तो तुम खुश रहते हो, क्योंकि तुम जानते हो कि कुछ भी हो पर तुम तो हो – लेकिन जब तुम खुश होते हो तब तुम दुःखी होना शुरू कर देते हो। तुम प्रसन्नता पर विश्वास ही नहीं कर सकते, क्योंकि वह इतनी अधिक अनजानी है।

यही होता है – ध्यान : प्रसन्न होना, आनंदित होना, उत्सव समारोह मनाना।

अपने पुत्र के चरित्र को विकसित करने की आशा से एक पिता ने एक बार उसे एक पैनी और चौथाई पेनी का सिक्का दिया, क्योंकि वह रविवारीय स्कूल में जा रहा था।

उसने उससे कहा – "अब तुम इन दोनों सिक्के में से जिसे दान प्लेट में रखना चाहो रख देना।"

जब उसका पुत्र वहां से लोटा, तो उसके पिता ने उससे पूछा – "तुमने कौन सा सिक्का दान प्लेट में रखा?"

पीटर ने उत्तर दिया – "दान की प्लेट चारों ओर घुमाने से पूर्व उपदेशक ने कहा – 'परमात्मा खुशी से दान देने वाले को बहुत प्रेम करता है।' और मैं जानता था कि अधिक खुशी से पूरी पैनी को देने की अपेक्षा मैं पैनी का एक चौथाई भाग ही दे सकता था, इसलिए मैंने उसे ही दे दिया।"

मैं बच्चे से पूरी तरह से सहमत हूं। जो कुछ भी आनंददायक हो वही शुभ है। जो कुछ भी तुम्हें प्रसन्न बनाता है, वही धार्मिक है। प्रसन्नता को ही अपना धर्म और नियम बना लो। इसके अलावा वहां कोई दूसरा नियम न हो। बस प्रसन्न रहो अत्यधिक प्रसन्न रहो, समग्र रूप से प्रसन्न रहो। ध्यान एक छाया की तरह इसके पीछे आयेगा। यह ध्यान ही आ रहा है, यह ध्यान के आते पगों की ध्वनि सुनाई दे रही है।

पांचवा प्रश्न :

यंत्रमानव और बुद्धत्व की स्थिति के मध्य, उस अंतिम शिखर और वहां पहुंचने के लिए की गई तैयारी के मध्य, यात्रा लम्बी ही नही, बहुत लम्बी है। क्या किसी को इस यात्रा करने की अवधि में पीड़ा और दुःख होना जरूरी है अथवा इस बारे में शांति की भी सम्भावना है? कृपया स्पष्ट कीजिए।

उत्तर :

यह तुम पर ही निर्भर करता है। इस बारे में यह तुम्हारे व्यवहार पर निर्भर करता है। प्रतीक्षा करना महान प्रसन्नता बन सकती है, यदि जो कुछ होने जा रहा है, तुम्हें उस पर पूरी श्रद्धा हो। तुम्हें पूरी आस्था हो कि वह पहिले ही से घटना शुरू हो चुका है, क्योंकि तुमने उसकी ओर, उस ओर बढ़ना शुरू कर दिया है, तब गुज़रने वाला प्रत्येक क्षण तुम्हें अधिक से अधिक आनंदपूर्ण बनायेगा। अब घर पास आता जा रहा है।

लेकिन तुम बहुत दुःखी और पीड़ित भी हो सकते हो, यदि तुम्हारा व्यवहार इस तरह का हो – 'और कितने समय तक मुझे और प्रतीक्षा करनी होगी? लक्ष्य कितनी दूर और है? मुझे इतनी लम्बी प्रतीक्षा क्यों करनी पड़ रही है? दूसरे लोग क्यों पहुंच गये? दूसरे लोग मुझसे पहिले क्यों पहुंच गये?' तब तुम हजारों समस्याएं स्वयं अपने लिए ही खड़ी कर लोगे और तुम दुःखी हो सकते हो। और स्मरण रहे, नियम यह है कि अपनी प्रतीक्षा करने में तुम जितने अधिक दुःखी रहोगे, तुम्हारी प्रतीक्षा उतनी ही लम्बी हो जाएगी – क्योंकि परमात्मा का अनुभव कभी भी दुःखी चित्त दशा में नहीं हो सकता। प्रतीक्षा जितनी प्रसन्नतापूर्ण होगी, तुम उतने ही अधिक उसके निकट आते जाओगे। यदि तुम्हारी प्रतीक्षा तुम्हारा पूरा आनंद बन जाये, तो अभी इसी क्षण परमात्मा प्रकट हो जाएगा – फिर किसी समय के अंतराल की आवश्यकता ही नहीं रह जाती।

लेकिन जब मैं धैर्य रखने के लिए कहता हूं, तो मेरा अर्थ नकारात्मक गुण नहीं होते, मेरा अर्थ होता है – प्रसन्नता से भरी हुई प्रतीक्षा और धैर्य, जिसमें आशा हो, उमंग और रोमांच हो – कि कुछ घटने जा रहा है। वह कब घटने जा रहा है, यह बात जरा भी महत्व की नहीं है – वह बस घटने जा रहा है, यह आस्था हो।

यह सभी कुछ इस बात पर निर्भर करता है कि तुम उसकी किस तरह व्याख्या करते हो, उसका क्या अर्थ निकालते हो। व्याख्या करना या अर्थ निकालना एक प्रक्रिया है, जिसे बहुत गहराई से समझना है। तुम एक गुलाब की झाड़ी देखते हो और उसके कांटे गिनना शुरू कर देते हो। यदि तुम कांटे गिनते हो तो वे तो लाखों हैं। और उन कांटों के गिनने में तुम गुलाब के फूलों को देखने में असमर्थ हो जाते हो। कांटों को गिनते हुए, कांटों से व्यथित होते हुए तुम्हारे हाथ लोहूलुहान हो जायेंगें। तुम क्रोधित हो उठोगे, निराश हो उठोगे, अपनी सारी आशा खो दोगे, और तुम्हारी आंखें गुलाब के फूलों को देखने योग्य न हो सकेंगी। इतने अधिक कांटो की चुभन के साथ तुम गुलाब का फूल कैसे देख सकते हो? तुम्हारी आंखों में कांटे ही तैरते रहेंगें। तुम्हारी आंखें कांटों से ही ढक जाएंगी, तुम गुलाब को देखने में समर्थ न हो सकोगे। यदि तुम किसी गुलाब की कोई एक झलक भी पा लोगे, तो तुम विश्वास ही नहीं कर पाओंगे, कि कांटो के बीच कोई गुलाब भी खिल सकता है? तुम तो केवल कांटों को जानते हो, तुम तो केवल कांटों की पीड़ा को जानते हो। गुलाब का फूल तो असम्भव प्रतीत होता है। हो सकता है वह एक सपना हो, हो सकता है तुमने कोई कल्पना कर ली हो, हो सकता है वह तुम्हारा कोई विभ्रम हो अथवा कोई और चीज हो। लेकिन जैसा वस्तुओं

का स्वभाव या प्रकृति है, वह नहीं हो सकता – क्योंकि वह कांटों के अनुभव से इतना अधकि विपरीत है। तब वह असम्भव बन जाता है। धीमे-धीमे तुम गुलाब की झलक को भुलाते चले जाओगे। तब तुम्हारे लिए उसका अस्तित्व रह रही नहीं जायेगा।

लेकिन यदि तुम गुलाब के फूल की ओर देखो, यदि तुम गुलाब को अनुभव करो, यदि तुम गुलाब के फूल के साथ गुलाब ही हो जाओ, यदि तुम उसकी सुवास को अपने आंतरिक केन्द्र की ओर गतिशील होने की अनुमति दो, यदि तुम गुलाब की ताज़गी, मृदुता और उस पर पड़ी ओस की बूंदों का अनुभव करो, यदि तुम कुनकुनी सूरज की किरणों के साथ नृत्य करते हुए फूल की अपार प्रसन्नता और अतुलनीय सौंदर्य को देखो – तो गुलाब के उस देखने में ही कांटे पीछे हटना शुरू हो जायेंगें। वे झाड़ी पर तो हो सकते हैं, लेकिन तुम्हारे लिए उनका कोई अस्तित्व नहीं होगा। तुम्हारी आंखों में गुलाब ही समाये हुए हैं, तो फिर कांटों का अस्तित्व हो ही नहीं सकता। और जब वास्तव में तुम्हारे नेत्रों में गुलाब ही गुलाब होते हैं – न केवल तुम्हारी आंखों में बल्कि तुम्हारे हृदय में भी, तब तुम आश्चर्यचकित होकर पाओगे कि कांटे महत्वपूर्ण हैं ही नहीं। यदि वहां दस हजार कांटे और एक गुलाब हो, तब केवल गुलाब ही महत्वपूर्ण होगा, और कांटों का कुछ भी महत्व नहीं होगा। अब पूरा दृष्टिकोण ही बदल गया है और तुम कांटों को भी एक नई दृष्टि से देखोगे। अब तुम कांटों को गुलाब के दुश्मन के रूप में न देखते हुए, गुलाब के अंगरक्षक के रूप में देखोगे। वे उसकी रक्षा कर रहे हैं, वे उसके मित्र हैं, वे उसकी रखवाली कर रहे है – अन्यथा गुलाब के लिए जीवित रह पाना सम्भव ही नहीं होता। वे कांटे उसकी जरूरत हैं।

एक बार तुमने जीवन के सौंदर्य की ओर देखना शुरू कर दिया तो कुरूपता नष्ट होने लगती है। वह अधिक से अधिक एक छाया भर रह जाती है। यदि तुम जीवन को प्रसन्नता से देखना प्रारम्भ कर देते हो, तो उदासी विसर्जित होना प्रारम्भ हो जाती है। तुम्हारे पास स्वर्ग और नर्क दोनों साथ-साथ नहीं हो सकते, तुम्हारे पास केवल एक ही हो सकता है। यह तुम्हारा अपना चुनाव है। और वह तुम्हारे पास किसी भी क्षण हो सकता है। यदि तुम नर्क चाहते हो, तो वह तुम्हारे पास ठीक अभी हो सकता है। यदि तुम स्वर्ग चाहते हो, तो वह भी तुम्हारे पास हो सकता है। यह पूरी तरह से तुम्हारी ही जवाबदेही, और तुम्हारा ही चुनाव है।

यह निर्भर करता है कि तुम उसकी कैसे व्याख्या करते हो, या उसका क्या अर्थ निकालते हो।

मैं तुम्हें इस बारे में कुछ प्रसंग बताना चाहता हूं...

तीस ननों को आध्यात्मिक शुद्धीकरण के लिए लाया गया, जिससे वे परमात्मा का अनुग्रह प्राप्त कर सकें। वहां के इंचार्ज फरिश्ते ने कहा – "अब लड़कियों! मैं चाहता हूं कि तुममें से प्रत्येक, जिसके पृथ्वी पर किसी भी तरह के संकेत संबंध रहे हो अथवा जो कभी भी काम क्रीड़ा में लिप्त रही हों, खड़ी हो जाये और याद रखना – कोई झूठ न बोले, क्योंकि मेरे पास तुम लोगों की परीक्षा करने के कई ढंग हैं।"

कायर भेड़ की तरह उन्तीस नन खड़ी हो गई, लेकिन तीसवी नन ज्यों की त्यों बैठी रही।

फरिश्ते ने सिर झुकाते हुए शैतान को फोन मिलाकर उससे कहा – "मैं तुम्हारे पास तीस ननों को भेज रहा हूं – और मेरी सलाह है कि तुम विशेष रूप से एक के प्रति सावधान रहना। वह बज्र बहरी है।"

अब यह तुम्हारी व्याख्या है। यह उस नन के बारे में जो खामोश रही और खड़ी नहीं हुई के बारे में कम और इसकी अपेक्षा उस फरिश्ते के मन के बारे में कोई भी चीज अधिक प्रदर्शित करती है।

❄

एक अन्य दूसरा दृश्य...

स्वर्ग के द्वार पर सेंट पीटर एक नवागन्तुक का साक्षात्कार ले रहे हैं।

सेंट पीटर : आपका नाम?

नवागन्तुक : मेलविन।

सेंट पीटर : क्या तुमने कभी जुआ खेला? शराब पी? और जब तुम पृथ्वी पर थे क्या तुमने कभी धूम्रपान किया?"

मेलविन : नहीं।

सेंट पीटर : क्या तुमने स्वतंत्र सेक्स संबंध बनाये?

मेलविन : नहीं।

सेंट पीटर : फिर आखिर इतनी लम्बी अवधि तक क्या चीज़ तुम्हें वहां रोके रही?

❄

तीसरा दृश्य...

गोटलीब ने सिसकते हुए रबी जेकब्स से कहा – "मुझे कर्ज चुकाने के लिए पचास डालर की जरूरत है। मैं परमात्मा से सहायता करने के लिए बहुत प्रार्थनाएं करता रहा, लेकिन उसने कुछ भी नहीं भेजा।"

रबी ने कहा – "अपनी आस्था को खोओ मत! प्रार्थना करते रहो।"

गोटलीब के घर से चले जाने के बाद, रबी ने उसके लिए खेद प्रकट किया और विचार किया – "मैं बहुत अधिक धन तो नहीं कमाता, लेकिन उस गरीब आदमी को धन की जरूरत है, इसलिए मैं अपनी जेब से ही उसे पच्चीस डालर दूंगा।"

एक सप्ताह बाद रबी ने गोटलीब को रोकते हुए कहा – "परमात्मा ने तुम्हारे लिए जो भेंट भेजी है, वह यह है।"

घर वापस आने पर गोटलीब ने सिर झुकाकर प्रार्थना की – "मेरे मालिक! तेरा बहुत धन्यवाद। लेकिन जब अगली बार मुझे कोई भी राशि भेजना, तो रबी जेकब्स के माध्यम से हरगिज़ मत भेजना – उस ठग ने आधी धनराशि खुद रख ली।"

यह सभी कुछ तुम्हीं पर निर्भर करता है कि तुम चीजों को किस तरह से देखते हो। तुम प्रत्येक दिन को दो काली रातों से घिरा देख सकते हो अथवा तुम प्रत्येक रात को दो दिनों के बीच देख सकते हो। और वास्तव में इससे बहुत अधिक अन्तर पड़ता है।

तुम अपनी प्रतीक्षा को आनंदपूर्ण बनाओ। तुम परमात्मा की प्रतीक्षा कर रहे हो। तुम इसे अपने हृदय को एक गीत बनने दो। इसे प्रार्थनापूर्ण होने दो। उसे एक उत्सव और समारोह बनने दो। प्रत्येक समारोह ही पवित्र और धार्मिक होता है।

कुछ दिनों पूर्व ही मैं एक जर्मन दार्शनिक का वक्तव्य पढ़ रहा था। मार्टिन हेडगर कहता है – "मैं संसार में किसी भी ऐसी चीज के सम्पर्क में नहीं आया हूं जिसे पवित्र और धार्मिक कहा जा सके।" अब इस व्यक्ति ने जरूर ही बहुत गरीबी का जीवन जीया है, घोर अभावों का जीवन। वह किसी एक भी ऐसी चीज का नाम प्रकट न कर सका, किसी भी एक ऐसी चीज का साक्षी न बन सका जिसे वह पवित्र कह सके। उसका पूरा जीवन घोर निराशा का ही जीवन होना चाहिए। उसने कभी भी न तो कोई गीत जाना, न कोई हर्ष या प्रसन्नता

जानी। किसी बच्चे के चेहरे पर कभी उसने एक मुस्कान नहीं देखी, न कभी उसने आंसू देखे। उसने कभी भी चिड़ियों को गीत गाते नहीं सुना, उसने कभी भी खिले हुए गुलाब और कमल नहीं देखे, और न कभी उसने झिलमिलाते हुए सितारों की ओर निहारा। वह पूरी तरह चूक ही गया।

यह पूरा ही जीवन पवित्र और धार्मिक है।

एक बार ऐसा हुआ, बुद्ध ने अपने शिष्यों से पूछा – "क्या तुम कोई ऐसी चीज खोज सकते हो जो जीवन में पूरी तरह व्यर्थ हो? यदि ढूंढ़ सकते हो तो उसे अपने साथ ले आना।"

शिष्य कई दिनों तक सोचते रहे और बुद्ध उनसे प्रतिदिन पूछते – "क्या हो रहा है? क्या तुम अभी तक पूरी तरह व्यर्थ कोई चीज नहीं खोज पाये?"

एक या दो महीने बाद एक शिष्य उनके पास आकर बोला – "भगवन! मुझे खेद है। मैंने चारों ओर देखा। बहुत सख्ती और सावधानी से देखा। मैं ठीक से सो भी न सका क्योंकि आपने जो प्रश्न हल करने को दिया था, मुझे उसका उत्तर खोजना था। लेकिन मैं पूरी तरह से व्यर्थ कोई भी चीज़ खोज ही न सका।"

तब बुद्ध ने कहा – "अब एक दूसरी बात है। कोई भी ऐसी चीज खोजो, जो कुछ कीमत रखती हो। तुम्हें इसे खोजने के लिए कितने दिन चाहिए? पहिली चीज को खोजने में तो तुम्हें महीनों लग गए।"

वह शिष्य हंस पड़ा। उसने कहा – "अब समय लेने की कोई आवश्यकता ही नहीं है।"

उसने भूमि से एक तिनका उठाया और उसे बुद्ध को देकर कहा – "यह ही पर्याप्त प्रमाण है। इसकी भी कीमत है।" बुद्ध ने उस शिष्य को आशीर्वाद देते हुए कहा – "इसी तरह से प्रत्येक व्यक्ति को यह जीवन देखना चाहिए। यही ठीक दृष्टिकोण है – सम्यक दृष्टि।" और बुद्ध ने कहा – "मैं तुमसे बहुत प्रसन्न हूं – कि तुमने दो महीने लिए और फिर भी तुम कोई भी व्यर्थ या मूल्यहीन वस्तु न खोज सके। तुम्हें ऐसा एक उदाहरण न मिला जिससे किसी चीज की अर्थहीनता प्रकट होती। और सब अर्थपूर्ण के लिए, उसके लिए जिसकी कुछ कीमत हो, तुमने एक क्षण भी नहीं लिया। हां, जितना भी जो कुछ है, वह यही है। यह पूरा जीवन ही पवित्र और धार्मिक है।"

बुद्ध ने एक बहुत समृद्ध जीवन जिया, आध्यात्मिक रूप से अत्यंत ही उच्च और समृद्ध जीवन। हेडगर ने जरूर ही घोर पीड़ा और दुखों में जीवन व्यतीत किया होगा।

तुम कैसे कह सकते हो कि जीवन में कुछ भी पवित्र नहीं है? प्रत्येक क्षण पवित्र और मूल्यवान है। लेकिन उस पवित्रता को देखने के लिए उन आंखों की या दृष्टि की जरूरत है। अस्तित्व परमात्मा से नहीं चूक रहा है, केवल तुम्हारी दृष्टि ही अभी उस ओर नहीं उठी है।

तुम कहती हो : 'यात्रा की तेयारी और उस सर्वोच्च शिखर तक पहुंचने के बीच की यह यात्रा बहुत-बहुत लम्बी है...

उस यात्रा की लम्बाई तुम पर ही निर्भर है। यह लम्बी भी हो सकती है, बहुत लम्बी, और वह उतनी लम्बी नहीं भी हो सकती है। वह बहुत छोटी भी हो सकती है। लक्ष्य तुम पर ही निर्भर है – वह कितना लम्बा होता है यह कोई स्थिर चीज नहीं है। यह नापी नहीं जा सकती है। यह लम्बी हो जाती है, यदि तुम इसे दुःख, अवसाद, व्यग्रता और विरोध से देखते हो। यदि तुम्हारी आंखें उदासी से भरी हैं, तो वे एक लम्बा फासला निर्मित करती हैं। यदि तुम्हारी आंखों में आनंद के दीप जलते है और, वे हर्ष से भरी है तो वह यहीं है, वह अभी है, और वह यह है।

छठा प्रश्न :

भगवान...

आप इतने अधिक शरारती हैं। पूरी तरह से शरारती और उपद्रवी बनने में कैसा अनुभव होता है?

उत्तर :

बस! बहुत दूर-दूर तक प्रसिद्ध, और सीमा से परे।

अंतिम प्रश्न :

प्यारे सद्‌गुरु!

आखिर मुझे ऐसा क्या घट गया है? क्या यह अंतिम रूप से घट चुका है? क्या आप मेरे हृदय के अंदर इनते अधिक स्पष्ट और स्थायी रूप से विराजमान हो गये हैं?

उत्तर :

हां दिव्या। ऐसा हो चुका है। लेकिन इस पर झपटो मत – अन्यथा यह फिर से खो भी सकता है। उसे वहीं रहने दो, लेकिन लालची मत बनो – अन्यथा तुम

अपने लालच के कारण इसे कुचल सकती हो। उसे वहीं रहने दो, लेकिन ऐसा मानकर मत चलो। जिस क्षण तुम उसे वहां मानकर चलोगी वह विसर्जित हो जायेगा। वह है वहां, वैसा घटा है।

जो तुम्हारे साथ घटा है, वह सभी के साथ घटने जा रहा है। लेकिन स्मरण रहे, यह बहुत नाजुक है। यह बहुत सूक्ष्म है। तुम इसे बंधन में नहीं रख सकती। जिस क्षण तुम इसे मुट्ठी में बंद करोगी, तुम इसे मार दोगी। यदि तुमने मुट्ठी खुली रखी तो वह बनी रहेगी। कभी भी उसके बने रहने की अपेक्षा मत करो और वह वहां बनी रहेगी। यदि तुमने कुछ आशा या अपेक्षा करनी शुरू कर दीं, तब तुम बाधाएं सृजित करोगी।

हां! यह घटा है। लेकिन अब तुम्हें और भी कहीं अधिक सजग रहना होगा कि यह कहीं नष्ट न हो जाये। यह इतनी अधिक कठिन नहीं है – जब यह नहीं घटी थी, तब भी यह इतनी कठिन न थी, यह कार्य इतना अधिक कठिन और सख्त नहीं है। असली काम तभी प्रारम्भ होता है जब इसका घटना शुरू हो जाता है, क्योंकि तब तुम्हें बहुत-बहुत अधिक सावधान और बहुत सचेत होना होता है। एक ही क्षण की मूर्च्छा में तुम इसे नष्ट कर सकती हो।

पांचवां प्रवचन

पर्त दर पर्त

एक सूफी सद्गुरु अजनाबी ने कहा – "मुल्ला फीरोज को पत्र लिखकर उससे कहो कि मेरे पास उससे खतोकिताबत करने के लिए कोई भी समय नहीं है, और इसीलिए उसके खत के उत्तर में मुझे कुछ भी नहीं कहना है।"

उसके शिष्य आमिनी ने कहा – "क्या इस पत्र के द्वारा आपका उद्देश्य उसे क्रोधित करना है?"

अजनाबी ने कहा – "वह पहिले कुछ मेरे लिखे पत्रों से नाराज और खीझा हुआ है। उसकी वही नाराजगी मेरे इस पत्र लिखने का कारण है। मेरा कुछ लिखना, जो उसे नाराज बनाता है, मेरा मकसद उसे वैसा ही नाराज बनाना है, जैसा वह खुद है।"

आमिनी ने कहा – "और यह पत्र उसे और भी अधिक क्रोधित कर देगा।"

अजनाबी ने कहा – "हाँ! जो कुछ मैंने उसे पहिले लिखा था, वह उसे पढ़कर क्रोध से भर गया था, लेकिन उसने अपने उस क्रोध का निरीक्षण नहीं किया था जो मेरा मकसद था। उसने सोचा कि वह मेरा निरीक्षण कर रहा था, जब कि वह केवल क्रोध का अनुभव कर रहा था। अब मैं उसके क्रोध को उत्तेजित करने के लिए यह खत लिखा रहा हूं, जिससे वह यह देख सकेगा कि वह क्रोधित है। मेरा मकसद आदमी को यह अहसास कराने के लिए है कि मेरा काम एक दर्पण जैसा है, जिसमें वह उसमें खुद अपने को देख सके।"

आमिनी ने कहा – "सामान्य दुनिया के सांसारिक लोग हमेशा उनका आदर करते है, जो किसी अनिष्ट की आशंका से क्रोध प्रकट करते है।"

अजनाबी ने कहा – "एक बच्चा अपने उस बड़े का सम्मान कर सकता है जो उसके हाथ से कांटा निकालने की कोशिश किसी अनिष्ट की आशंका से करता है। बच्चे को विकसित होने से रोकने की कोशिश करने के लिए क्या यह न्यायसंगत है?

आमिनी ने कहा – "और यदि बच्चा अपने उस बड़े व्यक्ति के विरुद्ध जो उसका कांटा निकालता है, अपने मन में कोई असंतोष और बैर पहिले से पाले हुए हैं तब?

अजनाबी ने कहा – "बच्चे ने वास्तव में किसी असंतोष या द्वेष को पहिले से आश्रय नहीं दिया है, क्योंकि उसके अंदर ही कोई चीज ऐसी है, जो सत्य को जानती है।"

आमिन ने पूछा – "लेकिन तब क्या होता है, यदि वह कभी भी स्वयं को नहीं जान पाता और फिर भी यह कल्पना किये चले जाता है कि दूसरे उसके व्यक्तिगत अनुभवों से प्रोत्साहित है।"

अजनाबी ने उत्तर दिया – "यदि वह कभी भी स्वयं को जानने का अनुभव नहीं करता है, तो इससे कोई भी फर्क नहीं पड़ता। जैसे कि वह दूसरे लोगो के बारे में जो कुछ जानता है, उसी वजह से उसमें उसके लिए कभी भी कोई प्रशंसा नहीं हो सकती, क्योंकि वास्तव में दूसरे लोग भी उस जैसे ही है।"

आमिनी ने फिर पूछा – "क्या यह सम्भव नहीं है कि दूसरी बार उसके क्रोध को उकसाने के स्थान पर मुल्ला को यह स्पष्ट कर दिया जाये कि आपके मूल पत्र के द्वारा उन्हें इसी उद्देश्य से विनम्रता-पूर्वक लिखते हुए यह अनुरोध किया गया था, जिससे वह अपने अंदर पूर्व में उठने वाले भावों का पुनर्निरीक्षण कर सकें?"

अजनाबी ने कहा – 'ऐसा किया जाना सम्भव तो है, लेकिन इसका उस पर कोई प्रभाव नहीं पड़ेगा। वस्तुतः इसका उस पर विपरीत प्रभाव ही पड़ेगा। यदि उस व्यक्ति को तर्क द्वारा यह समझाते हो तो वह यह कल्पना कर लेगा कि तुम स्वयं से ही क्षमा मांग रहे हो, और इसके द्वारा उसके मन में जो मनोभाव उठेंगे, वे केवल उसके लिए ही नुकसानदायक होंगे। इस तरह उसे स्पष्ट करने के द्वारा तुम वास्तव में उसका अहित ही करोगे।

आमिनी ने कहा – "क्या इस नियम का इस बारे में कोई अन्य अपवाद नहीं है, जिससे यह व्यक्ति अपनी स्थिति को अपने अनुभव के द्वारा यह सीखने के लिए बाध्य हो जाए कि उसकी जो स्थिति है, उसे लिखकर स्पष्ट नहीं किया जा सकता।"

अजनाबी ने कहा – "इस बारे में अपवाद हैं। लेकिन यदि इस बारे में पर्याप्त अपवाद थे, जिससे इस संसार में कुछ भी फर्क पड़ सकता था, तो मुल्ला फीरोज ने हम लोगों के लिए अब तक ऐसा कोई भी अपवाद छोड़ा ही न होगा।"

मनुष्य का स्वभाव बहुत सरल है, लेकिन उसका व्यक्तित्व ऐसा नहीं है। उसका व्यक्तित्व बहुत जटिल है। व्यक्तित्व एक प्याज की भांति है, कंडीशनिंग,

दुराचरण, और विषैलेपन की कई पर्तें हैं। कई पर्तो के पीछे, जिसे सूफी पर्दे या अवरोध कहते हैं, छिपी हुई है मनुष्य की शुद्ध आत्मा अथवा प्रामाणिक अस्तित्व। लेकिन यह प्रामाणिक अस्तित्व या आत्मा कई पर्दों के पीछे छिपी है, जिसे तुम देख नहीं सकते। और इन पर्दों के पीछे छिपे हुए तुम बाहर के संसार को भी नहीं देख सकते – क्योंकि जो कुछ भी तुम तक पहुँचता है, वह पहुँचने के पूर्व ही उन पर्दो या अवरोधों के कारण प्रदूषित हो जाता है। कभी भी तुम्हारी शुद्ध चेतना तक वह नहीं पहुंच पाता, जैसा वास्तव मे वह हैं, इस बारे में बीच में अर्थ निकालने वाले और व्याख्या करने वाले कई अवरोध हैं।

तुम किसी वस्तु को देखते हो। पहिले तुम्हारे नेत्र और तुम्हारा इन्द्रिय बोध उसे झूठा अथवा असत्य बना देता हैं। तब तुम्हारे आदर्श, तुम्हारा धर्म, तुम्हारा समाज, और तुम्हारे उपासना स्थलों की मान्यताएं, ये सभी उसे असत्य बना देती हैं। तब तुम्हारे मनोवेग उसे असत्य बना देते हैं। और इसी तरह अन्य चीजें उसे प्रदूषित बनाये चली जाती हैं। जिस समय वह तुम तक पहुंचता हैं, वह लगभग मौलिक रूप में कुछ भी नहीं रह जाता, अथवा इतना थोड़ा रह जाता है कि उससे कोई भी फर्क नहीं पड़ता। तुम केवल कोई चीज देख पाते हो, यदि तुम्हारे पर्दे या अवरोध तुम्हें अनुमति देते हैं, और ये पर्दे अधिक अनुमति देते ही नहीं।

वैज्ञानिक, सूफियों से सहमत हैं। वैज्ञानिक कहते हैं कि वास्तविक यथार्थ का हम केवल दो प्रतिशत देख पाते हैं। केवल दो प्रतिशत। अट्ठानवें प्रतिशत से हम चूक जाते हैं। जब तुम मुझे सुन रहे हो, तो जो कुछ तुमसे कहा जा रहा है, तुम उसका केवल दो प्रतिशत ही सुनोगे। अट्ठानवें प्रतिशत खो जायेगा। और जब अट्ठानवे प्रतिशत खो जाता है, तो दो प्रतिशत संदर्भ के बाहर हो जाता हैं। यह कुछ ऐसा है, जैसे मानो तुमने बिना सोचे विचारे किसी उपन्यास के दो पृष्ठ ले लिए – एक यहां से और दूसरा वहां से – और तब तुम इन दो पुष्ठों से पूरे उपन्यास की फिर से रचना प्रारम्भ कर देते हो। अट्ठानवे पृष्ठ खोए हुए हैं। तुम्हारे पास कड़ियाँ जोड़ने के लिए कुछ भी नहीं हैं कि वे क्या थेः तुम यह भी नहीं जानते कि उनमें था क्या। तुम्हारे पास केवल दो पृष्ठ हैं और तुम पूरे उपन्यास का फिर से नवनिर्माण कर देते हो। यह नया निर्माण तुम्हारा आविष्कार है। यह सत्य की कोई खोज न होकर तुम्हारी कल्पना है।

और इस बारे में इस अंतराल को भरने की एक आंतरिक आवश्यकता होती है। जब भी तुम देखते हो कि दो चीजें असंबद्ध है : तो मन के पास उन्हें जोड़ने की एक आंतरिक जल्दबाजी होती है। अन्यथा उसे बड़ी बैचेनी होती है। इसलिए तुम एक श्रृंखला की ईजाद करते हो और फिर बिखरी चीजों को उस श्रृंखला के

साथ जोड़ देते हो, तुम उन दो के मध्य एक पुल बना देते हो। और एक ऐसे संसार की ईजाद किये चले जाते हो, जो वहाँ था ही नहीं।

इसलिए इससे पहिले हम इस छोटे लेकिन सारगर्भित सद्गुरु और शिष्य के मध्य हुए इस अत्यंत ही कीमती सम्वाद में प्रवेश करें, तुम्हें इन पर्तों और अवरोधों को समझना होगा।

गुरुजियेफ इन पर्तों को 'बफार्स' के नाम से पुकारता है। ये तुम्हारी, वास्तविक यथार्थ या सत्य के विरुद्ध सुरक्षा करती हैं। ये तुम्हारे झूठों को शरण देती हैं, ये तुम्हारे सपनों को सुरक्षित रखती है, ये तुम्हारे प्रक्षेपणों की सुरक्षा करती हैं। ये तुम्हें सत्य को संपर्क में आने के लिए अनुमति नहीं देतीं, क्योंकि यह संपर्क ही तुम्हारी मान्यताओं और झूठ को खण्ड-खण्ड कर देता है उस पर आघात पहुंचाता है। मनुष्य केवल झूठ के द्वारा ही जीवित रहना चाहता है।

फ्रीड्रिक नीत्शे के बारे में उल्लिखित है कि उसने कहा – "कृपया असत्य को मनुष्यता से दूर न ले जाओ, अन्यथा मनुष्य जीने में समर्थ न हो सकेगा। मनुष्य असत्य के द्वारा ही जीता है। काल्पनिक कथाओं को अलग मत करो, देवी देवताओं की पौराणिक कल्पित कथाओं को नष्ट मत करो। सत्य मत कहो क्योंकि मनुष्य सत्य से नहीं जी सकता।"

और वह निन्नयानवे प्रतिशत लोगों के बारे में ठीक ही कह रहा है। लेकिन असत्य के द्वारा वहां किस तरह का जीवन हो सकता है? वह अपने आप में एक बड़ा असत्य होगा। और असत्य के द्वारा किस तरह की प्रसन्नता सम्भव है? इस बारे में कोई सम्भावना ही नहीं है, इसीलिए मनुष्यता दुःखी है। सत्य के साथ ही आनंद है, झूठ के साथ वहां केवल दुःख और पीड़ाएं है और इसके सिवा और कुछ भी नहीं है।

लेकिन हम उन झूठों की सुरक्षा किए चले जाते हैं। ये झूठ सुविधाजनक हैं, लेकिन यह तुम्हें आनंद के विरुद्ध, सत्य के विरुद्ध, और परमात्मा के विरुद्ध सुरक्षित बनाये रखते हैं।

सूफी लोग कहते हैं कि मनुष्य ठीक एक प्याज की तरह है। और वह कला है कि कैसे इस प्याज के छिल्कों या पर्तों को हटाते हुए उसके आंतरिक केन्द्र तक पहुंचा जाये।

क्या तुमने कभी किसी प्याज को छीला है? तुम एक-एक पर्त को हटाते जाओ, एक के बाद दूसरी पर्त, फिर तीसरी, चौथी और इसी तरह पर्त दर पर्त। तब एक बिंदु ऐसा आता है कि आखिरी पर्त भी हट जाती है, और तुम्हारे हाथ में केवल शून्यता रह जाती है। यही है – 'फ़ना' हो जाना। यदि तुम अपने अस्तित्व

की पर्तें भी हटाते जाओ तो आखिरी पर्त बक़ा की – आत्मा की होगी – और उसके भी पार होगी शून्यता – फ़ना।

इसे तुम इस ढंग से भी सोच सकते हो : सबसे अधिक अंतरस्थ केन्द्र में वहां होती है शून्यता, शुद्ध आकाश जैसी अस्तित्व हीनता या फ़ना। फ़ना के चारों ओर पहिली पर्त – बक़ा, वैयक्तिकता की जिसे धर्म, आत्म, आत्मन या आत्मा कहते है। लेकिन आत्मा भी तुम्हारे अस्तित्व से पहिले ही एक कदम आगे है। आत्मा पहिले ही से तुम्हारे अस्तित्व से कहीं अधिक दूरी पर है। बुद्ध के पास इसके लिए ठीक शब्द है। वह इसे अनत्ता, अनात्मा कहते हैं। तुम्हारी अंतरस्थ आत्मा एक अनस्तित्व है। वहां कुछ भी नहीं है, अथवा केवल वहां 'कुछ नहीं' है। तो पहिली पर्त, पहिली चहारदीवारी जो तुम्हें घेरे हुए है, वह 'बक़ा' है। वैयक्तिकता है।

यह तुम्हारा सच्चा और प्रामाणिक अस्तित्व है : अस्तित्वहीनता, अस्तित्व के चारों ओर से घिरी है, जिसे अस्तित्व है के नाम से परिभाषित किया जाता है।

प्रामाणिक केन्द्र शून्यता है, लेकिन इस शून्यता की किसी चीज से व्याख्या की जानी है – अन्यथा इस बारे में तुम्हारे और किसी अन्य के मध्य कोई विभाजन नहीं होगा। इसलिए एक पतली, बहुत झीनी अस्तित्व की पर्त तुम्हें विभाजित करती है। लेकिन वह पर्त भी केन्द्र न होकर परिधि ही है। केन्द्र पर है 'फ़ना', मिटना, विसर्जित होना। 'बका' या वैयक्तिकता के बिंदु पर भी तुम परमात्मा से न मिलकर फिर भी उसी स्थान पर रहते हो। तुम्हारे लिए बहुत थोड़ा सा ही बचता है, लेकिन वहां भी अभी भी ठीक एक पतली रेखा होती है – जिसे भी फ़ना में मिटना होता है। तभी तुम परमात्मा में प्रवेश करते हो।

अब दूसरे छोर से प्याज को छीलना प्रारम्भ करो।

पहिली पर्त है प्रदूषित भौतिक इन्द्रिय ज्ञान की। कभी एक क्षण भर के लिए भी यह मत सोचना कि तुम्हारी भौतिक इन्द्रियों का ज्ञान वैसा ही है, जैसा होना चाहिए – वह वैसा है नहीं। इन्द्रियाँ प्रशिक्षित की गई हैं। तुम तभी चीजें देखते हो, यदि तुम्हारा समाज उन्हें तुम्हें देखने की अनुमति देता है। तुम उन्ही ध्वनियों को सुनते हो, जिन्हें सुनने की समाज तुम्हे अनुमति देता है। तुम उन्हीं चीज़ों का स्पर्श करते हो, यदि समाज तुम्हें उन्हें स्पर्श करने की अनुमति देता है।

मनुष्य ने अपना बहुत सा इन्द्रिय बोध खो दिया है। उदाहरण के लिए – गंध। मनुष्य ने गंध का बोध लगभग पूरी तरह खो दिया है। ज़रा एक कुत्ते की और उसकी सूंघने की क्षमता को देखो – उसकी नाक कितनी अधिक संवेदनशील होती है। मनुष्य इस संबंध में बहुत बेचारा दिखाई देता है। हुआ क्या मनुष्य की

नाक का? वह एक कुत्ते या घोड़े की तरह उतनी गहराई से गंध क्यों नहीं ले पाता? घोड़ा मीलों दूर से गंध पा सकता है। कुत्ते के पास गंधों की अत्यधिक स्मृति होती है। मनुष्य के पास इस बाबत कोई स्मृति नहीं होती। कोई चीज है जो उसकी नाक की गंध शक्ति में अवरोध है।

जो लोग इन पर्तों पर बहुत गहराई से कार्य कर रहे हैं वे कहते हैं कि सेक्स का दमन करने से ही गंध खो गई है, शारीरिक रूप से मनुष्य भी दूसरे जानवरों जैसा संवेदनशील होता है, लेकिन मनोवैज्ञानिक रूप से उसकी घ्राण शक्ति दूषित हो गई है। गंध ही तुम्हारे शरीर में सबसे बड़ा कामवासना का द्वार है। जानवरों में गंध के द्वारा ही उन्हें यह अनुभव होना शुरू होता है कि नर, मादा के साथ लयबद्ध है अथवा नहीं? गंध – ही वह सूक्ष्म संकेत होता है। जब मादा, नर से संभोग करने के लिए तैयार होती है, वह एक खास तरह की गंध छोड़ती है। केवल उस गंध के द्वारा ही नर समझ जाता है कि वह स्वीकार कर लिया गया है। यदि मादा के यौन अंगों से वह गंध नहीं छोड़ी जाती, तो नर दूर चला जाता है क्योंकि वह स्वीकार नहीं किया गया।

मनुष्य ने गंध ज्ञान को नष्ट कर दिया है क्योंकि तब तथाकथित सम्य और सुसंस्कृत समाज सृजित करना कठिन हो जाता, यदि तुम्हारी घ्राण शक्ति प्राकृतिक बनी रहती। तुम सड़क पर चले जा रहे हो और एक स्त्री अपनी गंध छोड़ना शुरू करती है, और तुम्हें स्वीकार किए जाने का संकेत देती है। वह किसी अन्य व्यक्ति की पत्नी है और अपने पति के साथ जा रही है। इस बारे में गंध छोड़कर उसने संकेत दे दिया कि तुम उसे स्वीकार हो। तुम करोगे क्या? वह बहुत अधिक अशोभनीय और भद्दा होगा।

तुम्हारी पत्नी तुम्हारे साथ टहलने निकली है और उसके शरीर से कोई भी गंध नहीं निकल रही है, और तभी एक पुरुष उधर से गुजरता है और वह गंध छोड़ कर संकेत देती है। और ये सारे सकेत अचेतना से स्वतः उत्पन्न होते हैं, तुम उन्हें अचानक नियंत्रित नहीं कर सकते। तब तुम सचेत हो जाओगे कि उसकी रुचि दूसरे पुरुष में है, और वह उसका स्वागत कर रही है। उससे मुसीबत खड़ी हो जायेगी। इसीलिए सदियों पूर्व से मनुष्य ने गंध बोध को पूरी तरह नष्ट कर दिया।

यह केवल एक संयोग नहीं है कि सभी सुसंस्कृत देशों में काफी समय शरीर से सभी तरह की गंधों को मिटाने के लिए नष्ट किया जाता है। शरीर की गंध को पूरी तरह नष्ट करने के लिए कई तरह के साबुनों का प्रयोग किया जाता है। फिर शरीर को कई तरह की तीव्र सुगंधों से ढकने का प्रयास किया जाता है।

यह सभी कृत्रिम आवरण हैं, यह वास्तविक यथार्थ या सत्य से जो वहां अभी भी है, बचने के उपाय हैं।

जब तुम प्रेम करते हो, तो स्त्री और पुरुष दोनों ही एक विशिष्ट तरह की गंध छोड़ते हैं। इस गंध को नष्ट किये जाना है, क्योंकि यदि पुरुष स्त्री को प्रेम कर रहा है और स्त्री वास्तव में प्रेम में नहीं है, तो वह गंध नहीं छोड़ेगी। पुरुष को इससे ठेस लगेगी, एक आघात पहुँचेगी। इसीलिए गंध को पूरी तरह नष्ट कर देना, जिससे पुरुष कभी भी यह न जान सके कि स्त्री केवल प्रेम करने का बहाना बना रही थी, और केवल कोरी मुद्राओं द्वारा उसके अंहकार को सहलाते हुए उसे बेबकूफ बना रही थी, कि उसे भी अत्यंत आनंद प्राप्त हो रहा है। और पुरुष संतुष्ट होने का अनुभव करता है क्योंकि स्त्री संतुष्ट दिखाई दे रही है। लेकिन एक बार यदि गंध नष्ट हो जाये, तब उसे वहां खोज पाने का कोई उपाय नहीं है, कि वास्तव में वह संतुष्ट हुई अथवा नहीं।

गंध में बहुत कामुकता और आर्कषण होता है, इसीलिए हमने नाक की घ्राण शक्ति ही नहीं, उसकी भाषा तक को पूरी तरह नष्ट कर दिया है। भाषा में भी तुम इस अंतर को देख सकते हो। देखने का अर्थ होता है – एक वस्तु को समझना, उस वस्तु की सूचना मिलना या सुनना – लेकिन गंध का अर्थ ठीक इसके विपरीत होता है। देखने का अर्थ होता है – देखने समझने की क्षमता होना, लेकिन देखने का अर्थ सूंघने की क्षमता नहीं होता। इसका अर्थ होता है कि तुमसे गंध आ रही है। भाषा में भी दमन प्रविष्ट हो चुका है, और ठीक ऐसा ही अन्य इन्द्रियों के ज्ञान के संबंध में भी हुआ है।

तुम लोगों की आँख से आँख मिलाकर नही देखते, और यदि देखते भी हो तो केवल कुछ ही क्षणों तक। तुम किसी व्यक्ति को वास्तव में नहीं देखते, तुम उससे बचना चाहते हो। यदि तुम किसी को देर तक देखते हो तो इसे आक्रामकता और अविश्वसनीय समझ जाता है। ठीक से स्मरण करो, क्या तुम वास्तव में किसी व्यक्ति को देखते हो? अथवा तुम उनसे दृष्टि चुराते रहते हो?, क्योंकि यदि तुम उनसे दृष्टि नही चुराते तो तुम उस व्यक्ति की कुछ उन चीजों को भी देख लोगे, जो वह दिखाना नहीं चाहता। किसी व्यक्ति की कोई ऐसी चीज देखना, जिसे दिखाने का वह इच्छुक नहीं है, इसे शिष्टता नहीं समझा जाता, इसलिए अच्छा है, उससे बचा जाये, या दूर रहा जाये। हम उसकी बात तो सुनते है, पर उसके चेहरे को नहीं देखते – क्योंकि कई बार उसके कहे शब्द और चेहरा, विरोधी होते है। एक व्यक्ति कह तो कुछ और रहा है और कुछ दूसरी ही चीज प्रदर्शित कर रहा है। धीमे-धीमे हमने चेहरे, आँखें और मुद्राओं को देखने का इन्द्रिय बोध ही

पूरी तरह खो दिया है। हम केवल शब्दों को सुनते हैं। इसका ठीक से निरीक्षण करो और तुम आश्चर्यचकित हो जाओगे कि लोग कहे तो कुछ और जाते हैं पर प्रदर्शित कुछ और ही करते हैं। और किसी भी व्यक्ति को इसका पता तक नहीं चलता, क्योंकि तुम्हें किसी के चेहरे को प्रत्यक्ष रूप से न देखने के लिए ही प्रशिक्षित किया गया है। अथवा यदि तुम देखते भी हो तो उसमें वह सचेतनता और जागरूकता नहीं होती उसमें एक शून्यता होती है, वह लगभग ऐसी होती है जैसे मानो तुम देख ही नहीं रहे हो।

हम चुनकर ही ध्वनियाँ सुनते हैं। हम सभी तरह की ध्वनियों को नहीं सुनते हैं। हम चुनाव करते हैं। जो कुछ भी उपयोगी होता है, हम उसे ही सुनते है? भिन्न समाजों और भिन्न-भिन्न देशों में, भिन्न-भिन्न चीजें मूल्यवान हैं। एक मनुष्य जो आदिम संसार में गहन बनों और जंगलों में रहता है, उसके पास एक अलग तरह की ध्वनियों की ग्राह्यता होती है। उसे निरन्तर जंगली जानवरों से सजग और सचेत रहना होता है। उसका जीवन खतरे में होता है। तुम्हें सजग बने रहने की कोई आवश्यकता नहीं होती। तुम एक सभ्य संसार में रहते हो, जहाँ जंगली जानवरों का कोई अस्तित्व ही नहीं होता और न उनका कोई भय होता है। तुम्हारा अधिक समय तक जीवित रहना दाँव पर नहीं लगा रहता। तुम्हारे कान पूरी कुशलता से कार्य नहीं करते, क्योंकि वहां उनकी जरूरत ही नहीं है।

क्या तुमने किसी हिरण या खरगोश को देखा है? कितने सतर्क और सावधान रहते हैं वे, कितने अधिक संवेदनशील होते हैं वे, हवा से एक सूखा पत्ता भी खड़का और हिरन सजग हो गया। तुम्हें तो उसका पता तक नहीं चलता। और एक महान संगीत जीवन को चारों ओर से घेरे हुए है, एक सूक्ष्म संगीत जीवन के चारों ओर गूँज रहा है, लेकिन हम उससे पूरी तरह बेखबर हैं। एक महान लय गूंज रही है – लेकिन उसे अनुभव करने के लिए कहीं अधिक सजग स्पर्श बोध की आवश्यकता होगी।

इसलिए पहिली पर्त है दूषित भौतिक-इन्द्रियबोध की। हम केवल वही देखते हैं जो देखना चाहते हैं। हमारे पूरे शरीर की बनावट ही विषाक्त हो चुकी है : हमारे शरीर कठोर और रुक्ष बन चुके हैं। हम एक तरह से जमकर ठंडे, बंद और अप्राप्य बनकर जी रहे है, हम जीवन से इतने अधिक भयभीत हैं कि हमने उन सभी तरह की सम्भावनाओं की हत्या कर दी है, जिनके द्वारा जीवन हमसे संपर्क स्थापित कर सकता है।

लोग एक दूसरे का स्पर्श नहीं करते, वे एक दूसरे के हाथों को हाथों में रखकर दबाते नहीं, वे एक दूसरे को आलिंगन में नहीं बाँधते। और जब तुम

किसी व्यक्ति का हाथ थामते हो, तो उलझन में पड़ जाते हो, वह मानसिक रुप से परेशान हो जाता है। फिर भी तुम किसी को आलिंगन में लेते हो, तो ऐसा अनुभव होता है जैसे मानो कुछ चीज गलत हो रही हो। और तुम दूसरे के शरीर से बच निकलने की जल्दी में होते हो, क्योंकि दूसरे का शरीर तुम्हें खोल कर स्पष्ट कर सकता है। दूसरे के शरीर की ऊष्मा तुम्हारे मन का राज खोल सकती है। बड़े बच्चों तक को अनुमति नहीं दी जाती कि वे अपने माता-पिता का आलिगंन करें। इस बारे में उन्हें बहुत बड़ा भय लगता है।

और सभी तरह के भयों की बुनियाद, कही गहरे सेक्स के भय में जड़ें जमाये बैठी है। इस संबंध में सेक्स के विरुद्ध निषेध है। एक माँ अपने पुत्र को आलिंगन में नहीं बांध सकती, क्योंकि इस बात का भय होता है कि पुत्र का सेक्स जाग्रत न हो जाये। एक पिता अपनी पुत्री का आलिंगन नहीं कर सकता। वह डरता है कि वह शारीरिक रूप से जाग्रत हो सकता है। प्रेम की ऊष्मा के कार्य करने के अपने ढंग हैं। शारीरिक रूप से जागृत होने अथवा सेक्स के उत्तेजित होने में कहीं कुछ भी गलत नहीं है। यह सामान्य रूप से इस बात का संकेत है कि कोई जीवंत है, कि कोई व्यक्ति गहरे में जीवंत है। लेकिन सेक्स का निषेध और भय कहता है – बचकर रहो, एक फासला बनाकर दूर रहो।

सुधा का पिता मृत्यु शैय्या पर पड़ा था; वह बहुत वृद्ध था। वह मेरा संन्यासी भी था। और सुधा बहुत अधिक उलझन में थी, क्योंकि मरने से पूर्व उसका हाथ बार-बार अपने यौन-अंगों की ओर जाता था। उनके हाथों को खीचकर अलग करना होता था। और स्वाभाविक रूप से सुधा बहुत चिंतित और उलझन में पड़ी थी। आखिर उसके पिता को क्या हो गया था? क्या वह सेक्स का दमन था? वह क्यों बार-बार अपने हाथों को सेक्स के यौन अंगों की ओर ले जाते थे? और वह लगभग अचेत थे।

ऐसा मरते हुए बहुत से लोगों के साथ होता है। उनमें से एक कारण तो दमन है, लेकिन केवल एक व्याख्या ही। वे लोग अपनी सामाजिक चेतना खो रहे हैं, वे लोग धर्म और समाज द्वारा सोचे गये नीति, नियमों और अनुशासन के ढाँचे को खो रहे हैं। दूषित इन्द्रिय बोध की पहिली पर्त विसर्जित हो रही है और मृत्यु निकट आती जा रही है। और वे फिर से छोटे बच्चे की भांति बनते जा रहे हैं। छोटे बच्चे अपने यौन अंगों के साथ खेलते हैं, वे अभी तक प्रदूषित नहीं हुए हैं। वे अपने शरीरों से प्रेम करते हैं, वे अपने शरीरों से आनंद लेते हैं। वे इस बारे में खेलपूर्ण हैं, वह केवल एक आमोद-प्रमोद है।

अब वह व्यक्ति और अधिक बूढ़ा नहीं रह गया है, वह फिर से कम आयु

का होता जा रहा है। मृत्यु अपने साथ ही पर्तें लिए जा रही है – यह है पहिली बात। और दूसरी बात यह है कि जब एक व्यक्ति मरता है, तो एक क्षण के लिए उसका पूरा इन्द्रिय ज्ञान पूरी तरह जीवंत हो उठता है, जैसा कि वह शुरू में था, जैसे मानो वह कभी प्रदूषित ही नहीं हुआ था। वह दीपक बुझने से पूर्व ज्योति के प्रज्वलित होने जैसा होता है, ज्योति एक क्षण के लिए बहुत सघनता से पूरी चमक से प्रकाशित हो उठती है। ठीक ऐसा ही तब घटता है जब जीवन बिदा हो रहा होता है। एक क्षण के लिए जीवित रहने का वह अंतिम प्रयास होता है और कोई एक अपनी संपूर्ण संवेदनशीलता और चमक के साथ प्रज्वलित हो उठता हैं।

एक दूसरा कारण भी होता है – जब एक व्यक्ति मरता है तो वर्तुल पूरा हो जाता है – स्वाभाविक रूप से मृत्यु, जीवन के बहुत अधिक निकट होती है। मृत्यु जीवन के बहुत अधिक निकट है और यह जीवन के प्रगति की पराकाष्ठा होती है। सेक्स ऊर्जा से ही जीवन जन्मता है और जीवन वापस सेक्स ऊर्जा की ओर ही लौटता है।

लेकिन हमारा पूरा इन्द्रिय बोध दूषित हो गया है। हमने उसे स्वाभाविक बने रहने की अनुमति ही नहीं दी है – इसीलिए मनुष्य ने अपनी निर्दोषता, गरिमा, गौरव और शान खो दी है। यह है पहिली पर्त। और इन सभी इन्द्रियों के दमन के कारण ही शरीर चरम उत्तेजना के शिखर तक पहुंचने से वंचित हो जाता है। वहां कोई भी आनंद नहीं रह जाता। ऐसा स्त्री और पुरुष दोनों के ही साथ, लगभग इसी तरह से होता है, लेकिन स्त्री की अपेक्षा पुरुष कहीं अधिक गहरे तक प्रदूषित हो जाता है – क्योंकि पुरुष पूर्णतावादी है, वह पूर्णतावादी होने के विचार से ग्रस्त है। एक बार उसे यह विचार पकड़ लेता है, फिर वह उसकी पराकाष्ठा तक जाने का प्रयास करता है। स्त्रियां कहीं अधिक व्यावहारिक, कम पूर्णतावादी, कम पागल, कहीं अधिक यथार्थवादी, अधिक संतुलित, कम बुद्धिमान लेकिन अधिक अंतर्ज्ञान वाली होती हैं। वे अंतिम छोर तक नहीं जाती हैं। यह अच्छा है कि स्त्रियां पुरुष जितनी पागल नहीं बनती – और यही कारण है कि वे फिर भी कुछ गरिमा, कुछ शान, कुछ कविता और अपने अस्तित्व में बचाकर बनाए रखती हैं। लेकिन समाज द्वारा दोनों ही प्रदूषित कर दिए जाते हैं, दोनों ही कठोर और असंवेदनशील बन जाते हैं। पुरुष अधिक स्त्रियां कुछ कम, लेकिन दोनों में अंतर केवल कुछ डिग्री का होता है।

इस पर्त के कारण प्रत्येक चीज जो शरीर में प्रविष्ट होती है, उसे इस पहिले अवरोध से होकर गुजरना होता है और यह पर्त या अवरोध उसमें हेर-फेर करने,

उसकी अपनी व्याख्या करते हुए अपना नया रंग देती है, उसमें प्रक्षेपण करते हुए नई ईजाद करते हुए उसे नष्ट करती है – और वास्तविकता नये वस्त्र बदल कर कुछ और ही हो जाती है। जब यह पर्त विसर्जित होती है, जबकि योग का पूरा प्रयास है : तुम्हारे शरीर को जीवंत, संवेदनशील और फिर से युवा बनाने का, तुम्हारी इन्द्रियों को सर्वाधिक क्रियाशील बनाने का और तभी कोई अपने चारों ओर बिना किसी निषेघ के कार्य कर पाता है, और तभी बोधगम्यता, दीप्ति और सौंदर्य प्रवाहित होता है। फिर से ऊष्मा और खुलापन उत्पन्न होता है और विकास होता है। कोई एक निरन्तर नूतन और युवा होता जाता है और हमेशा एक साहसिक अभियान पर गतिशील रहता है।

शरीर उत्तेजना के चरम बिंदु पर पहुंचता है और चारों और एक आनंद घटता है। आनंद घटने के द्वारा ही पहिला प्रदूषण नष्ट होता है। इसीलिए मेरा आग्रह शरीर को स्वीकार करते हुए उत्सवमय रहते हुए जीवन को समारोहपूर्वक जीते हुए आनंदित रहना है। उसे केवल स्वीकार ही नहीं करना है, बल्कि कृतज्ञता का भी अनुभव करना है कि परमात्मा ने हमें इतना अधिक सुंदर और संवेदनशील शरीर दिया है, जिसमें संसार के यथार्थ सौंदर्य से जोड़ने के लिए इतने अधिक द्वार है : आंखें, कान और नाक है, और स्पर्श करने को हाथ हैं। अपनी-अपनी सभी खिड़कियों के द्वार खोल दो और जीवन की बयार को अंदर आने दो। अधिक संवेदनशील बनना सीखो, संवेदनशील होने के लिए प्रत्येक अवसर का उपयोग करो, जिससे यह पहिली पर्त गिर सके।

यदि तुम दूब के लॉन पर बैठे हुए हो, तो यू ही व्यर्थ में उसे खींचते उखाड़ते हुए नष्ट मत करो। मैं पहिले 'संध्या-दर्शन' का कार्यक्रम लॉन पर ही किया करता था, फिर मुझे वह बंद करना पड़ा, क्योंकि लोग लॉन पर बैठे हुए घास खींचकर उखाड़कर उसे नष्ट करते थे। मुझे वह बंद करना पड़ा। लोग इतने अधिक हिंसक हैं, अचेतन रूप से हिंसक हैं, और वे नहीं जानते कि वे क्या कर रहे है? और उन्हें बार-बार इस बारे में बताया जाता है, लेकिन कुछ मिनटों में ही वह इसे भूल जाते हैं। वे इतने अधिक अशांत रहते थे कि वे यह नहीं जानते थे कि वे क्या कर रहे हैं। जैसे घास उनकी बैचेनी और अशांति के लिए ही उपलब्ध थी, जिससे वे उसे उखाड़ कर नष्ट कर सकें।

जब तुम घास के लॉन पर बैठे हो, अपनी आंखें बंद कर लो, और घास ही बन जाओ। अनुभव करो कि तुम घास ही हो घास के हरेपन का अनुभव करो, उसके नर्म होने का अनुभव करो। उसकी सूक्ष्म गंध का अनुभव करो, जो निरन्तर उसके द्वारा मुक्त की जा रही है। घास पर ओस की बूंदों का अनुभव

करो – जैसे वह तुम्हारे ऊपर ही पड़ी हों। घास पर खेल करती सूरज की किरणों का अनुभव करो। एक क्षण के लिए उसमें खो जाओ, और तुम्हें अपने शरीर में एक नया इन्द्रिय-बोध होगा। और इसे सभी तरह की स्थितियों में करो : नदी में, तरण-ताल में, समुद्र तट पर धूप में लेटकर, रात में चन्द्रमा को देखजे हुए और आंखें बंद किए रेत पर लेटे हुए रेत का स्पर्श महसूस करते हुए।

तुम्हारे शरीर को जीवंत बनाने के लिए, वहां लाखों अवसर हैं, और केवल तुम ही उन्हें कर सकते हो। समाज ने तो तुम्हें प्रदूषित करने का कार्य पूरा कर दिया, अब तुम्हें उसे अनकिया करना होगा।

और एक बार तुम प्रसन्नता के द्वारा सुनना, देखना, स्पर्श करना और सूंघना शुरू कर दो, तभी तुम सत्य को सुन सकते हो, तभी तुम सत्य को देख सकते हो, तभी तुम सत्य की सुवास ले सकते हो।

दूसरी पर्त है – 'कंडीशनिंग' की : सामाजिक, राजनीतिक, धार्मिक और आदर्शवादी विश्वास पद्धतियां। विश्वास आधारित व्यवस्था तुम्हें सम्वादहीन बनाती है। यदि तुम हिन्दू हो और मैं मुसलमान हूं, तुरन्त ही उस जगह कोई सम्वाद नहीं रह जाता। यदि तुम एक मनुष्य हो और मै एक मनुष्य हूं, तो उस जगह सम्वाद होता है। लेकिन यदि तुम एक साम्यवादी हो और मै एक फासिस्ट – तो बातचीत बाधित हो जाती है। विश्वास करने वाली सारी विधियाँ सम्वाद सम्प्रेषित करने के संबंध में विनाशकारी हैं, और पूरा जीवन और कुछ भी नहीं बल्कि एक सम्वाद सम्प्रेषण है – वृक्षों के साथ सम्वाद स्थापित करना, नदियों के साथ सम्वाद स्थापित करना, सूरज और चाँद के साथ संपर्क स्थापित करना, व्यक्तियों और पशुओं के साथ सम्वाद स्थापित करना। यह सम्वाद सम्प्रेषण ही है। जीवन एक सम्वाद है।

जब तुम विश्वास की विधियों से बोझिल हो जाते हो तो सम्वाद नष्ट हो जाता है। तुम वास्तव में कैसे सम्वाद कर सकते हो? तुम पहिले ही से अपने विचारों से भरे हए हो और तुम सोचते हो कि तुम पूरी तरह ठीक हो। जब तुम किसी दूसरे को सुन रहे हो, तुम बस शालीनता के नाते सुन रहे हो, अन्यथा तुम सुनना ही नहीं चाहते। तुम जानते हो कि ठीक क्या है और तुम सामान्य रूप से यह प्रतीक्षा कर रहे हो, कि जैसे ही व्यक्ति अपनी बातें समाप्त करे, तब तुम उस पर छलांग लगा दो। हाँ! इस बारे में वाद-विवाद, तर्क-वितर्क हो सकता है, लेकिन इस संबंध में कोई सम्वाद स्थापित नहीं हो सकता है। दो विश्वासों के मध्य वहां सम्वाद होने की कोई सम्भावना नहीं है। विश्वासों से मित्रता नष्ट हो जाती है, विश्वासों से मनुष्यता नष्ट हो जाती है, विश्वासों से सम्पर्क नष्ट हो जाते हैं।

इसीलिए यदि तुम देखना, सुनना और ध्यान से समझना चाहते हो, तब तुम्हें अपनी विश्वासों की व्यवस्था को छोड़ना होगा। तुम न तो हिन्दू हो सकते हो, न तुम मुसलमान हो सकते हो और न तुम ईसाई हो सकते हो। तुम इस तरह की व्यर्थ की बातों को गवारा नहीं कर सकते, तुम्हें बिना विश्वासों के बहुत बोधपूर्ण होना होगा।

एक व्यवस्था के पिंजरे में कैद तुम अनुपलब्ध रहते हो और दूसरा तुम्हारे लिए उपलब्ध नहीं होता। लोग बिना, खिड़कियों के घरों की भांति बंद भटक रहे हैं। हाँ! तुम निकट आ सकते हो, कभी किसी दूसरे से तुम टकरा भी सकते हो – लेकिन तुम कभी मिलते नहीं। हाँ, कभी-कभी तुम एक दूसरे को छू लेते हो, लेकिन तुम कभी मिलते नहीं। तुम बात तो कर सकते हो लेकिन कभी भी कुछ सम्प्रेषित नहीं कर सकते। प्रत्येक व्यक्ति धर्म और समाज द्वारा दिए गये नीति, नियमों, अनुशासन और आदतों के ढाँचे में बंधा व्यक्ति है, प्रत्येक अपने चारों ओर अपना बंदीघर साथ लिए हुए उसे ढोये चल रहा है। इसे छोड़ना होगा।

विश्वास एक तरह का दम्भ निर्मित करते हैं, और विश्वास खोज को अवरुद्ध कर देते हैं, क्योंकि कोई भी भयभीत हो जाता है। हो सकता है तुम्हारे सामने कोई ऐसी चीज आई हो जो तुम्हारे विश्वास के विरुद्ध हो – तब होगा क्या? वह तुम्हारी सारी व्यवस्था को अस्तव्यस्त कर देगा, इसीलिए अच्छा यही है कि खोज की ही न जाये। एक मूर्खता भरे मृत और सीमाबद्ध संसार तक ही सीमित होकर रहा जाये और कभी उसके पार न जाया जाये। यह तुम्हें जैसे मानो टाइप का ज्ञान देता है – जैसे मानो कोई जानता है। तुम कुछ भी नहीं जानते – तुम परमात्मा के बारे में कुछ भी नहीं जानते, लेकिन फिर भी तुम्हारा परमात्मा के बारे में एक विशिष्ट विश्वास है। तुम सत्य के बारे में कुछ भी नहीं जानते, लेकिन तुम्हारे पास सत्य के संबंध में एक सिद्धान्त है। यह मानो शब्द बहुत खतरनाक है। यह एक तरह की मन की सम्मोहित स्थिति है।

पुरुष और स्त्रियां यह सभी 'कंडीशंड' है, यद्यपि कुछ अलग-अलग तरह से। पुरुष 'कंडीशंड' है आक्रामक बनने के लिए, प्रतियोगी बने रहने के लिए, नियंत्रक और अहंकारी बने रहने के लिए। पुरुष को एक भिन्न तरह के कार्य के लिए तैयार किया गया है : शोषक बनने के लिए, अत्याचार और उत्पीड़न करने के लिए और मालिक बनने के लिए। स्त्रियों को विश्वासों की पद्धति देकर गुलाम बनाया गया है। उन्हें सिखाया गया है कि वे कैसे समर्पित बनें। उन्हें एक बहुत-बहुत छोटा और सीमित संसार दिया गया है, घर-परिवार का। उनका पूरा जीवन उनसे ले लिया गया है। लेकिन एक बार यह विश्वास की पद्धति उनमें

स्थायी रूप से बस जाती है, तो स्त्री उसे स्वीकार कर लेती है, और उसी में सीमित बनी रहती है। और पुरुष अपनी विश्वास व्यवस्था को स्वीकार कर लेता है और उसी में सीमित बना रहता है।

पुरुषों को सिखाया गया है कि वे रोयें नहीं, आंसू बहाना पुरुषोचित नहीं है, इसीलिए पुरुष रोते नहीं। अब यह किस तरह की मूर्खता है? रोना और आंसू बहाना कभी-कभी इतना अधिक रोगों का प्रभावी उपचार होता है, कि उसकी जरूरत होती है, वह बहुत जरूरी होता है, वह भारमुक्त करना है। पुरुष अपने ऊपर दुःखों का भार ढोये चले जाते हैं क्योंकि वे रो नहीं सकते, चीख नहीं सकते, वह पुरुषोचित नहीं होता। और स्त्रियों को रोना और चीखना सिखाया गया है। यह पूरी तौर से स्त्रियोचित है, इसीलिए वे वहां भी रोये और चीखे चली जातीं हैं, जहां उसकी आवश्यकता भी नहीं होती – यह ठीक एक विश्वास करने की व्यवस्था है। वे लोग उन पर नियंत्रण रखने के लिए इस व्यूहरचना का प्रयोग करते हैं।

स्त्री जानती है कि तर्क के द्वारा वह दूसरे पर विजय प्राप्त करने में समर्थ नहीं है, लेकिन वह रो सकती है, और यह विधि कारगर होती है। इसीलिए यही उसका तर्क बन जाता है।

पुरुष को एक तरह से प्रदूषित किया गया है – वह रो नहीं सकता। और स्त्री को दूसरी तरह से प्रदूषित किया गया है – वह रोना चीखना शुरू करती है, और रोने चीखने को, नियंत्रण स्थापित करने के लिए एक रण कौशल की भांति उसका प्रयोग करती है। उसका रोना-चीखना राजनीति बन जाता है – और जब तुम्हारे आंसू राजनीति से प्रेरित होते हैं, तो वे अपना सौंदर्य खो देते हैं, वे कुरूप और भद्दे होते हैं।

यह दूसरी कंडीशनिंग अर्थात धर्म और समाज द्वारा थोपे नियम, अनुशासन और आदतों के ढांचे से छुटकारा पाना, सबसे अधिक कठिन चीजों में से एक होता है, और बहुत जटिल होता है। तुम एक विशिष्ट राजनैतिक विचार धारा रखते हो, एक विशिष्ट धार्मिक विचार धारा और हजारों दूसरी चीजें तुम्हारे मन में एक साथ मिश्रित हो जाती है। ये सभी इतना अधिक तुम्हारा ही एक भाग बन जाती हैं, कि तुम यह नहीं सोच पाते कि वे तुमसे भिन्न हैं। जब तुम कहते हो – 'मैं एक हिन्दू हूं', तुम यह नहीं कहते कि मेरे पास हिन्दू धर्म या हिन्दुत्व के विचार हैं, नहीं, तुम कहते हो – 'मैं एक हिन्दू हूं। तुम हिन्दुत्व के साथ तादात्म्य जोड़ लेते हो। यदि हिन्दुत्व ख़तरे में होता है, तो तुम सोचते हो कि मैं खतरे में हूं। यदि कोई व्यक्ति एक मंदिर जला देता है, तुम सोचते हो कि तुम खतरे में

हो। अथवा यदि कोई व्यक्ति कुरान जला देता है, तुम सोचते हो कि तुम खतरे में हो, क्योंकि तुम मुसलमान हो।

इस विश्वास करने की व्यवस्था को छोड़ना है। तब समझ उत्पन्न होती है, तब खोज करने की तैयारी होती है, और तभी निर्दोषता का जन्म होता है। तभी तुम चारों और से एक रहस्य और एक आश्चर्य से घिर जाते हो। तब जीवन फिर और एक ज्ञात वस्तु नहीं रह जाती, वह एक साहसिक अभियान बन जाता है। वह इतना अधिक रहस्यमय होता है कि तुम उसकी खोज किये चले जाते हो, फिर इस बारे में उसका कहीं अंत नहीं होता। और तुम कभी विश्वास निर्मित नहीं करते, तुम न जानने की स्थिति में बने रहते हो। इसी स्थिति पर सूफ़ी बहुत अधिक ज़ोर देते हैं और ऐसा ही ज़ेन सद्‌गुरु भी करते हैं – वास्तव में संसार भर के सभी महान सद्‌गुरु इसी स्थिति पर जोर देते हैं। यदि वे सभी किसी एक बात पर सहमत हैं, तो वह स्थिति 'न जानने' की ही है।

निरन्तर न जानने की यह स्थिति में ही बने रहो। यदि तुम्हें कुछ चीज़ जानना घटे, तो उससे भी कोई विश्वास निर्मित मत करो। उसे भी छोड़ते चलो, उसे भी फेंकते जाओ। उसे अपने आस-पास चारों ओर रहने मत दो, अन्यथा देर-सबेर वह एक सख्त पपड़ी बन जायेगी, और तुम फिर से जीवन को उपलब्ध न हो सकोगे। हमेशा एक छोटे बच्चे जैसे बने रहो, तभी सम्वाद होना सम्भव होता है। जब दो व्यक्ति, जो न जानने की स्थिति में होते हैं, बात करते हैं, तो वहां मिलन होता है और कोई सम्वाद घटित होता है। फिर वहां कोई भी बाधाएँ नहीं होती। तुम मुझे समझने में केवल तभी समर्थ हो सकोगे, यदि तुम न जानने की स्थिति में हो, क्योंकि मैं निरन्तर उसी स्थिति में रहता हूं।

मेरे साथ सम्वाद तभी सम्भव है यदि तुम यह विश्वास करने की व्यवस्था छोड़ दो, अन्यथा वे मार्ग में अवरोध बन जायेंगे।

तीसरा अवरोध और तीसरी पर्त है – नकली तर्क-वितर्क, विचार शीलता, स्पष्टीकरण और बहाने। यह सभी उधार लिए हुए है। इनमें से एक भी तुम्हारा प्रामाणिक अनुभव नहीं है, लेकिन वे तुम्हें एक तरह का संतोष देते हैं। तुम सोचते हो कि तुम एक बहुत समझदार और विचारशील व्यक्ति हो। तुम उधार के तर्क-वितर्क और प्रमाण इकट्ठे कर, समझदार नहीं बन सकते हो। प्रामाणिक समझ केवल तभी जन्मती है, जब तुम प्रज्ञावान बनो। और स्मरण रहे इस बारे में एक बुद्धिजीवी अथवा विद्वान और वह व्यक्ति जिसे मैं प्रज्ञावान कहता हूं, में बहुत बड़ा अंतर है। विद्वान या बुद्धिजीवी व्यक्ति तो नकली तर्क जाल के पीछे छिपा रहता है। उसकी दलीलें बहुत तर्कपूर्ण हो सकती हैं, लेकिन वे कभी भी

संतुलित और उचित नहीं हो सकतीं। उसका तर्क और युक्तियां ठीक नकली होंगी और वे युक्ति संगत प्रतीत होगी।

ध्यान से सुनो, मैंने सुना है...

एक व्यक्ति डूब रहा था। वह चिल्लाया – "मेरी सहायता करो। मैं तैर नहीं सकता।"

नदी तट पर बैठे तम्बाखू चबाते हुए बूढ़े व्यक्ति ने कहा – "मैं दोनों में से कुछ भी नहीं कर सकता। लेकिन मैं इस बारे में घबरा नहीं रहा हूं।"

अब यह बात पूरी तरह तर्कयुक्त है – "तुम इस बारे में कैसे घबरा सकते हो? तुम स्वयं तैर नहीं सकते और न मैं तैरना जानता हूं। इसीलिए खामोश ही रहो।"

लेकिन तुम नदी के किनारे बैठे हुए हो और वह नदी में डूब रहा है, स्थिति भिन्न है ओर प्रसंग भिन्न है।

जब बुद्ध कोई बात कहते हैं, तुम उस बात को दोहरा सकते हो, लेकिन संदर्भ अलग है। जब मुहम्मद किसी बात को कहते हैं, तुम ठीक उसी बात को दोहरा सकते हो, लेकिन उसका अर्थ वही बात नहीं होगी – क्योंकि संदर्भ ही अलग है। और संदर्भ ही महत्वपूर्ण होता है, न कि वह जो तुम कहते हो। महत्वपूर्ण वह नहीं है, जो तुम कहते हो, लेकिन महत्वपूर्ण यह है कि तुम हो कौन?

मैने सुना है...

अपने पापों की स्वीकृति बिलखते-रोते करते हुए डोनेगन ने कहा – "धर्मपिता! मैंने कुछ इतना अधिक बुरा काम किया है, कि उसे सुनकर आप मुझे चर्च से बाहर उठाकर फेंक देंगें।"

पादरी ने पूछा – मेरे पुत्र! आखिर तुमने ऐसा क्या काम किया है? डोनेगन ने कहा – "कल मेरी अपनी पत्नी ने मेरे सामने अपना कमरबंद ढीला किया और उसने मुझे इतना अधिक उत्तेजित कर दिया कि मैंने उसे अपनी ओर घसीट कर उसके कपड़े झपट कर उतार दिए और उसे फर्श पर पटक कर, तुरंत वहीं उसके साथ सेक्स किया।"

पादरी ने कहा – "यह थोड़ा सा असामान्य जरूर है। लेकिन इसमें धर्म से बहिष्कृत करने का कोई कारण नहीं है।"

– क्या आप निश्चित रूप से मुझे चर्च से बाहर फेंकने तो नहीं जा रहे?"

– "निश्चित रूप से नहीं।"

डोनेगन ने कहा – "फिर ठीक है। उन लोगों ने मुझे सुपरमार्किट के बाहर फेंक दिया था।"

यह सभी कुछ संदर्भ पर निर्भर करता है, कि तुम कौन हो, तुम कहां किस स्थान पर हो। यह निर्भर करता है कि तुम किस दृष्टिकोण से और किस तजुरबे से बोल रहे हो। मैं उन्हीं शब्दों का प्रयोग करता हूं जिनका प्रयोग तुम करते हो, लेकिन उनका वही अर्थ नहीं होता। जब मैं बोलता हूं तो उन शब्दों का उच्चारण मैं करता हूं, और जब तुम बोलते हो उन शब्दों का उच्चारण तुम करते हो। शब्द वही होते हैं, लेकिन वे अलग-अलग स्थानों से आते हैं, और वे अपने साथ एक भिन्न अर्थ, भिन्न संकेत, भिन्न स्वाद और सुवास तथा भिन्न संगीत साथ लिए हुए चलते हैं।

नकली विचार शक्ति, केवल विचारशक्ति का आभास देती है, वह जानना नहीं होता है। वह बहाने खोजने की खातिर अधिक होती है, वह तर्क-वितर्क करते हुए अपने को ठीक सिद्ध करने के लिए अधिक होती है। इस तरह धोखा देने में पुरुष चित्त कुछ कुशल होता है। यही पुरुष मन की विशेषता है। उसने इस कला को बहुत गहराई से सीखा है। यह अवरोध या पर्त पुरुष के मन में बहुत मजबूत होती है।

प्रामाणिक विचार-शक्ति केवल तभी जागती है, जब नकली विचार शक्ति को छोड़ दिया जाता है। क्या होती है प्रामाणिक विचार शक्ति?

कार्ल जैस्पर ने इसे बहुत कुशलता से स्पष्ट किया है। वह कहता है – "विचार शक्ति में खुलापन होता है, स्पष्टता होती है, और उसमें अस्तित्व से एकता का संकल्प होता है। विचारशक्ति तर्क का प्रयोग करती है, उसकी विधियां और समझ की श्रेणियां ठीक उनके पार जाने के लिए होती हैं।" विचार शक्ति, प्रज्ञा की सर्वोच्च खिलावट है। लेकिन नकली विचार-शक्ति नहीं। नकली से सावधान रहो। असली और प्रामाणिक सदा एक सेतु की भांति होती हैं, और नकली सदा एक अवरोध होती है।

यह तीसरी नकली विचार शक्ति और तर्क करने की प्रणाली तुम्हारे अस्तित्व में सबसे बड़ी बाधाओं में से एक है।

चौथी पर्त है – भावुकता और उद्विग्नता। यह एक नकली अनुभूति है, 'कुछ

नहीं' के बारे में बहुत अधिक झमेला और हंगामा। स्त्री-चित्त इसका बहुत बड़ा विशेषज्ञ है। यह एक तरह की निष्फलता है, जो ठीक सतह पर होती है। यह नपुंसक सहानुभूति है, यह कोई भी कार्य नहीं करती। यदि कोई व्यक्ति रुग्ण है, तुम उसकी बगल में बैठ कर रोते हो। तुम्हारे रोने से कोई सहायता मिलने वाली नहीं है। घर में आग लगी है और तुम रो रहे हो। इससे किसी को भी कोई सहायता नहीं मिलती। इस झूठी अनुभूति को खोजना है, अन्यथा तुम कभी न जान सकोगे कि सच्ची अनूभूति क्या होती है। सच्ची अनुभूति अपने को संबद्ध करना और एक प्रतिबद्धता होती है। यह केवल सहानुभूति न होकर किसी के व्यक्तित्व को उभारना होता है। यह क्रिया होती है।

तुम जब भी अपने हृदय में वास्तव में कुछ अनुभव करते हो, तो यह तुम्हें तुरन्त रूपान्तरित कर देता है, वह क्रिया बन जाता है। यही इसकी कसौटी है – तुम्हारा अनुभव एक क्रिया बन जाता है। यदि तुम्हारा अनुभव केवल एक अनुभव ही बना रहता है ओर कभी भी कोई कर्म नहीं बनता, तब अच्छी तरह से जानना कि वह नकली है। तब तुम अपने आप को, अथवा दूसरे को धोखा दे रहे हो।

लोग कई बार मेरे पास आते हैं और कहते हैं – "भगवान! हम आपके लिए बहुत अधिक प्रेम का अनुभव करते हैं। हम समझते हैं, जो आप कहते है, लेकिन..."

यह 'लेकिन', वह सभी कुछ नष्ट कर देता है, जो इससे पहिले उन्होंने कहा था। वे कहते हैं – "हम अनुभव करते हैं कि आप जो कुछ कह रहे है, वह ठीक है, आप जो कुछ कर रहे हैं वह भी ठीक है, लेकिन हम संन्यासी नहीं बन सकते।"

यदि तुम यह अनुभव करते हो कि जो कुछ मैं कर रहा हूं वह ठीक है, यदि तुम यह अनुभव करते हो कि जो कुछ मैं कर रहा हूं वह सत्य है, तब तुम संन्यासी बनने को कैसे टाल सकते हो? यह असम्भव है। तब तुम्हारा अनुभव कर्म बन जाना चाहिए, तब तुम्हारा अनुभव प्रतिबद्धता बन जाना चाहिए – अन्यथा उसका महत्व ही क्या है?

कोई भी कभी अपने हृदय के विरुद्ध नहीं जाता। यदि तुम अभी भी अपने हृदय के विरुद्ध जा रहे हो, तब तुम्हारे पास एक नकली हृदय होना चाहिए – एक बहानेबाज हृदय। ठीक जैसे कि तीसरी पर्त, पुरुषों की कार्य कुशलता का क्षेत्र है, चौथी पर्त क्षेत्र है – स्त्रियों की कार्य-कुशलता का।

पांचवी पर्त है, दूषित, विषैली मूल प्रवृतियों के दमन का, रूप और आकृति की विकृत करने का।

गुरुजिएफ कहा करता था कि तुम्हारे सारे केन्द्र एक दूसरे को ढक रहे हैं, अस्तव्यस्त होकर एक दूसरे में व्यवधान उत्पन्न करते रहे हैं, एक दूसरे में अनधिकृत रूप से प्रविष्ट हो रहे हैं और तुम नहीं जानते कौन सा केन्द्र कहां है। प्रत्येक केन्द्र स्वयं अपना कार्य बहुत सुंदर रूप से कर रहा है, लेकिन जब वह किसी दूसरे केन्द्र के कार्य में दखल देना शुरू कर देता है, तब वहां बहुत बड़ी कठिनाई उत्पन्न होती है, तब पूरी व्यवस्था अस्त-व्यस्त हो जाती है।

उदाहरण के लिए यदि तुम्हारा काम... केन्द्र एक सेक्स सेंटर के रूप में ही कार्य करता है, तो यह पूरी तरह ठीक है, लेकिन लोगों ने इतना अधिक दमन किया है कि बहुत से लोगों का सेक्स सैंटर यौन अंगों में न रहकर, उनके सिर में गतिशील हो जाता है। इसी को एक केन्द्र का दूसरे को ढकना या 'ओवरलेपिंग' करना कहते हैं। अब वे अपने सिर या बुद्धि के द्वारा ही प्रेम करते हैं – इसीलिए अश्लील नग्न साहित्य को देखने पढ़ने का इतना अधिक महत्व है। यहां तक कि अपनी स्त्री को भी प्रेम करते हुए तुम किसी दूसरी सुंदर अभिनेत्री के बारे में सोचते रहते हो – कि तुम उसके साथ ही प्रेम कर रहे हो और तभी अचानक तुम अपनी स्त्री से प्रेम करने में दिलचस्पी लेने ले पाते हो। वास्तव में तुम्हारी अपनी स्त्री अस्तित्व में है ही नहीं। यह वास्तव में विकृत किस्म का सेक्स है। तुम अपनी स्त्री से प्रेम नहीं कर रहे हो, मन में तुम किसी अन्य स्त्री के साथ प्रेम कर रहे हो, जो वहां है ही नहीं। तुम अपनी खोपड़ी में कल्पनाएं किये चले जाते हो।

धार्मिक दमन ने तुम्हारे सभी केन्द्रों को अस्त-व्यस्त कर दिया है। यह देख पाना भी कठिन हो गया है कि तुम्हारे सभी केन्द्र पृथक हैं। और अपने क्षेत्र में प्रत्येक केन्द्र का कार्य करना पूरी तरह ठीक है, लेकिन जब वह दूसरे के क्षेत्र में व्यवधान डालता है तभी समस्याएं उत्पन्न होती हैं। तब इस बारे में तुम्हारी समग्रता ही भ्रमित हो जाती है। तब तुम नहीं जानते कि कौन कहां है।

सेक्स का रूपान्तरण किया जा सकता है, जब वह अपने केन्द्र तक सीमित हो, सिर में होने पर उसका रूपान्तरण नहीं किया जा सकता। उसने अपने सिर में एक नकली केन्द्र सृजित कर लिया है।

मैंने सुना है...

समय-समय पर संतों को स्वर्ग से पृथ्वी पर वेष बदल कर जाने की अनुमति दी जाती है। संत थेरेसा की बहुत समय से यह इच्छा थी कि वह हालीवुड का भ्रमण करें, लेकिन जिब्राइल जो उस समय वहां का इंचार्ज था, उसने सोचा

— कि एक संत भी फिल्मों की राजधानी का भ्रमण करने के बाद बिना किसी हानि के लौटने में समर्थ न हो सकेगा।

किसी विशिष्ट परिस्थिति में ही ऐसा घटता हैं। किसी तरह समझा-बुझा कर संत थेरेसा ने उसे फुसला कर आश्वस्त किया कि उसे वापस लौटने में कोई नुकसान न होगा। और वह पृथ्वी को जाने वाले पहिले उपलब्ध बादल पर सवार होकर यात्रा पर चल पड़ी।

हफ्ते खिंचकर महीने हो गये, और पृथ्वी से उसका कोई समाचार न मिलने पर चिंतित होकर जिब्राइल ने लॉसएंजिल्स के द्वारा फोन मिलाया।

संबंध जुड़ जाने पर फोन की घंटी बजी ओर अंत में एक आवाज सुनाई दी — ' मैं यहां से 'टेरी' बोल रही हूं। आप कौन हैं? ओह जैबी डार्लिंग ! ओह! तुम्हें सुनते हुए बहुत अधिक अच्छा और अद्‌भुत लग रहा है।"

अब संत थेरेसा, वह संत थेरेसा नहीं रह गई, वह टेरी बन गईं। और जिब्राइल भी अब उसके लिए जिब्राइल न रह गया — वह जैबी डार्लिंग बन गया। हालीवुड ने संत थेरेसा को प्रदूषित कर दिया।

तुम्हारे तथा कथित संत संसार से दूर भाग रहे हैं, ये सभी दमित लोग हैं। यदि उन्हें अवसर उपलब्ध कराये जायें तो वे तुमसे भी अधिक नीचे गिर जायेंगे। वे लोग किसी तरह नर्क के भय और स्वर्ग के लालच के कारण ही अपने को पीछे जाने से रोके हुए हैं। लेकिन तुमने भय और लालच के कारण जिस चीज का भी दमन किया है, वह वहां बनी हुई है। वहां वह केवल बनी ही नहीं है, वह अप्राकृतिक, विकृत होकर तुम्हारे चेतन और अचेतन के गहरे राज्य में चली गई है। और तब इसे समूल नष्ट करना बहुत कठिन हो जाता है।

गुरुजियेफ एक सूफ़ी था। उसकी पूरी शिक्षा सूफ़ी सद्‌गुरुओं से ही उद्‌भूत है। उसने पश्चिमी संसार का उन विधियों से परिचय कराया कि कैसे प्रत्येक केन्द्र को चिह्नित किया जाये, और कैसे प्रत्येक केन्द्र को अपने क्षेत्र में कार्य करने की अनुमति दी जाये। सिर का जहां तक संबंध है, उसे बस विचार प्रक्रिया तक ही कार्य करने की अनुमति दी जाये।

क्या तुमने कभी इसका निरीक्षण किया है?

कभी-कभी कुछ लोग मेरे पास आते हैं और कहते हैं — 'मेरा ख्याल है कि मैं आपसे प्रेम करता हूं।' मैं सोचता हूं, कि मैं आपसे प्रेम करता हूं। प्रेम का, ख्याल से या सोचने विचारने से कोई काम है ही नहीं। तुम कैसे सोच सकते हो कि

तुम मुझसे प्रेम करते हो? लेकिन वे लोग नहीं जानते कि कैसे हृदय के केन्द्र से सीधे प्रत्यक्ष रूप में कार्य किया जाये। हृदय को सिर या बुद्धि के माध्यम से ही कार्य करना है। वे सामान्य रूप से यह नहीं कह सकते – 'मैं आपसे प्रेम करता हूं।'

परसों रात ही एक सुंदर इटालियन महिला ने संन्यास लिया। मैंने उसे नया नाम दिया – 'प्रेम निसंग', वह एक हृदय प्रधान स्त्री थी, कुछ चीज अनूठी थी उसमें। वह इतनी अधिक प्रसन्न हुई कि उसने लगभग नाचना प्रारम्भ कर दिया। वहां कुछ भी कहने की ज़रूरत ही नहीं थी, उसका पूरा शरीर ही उसे कह रहा था। वह एक ऐसे आनंद में जाकर प्रसन्नता से किलकने लगी कि तुम उस दशा को हजारों ढंग से अभिव्यक्त कर सकते हो, लेकिन फिर भी उसमें उतनी गहराई नहीं होगी, जितने गहरे परमानंद में वह डूबी हुई थी। मैं नहीं कह सकता कि वह क्या कह रही थी, लेकिन वह कुछ इटैलियन भाषा में बुदबुदा रही थी, लेकिन उसका चेहरा, उसकी आंखें, उसके हाथ और पूरा शरीर ही उसे अभिव्यक्त कर रहा था। उसकी भाषा को समझने की कोई जरूरत भी नहीं थी, भाषा असंगत थी। जब तुम कुछ भी हृदय से कहते हो, तो किसी भाषा की कोई आवश्यकता नहीं होती। और जब तुम सिर से कहते हो तो केवल भाषा ही उसे अभिव्यक्त कर सकती है, और उसे कहने का कोई दूसरा उपाय है ही नहीं।

देखो और उसका निरीक्षण करो। सिर को सोचने विचारने का कार्य करने दो ओर हृदय को अनुभव और अनुभूति का। काम-केन्द्र को सेक्स का कार्य करने दो। प्रत्येक चीज को अपने ढंग से कार्य करने दो। अपनी यांत्रिकता को अनुमति मत दो कि एक केन्द्र को दूसरे से मिलने दे, अन्यथा तुम अपनी मूल प्रवृत्तियों को प्रदूषित कर दोगी।

जब तुम्हारी मूल प्रवृत्ति, सहज स्वाभाविक निषेधरहित, स्वयं प्रवर्तित ओर बिना किसी अवरोधक के होती है, तो तुम्हारे शरीर में भी एक पारदर्शिता और लयबद्धता होती है, और वहां भौंरे के गुंजार की ध्वनि गूंजती रहती है।

यह पांचवी पर्त या अवरोध में पुरुष अधिक कुशल होते हैं।

छठवीं पर्त है – प्रदूषित अंतर्दृष्टि की। वहां अंतर्दृष्टि नाम की एक अन्य महत्वपूर्ण चीज भी होती है, जिसके प्रति हम लगभग सचेत हैं ही नहीं। हम नहीं जानते कि अंतर्ज्ञान या अंतर्दृष्टि नाम की कोई चीज होती भी है या नहीं – क्योंकि यह छठी पर्त बहुत गहरे में है। वे पांच पर्तें इतनी अधिक मोटी हैं कि कोई कभी भी इस छठी का अनुभव ही नहीं कर पाता।

अंतर्बोध, विचारशक्ति और तर्क से पूरी तरह अलग तरह की एक चीज होता है। विचार, तर्क करता है, विचार किसी निष्कर्ष पर पहुंचने के लिए एक विधि का प्रयोग करता है। अंतर्बोध एक छलांग लगाता है – एक लम्बी छलांग। वह किसी विधि को नहीं जानता। वह बिना किसी विधि के सहज रूप से ही निष्कर्ष पर पहुंच जाता है।

यहां ऐसे बहुत से गणितज्ञ हुए कि वे किसी भी तरह की गणित की समस्या का समाधान, बिना उसकी विधि में जाये बिना ही कर देते हैं। उनका कार्य करने का ढंग, अंतर्ज्ञान होता था। तुम उन्हें बस समस्या बतलाओं, कोई गणित का प्रश्न करो, और तुम्हारे कहते ही वह उसका हल बतला देते हैं। इस बारे में समय का कोई अंतराल होता ही नहीं। तुम उसे बतला ही रहे थे, और जिस क्षण तुम अपना प्रश्न समाप्त करते हो, अथवा तुम्हारे समाप्त करने से पूर्व ही, उसका निष्कर्ष या उत्तर सामने आ जाता है। गणितज्ञ हमेशा इन अनूठी घटनाओं से उलझन में पड़ते रहे हैं। ये लोग – ऐसा कैसे कर पाते हैं? यदि कोई गणितज्ञ इस समस्या को हल करने जा रहा है तो वह तीन घंटे अथवा दो घंटे अथवा कम से कम एक घंटा तो लेगा ही। यहां तक कि एक कम्प्यूटर भी कम से कम कुछ मिनट तो लेगा ही, लेकिन ये लोग एक क्षण भी तो नहीं लेते। तुम उसे पूछो भर ओर तुरन्त ही...

इसलिए अब गणित में अंतर्ज्ञान, एक पहिचाना हुआ तथ्य है। जब विचार और तर्क असफल हो जाते हैं, केवल अंतर्ज्ञान ही कार्य कर सकता है। और सभी महान वैज्ञानिक इसके प्रति सचेत हो गए हैं : कि उनकी सारी खोजें और आविष्कार तर्क से नहीं, बल्कि अंतर्ज्ञान या अंतर्दृष्टि से हुए हैं।

मैडम क्यूरी किसी विशिष्ट समस्या पर पिछले तीन वर्षों से कार्य कर रही थी, और कई दिशाओं से उसे हल करने का प्रयास कर रही थीं। हर दिशा से वे असफल हो जाती थी। एक रात बुरी तरह थक कर वह सोने चली गईं और उन्होंने तय किया, यह घटना लगभग बुद्ध जैसी ही है, उस रात उन्होंने तय किया – "अब यह सब कुछ पर्याप्त हो चुका। मैंने अपने तीन वर्ष नष्ट कर दिये। यह खोज व्यर्थ और मूर्खतापूर्ण प्रतीत होती है। मुझे इसे छोड़ना ही होगा।" उस रात उन्होंने उसे व्यर्थ जान कर ही छोड़ दिया और जाकर सो गईं।

रात में वह अपनी नींद में उठीं, वह अपने मेज पर गईं और प्रश्न का उत्तर लिखा। तब वे फिर जाकर गहरी नींद में चली गईं। सुबह होने पर उन्हें कुछ भी याद नहीं था, लेकिन उत्तर वहां मेज पर मौजूद था। और उस कमरे में दूसरा कोई और था भी नहीं, और यदि कोई दूसरा होता भी, तो भी उससे उत्तर आना

सम्भव नहीं था। वह तीन वर्षों से कार्य कर रही थीं – और उस युग के महान मस्तिष्कों में से उनका मस्तिष्क बहुत अनूठा था। लेकिन वहां कोई भी नहीं था और हल वहां मेज पर मौजूद था। तब उन्होंने और अधिक सूक्ष्मता से निरीक्षण किया, वह उत्तर उसकी अपनी ही लिखावट में था। तभी अचानक रात में देखे स्वप्न उनके दृश्य पटल पर उभरा। उन्हें याद आया जैसे मानो रात में वह एक स्वप्न देख रही थीं, जिसमें वह मेज पर बैठी हुई कुछ लिख रही थी। तब धीमे-धीमे हर चीज स्पष्ट होने लगी। वह विचार और तर्क द्वारा नहीं किसी अन्य दूसरे ही द्वार से निष्कर्ष पर पहुंची थीं। वह अंतर्ज्ञान था।

बुद्ध छः वर्ष तक समाधि को उपलब्ध करने के लिए संघर्ष करते रहे, लेकिन उसे न पा सके। एक दिन उन्होंने उसे प्राप्त करने का पूरा विचार ही छोड़ दिया। वह एक वृक्ष के नीचे विश्राम करने लगे और सुबह होते ही वह घटना घट गई। जब उन्होंने अपने नेत्र खोले, तो अपने को समाधि में ही पाया।

लेकिन पहिले विचार शक्ति को थकना होगा। अंतर्ज्ञान केवल तभी कार्य करता है, जब विचार शक्ति चुक जाती है। अंतर्ज्ञान या अंतर्बोध कोई प्रक्रिया नहीं है, वह समग्र रूप से समस्या से छलांग लगाकर किसी निष्कर्ष पर पहुंचना है। यह एक सरल व छोटा मार्ग है, यह एक बिजली की कौंध की भांति है।

हम लोगों ने अंतर्ज्ञान को प्रदूषित कर दिया है। मनुष्य का अंतर्बोध तो लगभग पूरी तरह से ही प्रदूषित हो गया है। स्त्रियों का अंतर्बोध अभी उतना अधिक प्रदूषित नहीं हुआ है – यही वजह है स्त्रियों के अंदर अचानक कूबड़ जैसा कोई विचार उभरता है, यह ठीक अंतर्बोध का ही एक छोटा सा भाग है। इसे सिद्ध नहीं किया जा सकता। तुम हवाई जहाज की यात्रा पर उड़ान भरने जा रहे हो, और तभी तुम्हारी स्त्री कहती है कि वह नहीं जा रही है और तुम्हें भी यात्रा करने की अनुमति नहीं देगी। वह अनुभव करती है जैसे मानो कुछ गलत घटने जा रहा हो। अब यह व्यर्थ की बात है। तुम्हें बहुत अधिक कार्य करना है, हर चीज की पहिले से योजना बनी हुई है और तुम्हें उड़ान पर जाना ही है, लेकिन तुम्हारी स्त्री तुम्हें जाने की अनुमति नहीं दे रही है। और अगले दिन तुम समाचार-पत्र में पढ़ते हो कि वह हवाई जहाज जिससे तुम जाने वाले थे, उसका अपहरण कर लिया गया अथवा वह दुघर्टना ग्रस्त हो गया और सभी यात्रियों की मृत्यु हो गई!

अब यह स्त्री यह नहीं बता सकती कि वह कैसे जानती थी यह बात। इस बारे में कुछ जानने का कोई रास्ता है ही नहीं। यह बात ठीक एक कूबड़ की तरह उभरी थी उसके मन में। उसकी आंख फड़की थी, या किसी दुर्घटना की

पगध्वनि सुनी थी उसने। लेकिन स्त्री में यह बहुत अधिक प्रदूषित नही हैं, यही कारण है कि यह ठीक एक बिजली की तरह कौंधता है।

जब सभी पांचों पर्तें विसर्जित हो जाती है, और तुम पहिले से जड़ें जमाये विचारों को छोड़ देते हो – क्योंकि तुम्हें सही सिखाया गया है कि किसी निष्कर्ष या निर्माण पर पहुंचने के लिए विचार शक्ति ही केवल एक द्वार है – लेकिन जब तुम विचार और तर्क की दृढ़ता और स्थिरता को छोड़ देते हो, तभी अंतर्बोध की खिलावट होना शुरू हो जाती है। तब वह केवल एक बिजली की कौंध की तरह ही नहीं होती, वह एक निरन्तर उपलब्ध होने वाला स्रोत बन जाता है। तुम अपनी आंखें बंद कर उसके अंदर डुबकी लगा सकते हो और तुम हमेशा उससे ठीक दिशा निर्देश पाते हो।

तभी तो फिशर होफमैन जैसे व्यक्ति भी सोचते है कि यह पथप्रदर्शक की भांति है, यदि इस विधि से वास्तव में अंदर जाया जा सके...। यह है बहुत कठिन, क्योंकि पहिले उन पांच पर्तों या अवरोधों से होकर गुज़रना होगा। और मैं नहीं सोचता कि अधिकतर लोग इसे करने में समर्थ भी हो सकेंगे, यहां तक कि वे लोग भी जो फिशर होफमैन के उपचार विधि को जानते हैं। लेकिन यह विचार पूरी तरह ठीक है यदि वे पांच पर्तें तोड़ दी जाती है, तब तुम्हारे अंदर कोई चीज उत्पन्न होती है जिसे पथ प्रदर्शक कहा जा सकता है। तुम हमेशा अपने अंतर्बोध की ऊर्जा में से होकर गुज़र सकते हो, और तुम हमेशा ठीक परामर्श पाओगे। पूरब में इसी को 'अंतर्गुरु' अथवा तुम्हारा 'अंतर्स्वामी' कहकर पुकारते हैं। एक बार तुम्हारा अंतर्बोध कार्य करना शुरू कर दे, फिर तुम्हें परामर्श लेने के लिए बाहर जाकर किसी बाहर के गुरु से पूछने की कोई आवश्यकता नहीं है।

अंतर्ज्ञान को स्वयं के साथ लयबद्ध बनाना है, स्वयं के साथ पूरी समग्रता से, और इस लयबद्धता से कहीं अज्ञात से समाधान उत्पन्न होते हैं।

और सातवीं तथा अंतिम पर्त है – नकली आत्म, अहंकार जो धोखा देता है, ठगता है! जो अनूठे, विशिष्ट और एक अपवाद होने की धारणा उत्पन्न करता है और किसी को स्वयं अपनी कुछ चीज अलग करने का विचार देता है...और तुम नहीं जानते कि तुम कौन हो, और तुम यह भी नहीं जानते कि तुम्हारी वह चीज क्या है।

अहंकार का यह विचार तुम्हें प्रदूषित किये चले जाता है। तब तुम सत्य को भी नहीं सुन सकते। और यह प्रतिदिन एक समस्या बनता जाता है।

ठीक परसों ही मैं हन्ना के बारे में बात कर रहा था। जो कुछ मैं कह रहा था, वस्तुतः उसे समझने के स्थान पर, वस्तुतः मेरी करुणा का अनुभव करने की

अपेक्षा – क्योंकि इसके सिवा अन्य कुछ मैं कहता ही क्यों? वह तुरन्त ऑफिस में गई और दर्शन में भाग लेने का अनुमति पत्र जो उसके पास था, उसने उसे निरस्त करा दिया। वह बहुत अधिक नाराज हो गई। अभी मैं उसके अहंकार के बारे में बात कर रहा था, लेकिन उसे देखने की अपेक्षा, उसने उसी अहंकार से फिर आचरण किया। वह फिर स्पष्ट रूप से चूक गई।

और उससे अगले दिन मैं प्रगति के बारे में बात कर रहा था। वह हन्ना से बेहतर है। उसने दर्शन में सम्मिलित होने की अनुमति मांगी और उसने उसे प्राप्त भी कर लिया। वास्तव में वह भी मेरी बात से बहुत अधिक विचलित हो गया था, उसका रोम-रोम कांपने लगा था, उसे हज़्म कर पाना बहुत कठिन था। बहुत कठिन था उसे निगलना। लेकिन उसने भरपूर प्रयास किया कि वह उस आवश्यक बात को देख और समझ सके। जितना अधिक वह कर सकता था। उसने वह हर सम्भव प्रयास किया।

अथवा उदाहरण के लिए मैं चिन्मय पर निरन्तर बार-बार हथौड़ा चलाता हुआ उस पर चोटें करता रहा। मैंने कभी भी किसी अन्य व्यक्ति पर इतनी अधिक चोटें नहीं की, जितनी चिन्मय पर की; लेकिन उसने उसे पूरी तरह ठीक से लिया। उसने ठीक उसी तरह से लिया, जिस तरह से उसे लेना चाहिए था। और प्रत्येक हथौड़े की चोट उसका विकास बन गई, प्रत्येक चोट ने उसकी सहायता की – और वह निरन्तर प्रगति की ओर गतिशील है।

हन्ना वहीं रूक गई। उसका मुझसे सम्पर्क भी टूट सकता है। और यह आखिरी पर्त है। एक बहुत सूक्ष्म, स्वयं के होने का बोध। जब ये सात पर्तें टूटती हैं, तभी तुम बक़ा की स्थिति में आते हो – प्रामाणिक वैयक्तिकता होती है, तभी वहां प्रामाणिक अनस्तित्व की सम्भावना होती है। असली या प्रामाणिक वैयक्तिकता अर्थात बक़ा की स्थिति से तुम फ़ना में छलांग लगा सकते हो। तब तुम स्वयं अपने आप को परमात्मा को अर्पण कर सकते हो। यही है वह पूरी विधि या प्रक्रिया।

अब सद्गुरु और उसके शिष्य के मध्य हुआ यह सुंदर सम्वाद। अब तुम इसे समझने में समर्थ हो सकोगे।

> सूफ़ी सद्गुरु, अजनाबी ने कहा – "मुल्ला फीरोज़ को पत्र लिखते हुए उसे बताओ कि मेरे पास उससे खतो किताबत करने का कोई वक्त नहीं है, और उसके खत के उत्तर में मुझे कुछ भी नहीं कहना है।"

उन दिनों मुल्ला फीरोज़ निश्चित रूप से एक बहुत बड़ा विद्वान या आलिम रहा होगा। मुल्ला का अर्थ होता है – एक पंडित, एक विद्वान एक बहुत उच्च शिक्षित व्यक्ति। अजनाबी के वक्तव्य से वह जरूर ही बहुत अधिक खीझा होगा, बहुत अधिक नाराज हुआ होगा। इस बारे में सद्‌गुरु चोट करने के लिए ही होते हैं। और जब वहां कोई जानने वाला व्यक्ति हो तो, सबसे बड़ा आघात उन लोगों को लगता है, जो सोचते हैं कि वे जानते हैं और वास्तव में कुछ भी नहीं जानते। विद्वान व्यक्ति तुरन्त ही खीझ उठता है, क्रोधित हो जाता है – क्योंकि स्वयं को जानने वाले व्यक्ति के पास जानने का स्वयं का स्रोत होता है, और वह उसी स्थान से बात करता है। और जानकारियां बटोरने वाला विद्वान धर्मशास्त्रों में देखता और खोजता है। उनको जांचने के लिए उसके पास कोई भी स्रोत नहीं होता, स्वयं का उसके पास कोई प्रामाणिक अनुभव नहीं होता। वह झूठे तर्क-वितर्क, झूठे अहंकार, नकली विचारों, मौखिक जानकारियों और विश्वास, व्यवस्था आदि इन्ही सभी बातों के साथ जीता है।

सूफ़ी सद्‌गुरू, अजनाबी ने कहा – "मुल्ला फीरोज़ को पत्र लिखते हुए उसे सूचित करो कि मेरे पास उससे पत्रव्यवहार करने का कोई भी समय नहीं है, और उसके पत्र के उत्तर में मुझे कुछ भी नहीं कहना है।"

उसके शिष्य आमिनी ने कहा – "क्या इस पत्र के साथ आपका उद्देश्य उसे और नाराज करना है?

हमेशा से ही सद्‌गुरु का उद्देश्य तुम्हें खिझाने और नाराज करने का होता है, क्योंकि यदि तुम खीझते हो, क्रोधित होते हो, केवल तभी तुम बदल सकते हो। यदि तुम नाराज होते हो तभी वहां कोई सम्भावना है, तभी तुम आगे बढ़ना शुरू होते हो।

अजनाबी ने कहा – 'वह पहिले ही से मेरे लिखे कुछ पत्रों से नाराज और खीझा हुआ है। उसकी वही नाराज़गी मेरे इस पत्र लिखने का कारण है। मेरा कुछ भी लिखना, जो उसे क्रोधित करता है, मेरा मकसद उसे उतना ही क्रोधित कर देना है, जैसा वह स्वयं है।

यही उसका उद्देश्य था और वह पूरा हो गया। वह मुल्ला जैसे व्यक्ति को, एक विद्वान व्यक्ति को खिझाना और क्रोधित करना चाहता था।

आमिनी ने कहा – "और यह पत्र तो उसे और भी अधिक क्रोधित बना देगा।"

अजनाबी ने कहा – "हां! जो कुछ मैंने उसे पहिले लिखा था, जब वह उसी को पढ़ कर क्रोध से भर गया, लेकिन उसने अपने उस क्रोध का निरीक्षण नहीं किया, जो मेरा उद्देश्य था। उसका ख्याल था कि वह मेरा निरीक्षण कर रहा था, लेकिन वह केवल क्रोध का ही अनुभव कर रहा था, अब मैं उसके क्रोध को उत्तेजित करने के लिए यह खत लिखवा रहा हूं। जिससे वह यह देख सकेगा कि वह क्रोधित है। मेरा मकसद आदमी को यह अहसास कराने के लिए है कि मेरा काम एक दर्पण की तरह है जिसमें वह स्वयं अपने आप को देख सके।"

इस बात को तुम्हें अपने मन में निरन्तर सुरक्षित रखना है, क्योंकि यह प्रतिदिन यहां घट रहा है। यदि मैं कुछ कहता हूं, तो इस बारे में कभी भी कोई फिक्र मत करो। यह मत सोचो कि इसे मैंने क्यों कहा, वस्तुतः इसके विपरीत, तुम स्वयं अपने अंदर झांक कर देखो कि उसने तुम पर क्या प्रभाव डाला। मैंने कोई बात हन्ना के बारे में कही। अब इस बारे में दो सम्भावनाएं हैं। वह सोच सकती है – "यह व्यक्ति गलत है, यह मुझे हीन बनाकर मेरा अनादर कर रहा है, और कुछ इसी तरह की चीजें वह सोच सकती है। तब वह महत्वपूर्ण चीज से चूक गई। लेकिन यदि वह स्वयं को देखना और निरीक्षण करना प्रारम्भ करती है, 'कि मैं क्यों क्रोध कर रही हूं? मेरे अंदर खीझ और नाराजगी होने का कारण क्या है? मैं क्यों विचलित और परेशान हूं? तब वह ठीक रास्ते पर है। तब वह मेरे इतने अधिक निकट आ जायेगी, जितनी अधिक निकट वह पहिले कभी भी न थी।

हमेशा इसे स्मरण रखो। मैं जो कुछ भी कहता हूं, मैं जिस तरह से कहता हूं और मैं क्यों कहता हूं – इस बारे में तुम्हारे पास तय करने का कोई रास्ता ही नहीं है। इस बारे में तुम्हारे समझने के लिए भी कोई मार्ग नहीं है। इस स्थिति में ठीक अभी तुम जो सब कुछ कर सकते हो, वह यह देखना भर है कि तुम्हारे साथ क्या घटता है। यदि मैं तुम्हारे चेहरे पर थप्पड़ मारता हूं तो चिंतित मत होना कि मैंने तुम्हें थप्पड़ क्यों मारा – या तो मैं क्रोधी हूं अथवा आक्रमक हूं अथवा हिंसक हूं – इस बारे में ज़रा भी फिक्र मत करना। बस अपनी आंखें बंद कर लो और ध्यान में उतर कर देखो कि तुम क्यों क्रोध और खीझ का अनुभव कर रहे हो? आखिर क्यों? अपने मन का निरीक्षण करो। उससे तुम्हें सहायता मिलेगी।

यही कारण है कि मैं मध्यम श्रेणी के साधारण और उदासीन लोग यहां नहीं

चाहता, जो केवल कौतूहल के कारण यहां मुझे सुनने आये हैं। यह कोई विद्यालय नहीं है, और न यहां कुछ भी सिखाया जाता है। यह तो ठीक एक रासायनिक प्रयोगशाला है, और यहां कुछ घट रहा है। यह रूपान्तरण की एक प्रक्रिया है। यदि तुम्हें यह याद रहता है,

तभी तुम्हारा बहुत अधिक लाभ हो सकेगा।

हां, जो कुछ मैंने उसे पहिले लिखा था, तो वह उसे पढ़कर क्रोध-से भर गया था, लेकिन उसने अपने इस क्रोध का निरीक्षण नहीं किया था, जो मेरा उद्देश्य था। उसने सोचा कि वह मेरा निरीक्षण कर रहा था, जब कि वह केवल क्रोध का ही अनुभव कर रहा था। अब मैं उसे फिर से उसके क्रोध को उत्तेजित करने के लिए लिख रहा हूं।"

सद्गुरु कह रहा है – "करुणावश ही मैं दूसरा अवसर भी दूंगा।"

जिससे वह देखेगा कि वह क्रोध में है। मेरा मकसद आदमी को यह अहसास कराने के लिए है कि मेरा काम एक दर्पण की तरह है, जिसमें वह स्वयं अपने आप को देख सके।

एक सद्गुरु इसके लिए ही होता है : वह एक दर्पण होता है, जिसमें तुम स्वयं अपने आप को देख सको। यदि कभी तुम्हें अपना चेहरा भद्दा और कुरूप दिखाई देता है, तो दर्पण को तोड़ने का प्रयास मत करो – प्रयास करो अपने चेहरे को बदलने का। दर्पण को तोड़कर तुम सुंदर नहीं बन जाओगे, दर्पण से पीछा छुड़ाकर तुम सुंदर नहीं बनोगे।

कल पूरे दिन निरन्तर प्रदीप पलायन करने के बारे सोचता रहा : यहां से कैसे दूर भागा जाये? लेकिन बार-बार उसे यह स्मरण आता रहा और ठंड़ा होता गया, यद्यपि बार-बार यहां से भागकर पलायन कर जाने का विचार उसे अपनी ओर खींच रहा था। यह स्वाभाविक है, और यह बात समझ में आती भी है। लेकिन यदि तुम कुछ क्षणों के लिए ही स्मरण कर सकते हो और दर्पण में अपना चेहरे को देख चले जाते हो, तो देर-सबेर तुम्हें बदलना ही होगा।

वहां केवल दो ही सम्भावनाएं है : या तो तुम दर्पण से दूर भाग जाओ – तब तुम अपना चेहरा कभी न देख सकोगे और तुम यह विश्वास कर सकते हो कि तुम

सुंदर हो, अथवा तुम दर्पण में अपने चेहरे को देख चले जाओ, अपनी कुरूपता को देखते ही जाओ। और सभी तरह की विधियां और पद्धतियां तुम्हारे लिए इसीलिए उपलब्ध कराई गई हैं, जिससे तुम अपने चेहरे में परिवर्तन ला सको।

ठीक कुछ ही दिनों पूर्व एक व्यक्ति मेरे पास आया, और उसने मुझसे संन्यास लिया। उसने कहा कि वह एक सौंदर्य प्रसाधन के पार्लर का संचालक है। मैंने उससे कहा – 'मैं भी ठीक यही काम करता हूं, मैं लोगों के मनों का उपचार कर उन्हें सुंदर बनाता हूं। मैं लोगों के चेहरे बदल देता हूं – न केवल उन चेहरों को जिन्हें तुम बाहर से देख सकते हो, बल्कि उन चेहरों को भी जो मौलिक चेहरे हैं, जो सभी तरह की बाह्य आकृतियों और पर्तों के पीछें कहीं गहरे में छिपे हुए हैं।

आमिनी ने कहा – सामान्य संसार के लोग अर्थात सांसारिक व्यक्ति हमेशा उन लोगों का आदर करते हैं, जो किसी अनिष्ट की आशंका से क्रोध प्रकट करते हैं।

वह क्या था जो हन्ना ने सोचा? वह क्या था, जो कुछ क्षणों के लिए प्रगीत ने भी सोचा? वह क्या था जो चिन्मय भी शुरू के दिनों में सोचा करता था? लेकिन अब वह उस बिंदु के पार चला गया है। मैं उस पर इतनी अधिक चोटें करता रहा। तुम कितने समय तक सोचते रहोगे, एक न एक दिन उसे सजग बनना ही होगा कि कहीं कुछ न कुछ चीज स्वयं उसके ही अंदर गलत है, और उसे उसको ही छोड़ना है।

अजनाबी ने कहा – "एक बच्चा अपने उस बड़े को आदर दे सकता है जो किसी अनिष्ट की आशंका से उसके हाथ में लगे कांटे को निकालने का प्रयास करता है। बच्चे को विकसित होने से रोकने के लिए कोई प्रयास करना क्या न्यायसंगत है?

आमिनी ने कहा – "और यदि बच्चा उस बड़े व्यक्ति के प्रति जो उसका कांटा निकालता है, अपने मन में कोई बैर या असंतोष पहिले से पाले हुए हो, तब?"

अजनाबी ने कहा – ''बच्चे ने वास्तव में किसी असंतोष अथवा द्वेष को पहिले ही से कोई आश्रय नहीं दिया है, क्योंकि उसके अंदर ही कुछ चीज ऐसी है, जो सत्यता जानती है।"

यह वक्तव्य अत्यधिक मूल्यवान है। हां तुम्हारे अंदर ही कुछ चीज ऐसी है जो सत्य को हमेशा से जानती है। हन्ना में भी कुछ चीज ऐसी है जो सत्य को जानती है। यह असम्भव है कि वह सत्य को न जाने। यह हो सकता है कि बहुत अधिक स्पष्ट न हो, धुंधली हो – लेकिन तुम्हारे अंदर कुछ चीज ऐसी है, जो हमेशा सत्य को जानती है।...वह है करुणा के कारण, प्रेम के कारण, इसीलिए तुम पर चोटें की जाती है। अन्यथा इस बारे में ऐसा करने की कोई जरूरत ही नहीं है।

आमिनी ने उनसे पूछा – "लेकिन तब क्या होता है, यदि वह कभी भी स्वयं को नहीं जान पाता और फिर भी यह कल्पना किये चले जाता है कि दूसरे लोग उसके व्यक्तिगत अनुभवों से प्रोत्साहित हैं।"

अजनाबी ने उत्तर दिया – "यदि वह स्वयं को कभी भी नहीं जान पाता, तो इससे कोई भी फर्क नहीं पड़ता, जैसे कि वह दूसरे लोगों के बारे में जो कुछ भी जानता है, इसी वजह से उसमें उसके लिए कभी भी कोई प्रशंसा नहीं हो सकती, क्योंकि वास्तव में दूसरे लोग भी उस जैसे हैं।"

आमिनी ने फिर पूछा – "क्या यह सम्भव नहीं है कि दूसरी बार उसके क्रोध को उकसाने के स्थान पर, मुल्ला पर यह स्पष्ट कर दिया जाये, कि आपका मूल पत्र उन्हें इसी उद्देश्य से विनम्रता पूर्वक लिखते हुए यह अनुरोध किया गया था, जिससे वह पूर्व में अपने अंदर उठने वाले नकारात्मक भावों का पुनर्निरीक्षण कर सके।"

शिष्य का यह बहुत तर्कसंगत दृष्टिकोण है, लेकिन स्मरण रहे कि कभी-कभी तर्क और न्यायसंगत चीजें बहुत उपयोगी नहीं होतीं। वे कार्य नहीं करतीं। यह शिष्य जो कुछ कह रहा है, तुम अवश्य ही उससे सहमत होगे। यह बहुत-बहुत तर्कसंगत और उचित प्रतीत होता है – आखिर उसे नाराज करने की जरूरत क्या है, वह भी उसे दोबारा नाराज करने की? क्या अच्छा यह न होगा कि उसे यह स्पष्ट कर दिया जाये कि आपने उसका क्रोध उत्पन्न करने के लिए पहिले वह बातें क्यों कही थी? क्या इसे स्पष्ट करना बेहतर न होगा?

अजनाबी ने कहा – "ऐसा किया जाना सम्भव तो है, लेकिन इसका उस पर कोई प्रभाव नहीं पड़ेगा।"

एक सद्गुरु की कोई दिलचस्पी शालीन बनने में नहीं होती, और न उसकी दिलचस्पी शिष्टाचार और आचार विचार का व्यवहार निभाने में होती है। एक सद्गुरु की दिलचस्पी केवल प्रभाव उत्पन्न करने में, किसी कार्य का सृजन करके, उससे प्रत्युत्तर सृजित करने में होती है। हां, जो कुछ भी हआ था, वह उसे मुल्ला को स्पष्ट कर सकता था। वह उसे संतुष्ट भी कर सकता था, वह उसे ठंडा भी कर सकता था। उसका क्रोध मिटा सकता था और वह और अधिक समय तक खीझ का भी अनुभव नहीं करता – लेकिन वह बात महत्वपूर्ण न थी। इससे वह प्रभाव उत्पन्न होने नहीं जा रहा था, जो सद्गुरु चाहता था। सद्गुरु चाहता था कि मुल्ला यह देख और समझ सके कि वह केवल ज्ञान बटोरने वाला ही व्यक्ति है, वह अभी तक अनुभव से कुछ भी नहीं जान सका है और वह प्रज्ञावान भी नहीं है। स्पष्टीकरण मुल्ला की जानकारी को और अधिक बढ़ाने वाले होंगे। उसके पास फिर एक स्पष्टीकरण की पूजी और होगी। इससे उसका अहंकार मिटने वाला नहीं था।

"ऐसा किया जाना सम्भव तो है लेकिन इसका उस पर कोई प्रभाव नहीं पड़ेगा। वस्तुतः इसका उस पर विपरीत प्रभाव पड़ेगा। यदि तुम उस व्यक्ति को तर्क द्वारा यह समझाते हो तो वह यह कल्पना कर लेगा कि तुम अपने से ही क्षमा मांग रहे हो, और इसके द्वारा उसके मन में जो मनोभाव उठेंगें, वे केवल उसके लिए ही हानिप्रद होंगे। इस तरह उसे स्पष्टीकरण देकर तुम वास्तव में उसका अहित ही करोगे।"

आमिनी ने कहा – "क्या इस नियम का इस बारे में कोई अन्य अपवाद नहीं है, जिससे यह व्यक्ति अपनी स्थिति को अपने अनुभव के द्वारा यह सीखने के लिए बाध्य हो जाये, कि उसकी जो स्थिति है, उसे लिखकर स्पष्ट नहीं किया जा सकता।"

अजनाबी ने कहा – "इस बारे में अपवाद हैं। लेकिन यदि इस बारे में पर्याप्त अपवाद थे, जिससे इस संसार में कुछ भी अंतर पड़ सकता था, तो मुल्ला फीरोज़ ने हम लोगों के लिए ऐसा कोई अपवाद छोड़ा ही न होगा।"

इस बारे में बहुत अपवाद नहीं हैं। इस बारे में कुछ अपवाद तो हैं, लेकिन बहुत अधिक नहीं हैं – यही कारण है कि वे अपवाद हैं। वे थोड़े से हैं और उनके बीच बहुत दूरी है। उन्हें गिना जा सकता है, लेकिन उनके हिसाब में गलती करना जरूरी नहीं है।

एक सद्गुरु को कुछ इस ढंग से कार्य करना होता है, जिससे नियम तो पूरा हो जाता है, पर अपवाद नहीं, क्योंकि निन्नयानवे प्रतिशत लोग नियम का अनुसरण करते हैं। कभी वहां कोई ऐसा दुर्लभ व्यक्ति होता है, लेकिन उस अनूठे व्यक्ति को किसी की कोई भी सहायता की जरूरत नहीं होती : वह देर सबेर बोध को उपलब्ध हो ही जावेगा। यह केवल समय का प्रश्न हो सकता है। अपवाद स्वरूप इस प्रज्ञा को किसी भी बारे में कोई चिंता होती ही नहीं। सद्गुरु को कुछ इस तरह से कार्य करना होता है कि सामान्य मन, औसत मन, अभ्यस्त मन और साधारण मन स्वयं गतिशील होकर बदलना शुरू हो जाता है।

सद्गुरु और शिष्य के मध्य होने वाला यह छोटा सा सम्वाद तुम्हारे लिए अत्यधिक महत्वपूर्ण है। यही वजह है कि मैंने इसे चुना है। प्याज़ की सात पर्तों का निरन्तर स्मरण बना रहे। जब तक तुम उन्हें छोड़ते नहीं, तुम चीजों को जैसी वे हैं, नहीं देख सकते, तुम उसे नहीं देख सकते जो वह है।

और बचपन के प्रारम्भ से ही तुम्हें प्रदूषित किया गया है। तुम्हारा अब तक का पूरा जीवन एक ऐसा जीवन रहा है जिसे विषाक्त कर दिया गया हो और केवल तुम ही उसे छोड़ सकते हो। मैं तुम्हें वह रास्ता दिखा सकता हूं, लेकिन मैं तुम्हें उससे दूर नहीं ले जा सकता। यदि मैं तुम्हं उससे दूर ले जाने की शुरूआत करूं, तो तुम झटके से पल्ला छुड़ा कर भाग खड़े होगे, तुम सोचोगे कि तुम्हें लूटा जा रहा है। मैं केवल तुम्हें मार्ग दिखा सकता हूं। तुम्हीं को उसका अनुसरण करना है।

इस छोटे से सम्वाद पर ध्यान करो। यह विशेष रूप से तुम्हारे लिए ही है।

प्रवचन छः

एक शाश्वत पुनरागमन

पहिला प्रश्न :

अभी हाल ही में मन लगभग रूक गया है, और मैंने अचानक अपने स्व का अनुभव किया है, और मुझे अपने चारों ओर की प्रत्येक वस्तु ठीक उस तरह दिखाई देने लगी है जैसी वह जीसस के समय में थी। और इस बारे में स्वयं जीसस के होने का मुझे बहुत शक्तिशाली बोध हुआ।

इस भांति की घटना के बारे में, क्या आप हमें कुछ बता सकते हैं?

उत्तर :

यह प्रश्न है सोमेन्द्र का।

यह वही नाटक है जो जीवन के रंगमंच पर बार-बार खेला जा रहा है। इसकी पाण्डुलिपि वही बनी रहती है, केवल अभिनेता बदल जाते हैं। फ्रीड्रिक नीत्शे के पास इस बारे में एक बहुत सुंदर सिद्धांत है – शाश्वत-पुनरागमन का सिद्धांत। विस्तार में तो यह सत्य नहीं हो सकता, लेकिन यह विचार बहुत महत्वपूर्ण और गूढ़ है।

यह मौसमो की भांति हैं – गर्मी आती है, उसी के बाद वर्षा ऋतु और तब जाड़ा आता है, और फिर गर्मी का आगमन होता है। गर्मियों में, वहां गर्मियो के दिनों के फूल खिलेंगे, बरसात में वर्षा के फूल खिलेगें और जाड़ो में शरत ऋतु के फूल खिलेंगे। कोई भी एक फूल अपने को नहीं दोहरायेगा, लेकिन सारभूत विचार बार-बार अपने को दोहरायेगा। यही एक शाश्वत पुनरागमन है।

कहानी ठीक वहीं है। उसमें बुनियादी रूप से कभी कोई अंतर नहीं होता। वह कृष्ण भी हो सकते हैं, अथवा क्राइस्ट, महावीर या मुहम्मद भी हो सकते हैं...अभिनेता बदल जाते है, भिन्न-भिन्न खिलाड़ी भाग लेते हैं, लेकिन उसका सारभूत केन्द्र, शाश्वत रूप से वही होता है। इसलिए जब तुम ध्यान की गहराई में उतरते हो – जैसा सोमेन्द्र प्रतिदिन कह रहा है – और जब मन लगभग रुक जाता है – जैसाकि वह अपने प्रश्न में कह रहा है – तुम बहुत सी उन चीजों के प्रति सचेत हो जाते हो जो वहां पहिले ही से थीं, लेकिन तुम उनके बारे में सचेत नहीं थे।

पश्चिम की चेतना में जीसस बहुत गहरे में बसे हैं। वह एक आदर्श रूप में स्थित हैं। जब कभी तुम कोई चीज तुम उनसे मेल खाती निकट देखते हो, तुम्हारा अचेतन तुम्हारी चेतना में उनके आदर्श रूप की छवि प्रतिबिम्बित करेगा। चूंकि सीमेन्द्र कई जन्मों से एक ईसाई की तरह जीता रहा है, इसलिए क्राइस्ट उसकी चेतना में बहुत गहरे चले गए हैं। वह कृष्ण का स्मरण नहीं कर सकता, उसका कृष्ण के साथ कोई संबंध ही नहीं है। वह प्रतीक, वह लक्षण उसके अचेतन में है ही नहीं। यदि वह कई जन्मों तक हिन्दू रहा होता, तब उसे ऐसा अनुभव होता, जैसे मानो वह कृष्ण का समय था। अथवा यदि वह कई जन्मों में बौद्ध रहा होता, तब उसे बुद्ध की उपस्थिति का अनुभव हुआ होता। लेकिन यह एक जैसा ही है। बुद्ध का शरीर जीसस के शरीर से भिन्न है, लेकिन जो शरीर के पीछे छिपा हुआ है, वह भिन्न नहीं हैं – वह आंतरिक पावनता, वह आंतरिक निर्दोषता वह मौलिक भोलापन, वह एक जैसा ही है।

सोमेन्द्र के अचेतन में, जीसस बहुत गहराई से बसे हैं। और तुममें से बहुतों को अन्य दूसरे कारणों से भी जीसस का अनुभव होगा। यद्यपि सोमेन्द्र जीसस के समय वहां नहीं था, पर यहां बहुत से लोग हैं जो वहां थे। मेरे संन्यासियों में बहुत बड़ी संख्या यहूदियों की है। यह कोई संयोग नहीं हैं, इसे संयोग कहा भी नहीं जा सकता। यहूदी भारतवर्ष में नहीं हैं, बिल्कुल हैं ही नहीं। बहुत से यहूदी मेरे पास रहे हैं – इस बारे में जरूर कोई चीज रहस्यमय होनी चाहिए। लोग जीसस से चूक गये और एक अचेतन खोज जारी है। और एक बहुत ही अचेतन ढंग से वे लोग यहां किसी खास चीज की सुवास पा रहे हैं। इस समय वे लोग चूकना नहीं चाहते। अधिक से अधिक यहूदी यहां आयेंगे। उस समय वे चूक गये, क्योंकि उन दिनों उनके लिए जीसस को स्वीकार करना कठिन था।

इन दो हजार वर्षों में बहुत कुछ हुआ है। अब जीसस कहीं अधिक संगत हैं, अब मनुष्य की चेतना से जीसस कहीं अधिक लयबद्ध हैं। क्योंकि जीसस एक यहूदी थे और यहूदियों के लिए उन्हें स्वीकार करना बहुत कठिन था – जैसे कि हिन्दुओं के लिए मुझे स्वीकार करना बहुत कठिन है। मन बड़े अजीब खेल खेलता है। यदि कोई व्यक्ति तुम्हारे धर्म में जन्म लेता है, तो तुम्हारे अहंकार के लिए उसे बोध को उपलब्ध स्वीकार करना बहुत कठिन हो जाता है। अथवा यदि कोई व्यक्ति उसी गांव में जन्मा हो, जिसमें तुमने जन्म लिया हैं, तो और भी अधिक कठिन हो जाता है। अथवा यदि तुम किसी के साथ उसी विद्यालय में पढ़ रहे हो और अचानक यह अफवाह फैलती है कि वह बुद्ध हो गया है अथवा परमात्मा के द्वारा अपना पैग़म्बर चुन लिया गया है तो तुम उस विचार को पूरी

तरह अस्वीकार कर दोगे। तुम उस व्यक्ति को बचपन से जानते हो, तुम उसे अन्दर और बाहर से जानते हो – वह कैसे परमात्मा के द्वारा चुना हुआ व्यक्ति हो सकता है? जब तक तुम हो वहां परमात्मा कैसे चुन सकता है उसे? परमात्मा ऐसा करने का साहस ही कैसे कर सकता है? यदि वह चुनने ही जा रहा था, तो उसने तुम्हें चुना होता। अहंकार के लिए वह बहुत कठिन बन जाता है।

भारत मुझे इसी सामान्य कारण से चूके जा रहा है क्योंकि मेरा जन्म यहां हुआ है। यह संयोग भारत के लिए एक गंभीर संकट बनने जा रहा है। तुम यहां बहुत अधिक भारतीयों को नहीं देखते। तुमने इस ढंग से शायद इसे न देखा हो। वे लोग क्यों नहीं हैं यहां? उनके अहंकार के लिए, विशेष रूप से जैनों के लिए मुझे स्वीकार करना बहुत कठिन है। भारत में जैन समाज का एक छोटा सा धार्मिक समूह है, और यह एक संयोग था कि एक जैन के रूप में मेरा जन्म हुआ। तुम यहां जैनों को नहीं खोज सकोगे। कभी तुम यहां थोड़े से हिन्दुओं को जरूर पा लोगे पर जैनों की संख्या बहुत कम होगी। फिर जैन धर्म के जिस विशिष्ट वर्ग या सम्प्रदाय में मेरा जन्म हुआ, वह सम्प्रदाय जैन धर्म का बहुत छोटा सा सम्प्रदाय है।

जैनों की संख्या बहुत थोड़ी है, भारत में केवल तीस लाख जैन हैं और जैन धर्म में ही वहां बहुत से सम्प्रदाय है। एक वर्ग बहुत छोटा सा समैया है – यह शब्द समाधि से आता है – वे लोग जो केवल समाधि में आस्था रखते हैं। यही वह शब्द है जो जापानी भाषा में 'सनमी' और बाद में जाकर 'सटोरी' बन गया। तुम यहां शायद ही कोई समैया पाओ यह असम्भव है। इनकी संख्या कुछ ही हजार है। वे सभी मुझे जानते हैं, वे सभी मुझसे भली भांति परिचित हैं, लेकिन यही उनकी समस्या है – उस वजह से ही वे यहां नहीं आ सकते। भारत मुझसे चूके जा रहा है। भारत के अतिरिक्त मुझसे कोई भी नहीं चूक रहा है, उनके अलावा प्रत्येक व्यक्ति मुझसे कहीं अधिक लयबद्ध है।

यहूदी बहुत बड़ी संख्या में आये हैं। उन लोगों की यह अनुभूति है कि यहां कुछ चीज घट रही है। वही नाटक रंगमंच पर फिर इस बीसवीं सदी में खेला जा रहा है – ठीक जीसस की चेतना की ही तरह जो दो हजार वर्ष पूर्व खेला गया था। और वे लोग मुझे कहीं अधिक आसानी से स्वीकार कर सकते हैं, जितना उन्होंने कभी जीसस स्वीकार नहीं किया। वह एक यहूदी थे, एक बढ़ई के पुत्र थे, उन्हें स्वीकार करना उनके लिए असम्भव था।

धीमे-धीमे तुम्हें अधिक से अधिक एक तरह से पुराने युग या 'देजा-वू' में पहुंच जाने का अनुभव होना शुरू हो जायेगा, जैसे मानो यह बीसवी सदी रही

ही नहीं, जैसे मानों यह बीस शताब्दियां तुम्हारी चेतना से पूरी मिट गई हो, जैसे मानो तुम फिर से जेरूसलम में जीसस के साथ उन्हीं दिनों में भ्रमण कर रहे हो, अथवा गेलीली तुम्हारे साथ चल रहा हो, या तुम बेथेलेहम में घूम रहे हो। तुम में से बहुतों के लिए वह सपना प्रकट हो जायेगा, क्योंकि मुझे समझनें को पश्चिम की चेतना के लिए वह निकटतम लक्षण बन जायेगा।

कोई भी हिन्दू कभी यह अनुभव नहीं करेगा कि यहां क्राइस्ट जैसी कोई चीज घट रही है, वह तो कृष्ण को अनुभव करेगा। कोई बौद्ध भी कभी कोई चीज क्राइस्ट के बारे में अनुभव न करेगा। यदि वह कभी कोई चीज अनुभव भी करता है, तो वह कोई चीज बुद्ध के बारे में अनुभव करेगा। अचेतन में ये सभी आदर्श और लक्षण होते हैं, और जब अपनी गहराई के निकट आने लगते हो, तो तुम अपनी आत्मा का काव्य मुक्त करने लगते हो।

इसलिए सोमेन्द्र ठीक है। वह कहता है : अभी हाल ही में मन लगभग रुक गया है, और मुझे अपने चारों ओर प्रत्येक वस्तु ठीक उस तरह की दिखाई देने लगी है, जैसी वह जीसस के समय थी। और इस बारे में मुझे जीसस के होने का बहुत शक्तिशाली बोध हुआ। इस तरह की घटना के बारे में क्या आप कुछ मुझे बता सकते हैं?

यह बहुत अधिक महत्वपूर्ण है। इसके अंदर गहराई में जाओ। इसमें कोई प्रतिरोध मत करो। यह स्वतः मिट जायेगा, ठीक जैसे चेतना मिट जाती है, एक दिन अचेतन भी मिट जाता है। लेकिन अचेतन के लक्षणों के साथ जीना, चेतन में जीने की अपेक्षा कहीं अधिक अच्छा है, क्योंकि वे अधिक गहरे हैं। और उसका यह कहना पूरी तरह ठीक है – 'मन लगभग रुक रहा है, क्योंकि यदि वह पूरी तरह रुक जाता है, तब फिर जीसस भी मिट जायेंगे। अंत में यह सभी चीजें मन की ही हैं, सारे शब्द, सारे लक्षण ये सभी मन की ही चीजें हैं। बस थोड़ा-सा ही मन बाकी रह गया है – तैयार रहो, सोमेन्द्र उसे भी छोड़ने को तैयार रहो। लेकिन इस बारे में शीघ्रता नहीं करना है, और न अधीर होना है, और न उससे संघर्ष करना है। यह स्वयं अपने से जा रहा है, वह अपनी मृत्युशैय्या पर है।

दूसरा प्रश्न :

आज प्रवचन के बाद मैं सीढ़ियों पर सत्या से मिली। वह हंस रही थी। मैं रोना ओर सिसकना चाहती थी, लेकिन उसे देखकर मैंने अनुभव किया कि मुझे भारमुक्त होकर हंसना चाहिए, क्योंकि वह एक निश्चित विधायक स्थिति में थी और मैं नकारात्मक थी। मैं एक नकली हंसी हंसी। क्या

उस क्षण उससे मिलने में मैं स्वयं के प्रति सच्ची और प्रामाणिक बनी रह सकती थी?

उत्तर :

यह प्रश्न वंदना की ओर से।

इसमें प्रत्येक के लिए कुछ चीज समझने जैसी है। सत्या हंसने वाली स्थिति में है। उसके अंदर कोई चीज़ उसे उत्तेजित कर रही है। वह हंसोड़ नहीं है, वह रोनी टाइप की है। जब वह यहां आई, और उसे जब भी मेरे पास आने का अवसर मिलता, वह रोना शुरू कर देती। उसके लिए आंसू बहाना बहुत सरल था। अब अचानक उसके आंसू विलुप्त हो गये और उसमें हंसी फूट पड़ी और वह भी ऐसी पागल हंसी, कि वह घंटों तक हंसती ही चली जाती। यह उसके लिए लगभग बहुत पीड़ा जनक बन गया। वह पूरी रात हंसती ही रहती।

किसी का भी भयभीत हो जाना स्वाभाविक है। आखिर यह हो क्या रहा है? और वह भी अकारण? वह हंसोड़ टाइप की कभी रही ही नहीं, इसलिए अपने पूरे जीवन भर वह हंसी का दमन करती रही। वह उदास और रोनी शक्ल वाली बनी रही। अब अचानक उसकी कोटि या टाइप बदल रही है, वह एक ध्रुव से दूसरे विपरीत ध्रुव की ओर गतिशील हो रही है। इससे पहिले वह मध्य में आकर रुक जाये और एक संतुलन उत्पन्न हो, उसे दूसरे ध्रुव तक जाना ही होगा। अपने पूरे जीवन भर वह हास्य का दमन अनजाने में ही करती रही। अब दमन समाप्त हो चुका है, जो ढक्कन उसने अपने व्यक्तित्व पर लगा रखा था, वह हट चुका है। अब वह रो नहीं सकती, अब वहां आंसू है ही नहीं। उसके पूरे जीवन भर का हास्य एक घाव के रूप में उभर रहा है। यह लगभग एक मिरगी के दौरे जैसा भावोन्माद है। लेकिन यह एक सुंदर मुकाम है, क्योंकि यही एक बड़े परिर्वतन का चिह्न हैं, यह एक रूपान्तरण अथवा शरीर के रसायन में होने वाला एक परिवर्तन है। आंसू ही अब हंसी बन रहें हैं। शीघ्र ही हास्य भी बिदा हो जायेगा। जैसे आंसू बिदा हुए, हास्य भी बिदा हो जायेगा। तब वह ठीक मध्य में आ जायेगी, तब वहां एक महान संतुलन और समता होगी। यह संतुलन और समता ही लक्ष्य है। लक्ष्य न तो नकारात्मक है और न विधायक, क्योंकि दोनों ही आधे हैं। हां! यदि तुम्हें नकारात्मक और विधायक दो में एक चुनना पड़े तो विधायक को ही चुनना। यह सभी से न्यूनतम बुराई है। लेकिन यदि तुम्हारे पास शांति और सुनिश्चितता के मध्य पसन्द की चीज चुनने का विकल्प खुला हो तो शांति और धैर्य को ही चुनना। तब सुनिश्चतता, विधायक होते हुए भी कुछ

नहीं है, तब शांति और धैर्य की तुलना में सुनिश्चितता और स्पष्टता भी लगभग निषेधात्मक है। यदि आंसुओं और हास्य के मध्य केवल एक को चुनना हो, तो हास्य अच्छा है। लेकिन यदि इस बारे में मौन बने रहने का विकल्प हो, तब आंसू और हास्य दोनों को ही छोड़ देना चाहिए। कोई भी शांत और मौन ही होना है।

वह शीघ्र ही इसी मौन तक आयेगी। हंसी के तूफान के बाद, वहां एक महान शांति होगी। तूफान के बाद वह हमेशा आती है। वह दमित हंसी से छुटकारा पाकर मुक्त होती है। उसे उसकी चेतना से हटना ही है। वह हट ही रही है, और वह किसी अन्य चीज की तरह हास्य ही बिखरा रही है।

अब वंदना कहती है : आज प्रवचन के बाद मैं सीढ़ियों पर सत्या से मिली। मैं रोना और सिसकना चाहती थी, लेकिन उसे देखकर मैंने अनुभव किया कि मुझे भारमुक्त होकर हंसना चाहिए क्योंकि वह एक निश्चित विधायक स्थिति में थी और मैं नकार या निषेध की स्थिति में थी। मैं एक नकली हंसी हसी। क्या उस क्षण उससे मिलने में मैं स्वयं के प्रति सच्ची और प्रामाणिक बनी रह सकती थी?

हां किसी से मिलने का वहां अन्य कोई उपाय ही न था। मिलना केवल तभी सम्भव है, यदि तुम ईमानदार हो क्योंकि केवल दो सच्चे और ईमानदार व्यक्तियों का ही मिलन होता है। सत्या हंस रही थी ओर तार्किक दृष्टि से वंदना ने सोचा – 'यदि मैं हंसती हूं, तभी इस बारे में कोई सम्वाद हो सकेगा। तुम दोनों एक ही स्थान पर कैसे हो सकती हो? उसकी हंसी सच्ची थी और तुम्हारी हंसी झूठी। यह दोनों एक ही चीज नहीं है। एक प्रामाणिक हास्य और दूसरा वह हास्य, जो सच्चा और प्रामाणिक नहीं है, उनमें विपरीत ध्रुवों की दूरी है। तुम्हारा मिलन कैसे हो सकता है? सच्चाई और झूठ कभी मिल ही नहीं सकते। यदि वंदना रो रही होती जैसा कि वह अनुभव कर रही थी, तो इस बारे में मिलन हुआ होता। लेकिन वह तर्क संगत प्रतीत नहीं होता – कोई व्यक्ति तो हंस रहा है और तुमने रोना सिसकना शुरू कर दिया? यह अतर्कपूर्ण प्रतीत होता है। यह ऐसा लगता है जैसे मानो तुम एक भिन्न दिशा में जा रहे हो। तब वहां कैसे मिलन होगा? लेकिन मैं तुमसे कहना चाहता हूं कि तुम भिन्न दिशा में नहीं जा रही हो। यदि तुम ईमानदार और सच्ची बनी रहो और वह भी प्रामाणिक बनी रहे, तो दोनों एक ही दिशा में जा रही हो। इससे कोई फर्क नहीं पड़ता कि तुम्हें किस तरह का सत्य घट रहा है।

यदि वंदना ने रोते हुए आंसू बहाये होते, जैसे कि वह अनुभव कर रही थी,

यदि वह उतना ही रोई होती, यदि वह अपनी अनुभूति और भावों के प्रति ईमानदार बनी रहती, तो वहां मिलन निश्चित ही हुआ होता, तब हंसना और रोना दोनों विरोधी न होते क्योंकि दोनों ही प्रामाणिक होते। केवल दो सच्चाइयां ही मिल सकती है और केवल दो सच्चाइयों के मध्य में सम्वाद घट सकता है।

लेकिन वह इस महत्वपूर्ण चीज से चूक गई, जैसे कि तुममें से बहुत लोग चूक जाते हैं। तार्किक मन कहता है – 'वह हंस रही है, और यदि मैं रोती हूं तो हम लोग एक दूसरे से दूर अलग जा गिरेंगे। तब इस बारे में हम लोगों के मध्य कैसे सम्वाद हो सकेगा?' और तब मन ने कहा – 'वह विधायक है और तुम हो नकारात्मक।' पर इससे कोई फर्क नहीं पड़ता। तुम अपनी नकारात्मकता के द्वारा एक विधायक व्यक्ति से मिल सकते हो। केवल एक ही चीज की जरूरत है, वह है सत्य का समान धरातल होना, सत्य और ईमानदारी की एक जैसी ही भूमि।

विधायक और नकारात्मक भी मिल सकते हैं। वास्तव में उनका मिलन बहुत सुंदर होता है। वास्तव में कभी-कभी ऐसा भी होता है कि विधायक और विधायक नहीं मिलते और नकारात्मक का मिलन नकारात्मक के साथ नहीं होता, क्योंकि उनके मध्य दो विरोधों का आकर्षण नहीं होता। जब विधायक और विधायक एक साथ होते हैं और इसी तरह जब दो नकारात्मक व्यकित मिलते हैं तो वहां एक तरह की समलैंगिकता होती है। वह मिलन कहीं अधिक सरल और कहीं अधिक समृद्ध होता है, जब दो विपरीत लिंगी मिलते हैं। हास्य और रुदन बहुत सुंदर ढंग से मिल सकते हैं। यह मिलन पुरुष और स्त्री का दिन और रात का जीवन और मृत्यु का होगा।

तुम किसी वैज्ञानिक या भौतिक-विज्ञानी से पूछ सकते हो...वह कहेगा – 'केवल विपरीत ध्रुव ही मिलते हैं।' धनात्मक, धनात्मक से दूर भागता है, और ऋणात्मक, ऋणात्मक ध्रुव से दूर भागता है। केवल धनात्मक और ऋणात्मक ही मिलते हैं। यदि तुम दो धनात्मक चुम्बक एक दूसरे के निकट लाओ, तो वे एक दूसरे से दूर हटेंगे, यदि तुम एक ऋणात्मक चुम्बक को दूसरे धनात्मक के पास लाओ तो दोनों एक साथ विवाह बंधन में बंध जायेंगे।

इसलिए केवल जिस चीज की जरूरत है, वह है – ईमानदारी, वह है सत्य, वह है प्रमाणिकता। विधायक और नकारात्मक होने की फिक्र ही मत करो। अपने मन के तर्कों की सुनो ही मत, क्योंकि तार्किक मन व्यर्थ की चीज है। जीवन, तर्क की अपेक्षा कहीं अधिक महान है।

जरा देखो...वंदना रोने सिसकने जैसा महसूस कर रही है और सत्या हंस रही है – दोनों ही सच्ची और प्रामाणिक हैं। तब वहां एक समान धरातल है, तब

वे दोनों एक ही दिशा में जा रही हैं, तब वे एक दूसरे का हाथ थाम सकती है। सत्या चाहे हंसती ही रहे, और वंदना चाहे रोये ही चली जाये, लेकिन उस क्षण वहां उन दोनों के मध्य एक तरह का परिणय होगा, और उस क्षण में ही उनके मध्य एक महान अंतर्सम्वाद घटेगा – दोनों ही प्रामाणिक और सच्चे बने रहेंगे।

स्मरण रहे, यह केवल सत्य ही है जो जोड़ता है। यह केवल सत्य ही है जो दो तटों के मध्य सेतु बनता है।

नकारात्मक और विधायक के बारे में फिक्र ही मत करो। केवल हमेशा एक ही चीज याद रखने की है और वह है – प्रामाणिकता। सभी झूठ और नकलीपन, अवरोध ही उत्पन्न करते हैं।

तीसरा प्रश्न :

लोग इतने अधिक धोखेबाज और नकली क्यों हैं?

उत्तर :

लोग नकली और धोखेबाज इसलिए हैं क्योंकि इससे उन्हें लाभ मिलता है, यह एक अच्छी नीति है। यदि तुम सच्चे और ईमानदार हो, तो तुम ख़तरे में बने रहोगे। तुम एक सच्चे और ईमानदार समाज में ही ईमानदार और सत्यनिष्ठ बने रह सकते हो, जहां सत्य से प्रेम किया जाता है, उसका सम्मान किया जाता है। इस समाज का अस्तित्व झूठ के सहारे ही टिका है। यहां सत्य का सम्मान न करते हुए, यहां सत्य को सलीब पर चढ़ाया जाता है, यहां सत्य की हत्या की जाती है। यहां झूठ को राज्य सिंहासन पर बिठाया जाता है। इसी वजह से इस संसार में राजनीति इतनी अधिक महत्वपूर्ण बन गई है – क्योंकि राजनीति, झूठों का एक खेल है। और इस संसार में राजनीतिक लोग सबसे अधिक महत्वपूर्ण व्यक्ति बन गये हैं, जिन्हें कि सबसे अंत में होना चाहिए था। इस संसार और इस समाज के कारण, जो झूठ की बुनियाद पर टिका है, यह राजनीतिक लोग प्रथम बन बैठे हैं। और यदि तुम झूठों के साथ रहते हो, तो तुम अपने चारों ओर घिरे इस नकलीपन के साथ ही जीने लगोगे और तुम्हें नकली और धोखेबाज बनकर ही जीना होगा। यह तुम्हें धन देता है, यह तुम्हें आर्थिक सुरक्षा देता है। यह तुम्हारी रक्षा करता है – अन्यथा लोग तुम्हारे विरुद्ध हो जायेंगे। यदि तुम सच्चे हो और वे सभी झूठ के सहारे जी रहे है, तो वे तुम्हें बरदाश्त नहीं कर सकते।

बहुत शुरू से ही एक बच्चा यह सीखना शुरू कर देता है कि झूठ उसे लाभ पहुंचाता है। यदि बच्चा सच बोलता है तो उसे पीटा जाता है, यदि बच्चा

सत्य बोलता है, तो वह अपने माता-पिता के लिए एक तरह की शर्मिन्दगी और उलझन उत्पन्न करता है। यदि बच्चा सत्यनिष्ट बनकर रहता है तो कोई भी उसके पक्ष में न होकर प्रत्येक उसके विरुद्ध ही होता है। यदि वह झूठ बोल रहा है तो वह अपनी रक्षा स्वयं कर सकता है। झूठ उसके लिए एक तरह का छाता बन जाता है। और यदि वह अपने माता-पिता की झूठ के साथ, स्वयं झूठ बोलते हुए अपने को उनके साथ लयबद्ध कर लेता है, फिर कोई समस्या ही नहीं रह जाती, वह बहुत शांतिपूर्वक रह सकता है। और बच्चे बहुत संवेदनशील होते है, उनकी चेतना बहुत ग्राहकतापूर्ण होती है, वे कुछ अपने आस-पास देखते हैं, उसे तुरन्त सीख लेते हैं।

मैंने सुना है :

समुद्र तट पर अपने परिवार के रुकने के स्थान से, एक लम्बे समय तक अनुपस्थित रहने के बाद जब छोटा बच्चा उस स्थान पर वापस लौटा तो उसने देखा कि सभी लोग उस स्थान को छोड़ने की तैयारी कर रहे थे।

उसे देख मां ने कहा – "मेरे साथ चलो, हम लोग रात्रि भोज एक रेस्तरां में करने जा रहे हैं।"

बच्चे ने कहा – "लेकिन मुझे तो भूख ही नहीं है, मैं सात आइसक्रीम और तीन भुने गोश्त की जर्मन सैंडविचेज खा चुका हूं।"

मां ने आश्चर्य से भर कर पूछा – "लेकिन तेरे पास तो एक भी पैसा नहीं था फिर तूने कहां से सात आइसक्रीम और तीन सैंडविचेज प्राप्त कर ली?

– "मुझे पैसों की कोई जरूरत न थी? मैं बस समुद्र तट पर चारों और रोता चीखता यूं घूमता रहा, जैसे मैं खो गया हूं।

मैं ऐसे रोता हुआ घूमता रहा जैसे मैं खो गया हूं...अब बच्चे ने एक बहुत बड़ी चाल सीख ली। यदि बच्चा यह बहाना करता है कि वह खो गया है, तो इससे उसे लाभ मिलता है। लोग नकली और धोखेबाज क्यो है, यही इसका पूरा रहस्य है, और लाभकारी होता है। जब भी तुम सत्यनिष्ठ होते हो, उससे तुम्हें नुकसान होता है। और स्वयं को हानि पहुंचाने वाले वहां है ही कौन और होगा भी किसलिए? जीवित व सुरक्षित बने रहने का पैमाना झूठ ही है।

मैंने सुना है...

कला कृतियों का संग्रह करने वाले एक व्यक्ति के सामने एक ऐसा चित्र आया, जिस पर पिकासो के हस्ताक्षर थे। उसने इस आशा से उसे तुरन्त खरीद लिया कि वह उसके लिए बहुत मूल्यवान सिद्ध होगा। पर उसके जाली या नकली होने की सम्भावना और संदेह ने उसे विवश किया कि वह पिकासों को स्वयं खोजकर उससे भेंट करे। काफी लम्बी प्रतीक्षा के बाद अंत में उसे पिकासो से समय मिला और वहां जाकर उसने उसे वह चित्र दिखलाया।

महान चित्रकार ने उसे देखा और उसे आघात पहुंचाते हुए कहा – 'यह नकली है', और खटाक से अपना दरवाजा बंद कर लिया?'

वह संग्रहकर्ता बहुत निराश हुआ और हतोत्साहित होकर उसने वैसे चित्र फिर न खरीदने का निश्चय किया। कुछ समय बाद उसे किसी तरह एक दूसरे चित्र का पता चला, जिस पर भी पिकासो के हस्ताक्षर थे, उसने बहुत सावधानी से उस चित्र के पूरे इतिहास पर शोध करने ओर उसकी प्रमाणिकता के पूरे दस्तावेज देखने के बाद ही उसे खरीदा। लेकिन कानूनी प्रमाणों के बावजूद यह सिद्ध होने पर भी कि वह चित्र वास्तव में पिकासों का ही है, वह फिर भी संदेह की कसक का अनुभव कर रहा था और अपने संदेहों को दूर करने के लिए उसने फिर पिकासो से भेंट करने का निश्चय किया।

जब अंतिम रूप से उसे पिकासो से भेंट करने का समय मिला तो महान चित्रकार ने उस चित्र पर एक दृष्टि डालकर कहा – 'यह चित्र नकली है।'

उस चित्र संग्रहकर्ता ने अपने पक्ष का समर्थन करते हुए कहा – "लेकिन मैंने तो इस चित्र पर पूरी खोज की है और मैं यह सिद्ध कर सकता हूं कि यह चित्र स्वयं आपने चित्रित किया है।"

इसे सुनकर पिकासो ने उत्तर दिया – "मैं प्रायः नकली चित्र बनाता हूं।"

ऐसा ही होता है। यहां तक कि एक चित्रकार भी यह सीखना प्रारम्भ कर देता है कि किस तरह के चित्र बिकते हैं। पिकासों के बनाये सभी चित्र मौलिक नहीं है। उनमें अधिकतर नकली है, यद्यपि वे सभी उसके द्वारा ही चित्रित किए गए हैं। तब उसके कहने का अर्थ क्या है कि वह नकली है। वह सामान्य रूप से यही कह रहा है कि उसने अपने दूसरे चित्रों का केवल अनुकरण करते हुए उसकी प्रतिलिपि तैयार की है और वह मौलिक नहीं है। इससे कोई अन्तर नहीं पड़ता कि उसकी प्रतिलिपि किसी और ने तैयार की अथवा स्वयं पिकासों ने।

ऐसा लगभग हमेशा ही होता है, कि जब कोई व्यक्ति अपनी किसी कृति पर

नोबिल पुरस्कार प्राप्त करता है वह उसके बाद कोई भी मौलिक रचना का कभी भी सृजन नहीं कर पाता। वह अपनी पुरानी कहानी को नये तरीकों से दोहराये चले जाता है। क्योंकि उसने उसे बहुत कुछ धन और प्रतिष्ठा दी हैं, और वहीं आकर रुक गया है। वह सोचता है कि उसका लिखा बिकता है, इसलिए वह उसी चीज को बार-बार दोहराये चले जा रहा है। ऐसा आजतक कभी भी नहीं हुआ, कि नोबिल पुरस्कार प्राप्त होने के बाद एक कवि अथवा उपन्यासकार फिर वैसी ही कोई अन्य मौलिक चीज लिखने में समर्थ हो सका हो। नोबिल-पुरस्कार उसकी एक तरह की सृजनशीलता की मृत्यु का संकेत होता है ओर वह व्यक्ति चुक जाता है – क्योंकि अब वह जानता है कि किस चीज की कीमत मिलती है, अब उसने सफलता का राज जान लिया है, अब उसके हाथ में सफलता की कुंजी है, इसलिए अन्य दूसरी कुंजियों से प्रयास करने की फिक्र क्यों की जाये? हो सकता है कि वे इतनी सफल सिद्ध न हों। इसलिए सृजनात्मकता के अन्य दूसरे आयामों और दिशाओं के बारे में क्यों फिक्र की जाये? एक व्यक्ति जब किसी चीज के करने का ठीक ढंग जान लेता है, इसलिए वह बार-बार नहीं हर बार उसी चीज को ठीक उसी तरह किये चले जाता है ओर नकली बन जाता है।

लोग नकली हैं क्योंकि उन्होंने कुंजी प्राप्त कर ली है। वे जानते हैं कि जीवन किस चीज से सुरक्षित सुविधामय, सुखदायक और भयरहित बनता है – यद्यपि सुख, सुविधा और सुरक्षा से किसी तरह का कोई परमानंद नहीं लाते और न आशीर्वादों की वर्षा होती है, वे सभी तरह के दुःख और पीड़ाएं ही लाते हैं, और उससे जीवन में कोई प्रसन्नता नहीं मिलती। प्रसन्नता तो केवल मौलिक बनने के द्वारा ही मिलती है। जब तक तुम्हारे पास तुम्हारा मौलिक चेहरा नहीं होगा, तुम कभी भी आनंदित न हो सकोगे।

लेकिन चूंकि तुम्हारे पास एक मौलिक चेहरा है, इसलिए तुम्हें बहुत सी तकलीफों और असुविधाओं से होकर गुज़रना होगा। यह पथ बहुत श्रमपूर्ण है। यह बराबर स्मरण बना रहे कि तुम्हारे सामने जब कभी भी सुविधा और प्रसन्नता के बीच चुनाव करना पड़े तो हमेशा प्रसन्नता का चुनाव करना, अन्यथा तुम नकली बन जाओगे। जब भी तुम्हें सुविधा और कुछ साहसिक कार्य करने के बीच चुनाव करना पड़े तो साहसिक कार्य को ही चुनना, भले ही वह कितना ही श्रमपूर्ण क्यों न हो, अन्यथा तुम नकली बन जाओगे। जब कभी भी तुम्हें सुरक्षा और असुरक्षा के मध्य चुनाव करना पड़े। तो असुरक्षा से ही प्रेम करना। कभी भी सुरक्षा का चुनाव मत करना। सुरक्षा व्यक्ति को सुस्त और मृत बना देती है। पूरी तरह से सुरक्षित व्यक्ति, पहिले ही से कब्र में लेटा हुआ व्यक्ति होता है, वह और अधिक

जीवित होती ही नहीं। यदि तुम जीवित हो, तो तुम्हारा असुरक्षित बने रहना एक बाध्यता होगी – जितने अधिक जीवंत, उतने ही अधिक असुरक्षित।

वास्तव में पूरी तरह एक जीवंत व्यक्ति असुरक्षा में क्षण प्रतिक्षण जीता है। लेकिन तब वहां एक महान रोमांच होता है, और वह हमेशा अज्ञात की सीमारेखा के निकट रहता है और यह हमेशा किसी रहस्यमय चीज की ओर गतिशील रहता है। रहस्यपूर्ण व्यक्ति कभी भी सुरक्षित नहीं होता। अपनी बैंक में जमा धनराशि के भरोसे मत रहो, अपने विवाह के भरोसे मत रहो, अपने अच्छे वेतन वाले पद और सुविधाओं पर निर्भर मत रहो, अपने परिवार समाज और राज्य पर आश्रित होकर मत रहो। जो लोग इन चीजों पर आश्रित हैं, वे तुम्हारे चारों और मौजूद हैं। तुम उन्हें देख सकते हो कि वे कितने मृत है, वह किस तरह अपने जीवन को घसीट रहे हैं, उनकी आंखों में कितनी अधिक उदासी है। उनके हृदय से कोई भी गीत नहीं उमगता, तुम उनके पैरों में कोई थिरकना या नृत्य को जन्मते नहीं देख पाओगे। यह असम्भव है। तुम उनके जीवन में खोजते चले जाओ, और तुम वहां मरुस्थल ही पाओगे, चारों ओर रेत ही रेत, तुम वहां कोई नखलिस्तान नहीं पाओगे। वहां कहीं भी प्रेम का फूल नहीं खिलता, उत्सव आनंद उन्होंने कभी जाना ही नहीं।

मैंने सुना है...

एक बहुत बड़े औपचारिक कर्मकाण्डी और एक धार्मिक भारतीय व्यक्ति की मृत्यु हुई। वह उन सभी तरह की चीजों को करता रहा था जिनका शास्त्रों में निर्देश है। इसलिए वह अपने स्वर्ग पहुंचने के बारे में बहुत-बहुत निश्चित और आश्वस्त था। जब वह वहां पहुंचा, तो उसने दरवाजे से झांक कर देखा, और वह आश्चर्य से भर गया। स्वर्ग भी ठीक लगभग भारत जैसा ही दिखाई दे रहा था, कहीं भी कोई अन्तर दिखाई ही नहीं देता था।

इसलिए उसने द्वार पर खड़े देवदूत से पूछा – "आखिर यह मामला क्या है? यह तो ठीक लगभग भारत जैसा ही दिखाई देता है। मैं तो यहां कोई अन्तर ही नहीं देख रहा हूं। स्वर्ग भी लगभग हमारी पृथ्वी और हमारे देश जैसा ही हैं।" और द्वार पर खड़े व्यक्ति ने उत्तर दिया – "आप किस बारे में बाते कर रहे हैं? और आप मेरे सामने झुक क्यों रहे हैं? और न मैं कोई देवदूत हूं।"

यह कहानी बहुत सुंदर है...यह नर्क है, और वह व्यक्ति जो द्वार पर खड़ा

है, वह देवदूत न होकर शैतान है। लेकिन नर्क भारत जैसा ही दिखाई देगा। कोई भी चीज नर्क जैसी ही दिखाई देगी, जिसके तुम अभ्यस्त हो गये हो। यदि तुम जर्मन हो तो तुम्हें नर्क जर्मनी जैसा ही दिखाई देगा। यदि तुम जापानी हो तो नर्क तुम्हें जापान जैसा ही दिखाई देगा, और यदि तुम अंग्रेज हो तो नर्क तुम्हें ठीक इंग्लैण्ड जैसा ही दिखाई देगा।

नर्क वह है, जिसे तुम जानते हो। इस पर ध्यान करो : नर्क वह है जिससे तुम परिचित हो, नर्क है तुम्हारा अतीत जो ज्ञात है, जिस पथ पर तुम अच्छी तरह चलते रहे हो। स्वर्ग है कोई चीज अनजानी, अज्ञात, कोई ऐसी चीज, जिससे तुम अपने अतीत से कोई मुकाबला नहीं कर सकते, जिसकी तुम्हारे अनुभव से तुलना ही नहीं की जा सकती। यह पूरी तरह नया है, यह निरन्तरता से पूरी तरह अलग, एकदम नया है। तुमने इस जैसी चीज कभी कोई जानी ही नहीं।

लेकिन यदि तुम सुख सुविधाओं, संस्कार ग्रस्त झूठ और औपचारिकताओं से भरा जीवन जीते आये हो, यदि तुम एक नकली और उधार जीवन जीते रहे हो, तो तुम नर्क में रह रहे हो। और भविष्य में भी तुम नर्क में ही जीते रहोगे। उसे तुम अपने चारों ओर निर्मित कर रहे हो। अपने को हिला-डुला कर तुम अपने तथाकथित सुस्त और मृत जीवन की कीचड़ से बाहर निकलो और फिर से जीवन जीना शुरू करो। और इस बारे में सोचो ही मत कि तुम्हें इसके एवज में क्या मिलता है। इस संसार में जिस चीज की कीमत मिलती है, वह हमेशा गलत चीज ही होती है। ठीक चीज का कभी कोई मूल्य मिलता ही नहीं, क्योंकि वहां ऐसे व्यक्ति होते ही नहीं, जो ठीक चीज की कीमत अदा कर सकें। यदि तुम कुछ चीज या कार्य गलत करते हो तो तुम्हें उसका बहुत बड़ा मूल्य मिलेगा।

जरा सोचो : एक कवि को कुछ भी नहीं दिया जाता, लेकिन सेना में जनरल को बहुत बड़ा बेतन मिलता है। और सेना का जनरल गलत कार्य ही करता है, वह लोगों की हत्याएं करता है। वह एक हत्यारा है। एक सैनिक या सिपाही को कीमत अदा की जाती है, लेकिन एक चित्रकार को नहीं। वे लोग जो संसार में मृत्यु लाते हैं, उन्हें बड़ी कीमत अदा की जाती है। क्या तुम इसे देख नही सकते? फौज और सेना के लोगों को बहुत अच्छा वेतन दिया जाता है, उनके भोजन की सुंदर व्यवस्था की जाती है। वे लोग अच्छे और सुंदर मकानों में रहते हैं और उन्हें जीवन की सारी सुविधाएं दी जाती है। ज़रा एक कवि की ओर देखो – वह प्रेम के गीत गाये चले जाता है, और वह भिखारी ही बना रहेगा। जरा एक संगीतकार के बारे में विचार करो, जो भीख मांगता हुआ संगीत को तुम्हारे द्वार पर ले जाता है, और वह एक भिखारी है। वह सभी कुछ जो ठीक

और सत्य है, उसका मूल्य नहीं चुकाया जाता, वह चुकाया ही नहीं जा सकता। यह संसार इतना अधिक गलत है। राजनीतिकों को बहुत बड़ा मूल्य मिलता है। उनका आदर-सत्कार किया जाता है। समाचार पत्र निरन्तर उनके ही समाचारों से भरे रहते हैं। क्या तुमने समाचार पत्रों में राजनीति के अतिरिक्त क्या कभी और भी कोई चीज देखी है? और ये लोग संसार भर के सबसे अधिक दुष्ट लोग हैं। ये शरारती लोग ही इस पृथ्वी को नर्क बना रहे हैं। लेकिन इन लोगों को समाज बहुत बड़ी कीमत चुकाता है। स्मरण रहे, यदि तुम अदा की जाने वाली कीमत की भाषा में सोचते हो, तो तुम नकली व्यक्ति ही बने रहोगे। यदि तुम संसार में सुविधा और विलासिता चाहते हो तो तुम्हें नकली ही बनना होगा। यदि तुम वास्तव में जीवंत बनना चाहते हो तो इस बात की फिक्र करो ही मत कि उसका मूल्य मिलता है अथवा नहीं? यदि कुछ मूल्य मिलता है, तो ठीक, और यदि कुछ नहीं भी मिलता है, तब भी ठीक।

लेकिन तब तुम एक महान समृद्ध जीवन जीयोगे। हो सकता है तुम्हारे जीवन बहुत समृद्ध होगा। हो सकता है तुम्हारी बहुत ख्याति न हो, लेकिन तुम्हारे पास प्रसन्नता होगी, हो सकता है कि तुम संसार में न जाने जाओ, लेकिन तुम्हें परमात्मा जानेगा। और यही वह सब कुछ जो कुछ भी मूल्यवान है।

और मैं यह नहीं कह रहा हूं कि तुम सभी को निरन्तर अपने कंधों पर क्रॉस को ढोना होगा। नहीं, मैं यह नहीं कह रहा हूं। मैं कभी भी असम्भव की मांग करता ही नहीं। जब तुम नकली लोगों के साथ रहते हो तो इस बारे में अनावश्यक रूप से कोई संघर्ष सृजित करने की जरूरत भी नहीं है। इसे टालो, इससे बचो। अपने जीवन के लिए, अपने मौलिक चेहरे के लिए खोज करते चलो, लेकिन इस बारे में प्रतिदिन प्रतिक्षण संघर्ष में बने रहने की कोई जरूरत ही नहीं है – अन्यथा यह एक समस्या बन जाती है, यह ऊर्जा का व्यर्थ अपव्यय होता है। सामान्य जीवन के नियमों का पालन करो, ठीक वैसे ही जैसे कि कोई खेल के नियमों का पालन करता है। भारत में वे कहते हैं, सड़कों के बाईं ओर चलो – इसलिए बाईं ओर ही चलो। इसका कोई भी महत्व नहीं है। अमेरिका में वे सड़क के दाईं और चलते हैं। यह भी पूरी तरह ठीक है। जब अमेरिका में दाईं और चला जाता है, तो भारत में सड़क पर बाईं ओर चला जाता है। और यदि कोई पागल देश कहीं संसार में ऐसा भी है, जहां तुमसे सड़क के बीच में चलने को कहा जाता है, तो मध्य ही में चलो। इस बारे में फिक्र करो ही मत।

लेकिन हमेशा यह जानते रहो कि इसमें कुछ भी आधार भूत नहीं है। इसका किसी भी सत्य से कोई लेना देना नहीं है। यह एक सुविधा है। और जहां इस

जगह बहुत से लोग हों...तो तुम्हें दूसरों के लिए असुविधा उत्पन्न करने की कोई भी आवश्यकता नहीं है। तुम अपने लिए तो सभी तरह की असुविधाएं सृजित करने के लिए स्वतंत्र हो, यह तुम्हारी अपनी स्वतंत्रता है – लेकन तुम्हें दूसरों के लिए असुविधाएं उत्पन्न करने की कोई आवश्यकता नहीं है।

मैंने सुना है...

महान संगीतज्ञ, टोसकैनिन अपने उग्र स्वभाव के लिए जितना अधिक विख्यात था, उतना ही अधिक अपने अतुलनीय संगीत के लिए भी विख्यात था। जब उसके आरकेस्ट्रा का कोई सदस्य कोई वाद्य बेसुरा या गलत बजाता था, तो वह कोई भी चीज जो उसके सामने आ जाये, उसे उठाकर फर्श पर जोर से फेंक देता था। एक रिहर्सल के दौरान एक साज़ की सपाट धुन के कारण उस योग्य व्यक्ति ने झपट कर अपनी मूल्यवान घड़ी ही इस तरह पटक कर तोड़ दी कि उसकी मरम्मत ही न हो सके।

कुछ समय बाद उसने अपने चाहने वाले संगीत प्रेमियों से मखमल की लाइनिंग वाले सुंदर केस में दो मूल्यवान घड़ियां प्राप्त की, जिनसे उसे अत्यधिक प्रसन्नता प्राप्त हुई – एक तो बहुत सुंदर सोने की टाइमपीस घड़ी थी और दूसरी एक सस्ती घड़ी थी, जिस पर खुदा हुआ था – 'केवल रिहर्सल के लिए'।

इसलिए मन में इस बात का ख्याल बना रहे। जब तुम संसार में लोगों के साथ गतिशील हो तो वहां तुम्हें अपने साथ क्रॉस को ढोये हुए चलने की कोई जरूरत नहीं है। वहां जोर से चिल्लाये जाने की कोई जरूरत नहीं है कि तुम एक शहीद हो अथवा तुम जीसस अथवा मंसूर हो – इस बारे में कुछ भी कहने की कोई जरूरत ही नहीं है। खेल के नियमों का पालन करो। यह ठीक एक खेल की तरह है।

लेकिन इस बात का निरन्तर स्मरण बना रहे कि खेल को तुम्हारा पूरा जीवन नहीं बनना चाहिए। मैं चाहता हूं यही सब कुछ मेरे संन्यासियों को स्मरण बना रहे। इसी वजह से मैं तुम्हें समाज के बाहर नहीं ले जाता। आज से पूर्व ऐसा कभी भी नहीं हुआ। अकेले एक कारण से ही ऐसा पहिले कभी भी नहीं हुआ – और कारण यह था कि बुद्ध ने अपने संन्यासियों को कभी भी संसार में रहने की आज्ञा नहीं दी। समस्या यही थी कि यदि संन्यासी को प्रामाणिक बन कर रहना है तो उसके लिए संसार में रहना कठिन हो जायेगा – क्योंकि लोगों के साथ रहते हुए तुम्हें कई बार औपचारिक और विनम्र बनकर रहना होगा। जीवन

में तुम निरन्तर यह याद नही रख सकते कि तुम्हें सच्चा और प्रामाणिक बने रहना है; जबकि लोग इतने अधिक नकली और धोखेबाज हैं। केवल विनम्रता वश और केवल करुणावश, कभी-कभी तुम्हें अपने को शांत बनाये रखना होगा और एक शब्द भी नहीं कहना होगा, क्योंकि यदि तुम कोई बात कहते हो तो अनावश्यक रूप से वह लोगों को चोट पहुंचायेगी। अथवा कभी तुम्हें कोई काम ऐसा भी करना पड़ेगा जो प्रामाणिक और सच्चा न हो। जब तुम बहुत से लोगों के साथ रह रहे हो तो तुम पूरी तरह स्वयं अपने आप में नहीं बने रह सकते। इसलिए बुद्ध ने अपने संन्यासियों से कहा – 'संसार को छोड़ दो। उसको त्याग दो। सच्चे और प्रामाणिक बने रहने के लिए अपने संबंधों को बलिदान कर दो।' जिन दूसरे लोगों ने संसार में बने रहने का निर्णय लिया उन्होंने संबंधों में रहने के लिए अपने सत्य को बलिदान कर दिया।

दोनों ही असंतुलित हैं। तुम संसार को छोड़ सकते हो, लेकिन तब तुम विकसित होने के बहुत से अवसर छोड़ रहे हो। तुम हिमालय की किसी गुफा में जाकर बैठ सकते हो। निश्चित रूप से वहां झूठ बोलने की कोई जरूरत नहीं होगी, क्योंकि वहां कोई व्यक्ति होगा ही नहीं, जिससे तुम बात कर सको या झूठ बोल सको, वहां कोई व्यक्ति होगा ही नहीं, जिससे तुम रिश्ता जोड़ सको। तुम गुफा में अकेले ही होगे और पूरी तरह सत्यनिष्ठ बनकर रह सकोगे, वहां तुम अपने मौलिक चेहरे के साथ रह सकते हो – लेकिन तब तुम्हारे पास कोई अवसर चुनौतियों की तरह तुम्हें उत्तेजित करने के लिए वहां नहीं होंगे, जिनसे गुजरते हुए तुम विकसित हो सको। तुम जीवन के बाहर रहोगे, और केवल जीवन में रहते हुए ही व्यक्ति विकसित होता है।

जीवन एक महान अवसर है। गुफा में तुम समाज से दूर बिल्कुल अकेले, मंद और मृत बनकर रहोगे। तुम फिर से मृतक जैसे हो जाओगे क्योंकि तुम्हारे पास प्रत्युत्तर देने की सम्भावनाएं नहीं होंगी। हां तुम झूठ तो नहीं बोल सकोगे, लेकिन तुम वहां सत्य भी किससे कहने जा रहे हो? यह ठीक है तुम वहां क्रोधित तो न हो सकोगे लेकिन तुम प्रेमपूर्ण होकर भी न रह सकोगे। इसलिए यह कुछ अर्थहीन जैसी बात है। क्रोध तो मिट जाता है, लेकिन प्रेम भी नहीं रहता। इसलिए पुराने तरह के संन्यासी ठंडे पड़ गये है। उनके पास क्रोध नहीं है – यह अच्छी चीज है – लेकिन उनके पास प्रेम भी नहीं है। ओर इस बात की प्रशंसा नहीं की जा सकती।

यह कुछ ऐसा है जैसे मानो कोई व्यक्ति अपनी बीमारी से इतना डरा हुआ था, इसलिए उसने आत्महत्या कर ली। अब वह कभी भी बीमार न हो सकेगा,

यह तो सच है, लेकिन वह कभी भी जीवित भी नहीं रह सकेगा। यह तो स्नान करने वाले पानी के साथ बच्चे को उठाकर बाहर फेंक देने जैसा है। मैं इसके समर्थन में नहीं हूं।

लेकिन अभी तक मनुष्यता को यह दो विकल्प ही दिए गए हैं। पहिला है – संसार को छोड़कर अपने आप में सिकुड़ जाना, यह फिर से एक तरह का सुस्त जीवन जीने जैसा है, अथवा संसार में नकली और धोखेबाज बनकर जीना क्योंकि सच्चा बनकर जीना बहुत कठिनाईयों से भरा है।

मैं तुम्हें इसका मध्य मार्ग दे रहा हूं : संसार में रहते हुए भी संसार के बनकर मत रहो। तुम्हें बहुत-बहुत सजग बनकर रहने की जरूरत है – बुद्ध के संन्यासियों से भी कहीं अधिक सजग बनकर रहना है। उन्हें अधिक सजग बनकर रहने की जरूरत भी नहीं थी, वे अपनी गुफाओं में जाकर सो सकते थे। तुम्हें तो बहुत-बहुत सजग बनकर रहना होगा, और तुम्हें अपने पास दो घड़ियां रखनी होंगी – एक तो केवल रिहर्सल के लिए और दूसरी जो असली हो, वह केवल अपने लिए। तुम्हें एक महान अभिनेता बनकर रहना होगा। लेकिन जब तुम सचेतन रूप से अभिनय करते हो, तब भी तुम नकली और धोखे बाज नहीं हो। जब वहां एक सचेतन कृत्य होता है, और तुम जानते हो कि वह ठीक एक नाटक है, तब वह तुम्हारे जीवन को नष्ट करने नहीं जा रहा है। लेकिन जब तुम यह भूल जाते हो कि वह एक नाटक है और तुम उसके साथ तादात्म्य जोड़ लेते हो, तब तुम सांसारिक बन जाते हो।

इसलिए सांसारिक व्यक्ति की पुरानी परिभाषा संसार में रहने की है और असांसारिक अथवा अलौकिक व्यक्ति की परिभाषा संसार में न रहने की अर्थात उससे बाहर निकल जाने की है। मेरी परिभाषा भिन्न है। सांसारिक व्यक्ति वह है जो अपने कृत्यों में डूबकर मूर्च्छित होकर यह भूल जाता है, कि वह एक नाटक या कृत्य मात्र है। यह ऐसा है जैसे मानो तुम रंगमंच पर कोई नाटक खेल रहे हो और किसी पात्र का अभिनय कर रहे हो। उदाहरण के लिए तुम नाटक में जीसस अथवा पोंटियस पाइलेट का अभिनय करते हुए यह भूल जाते हो कि तुम केवल अभिनय कर रहे थे, और जब पर्दा गिरता है तो तुम केवल अपने घर पोंटियस पाइलेट अथवा जीसस बने हुए ही लौटते हो। तब तुम मुसीबत में पड़ोगे।

कभी-कभी ऐसा हुआ भी है। एक बार एक ऐसे अभिनेता के साथ, जो पूरे अमेरिका में एक वर्ष तक निरन्तर अब्राहम लिंकन का स्टेज पर अभिनय करता रहा, कुछ ऐसा ही हुआ। प्रत्येक दिन नाटक मंडली एक शहर से दूसरे शहर में यात्रा करती हुई जाती और वह अब्राहम लिंकन का अभिनय करता। एक वर्ष

बहुत लम्बा समय होता है। वह अपने अभिनय में घुल मिल कर एक बन गया। एक वर्ष बाद वह अपना असली परिचय ही भूल गया कि वह कौन था, और उसने यह कहना शुरू कर दिया कि वह ही अब्राहम लिंकन था। लोगों ने पहिले तो यह सोचा कि वह मजाक कर रहा है, लेकिन तब बाद में वे लोग गम्भीर हुए। वह घर भी अब्राहम लिंकन बना हुआ ही लौटा। उसकी पत्नी ने उसे विश्वास दिलाने की बहुत कोशिश की कि वह अपने अभिनय से बाहर निकल सके, उसके पिता ने उसे बहुत आश्वस्त किया कि वह अब्राहम लिंकन नहीं है, लेकिन उसने किसी की एक न सुनी। और वह सामान्य कपड़े भी न पहिन कर वही कपड़े पहिने रहता था जो वह रंगमंच पर अभिनय करते हुए पहिना करता था। और वह अब्राहम लिंकन की तरह ही चलता, वह अब्राहम की तरह ही कुछ हकला कर बात करता और उसका चेहरा भी अब्राहम जैसा ही हो जाता। वह एक वर्ष तक बहाना बनाते हुए झूठा दावा किये चले जा रहा था। उसे भूल पाना उसके लिए इतना अधिक कठिन हो गया कि वे लोग उसे मनोविश्लेषक के पास ले गये। मनोविश्लेषक ने भी एक दिशा से दूसरी दिशा में कठोर प्रयास किया, लेकिन वह इस बात के सिवा और कोई बात कहता ही नहीं था – 'आप क्या कह रहे हैं? आप कहीं पागल तो नहीं हो गये? मैं ही अब्राहम लिंकन हूं।'

वहां अब कोई भी रास्ता न बचा...

अमेरिका में उनके पास झूठ पकड़ने की मशीन की व्यवस्था है जिसका प्रयोग वे लोग कोर्ट कचहरी में करते हैं। संबधिंत व्यक्ति की जानकारी के बिना उसे जहां खड़ा किया जाता है, उसके नीचे झूठ पकड़ने की यांत्रिक व्यवस्था लगी होती है। यह कुछ-कुछ कार्डियोग्राम जैसी चीज है। यह हृदय की घड़कनों का एक ग्राफ बनाती है। जब तुम सच बोल रहे होते हो तो ग्राफ में सीधी सपाट रेखा आती है, और जब तुम अचानक झूठ बोलने के लिए तैयार होते हो, तो वहां एक अंतराल आ जाता है, क्योंकि हृदय तो कुछ और ही चीज जानता है। और ग्राफ टूट जाता है। इसलिए जब तुम झूठ बोलते हो, तो यह ग्राफ में देखा जा सकता है। ग्राफ या तो हिल जाता है अथवा रेखा टूट जाती है।

उदाहरण के लिए यदि कोई व्यक्ति तुमसे पूछता है – 'तुम्हारी घड़ी में क्या समय है?' तुम घड़ी देखते हो और उत्तर देते हो – 'नौ बजे हैं।' इस बारे में झूठ बोलने की कोई जरूरत ही नहीं है। ग्राफ सरलता से दौड़ रहा है। और यदि कोई व्यक्ति पूछता है – 'यहां कितने लोग मौजूद हैं?' तुम गिनते हो और कहते हो – 'दस'। इसमें भी झूठ बोलने की कोई जरूरत नहीं है। ग्राफ फिसलता हुआ आगे बढ़ रहा है। तभी वह व्यक्ति पूछता है – 'क्या तुमने इस व्यक्ति की हत्या

की है?' तुम्हारा हृदय कहता है – 'हां', क्योंकि वह उसे जानता है, और तुम कहते हो – 'नहीं'। इसलिए इस बारे में तुम्हारे और हृदय के मध्य एक संघर्ष होता है और वह संघर्ष ग्राफ को हिला देता है। तब यह देखा जा सकता है कि तुम कहां पर झूठ बोले।

इसलिए मनोविश्लेषक ने सुझाव दिया कि इस अब्राहक लिंकन को झूठ पकड़ने वाली मशीन पर खड़ा किया जाये। इस बारे में वे तब यह देखने में समर्थ हो सकेंगें कि वह झूठ बोल रहा है अथवा नहीं। अब वह व्यक्ति जो अब्राहम लिंकन बना हुआ था वह इन सभी तरह के उपचारों, मनोविश्लेषण, दवाओं, और सभी तरह की सुलाने वाली दवाओं तथा सभी तरह के सुझावों और प्रत्येक व्यक्ति अपने को बुद्धिमान समझते हुए उसकी सहायता करने की बहानेबाजी से आज़िज आ चुका था, इसलिए उसने उस दिन यह तय किया कि यद्यपि वह अब्राहम लिंकन ही था, लेकिन उसका यह कहना ही बेहतर होगा कि वह लिंकन नहीं था। इसके ही साथ उसने सोचा – 'यह सब कुछ खत्म हो जाने दो। अंदर से मैं जानता हूं कि मैं हूं, लेकिन बाहर से मैं कहूंगा कि 'मैं नहीं हूं', और इसके साथ ही सब कुछ खत्म हो जायेगा। अन्यथा जीवन एक समस्या बन जायेगी।'

झूठ पकड़ने की मशीन पर खड़ा करके उन लोगों ने तरह-तरह के प्रश्न पूछे और वह उत्तर देता गया। तब वे लोग असली प्रश्न पर आये और उन्होंने पूछा – "क्या तुम अब्राहम लिंकन हो?"

उसने कहा – 'नहीं।' और झूठ पकड़ने की मशीन बता रही थी कि वह झूठ बोल रहा है।

वह इस विचार के साथ इतना अधिक एकतान हो चुका था कि अपने गहनतम केन्द्र में वह जानता था कि वह अब्राहम लिंकन ही था। अब वह केवल परिधि पर झूठ बोल रहा था।

यदि ऐसा घटता है, तो तुम एक संसारी व्यक्ति हो। सांसारिक मनुष्य की मेरी यही परिभाषा है – एक ऐसा व्यक्ति जो अपने अभिनय या कृत्य के अंदर तो चला जाता है लेकिन उससे बाहर निकलना भूल जाता है और कहां उलझ कर रह जाता है। ऐसा ही व्यक्ति सांसारिक होता है। और संन्यासी, जो दूसरी तरह का संसारी होता है, जो यह जान कर अभिनय किए चले जाता है कि वह अभिनय कर रहा है और कभी भी किसी कृत्य में उलझता अथवा बंधता नहीं है। जब वह घर आता है, तब वह पति होने, पिता अथवा पत्नी होने का अभिनय करता है। यह सभी उसके लिए खेल होते हैं। सुंदरता कलात्मकता और सौंदर्यबोध के

साथ खेल खेलो, लेकिन उस बारे में फंसने की कोई जरूरत नहीं है – कि तुम एक पिता हो, कि तुम एक मां हो कि तुम 'यह' हो अथवा 'वह' हो। अथवा तुम एक डॉक्टर हो, अथवा एक इंजीनियर हो, तुम 'यह' हो अथवा 'वह' हो – ये केवल तुम्हारे करने वाले कार्य है। जब तुम एक मरीज का उपचार कर रहे हो, तब एक डाक्टर का अभिनय करते रहो, लेकिन जब वहां कोई मरीज न हो, ओर तुम अपने कमरे में अकेले बैठे हो, तब डॉक्टर बनने की कोई जरूरत नहीं है। अन्यथा तुम वैसी ही मूर्खतापूर्ण चीज कर रहे हो, जैसे कि वह व्यक्ति अब्राहम लिंकन बना कर रहा था।

मैं कलकत्ता में अपने एक मित्र के घर ठहरा करता था। वह उन दिनों हाई कोर्ट के जज थे और अब वह कहीं मुख्य न्यायाधीश हैं। उनकी पत्नी ने मुझसे कहा – "मेरे पति आपका बहुत अधिक सम्मान करते हैं और वह आपसे इतना अधिक प्रेम करते हैं, कि केवल आप ही एक ऐसे व्यक्ति है, जो मेरी कुछ सहायता कर सकते हैं।"

मैंने कहा – 'आखिर मामला क्या है?' उसने कहा – 'यह हमेशा न्यायाधीश ही बने रहते हैं – यहां तक कि घर पर, बच्चों के साथ भी। वह अपने इस रोल से कभी भी बाहर नहीं। केवल इतना ही नहीं, मेरे साथ बिस्तरे पर भी, जब वह प्रेम कर रहे होते हैं, तब भी वह न्यायाधीश ही बने रहते हैं। और मुझे उनके साथ 'योर ओनर', 'योर मेजेस्टी' जैसा ही व्यवहार करना पड़ता है।

वह मुझसे इस तरह के व्यवहार की अपेक्षा करते हैं और में अनुभव करती हूं जैसे जानो मैं अपराधी बनी उनके सामने खड़ी हुई हमेशा निर्णय मांग रही हूं। और जब वह घर आते हैं तो पूरा घर उदास और गम्भीर बन जाता है। जब वह घर के बाहर जाते हैं तो वहां प्रसन्नता दौड़ जाती है कि न्यायाधीश महोदय चले गये।

ऐसा ही लगभग प्रत्येक के साथ हो रहा है, कुछ अधिक हो अथवा कुछ कम हो। मैं ऐसे व्यक्ति को संसारी कहता हूं जो यह नहीं जानता कि खेल को कैसे खेला जाये और इस बारे में बहुत अधिक गम्भीर न हुआ जाये।

धर्म के संसार में मेरे संन्यासी का यह नया प्रवेश है। वह रहेगा इसी संसार में, वह सभी तरह के खेल भी खेलेगा और यह जानता रहेगा कि ये सभी खेल हैं और किसी भी खेल में कभी फंसेगा भी नहीं। और वह सरलता से हमेशा किसी भी खेल से बाहर आने में समर्थ होगा और अपने मौलिक चेहरे के लिए वह खोज किए चले जायेगा। वह अपने उन कृत्यों और अपने अभिनय में भटकेगा नहीं जिनके साथ उसे खेलना है।

यह अत्यधिक महत्व का है। यदि वह संसार में संसारी ढंग से रहता है तो वह मृत बन जाता है। यदि वह पुरानी परम्परा वादी संन्यासी बनकर रहता है, वह सिकुड़ कर मृतवत हो जाता है। यह दोनों ही मृत्यु के दो ढंग हैं। जीवन वह है जहां दो विरोधी चीजें मिलती हैं। जीवन वह है, जहां दिन और रात मिलते हैं। जीवन है इसी संसार में, पर फिर भी केवल उन्हीं के लिए जो उसके पार बने रहते है। एक कमल के फूल की तरह बनो – जो रहता जल में है, पर फिर भी जल को स्पर्श नहीं करता।

चौथा प्रश्न :

> मैं निम्न प्रश्न के बारे में बहुत अधिक उलझन में हूं। मेरा प्रशिक्षण एक चिकित्सक की भांति हुआ है और मैं अपने गहरे में अनुभव करता हूं कि यह एक अच्छी चीज है। लेकिन अपने कार्य कलाप में मेरी सहज प्रवृत्ति है – बीमारी, मृत्यु और मनुष्य की पीड़ाओं से इनकार करना, उनका निषेध करना। अपने बहुत गहरे में, जीवन अथवा अस्तित्व को जैसा वह है उसे वैसा स्वीकार करने का मैं
> प्रतिरोध करता हूं। बहुत गहरे में कहीं यह इच्छा बनी रहती है कि प्रकृति की इस व्यवस्था अथवा कार्य विधि को मैं थोड़ा सा ठीक कर सकूं। मेरी सभी व्यावसायिक गतिविधियां, इस मृत्यु बीमारी और दुखों के कारण उत्पन्न हुए व्यक्तिगत भय से आगे बढ़ती हैं। मैं नहीं समझ पाता कि अस्तित्व की इस समग्र कार्यविधि के प्रकाश में मैं अपने कार्य की ओर कैसे ध्यान दे सकूंगा? कृपया मेरे इस भ्रम और उलझन के अंधेरे क्षेत्र में अस्तित्वगत प्रकाश डालने की कृपा करें।

यह प्रश्न बहुत महत्वपूर्ण है, लेकिन यह प्रश्न पश्चिमी औषधि विज्ञान के गलत दृष्टिकोण के कारण उत्पन्न होता है।

पूरब में हमारे पास एक पूरी तरह से भिन्न दृष्टिकोण है। पश्चिमी औषधि की उपचार विधि से ठीक विपरीत ताओवादी दृष्टिकोण है। तुम्हें इस बारे में थोड़ी-सी चीजें ठीक से समझनी होंगी।

पहिली बात, जो प्रश्नकर्त्ता कहता हैं, मैं निम्न प्रश्न के बारे में बहुत अधिक उलझन में पड़ गया हूं। मैं एक चिकित्सिक की तरह प्रशिक्षित हुआ हूं और मैंने हमेशा बहुत गइराई से यह महसूस किया है कि यह बहुत अच्छी चीज है। लेकिन मृत्यु और बीमारी को, मनुष्य के दुःखों और मृत्यु को स्वीकार करने में मेरे कार्य और मेरी विधियों की सहज प्रवृति उन्हें अस्वीकार करने की रही है।

अब एक भेद उत्पन्न करना ही होगा। रुग्णता, बीमारी और पीडाएं ये सभी एक ही चीज हैं और मृत्यु पूरी तरह से भिन्न चीज है। पश्चिमी मन में रुग्णता, बीमारी, पीड़ाएं और मृत्यु ये सभी एक साथ एक ही पार्सल में भर दी गई है। और वहीं ये समस्याएं उत्पन्न होती हैं।

मृत्यु सुंदर है, बीमारी, रुग्णता और पीडाएं नहीं। मृत्यु सुंदर है। मृत्यु वह तलवार नहीं है, जो तुम्हारे जीवन को काटती है – वह एक फूल की भांति है – सबसे अंत में खिलने वाले फूल की तरह – जो आखिरी क्षण में ही खिलती है। वह उसका शिखर होता है। मृत्यु जीवन रूपी वृक्ष के एक पुष्प की भांति है। वह जीवन का अंत न होकर सर्वोच्च शिखर की ओर एक प्रगति है। वह आनंद का सर्वोच्च शिखर है। मृत्यु में कुछ गलत नहीं है, वह सुंदर है – लेकिन प्रत्येक को यह जानने की जरूरत है कि कैसे जिया जाये और कैसे मरा जाये।

इस बारे में जीना भी एक कला है, और मरना भी एक कला है और पहिली कला की अपेक्षा, दूसरी कला कहीं अधिक मूल्यवान है। लेकिन दूसरी कला केवल तभी जानी जा सकती है, जब तुमने पहिली कला को जान लिया हो। केवल वे ही लोग जो ठीक से जीना जानते हैं, वे ही ठीक से मरना भी जानते है। इसलिए पहिली बात तो यह कृपया मृत्यु को अलग रखो। केवल रुग्णता, बीमारी और पीड़ाओं के बारे में ही सोचो। तुम्हें मृत्यु के विरुद्ध लड़ने की कोई जरूरत नहीं है। पश्चिम के मन में, पश्चिम के चिकित्साल्यों में और औषधि-उपचार विधि में यहीं चीज मुसीबत खड़ी करती है। लोग मृत्यु के विरुद्ध संघर्ष कर रहे है। लोग अस्पतालों में लगभग वनस्पति की भांति जीवनरक्षक दवाओं के सहारे जी रहे हैं। उन्हें अनावश्यक रूप से जीने के लिये विवश किया जा रहा है, जब कि उन्हें स्वाभाविक रूप से मर जाना चाहिये था। चिकित्सा के उपचार के सहारे उनकी मृत्यु को कुछ समय के लिए टाला जा रहा है। इसका उनके लिए कोई उपयोग नहीं, ऐसे जीवन का भी उनके लिए कोई उपयोग नहीं है, खेल खत्म हो चुका है, और सभी कुछ समाप्त हो चुका है।

अब उन्हें जीवित बनाये रखना, उन्हें केवल और अधिक कष्ट में बनाये रखने जैसा है। वे कभी भी कोमा में जा सकते हैं, और एक व्यक्ति कोमा की स्थिति में महीनों और वर्षों तक बना रह सकता है। लेकिन क्योंकि वहां मृत्यु के विरुद्ध एक विरोध है, और यही बात पश्चिमी मन के लिए एक महान समस्या बन गई है : जब एक व्यक्ति कोमा में चला गया है, तो क्या किया जा सकता है, वह कभी भी स्वस्थ न हो सकेगा लेकिन फिर भी उसे वर्षों तक जीवित बनाये

रखा जा सकता है, आखिर क्यों? वह एक सांस लेने वाले मुर्दे जैसा ही होगा, बस केवल इतना ही। वह एक बनस्पति की तरह जीवित जरूर है, लेकिन उसमें कोई जीवन न होगा। आखिर इसका महत्व क्या है? उसे मरने की अनुमति क्यों नहीं दी जाती? इस बारे में डर है मृत्यु का मृत्यु एक दुश्मन है – और दुश्मन के आगे, मृत्यु के आगे आत्मसमर्पण कैसे किया जाये?

इसलिए पश्चिम के दवाओं से उपचार करने वाले मन में इस बारे में बहुत बड़ा विवाद है। आखिर क्या किया जाये? क्या एक व्यक्ति को मार देना चाहिए? क्या एक व्यक्ति को यह तय करने की अनुमति दी जाये कि क्या वह मरना चाहता है? क्या परिवार को यह निर्णय लेने की अनुमति दी जाये कि क्या वह चाहता है कि वह मर जाये? क्योंकि कभी-कभी रोगी व्यक्ति मूर्च्छित हो सकने के कारण स्वयं निर्णय नहीं ले सकता।

लेकिन क्या किसी व्यक्ति को मरने में सहायता करना ठीक है? पश्चिम के मन में मरने की बात से बहुत बड़ा भय उठ खड़ा होता है। इसका अर्थ है कि तुम व्यक्ति की हत्या कर रहे हो। पूरे विज्ञान का अस्तित्व ही उसे जीवित बनाये रखने में है।

अब यह एक मूर्खता है। ऐसे जीवन का अपने आप में कोई मूल्य नहीं है, जब तक वहां कोई सृजनात्मकता न हो और जब तक वहां कोई प्रेम न हो – जीवन अपने आप में अर्थहीन है। बस जीने के लिए जीना अर्थहीन है। एक बिंदु ऐसा आता है, जब कोई जीता है, और एक बिंदु ऐसा आता है जब मरना स्वाभाविक होता है। जब मर जाना ही शोभा देता है। ठीक जैसे कि तुम दिन भर काम करते रहते हो और एक बिंदु ऐसा आता है जब तुम थक कर गहरी नींद में चले जाते हो। मृत्यु भी एक तरह की गहरी नींद है, एक बहुत गहरी नींद। तुम फिर नये शरीर में नये रूप में नई सुविधाओं, नये अवसरों और नई चुनौतियों के साथ फिर से जन्म लोगे। यह शरीर पुराना और जीर्ण हो चुका है, और किसी को उसे छोड़ना ही है, वह केवल एक निवास स्थान है।

लेकिन वहां ऐसे भी लोग हैं, जो सोने से भी डरते हैं। कुछ ही दिन पूर्व मैं एक पुस्तक पढ़ रहा था जिसमें लेखक कहता है – 'यहां सोने की कोई जरूरत ही नहीं है, यह समय को बर्बाद करना है।' एक व्यक्ति लगभग अपना एक तिहाई जीवन सोते ही गुजार देता है और किसी तरह यह जीना तो है ही नहीं, क्योंकि इस बीच न तो वह किसी चीज का सृजन करता है और न कोई काम करता है। एक व्यक्ति को नींद में रखने का महत्व क्या है? देर सवेर वे लोग ऐसे रसायन और दवाएं खोजना प्रारम्भ कर देंगे जिससे एक व्यक्ति नींद से पूरी तरह बच

सके। जरा ऐसे संसार के बारे में सोचो, जहां सोना असम्भव बन जायेगा, और वे तुम्हें सोने की अनुमति नहीं देंगे।

रूस में उन्होंने सोते हुए बच्चों को प्रशिक्षित करने के लिए कुछ उपकरणों का आविष्कार किया है। अब क्या तुम उन्हें नींद में अकेले नहीं छोड़ोगे? इसे सम्मोहन प्रशिक्षण कहा जाता है। एक टेप रिकार्डर को उनसे जोड़ दिया जाता है और पूरी रात वह टेप रिकार्डर ही गणित, इतिहास और भूगोल पढ़ाये चले जाता है। बच्चे को दिन भर स्कूल में यंत्रणाएं दी जाती हैं, और अब तुम उन्हें विश्राम करने की भी अनुमति नहीं दे सकते। पश्चिमी मन बहुत अधिक उपयोगितावादी है। वह विश्राम में विश्वास ही नहीं करता, वह केवल कार्य करने में विश्वास करता है। उसके पूरे आचार-विचार कार्य करने के लिए ही हैं, न कि विश्राम के लिये। और सुबह उठते ही बच्चे को फिर स्कूल जाना होता है। यदि तुम बच्चों को सोने की भी अनुमति नहीं दोगे तो तुम संसार में कहीं अधिक मानसिक रूप से रुग्ण लोगों को उत्पन्न करोगे।

और यह लेखक सुझाव देता है कि इस बात की पूरी सम्भावना है कि कुछ दवाओं अथवा रसायनों के द्वारा नींद को पूरी तरह मिटाया जा सकता है और एक व्यक्ति सत्तर वर्ष तक जागते हुए ही जीवित रह सकता है। ज़रा भयानक स्वप्नों के बारे में तो सोचो। ये लोग नींद के विरुद्ध है और ये ही लोग मृत्यु के भी विरुद्ध हैं। ये लोग किसी भी तरह के विश्राम और तथावा में सर्व स्वीकार भाव से रहने के विरुद्ध हैं। बस संघर्ष किये जाओ।

पूरब में, हमारे पास एक भिन्न दृष्टिकोण है : मृत्यु शत्रु न होकर एक मित्र है। मृत्यु तुम्हें विश्राम देती है। तुम बहुत थक गये हो, तुम अपना पूरा जीवन भरपूर जी चुके, तुमने उन सारी प्रसन्नताओं और सुखों को जाना है, जो जीवन में जाने जा सकते है, तुम्हारे जीवन की मोमबत्ती पूरी तरह प्रज्वलित होकर जल चुकी है। अब विश्राम करने के लिए अंधकार में चले जाओ, और तब तुम फिर से जन्म ले सकते हो। मृत्यु तुम्हें नई ताजगी के साथ फिर से जीवित कर देगी।

इसलिए पहिली बात तो यह : मृत्यु कोई शत्रु नहीं है। और दूसरी बात : मृत्यु, जीवन में होने वाला महानतम अनुभव है, यदि तुम होशपूर्वक मर सको। और तुम होशपूर्वक केवल तभी मर सकते हो, यदि तुम उसके विरुद्ध नहीं हो। यदि तुम उसके विरुद्ध हो तो तुम बहुत भयभीत होकर उससे बुरी तरह प्रभावित हो जाते हो। जब तुम इतने अधिक भयभीत हो जाते हो कि तुम उस भय को कम नहीं कर सकते, तो शरीर में ऐसी स्वाभाविक व्यवस्था होती है, कि वह एक तरह का रसायन छोड़ता है और तुम बेहोश हो जाते हो। वहां एक ऐसा बिंदु आता

है, जिसके आगे बरदाश्त करना सम्भव नहीं होता, और तुम बेहोश हो जाते हो। इसलिए लाखों करोड़ों लोग बेहोशी ही में मर जाते हैं और उस महान क्षण से, जो सभी महानतम क्षणों में से एक है, चूक जाते हैं। वह एक समाधि, एक सटोरी होती है, वह तुम्हें ध्यान का घटना होता है। वह एक प्राकृतिक उपहार है।

यदि तुम सजग बने हुए यह देख सकते हो कि तुम शरीर नहीं हो...तुम्हें यह देखना ही होगा, क्योंकि शरीर तो मिटेगा। शीघ्र ही तुम यह देखने में समर्थ हो जाओगे, कि तुम शरीर नहीं हो, और तुम उससे पृथक हो। तब तुम देखोगे कि तुम मन से भी पृथक हो। तब मन भी विसर्जित हो जायेगा, वह मिट ही जायेगा। और तब तुम केवल चेतना की एक लौ मात्र रह जाओगे। और तब वही होता है महानतम आशीर्वाद, जो वहां पहिले ही से है।

इसलिए पहिली बात तो यह कि मृत्यु को एक बीमारी, रुग्णता और मनुष्य की एक पीड़ा मत समझो।

और दूसरी बात : रुग्णता, बीमारी, और पीड़ाएं बुरी इसलिए है क्योंकि वे तभी होती हैं, जब तुम स्वाभाविक होकर नहीं रहते। कुछ चीज तुम्हारे साथ गलत हो जाती है। स्वास्थ्य प्राकृतिक और स्वाभाविक है, मृत्यु भी स्वाभाविक है, लेकिन बीमारी स्वाभाविक नहीं है। बीमारी सामान्य रूप से इस बात का संकेत है कि तुम्हारी प्रकृति और स्वभाव में कुछ चीज गलत हो रही है। उदाहरण के लिए, तुमने बहुत अधिक भोजन कर लिया है और इस संबंध में तुम्हारे पेट में दर्द होने लगता है। यह दर्द या पीड़ा स्वाभाविक नहीं है, तुमने कुछ चीज अस्वाभाविक की है। तुम दो तीन दिनों से नींद नहीं ले सके हो, क्योंकि तुम धन के पीछे दौड़ रहे थे और तुम्हारे लिए सोना सम्भव ही न था। अथवा तुम कोई चुनाव लड़ रहे थे और तुम्हारे लिये नींद लेना सम्भव नहीं था अथवा नींद के लिये तुम अधिक समय गंवाना ठीक नहीं समझते थे। तुम चुनाव अभियान चला रहे थे, इसलिए तुम तीन दिनों तक सो नहीं सके और अब बीमार होकर तुम्हारा सिर फटा जा रहा है ओर सिर में असह्य पीड़ा हो रही है। यह केवल एक लक्षण है तुम्हारी बीमारी का। प्रकृति तुमसे कह रही है – 'मेरे पास लौटकर वापस आओ। तुम मुझसे बहुत दूर चले गये हो।'

मनुष्य स्वतंत्र है और वह अप्राकृतिक भी हो सकता है। कई तरह की बीमारियां केवल इसलिए होती है? जब हम प्रकृति से भटक कर कहीं दूर चले जाते हैं। यदि मनुष्य प्राकृतिक रूप से जीता है, तो वहां कोई भी बीमारी होगी ही नहीं।

लेकिन मनुष्य निरन्तर प्राकृतिक रूप से नहीं जी सकता, क्योंकि मनुष्य के पास स्वतंत्रता भी है। कभी-कभी तुम थोड़ा सा अधिक खा सकते हो – यह

तुम्हारी स्वतंत्रता है। और कभी तुम उपवास भी कर सकते हो – और यह भी तुम्हारी स्वतंत्रता है। संसार में मनुष्य ही केवल एक ऐसा प्राणी है, जिसके पास स्वतंत्रता है : और यही उसकी गरिमा है। लेकिन स्वतंत्रता खतरे भी लाती है। पहिला खतरा यही है कि तुम प्रकृति के विरुद्ध जा सकते हो। और प्रकृति इतनी अधिक विनम्र है कि वह चीखती चिल्लाती नहीं, वह केवल फुसफुसाती है। प्रकृति बहुत शांत हैं, उसकी आवाज बहुत ठहरी हुई और मंद होती है। वह कहे चले जाती है – 'इस काम को मत करो, मत करो यह काम, इसे हर्गिज मत करो, और वह बरदाश्त किए चले जाती है। इस बारे में एक बिंदु ऐसा आता है, जिसके पार वह बरदाश्त नहीं कर पाती और बीमारी उभर आती है।

अब चिकित्सक के पास करने के लिए क्या रह जाता है। पूरब में चिकित्सक बीमारी के साथ लड़ता नहीं। चिकित्सक बीमारी को नष्ट करने के लिए नहीं होता। चिकित्सक सामान्य रूप से इसलिए होता है कि वह मनुष्य को वापस प्रकृति के निकट ले जाये।

प्रश्नकर्त्ता पूछता है : लेकिन अपने कार्यकलाप में मेरी सहज स्वाभाविक प्रवृति है – बीमारी, मृत्यु और मनुष्य के दुःखों तथा पीड़ाओं से इनकार करते हुए उनका निषेध करना। इसलिए अपने बहुत गहरे में, जीवन अथवा अस्तित्व को जैसा वह है, उसे वैसा ही स्वीकार करने का मैं प्रतिषेध करता हूं। कहीं गहरे में यह कामना बनी रहती है कि प्रकृति की इस व्यवस्था और कार्य-विधि को मै थोड़ा सा ठीक कर सकूं।

हां, तुम्हारी कामना पूरी तरह ठीक है। लेकिन यह प्रकृति की व्यवस्था अथवा कार्यविधि में सुधार करना न होकर उस व्यवस्था अथवा कार्यविधि में सुधार करना है, जो प्रकृति के विरुद्ध चला गया है।

चिकित्सक प्रकृति को नहीं सुधार रहा है वह केवल मनुष्य को सुधार रहा है। यह पूरी तरह से भिन्न दृष्टिकोण है। चिकित्सक, प्रकृति को नहीं सुधार रहा है। प्रकृति हमेशा ही से ठीक है। कभी मनुष्य गलत हो सकता है, क्योंकि उसके पास स्वतंत्रता है। चिकित्सक मनुष्य को ठीक करता है।

तुम्हें यह जानकर आश्चर्य होगा कि चीन में वहां एक परम्परागत धारणा रही है – एक बहुत ही प्राचीन परम्परा – कि जब एक व्यक्ति बीमार पड़ता है वह अपने चिकित्सक को धन देना बंद कर देता है। यदि एक व्यक्ति स्वस्थ बना रहता है तो उसे चिकित्सक को निरन्तर धन देना होता है, और यदि वह अस्वस्थ हो जाता है तो वह उसे धन देना बंद कर देता है। इसका अर्थ यह होता है कि चिकित्सक प्रकृति की ओर नहीं देख रहा है और उसकी प्रकृति को

सहायता नहीं दे रहा है और उसे प्रकृति के साथ लयबद्ध होने में उसकी मदद नहीं कर रहा है जिससे वह स्वस्थ और ठीक रह सके। चिकित्सक अपने कार्य में असफल रहा है।

यह बहुत अजीब दृष्टिकोण है। जब तुम बीमार पड़ते हो तो डाक्टर के पास जाते हो और उसे धन चुकाते हो। चीन में सदियों तक स्वस्थ होने पर ही वे चिकित्सक को धन देते रहे हैं। वे लोग अपने चिकित्सक के पास जाते है और उसे इसलिए धन चुकाते हैं क्योंकि वे स्वस्थ हैं – चिकित्सक का कार्य उन्हें स्वस्थ बनाये रखना है। जब वे बीमार पड़ते है तो उसे धन देना बंद कर देते हैं। उन्हें धन फिर क्यों चुकाना चाहिए।' चिकित्सक अपने कार्य को ठीक तरह से सम्पादित नहीं कर रहा है। उसका कार्य है लोगों को प्राकृतिक और स्वाभाविक बनाए रखना। यही भविष्य की भी दृष्टि होगी। देर या सबेर यह दृष्टि आनी ही है।

चिकित्सक, प्रकृति के विरुद्ध नहीं है, चिकित्सक केवल लोगों को ठीक से रहने का स्मरण दिला रहा है, क्योंकि लोगों के पास गलत दिशा की ओर जाने की स्वतंत्रता है। वे वैसा कर सकते हैं।

इसलिए इस बारे में तुम्हें अपने को दुःखी बनाने की कोई जरूरत नहीं है – कि तुम अच्छा काम कर रहे हो, लेकिन तब वहां रुग्णता और बीमारी को स्वीकार करने में तुम्हारी अस्वीकृति है, तुम उसका प्रतिषेध करते हो।

हां, इस बारे में रुग्णता और बीमारी को स्वीकार करने में तुम्हारी अस्वीकृति है, लेकिन रुग्णता और बीमारी प्राकृतिक और स्वाभाविक नहीं है, वे तुम्हें भटका रही हैं। मनुष्य को ठीक से आगे बढ़ाओ। तुम समग्र और सम्पूर्ण के विरुद्ध नहीं लड़ रहे हो, तुम मनुष्य के विरुद्ध समग्र के लिए संघर्ष कर रहे हो। इसे इस तरह से भी देखने का प्रयास करो।

प्रश्नकर्त्ता कहता है कि वह भयभीत है – यह ऐसा है, जैसे मानो वह समग्र के विरुद्ध संघर्ष कर रहा है। यदि समग्र अस्तित्व ही बीमारी चाहता है तो उसे वहां बने रहने दो। यदि सम्पूर्ण अस्तित्व की यही मर्जी है तो उसे वहां वैसा ही रहने दो, तुम्हें ही समर्पण कर देना चाहिए समग्र के प्रति।

जब तुम बीमारी के विरुद्ध संघर्ष कर रहे हो, या तुम समग्र के विरुद्ध संघर्ष नहीं कर रहे हो। यदि खण्ड, समग्र के साथ लयबद्ध है, वह उससे एकतान है, तो वहां न रुग्णता होगी और न कोई बीमारी।

लेकिन मनुष्य के पास स्वतंत्रता है। और स्वतंत्रता के साथ बहुत से खतरे प्रविष्ट हो जाते हैं।

यदि तुम जंगल के अंदर जाकर देखो, तो तुम यह देखकर आश्चर्यचकित हो जाओगे कि जानवर लगभग कभी भी बीमार नहीं पड़ते। मैं उन जानवरों के बारे में नहीं कह रहा हूं जो चिड़ियाघरों में रहते हैं – वे बीमार रहते हैं। वे मनुष्य की नकल करने वाले बन गए हैं। मनुष्यों के साथ रहना बहुत खतरनाक है। लेकिन जंगल में, जंगली वातावरण में जानवर रहते हैं और मर जाते हैं – वे कभी भी बीमार नहीं पड़ते। वे कभी भी अधिक भोजन नहीं करते क्योंकि उन्हें इसकी स्वतंत्रता नहीं है। वे कभी उपवास नहीं करते, उनके पास इतनी भी स्वतंत्रता नहीं है। उनके पास इतनी अधिक चेतना नहीं है। वे ऐसा कोई भी काम नहीं करते जो अप्राकृतिक हो। वे सभी काम प्राकृतिक रूप से ही किए जाते हैं, और अपने को स्वस्थ बनाये रखते हैं।

एक बार मैं अपने थोड़े से मित्रों के साथ एक संरक्षित वन में गया। मेरे साथ एक महिला थी जो वास्तव में मोटी थी, वह विशेष रूप से बहुत मोटी थी। जब हम लोग जंगल के अंदर गये तो वह जीप में ही अपनी बगल वाली सीट पर ही बैठी रही। जंगल में हजारों हिरण थे और उनकी एक कतार उधर से गुजर रही थी और हम उन्हें गुजरता हुआ देख रहे थे। मैंने उस महिला से कहा – बस एक चीज का निरीक्षण करो। देखो और ऐसा एक भी हिरण खोजो जो मोटा हो। हजारों हिरण सामने से गुजर गये और वह महिला बहुत-बहुत शर्मिन्दा हुई क्योंकि वह ऐसा कोई भी हिरण न खोज सकी, जो मोटा हो, वे सभी एक जैसे ही थे, और उनमें एक भी मोटा हिरण न था – क्योंकि हिरण बहुत अधिक भोजन नहीं करते। और जब हिरण अत्यधिक नहीं खाते तो उन्हें कभी भी अल्प आहार पर नहीं रहना होता, इसकी कोई जरूरत ही नहीं है। उन्हें चिकित्सक की कोई आवश्यकता ही नहीं पड़ती।

तपेदिक और कैंसर जैसे रोग प्रकृति में होते ही नहीं। कैंसर केवल बहुत उन्नत किस्म की सभ्यता में ही होता है।

भारत में तपेदिक का प्राचीनतम नाम राजरोग या राज्यक्षमा है। वह पहिले केवल राजाओं को ही हुआ करती थी। इसी से उसे राज्यक्ष्मा, केवल राजाओं को होने वाली बीमारी कहा जाता था। वह कभी भी निर्घन व्यक्तियों को नहीं थी। वह उन्हें हो ही नहीं सकती थी। एक निर्धन व्यक्ति तपेदिक होने के लिए उतनी अधिक पीड़ा बरदाश्त नहीं कर सकता। तब धीरे-धीरे निर्धन व्यक्ति धनी होने लगे, और तपेदिक प्रत्येक व्यक्ति को अधिक से अधिक सुलभ होने लगी।

कैंसर एक नई चीज है। वह पूरी तरह से नई बीमारी है। औषधियों के पुराने ग्रंथों में इसका कहीं कोई उल्लेख नही है – न ताओवादी और न हिन्दू

ग्रन्थों में – यह एकदम नई बीमारी है। उसे घटने के लिए बीसवी सदी तक प्रतीक्षा करनी पड़ी। उसके होने के लिए एक बहुत बड़ा तनाव होना जरूरी है। अप्राकृतिक रूप से इतने अधिक तनाव की जरूरत होती है उसे जो इससे पूर्व होना सम्भव नहीं था। हम अब इतने अधिक समृद्ध हो चुके हैं कि हम कैंसर पर इतना अधिक खर्च करना गवारा कर सकते हैं। और हमारे मन कामनाओं से इतने अधिक ग्रस्त हो चुके है कि हम सभी दिशाओं में चारो ओर दौड़ते हुए प्रकृति से अलग दूर जा गिरे हैं।

तुम्हें फिक्र करने की जरूरत नहीं है कि तुम प्रकृति के विरुद्ध अथवा समग्र अस्तित्व के विरुद्ध संघर्ष कर रहे हो। तुम वास्तव में प्रकृति के विरुद्ध नहीं लड़ रहे हो, तुम खण्ड की उस मूढ़ता के विरुद्ध संघर्ष कर रहे हो, जो समग्र अस्तित्व के विरुद्ध चला गया है। तुम व्यक्ति को वापस समग्रता में ला रहे हो।

और सदा स्मरण रहे, एक चिकित्सक कभी भी किसी का घाव नहीं भर सकता, किसी रोगी को निरोगी नहीं कर सकता। वह केवल समग्र अस्तित्व के अच्छा या निरोगी करने वाली शक्ति को, रोगी को उपलब्ध करा सकता है। वह समग्र अस्तित्व ही है जो घाव भरता है और रोगी को निरोगी बनाता है। न वह चिकित्सक है और न ही उसकी दवा है, जो रोगी को ठीक करती है। दवा, चिकित्सक और अस्पताल ये सभी मिलकर उस खण्ड को वापस उस समग्र अस्तित्व के निकट लाने का कार्य करते हैं, जहां आरोग्य घटता है। चिकित्सक और दवा तो बस उपकरण भर हैं।

तुम्हें चिंतित होने की कोई जरूरत नहीं तुम प्रकृति की सेवा में ही संलग्न हो। तुम खुश हो सकते हो क्योंकि कुछ ऐसा कार्य कर रहे हो जो सुंदर और शुभ है।

अंतिम प्रश्न :

यहां दो प्रश्न हैं, जो एक दूसरे से संबधित हैं।

पहिला प्रश्न है –

दो वर्ष पूर्व, मेरे अंदर से हृदय आघात के सभी लक्षण प्रकट हुए और मुझे अस्पताल ले जाया गया, जहा मैं पाँच दिन रही, लेकिन वास्तव में वहां कोई हृदय आघात हुआ ही नहीं था। और बाद में मैंने सुना कि अन्य दूसरे लोगों को भी मेरे जैसा ही अनुभव हुआ। आखिर इसका अर्थ क्या है?

यह प्रश्न है शीला की ओर से।

और दूसरा प्रश्न है सत्य का।

आश्रम में अभी हाल ही में बहुत से लोगों को कुछ ऐसा अनुभव हुआ जैसे मानो उन्हें हृदय आघात जैसा कुछ हुआ हो : उन्हें हृदय में दर्द और जलन जैसी हुई, उन्हें कुछ लगा जैसे उनका हृदय प्रेम और कृतज्ञता से फटा जा रहो हो। मेरे हृदय में भी गुदगदी सी हुई। शीला कहती है कि जब आपकी लम्बी भुजा ने, प्रवचन के समय उस पर चोट की, तो उसने उसका अनुभव अपने हृदय में किया। यह सभी कुछ क्या घट रहा है भगवान?

उत्तर :

पहिली बात तो यह कि तुम्हारा भौतिक हृदय तुम्हारा प्रामाणिक हृदय नहीं है। यह प्रामाणिक और सच्चा हृदय के ठीक पीछे होता है। असली हृदय तुम्हारे भौतिक शरीर संस्थान का भाग नहीं है। असली हृदय का निवास स्थान आत्मा है – वह तुम्हारी ही आत्मा का केन्द्र है।

भौतिक हृदय तुम्हारे शरीर का केन्द्र है और तुम्हारा आत्मिक हृदय आत्मा का केन्द्र है। दोनों साथ-साथ ही एक दूसरे की बगल में रहते हैं। भौतिक हृदय के ठीक पीछे तुम्हारा आत्मिक हृदय है। यह गलतफहमी बहुत से लोगों को बनी ही रहती है।

जब आत्मिक हृदय का द्वार खुलना शुरू होता है, तो तुम्हारे भौतिक हृदय में भी तरंगे उठने लगती हैं। वे एक जैसे ही हैं और दूसरे के बहुत निकट हैं। जब आत्मिक हृदय में कोई चीज कांपती या तरंगित होती है, तो तुम उसकी गूंज अपने भौतिक हृदय में भी महसूस करते हो। वास्तव में पहिले तुम्हें उसका अनुभव केवल अपने भौतिक हृदय में ही होता है, क्योंकि तुम अपने आत्मिक हृदय के बारे में कुछ भी नहीं जानते हो। उसके प्रति तुम्हारी पहिली चेतना या बोध का साधन तुम्हारा भौतिक हृदय ही बनेगा, जिसे कुछ अजीब अनुभव हो रहे हैं। कभी-कभी तुम्हें जलन जैसी अनुभूति हो सकती है, कभी-कभी वह धड़कन जैसी बन सकती है, कभी वह हृदय के फटने जैसी अनुभूति दे सकती है और कभी वह लगभग हृदय के आघात जैसा अनुभव होगा।

बहुत युगो से सभी ध्वनियों को ऐसा ही अनुभव होता रहा है। जब कभी भी लोग ध्यान में गहरे उतरते हैं ऐसी घटना घटती है। आत्मिक हृदय में कंपन होना

प्रारम्भ हो जाते हैं, उसकी पंखड़ियां खिलने और खुलने लगती है और भौतिक शरीर उन कंपनों और प्रतिध्वनि को ग्रहण करना शुरू कर देता है। लेकिन यह बहुत सुंदर संकेत है। इससे भय मत करो। बहुत शीघ्र तुम अपने आत्मिक हृदय के प्रति सचेत हो जाओगे, तब भौतिक हृदय से जो लक्षण प्रकट हो रहे थे वह मिटना शुरू हो जायेंगे।

पहिला लक्षण व्याकुलता और बेचैनी का होगा। ऐसा इसलिए होगा, क्योंकि कुछ नया घटने जा रहा है और तुम उसके प्रति अभ्यस्त नहीं हो। जब तुम उसके प्रति थोड़े अधिक अभ्यस्त हो जाओगे, उससे कुछ और अधिक लयबद्ध हो जाओगे, तो तुम देखोगे कि वह बेचैनी नहीं है, बल्कि वह तो ठीक एक नये स्वाद की तरह है, जिसे तुमने पहिले कभी नहीं जाना था। वह तुम्हें पहिले परेशान करता है। लेकिन जब तुम उसे अच्छी तरह पहिचान लेते हो, भली भांति जान लेते हो, तो वह तुम्हें एक नई तरह की शांति ओर मौन देगा। और उससे ही महान प्रेम का जन्म होगा।

कुछ ही दिनों पूर्व एक पुराना संन्यासी मेरे पास आया और उसने कहा – 'एक बड़ी चीज हुई मेरे साथ' – और वह सत्तर या पछत्तर वर्ष का वृद्ध है। उसने कहा – "मुझे दिल के दौरे जैसा अनुभव हुआ, इसलिए मैं तुरन्त डॉक्टर के पास गया और उन्होंने मेरा भली भांति परीक्षण करने के बाद कहा, कहीं कुछ भी तो गलत नहीं है। आप पूरी तरह स्वस्थ और सामान्य हैं। मुझे ऐसा आखिर घटा क्या था?"

मैंने उनसे मजाक में कहा – 'वह दिल का आघात न होकर प्रेम का आघात था।'

हां, जब तुम्हारा आत्मिक केन्द्र खुलना शुरू होता है तो तुम्हें प्रेम का आघात या प्रेम के दौरा जैसा पड़ेगा। तुम्हारा शरीर कांपने लगेगा और तुम बेचैनी का अनुभव करोगे। पर शीघ्र ही वह व्यवस्थित हो जायेगा और जब वह व्यवस्थित हो जाता है तो तुम्हारे पास एक नया अस्तित्व होगा – और तुम अस्तित्व के एक नये तल पर होगे। तुम शरीर के तल से आत्मिक तल की ओर गतिशील हो जाते हो।

भौतिक हृदय और आत्मिक हृदय के मध्य मन होता है। केवल यही एक बाधा होती है। ध्यान का पूरा प्रयास ही मन को विसर्जित करना है। एक बार मन विसर्जित हो जाए, तो भौतिक हृदय और आत्मिक हृदय दोनों एक साथ नृत्य करना शुरू कर देते है। तब एक महान सौंदर्य उत्पन्न होता है। और वह केवल आध्यात्मिक अनुभव ही नहीं होता, वह तुम्हारे भौतिक चेहरे पर भी स्पष्ट दिखाई

देगा। एक अनुग्रह भरी नूतन गुणों वाली ऊर्जा तुम्हें चारों ओर से घेर लेगी। और न केवल तुम उसका अनुभव करोगे, अन्य दूसरे लोग भी उसे महसूस करेंगे। तुम्हारे पास नई तरंगें होंगी।

ऐसा अनुभव बहुत से लोगों को घटने जा रहा है, क्योंकि बहुत से लोग यहां ध्यान कर रहे हैं ओर वे लोग वास्तव में कठिन कार्य कर रहे हैं। लेकिन मैं यह नहीं कह रहा हूं कि यदि तुम्हें कभी हृदय में कुछ गलत तरह का दर्द का अनुभव होना शुरू हो, तो तुम डॉक्टर के पास मत जाना। तुम्हें उसके पास जाना ही होगा। कभी हो सकता है कि वह हृदय आघात ही हो। तुम्हें जाना ही होगा डॉक्टर के पास। यदि वह हृदय का आघात नहीं हैं तो डॉक्टर तुम्हें बता देगा कि वैसा कुछ भी नहीं है। लेकिन तुम्हें परीक्षण तो कराना ही होगा।

यह प्रश्न महत्वपूर्ण है क्योंकि यह तुममें से बहुतों के लिए संगत है। ऐसा बहुतों के साथ घटा है ओर यह बहुत से लोगों को घटने जा रहा है, और बहुतों को घटेगा। लेकिन जब तुम्हारे शरीर में कुछ व्याधि होती है तो डॉक्टर के पास जाकर परीक्षण अवश्य कराओ। यदि वह कुछ भी नहीं है, फिर इस बारें में कोई समस्या ही नहीं है। और यदि वहां कुछ है तो तुम दवा ले सकते हो।

इसलिए यह मत सोचो कि हमेशा वह आत्मिक हृदय ही होता है, क्योंकि कभी वह नहीं भी हो सकता। कभी वह भौतिक हृदय भी हो सकता है और यदि तुम डॉक्टर के पास नहीं जाते हो, तो तुम खतरे में पड़ सकते हो।

प्रवचन सात

परिपूर्ण शून्यता

सूफी रहस्यदर्शी सिमाब और मुलाकाब नाम के कुलीन व्यक्ति के मध्य जिस सम्वाद का आदान-प्रदान हुआ, वह घुमक्कड़ दरवेशों द्वारा रंगमंच पर बोले जाने वाले सम्वाद के रूप में, मौखिक संचरण के द्वारा, अभी भी सुरक्षित है।

मुलाकाब :"आप अपने तत्व ज्ञान में से, कृपया हमें कुछ बतलाइये जिससे मैं कुछ समझ सकूं और ज्ञान प्राप्त कर सकूं।"

रहस्यदर्शी ने उत्तर दिया – 'तुम उसे तब तक नहीं समझ सकते, जब तक तुम उसको अनुभव द्वारा न जान लो।'

मुलाकाब :"यह जानने के लिए कि एक केक का टुकड़ा जला हुआ और व्यर्थ है, मैं नहीं समझ पाता कि उसके अनुभव करने की जरूरत क्या है?"

सिमाब :"यदि तुम मछली के एक स्वादिष्ट मांस खण्ड की ओर देख रहे हो, और तुम सोचते हो कि वह एक जला हुआ केक का टुकड़ा है, तो तुम्हें अधिक समझ और कम ज्ञान की जरूरत है किसी अन्य चीज की अपेक्षा, अधिक बेहतर यह होगा कि तुम प्रज्ञावान बनकर उसका अनुभव करो, क्योंकि जो कुछ श्रेष्ठ होता है, उसके प्रति तुम सचेत नहीं होते।

मुलाकाब : यदि अनुभव ही एकमात्र जरूरत है, फिर आप ग्रंथों और उपदेशों को छोड़ क्यों नहीं देते?

सिमाब :"क्योंकि बाह्य अर्थात बाहर का भाग ही, भीतर के अंतःस्थ अर्थात आध्यात्मिक भाग का प्रबंधक हैं। ग्रंथ और पुस्तकें तुम्हें अंतःस्थ के बाहरी पहलू के बारे में कुछ चीजें सिखलायेंगी और यही काम उपदेश भी करेंगे। बिना उनके तुम विकसित न हो सकोगे।"

मुलाकाब : लेकिन बिना पुस्तको के ऐसा होने में हमें समर्थ क्यों नहीं होना चाहिए?

सिमाब :"कारण वही है, क्योंकि बिना शब्दों के तुम सोच ही नहीं सकते। तुम पुस्तकों और ग्रंथों पर इतने अधिक आश्रित हो चुके हो, पुस्तकों और प्रवचनों के पढ़ने और सुनने से तुम्हारे मन का चरित्र इतना बदल चुका है कि

अंतस्थ की बात तुम्हें केवल प्रत्यक्ष रूप से बाह्य द्वारा ही बतलाई जा सकती है। तुम जो भी बहाने बना रहे हो, तुम उसे मन और इन्द्रियों द्वारा ग्रहण भी कर सकते हो।

मुलाकाब : क्या यह प्रत्येक व्यक्ति के लिए ठीक और उपयोगी है?

सिमाब : यह उसी के लिए उपयोगी है जो इसका उपयोग करता है। यह उन सभी के लिए भी उपयोगी है जो यह सोचते हैं कि उनके लिए उसका कोई व्यावहारिक उपयोग नहीं है।

सूफ़ी धर्म एक रसायन है। यह सीसे को स्वर्ण में रूपान्तरित करने, निम्नतम तल से उच्चतम तल की ओर ले जाने तथा परिधि से केंद्र पर ले जाने का विज्ञान है। यह संसार को परमात्मा में बदलने का विज्ञान है।

स्मरण रहे, सूफ़ी धर्म कोई तत्वज्ञान या दर्शनशास्त्र नहीं है, यह एक विज्ञान है। यह परिकल्पनाओं और अनुमान पर विश्वास नहीं करता, यह विश्वास करता है – अनुभव में। यह तर्कपूर्ण विचारों में विश्वास नहीं करता, यह विश्वास करता है प्रयोगों में। केवल प्रयोग ही यह तय करते हैं कि सत्य क्या है, इसके सिवा और कुछ भी निर्णायक नहीं हो सकता। केवल जब तुम जानते हो, तो क्या तुम यह जानते हो कि इस बारे में जानने का कोई अन्य मार्ग नहीं है।

सूफ़ी धर्म की विश्वासों में भी कोई आस्था नहीं है। वह चाहता है कि तुम सभी तरह के विश्वासों को छोड़ दो, क्योंकि वे जानने में बाधा बनेंगें। एक विश्वास होता है, एक किस्म का नकली ज्ञान – तुम वास्तव में नहीं जानते, लेकिन तुम चूंकि विश्वास करते हो, क्योंकि तुम इतनी लम्बी अवधि से विश्वास करते रहे हो, तुम यह अनुभव करना शुरू कर देते हो, जैसे मानो तुम जानते हो। तुमसे तुम्हारे सारे विश्वासों को अलग करना होगा। तुम्हें अज्ञान और निर्दोषता में छोड़ना होगा। केवल वहीं से प्रयोग किया जाना सम्भव है।

विज्ञान पहिले से कुछ भी अनुमान नहीं लगाता – न कोई विश्वास और न कोई पूर्ण विश्वास। वहां कोई भी पूर्वानुमान जैसा कुछ होता ही नहीं। विज्ञान कोरे मन से प्रारम्भ करता है।

ये तीन चीजें हैं, जो तुम्हें गहराई से समझनी होगी। पहिली चीज है – कला। कला, पदार्थ के बारे में अधिक फिक्र नहीं करती। उसके पास अपने प्रक्षेपण होते हैं। कला, पदार्थ का प्रयोग एक स्क्रीन या फिल्म के पर्दे की तरह करती है, जिस पर वह अपनी वैयक्तिक्ता और कल्पना का प्रक्षेपण करता है। जब तुम किसी स्त्री

अथवा किसी बच्चे का चेहरा देखते हो, अथवा किसी पुष्प को देखते हो, कला का संबंध पदार्थगत यथार्थ से नहीं होता – कि वहां है क्या – कला का संबंध तो इससे होता है कि तुम उससे क्या बनाते हो, उस पर क्या प्रक्षेपित करते हो। सौंदर्य, वस्तुगत-यथार्थ का भाग नहीं है, सौंदर्य तो तुम्हारा स्वप्न है, जो तुम उस वस्तु में लाते हो, और तब वह वस्तु सुंदर दिखाई देती है।

कला, कुछ नये की ईजाद करती है, वह कुछ भी खोज नहीं करती। उसकी दिलचस्पी खोज में नहीं है, वह आविष्कारक है, वह कल्पना शील है, वह प्रक्षेपण करती है। Poet (कवि) शब्द का यही बुनियादी अर्थ है। Poet शब्द, ग्रीक के मूल शब्द Poetes से निकला है, जिसका अर्थ होता है सर्जक, जो सृजन करता है। कला, सृजनात्मक होती है।

लेकिन तुम क्या सृजित कर सकते हो? जो कुछ भी तुम सृजित करोगे, वह तुम्हारे ही मन का प्रक्षेपण होगा। कला सौंदर्य का सृजन करती है। इस अर्थ में विज्ञान सृजनात्मक नहीं है। विज्ञान खोज करता है। जो कुछ भी वहां है, विज्ञान केवल उस पर से आवरण हटाता है। वह कुछ नया सृजित नहीं करता, उसके पास कल्पना करने का कोई विचार नहीं होता। विज्ञान है पदार्थगत और कला है व्यक्तिगत। कला के साथ तुम्हारे पास कुछ कल्पनाएं होती हैं, एक जरूरत की तरह कुछ विचार होते हैं जिन्हें तुम प्रक्षेपित करते हो। गुलाब के फूल के निकट आने से पूर्व, तुम्हें अपने मन में कुछ स्वप्नों के साथ आना होता है। तुम्हें सपनों का पालन पोषण करना होता है। जब वे स्वप्न बाढ़ की तरह उमड़ने लगते है, तो वे गुलाब के फूल को भी अपनी जद में लेकर उसे चारों ओर से घेर लेते हैं और उसमें तब एक गरिमा और आभामंडल दिखाई देता है और तुम उसमें कुछ ऐसी चीज देखेगे ज़ो वहां पहिले नहीं थी। तुम कुछ ऐसी चीज देखोगे उसमें जो वास्तव में तुम्हारे ही अंदर है और पीछे से बाहर की ओर प्रतिबिम्बत हो रही है। कला एक स्वप्न है, एक स्वप्न का तत्व अथवा सामग्री है।

विज्ञान है पदार्थगत। विज्ञान की बुनियादी जरूरत है नग्न होकर जाना, बिना किसी पूर्वाग्रह के जाना, चाहे जैसा भी प्रकरण हो बिना किसी विचार के जाना, बस वहां निष्पक्ष और वस्तुगत बनकर निर्विचार बने रहना – जिससे वहां जो कुछ भी है तुम उसका निरीक्षण कर सको। सत्य स्वयं अपने को उघाड़ कर प्रकट हो जाता है, यदि तुम साक्षी बने रह सकते हो। शुद्ध रूप से साक्षी बने रहना ही विज्ञान है।

और तब वहां है तत्वज्ञान अर्थात दर्शनशास्त्र। कला कम से कम किसी चीज को बाहर प्रक्षेपित करती है अथवा उसकी कल्पना करती है। विज्ञान कोई

भी कल्पना करता ही नहीं, वह बाहर पदार्थगत संसार को ही अपना सत्य प्रकट करने को राजी करता है। और तत्वज्ञान? यह शुद्ध वैयक्तिकता है। यह स्क्रीन या पर्दे की भी कोई फिक्र नहीं करता। कम से कम कला तो पर्दे की फिक्र करती है – वहां स्क्रीन होना ही चाहिए तभी कल्पना को प्रक्षेपित किया जा सकता है। तत्वज्ञान एक शुद्ध अनुमान है। तुम अपनी आंखें बंद कर अपने अंदर विचारों में डूब जाते हो और हमेशा-हमेशा के लिए उन ख्यालों में खोये रह सकते हो। यह एक अंतहीन विचारों का जुलूस है।

दर्शनशास्त्र है शुद्ध वैयक्तिक या आत्मचेतना परक, विज्ञान है पदार्थगत, और कला ही ठीक इन दो के मध्य थोड़ा सा तत्वज्ञान और थोड़ा सा विज्ञान, थोड़ा सा पदार्थगत और थोड़ा सा आत्मचेतना परक या वैयक्तिक। कला एक मिश्रण है।

धर्म भी तीन तरह का होता है। वह या तो दार्शनिक विचारधारा हो सकता है अथवा वह कलात्मक अथवा वह विज्ञान जैसा हो सकता है। सूफ़ी धर्म तीसरी तरह का धर्म है – वैज्ञानिक। वह प्रयोगों में विश्वास करता है। वह अनुभव में विश्वास रखता है। वह विश्वासों पर विश्वास नहीं करता। वह केवल सत्य पर आस्था रखता है, जो पहिले ही से वहां है। तुम्हें केवल उसका आवरण हटाना है।

प्रारम्भ करने के साथ ही सूफ़ी धर्म कहता है कि तुम्हें अपने-आपको इस तरह तैयार करना है कि तुम्हारे और सत्य के बीच न तो कोई पूर्वाग्रह हों, न धर्म और समाज द्वारा थोपे गये नीति नियम और अनुशासन की मूढ़ आदतें और संस्कार हों। यात्रा का प्रारम्भ ही विश्वासों, सिद्धान्तों, दार्शनिक विचार धाराओं और व्यवस्थाओं को छोड़ने से होता है? केवल जब तुम सभी विचारो से खाली हो जाते हो, जब तुम्हारी आंखें पहिले से तैयार और ग्रहणशील होती हैं, तभी तुम देख सकते हो।

सामान्य रूप से मनुष्य जाति जिस स्थिति में रहती है उसे सूफ़ी 'नफ़्स' कहते हैं। इस शब्द का अर्थ है – कामना-प्रकृति जिसे हिन्दू 'वासना' और बौद्ध 'तृष्णा' कहते है – अधिक होने की कामना करना, अधिकार में लेने और संग्रह करने की कामना करना, अधिक शक्तिशाली बनने की कामना करना, इसे या उसे पाने की इच्छा करना। तुम इन सभी कामनाओं से भरे हुए हो – 'नफ़्स' और इन्हीं कामनाओं के कारण तुम नहीं देख सकते कि सत्य क्या है। तुम्हारी चेतना में तुम्हारी कामनाओं की भीड़ बढ़ती जाती है और यदि चेतना में कामनाओं की भीड़ हो, तो सत्य को देखने की कोई सम्भावना नहीं रह जाती।

जब तुम वासना से भरे हुए हो, तुम चीजों को अपनी वासना के अनुसार ही देखना प्रारम्भ कर देते हो। जब तुम कामनाओं से भरे हुए हो, तो तुम कल्पना

करना शुरू कर देते हो, और तुम उन चीजों को भी देखना शुरू कर देते हो, जो वहां है ही नहीं। अपनी कामनाओं के अनुसार ही तुम चीजों में रंग भरना शुरू कर देते हो।

एक दिन ठीक भीड़ भरे बाजार जाओ। भरे पेट, अपना भोजन पूर्ण तृप्त होकर सड़क पर चहलकदमी करो। और तब दूसरे दिन उपवास करके उसी सड़क पर टहलने निकलो। तुम आश्चर्य चकित हो जाओगे – अब यह वहीं सड़क नहीं रही। जब तुम भरे पेट और तृप्त थे तो तुम कुछ विशेष चीजों को देखते थे ओर जब तुम भूखे हो तो उसी सड़क पर तुम पूरी तरह से भिन्न चीजों को देख रहे हो। जब तुम उपवास कर रहे हो, भूखे हो, तो तुम सड़क पर रेस्तरां, होटल और उसी तरह की चीजें देखोगे। तुम जूते की दूकान और दूसरी चीजों की ओर देखोगे ही नहीं। जब तुम भरे पेट तृप्त हो तो होटल ओर रेस्त्रां की ओर देखोगे ही नही। हो सकता है तुम्हारे पास ऐसा कोई विचार ही नहीं हो कि उनका कहीं कोई अस्तित्व भी है।

तुम निरन्तर अपनी कामनाओं के अनुसार ही चीजों का चुनाव करते हो। जब तुम कामना वासना से भरे हो, यदि तुम एक पुरुष हो तो तुम स्त्री को देखोगे, अथवा यदि तुम स्त्री हो तो पुरुष को देखोगी। जब कामुकता चली जाती है, तो स्त्री और पुरुष का दिखाई देना बंद हो जाता है, तुम्हारे विभाजित करने का ढंग रुक जाता है। इससे कोई भी फर्क नहीं पड़ता। यह महत्वहीन है।

दूसरे में पहिली चीज जो तुम देखते हो कि वह पुरुष है अथवा एक स्त्री। क्या तुमने इसका निरीक्षण किया है? तुम इसे कभी भूलते नहीं। तुम हर चीज भूल सकते हो – तुम व्यक्ति का नाम भूल सकते हो, उस व्यक्ति का चेहरा भूल सकते हो – लेकिन तुम यह कभी नहीं भूलते कि वह व्यक्ति पुरुष है अथवा स्त्री। क्यों? क्या किसी भी व्यक्ति के बारे में तुम कभी यह भुला सके हो? वह व्यक्ति पुरुष है अथवा एक स्त्री, क्या कभी तुम्हें यह जानकर आश्चर्य हुआ है? मैंने उसे बीस वर्ष पूर्व जाना था। मुझे उसका नाम याद नहीं है, मुझे उसके चेहरे का भी स्मरण नहीं है। मुझे उसके बारे में कोई भी चीज याद नहीं है...लेकिन तुम्हें कभी यह आश्चर्य नहीं होता, कि तुम यह भूल जाओ कि वह स्त्री थी या पुरुष था? नहीं, यह तुम्हें याद रहता है। वह तुम्हारे अंदर गहरे चले गया है – इसी 'नफ़्स' के कारण। पहिली चीज जो तुम किसी के अंदर देखते हो कि वह व्यक्ति स्त्री है अथवा पुरुष।

ठीक कुछ ही दिनों पूर्व ऐसा हुआ कि एक जापानी पुरुष ने संन्यास लिया और मुक्ता ने मुझे बताया कि वह एक स्त्री है – उसके चार्ट में कार्यालय की

गलती से उसे स्त्री लिख दिया गया था। इसलिए मैंने उसे संन्यास देते हुए उसके नाम के पूर्व 'मां' का सम्बोधन दिया, लेकिन वह एक पुरुष था। और तुम जापानियों को जानते ही हो कि वे इतने अधिक विनम्र होते हैं कि वे 'न' कभी कहते ही नहीं। मैंने सुना है कि जापानी भाषा में 'न' शब्द के समान मूल्य का कोई शब्द ही नहीं है – वे हमेशा 'यस', 'हे' (हां) कहते हैं। वे विनम्र बने रहने के लिए ऐसा कहते हैं।

इसलिए उसने 'मां' का सम्बोधन भी स्वीकार कर लिया। उसने यह नहीं कहा – 'मैं एक पुरुष हूं, और मैं एक स्त्री नहीं हूं।' केवल बाद में यह ज्ञात हुआ कि वह एक पुरुष था और मैंने उसे 'मां' से प्रारम्भ होने वाला स्त्री नाम दिया था। हुआ क्या? जब तुम्हारे पास 'नफ़्स' नहीं होता, तुम दूसरे को कामुकता से नहीं देखते। तुम्हें कुछ भी फर्क नहीं पड़ता। तुम्हारी दिलचस्पी उसके शरीर के बाह्य रूप में होती ही नहीं – कि क्या उसके पास स्तन हैं अथवा नहीं, उसकी ढाढ़ी उगी है अथवा नहीं। तुम इस ढंग से उसे देखते ही नहीं। एक बार नफ़्स मिट जाए, एक बार कामना की प्रकृति मिट जाए, फिर दूसरा एक व्यक्ति रह जाता है, शुद्ध रूप से केवल एक व्यक्ति। उसमें पुरुषत्व, स्त्रीत्व, यह सभी तथ्य असंगत हो जाते हैं। कौन उनकी फिक्र करता है? अन्यथा वे ही सबसे अधिक संगत तथ्य होते है। तो पहिली चीज है कि तुम दूसरे में अपने ही नफ्स का प्रतिबिम्ब देखते हो।

सूफ़ी कहते है कि 'नफ़्स' ही वह स्थिति है, जहां मनुष्य रहता है और 'नफ़्स' के द्वारा वहां परमात्मा को देखने की कोई भी सम्भावना नहीं है – क्योंकि 'नफ़्स' केवल कामवासना, धन और शक्ति ही देख सकती है। 'नफ़्स' परमात्मा के लिए अंधी होती है। जब तक तुम 'नफ़्स' को छोड़ते नहीं, तुम परमात्मा को न देख सकोगे – और हर जगह परमात्मा ही है। केवल परमात्मा ही है सब ओर। सब कुछ परमात्मा ही है। उससे अन्यथा कुछ है ही नहीं। लेकिन तुम परमात्मा को न देख सकोगे, तुम देख ही नही सकते परमात्मा को। परमात्मा को देखने के लिए तुम्हें 'नफ़्स' को 'कामना की प्रकृति' को छोड़ना होगा।

'नफ़्स' ऐसा अवरोध क्यों बन जाता है? वास्तव में 'नफ़्स' ठीक-ठीक है क्या? 'नफ़्स' मानसिक रोगी की एक ऐसी भूख है, जो कभी भी संतुष्ट नहीं हो सकती। इसी कारण वह एक मनोरोगी है – क्योंकि उसको तुष्ट करने का कोई मार्ग नहीं है। तुम जितना उसे संतुष्ट करते हो, वह भूख उतनी ही बढ़ती है। 'नफ़्स' और अधिक पाने की एक स्थायी लालसा है – वह चाहे कुछ भी हो। यदि तुम्हारे पास धन है तो तुम ओर अधिक धन चाहते हो, यदि तुम्हारे पास सुंदर स्त्री है तो तुम

उससे भी अधिक सुंदर स्त्री चाहते हो, यदि तुम्हारे पास शक्ति और सत्ता है, तो तुम और अधिक शक्ति और सत्ता चाहते हो – तुम हमेशा और अधिक और, और अधिक चाहते हो। अब यह और अधिक कभी भी संतुष्ट नहीं किया जा सकता। जैसा चीजों का स्वभाव है, यह और अधिक की चाह कभी भी तुष्ट नहीं हो सकती – क्योंकि तुम्हारे पास जो कुछ भी है, तुम्हारी और अधिक पाने की चाह बनी ही रहती है।

तुम्हारे पास दस हजार रुपये हैं – तुम्हारी और अधिक की चाह कहती है – 'एक हजार रुपये और होने चाहिए। ग्यारह हजार ठीक रहेंगे।' जब तुम्हारे पास ग्यारह हजार हो जाते हैं तो कामना प्रकृति कहती है – बारह हजार होना चाहिए। और इसी तरह यह चाह आगे बढ़ती ही जाती है। तुम्हारे पास दस लाख हो सकते हैं, पर इससे जरा भी फर्क नहीं पड़ेगा, इससे अणु बराबर भी अंतर नहीं पड़ेगा, क्योंकि कामना-प्रकृति हमेशा और अधिक की मांग करती है। तुम्हारे पास एक करोड़ रुपये हों, कामना प्रकृति कहती है – एक करोड़ दस लाख होना चाहिए। यह मन है वही। जब तुम्हारे पास दस हजार थे तो यह कह रहा था – ग्यारह हजार होना चाहिए, अब तुम्हारे पास एक करोड़ हैं तो यह कहता है – एक करोड़ दस लाख होना चाहिए। अनुपात सदा वही रहता है।

यह 'कामना की प्रकृति' अथवा प्रवृति अर्थात 'नफ्स' ठीक क्षितिज के समान हैं – वह हमेशा देखती है, जैसे मानो 'वह' वहां है हो सकता है, दस मील दूर हो। यदि तुम तेजी से वहां तक गये, तो वहां पहुंचने में दो घंटे लग सकते है। लेकिन तुम वहां पहुंचोगे कभी नहीं। दो घंटों बाद, जब तुम देखोगे तो तुम पाओगे कि वह फिर परावृत्त होकर पीछे हट गया और दूरी उतनी ही है। यह चलता चला जाता है – यही कारण है कि सभी धर्म इस कामना की प्रकृति को सभी मृगतृष्णाओं और भ्रमों का स्रोत कहते हैं। वह एक भ्रम, एक मायावी रेखा का सृजन करता है। कि वह वहां है – वह रहा क्षितिज। क्षितिज का कहीं कोई भी अस्तित्व नहीं है, क्योंकि पृथ्वी और आकाश कभी भी, कहीं भी मिलते ही नहीं हैं और यह पृथ्वी गोल है। ठीक ऐसा प्रतीत होता है कि पृथ्वी और आकाश कहीं मिल रहे हैं, दूर वहां...ऐसा दिखाई देता है और वह इतना अधिक निकट लगता है कि प्रयास करना उचित प्रतीत होता है। वह हमेशा इतना अधिक निकट और हमेशा इतना अधिक दूर भी होता है। तुम्हारे और क्षितिज के मध्य दूरी सदा वही बनी रहती है। वही दूरी उतनी ही रहती है।

और अधिक की कामना कभी भी तृप्त नहीं हो सकती। और चूंकि और अधिक की कामना कभी भी संतुष्ट नहीं हो सकती। तुम वह नहीं देख सकते,

जो वह है। तुम्हारी उत्कंठा सदा उसके लिए होती है, जो वहां है ही नहीं, इसलिए तुम्हारा मन कहीं अन्य स्थान पर होता है, और तुम वह नहीं देख सकते जो बहुत स्पष्ट तुम्हारे मन और आंखों के सामने, तुम्हें चारों और से घेरे रहता है। तुम क्षितिज की ओर देखते हो, तुम स्वयं अपनी ओर नहीं देखते। तुम कहीं दूर देखते हो, जो निकट होता है, तुम उसकी और नहीं देखते। और परमात्मा तो तुम्हारा पड़ोसी है, परमात्मा तो वास्तव में तुम्हारे अंदर है, तुम ही परमात्मा हो। लेकिन वह बहुत अधिक निकट है और तुम्हारे पास निकट को देखने के लिए न तो समय है और न ऊर्जा। तुम्हारे पास समय और ऊर्जा केवल तब होगी, जब दूर के लिए तुम्हारी कामना मिट चुकी होगी।

'नफ़्स' चित्त की मानसिक विक्षिप्तता की दशा है। जरा तुम अपने अंदर झांक कर देखों और तुम हमेशा वहां 'नफ़्स' पाओगे। आखिर इस 'नफ़्स' का अस्तित्व क्यों होता है? पहिले स्थान पर इसके बने रहने का कारण क्या है?

मनुष्य अपने अंदर के खालीपन से भयभीत रहता है – इतना अधिक भयभीत होता है वह, कि उसे अंदर लगभग एक तरह की मृत्यु दिखाई देती है। अपने अंदर देखों और वहां केवल एक खालीपन के अतिरिक्त अन्य कुछ भी नहीं हैं – वहां एक मौन है, एक शाश्वत मौन, वह कभी भी भंग नहीं होता और वहां एक तरंग तक भी नहीं उठती है। वहां तुम भी नहीं होते हो – क्योंकि तुम कोलाहल पूर्ण हो, तुम एक भीड़ हो। अपने अस्तित्व के सबसे भीतरी केन्द्र पर वहां शुद्ध रिक्तता या खालीपन है और उसी से भय लगता है। कोई भी उसे किसी भी चीज से भरना चाहता है, कोई भी उसे किसी चीज की सामग्री से भर देना चाहता है, कोई कुछ भी होना चाहता है जिससे यह खालीपन मिट सके। यही कारण है कि 'नफ़्स' बना ही रहता है। यह अंदर के खालीपन के भय के कारण ही होता है कि तुम अपने आप में कुछ न कुछ भरे चले जाते हो। तुमने जरूर कभी इसे देखा होगा। जब तुम अंदर से बहुत खालीपन का अनुभव करते हो, तुम भोजन करना शुरू कर देते हो, जब भी तुम बहुत अकेलेपन का अनुभव करने लगते हो, तुम खाना शुरू कर देते हो, जब तुम अपने प्रेमी या प्रेमिका के अभाव का अनुभव करने लगते हो, तुम अधिक भोजन करना प्रारम्भ कर देते हो। तुम अपने आपको भरने लगते हो। तुम ठीक भरे होने का अनुभव करना चाहते हो। लेकिन तुम्हारे अंदर के खालीपन तक यह भोजन नहीं पहुंचता, यह केवल तुम्हारे पेट को भर देता है। यदि तुम अधिक भोजन कर लेते हो, तो यह तुम्हारे शरीर के लिए हानिप्रद होता है। और तुम खाली ही बने रहते हो।

कोई व्यक्ति भोजन का व्यसनी बन जाता है, किसी व्यक्ति को शक्ति और

सत्ता का व्यसन लग जाता है और किसी व्यक्ति को धन कमाने की लत लग जाती है, यह सभी व्यसन हैं। यही असली नशे के रसायन है। एल. एस. डी. अथवा मारिजुआना धन और शक्ति सत्ता के व्यसनों के मुकाबले कुछ भी नहीं है। ये वास्तव में तुम्हें नष्ट करने वाले तत्व है। पर मैं यह नहीं कह रहा हूं कि एल. एस. डी. और मारिजुआना नष्ट करने वाले तत्व नहीं हैं, वे तुम्हें मिटाने और नष्ट करने वाले तत्व तो हैं, लेकिन वे धन कमाने और सत्ता व शक्ति पाने के व्यसनों की तुलना में कुछ नहीं हैं।

तुम जब कभी भी अपने अंदर की शून्यता या खालीपन को किसी भी चीज से भरने की कोशिश करते हो, तुम परमात्मा के विरुद्ध हो जाते हो – क्योंकि वह अंदर की शून्यता परमात्मा ही का चेहरा है। जब तुम अपने आपको स्वादिष्ट भोजन, धन, शक्ति, सत्ता आदि-आदि की सामग्री से भरना बंद कर देते हो, तभी अचानक तुम इसके प्रति सचेत बनते हो कि तुम कौन हो?

सूफ़ी कहते है कि पहिली चीज 'नफ़्स' के अनुभव समझना है और उसे समझ लेने भर से वह छूट जाती है। ऐसा नहीं है कि तुम्हें उसे छोड़ना है – उसे केवल बोधपूर्वक देखने भर से वह छूट जाती है, उसकी व्यर्थता और मानसिक विक्षिप्तता के तथ्य का अहसास होने भर से वह छूट जाती है। इसके छूट जाने का एक सुंदर नाम है – सूफ़ी इसे 'तम्बाह' कहते हैं।

तम्बाह का अर्थ है, पीछे की ओर मुड़ना, तम्बाह का ठीक अर्थ वही है जिसे जीसस, वापस लौटना (रिपेन्ट) कहते हैं। वह मूल शब्द जिससे Repent निकला है, उसका Repentence शब्द (पश्चाताप) से कुछ भी लेना देना नहीं है। उसका अर्थ होता है – स्रोत की ओर लौटना – भूमितल से उसके नीचे सरक जाना 'वापस लौटना' – यही अर्थ होता है Repent का। इसके अंदर अपराध बोध का कोई विचार ही नहीं है – बस तुम अपने स्रोत की ओर वापस लौट जाओ। सूफ़ी इसे तम्बाह कहते है। पतंजलि इसे प्रत्याहार कहते है – अपनी आत्मा की ओर मुड़ना – और महावीर इसे प्रतिक्रमण कहते हैं।

पहिले नफ़्स की प्रकृति को समझ लो। कामना, और अधिक पाने की पागल चाह, अधिक से अधिक पाने की मानसिक विक्षिप्तता इसे समझ जाओ, तो तम्बाह घटित हो जाता है। इसकी व्यर्थता देखकर तुम वापस मुड़ते हो। तब तुम क्षितिज की ओर दौड़ते नहीं, तुम फिर स्वयं अपने अंदर ही मुड़ना या गतिशील होना शुरू हो जाते हो। यह एक सौ अस्सी डिग्री घूम जाना होता है, बिल्कुल ही उल्टी और मुड़ जाना, इसी को तम्बाह कहते हैं।

इस पीछे की ओर मुड़ने से एक तीसरी चीज घटना शुरू हो जाती है – सूफ़ी जिसे 'हाल' कहते है। 'हाल' का अर्थ होता है अस्तित्व की एक स्थिति, एक परवर्तित स्थिति जो अस्थाई होती है। अस्तित्व की यह परवर्तित स्थिति, अमन की स्थिति होती है, जो बिजली की कौंध की तरह कुछ क्षणों के लिए ही घटती है। एक क्षण के लिए तुम अपने अस्तित्व के मूल अथवा जड़ों तक पहुंच जाते हो फिर तुम जड़ से उखड़ जाते हो। यह स्थिति बिजली की चमक की भांति होती है। हाल का अर्थ है चेतना की एक स्थिति लेकिन जो अस्थाई होती है।

शुरू में यह केवल क्षणिक रूप से ही घटेगा, कभी वह वहां होगा और कभी नहीं होगा वहां। वह तुम्हारे अंधकार में एक प्रकाश की किरण की तरह अचानक प्रकट होगा अथवा बादलों भरे अंधेरे आकाश में वह एक तारे की तरह चमकेगा। और कभी तुम उसे देखने में समर्थ हो सकोगे। और कभी उसे देखने में समर्थ नहीं भी हो सकोगे। यह दशा 'हाल' कही जाती है, जिसे अमेरिका में वे अब 'चेतना की परवर्तित स्थितियां' कहते हैं। पुकारते हैं। वास्तव में मैंने किसी से यह सुझाव सुना है कि अब उन्हें यह आवाज उठानी चाहिए कि 'यूनाइटेड स्टेट्स ऑफ अमेरिका' का नाम बदल देना चाहिए। उन्हें जिमी कार्टर से कहना चाहिए कि वह अमेरिका का नाम बदल कर अब 'आल्टर्ड स्टेट्स ऑफ अमेरिका' कर दें। यह अधिक संगत रहेगा। अब चेतना बदल रही है वहां। अब पहिले की अपेक्षा मनुष्यों की दिलचस्पी चेतना में अधिक है।

नफ़्स की दिलचस्पी विषय-सामग्री में है – वह विषय सामग्री जिससे तुम अपनी चेतना को भर सको। यह विषय सामग्री धन भोजन अथवा जानकारी हो सकती है, अथवा कोई अन्य चीज हो सकती है लेकिन नफ्स की दिलचस्पी विषय-सामग्री में होती है। तम्बाह के बाद, अर्थात अपने अंदर मुड़ने के बाद फिर कोई भी विषय सामग्री में रुचि न लेकर, अपनी चेतना में रुचि लेने लगता है। आखिर यह अंदर का खालीपन है क्या, जिसे तुम भरना चाहते हो? पहिले उसे देखो, उसे जानो, पहिले उसके साथ पहिचान बनाओ, पहिले उसका असली स्वाद लो, थोड़ा सा भाग लेकर उसे चबाओ और समझो कि क्या वह कुछ ऐसी चीज है, जिससे अंदर का खालीपन भरा जा सकता है अथवा वह कुछ चीज मनोरंजन करने की है। और जिस क्षण तुमने उसका स्वाद लिया, तब इससे पूर्व चखी गई प्रत्येक चीज तुम्हें निर्मूल्य लगने लगेगी। यह खालीपन ही अपने आप में भरापन या पूर्णता है, यह आंतरिक शून्यता ही महानतम् आनंद की तरह है वहां, यह एक आशीर्वाद और वरदान है परमात्मा का।

पहिले तुम हाल की स्थिति से होकर गुजरोगे – कभी एक बिजली की कौंध की तरह तुम बोध के प्रकाश से भर जाओगे, लेकिन तब वह स्थिति चली जाती है और तुम फिर से पहिले से कहीं अधिक दुःख तथा पीड़ा में डूब जाते हो। यदि हाल ही के लिए तुम नफ्स सृजित नहीं करते हो...तब वहां यह सम्भावना है कि तुम फिर से और अधिक पाने की लालसा करना शुरू कर दो – तब तुम वापस पुरानी स्थिति में लौटकर गिर पड़ोगे। तब तुम फिर से पीछे लौट जाओगे। तुमने फिर से एक क्षितिज निर्मित कर लिया, मन फिर से लौट आया और फिर वहां वही कामना प्रकृति है।

स्मरण रहे, यहां हाल की स्थिति बहुत से लोगों की घट चुकी है। जब 'हाल' की स्थिति घटती है, जब तुम उस स्थिति का स्वाद लेते हो तो स्वाभाविक रूप से तुममें और अधिक पाने की कामना उठना शुरू हो जाती है। तुम बहुत कामना से भरे जाते हो। एक तीव्र चाह उत्पन्न होती है कि कैसे प्रतिदिन इस स्थिति को उपलब्ध हुआ जाये? ओर कैसे इसे बार-बार प्राप्त किया जाये – सुबह, दोपहर, शाम और रात कैसे हर वक्त उसमें रहा जाये – और कैसे और अधिक उसे पाया जाये?

मैं समझ सकता हूं, यह बहुत सुंदर अनुभव है। यह अस्तित्व का ऐसा आशीर्वाद है कि प्रत्येक उसे अपने पास रखना ही चाहेगा। लेकिन यदि तुम इन अनुभवों की कामना और अपेक्षा करना प्रारम्भ कर दोगे तो तुम 'हाल' से भी चूक जाओगे। ये बिजली की कौंध जैसे अनुभव विलुप्त हो जायेगें, फिर वे क्षण भी और नहीं रहेंगे क्योंकि वे तभी घट सकते है, जब वहां 'नफ्स' न हो। यदि तुम हाल की स्थिति का आनंद लेते हुए उसकी कामना नहीं करते हो – जब वह वहां होती है, तुम उसके लिए कृतज्ञता का अनुभव करते हो, जब वह चली जाती है तो तुम उसके लिए फिर कोई लालसा नहीं करते, तुम बिना किसी कामना के उसकी प्रतीक्षा करते हो, तुम बिना कोई मांग किए धैर्य पूर्वक प्रतीक्षा करते हो, तो वह स्थिति अधिक से अधिक आयेगी।

तब आती है चौथी स्थिति – हाल की स्थिति स्थायी हो जाती है। इस स्थिति को 'मगामा' कहते है। मगामा का अर्थ है कि पहुंच गया। तब 'वह' वहां निरन्तर बनी रहती है। तब ऐसा नहीं है कि वह तुम्हें घटती है – अब तुम वही होते हो। 'नफ़्स' से 'मगामा' यही एक सूफ़ी की अंतर्यात्रा होती है। और पूरी यात्रा प्रयोग और अनुभवों से युक्त होती है। यह अस्तित्वगत होती है।

एक 'नफ़्स' की स्थिति के विस्तार में थोड़ा और अधिक गहरे जाना होगा, क्योंकि तुम उसके साथ जितनी अधिक जान पहिचान बना लोगे, उतनी ही

अधिक सम्भावना तम्बाह के लिए, रूपान्तरण के लिए, मुड़कर पीछे लौट जाने या प्रत्याहार के लिए और बड़ी छलांग लेकर दिशा बदलने के लिए होगी।

नफ़्स की वहां तीन दशाएं होती हैं, और संसार में तीन ही तरह के मूर्च्छित लोग भी है। ठीक परसों किसी ने मुझसे प्रश्न-पूछा – आप कहते हैं मनुष्य मूर्च्छित है, लेकिन क्या सभी लोग एक ही ढंग से सोये हुए या मूर्च्छित हैं? नहीं, ऐसा नहीं हैं प्रत्येक व्यक्ति सोया हुआ है, लेकिन उनकी नींद में वहां अंतर है, और बहुत महत्वपूर्ण अंतर है।

पहिली तरह की नींद या मूर्च्छा किसी के बैर में या किसी के विरुद्ध होती है। लोग अपने प्रतिरोध, अपने क्रोध, अपनी शत्रुता, घृणा, अपनी हिंसा, अपनी आक्रामकता और अपनी महत्वाकांक्षा में मूर्च्छित है। पहिली तरह की नींद है शत्रुता पूर्ण लोगों के विरुद्ध।

तुम ऐसे लोगों को देख सकते हो। दूसरे से शत्रुता रखने वाला व्यक्ति बहुत स्पष्ट रूप से अलग से दिखाई देता है। वह हर चीज के बारे में हमेशा नाराज रहता है। वह विध्वंसक होता है। वह प्रत्येक चीज को नष्ट कर देना चाहता है। ऐसे विरोधी प्रकृति के लोग ही क्रांतिकारी बन जाते है – जैसे माओ, स्तालिन और लेनिन। वे सभी कुछ नष्ट कर देना चाहते है। वास्तव में जब तुम नष्ट करना चाहते हो, तुम इसे एक शुद्ध कृत्य की तरह नहीं कर सकते – तुम्हें लोगों के मनों को अफीम की तरह एक आदर्श सामाजिक व राजनीतिक व्यवस्था का स्वप्न देना होगा। ये आदर्श व्यवस्था बनाने के वायदे अफीम के नशे की तरह होते हैं। तुम्हें उन्हें बताना होगा – 'हम समाज को एक बेहतर राज्य बनाने के लिए बदलने जा रहे हैं और इसलिए हम सब कुछ नष्ट कर रहे है।' अन्यथा कोई भी इसका समर्थन न करेगा। तुम्हें एक स्वप्न सृजित करना होगा। जब तुम एक स्वप्न सृजित करते हो, वे लोग उसे देखकर मोहित हो जाते हैं, तब तुम उन्हें नष्ट कर सकते हो।

एक सुंदर समाज कभी आता ही नहीं; न वह कभी आया है और न कभी आने वाला है। यही कारण है कि बुद्ध जैसा व्यक्ति कभी भी समाज के बारे में बात ही नहीं करता। कोई भी सामाजिक क्रांति घटने नहीं जा रही है। कौन जा रहा है इसे लाने? सभी के विरुद्ध शत्रुता रखने वाले लोग ही करते हैं यह सभी कुछ। वे लोग वास्तव में विध्वंस में दिलचस्पी रखते है। एक बेहतर समाज को उत्पन्न करने और बनाने का विचार उनकी केवल एक व्यूह रचना है जिससे वे सभी कुछ बिना किसी अपराध बोध के नष्ट कर सकें।

यह बैर-भाव रखने वाले व्यक्ति एक पराकाष्ठा पर है। उसका क्रोध विशेष

रूप से किसी चीज की ओर निर्देशित नहीं है। वह सामान्य रूप से प्रत्येक चीज के बारे में कुपित है। वह क्रोधित है। उसके क्रोध का कोई खास विषय नहीं है। उसे प्रत्येक चीज और प्रत्येक व्यक्ति शत्रु दिखाई देता है। न केवल व्यक्ति वह वस्तुओं की ओर भी शत्रुतापूर्ण ढंग से देखता है। वह बैर भाव से भरा है, यही कारण है कि उसे पूरा अस्तित्व ही शत्रुतापूर्ण दिखाई देता है। उसका मूल व्यवहार ही नकारात्मक हैं। उसकी नींद और मूर्च्छा बहुत-बहुत क्रोध और आक्रोश से भरी हुई है।

एक चीज उसके बारे में अच्छी है – वह गर्म मिजाज है। वह ठंडा नहीं है। वह वास्तव में जल रहा है, खौल रहा है। चूंकि वह उष्ण है इसलिए अन्य दो तरह के मूर्च्छित और सोये हुए लोगों की अपेक्षा वह सरलता से रूपान्तरित किया जा सकता है। उसके अंदर भी अग्नि जीवंत है – भले ही वह गलत दिशा की ओर गतिशील हैं, लेकिन दिशा बदली जा सकती है। उसके पास शक्ति और ऊर्जा है। यदि उसकी दिशा बदल दी जाये, यदि उसका क्रोध उसके आंतरिक रूपान्तरण के लिए ईंधन बन जाये, तो वह सरलता से बुद्ध बन सकता है।

यह केवल कोई संयोग नहीं है कि भारत में सभी सद्‌गुरू योद्धाओं की जाति क्षत्रियों से ही आये। ब्राह्मणों में से इतने बुद्धों का जन्म नहीं हुआ। कोई भी यही अपेक्षा करेगा कि ब्राह्मणों द्वारा कहीं अधिक बुद्धों को उत्पन्न होना चाहिये, क्योंकि वे उच्चशिक्षित, कुशल, तर्कपूर्ण और प्रत्येक दृष्टि से तत्वज्ञानी लोग हैं। वे लोग अच्छे हैं लेकिन उन्होंने अधिक बुद्धों को उत्पन्न नहीं किया। बुद्ध एक योद्धा थे, महावीर भी ऐसे ही थे, ऐसे ही नेमिनाथ और आदिनाथ भी थे। जैनों के चौबीस तीर्थकर, बुद्ध, राम, कृष्ण, नानक ये सभी क्षत्रिय है, वे सभी योद्धाओं की जाति से ही आये। यह कोई संयोग नहीं है। यदि शत्रुता पूर्ण भाव रखने वाला क्रोधी व्यक्ति बदलता है, तो वह सरलता से एक बुद्ध बन सकता है। इसलिए यह मूर्च्छा, यह शत्रुता भाव रखने वाली नींद सबसे श्रेष्ठ किस्म की मूर्च्छा है।

यही कारण है कि यहां मेरा कार्य पहिले तुम्हें एनकाउंटर थेरेपी रेचन ग्रुप्स, सक्रिय तथा कुंडलिनी ध्यान प्रयोगों द्वारा उष्ण और उत्तप्त बनाना है। पूरा लक्ष्य यही है कि तुम्हारे अंदर अग्नि प्रज्वलित की जाये, तुम्हारे शत्रुतापूर्ण भाव क्रोध के सतह पर लाया जाये – क्योंकि वहीं से रूपान्तरण की सम्भावना है।

दूसरी तरह की नींद और दूसरे तरह के लोग नकली मुखौटा लगाने वाले बहानेबाज और नकली हैं। यह नींद या मूर्च्छा की दूसरी पराकाष्ठा है। एक पराकाष्ठा के छोर पर है, शत्रुतापूर्ण भाव रखने वाले क्रोधी लोग और दूसरी

पराकाष्टा के छोर पर हैं नकली और बहानेबाज लोग। ये लोग मिष्टभाषी स्वभाव के भावुक लोग होते है, ये हमेशा झूंठी और नकली मुस्कान चस्पा करने वाले धोखेबाज लोग होते है, जो कुछ वे अंदर से है, वह उनका चेहरा प्रदर्शित करता है। वह कुरूपता है, निश्चित रूप से उनकी वह भद्दी आकृति है, लेकिन वे उसे प्रकट करते हैं। इन नकली और बहाने बाज लोगों का भी चेहरा कुरूप होता है, लेकिन वे उस पर विनम्रता और शालीनता का मुखौटा लगा लेते हैं, तुम उनका असली चेहरा कभी भी देख नहीं सकते।

राजनीतिक और पंडित पुरोहित ये सभी नकली और बहानेबाज लोग है। ब्राह्मण लोग इतने अधिक बुद्धों को उत्पन्न नहीं कर सके – क्योंकि ये लोग नकली और बहानेबाज लोग है। ये लोग हमेशा मृदु वचन बोलने का प्रयास करते है। यह उनकी एक चाल है जिससे वे स्वयं अपनी सुरक्षा कर सकें, यह ऐसे लोग है जो बहुत अधिक दमित है। वे अपने क्रोध और शत्रुतापूर्ण भाव का निरन्तर दमन किये चले जाते हैं। उनका क्रोध और बैर भाव बना ही रहता है, पर दमन करने से वह अचेतन के तलघर में जाकर छिप जाता है।

एक क्रोधी व्यक्ति एक सामान्य व्यक्ति है। स्मरण रहे, तुम हमेशा ऐसे व्यक्ति पर विश्वास कर सकते हो। कभी भी एक ऐसे व्यक्ति पर विश्वास मत करो, जो हमेशा मुस्कुराता रहता है। मैंने ऐसे लोगों के बारे में सुना है कि ये लोग अपनी नींद में सोते हुए भी मुस्कुराते रहते हैं। ये लोग इतने बड़े बहानेबाज है कि मुस्कान उनके सभी क्रियाकलापों में, लगभग एक स्थिर स्थिति में उनके होंठो पर चस्पा बनी रही रहती है। उनके होठ, एक मुस्कान के रूप में जैसे लकवाग्रस्त हो गये हैं। उनके होंठ और कुछ कर ही नहीं सकते। उनकी मुस्कान जैसे कन्क्रीट जैसा ठोस पदार्थ बन गई है। यह वह चीज नहीं रह गई है, जो हृदय से आती है। यह पेन्ट की गई नकली मुस्कान है। यह एक ऐसा व्यक्ति होता है जो वह बहुत कट्टर धर्मपरायण होता है। पहिली तरह का व्यक्ति क्रांतिकारी बन जाता है और दूसरी तरह का व्यक्ति कट्टर धार्मिक होता है। वह हमेशा नियमों में विश्वास रखता है। वह समाज के प्रति बहुत आज्ञाकारी होता है। वह जिस समाज में भी होता है, उसके प्रति आज्ञाकारी होता है। वह इस बात की चिंता नहीं करता कि वह किस बारे में आज्ञाकारी है, वह बस सामान्य रूप से आज्ञाकारी होता है। ऐसे लोग बहुत प्रतिष्ठित बन जाते है, यह स्वाभाविक है – क्योंकि वे लोग समाज की आज्ञा और निर्देशों का पालन करते हैं। वे कभी भी कुछ गलत करते ही नहीं, वे हमेशा नेक बने रहते है। नेक बनने के लिए ही उनकी पूरी अहंकार

यात्रा चल रही है। वे सत्य पर सवार रहते हैं – क्योंकि वे धार्मिक लोग है। वे हमेशा वहीं करते हैं जो ठीक और सम्मान योग्य हो, वे कभी कोई गलत चीज करते ही नही। स्वाभाविक है कि वे समाज से सभी तरह का आदर और सम्मान पाते हैं। ये प्रतिष्ठित बनकर रहते हैं।

यह दूसरी किस्म कहीं अधिक जटिल है, क्योंकि इन दूसरे तरह के लोगों की नींद में कहीं अधिक मधुर स्वप्न होते है। पहिली तरह के लोग तो भयानक स्वप्नों से परेशान रहते है। याद रहे जब तुम भयानक दुःस्वप्नो से पीड़ित होते हो तो तुम्हारे जाग जाने की पूरी सम्भावना रहती है। ऐसा हमेशा होता है। जब तुम वास्तव में एक दुःस्वप्न में जाते हो, और जब वह सपना बहुत अधिक भयानक हो जाता है, तुम अचानक जाग जाते हो, तुम्हारी नींद टूट जाती है। वह भयानक स्वप्न ही अपने आप ही नींद के विरुद्ध उसे तोड़ने का कार्य करता है। लेकिन जब तुम मीठी मधुर नींद में गाफिल हो और तुम स्वर्ग के सुंदर स्वप्नों को देख रहे हो तब वहां कोई समस्या होती ही नहीं – सोना निरन्तर जारी रह सकता है। मीठा मधुर स्वप्न, नींद की रक्षा करता है, जब कि भयानक स्वप्न नींद के विरुद्ध है।

इसलिए दूसरी किस्म, सम्भावित व्यक्तियों की है, जो कम से कम संसार में धार्मिक लोग तो हैं। और स्वाभाविक रूप से ऐसे लोग बहुत ठंडे होते हैं। यह उष्ण और उत्पन्न होना गवारा नहीं कर सकते। ये ऐसे लोग हैं, जो यदि इस आश्रम में आते हैं। तो तुरन्त यहां से पलायन कर जाते हैं।

इस आश्रम में ऐसी ही स्त्री है – वह यहां एक महीने से है – वह केवल मेरा प्रवचन ही सुनती है और तब वह यहां से चली गई। फिर वह मुझे पत्र पर पत्र लिखे जा रही है – 'भगवान! मैं आपके दर्शन करना चाहती हूं लेकिन मैं आपके ध्यान प्रयोग नहीं कर सकती। वे खतरनाक हैं। और मैं किसी थेरेपी ग्रुप्स में भी भाग नहीं लेना चाहती, क्योंकि वे भी खतरनाक है। मैं केवल आपके प्रवचन सुनना चाहती हूं। आप जो कुछ भी कहते है, मैं उसे प्रेम करती हूं।

लेकिन यह किस तरह का प्रेम है? जो कुछ भी मैं कहता हूं, यदि तुम उससे प्रेम करती हो, तब वह प्रेम तुम्हें स्वाभाविक रूप से उस ओर ही ले जायेगा, जिसे करने के लिये मैं कह रहा हूं। यदि तुम ध्यान प्रयोगों से बचना चाहती हो, यदि तुम थेरेपी ग्रुप्स से जो यहां हो रहे हैं, दूर रहना चाहती हो, तो यह किस तरह का प्रेम हैं?

यह तुम भी जानती हो कि शब्दों के द्वारा कोई भी रूपान्तरण होने नहीं जा रहा। तुम शब्दों को पी सकती हो, उन्हें अवशोषित कर सकती हो – शब्दों में

जज़्ब करने में तुम बहुत कुशल हो सकती हो। और शब्दों के साथ तुम स्वतंत्र हो। तुम उनकी व्याख्या अपने ढंग से कर सकती हो। तुम कुछ शब्दो को छोड़ सकती हो, तुम कुछ शब्द उसमें जोड़ सकती हो। जो कुछ मैं कहता हूं, तुम उसकी गुणात्मकता ही बदल सकती हो, लेकिन तुम ध्यान प्रयोग को नहीं बदल सकती, तुम एनकाउन्टर की तरह ग्रुप थरेपी की विधियों को नहीं बदल सकतीं। तुम्हें उनके अंदर जाना ही होगा। और कोई इसी तरह से भयभीत है।

अब यह स्त्री बहानेबाज और नकली है। यह शत्रुतापूर्ण और क्रोधपूर्ण और क्रोधयुक्त व्यक्ति की नींद की अपेक्षा कहीं अधिक गहरी नींद में गाफिल है। एक क्रोधी और शत्रुता रखने वाला व्यक्ति बदला जा सकता है, क्योंकि वह उष्ण और उग्र है। यह स्त्री नकली और बहानेबाज है। यह बहुत ठण्डी है – वर्फ जैसी ठंडी। जब पानी गर्म होता है तो वह भाप बनने के बहुत निकट होता है – बस उसे थोड़ा सा और अधिक गर्म करो और वह भाप बन जाएगा। जब तुम्हारे पास आइस क्यूब हो तो पहिले तुम्हें उन्हें पिघलाना होगा, तब तुम्हें उन्हें गर्म करना होगा। यह विधि बहुत लम्बी है।

तीसरी किस्म, सबसे अधिक जटिल लोगों की किस्म है – ये लोग बुद्धि और संकल्प विहीन यंत्र मानव की तरह है; जैसे किसी शव में कोई प्रेत प्रविष्ट हो गया हो। इन्हें जोम्बी (Zombie) कहा जाता है। 'होस्टाइल' अथवा शत्रुताभाव रखने वाले क्रोधी लोग, फिर फोनी (Phony) नकली और बहाने-बाज लोग और तब यह जोम्बी अर्थात बुद्धि और संकल्प विहीन कठपुतले जैसे लोग। यह जोम्बी ठीक मध्य में होता है वह न तो 'होस्टाइल' होता है और न 'फोनी'। वह ठीक बीच में होता है, वह दोनों ही है। वह एक मुर्दे जैसा है। वह न तो ठंडा है और न गर्म, वह नपुंसक है। वह किसी भी पक्ष में नहीं है, वह भयभीत है। वह ठीक बीच में लटका है। वह कुछ भी निर्णय नहीं ले सकता। इसलिए उसने ठीक यंत्रवत रहने का निर्णय लिया है।

ये जूम्बीज लोग ठीक मुर्दे की तरह है। ये लोग चलते हुए और बात करते हुए मुर्दे जैसे यंत्रमानव है। ये लोग जीवन की गाड़ी को पहिए द्वारा बनी लीक पर रुटीन तरीके से चलना ही जानते हैं। यह संस्कारी और कर्मकाण्डी लोग है। इनमें से ही महान संत और महात्मा बन जाते हैं। 'होस्टाइल' या क्रोधी लोग तो क्रांतिकारी अपराधी और पापी बन सकते है और 'फोनी' या नकली और बहानेबाज लोग बहुत प्रतिष्ठित भद्रलोक बन जाते हैं, जहां पुरुषों को भद्रजन और स्त्रियों को 'लेडी' या सम्मानित महिला कहा जाता है।

मैं कल ही यूनाइटेड स्टेट्स ऑफ अमेरिका में कोर्ट द्वारा दिये गए एक निर्णय

के बारे में पढ़ रहा था। एक अमरीकी राज्य में एक तलाक का मुकदमा चल रहा था और मजिस्ट्रेट ने यह निर्णय दिया कि जो पति अपनी पत्नी को तलाक दे रहा है और जो पत्नी अपने पति को तलाक दे रही है उन्हें भद्रपुरुष और भद्रमहिला कहकर नहीं पुकारा जायेगा, वे लोग सामान्य स्त्री और पुरुष ही हैं।

मुझे आश्चर्य हुआ, बीसवी सदी में, और अन्य दूसरे सभी देशों से अलग अमेरिका में मजिस्ट्रेट ने यह निर्णय दिया कि जो व्यक्ति तलाक दे रहा है वह भद्रपुरुष न रहा, वह केवल एक सामान्य व्यक्ति भर रह गया उसे जेंटिलमैंन या भद्रपुरुष कहकर सम्बोधित नहीं किया जाा सकता। और वह महिला जो तलाक दे रही है – निश्चित रूप से वह फिर कैसे एक भद्रमहिला बनी रह सकती है? असम्भव है। उसके प्रति कोई भी किसी तरह के सम्मान का प्रदर्शन न किया जाये, मजिस्ट्रेट के कहने का यही आशय है।

'फोनी' या नकली बहानेबाज लोग सभी प्रकार का सम्मान पाते हैं। वे भद्र पुरुष और भद्र महिलाएं हैं। वे पुरोहित और पुजारी बनते है। जो राजनेता होते है, वे शक्तिशाली लोग होते है। और 'जोम्बी' बन जाते हैं – संत और महात्मा, जो बुद्धि और संकल्पविहीन यंत्रमानव जैसे लोग हैं। केवल यह लोग ही यह यथार्थ रखते है कि वे ठीक प्रस्तर प्रतिमा की तरह, मुर्दे की तरह निश्चल बैठे रह सकते हैं।

ऐसा कहा जाता है कि एक बार एक खोजी जेन सद्गुरु रिनझाई के पास आया और उसने उनसे कहा – "मैं दूसरे अन्य मठों में भी रहा हूं और मैंने काफी कुछ सीखा है। इस युग के ओ महानतम् सद्गुरु! अब मैं आपकी शरण आया हूं।"

रिन्झाई ने उस मनुष्य की ओर देखा। उसने यह जरूर समझ लिया होगा कि यह व्यक्ति जोम्बी दिखाई देता है। इसलिए रिन्झाई ने कहा – 'तुमने क्या सीखा है? उसे मुझे दिखाओ।'

अब यह दुर्लभ प्रश्न था। वह अन्य सद्गुरुओं के भी पास गया था, वह अन्य शिक्षकों और मठों में भी गया था – और किसी ने कभी ऐसा प्रश्न नहीं पूछा था – मुझे दिखलाओ। हां, उन्होंने प्रश्न पूछे थे ओर उसने पूरी कुशलता से ठीक उत्तर भी दिये थे, क्योंकि वह बहुत कुशल था। तीस वर्षो से वह खोज करने के धंधे में ही लगा हुआ था, इसलिए वह इस धंधे के सारे राज जानता था – लेकिन, 'मुझे दिखलाओ तुमने क्या सीखा है?' तुम अपने तत्वज्ञान को कैसे दिखलाओगे?

वह अन्य कोई भी चीज सोच ही न सका, इसलिए वह बस अपनी आंखें बंद कर आसन लगाकर ठीक बुद्ध की मुद्रा में पूरी तरह एक मूर्तिश की तरह बैठ गया। रिन्झाई हंसा। उसने उसकी खोपड़ी पर डंडे से प्रहार करते हुए कहा – 'बेबकूफ! यहां से तुरन्त निकल। हमारे पास पहिले ही से काफी बुद्ध हैं। क्या तू उन्हें इस मंदिर में नहीं देख रहा?'

रिन्झाई जिस बौद्ध मंदिर में रहा करता था, वह दस हजार बुद्धों के मंदिर के नाम से विख्यात था। वहां बुद्ध की दस हजार मूर्त्तियां थी। उसने कहां – "देख! हमारे पास तेरे जैसे दस हजार बेवकूफ संगमरमर की मूर्त्तियों के रूप में पहिले ही से हैं। हमें और अधिक की कोई भी जरूरत नहीं। यहां से तुरन्त बाहर निकल जा और खबरदार अपना चेहरा मुझे फिर न दिखना।"

'जोम्बी' टाइप लोगों में से ही महान महात्मा बन सकते हैं, क्योंकि ये लोग इतने अधिक मृत होते हैं। उनमें से जीवन जैसे सिकुड़ गया होता है। ऐसा नहीं है कि वे लोग कामनामुक्त हो गये हों, नहीं, वे लोग जीवनविहीन बन गये हैं। जब उनमें वहां जीवन ही नहीं है, तो फिर वहां कामना भी नहीं है – लेकिन आवश्यक बात यह नहीं है। एक सच्चा और प्रामाणिक ऋषि वह होता है जिसके पास कोई कामनाएं न हों पर परिपूर्ण जीवन हो। नकली संत वह होता है, जो अपने जीवन को स्वयं मार लेता है क्योंकि अपनी कामनाओं को मारने का उनके लिए सरलतम उपाय यही है। इसीलिए वह मृतवत है।

सोये हुए मूर्च्छित लोगों की ये तीन किस्में हैं और ये तीन तरह के नफ़्स होते हैं। तुम्हें स्वयं अपना निरीक्षण कर अपनी किस्म जाननी है कि तुम्हारे पास किस तरह की नफ़्स है। यदि तुम होस्टाइल या क्रोधी टाइप के हो तो खुशी मनाओ, क्योंकि तुम्हारे लिए चीजें आसान हैं। यदि तुम फोनी यानी नकली और बहानेबाज हो, फिर भी खुशी मनाओ – चीजें थोड़ी सी अधिक कठिन तो हैं, लेकिन फिर भी सम्भावना है। यदि तुम जोम्बी हो, तब भी खुशी मनाओ, कि तुमने यह समझ लिया कि तुम एक जोम्बी हो – थोड़ी सी सम्भावना फिर भी बनी रहती है।

और अब यह सुंदर सम्वाद...

सूफ़ी रहस्यदर्शी सिमान और मुलाकाब नाम के एक कुलीन व्यक्ति के मध्य जिस सम्वाद का आदान-प्रदान हुआ, वह घुमक्कड़ दरवेशों द्वारा रंगमंच पर बोले जाते सम्वाद के रूप में मौखिक संचरण के द्वारा अभी भी सुरक्षित है।

मुलाकाब : "आप अपने तत्वज्ञान में से कृपया हमें कुछ बतलाइये जिससे मैं कुछ ज्ञान प्राप्त कर सकूं अथवा उसे समझ सकूं।"

यह प्रश्न बहुत संगत दिखाई देता है। 'आप अपने तत्वज्ञान में से हमें कुछ बतलाएं, जिससे मैं कुछ ज्ञान प्राप्त कर सकूं' – जैसे मानो कुछ बताने भर से समझ सकता है अथवा ज्ञान प्राप्त कर सकता है।

हम लोग शब्दों में बहुत अधिक विश्वास रखते हैं – जैसे मानो शब्द अपने आप में ही सत्य हैं, जैसे मानो अक्षर ही आत्मा है। ऐसा है नहीं, लेकिन हम लोग शब्दों पर ही पले बढ़े हैं। वह सभी कुछ जो हम जानते है, वे शब्द ही हैं। इसलिए स्वाभाविक रूप से जब कोई खोजी, रहस्यदर्शी और सद्गुरु सिमान के पास आता है और पूछता है – 'आप अपने तत्वज्ञान दर्शन शास्त्र में से हमें कुछ बतलाइये।'

अब सूफ़ी धर्म के पास कोई भी तत्वज्ञान अथवा दर्शनशास्त्र है ही नहीं। सूफ़ी धर्म को बतलाया नहीं जा सकता। उसे तो जीया जा सकता है, उसका तो अनुभव किया जा सकता है, लेकिन उसे बतलाया नहीं जा सकता। और ऐसा भी नहीं है कि सूफ़ियों ने उसे बतलाने का प्रयास नहीं किया, उन्होंने उसे बताने का प्रयास किया, लेकिन वह फिसल-फिसल जाता है। वही मैं भी कर रहा हूं। मैं उसे बतलाए चले जाता हूं, लेकिन वह फिसला चला जाता है। किसी भी शब्द ने कभी भी सत्य के साथ न्याय नहीं किया हैं, सभी शब्द उसे नकली बना देते हैं। सूफ़ी लोग पूरी तरह से लाओत्से से सहमत हैं, जब वह कहता है – 'जो ताओ (सत्य या परम नियम) कहा जा सकता है वह ताओ रह ही नहीं जाता। वह सत्य जिसका उच्चारण किया जा सकता हो या कहा जा सकता हो, वह पहिले ही से झूठ बन जाता है।

तुम्हें स्वयं ही उसका अनुभव करना होगा। लेकिन मनुष्य अनुकरण, अनुसरण और नकल करता है, इसलिए वह पूरी तरह अनुकरण करता है। वह दूसरे व्यक्तियों के शब्दों, तत्वज्ञान और उनके विश्वासों का अनुकरण व अनुसरण करता है।

मैंने सुना है...

दो पुरुष और एक युवा महिला एक ट्रेन के सोने के डिब्बे में यात्रा करते हुए कैलीफोर्निया जा रहे थे और उन लोगों ने तय किया वे लोग एक दूसरे से भली भांति परिचित हो जायें।

पहिले पुरुष ने कहा – "मेरा नाम पॉल है, लेकिन मैं संदेशवाहक नहीं हूं।"

दूसरे ने कहा – "मेरा नाम पीटर है, लेकिन मैं कोई संत नहीं हूं।"

वह लड़की फुसफुसा कर बोली – "मेरा नाम मेरी है, और मैं नहीं जानती कि मैं आखिर कहूं तो क्या कहूं?"

सब इस तरह से चलता है। हम बस देखते रहते हैं कि क्या हो रहा है, लोग क्या कह रहे हैं और हम वैसा ही करते हैं। हम अनुकरण करते हैं।

सोते हुए मनुष्य एक बंदर बना रहता है और जहां सोये हुए लोगों का संबंध है, डार्विन बिल्कुल ठीक कहता है कि मनुष्य का जन्म बंदर से हुआ है, अन्यथा तुम किस तरह अपनी इतनी अधिक बंदरों जैसी अनुकरण करने की प्रवृत्ति को स्पष्ट करोगे?

चर्च के द्वार पर खड़ा पादरी चर्च की प्रार्थना समाप्त होने के बाद उस क्षेत्र में धार्मिक संस्कार कराने वाले व्यक्तियों को विदा कर रहा था। लोग बहुत उदारता से पादरी के उपदेश के लिए, सिवा एक व्यक्ति के, उनकी प्रशंसा कर रहे थे। उस व्यक्ति ने उनसे कहा – "धर्म पिता! आपका प्रवचन सुनने में तो अच्छा था, पर नासमझी से भरा हुआ था।"

एक बार फिर वह व्यक्ति भीड़ से प्रकट होकर फुसफुसाकर बोला – "धर्म पिता! आपके पास वास्तव में कुछ भी कहने को था ही नहीं।"

जैसे ही उसे अवसर मिला, पादरी ने अपने नीचे काम करने वाले छोटे पादरी से, उस मुसीबत उत्पन्न करने वाले व्यक्ति की ओर संकेत करते हुए उसके बारे में जांच करने को कहा, जिससे वह तीसरी बार कोई मुसीबत खड़ी न करे।

छोटे पादरी ने कहा – "आप उस व्यक्ति की जरा भी फिक्र मत करें, वह एक ऐसी बेचारी आत्मा है जो चारों ओर घूमती हुई सिर्फ वही दोहराती रहती है, जो वह दूसरे लोगों को कहते हुए सुनती है।"

ठीक से अपने मन का निरीक्षण करो। तुमने इस जगह आखिर क्या प्राप्त किया है? क्या कोई मौलिक चीज, अथवा कोई ऐसी चीज जिसे तुम प्रामाणिकता से अपनी कह सको? अथवा तुम केवल वही दोहराये जा रहे हो, जो दूसरे लोग कह रहें हैं? इस दोहराने की प्रवृत्ति को छोड़ो, तभी अनुभव का द्वार खुलता है। तत्वज्ञान या दर्शनशास्त्र कोई भी सहायता करने नहीं जा रहा, केवल अंतर्दृष्टि ही तुम्हारे अस्तित्व में सहायक बनेगी।

एक बुजुर्ग महिला के पास एक तोता था, जो आक्रामक और अपमानजनक भाषा का ही प्रयोग किया करता था। हर बार जब वह स्त्री अपने कमरे में आती थी, वह कहता था – "मैं चाहता हूं तू मर जाये। मैं चाहता हूं तू मर जाये।"

इस बारे में उसने अपने चर्च के पादरी को बतलाया तो उसने कहा – "मेरे पास भी एक तोता है, पर वह इतना अभद्र नहीं है। तुम अपने तोते को यहां लाकर कुछ हफ्तों के लिए छोड़ जाओ, और हो सकता है कि वह मेरे तोते के अच्छे आचरण को अपना ले।"

उसने ऐसा ही किया। कुछ समय बाद उसे वापस लाने के लिए वह कमरे के द्वार खोलकर अंदर टहलती हुई गई। उसे देखते ही उसके तोते ने कहा – "मैं चाहता हूं कि तू मर जाये।" तब पादरी के तोते ने उसके स्वर में स्वर मिलाकर कहा – "आमीन! परमात्मा! उसकी प्रार्थना तू स्वीकार कर।"

तोते भी वैसे तोते नहीं हैं, जैसे कि मनुष्य हैं। तथाकथित तोतों की अपेक्षा, मनुष्य तोते से कहीं अधिक दोहराने वाला है। और यदि तोते दोहराते और नकल करते हैं, तो उन्हें क्षमा किया जा सकता है, लेकिन मनुष्य को नहीं किया जा सकता। नकल करने के लिए कभी भी अपने आपको क्षमा मत करो, अन्यथा तुम एक नकल करने वाले ही बने रहोगे। अपने को नकल करने के लिए क्षमा करना बंद करो। नकल करने को मौलिक पाप करना समझो। और जब मैं कहता हूं – मौलिक पाप, तो मेरे कहने का अर्थ यही है जिसका अनुकरण न किया गया हो।

यह शब्द 'पाप' बहुत सुंदर है। इसका अर्थ होता है – अलग-अलग रहना। यदि तुम नकल कर रहे हो तो तुम अपनी प्रामाणिक आत्मा से पृथक बने रहोगे। यदि तुम अनुकरण करते हो तो तुम परमात्मा से पृथक बने रहोगे, क्योंकि केवल तुम्हारी मौलिक आत्मा से ही परमात्मा की मुलाकात हो सकती है। यह नकली, यह झूठा मुखौटा परमात्मा का आमना-सामना नहीं कर सकता। नकली कभी भी असली का मुकाबला नहीं कर सकता, केवल असली ही असली का मुकाबला कर सकता है।

मुलाकाब : ''आप अपने तत्वज्ञान अथवा दर्शनशास्त्र में से हमें कुछ बतलाइये, जिससे मैं कुछ समझ सकूं और ज्ञान प्राप्त कर सकूं।"

रहस्यदर्शी ने उत्तर दिया – "तुम उसे तब तक नहीं समझ सकते, जब तक तुम उसको अनुभव द्वारा न जान लो।"

समझ, अनुभव का एक 'बाई-प्रोडक्ट' है, वह अनुभव की एक छाया और अनुभव का परिणाम है। वह कोई पूर्व आकांक्षा या मांग नहीं है। अनुभव करने के लिए तुम्हारे पास समझ होना जरूरी नहीं है – ठीक मामला इससे उलटा है। तुम्हें एक चीज को समझने के लिए अनुभव की जरूरत है। तुम कोई चीज समझ ही नहीं सकते, जब तक तुमने उसका अनुभव न कर लिया हो। और परमात्मा कोई अनुमान या कोई कल्पना नहीं है। यह वह नहीं है, जिसे हम सोचते हैं कि यह परमात्मा है – परमात्मा है, हम चाहे सोंचे अथवा नहीं। हम परमात्मा से इनकार किए जाते हैं, इससे कोई भी फर्क नहीं पड़ता – परमात्मा फिर भी है। परमात्मा अस्तित्वगत है। तुम चाहे विश्वास करो अथवा अविश्वास, सत्य पर उसका कोई भी प्रभाव नहीं पड़ता। तुम्हारा विश्वास अथवा अविश्वास, उसमें कोई भी परिवर्तन नहीं ला सकते, वह जो है, है। इसलिए विश्वास या अविश्वास का महत्व क्या है? उन्हें छोड़ो और चाहे जैसी भी स्थिति हो उसे देखने का प्रयास करो। जब तुम उसे देख लेते हो, समझ उत्पन्न हो जाती है। जो कुछ भी अच्छा है, तुम उसके प्रति गलत समझ के कारण सचेत नहीं होते।

मुलाकाब : यह जानने के लिए कि केक का टुकड़ा जला हुआ और व्यर्थ है, मैं नहीं समझ पाता कि उसके अनुभव करने की क्या जरूरत है?

बहुत तर्क पूर्ण बात है यह। जीवन में बहुत-सी चीजों को अनुभव करने की तुम कोई जरूरत ही नहीं समझते – फिर भी तुम महसूस करते हो कि तुम जानते हो। लेकिन इसी तर्क को परमात्मा की ओर नहीं फैलाया जा सकता।

जीवन में तुम बहुत से सोचे हुए लोगों के साथ रह रहे हो, जो विश्वास के द्वारा ही कार्य करते हैं। यदि तुम उनके विश्वास का अनुसरण करते हो, तो तुम्हारा जीवन सुविधामय हो जायेगा। तुम्हारा विश्वास, तुम्हें सुविधा में बने रहने में सहायता करेगा। लेकिन परमात्मा के साथ तुम सुविधा अथवा सुरक्षा की खोज नहीं कर रहे हो, परमात्मा के साथ तो तुम सत्य के लिये उत्कंठा कर रहे हो।

कुछ दिनों पूर्व ही मैं अमेरिका के किसी कॉलेज के बारे में पढ़ रहा था। अचानक ही उसे दान में एक बहुत बड़ी धनराशि प्राप्त हुई और उस धन का उपयोग करने के भी अधिकार प्राप्त हुए, और उस कालेज को एक विश्वविद्यालय

बनाने का निर्णय लिया गया। इसलिए वे विश्वविद्यालय के द्वार पर एक सूत्र चाहते थे। उन्होंने यह भी निर्णय लिया कि वह सूत्र न तो ग्रीक भाषा का हो और न लैटिन भाषा का, बल्कि वह संस्कृत का होना चाहिए, और उन्होंने यह भी तय किया कि उस सूत्र का अर्थ कुछ इस तरह का होना चाहिए; 'एक पुष्प के प्रस्फुटन की भांति सत्य विकसित होता है।'

इसलिए उन्होंने अमेरिका में संस्कृत के एक सबसे बड़े विद्वान की खोज की, जो संस्कृत में विश्व प्रसिद्धि ख्याति के थे। उनसे भेंट करने पर उन लोगों ने निवेदन किया कि हम लोग विश्वविद्यालय के द्वार पर संस्कृत का एक सूत्र चाहते हैं – 'एक पुष्प के प्रस्फुटन की भांति सत्य विकसित होता है। कृपया इसका संस्कृत में अनुवाद कर दें। हम लोग इसे संस्कृत में लिखा ही द्वार पर लगाना चाहते हैं।

उस प्रोफेसर ने इनकार करते हुए कहा – 'इस वाक्य का संस्कृत में अनुवाद नहीं किया जा सकता, क्योंकि पूरब का चित्त कहता है कि सत्य कभी खिलता या फैलता नहीं है, सत्य तो सामान्य रूप से बस होता है। वह विकसित नहीं होता। उसका फैलाव या फूल की तरह खिलना नहीं होता। तुम उसकी खोज करते हो, तुम उस ओर विकसित होते हो, लेकिन सत्य कभी भी विकसित नहीं होता। तुम उसके पास आओ अथवा उससे दूर जाओ, लेकिन सत्य वैसा ही बना रहता है। विकास तुममे घटता है, सत्य में नहीं होता। इसलिए सत्य न अपने को उघाड़ता है और न फूल की तरह खिलकर फैलता है – क्योंकि फूल कभी बीज में था, कभी वह वृक्ष में होता है और कभी कली में। और तब वह खिलता है। उसकी एक सांसारिक शोभा यात्रा होती है। सत्य तो अखण्ड रूप से है, वह कोई क्रमिक विकास नहीं है। वह तो शुद्ध रूप से है। उसका न कोई अतीत है न कोई वर्तमान और न कोई भविष्य। वह तो शाश्वत रूप से ठीक वैसा ही होता है।

मैं उस संस्कृत के विद्वान के साथ सहमत हूं। वह ठीक कहता था। ऐसा नहीं है कि उस वाक्य का संस्कृत में अनुवाद नहीं किया जा सकता। उसका संस्कृत भाषा में अनुवाद किया जा सकता है – लेकिन उसमें पूरब की आत्मा नहीं होगी। वह अनुवाद नकली होगा। वह सत्य के संबंध में ठीक समझ को प्रदर्शित न करेगा।

यदि तुम विश्वास करते हो अथवा तुम अविश्वास करते हो, तुम उससे दूर ही बने रहते हो। तुम्हारे और सत्य के मध्य वहां कोई चीज होती है – तुम्हारा विश्वास अथवा तुम्हारा अविश्वास। यदि तुम सत्य को जानना चाहते हो, तो तुम्हारे और सत्य के बीच कोई भी और चीज होने की कोई आवश्यकता नहीं है, तुम्हें मन

का सारा सामान और फर्नीचर हटा देना होगा। तुम्हें केवल देखना होगा। तुम्हारी आंखें पूरी तरह बिना विचारों के बादलों के समान निर्मल होना चाहिए।

सिमान : यदि तुम मछली के एक स्वादिष्ट मांस खण्ड की ओर देख रहे हो और तुम सोचते हो कि वह एक जले हुए केक का टुकड़ा है तो तुम्हारे ज्ञान को प्रामाणिक समझ की जरूरत है।

क्योंकि तुम्हारी समझ गलत है, वह डांवाडोल है। वह एक मछली का स्वादिष्ट मांस खण्ड है और तुम अपनी समझ से उसे एक जला हुआ केक का टुकड़ा जान रहे हो, तो तुम्हारा ज्ञान तुम्हारी सहायता करने नहीं जा रहा है। इससे यही बेहतर है कि तुम्हारे पास कम ज्ञान हो। कोई भी ज्ञान, पूर्ण विकसित और निर्दोष नहीं होगा, तब वहां ऐसा कुछ भी नहीं होगा जो सत्य से तुम्हारा ध्यान हटा सके। सभी ज्ञान विभाजित कर तुम्हें भ्रमित करते हैं। जब तुम जानते हो, तो वह जानना व्यवधान डालता है – इसलिए किसी को भी निर्दोष बनना चाहिए। केवल निर्दोष व्यक्ति ही जानता है, क्योंकि वे लोग जो यह सोचते हैं कि वे जानते हैं, वे लोग पहिले ही से अपने ज्ञान से प्रदूषित हो जाते हैं।

तुम्हें कम समझने की जरूरत है, और बेहतर ढंग से समझने के लिए...

अब यह शब्द (अंडर स्टेंडिंग) 'समझ' दो अर्थों में प्रयुक्त किया जा रहा है : एक तो ज्ञान के अर्थ में और दूसरा ध्यान के अर्थ में, एक तो बुद्धिमत्ता और ज्ञान के अर्थ में और दूसरे प्रज्ञा के अर्थ में।

अंग्रेजी शब्द Meditation (ध्यान) संस्कृत के मूल 'मेधा' से आता हैं। मेधा का अर्थ होता है – प्रज्ञा। वास्तव में Meditation कहने के स्थान पर उसे Medhe-tation पुकारना कहीं अधिक ठीक होगा, – क्योंकि पश्चिम के मन में Meditation शब्द का लक्ष्य और अर्थ ही गलत है। ऐसा लगता है जैसे मानो तुम किसी चीज के बारे में विचार कर रहे हो, उस पर 'मेडीटेट' कर रहे हो। नहीं, उसे अपने घर के निकट लाने के लिए Medha-tation शब्द ही ठीक होगा। मेधा का अर्थ होता है – प्रज्ञा – न तो किसी चीज के बारे में सोचना या विचार करना बस ठीक प्रज्ञावान बने रहना, सजग, सचेत, शुद्ध और निर्दोष बने रहना।

जब तुम्हारे पास कोई जानकारी या ज्ञान नहीं होता, तुम जानते हो, जब

तुम्हारे पास जानकारी या ज्ञान होता है, तो तुम्हारी आंखें उस ज्ञान से ढक जाती हैं, या बंद हो जाती हैं और तुम सत्य को नहीं जान पाते।

> यदि तुम मछली के एक उत्तम मांसखण्ड की ओर देख रहे हो, और तुम सोचते हो कि वह एक रद्दी जला केक है, तो तुम्हें कम ज्ञान की जरूरत है, और तुम्हें किसी अन्य चीज की अपेक्षा अधिक बेहतर यह होगा कि तुम प्रज्ञापूर्ण बनकर उसका अनुभव करो।

अब यह खोजी, सूफी दर्शन और तत्वज्ञान के बारे में कहीं अधिक जानना चाहता है और रहस्यदर्शी कहता है, यदि तुम सूफी तत्व ज्ञान के बारे में अधिक जानना चाहते हो तो अच्छा यही होगा यदि तुम कुछ भी जानो ही नहीं। चिन्तन की एक ऐसी स्थिति के साथ आओ जिसे हम 'न जानना' अथवा अज्ञान कहते हैं।

> मुलाकाब : यदि अनुभव ही एकमात्र जरूरत है, फिर आप ग्रंथों और उपदेशों को छोड़ क्यों नहीं देते?

तार्किक मन इसी ढंग से सोचता रहता है – यह अथवा वह। तार्किक मन हमेशा विभाजित रहता है – दो में से एक अथवा दोनों। वह यह नहीं जानता कि दो विपरीत ध्रुवों को कैसे जोड़ा जाये। वह यह नहीं जानता कि कैसे 'और' तथा 'दोनों' शब्दों का प्रयोग किया जाये।

पहिले मुलाकाब, सिमान के तत्वज्ञान के बारे में जानना चाहता है, तब, क्योंकि वह कह रहा है कि वहां कोई तत्वज्ञान या दर्शन है ही नहीं, वहां तो केवल अनुभव है, मुलाकाब दूसरी पराकाष्ठा की ओर गतिशील होता है – यदि यह नहीं, तब दूसरा। तब वह कहता है – "यदि अनुभव ही एकमात्र जरूरत है, फिर आप ग्रंथों और उपदेशों को छोड़ क्यों नहीं देते?"

बहुत से लोग मेरे पास आते हैं और वे भी मुझसे यही कहते हैं – "आप कहे चले जाते हैं कि 'उसे' (सत्य) कहा नहीं जा सकता, लेकिन आप फिर भी क्यों उसकी बात किये जाते हैं? आप बार-बार दोहराये चले जाते हैं सिद्धांतों, दार्शनिक विचारों और व्यवस्थाओं से कोई भी सहायता नहीं मिलती और वे अवरोध हैं, लेकिन आप फिर भी उसकी बात किये चले जाते हैं। क्यों आखिर क्यों आप उसकी बात करते हैं?"

यह तार्किक मन है : यदि बात करना है तो इस शर्त के साथ करो कि बातचीत के द्वारा सत्य को समझा जा सके अथवा उसकी बात करो ही मत। लेकिन दोनों ही स्थितियां व्यर्थ होंगी।

सद्गुरु को इस ढंग से बात करनी होती है कि वह तुम्हें इसके प्रति सचेत करे कि बातचीत भर से कोई सहायता मिलने वाली नहीं। सद्गुरु को शब्दों का प्रयोग कुछ इस ढंग से करना होता है कि तुम शब्दों के जाल में न फंसो। सद्गुरु को बहुत सी चीजों को तुम्हें समझाना होता है और साथ ही साथ तुम्हें सजग भी बनाये रखना होता है, जिससे तुम स्पष्टीकरण और व्याख्या में उलझ न जाओ। सद्गुरु को तुमसे संबंध जोड़ने के लिए मन का प्रयोग करना होता है, क्योंकि तुम मन में ही रहते हो और तुमसे संबंध स्थापित करने के लिए अन्य कोई दूसरा उपाय ही नहीं है। लेकिन उसे तुम्हें सजग बनाए रखना होता है, उसे तुम्हें बार-बार यह स्मरण दिलाना होता है कि पूरी चीज यही सब कुछ नहीं है, यह तो केवल सिर्फ शुरूआत है, और यह असली चीज नहीं है। असली तो अभी आना है। उसे तुम्हें सजग बनाए रखना होता है जिससे तुम गतिशील हो सको, शब्द से निःशब्द की ओर, सिद्धान्तों से सत्य की ओर और तत्वज्ञान से अनुभव की ओर गतिशील हो सको।

एक क्षण ऐसा आता है, जब सदगुरु मौन हो सकता है, लेकिन यह तभी सम्भव है जब शिष्य, सद्गुरु के पास पूरी तरह अलग तरह से, हृदय से संबंध जोड़ने के लिए आया हो।

फिर भी जब बुद्ध जीवित थे और जब उनके हजारों शिष्य वहां थे, और जब वह एक दिन ही मौन रहे थे, तो उन हजारों शिष्यों में से केवल एक शिष्य महाकाश्यप ही उसे समझ सका था।

ज़ेन सद्गुरु ह्वेन-शा के बारे में यह कहा जाता है कि एक दिन जब वह अपना उपदेश प्रारम्भ ही करने जा रहे थे कि तभी पास में एक चिड़िया आकर गीत गाने लगी। वह उस चिड़िया की ओर संकेत कर मौन हो गये और सभास्थल छोड़कर चले गये। बाद में उन्होंने कहा कि वह चिड़िया से अधिक अच्छा उपदेश नहीं दे सकते थे और इसीलिए वह मौन बने रहे। वह चिड़िया भी उसी सत्य को कहीं अधिक श्रेष्ठ ढंग से अभिव्यक्त कर रही थी, जब कि वह भी वही कहने जा रहे थे। लेकिन मैं नहीं जानता कि उनके शिष्यों के साथ हुआ क्या-क्या उनमें से कोई उसे समझ सका, क्या उनमें से किसी को वह संदेश मिल गया?

बुद्ध के साथ भी केवल महाकाश्यप ही मुस्कुराया था, जब बुद्ध मौन धारण किये हुये अपने हाथ से उस कमल के फूल को देखे जा रहे थे। सभी उनसे कुछ

शब्द सुनने को आतुर थे और वह कुछ बोल ही नहीं रहे थे। और तब महाकाश्यप हंस पड़ा और बुद्ध ने उसे अपने पास बुलाकर वह कमल का फूल उसे दे दिया और दूसरे शिष्यों से कहा – "जो कुछ भी शब्दों द्वारा कहा जा सकता था, वह सभी कुछ मैंने तुमसे कह दिया और जो कुछ शब्दों द्वारा नहीं कहा जा सकता, वह मैंने महाकाश्यप को दे दिया।"

हां, वहां कुछ ऐसी चीज है, जो शब्दों के पार है, लेकिन उस पार के लिए तुम्हें शब्दों के द्वारा ही तैयार होना होगा।

लेकिन तर्क द्वारा भटकाने वाली यह घटना घटती ही है। तार्किक मन विश्वास करता है कि या तो शब्दों के द्वारा प्रत्येक चीज सम्भव है अथवा शब्दों के द्वारा कुछ भी सम्भव नहीं है।

परमात्मा की सेवा में समर्पित येहूडी के एक शिष्य ने स्वयं ही मौन के अनुशासन का व्रत लिया, और तीन वर्षों तक सिवाय मोजेज के नियमों और निर्देशों के अनुसार परमात्मा की प्रार्थना करने के अतिरिक्त एक शब्द भी नहीं कहा। येहूडी ने उसे बुलाकर उससे कहा – "युवा साधक! ऐसा क्यों है कि सत्य के संसार में मैं तुम्हारा कहा एक शब्द भी नहीं देख रहा हूं।"

येहूडी, हसीद सद्गुरुओं में से एक सद्गरु था।

जब उस युवा साधक ने बोलने की व्यर्थता के बारे में बतलाते हुए अपनी सफाई दी, तो येहूडी ने उत्तर दिया – "वह जो केवल सीखता है और प्रार्थना करता हैं, वह अपनी ही आत्मा के स्वर की हत्या कर रहा हैं। तुम्हें जो भी कहना है, वह व्यर्थ भी हो सकता है अथवा वह सत्य भी हो सकता है।"

इसे फिर से सुनो।

येहूडी ने कहा – "तुम्हें जो कुछ भी कहना है वह व्यर्थ भी हो सकता है अथवा वह सत्य भी हो सकता है। शाम की प्रार्थना के बाद मेरे पास आओ और मैं तुम्हें सिखाऊंगा कि बात कैसे करना चाहिये। प्रामाणिक शब्द व्यर्थ नहीं होते और व्यर्थ और अहंकार में डूबे शब्द प्रामाणिक नहीं होते।"

हां, इस बारे में शब्दों में भी प्रमाणिकता होती है, अस्तित्व की फलक होती है। वे अंतिम नहीं हैं, वे केवल संकेतात्मक हैं। यह अंग संचालन द्वारा एक भावाभिव्यक्ति है। जब मैं अपनी उंगुली से चन्द्रमा की ओर इशारा कर रहा हूं, तो मेरी उंगुली चन्द्रमा नहीं है। इसमें कोई भूल मत करो। और मेरी उंगुली के साथ बंधना शुरू मत करो, वह चन्द्रमा नहीं है। लेकिन दूसरी पराकाष्ठा पर भी मत पहुंचो – यदि उंगुली चन्द्रमा नहीं है, तब तुम उंगली से चन्द्रमा का संकेत कैसे दे सकते हो? अब यह फिर असंगति और मूर्खता है। या तो तुम उंगली के साथ जुड़ जाओ, क्योंकि तुम कहते हो – 'तुम अपनी उंगुली दिखला रहे हो; अथवा तुम कहो – तब अपनी उंगली मत दिखलाओ – क्योंकि उंगली चन्द्रमा नहीं है। लेकिन उंगुली के द्वारा चन्द्रमा को संकेत से बताया जा सकता है और उंगली चन्द्रमा नहीं है। शब्द संकेतात्मक बन सकते हैं, वे मुद्राओं के द्वारा कुछ अभिव्यक्त कर सकते हैं।

मुलाकाब : यदि अनुभव ही एकमात्र जरूरत है फिर आप ग्रंथों और उपदेशों को छोड़ क्यों नहीं देते?

सिमान : क्योंकि बाह्य अर्थात बाहर का भाग ही भीतर के अंतस्थ अर्थात आत्मिक भाग का प्रबन्धक है। ग्रंथ और पुस्तकें तुम्हें अंतस्थ के बाहरी पहलू के बारे में कुछ चीजें सिखलायेंगीं और यही काम उपदेश भी करेंगे। बिना उनके तुम विकसित न हो सकोगे।

बाह्य और अंतस्थ इतने अधिक भिन्न नहीं हैं। वास्तव में बाहर भी अंतस्थ का ही एक भाग है, और अंतस्थ भी बाहर का एक भाग है। वह वास्तव में बाहर का ही सबसे अंदरूनी भाग है। लेकिन वे पृथक नहीं हैं, वे दोनों एक दूसरे के साथ हैं। कभी भी उन्हें पृथक मत करो। वे एक प्रामाणिक अस्तित्व हैं, ठीक परिधि और केन्द्र की भांति। बिना परिधि के केन्द्र भी अस्तित्व में नहीं रह सकता और बिना केन्द्र के परिधि भी अस्तित्व में नहीं रह सकती। यदि वहां परिधि बिना केन्द्र के है, तो उसे परिधि नहीं कहा जा सकता, और यदि बिना परिधि का वहां केन्द्र है, तो वह केन्द्र हो ही नहीं सकता। आखिर किसके लिए? केन्द्र, परिधि पर निर्भर है और उतना ही अधिक परिधि भी केन्द्र पर निर्भर है। सतह का ऊपरी भाग, गहराई का ही एक भाग है, जैसे गहराई, बाहर का सतह का एक भाग है। यही है ठीक समझ।

सिमान : क्योंकि बाह्य अर्थात बाहर का भाग ही, भीतर के अंतस्थ अर्थात आध्यात्मिक और मानसिक भाग का प्रबन्ध है।

ऐसा कई बार होता है कि लोग मेरे पास आते हैं और कहते हैं – "हम संन्यास लेना चाहते है, लेकिन वस्त्र और माला जैसी बाहरी चीजों का उपयोग क्या है? एक स्त्री ने मुझे पत्र में लिखा – भगवान! मैं आपको प्रेम करती हूं और मैं आपको समर्पण करना चाहती हूं, लेकिन मैं भगवा वस्त्रों के प्रति समर्पण नहीं कर सकती और मैं आपकी माला से तो घृणा करती हूं।"

यही है तार्किक मन। तार्किक मन कहता है – 'अंतस्थ तो अंतस्थ है और बाहर है बाह्य भाग, इसलिए भगवान के प्रति प्रेम यह तो अंदर से है, अंतःस्थ में है। किसी बाहरी प्रदर्शन की जरूरत क्या है? लेकिन जब तुम्हें अंदर से भूख लगती है तो तुम कोई चीज बाहर से ही खाने के लिए लेते हो। तब तुम यह नहीं कहते – भूख तो अंदर है और मैं वृंदावन-रेस्तराँ नहीं जा सकता और मैं भोजन के बारे में जरा भी परवाह नहीं करता। भोजन की आखिर जरूरत क्या है?

लेकिन अंदर की भूख, बाहर के भोजन से ही पूरी और संतुष्ट होती है – क्योंकि बाहर का भाग निरन्तर अंदर में बदल रहा है। जब तुम भोजन करते हो तो उसे चबाते हो, हज़म करते हो, तो वह अंतस्थ या अंदर बन जाता है। और जो कुछ अंदर है वह निरन्तर तुम्हारा बाहर बन रहा है। जीवन निरन्तर बदल रहा है – वह अंदर से बाहर की ओर, और बाहर से अंदर की ओर गतिशील हो रहा है। दो ध्रुवों के मध्य यह बहुत बड़ी गतिविधि है।

इसलिए तुम स्वयं अपने लिए ऐसी तार्किक समस्याएं उत्पन्न मत करो। विभाजन मत करो। तुम एक हो। अंदर से बाहर, तुम दोनों एक साथ हो। इसलिए संन्यास भी दोनों का एक साथ होना है – अंदर का भी और बाहर का भी।

जरा इस मूर्खता की ओर देखो। तुम कहते हो, 'मैं आपसे प्रेम करती हूं भगवान! लेकिन मैं आपकी माला से घृणा करती हूं।' ऐसा होना सम्भव ही नहीं है। इनमें एक चीज तो गलत होना चाहिए : या तो तुम मुझे प्रेम नहीं करती अथवा तुम माला से घृणा नहीं कर सकती। यदि तुम माला से घृणा करती हो तो तुम मुझसे प्रेम नहीं कर सकती, यदि तुम मुझसे प्रेम करती हो तो तुम माला से घृणा नहीं कर सकती। लेकिन मैं समझता हूं कि यह वक्तव्य क्यों सम्भव है? तुम बाहर और अन्दर को विभाजित कर देते हो।

जब तुम किसी पुरुष अथवा किसी स्त्री से प्रेम करते हो तो तुम बाहर और

अंदर को विभाजित कर देते हो। तुम कहते हो – 'मैं तुम्हारे शरीर का स्पर्श नहीं करूंगा, क्योंकि मैं तुम्हें अंदर अपने हृदय से प्रेम करता हूं, और तुम्हारे शरीर को स्पर्श करना क्यों आवश्यक है? मैं तुमसे प्रेम करता हूं लेकिन मैं तुम्हारे शरीर से घृणा करता हूं।' क्या तुमने कभी किसी स्त्री से ऐसा कहा है? – 'मैं तुमसे प्रेम करता हूं लेकिन तुम्हारे शरीर से घृणा करता हूं।' वह तुम्हें कभी भी क्षमा नहीं करेगी। क्या तुमने किसी पुरुष से ऐसा कहा है – 'मैं तुमसे अत्यधिक प्रेम करती हूं, लेकिन मुझे छूना मत, कोई भी बाह्‌य प्रदर्शन मत करो। चुम्बन, आलिंगन और गाढ़ालिंगन की आवश्यकता क्या है? हम लोग आंतरिक केन्द्रों से प्रेम कर सकते है।' लेकिन क्या यह प्रेम विकसित होने जा रहा है? क्या ऐसा प्रेम तुम्हें पूरी तरह संतुष्ट करने जा रहा है? क्या ऐसा प्रेम एक तृप्ति बनने जा रहा है? यह सम्भव ही नहीं है।

सिमान : क्योंकि बाह्य यानी बाहर का भाग ही, भीतर के अंतस्थ का प्रबन्धक है! ग्रंथ और पुस्तकें तुम्हें अंतस्थ के बाहरी पहलू के बारे में कुछ चीजें सिखलायेंगी और यही काम उपदेश भी करेंगे। बिन उनके तुम विकसित न हो सकोगे।'

मुलाकाब : 'लेकिन बिना पुस्तकों के ऐसा करने में हमें समर्थ क्यों नहीं होना चाहिये?'

तर्क चाहता है तुम संगत और योग्य बने रहो जब कि जीवन में एकरूपता नहीं है। वह प्रवाहमान है। तर्क कहता है कि यदि पुस्तकें व्यर्थ हैं, तब उनकी कोई भी जरूरत नहीं है। तब उनके बिना हम क्यों कुछ नहीं कर सकते? तब तुम नियमित क्यों न बने रहो? फिर तुम नियमित क्यों नहीं हो? या तो यह कहो कि पुस्तकें व्यर्थ है और उनको जला दो अथवा यह कहो कि वे उपयोगी हैं और उनकी पूजा आराधना करो।

लेकिन एक मनुष्य जो यह समझता है कि जीवन अतिवादी नहीं है, वह कहता है – "ग्रंथों का उपयोग किया जा सकता है, लेकिन उनकी पूजा करने की कोई जरूरत नहीं है। ग्रंथों का उपयोग किया जा सकता है, लेकिन उनको जलाने की कोई जरूरत नहीं है।' दोनों ही अतिवादी हैं, उनके दृष्टिकोण अधूरे और पक्षपातपूर्ण हैं।

ज़ेन सद्‌गुरुओं के धार्मिक ग्रंथ जलाने के वक्तव्य से सूफी सहमत न होंगे,

क्योंकि जब तुम धर्म ग्रंथों को जलाते हो, तो इससे यही प्रदर्शित होता है कि तुम अब भी उनसे बहुत अधिक जुड़े हुए हो – अन्यथा उन्हें जलाते क्यो हो? आखिर इतनी ज़हमत क्यों उठाते हो? तुम्हारी उनके साथ कुछ आसक्ति और संबंध है, तुम उनसे आविष्ट हो – इसलिए या तो तुम उनकी पूजा कर सकते हो, अथवा तुम उन्हें जला सकते हो लेकिन केवल तुम उनका उपयोग नहीं कर सकते। सूफ़ी जमीन के नीचे कहीं अधिक गइराई में है, उनकी अंतर्दृष्टि बहुत गहरी है।

लोग सामान्य रूप से एक अति या पराकाष्ठा से उछल कर दूसरी पराकाष्ठा पर पहुंच जाते हैं और तर्क तुम्हें हमेशा धोखा दे सकता है, क्योंकि वह एक तरह की अनुकूलता और एकता होने का बहाना बनता है।

एक छोटे कद का मनुष्य नख-शिख से दुरुस्त होकर महात्मा गांधी रोड पर जा पहुंचा, और कुछ अंतराल पर रुक-रुक कर अपने थैले में से किसी किस्म का पाउडर निकाल कर अपने हाथों से बुरकने लगा। उसका व्यवहार इतना अधिक बेतुका था कि वह एक दूसरे का अनुगमन करने वाले मनुष्यों की भीड़ को शीघ्र ही आकर्षित करने में सफल हो गया। एक सिपाही ने उस मनुष्य के पास जाकर जांच करने का निर्णय किया।

सिपाही ने उससे पूछा – "तुम्हारे इस थैले में क्या है?"

उस छोटे कद के मनुष्य ने उत्तर दिया – "बोफिल डस्ट"

सिपाही ने पूछा – "यह क्या चीज होती है?"

उस व्यक्ति ने उत्तर दिया – "बोफिल डस्ट मेरी अपनी खोज है और यह सभी किस्मों के विषैले सांपों, शेरों, चीतों, हाथियों आदि-आदि सभी खतरनाक जीवों को नष्ट करने और उनसे छुटकारा पाने के लिये है।"

सिपाही ने स्पष्ट करते हुए कहा – "लेकिन यहां एम.जी. रोड पर तो न तो विषैले सांप है। न शेर हैं, न चीते हैं और न हाथी ही हैं।"

उस बौने व्यक्ति ने उत्तर दिया – "मैं जानता हूं। यह पाउडर बहुत अधिक शक्तिशाली चीज है।"

यह बहुत कारगर और संगत चीज है। इस सामग्री के कारण ही ऐसा हुआ है कि तुम यहां किसी हाथी, चीते और शेर को नहीं देख रहे हो। यह बहुत अधिक शक्तिशाली पाउडर है।"

तर्क स्वयं अपने आप को पूरी तरह संतुष्ट कर सकता है। यह धारणाओं का एक बहुत नियमित और संगत संसार निर्मित करता है। यदि तुम निर्णय लेते हो कि धर्म ग्रंथ बहुत उपयोगी हैं, तब तर्क कहता है – "उसकी पूजा करो। उनको एक ऊंचे सिंहासन पर रखो। उनमें सत्य है, साकार सत्य विकसित हुआ है।" अथवा तुम कहते हो – "सत्य शब्दों में नहीं होता', तब धर्मशास्त्र अर्थहीन है, तब उनको फेंक दो या जला दो। या तो उनकी पूजा करो अथवा उनका निरादर और अपमान करो।"

लेकिन वास्तव में जो व्यावहारिक मनुष्य है, जो मनुष्य की दिलचस्पी के व्यवहारिक सिद्धांतों को मानता है, उनका उपयोग करेगा। वह न तो उनकी पूजा करेगा और न उनका अपमान करेगा – क्योंकि दोनों ही उद्वेगपूर्ण आचरण हैं। तुम रेलवे टाइम टेबिल की न तो पूजा करते हो और न टाइमटेबिल को जलाते हो, तुम सामान्य रूप से उसका उपयोग करते हो। सभी धर्म ग्रन्थ, अंतर्यात्रा के टाइमटेबिल हैं। स्मरण रहे – वे अंतर्यात्रा नहीं है, वे उसके नक्शे हैं। भारत का नक्शा, भारत नहीं है। भारत के नक्शे को देखकर तुम भारत भ्रमण नहीं कर लेते, लेकिन उसके जलाने की कोई जरूरत नहीं है, क्योंकि वह भारत नहीं है। वह सहायक बन सकता है। वह बहुत बड़ी सहायता कर सकता है। वह तुम्हें असली भारत तक ले जा सकता है।

और एक सड़क का नक्शा तो पास में होना चाहिये, जब तुम एक अजनबी देश में यात्रा कर रहे हो। सड़क के नक्शे में बहुत सी चीजें होती हैं – सिवाय एक चीज के : उसे कैसे मोड़ कर रखा जाये। उसका प्रयोग किया जा सकता है। यह परिणामवादी दृष्टिकोण है।

मुलाकाब : – "लेकिन बिना पुस्तकों और ग्रंथों के ऐसा होने में हमें समर्थ क्यों नहीं होना चाहिए?"

सिमान : कारण वही है, क्योंकि शब्दों के बिना तुम सोच ही नहीं सकते। तुम पुस्तकों और ग्रंथो पर इतने अधिक आश्रित हो चुके हो, पुस्तकों और प्रवचनों को पढ़ने और सुनने से तुम्हारे मन का चरित्र इतना बदल चुका है कि अंतःस्थ या अंदर की बात तुम्हें केवल प्रत्यक्ष रूप से बाह्य द्वारा यानी बाहर से ही बतलाई जा सकती है। तुम जो भी कपटपूर्ण दावेदारी कर रहे हो, तुम उसे मन और इन्द्रियों के द्वारा ग्रहण भी कर सकते हो।

हम पुस्तकें पढ़ते हुए ही बड़े हुये हैं। हमारा मन और कुछ नहीं बल्कि शब्दों, तर्क और तत्वज्ञान ही है। यदि इस मन को बदलना है तब इस तक इस ढंग से पहुंचना होगा कि वह समझ सके। इसलिए सद्गुरु शब्दों का प्रयोग करते हैं। सद्गुरु तर्क का भी उपयोग करते हैं। सद्गुरु उस सभी का प्रयोग करते हैं, जो तुम्हारे लिए किसी भी तरह सहायक हो सकें।

लेकिन उनका पूरा प्रयास तुम्हें तुम्हारे ही पार ले जाना है। वे शब्दों के पार ले जाने के लिए ही शब्दों का प्रयोग करते हैं और वे तुम्हारे मन का उपयोग भी उसे गिराने, उसे मनरहित और अमन बनाने के लिए ही करते हैं।

मुलाकाब : क्या यह प्रत्येक व्यक्ति के लिए ठीक और उपयोगी है?

यह तर्क फिर से एकता और अनुकूलता पाने का प्रयास है। क्या यह प्रत्येक व्यक्ति के लिए उपयोगी है? क्या यह सभी पर लागू किया जा सकता है? तर्क शास्त्र हमेशा किसी विशिष्ट उदाहरण से किसी भी चीज को सामान्य बना देती है, जबकि प्रामाणिक अस्तित्व किसी सामान्य धारणा या चंद उदाहरणों से नहीं बना है। यहां पर अनूठे व्यक्ति हैं और इस जगह सभी कुछ विशिष्ट है। क्या तुमने किसी मनुष्य नाम के प्राणी को देखा है? तुम यहां तीर्थ को देख रहे हो, तुम यहां मनीषा को, सुधा को, शीला अथवा माधुरी को देख रहे हो – तब बहुत से लोगों को देख रहे हो, लेकिन तुम कभी भी मनुष्य नाम के प्राणी को नहीं देखोगे। एक मनुष्य का अस्तित्व एक सामान्य चीज है, उसमें कुछ भी विशेषता नहीं होती है। तुम कभी भी किसी मनुष्य नाम के प्राणी से आमना-सामना न कर सकोगे। तुम हमेशा किसी वास्तविक पुरुष या स्त्री से तो मिल सकोगे, पर किसी मनुष्य नाम के किसी साकार प्राणी से न मिल सकोगे। तर्कशास्त्र सभी को एक जैसी सामान्य धारणा से देखता है और इसी पर जीवित रहता है।

मुलाकाब ने पूछा – क्या यह प्रत्येक व्यक्ति के लिये उपयोगी है? क्या यह प्रत्येक व्यक्ति पर लागू होता है?

सिमान : यह उसी के लिए उपयोगी है, और उसी पर लागू होता है, जो इसका उपयोग करता है। यह उन सभी पर लागू होता है और उन सभी के लिए उपयोगी है, जो यह सोचते हैं कि यह उन पर लागू नहीं होता, और उनके लिए इसका कोई व्यावहारिक उपयोग नहीं है।

यह अत्यधिक महत्वपूर्ण वक्तव्य है। इसे हमेशा अपनी चेतना में रखो।

यह उन सभी पर लागू होता है और उन सभी के लिए उपयोगी है, जो यह सोचते हैं कि यह उन पर लागू नहीं होता अथवा उनके लिए उपयोगी नहीं है।

— क्योंकि यह आखिरी धोखा देनेवाला खेल है, जो मन खेल सकता है। यह मन की अपने आपको बचाने के लिए आखिरी चाल और व्यूह रचना है — यह मुझ पर लागू नहीं होता है, अथवा यह मेरे लिए उपयोगी नहीं है। तुम हमेशा इस चाल के शिकार बन जाते हो — 'यह मुझ पर लागू नहीं होता अथवा यह मेरे लिए उपयोगी नहीं है।'

यहां भी लोग मुझे पत्र लिखते हैं — "भगवान! आपने जो कुछ भी कहा, वह पूरी तरह से ठीक और सुंदर है। इससे बहुत से लोगों को लाभ पहुंचेगा, बहुत से लोगों को, लेकिन मुझे नहीं।"

मैंने एक ऐसे व्यक्ति के बारे में सुना है, जो प्रतिदिन चर्च में धर्म पिता का उपदेश सुनने के लिए आया करता था, और जब वह चर्च से जाने लगता था तो वह पादरी से कहा — "आपने बहुत ठीक कहा। आपने ठीक स्थान पर चोट की। उन सभी लोगों को इसी की जरूरत थी।"

धीमे-धीमे पादरी के लिए यह एक किस्म की खिंचाई बन गई। यह मनुष्य इतना अधिक अहंकारी था। उसका यह कहना रोज की चीज बन गई थी। जब भी पादरी प्रवचन देना शुरू करता, वह व्यक्ति अंत तक रुककर प्रतीक्षा करता और कहता — "आपने बहुत ठीक कहा। आपने ठीक स्थान पर चोट की। इन लोगों को इसी की जरूरत थी। ये लोग इसी के काबिल हैं। आपने उन्हें ठीक सबक सिखाया। इससे उन लोगों को सहायता मिलेगी।"

और वह पादरी ठीक अवसर की प्रतीक्षा कर रहा था, जब वह इस व्यक्ति से कुछ कह सके। तब एक दिन ऐसा हुआ कि बहुत तेज वर्षा होने लगी और चर्च में केवल यही व्यक्ति आया। उसके अतिरिक्त वहां अन्य कोई भी न था। इसलिए पादरी ने सोचा — "अब हमें देखना चाहिए कि आखिर आज वह क्या कहता है?" और वह व्यक्ति प्रतीक्षा कर रहा था।

जब पादरी ने अपना उपदेश समाप्त किया, तो उस मनुष्य ने बाहर जाने से पूर्व कहा — "आपने बहुत अच्छा प्रवचन दिया। उन लोगों का इससे बहुत

अधिक लाभ होता, यदि वे लोग यहां आये होते। बेचारे लोग। वे लोग आज चूक गये। मैं उनके लिए खेद प्रकट करता हूं।"

याद रहे, वह सभी कुछ जो सद्गुरुओं द्वारा कहा जा रहा है, वह तुमसे ही, विशेष रूप से तुमसे ही कहा जा रहा है। इसमें दूसरों को बीच में मत लाओ। और यदि तुम यह महसूस करते हो कि यह तुम्हारे लिए उपयोगी नहीं है, अथवा यह तुम पर लागू नहीं होता, तो निश्चित रूप से वह तुम पर ही लागू होता है और तुम्हारे लिए ही उपयोगी है। तुम जब स्वयं अपने को अपवाद बनाते हो, तो सावधान रहो। तुम अपने मन के द्वारा ही बेवकूफ बनाए जा रहे हो। सावधान रहो, और उसके जाल से निकल भागो। और यदि तुम सजग और सचेत हो तो इस जाल से छुटकारा पाकर बाहर आ जाते हो, तुम तभी अपवाद बन सकते हो। ऐसा सोचते हुए नहीं कि तुम एक अपवाद हो, तुम एक अपवाद बन सकते हो। यह सोचते हुए नहीं, कि तुम महान हो, तुम महान बन सकते हो। यह सोचते हुए नहीं, कि तुम एक विनम्र हो, तुम विनम्र बन सकते हो। वह सभी जो अच्छा और शुभ है वह निर्झर और निर्दोष है।

प्रवचन आठवां

विचारों और मन से अवकाश

पहिला प्रश्न :

> हर बार जब मैं प्रेम में गिरती हूं, तो मेरे चारों ओर की चीजें टूटना और गिरना शुरू हो जाती हैं। मैं अनुमान करती हूं जैसे मैंने अपना केन्द्र खो दिया है, लेकिन इस स्थिति में मैं यह नहीं जानती कि मेरे पास केन्द्र है अथवा नहीं। सभी चीजों से मैं उलझन में पड़ कर पागल बन जाती हूं।

उत्तर :

यह प्रश्न है – मां कृष्ण प्रिया का।

पहिली चीज : तुम्हारे पास अभी भी कोई केन्द्र नहीं है। जिसे तुम केन्द्र जैसा अनुभव करती हो, वह केवल तुम्हारा अहंकार है। वह तुम्हारा असली और प्रामाणिक केन्द्र नहीं है। वह एक नकली और भ्रमपूर्ण अनुभव है। इसलिए जब तुम किसी के प्रेम में गिरती हो तो अहंकार को विसर्जित हो जाना चाहिये। प्रेम में अहंकार अस्तित्व में नहीं रह सकता। प्रेम कुछ ऐसी चीज है, जो तुम्हारे होने की अपेक्षा कहीं अधिक सच्चा, और कहीं प्रामाणिक है। इस वजह से तुम हमेशा यह अनुभव करोगी कि चीजें थोड़ी-सी उपद्रवी होना शुरू हो गई हैं – क्योंकि तुम उन्हें नियंत्रित नहीं कर सकतीं। वहां कोई नियंत्रण करने वाला है ही नहीं। जब वहां अहंकार नहीं होता, तो वहां है कौन,जो नियंत्रण करे अथवा अनुशासन लाये। तब तुम एक शून्यता और अव्यवस्था की स्थिति में होती हो।

लेकिन यह अव्यवस्था कुरूप अहंकार की तुलना में कहीं अधिक सुंदर है। इसी अव्यवस्था और शून्यता से सभी सितारों का जन्म होता है। इस शून्यता से तुम नये होकर जन्म लेते हो। यह पुनर्जन्म होता है। प्रत्येक प्रेम संबंध एक नया जन्म ही होता है।

इसलिए इसे नकारात्मक रूप में मत लो। यह भी मत सोचो कि तुम प्रेम में कुछ चीज खो रही हो – तुम्हारे पास खोने के लिए कुछ है ही नहीं। यदि तुम्हारे पास कुछ चीज है, तब भी वहां उसे खोने का कोई रास्ता नहीं है। यदि तुम्हारे पास प्रामाणिक केन्द्र है, तब प्रेम उस केन्द्र का पोषण करता है, उसे पूर्ण बनाता है, उसे स्थिर, केन्द्रित और ठोस बनाता है। सत्य, सत्य की सहायता करता है।

उदाहरण के लिए; यदि कमरे में वहां अंधकार है और तुम एक जलता हुआ दीप लाते हो, तो अंधकार मिट जाता है। लेकिन यदि वहां प्रकाश है, और वहां जलता दीया भी रखा है – तब कमरे में पहिले की अपेक्षा कहीं अधिक प्रकाश हो जाता है। प्रकाश दो गुना हो जाता है।

अहंकार, एक अंधकार की ही तरह है, वहां जिसका अस्तित्व नकली है। केवल उसके वहां होने का आभास होता है, उसकी कोई विधायक प्रामाणिकता नहीं है। जब प्रेम का प्रकाश आता है, तो अंधकार रूपी अहंकार बाहर चला जाता है। यदि तुम्हारे पास प्रामाणिक केन्द्र हो – जिसे गुरुजिएफ, बाहर बिखरी तरल चेतना का अंदर जाकर केन्द्रीयकरण एक ठोस रवे के रूप में होना बताता है और उसे Crystalisation कहता है, अथवा हिन्दू जिसे 'आत्मन : अथवा सूफ़ी जिसे 'रूह' कहते हैं – यदि वास्तव में यह तुम्हारे पास होता है, तब प्रत्येक प्रेम इसे अधिक से अधिक स्पष्ट, अधिक से अधिक पारदर्शी और अधिक से अधिक सुलभ बनाता है। प्रत्येक प्रेम संबंध एक सीढ़ी होगा और तुम 'क्रिसटलाइजेशन' के ऊंचे तल की ओर गतिशील होगे।

इसलिए यह पहिली चीज समझने जैसी है : अहंकार का चुनाव मत करो, हमेशा प्रेम को ही चुनो। जब यह प्रश्न असली और नकली के बीच हो तो हमेशा असली को चुनो, भले ही असली का चुनाव अपने साथ कुछ असुविधाएं भी लाये। वह असुविधाएं लाता ही है। हम नकली को चुनते ही इसलिए हैं, क्योंकि वह सुविधाजनक होता है – किसी अन्य कारण से हम उसे चुनते भी नहीं। वहां चुनाव करने का केवल एक ही कारण होता है और वह है सुविधा। तुम्हें असुविधा के द्वारा गुजरना ही होगा। इसी असुविधा को मैं तपश्चर्या, कष्टसाध्य तप और साधना कहता हूं। इसका ही अर्थ होता है – एक मार्ग में दीक्षित होना।

हमेशा असली और प्रामाणिक को ही चुनो, चाहे वह कितना ही पीड़ाजनक और चाहे वह कितना ही बुरा, चाहे वह कितना ही विध्वंसक क्यों न दिखाई दे। यदि वह मृत्यु का अनुभव जैसा भी हो फिर भी उसे ही चुनो – और तुम उससे लाभान्वित होगे। कभी भी सुविधाजनक, सुखदायक, और माध्यम वर्ग को मत चुनो, अन्यथा तुम क्रोध और शत्रुतापूर्ण जीवन ही जियोगे – यदि तुम भाग्यशाली हो, अथवा यदि तुम नकली बुद्धि और संकल्पविहीन ठंडे लोगों जैसा Phony जीवन चुनते हो और इतने अधिक भाग्यशाली नहीं हो, अथवा यदि तुम जरा भी भाग्यशाली नहीं हो और तुम्हें एक Zombie अर्थात चलते फिरते मुर्दे जैसे यंत्र-मानव का जीवन चुनना पड़े, तो उसे हरगिज मत चुनो।

प्रेम तुम्हें तुम्हारे अहंकार से, तुम्हारे अतीत से और तुम्हारे जीवन के अनुकरण

करने वाले ढांचे से बाहर निकालता है। इसलिए वह उलझन जैसा प्रतीत होता है।

प्रिया का निरीक्षण ठीक है। वह कहती है – 'हर बार जब मैं प्रेम में गिरती हूं तो मेरे चारों ओर की चीजें गिरना और टूटना शुरू हो जाती हैं।'

वह वास्तव में प्रेम में गिरती या डूबती है। मैं उसके प्रेम-संबंधों का निरीक्षण करता रहा हूं। जब वह प्रेम में गिरती है, तो वास्तव में उसमें डूब ही जाती है। वह कभी भी हल्का और कुनकुना प्रेम नहीं होता। वह वास्तव में पागल हो जाती है। और ऐसा उसके साथ फिर घट रहा है, इसी कारण उसने यह प्रश्न पूछा है।

लेकिन यह अच्छा है। इस बारे में कुछ भी चिंता करने की बात नहीं। अपने अहंकार को शिथिल छोड़ दो। कभी-कभी बुद्धिमान बने रहने के लिए पागल बनना ही बुनियादी जरूरत होती है। यदि तुम हमेशा बुद्धिमान बने रहते हो, तो तुम्हारी बुद्धिमानी भी संदेहास्पद हो जाती है। तब तुम जरूर ही उसके पीछे बहुत बड़ा मानसिक उद्वेग और पागलपन ढोये चले जाते हो, और किसी भी दिन उसमें विस्फोट हो सकता है, वह उभर सकता है। तुम एक ज्वालामुखी पर बैठे हुये हो। यह अच्छा है कि बुद्धिमानी से कुछ दिनों की छुट्टी ले लो। रविवार का दिन अच्छा है। कभी अपनी बुद्धि और समझदारी के बारे में सब कुछ भूल जाओ, सारे नियमों, अनुशासनों, नियंत्रित आचरणों और सारी व्यर्थ की बातों को भूल जाओ। कभी-कभी छुट्टी लेकर पागल की तरह उछलो कूदो, लड़ो झगड़ो और विश्रामपूर्ण हो जाओ।

यदि तुम जानबूझकर, होशपूर्वक, पूरी तरह चेतन होकर पागल बनते हो, तो तुम एक आश्चर्यजनक अनुभव से होकर गुजरोगे। और तुम कभी भी खतरे में नहीं हो। जब तुम सचेतन होकर पागल बनते हो, तो तुम वापस लौट सकते हो। तुम जानते हो कि तुम उसमें कैसे प्रविष्ट हुए थे और तुम यह भी जानते हो कि उसमें से कैसे बाहर निकला जाए?

जब तुम उसमें होशपूर्वक नहीं जाते हो, जब तुम अंदर के ज्वालामुखी द्वारा फेंक दिये जाते हो, जब वह तुम्हारा चुनाव न होकर एक दुर्घटना होती है, जब वह तुम नहीं होते जिसने अवकाश का चुनाव किया होता है, बल्कि तुम्हें छुट्टी पर जाने को विवश किया जाता है, तब उससे वापस लौटना तुम्हारी क्षमता और सामर्थ्य के बाहर होता है।

यहां मेरे साथ रहते हुये मैं तुम्हें समझदार बने रहने का एक बुनियादी सिद्धान्त सिखा रहा हूं – वह है जानबूझकर, होशपूर्वक सप्रयास कभी-कभी पागल

बन जाओ। यह एक अच्छा अनुभव होता है। तुम दोनों विपरीत छोरों – बुद्धिमानी और पागलपन पर उपलब्ध बने रहते हो। तुम दोनों के मध्य झूलते हो। तुम्हारे पास स्वतंत्रता होती है।

वह व्यक्ति जो हमेशा सामान्य बुद्धि में रहता है, वह स्वतंत्र नहीं होता और वह व्यक्ति भी जो पागल रहता है, वह भी स्वतंत्र नहीं होता। लेकिन वह व्यक्ति जो बुद्धि से पागलपन की ओर झूल सकता है और सरलता से बिना किसी बाधा के गतिशील हो सकता है उसके पास महान स्वतंत्रता होती है। ये वही लोग हैं, जिन्होंने जाना है कि जीवन क्या होता है? सभी रहस्यदर्शी पागल होते हैं और सभी पागल रहस्यदर्शी बन सकते हैं, लेकिन वे लोग चूक गये। और जब तुम पागलपन में स्वयं ही जाते हो तो फिर वापस भी लौट सकते हो। यह मेरी बुनियादी सीख है यहां। मैं तुम्हें होशपूर्वक पागल बनना सिखाता हूं।

इसलिए प्रिया, तू इस पागलपन के अंदर जा। भयभीत मत हो। वह सब कुछ जो तू खोती है वह बचाकर रखने जैसा नहीं है।

दूसरी बात। वह कहती है : मैं अनुमान करती हूं, जैसे मैंने केन्द्र खो दिया है, लेकिन इस स्थिति में मैं यह नहीं जानती कि मेरे पास केन्द्र है अथवा नहीं?

यह निरीक्षण भी शुभ है। तेरे पास अभी केन्द्र है नहीं। अहंकार को पूरी तरह से विदा होना होगा, केवल तभी असली केन्द्र दिखाई देगा। जब बादल विसर्जित हो जायेंगे, तू सूरज को देखेगी।

केवल गहरे प्रेम में गतिशील होने के बाद ही और वास्तव में जब अहंकार पूरी तरह विसर्जित हो जाता है – वहां कोई बहुत मूल्यवान चीज मिलती है, जो केवल तभी प्राप्त होती है, यदि तुम अपना अहंकार गिरा देते हो। और वह कीमत चुकानी ही होती है – जब तुम वास्तव में गहन प्रेम में होते हो, तब एक नई तरह की एकता का तुम्हारे अंदर जन्म होगा।

प्रेम दो काम करता है : पहिले तो वह अहंकार को मिटा देता है और तब वह तुम्हें केन्द्र देता है। प्रेम एक महान रसायन है।

वहां तीन तरह के प्रेम होते हैं – मैं उन्हें पहिली तरह का, दूसरी तरह का और तीसरी तरह का प्रेम कहता हूं। पहिला प्रेम वस्तु की ओर उन्मुख प्रेम होता है; वहां प्रेम का कोई पात्र होता है, एक वस्तु की भांति। तुम एक सुंदर स्त्री देखते हो, वास्तव में आर्कषक और एक अनुपातिक शरीर वाली स्त्री। तुम रोमांचित हो उठते हो। तुम सोचते हो कि तुम्हें प्रेम हो गया। तुम्हारे अंदर प्रेम उत्पन्न होता है, क्योंकि वह स्त्री बहुत सुंदर है, वह बहुत अच्छी और मनोहारी है। उस पात्र

या स्त्री की कुछ चीज तुम्हारे अंदर प्रेम की हलचल मचा देती है। तुम वास्तव में उसके मालिक नहीं होते, वह प्रेम तो बाहर से आ रहा है। हो सकता है तुम एक प्रेमपूर्ण व्यक्ति न हो, यह भी हो सकता है कि तुम्हारे अंदर गुण न हों, हो सकता है तुम्हें प्रेम का वह आशीर्वाद परमात्मा से न मिला हो लेकिन क्योंकि वह स्त्री सुंदर है, तुम सोचते हो, कि तुम्हारे अंदर प्रेम का जन्म हो रहा है। यह विषय वस्तु या पात्र की ओर उन्मुख प्रेम है।

यह सामान्य प्रेम है। इस प्रेम को ग्रीस के काम देवता 'एरोस' के नाम से जाना जाता है। यह कामवासना है। इस सुंदर पात्र या वस्तु पर कैसे अधिकार स्थापित किया जाये? कैसे इस सुंदर वस्तु का शोषण किया जाये? कैसे उसे अपना बनाया जाये? लेकिन स्मरण रहे, यदि स्त्री सुंदर है, तो वह केवल तुम्हारे लिए ही सुंदर नहीं है, वह बहुत से लोगों के लिए सुंदर है। इसलिए वहां उसके प्रेम में गिरने वाले बहुत से लोग होंगे। और इस तथाकथित प्रेम में महान ईर्ष्या, प्रतियोगिता, और सभी तरह की कुरूपताएं जो ऐसे प्रेम में आती हैं, घटने जा रही हैं।

> मुल्ला नसरूद्दीन ने एक बहुत कुरूप स्त्री से विवाह किया। जितनी बदसूरत होने की सम्भावना हो सकती थी, वह स्त्री उतनी ही बदसूरत थी। उसके मित्रों का उलझन में पड़ना स्वाभाविक था। उन लोगों ने उससे पूछा – "मुल्ला! तुम्हारे पास धन है, तुम्हारे पास प्रतिष्ठा है, तुम कोई भी सुंदर स्त्री जो तुम चाहते, पा सकते थे, फिर तुमने इस कुरूप स्त्री को क्यों चुना?"
>
> उसने उत्तर दिया – 'इसके बारे में कुछ खास वजह है। मैं कभी भी ईर्ष्या से पीड़ित न हो सकूंगा। यह स्त्री हमेशा मेरे प्रति वफादार रहेगी। मैं विश्वास ही नहीं कर सकता कि कोई भी व्यक्ति उसके प्रेम में पड़ेगा। और वास्तव में, मैं भी उसके प्रेम में नहीं हूं। यह असम्भव है। इसलिए मैं जानता हूं कि कोई भी व्यक्ति उसे प्रेम नहीं कर सकता।
>
> रिवाज के अनुसार मुस्लिम महिला को पर्दे के पीछे रहना होता है, और वह प्रत्येक व्यक्ति को अपना चेहरा नहीं दिखा सकती। वह बुर्के से अपना चेहरा ढके रहती है। मुसलमानों में एक परम्परा यह भी है कि जब स्त्री पहली बार पति के सामने जाती है, तो वह अपने पति से पूछती है – "मैं किसे अपना चेहरा दिखा सकती हूं और किस व्यक्ति को मुझे अपना चेहरा दिखाने की अनुमति नहीं है।"
>
> मुल्ला ने कहा – "तू सिवा मेरे, प्रत्येक व्यक्ति को अपना चेहरा दिखा सकती है।"

यदि तुम किसी सुंदर स्त्री अथवा किसी सुंदर पुरुष के साथ प्रेम में पड़ते हो, तो तुम मुसीबत में पड़ने जा रहे हो। वहां ईर्ष्या होने जा रही है, वहां किसी का कत्ल होने जा रहा है अथवा वहां कोई और चीज होने जा रही है। तुम मुसीबत में पड़ने वाले हो। और तुम प्रारम्भ ही से उस पर अधिकार जमाना शुरू कर देते हो जिससे वहां किसी भी गलत चीज होने की सम्भावना न रहे और जो तुम्हारे नियंत्रण के बाहर हो। तुम उस स्त्री अथवा उस पुरुष को नष्ट करना शुरू कर दोगे। तुम उसे स्वतंत्रता देना बंद कर दोगे। तुम उस स्त्री को सभी ओर से दबाना और उसके लिए सभी दरवाजे बंद करना शुरू कर दोगे। वह स्त्री सुंदर थी, क्योंकि वह स्वतंत्र थी। स्वतंत्रता सुंदरता में एक बहुत बड़ा तत्व है, जब तुम आकाश में स्वतंत्रता से उड़ता हुआ कोई पक्षी देखते हो, तो वह एक अलग तरह का पक्षी होता है, लेकिन जब तुम उसी पक्षी को एक पिंजरे में बंद देखते हो, तो वह फिर वैसा ही नहीं रह जाता। आकाश में स्वतंत्रता से उड़ते हुए पक्षी का एक अपना अलग सौंदर्य होता है। वह जीवंत और स्वतंत्र होता है। पूरा आकाश उसका अपना होता है। वही पक्षी पिंजरे में कुरूप हो जाता है। उसकी स्वतंत्रता जाती रही, उसके लिए आकाश चला गया। अब उसके वे पंख व्यर्थ हैं, वे एक तरह का बोझ हैं। वे अतीत में बने रहते हैं और वे पीड़ा उत्पन्न करते हैं। अब यह पक्षी वही नहीं रह गया।

जब तुम किसी स्त्री के प्रेम में पड़े थे, वह स्वतंत्र थी; तुम स्वतंत्रता के साथ प्रेम में पड़े थे। जब तुम उसे अपने घर ले आए, तुमने उसके लिए स्वतंत्र होने की सारी सम्भावनाएं नष्ट कर दीं, लेकिन इसे नष्ट करने के साथ तुम उसकी सुंदरता को भी नष्ट कर रहे हो। तब एक दिन अचानक तुम पाते हो कि तुम इस स्त्री से बिल्कुल भी प्रेम नहीं करते – क्योंकि अब वह सुंदर न रही। ऐसा हर बार होता है। तब तुम दूसरी स्त्री को खोजना शुरू कर देते हो और तुम यह नहीं देखते कि आखिर हुआ क्या? तुम उस पूरी यांत्रिक प्रक्रिया को नहीं देखते कि तुमने कैसे उस स्त्री की सुंदरता को नष्ट कर दिया?

यह पहिली तरह का प्रेम है, इससे सावधान रहो। इसका कोई अधिक मूल्य नहीं है, यह कार्य बहुत महत्वपूर्ण नहीं है, और यह निर्मूल्य है। और यदि तुम सचेत नहीं हो तो तुम इस पहिली तरह के प्रेम के जाल में फंसे रहोगे।

दूसरी तरह के प्रेम में, पात्र महत्वपूर्ण न होकर तुम्हारी व्यैक्तिकता ही महत्वपूर्ण है। तुम प्रेमपूर्ण हो, इसलिए तुम अपने प्रेम को किसी अन्य व्यक्ति को अर्पण कर रहे हो। लेकिन प्रेम करना तुम्हारा आंतरिक गुण है। यह किसी पात्र या व्यक्ति की ओर उन्मुख नहीं होता। प्रेम करने वाले कर्त्ता में ही उसके प्रेम का गुण बाढ़

की तरह उफन रहा है, उसका अस्तित्व ही प्रेमपूर्ण है। यदि तुम अकेले हो, तुम तब भी प्रेमपूर्ण हो। तुम्हारे अस्तित्व में प्रेम का सुवास है।

जब तुम इस दूसरे तरह के प्रेम में गिरते हो, तो पहिली तरह के प्रेम की तुलना में वहां तुम्हें बहुत बड़ी प्रसन्नता मिलने जा रही है। और तुम जानोगे कि कैसे दूसरे व्यक्ति को स्वतंत्र रखा जाए, क्योंकि यह प्रेम इस बात को जानता है। प्रेम करने का अर्थ है कि अपनी प्रेमिका को वह सभी कुछ देना, जो भी सुंदर और रमणीय हो। स्वतंत्रता सबसे अधिक सुंदर चीज है, यह मनुष्य चेतना को सबसे अधिक पोषण करने वाला तत्व है। तुम उसे कैसे छीन सकते हो? तुम कोई दुश्मन नहीं हो, तुम तो उसके मित्र हो।

यह दूसरी तरह का प्रेम, दूसरे की स्वतंत्रता के विरुद्ध नहीं होगा, यह नियंत्रण और अधिकार में रखने वाला नहीं होगा। और तुम इस बारे में अधिक चिंता नहीं करोगे कि कोई दूसरा व्यक्ति भी तुम्हारी स्त्री अथवा तुम्हारे पुरुष की प्रशंसा कर रहा है। वास्तव में तुम प्रसन्न होगे कि तुम्हारे पास एक ऐसी स्त्री है, जिसकी दूसरे लोग भी प्रशंसा करते हैं, और तुमने एक ऐसी स्त्री चुनी है कि दूसरे लोग भी उसकी कामना करते हैं। उनकी यह कामना या इच्छा ही सामान्य रूप से यह सिद्ध करती है कि तुमने एक मूल्यवान हीरे का चुनाव किया है, जिसमें सहज स्वाभाविक गुण हैं। तुम्हें ईर्ष्या नहीं होगी। हर बार जब तुम देखते हो कि कोई अन्य व्यक्ति तुम्हारी स्त्री को प्रेमपूर्ण दृष्टि से देख रहा है, तो तुम रोमांचित हो उठोगे। उस प्रेमपूर्ण दृष्टि के द्वारा ही तुम अपनी स्त्री के साथ एक बार फिर प्रेम में डूब जाओगे।

यह दूसरी तरह का प्रेम, वासना की अपेक्षा एक मित्रता अधिक होगा, और यह तुम्हारी आत्मा को और अधिक समृद्ध करेगा। और इस दूसरी तरह के प्रेम में एक अंतर और होगा। पहिली तरह के पात्र-उन्मुख प्रेम में वही बहुत से प्रियपात्र के अन्य प्रेमी भी उसके चारों और होंगे और एक भय होगा। पर दूसरी तरह के प्रेम में वहां कोई भय न होगा और तुम अपना प्रेम न केवल अपनी प्रेमिका को अर्पित करने में स्वतंत्र होगे, वरन तुम दूसरों को भी अपना प्रेम अर्पित करने में स्वतंत्र होगे।

पहिले प्रेम में विषय वस्तु अर्थात प्रेमपात्र एक होगा और उसके कई प्रेमी हो सकते हैं। दूसरे प्रेम में प्रेम करने वाला कर्त्ता एक होगा और उनका प्रेम कई दिशाओं में बह रहा होगा, वह अपने प्रेम को कई तरह से कई व्यक्तियों को अर्पण कर रहा होगा, क्योंकि तुम जितना अधिक प्रेम करते हो, वह उतना अधिक विकसित होता है। यदि तुम एक ही व्यक्ति को प्रेम करते हो, तो स्वाभाविक

है कि तुम्हारा प्रेम अधिक समृद्ध न होगा, यदि तुम दो व्यक्तियों को प्रेम करते हो तो वह दूना समृद्ध होगा; यदि तुम बहुत से लोगों से प्रेम करते हो अथवा तुम पूरी मनुष्यता से प्रेम कर सकते हो अथवा तुम पशु जगत, वृक्षों और पौधों की सभी प्रजातियों से प्रेम कर सकते हो, तब तुम्हारा प्रेम निरन्तर और बढ़ता ही जाता है। और तुम्हारा प्रेम विकसित होता है, तुम स्वयं भी विकसित होकर, फैलते हो। यह असली फैलाव अथवा विस्तार तुम्हारी चेतना का होता है। नशीली दवायें तुम्हें फैलने की नकली धारणा देती हैं, जबकि प्रेम ही वह आधारभूत रसायन है, जो तुम्हें फैलाव या विस्तार की प्रामाणिक धारणा देता है।

और वहां वह सम्भावना है...अल्बर्ट स्वित्जर ने कहा है – 'जो कुछ भी जीवित है, उससे प्रेम करना ही चाहिये, यही जीवन के प्रति श्रद्धा है।' भारत में महावीर ने भी ऐसी ही बात कही है। उनका दर्शन – अहिंसा है, जो कहती है – उस सभी से प्रेम करो, जो जीवित है। लेकिन एक व्यक्ति बगबी, जो अमेरिका में समकालीन है, उसने महावीर और स्वित्जर की तुलना में एक और कदम आगे जाकर कहा है – "वस्तुओं के प्रति भी श्रद्धा करो।" यह प्रेम का सर्वोच्च तथा अंतिम वक्तव्य है। तुम न केवल उससे प्रेम करो जो जीवित है, तुम उससे भी प्रेम करो, जो कुछ भी अस्तित्व में है। तुम कुर्सी से प्रेम करो, तुम खम्भों से प्रेम करो, तुम वस्तुओं से भी प्रेम करो, क्योंकि वे यहां हैं। उनमें भी एक तरह का जीवन है।

जब कोई भी इस बिंदु तक आता है – कि तुम सम्पूर्ण अस्तित्व को प्रेम करो, भले ही वह कुछ भी हो, तो वह प्रेम बेशर्त हो जाता है – वह प्रार्थना में बदल जाता है, वह एक ध्यान बन जाता है।

पहिली तरह का प्रेम इस अर्थ में अच्छा है कि यदि तुमने एक विहीन जीवन जिया है, तो प्रेम न होने से वह बेहतर है। लेकिन दूसरा प्रेम पहिले की अपेक्षा कहीं अधिक अच्छा है, क्योंकि उसमें कम लालसा, कम वेदना, कम कोलाहल, कम संघर्ष और कम आक्रामकता तथा हिंसा है। दूसरी तरह का प्रेम, पहिले की अपेक्षा प्रेम से कुछ अधिक होगा और अप्रदूषित होगा। पहिले प्रेम में वासना बहुत अधिक होगी, जो पूरे खेल को नष्ट कर देती है – लेकिन दूसरी तरह का प्रेम भी अंतिम नहीं है। वहां तीसरी तरह का भी प्रेम है – जहां प्रेम करने वाला कर्त्ता और प्रेमपात्र, विषय और वस्तु दोनों मिट जाते हैं। पहिले में वस्तु अर्थात प्रेमपात्र प्रमुख है, दूसरे में प्रेम करने वाला महत्वपूर्ण है और तीसरी तरह के प्रेम में वहां दोनों का अतिक्रमण हो जाता है – कोई भी न तो विषय रहता है और न वस्तु, कोई भी न तो प्रेम करने वाला कर्त्ता रहता है और न प्रेम पात्र, कोई एक

किसी भी तरह से अस्तित्व में कोई विभाजन नहीं करता : विषय, वस्तु, ज्ञाता, ज्ञेय, प्रेमी और प्रेमपात्र का। सारे विभाजन मिट जाते हैं। एक केवल प्रामाणिक प्रेम रह जाता है।

दूसरी तरह के प्रेम तक तुम एक प्रेमी रहते हो। जब तुम एक प्रेमी होते हो तो कोई चीज तुम्हारे चारों ओर एक परिभाषा और एक सीमा रेखा की भांति लटकी रहेगी। तीसरी तरह के प्रेम के साथ सारी परिभाषाएं मिट जाती हैं। वहां तुम भी नहीं होते, केवल प्रेम होता है। जीसस के प्रेम का जो अर्थ है, यह वही प्रेम है। वह कहते हैं – प्रेम ही परमात्मा है। यदि तुम पहिले प्रेम को गलत समझते हो, तो तुम जीसस के प्रेम के अर्थ की ठीक व्याख्या करने में कभी भी समर्थ न हो सकोगे। यह दूसरी तरह का भी नहीं, यह तीसरी तरह का प्रेम है। प्रेम ही परमात्मा है। एक है सामान्य प्रेम। यह वह नहीं है,

जब कोई एक प्रेम करता है, यह कोई कृत्य नहीं है, यह उस एक का प्रामाणिक गुण है।

यह ऐसा नहीं है कि सुबह तो तुम प्रेम कर रहे हो, और शाम को तुम प्रेमपूर्ण नहीं हो – तुम प्रेम ही हो, यह तुम्हारी एक स्थिति है। यह 'हाल' नहीं है, यह 'मगावा' है। अब तुम घर पहुंच गये। अब तुम प्रेम हो गये। अब वहां कोई भी विभाजन नहीं है। अब सारी द्वैतता मिट गई।

पहिली तरह का प्रेम है – 'मैं और वह का दूसरे व्यक्ति को एक वस्तु की तरह प्रयोग किया जा रहा है। यह वही प्रेम है, मार्टिन बूबर कहते हैं – 'मैं – वह'। दूसरा व्यक्ति एक वस्तु के समान है। तुम्हें उस पर अधिकार जमाना है। मेरी पत्नी, मेरा पति, मेरा बच्चा...और इस अधिकार जमाने से तुम दूसरे की आत्मा की हत्या कर देते हो।

दूसरी तरह के प्रेम को मार्टिन बूबर 'मैं-तू' का प्रेम कहते हैं। दूसरा भी एक व्यक्ति है। दूसरे के लिए तुम्हारे पास सम्मान है। जिसका तुम सम्मान करते हो, तुम उसे अपने नियंत्रण में कैसे ले सकते हो? लेकिन मार्टिन बूबर दूसरे तरह के प्रेम पर ही रूक जाता है; उसके पास तीसरी तरह के प्रेम के संबंध में कोई समझ ही नहीं है। मार्टिन बूबर जीसस को भी नहीं समझ सकता। वह एक यहूदी ही बना रहता है। वह 'मैं-तू' तक ही जाता है। 'मैं-वह' से 'मैं-तू' की ओर; यह एक बहुत बड़ा कदम है, लेकिन यह उस कदम की तुलना में कुछ भी नहीं है, जो 'मैं-तू' से अद्वैत की ओर पूर्ण एकत्व की ओर घटता है, जहां केवल प्रेम ही बचा रहता है।

'मैं-तू' का संबंध भी थोड़ा-सा तनाव उत्पन्न करने वाली घटना है – तुम पृथक हो और प्रेमिका पृथक है। और सारी अलगाव या पृथकताएं पीड़ा लाती हैं। जब तक कि कोई अपनी प्रेमिका के साथ पूरी तरह से एक ही न हो जाये, जिससे वह प्रेम करता है उससे एक ही न हो जाये, तो कहीं आस-पास ही एक तरह की पीड़ा का छिपा होना एक बाध्यता होती है। पहिली तरह के प्रेम में यह पीड़ा बहुत स्पष्ट होती है, दूसरे में यह पीड़ा इतनी अधिक स्पष्ट नहीं होती है, पहिले में यह बहुत निकट होती है, दूसरी तरह के प्रेम में यह इतनी अधिक निकट न होकर, बहुत दूर होती है – लेकिन वह वहां होती है। तीसरी तरह के प्रेम में यह होती ही नहीं।

इसलिए प्रिया! मैं चाहूंगा कि तुम प्रेम के संबंध में और अधिक सीखो। पहिली से दूसरी तरह के प्रेम की ओर गतिशील हो जाओ, लेकिन अपनी चेतना में यह बात बनाये रखो कि लक्ष्य तीसरी तरह का प्रेम है। और अपने आप के खो जाने के बारे में जरा भी चिंता मत करो। स्वयं को खो ही जाने दो – क्योंकि खोना, स्वयं को पाने का केवल मात्र एक ही उपाय है।

दूसरा प्रश्न :

ऐसा कहा जाता है : 'तुम केवल एक बार ही जन्म लेते हो, लेकिन यदि तुमने उसे ठीक से भरपूर जी लिया तो एक जन्म ही पर्याप्त है।'

उत्तर :

अनुराग! एक बार जीना ही पर्याप्त से भी अधिक है।

तीसरा प्रश्न :

आप स्त्री संन्यासियों से यह क्यों कहते हैं कि वे बच्चे उत्पन्न न करें?

उत्तर :

क्योंकि मैं पुरुष संन्यासियों से यह नहीं कह सकता।

चौथा प्रश्न :

जब एक पुरुष एक ही समय दो स्त्रियों के साथ रहता है, तो क्या उसकी ऊर्जा में इससे कोई अन्तर पड़ता है?

उत्तर :

क्या तुम पागल हो अथवा आत्म पीड़क अथवा कुछ और चीज हो? क्या एक स्त्री तुम्हारे लिए पर्याप्त नहीं है?

मैंने किसी अन्य व्यक्ति से सुना है...

मुल्ला नसरूद्दीन के पुत्र ने उससे पूछा – "पापा! कानून एक व्यक्ति को दो या अधिक स्त्रियां रखने की अनुमति क्यों नहीं देता?"

मुल्ला ने उत्तर दिया – "यदि कोई व्यक्ति स्वयं अपनी रक्षा नहीं कर सकता, तो कानून उसकी रक्षा करता है।"

ठीक अभी तो तुम्हारे लिए एक की भी व्यवस्था करना कठिन होगा। यह प्रश्न अहस्ताक्षरित है। यह व्यक्ति जरूर ही यह प्रश्न पूछते हुए डर रहा होगा। यह डर ही यह प्रदर्शित करता है कि तुम्हारे पास इस बारे में जो तुम पूछ रहे हो, एक तरह की सजगता है।

यदि तुम अभी भी एक साथ दो के प्रेम में हो, तब तुम महान मुसीबत में होगे। दो स्त्रियों के बीच तो तुम टूटकर बिखर जाओगे। एक के साथ प्रेम करने के लिए एक स्त्री ही पर्याप्त से अधिक है। दो के साथ प्रेम करने में वहां कोई समस्या नहीं है – लेकिन तब यह प्रश्न दो स्त्रियों का नहीं है। तब यह प्रश्न प्रेम के पात्र के बारे में संगत नहीं है। तब यह तुम पर निर्भर करता है – तुम्हारे पास कितना अधिक प्रेम है और तुम कितना प्रेम बांट सकते हो।

लेकिन प्रश्नकर्त्ता जरूर ही कहीं न कहीं पहिली तरह के प्रेम में होना चाहिए, जहां कोई एक जितनी भी स्त्रियां सम्भव हो सके, झपट लेना चाहता है, क्योंकि यह 'मैं-वह' का संबंध है। ठीक वैसे ही जैसे तुम चाहते हो कि तुम्हारे पास दो-तीन मकान हों, ठीक वैसे ही जैसे तुम चाहो कि तुम्हारी बैंक में तुम्हारे नाम बहुत अधिक धन हो, इसी तरह तुम चाहते हो कि तुम्हारे पास बहुत-सी स्त्रियां हों। प्राचीन समय में, कोई मनुष्य समृद्ध है अथवा नहीं, यह जानने का केवल एक ही उपाय था कि उसके पास कितनी स्त्रियां है। राजा महाराजा सैकड़ों स्त्रियों को अपने रनिवास में रखते थे। ठीक तीस वर्ष पूर्व ही निज़ाम हैदराबाद के पास पांच सौ स्त्रियां थीं। वास्तव में वह सभी स्त्रियों को पहिचान पाने में भी समर्थ न थे। लेकिन यह एक तरह की प्रतिष्ठा का प्रश्न था कि वह उन्हें रखने का खर्च उठा सकते हैं।

लेकिन स्त्रियां वस्तु नहीं है वे व्यक्ति हैं। उनके पास भी आत्मा होती है, जैसी तुम्हारे पास है।

यह प्रश्न जरूर ही किसी पुरुष द्वारा ही पूछा गया है। तुम जितनी चाहो, उतनी स्त्रियों को अपने अधिकार में रख सकते हो। यह अधिकार में लेने का विचार ही यह प्रदर्शित करता है कि तुम्हारे पास प्रेमपूर्ण हृदय नहीं है। तुम जरूर ही कहीं न कहीं पहिली तरह के प्रेम में अटके हो, जहां प्रेम 'मैं-वह' का संबंध मात्र है। वहां से आगे बढ़ो। तुम्हें दुःख देने को एक स्त्री भी आवश्यकता से कहीं अधिक है। दो तो बहुत अधिक हो जायेंगी।

लेकिन तुम हो सकता है – स्वपीड़क हो, तुम्हें स्वयं को पीड़ा देने में मजा आता हो। तब यह पूरी तरह से मामला ही कुछ और होगा। एक स्वपीड़क वह होता है, जो दुःखी और पीड़ित होना चाहता है। यदि तुम एक स्वपीड़क हो तब यह ठीक है। लेकिन एक स्वपीड़क होना अच्छी चीज नहीं है, यह एक मानसिक रोग है। तुम्हें मनोचिकित्सा की जरूरत होगी।

लेकिन यदि तुम्हारा प्रेम पहिली स्थिति से आगे गतिशील हो चुका है, तब यह प्रश्न ही संगत नहीं रह जायेगा। तब यह प्रश्न दो स्त्रियों अथवा एक स्त्री के रखने का होगा ही नहीं, दूसरी तरह के प्रेम के साथ, यह प्रश्न तो होने का होगा। तुम प्रेम करते हो। जितने अधिक लोग उपलब्ध हों, तुम उन सभी से प्रेम करते हो। और तुम भिन्न-भिन्न तरह से प्रेम करते हो : किसी को तुम अपनी पत्नी की तरह प्रेम करते हो, किसी को तुम अपने मित्र की तरह प्रेम करते हो, किसी को तुम अपनी पुत्री की तरह प्रेम करते हो, किसी को तुम अपनी बहिन की तरह और किसी को अपनी मां की तरह प्रेम करते हो। और यह भी सम्भव है कि तुम एक तरह के प्रेम को बहुत से लोगों के साथ बांट सको। लेकिन पहिले दूसरी तरह के प्रेम को उपलब्ध तो होओ तब फिर यह कोई समस्या रह ही नहीं जायेगी।

और तीसरी तरह के प्रेम के साथ समस्याएं पूरी तरह मिट जाती है – तुम एक प्रामाणिक प्रेम भर रह जाते हो। तब तुम प्रेम किये जा सकते हो, उसका कोई अंत होता ही नहीं। तुम्हारे पास अनंत ऊर्जा है। लेकिन ठीक अभी तो तुम प्रेम किये जाने में समर्थ न हो सकोगे, और कभी भी कोई काम अपनी क्षमता के बाहर मत करो, अन्यथा तुम और अधिक दुःखी हो जाओगे। पहिले तो यह सीखो कि कैसे एक स्त्री को प्रेम किया जाये – कम-से-कम यह तो सीखो कि कैसे एक स्त्री से प्रेम किया जाये। इसे 'मैं-तू' का संबंध बनने दो। यदि तुम अपने चारों ओर दो स्त्रियों के साथ संघर्ष सृजित करोगे, तो तुम सरलता से 'मैं-वह' के संबंध से 'मैं-तू' के रिश्ते की ओर गतिशील होने में समर्थ न हो सकोगे।

पांचवा प्रश्न :

बाइबिल कहती है : 'प्रतीक्षा करो और तुम्हें हर चीज दे दी जायेगी। भगवान! आप इस वचन पर क्या कहेंगे?

उत्तर :

मैं कहूंगा – "प्रतीक्षा करो, और यदि तुम कुछ प्राप्त करते हो, तो निश्चित रूप से वह एक चमत्कार होगा। तुम क्योंकि वहां प्रतीक्षा कर रहे हो, इसलिए अस्तित्व तुम्हें देने का अनुग्रह करने के लिए बाध्य नहीं है – क्योंकि हो सकता है तुम्हारा मांगना ही गलत चीज के लिये हो।"

जैसा कि मैं जानता हूं, सौ में से निन्यानवे प्वाइंट नौ प्रतिशत लोग गलत चीज की ही मांग करते हैं। यदि परमात्मा करुणावान हैं, तो वह तुम्हें वे चीजें नहीं दे सकता। तुम्हारी इच्छा तुम्हारी अपनी इच्छा है, वह तुम्हारे मन का ही एक भाग है, वह तुम्हारे अहंकार का ही एक भाग है। परमात्मा उसकी पूर्ति नहीं कर सकता, और पूर्ति करना भी नहीं चाहिये। यदि वह उन्हें पूरा करता है, तो तुम अधिक से अधिक भटक कर और दूर चले जाओगे। तुम अंधेरी रात की ओर चले जाओगे और तुम प्रकाश के उस स्रोत में फिर से प्रविष्ट होने की सारी सम्भावनाएं खो दोगे।

नहीं, तुम्हारी सभी इच्छाएं पूरी नहीं की जा सकतीं। वास्तव में तुम्हारी कामना जैसी कि वह है, उसे पूरा नहीं किया जा सकता। तुम्हारी कामना एक गलत कामना बनने जा रही है। जब तुम ही गलत हो, फिर तुम्हारी कामना भी कैसे ठीक हो सकती है? वहां ठीक कामनाएं और गलत कामनाएं होती ही नहीं, वहां तो केवल ठीक और गलत लोग होते हैं। गलत व्यक्ति वह है, जिनके पास कामनाएं हैं और ठीक व्यक्ति वह है जिसके पास कोई भी कामनाएं हैं ही नहीं। जब वहां कोई भी कामनाएं नहीं होती, हर चीज पूरी हो जाती है।

अब यह एक विरोधाभास दिखाई देता है। जब तुम्हारे पास कोई भी कामनाएं नहीं होती, तो हर चीज पूरी हो जाती है। तब जिस चीज की भी जरूरत होती है तुम उसे प्राप्त कर लेते हो, तब तुम वही पाते हो जो तुम्हारे लिए लाभदायक होता है। और तुम हमेशा प्रसन्न रहते हो, क्योंकि वह हमेशा एक उपहार होता है।

छठां प्रश्न :

आप मनुष्यों को बंदर क्यों कहते हैं? क्या यह मनुष्य की गरिमा के लिए अपमानजनक नहीं है?

उत्तर :

बंदर इससे अन्यथा सोचते हैं। वे मनुष्यों के साथ अपनी तुलना किया जाना पसन्द नहीं करते, वे सोचते हैं कि यह बंदरों की गरिमा के विरुद्ध है। जब डार्विन ने यह कहा कि मनुष्य का जन्म बंदरों से ही हुआ है और वे बंदरों से ही विकसित हुए हैं, तो सभी बंदर बहुत नाराज हुए। बंदरों के द्वारा यह सिद्ध करते हुए बड़े-बड़े लेख लिखे गए, कि मनुष्य एक विकास न होकर एक पतन है।

और वहां इसके लिए तर्क भी है। मनुष्य वृक्ष से पृथ्वी पर गिर पड़ा। यह एक पतन है, और मनुष्य उससे कुछ कम हो गया, जितना कि वह था। किसी भी बंदर से पूछो। बस एक बंदर का अनुसरण करने का प्रयास करो और यह असम्भव होगा। बंदर कितना अधिक मजबूत है? मनुष्य अब उतना शक्तिशाली नहीं रहा। बंदर की तुलना में मनुष्य लगभग शक्तिहीन है। बंदरों का जरा आनंद देखो। मनुष्य इतना अधिक उदास है।

पहिली बात तो यह है कि मनुष्य को यह सोचना ही क्यों चाहिए कि उसकी गरिमा का अपमान हुआ अथवा वह इतना दीन-हीन है? बंदर सुंदर लोग हैं। हां, मैं जानता हूं, कि उन लोगों ने बुद्ध, रूमी, जुनैद जैसे लोग उत्पन्न नहीं किये – यह बात तो ठीक है – लेकिन उन्होंने चंगेज खां, तैमूर लंग, सिकन्दर, एडोल्फ हिटलर जैसा कोई भी एक उत्पन्न नहीं किया। उन लोगों ने युद्धों का सृजन नहीं किया, लोगों की हत्याएं और कत्ल नहीं किए। बंदर शाकाहारी हैं। वे बहुत भले लोग हैं। वे हमेशा खुश रहते हैं और हमेशा हंसी मजाक के मूड में उत्सव आनंद मनाते रहते हैं।

हां, मनुष्य बहुत ऊंचा भी उठ सकता है – मनुष्यता के भी पार – लेकिन मनुष्य बहुत नीचे भी गिर सकता है – जानवरों से भी निम्न तल पर। और अभी तक मनुष्यता से भी उच्चतम तल पर जाने का रिकार्ड बहुत बड़ा नहीं है। लाखों करोड़ों में कभी कोई एक व्यक्ति ऊपर उठकर, एक बुद्ध, एक जुनैद, अथवा एक मुहम्मद बन सका। लेकिन दूसरे लोग उसी अंधकारमय कीचड़ भरे अचेतन में ही छिपे रहे।

मुझे एक सुंदर कहानी का स्मरण आ रहा है। कुछ ही महीनों पूर्व एक घटना घटी। यह घटना चुनाव के दिनों की है। चुनाव के दिनों में थोड़ी-सी चीजों की बहुत अच्छी बिक्री होती है। उन चीजों में से एक है – सफेद खादी की गांधी टोपी। यह तभी बिकती है, जब वहां चुनाव होते हैं, प्रत्येक व्यक्ति गांधीवादी बन जाता है। एक बार चुनाव सम्पन्न हो जाये, फिर लोग गांधी जी के बारे में

सब कुछ भूल जाते हैं – और यह अच्छा है कि वे गांधी जी के बारे में सभी कुछ भूल जाते हैं, क्योंकि उन्होंने जो कुछ भी सिखाया वह लगभग अर्थहीन है। लेकिन जब वहां कोई भी चुनाव होता है, तो प्रत्येक व्यक्ति गांधीवादी बन जाता है, यहां तक कि वे लोग भी जिनके बारे में उनकी हत्या करने का संदेह किया जाता है, वे भी गांधीवादी बन जाते हैं।

इसलिए गांधी-टोपी की बड़ी मांग होती है और एक व्यक्ति इन्हीं का बहुत बड़ा व्यापार कर रहा था। वह गांधी टोपी बेचने के लिए एक शहर से दूसरे शहर में जाता था। एक दिन वह पड़ोस के शहर से घर वापस लौट रहा था। वह बहुत थका हुआ था, क्योंकि उसने वास्तव में अच्छा व्यापार किया था। उसने लगभग एक हजार टोपियां बेच दी थीं। बस केवल उसके थैले में पचास साठ टोपियां रह गई थीं। और वह बहुत थका हुआ था। इसलिए वह थोड़ा-सा आराम करने के लिए एक बरगद के वृक्ष के नीचे लेट गया और तुरन्त सो गया। जब वह जागा तो उसने देखा कि थैला खाली है, और सभी टोपियां गायब थीं। वह विश्वास ही नहीं कर सका, क्योंकि चारों ओर वह किसी को भी नहीं देख रहा था। तब उसने ऊपर की ओर देखा – और वास्तव में वह एक सुंदर दृश्य था। सभी बंदर पेड़ पर बैठे हुए गांधी टोपियों का मजा ले रहे थे। तुम वहां मुरारजी देसाई, चरण सिंह और जगजीवनराम को भी खोज सकते थे, क्योंकि वहां सभी तरह के लोग थे। और वे सभी वास्तव में वहां दांत दिखाते हुये मुस्कुरा रहे थे। वह सभी उछलते-कूदते हुए मजा ले रहे थे।

पहिले तो उस व्यक्ति ने भी इसका आनंद लिया, लेकिन तब उसने सोचा – साठ टोपियां चली गईं। अब आखिर क्या किया जाये? कैसे इन साठ टोपियों को वापस प्राप्त किया जाये? तब उसे याद आया कि बंदर अनुकरण करते हैं। केवल एक टोपी ही उसके पास बची थी जो वह अपने सिर पर लगाये हुए था। इसलिए बंदरों का ध्यान आकर्षित करने के लिए वह चिल्लाया – 'अब्रा का डबरा'। और वे सभी उसकी ओर देखने लगे कि आखिर क्या हो रहा है? तब उसने अपनी टोपी उतार कर नीचे फेंक दी। जिस क्षण उसने अपनी टोपी नीचे फेंकी, सभी बंदरों ने भी टोपियां उतार कर नीचे फेंक दी, क्योंकि वे सभी नकलची थे।

उसने सभी टोपियां इकट्ठी की, खिलखिलाकर हंसा और घर आया। अगले दिन बुखार आ गया और बिक्री करने वह न जा सका, इसलिए उसने अपने युवा पुत्र को भेजा। उसने उसे बंदरों की कहानी सुनाते हुए कहा – 'यदि संयोग से कुछ ऐसी ही चीज घट जाये तो याद रखना : पहिले चिल्ला कर मंत्र पढ़ना – 'अब्रा का डाबरा' और तब अपनी टोपी नीचे गिरा देना और तुम अपनी सभी टोपियां

वापस पा लोगे। यदि कुछ इसी तरह की घटना घटे, इसलिए मैं तुम्हें यह बता रहा हूं, जिससे बस तुम सुरक्षित रहो।

वह लड़का बाहर चला गया। वह दिन बहुत अच्छा था और उसने बहुत-सी टोपियां बेचीं। जब वह वापस लौट रहा था, तो संयोग से कुछ ऐसा हुआ कि जब वह उसी बरगद के वृक्ष के निकट आया तो उसने भी बहुत थकान का अनुभव किया। और वह इतना अधिक छायादार वृक्ष था, उसके आस-पास इतनी सुंदर हरियाली थी और वह विश्राम करने का इतना सुंदर स्थान था, इसलिए अपना थैला रखकर वह वहीं सो गया। जब उसकी आंख खुली तो ठीक वैसी ही घटना घटी। यह एक चमत्कार था। थैला खाली था। उसने ऊपर देखा – मुरारजी देसाई, चरणसिंह और जगजीवन राम आदि सभी महान गांधीवादी बने गांधी टोपी लगाये बैठे हुए थे। और वे सभी बंदर वास्तव में एक-दूसरे को थपथपाते धकियाते हुए उससे भी कहीं अधिक आनंद मनाते हुए मजा ले रहे थे, जितना उसके पिता ने कहानी सुनाते हुए बताया था।

लेकिन उसका पुत्र जरा भी परेशान नहीं था। इसलिए वह चिल्लाया – 'अब्रा का डाब्रा,' और उसने अपनी टोपी नीचे फेंक दी। और बंदर तो लगभग पागल हो गये। वे हंसते किलकिलाते शरारतें करने लगे और उस पेड़ को ऐसा हिलाया जैसे मानो भूकम्प आ गया हो। और तुम जानना चाहते हो कि फिर हुआ क्या? एक बंदर जिसे टोपी नहीं मिली थी, नीचे आया और लड़के द्वारा फेंकी टोपी उठाकर ऊपर चढ़ गया। उन लोगों ने पिछली घटना से सबक सीख लिया था।

बंदर बुद्धिमान लोग हैं। अब वह टोपी भी जो उसने उतार कर फेंकी थी, वह भी चली गई।

बंदरों की अपेक्षा मनुष्य और भी अधिक मंद गति से सीखता है। मनुष्य तो वहीं गलतियां बार-बार दोहराये चला जाता है। तुम उसके संबंध में किस गरिमा की बात कर रहे हो? यदि तुम मनुष्य के इतिहास को जरा पलट कर देखो, तो पाओगे कि वह उन्हीं गलतियों को बार-बार दोहराता रहा है। वह लगभग यांत्रिक बन गया है – वही युद्ध, वही हिंसा, प्रकृति पर वैसे ही बलात्कार और वैसा ही विनाश। युगों-युगों से उसकी यही कहानी है।

इस तथाकथित मनुष्यता के विध्वंसक उजाड़ मरुस्थल में केवल एक दो बार कुछ समय के लिए वहां एक बुद्ध और एक मंसूर का नखलिस्तान प्रकट हुआ। लेकिन ऐसे लोग बहुत दुर्लभ और अपवाद स्वरूप हैं और उनकी अवेहलना कर दी जाती है। उस पर विश्वास कर कोई विचार नहीं किया जाता। ये लोग इतने अपवाद स्वरूप हैं कि हम विश्वास ही नहीं कर सकते कि वास्तव में वे कभी

अस्तित्व में भी थे। वे अलंकारों और काल्पनिक कथाओं जैसे दिखाई देते हैं और लगता है जैसे वे मनुष्य के मन की ईजाद हैं। केवल अपनी गरिमा बनाये रखने के लिए, केवल इस गौरव और गरिमा के विचार को बनाये रखने के लिए ही मनुष्य ने बुद्ध, महावीर, कृष्ण और क्राइस्ट को सृजित किया है। बहुत से लोग संशय करते हैं कि वे कभी अस्तित्व में भी थे? और उनके संदेह का कारण है। यदि तुम अपने चारों ओर देखो, तो तुम मनुष्य को एक ऐसी कुरूप और विक्षिप्त स्थिति में पाओगे कि यह विश्वास करना असम्भव हो जाता है कि एक बुद्ध के होने की कोई सम्भावना भी है। बुद्ध एक ऐसे अपवाद हैं, और सामान्य विक्षिप्त मनुष्य ही राज्य करता है। इसी कारण लोग संदेह करते हैं कि वे मनुष्य की कामना को परिपूर्ण करने वाले हो सकते हैं। इसी वजह से सिग्मण्ड फ्रॉयड कहता है – कि ये सभी महान लोग केवल इच्छापूर्ति के लिए हैं। मनुष्य वैसा ही बनना चाहता है, इसलिए वह ऐसी पौराणिक कथाओं का सृजन करता है।

तुम किस गौरव-गरिमा के बारे में बात कर रहे हो? बिना मनुष्य के यह पृथ्वी कहीं अधिक सुंदर होगी। वह कम विषैली होगी। नदियां फिर से शुद्ध बनेंगीं, वायु फिर से प्रदूषणमुक्त होगी, वृक्ष फिर से उगेंगे, जानवर फिर से उन्मुक्त होकर घूमना शुरू करेंगे, पक्षी फिर से आकाश में उड़ानें भरेंगे। क्या तुम सोचते हो कि मनुष्य के बिना क्या पृथ्वी को किसी अभाव का अनुभव होगा? हां, फिर वह तुम्हारे द्वारा पर्यावरण को जहरीला प्रदूषित बनाने को न देख सकेगी, वह तुम्हारे विध्वंस, तुम्हारे युद्धों और रक्तपात के अभाव का अनुभव करेगी। वह इन चीजों से जरूर चूकेगी, लेकिन वह फिर कहीं अधिक सुंदर होगी। तब सभी चीजें कहीं अधिक खामोश और संगीतमय होंगी, वह कहीं अधिक लयबद्धता में होंगी।

और मैं यह नहीं कह रहा हूं कि मनुष्य के पास कोई भी गौरव और गरिमा नहीं है। मैं बी.एफ. स्किनर जैसे लोगों के साथ कभी भी सहमत नहीं हूं। स्किनर ने एक पुस्तक लिखी है – Beyand Freedom and Dignity (स्वतंत्रता और गरिमा के पार), जिसमें वह कहता है – कि मनुष्य स्वतंत्र नहीं है और न उसके पास कोई गरिमा और प्रतिष्ठा है। नहीं, मैं यह नहीं कह रहा हूं। मनुष्य के पास गरिमा और प्रतिष्ठा हो सकती है, लेकिन किसी एक को उसके दिए गए सत्य की भांति स्वीकार नहीं करना चाहिए। उसे सृजित करना होगा। वह एक छिपी सम्भावित शक्ति तो है, लेकिन वर्तमान में नहीं है। यह सम्भव है, लेकिन यह सम्भावना केवल एक 'शायद' है। यह पहिले ही से हुआ नहीं है, और न ऐसा होगा, यह मानकर ही चला जा सकता है। मनुष्य के रूप में जन्म लेने से ही

तुम्हारे पास वह गरिमा और प्रतिष्ठा नहीं होती, तुम्हें एक मनुष्य और उसके अंदर की सभी तरह की पशुता का सामना करना होता है।

तुम्हें यह जानकर आश्चर्य होगा कि अंग्रेजी शब्द इमेज, संस्कृत के शब्द 'पशु' से आया है। ऊपर से देखने पर तो वे एक दूसरे से संबधिंत होना प्रतीत नहीं होते – पशु, बीस्ट। लेकिन मिश्री भाषा में 'पशु' – 'पश्ट' बन गया; और यह 'बस्ट' बना और 'बस्ट' से 'बीस्ट' हुआ। और तुम्हारा अंग्रेजी का शब्द 'Bastard' भी 'पशु' से ही आता है – पश्ट, बश्ट – बास्टर्ड का अर्थ होता है, जिसके पिता की कोई जानकारी न हो। यही स्थिति पशुओं के साथ होती है। कोई भी पशु यह नहीं कह सकता कि उसका पिता कौन है? जब एक व्यक्ति अपने माता-पिता को दिखला नहीं सकता, अपने पिता को पहिचान नहीं सकता, हम उसे बास्टर्ड कहते हैं।

बीस्ट और बास्टर्ड संस्कृत के शब्द पशु से आते हैं, और पशु बहुत महत्वपूर्ण शब्द है। पशु शब्द आता है – दूसरे मूल शब्द 'पाश' से – पाश का अर्थ बंधन या बंधना होता है। प्रत्येक जो बंधन में है, बंधा है, वही पशु है, एक जानवर है। प्रत्येक व्यक्ति जो अभी भी अहंकार के बंधन में है, वह अभी भी मन के बंधन में है, वह अभी भी कामनाओं वासनाओं और विचारों से बंधा है, वह एक पशु है, एक जानवर है।

इसलिये मनुष्य, केवल परिधि पर ही मनुष्य है। गहराई में प्रामाणिक मनुष्य केवल एक बुद्ध होता है। यदि बुद्ध तुम्हारे बगल में खड़ा हो, तो तुम दोनों एक जैसे ही दिखाई दोगे – लेकिन केवल परिधि पर। तुम्हारे चेहरे एक दूसरे से मिल सकते हैं, लेकिन अंदर गहराई में तुम पूरी तरह से, मौलिक रूप से पूरी तरह भिन्न होगे। तुम सीढ़ी के सबसे नीचे वाले डंडे या पायदान पर जीते हो, जबकि बुद्ध सीढ़ी के सबसे ऊपर वाले डंडे, अर्थात सर्वोच्च पर रहता है। यह अंतर बहुत विशाल है, लगभग अनंत है।

मनुष्य के पास गरिमा इस अर्थ में है कि मनुष्य एक बुद्ध बन सकता है, लेकिन ठीक एक मनुष्य बने रहकर नहीं। कोई भी एक मनुष्य जैसा होकर जन्म नहीं लेता। मनुष्यता की तो तलाश करनी है, उसकी खोज करनी है, उसे सृजित करना है। इसलिए यह मत सोचो कि क्योंकि तुमने एक मनुष्य और पशु के रूप में जन्म लिया है, तो तुम एक मनुष्य हो। नहीं अभी तक तो नहीं। तुम वैसे बन सकते हो, वह तुम्हारी गरिमा है, लेकिन तुम पहिले ही से वह हो नहीं। यह तुम्हारी चुनाव करने की गरिमा और स्वतंत्रता है कि तुम वैसे बनना चाहते हो अथवा नहीं बनना चाहते हो – और लाखों करोड़ों न बनने का ही चुनाव

करते हैं। बहुत विरले, थोड़े से लोग ही यदा-कदा, कुछ होने या बनने का चुनाव करते हैं। इसलिए लाखों करोड़ों लोग एक तरह की कलंकित और एक तरह की पापपूर्ण और निम्न चेतना की स्थिति में ही जिये जाते हैं। ये लोग निम्नतम तल पर ही जीते हैं।

और जब तक तुम चेतना के उच्चतम तल पर नहीं जीते, तुम्हारे पास कोई भी गरिमा नहीं होती। वह तुम्हारे पास हो सकती है, लेकिन वह तुम्हारे पास है नहीं। उसके लिए कठिन प्रयास करो, उसके लिए श्रम करो। इसके पहिले कि मृत्यु आये, एक प्रामाणिक मनुष्य बन जाओ।

सातवां प्रश्न :

> ब्राउन ने कहा है : "सबसे बड़ी या अंतिम समस्या अपराध बोध नहीं, बल्कि जीने की असमर्थता है। एक पशु बनने के लिए अपराध बोध का भ्रम होना एक अनिवार्यता है और वह नीरस जीवन का आयोजन करने की वजह से जीवन का आनंद नहीं ले सकता।"

उत्तर :

मैं इससे सहमत न हो सकूंगा – क्योंकि मनुष्य का जन्म जीने की क्षमता के साथ हुआ है। प्रत्येक व्यक्ति का जन्म ही जीने की सामर्थ्य के साथ हुआ है – यही जन्म लेने का अर्थ होता है : जीने की सामर्थ्य तब रास्ते पर चलते हुए जाने कहां मनुष्य अपने जीने की सामर्थ्य खो देता है, सर्वोच्च आनंद से वंचित हो जाता है और उदास, गम्भीर, मंद और मूर्ख बन जाता है।

प्रत्येक बच्चा जन्म से ही बुद्धिमान होता है। वह आनंद, खोज और आश्चर्य से भरा हुआ होता है : बच्चा बंधनमुक्त होकर जन्म लेता है। लेकिन किसी जगह, तीन या चार वर्ष की आयु के निकट बच्चा समाज द्वारा विभाजित कर दिया जाता है, वह अपनी मौलिक सामर्थ्य के साथ सभी संबंध खो देता है, और एक नकली अस्तित्व बन जाता है। तीन वर्ष की आयु तक बच्चा, प्रकृति का एक भाग बना रहता है, न कुछ के बारे में वह प्रमुदित होकर जैसे बहता है, वह अकारण ही प्रसन्न होता है, बस प्रसन्न, प्रमुदित और आनंदित। जरा एक बच्चे को निरीक्षण करो। प्रसन्न बनने के संबंध में आखिर उसने क्या प्राप्त कर लिया है? लेकिन वह ऐसा दिखाई देता है जैसे, वह संसार भर में सभी से ऊपर हो। छोटी-छोटी चीजों के साथ वह इतना अधिक प्रसन्न हो सकता है – सागर-तट पर चमकदार पत्थरों को इकट्ठा कर वह इतना प्रसन्न हो सकता है, जितने कि तुम कभी भी नहीं

हुए होगे। यदि तुम कोहिनूर भी पा लो, तो भी तुम उतने प्रसन्न न हो सकोगे। केवल चमकीले रंगीन पत्थरों के साथ, अथवा एक तितली के पीछे तेजी से पीछा करता हुआ एक बच्चा कितना अधिक आनंदित दिखाई देता है?

तीन वर्ष की आयु के निकट बच्चा सभ्य बनने लगता है, हम उसे ऐसा बनने के लिए विवश करते हैं। हम उसे सभ्यता में दीक्षित करते हैं – और सभ्यता अभी तक एक तरह का पागलपन और एक पागलखाना बन चुकी है। हम बच्चे को अधिक से अधिक बुद्धिजीवी और कम से कम बुद्धिमान बनने को विवश करते हैं। हम बच्चे को अधिक से अधिक नीरस गद्यमय और कम से कम कवित्वमय बनने पर विवश करते हैं। हम बच्चे की अधिक से अधिक दिलचस्पी धन, पद, प्रतिष्ठा, शक्ति और महत्वाकांक्षा जैसी असारभूत चीजों के बारे में और कम से कम दिलचस्पी जीवन के सच्चे आनंद के बारे में लेने के लिए विवश करते हैं। हम बच्चे को खेलपूर्ण बनने की प्रतिभा को एक काम करने की दिशा की ओर मोड़ देते हैं। उसमें कार्य करने की नीति प्रविष्ट कर देते हैं। अब प्रेम की अपेक्षा कर्त्तव्य अधिक महत्वपूर्ण हो जाता है, अनौपचारिक प्रवाह की तुलना में औपचारिकता अधिक महत्वपूर्ण बन जाती है, सत्य की अपेक्षा शिष्टाचार अधिक महत्वपूर्ण हो जाता है और प्रामाणिकता के स्थान पर कूट-नीति अधिक महत्वपूर्ण बन जाती है।

एक बार बच्चा यह कपट और कूटनीतियां सीख लेता है, फिर वह अधिक समय तक प्रसन्न नहीं रह पाता, और जब एक बच्चा प्रसन्न नहीं रह पाता, तब वह उन कारणों को खोजता है कि वह प्रसन्न क्यों नहीं है? पहिले हम उसे अप्रसन्न बनाते हैं, तब स्वाभाविक रूप से एक दिन वह पूछेगा ही 'मैं क्यों इतना दुःखी हूं?' तब तुम्हें कारण खोजने होंगे। हिन्दू कहते हैं कि ऐसा इसलिए है, क्योंकि पूर्व जन्मों में तुमने बुरे कर्म किये थे। ईसाई कहते हैं कि ऐसा मौलिक पाप किये जाने के कारण है – क्योंकि आदम ने परमात्मा की आज्ञा न मानकर पाप किया था। और इसी तरह के वे अन्य कारण गिनाये चले जाते हैं।

अब इस पूरी मूर्खता की ओर जरा देखो। पहिले तुम प्रसन्न होने की सामर्थ्य को नष्ट करते हो, तब स्वाभाविक रूप से जब बच्चा उदास और गम्भीर बन जाता है और वह पूछता है – मैं दुःखी क्यों हूं? मैं उदास और अप्रसन्न क्यों हूं? मैं आनंदित क्यों नहीं हो सकता? मेरे साथ आखिर ऐसा क्या गलत हो गया है? स्वाभाविक है तुम उसे नहीं बता सकते कि उसके साथ क्या गलत हुआ है। हो सकता है तुम उसके प्रति सचेत भी न हो। तुम यह भी नहीं कह सकते कि तुमने ही उसे गलत रास्ते पर डाला है। हो सकता है तुमने उसे जान बूझकर

गलत रास्ते पर न डाला हो, यह सम्भव है तुमने उसे अपनी पैतृक विरासत दी हो। तुम्हारे माता-पिता और तुम्हारे समाज ने जो तुम्हें दिया हो, तुमने अपने बच्चों को भी वही दिया हो। प्रत्येक पीढ़ी अपनी मानसिक विक्षिप्तता, नई पीढ़ी को देती है। पागलपन जीवित बना रहता है। लोग बदले चले जाते हैं और पागलपन भी साथ चलता रहता है।

तुम शायद सचेत न हो, कि प्रत्येक बच्चा प्रसन्न बने रहने की अनंत सम्भावित शक्ति के साथ जन्म लेता है। प्रत्येक बच्चा परम आनंद ही है। लेकिन आज अथवा कल वह तुमसे पूछेगा ही और तुम्हें उसे उत्तर देना ही होगा। इसलिए तुम अपराध बोध की भावना सृजित करते हो। तुम कहते हो – 'क्योंकि तुमने पूर्व जन्मों में पाप किये हैं, अथवा आदम और ईव ने पाप किया है – इससे कोई भी फर्क नहीं पड़ता, कोई भी व्यक्ति 'अ' 'ब' 'स' करेगा पाप – तुम्हें बस यह स्पष्टीकरण देना है कि अतीत में कुछ चीज गलत हो गई। और अतीत में कुछ भी किया हुआ तुम्हारी सामर्थ्य के बाहर है, तुम कुछ भी तो नहीं कर सकते उसके लिए। मैं अथवा तुम, आदम और ईव के बारे में आखिर क्या कर सकते हैं? हम कैसे यह व्यवस्था कर सकते कि वे सेव को न खायें। यह असम्भव है। उसने तो उसे खा भी लिया। वह पहिले ही घट चुका है। उसे हम अनकिया नहीं कर सकते। और यह वह नाटक नहीं है जो ठीक अभी होने जा रहा है।

> मैंने सुना कि एक दिन दो छोटे बच्चे – एक लड़का और लड़की, जो भाई-बहिन थे, आपस में खेल रहे थे। लड़के ने लड़की पर गहरी चोट की और उसने रोना-चीखना शुरू कर दिया। उनकी मां ने बाहर आकर पूछा – आखिर हुआ क्या? तुमने अपनी बहिन को मारा क्यों? और लड़के ने कहा – "हम लोग आदम और ईव का खेल खेल रहे थे, और बजाय इसके यह सेव मुझे खाने को दे, इसने उसे खुद खा लिया।"

अब यह एक नाटक नहीं है। हम इसे अब बदल नहीं सकते। ऐसा पहिले ही हो चुका है। आदम ने ज्ञान के फल का स्वाद लिया है। अब इसमें हम कुछ भी नहीं कर सकते, तुम बस अपराध किये जाने का अनुभव करते हो।

हिन्दू अधिक तर्कपूर्ण दिखाई देते हैं। और वे हैं भी। लेकिन इससे भी कुछ विशेष अंतर नहीं पड़ता। हिन्दू कहते हैं कि यह बेतुका दिखाई देता है कि आदम के पाप के लिये तुम्हें दुःख भोगना चाहिये। वे इसे कहीं अधिक तर्कसंगत बनाते हैं। वे तर्कशील लोग हैं। वे सदियों से दार्शनिक विचार धाराएं निर्मित करते रहे

हैं। वे कहते हैं कि ये तुम्हारे पिछले कर्म हैं, अपने पूर्व जन्म में तुमने कुछ गलत कर्म किये हैं। अब उन्हें आखिर कौन भुगतेगा? उन गलत कर्मों के लिए अब तुम्हीं को भुगतना होगा। यह अधिक तर्क संगत प्रतीत होता है। लेकिन ऐसा है नहीं। तुम एक हिन्दू पंडित से पूछे चले ही जाओ – "तब ठीक है। अपने पिछले जन्म में मैंने गलत कार्य किया। यदि मैं पिछले जन्म में भी दुःख भोगता रहा तो आप उस बारे में क्या कहेंगे? आप कितने जन्मों तक पीछे जा सकते हैं? कहीं न कहीं वहां पहिला जन्म भी तो होना चाहिये। अपने पहिले जन्म में मैंने कुछ काम गलत किये ही क्यों? चूंकि उससे पूर्व कोई दूसरा जीवन नहीं है, इसलिए तुम उसकी जिम्मेदारी पूर्व जन्म पर नहीं थोप सकते। पहिली बात तो यह, कि ऐसा हुआ ही क्यों? यह व्यर्थ है। इसका उत्तर किसी के पास नहीं है।

वास्तव में ऐसा न तो कभी ईडेन के उद्यान में घटा और न कुछ भी वैसा तुम्हारे पूर्व जन्म में हुआ। यह तो तुम्हारे वर्तमान जीवन में ही हुआ। यह घटना तुम्हारे साथ तुम्हारे माता-पिता के घर में ही घटी है, यह घटना तुम्हारे स्कूल में तुम्हारे समाज और तुम्हारे देश में ही तुम्हारे साथ घटी है और यह सभी कुछ तुम्हारे माता-पिता के द्वारा, तुम्हारे पंडित-पुरोहितों और राजनीतिज्ञों द्वारा किया गया है। ये सभी लोग अपराधी हैं।

इन्हीं लोगों ने तुमसे तुम्हारी खुशी छीन ली है, इन्हीं लोगों ने तुम्हें गलत चीजें और तौर तरीके दिये। इन्हीं लोगों ने तुमसे प्रामाणिक पोषण युक्त भोजन छीनकर तुम्हें लालीपोप थमा दिए। इनका स्वाद भले ही अच्छा हो, लेकिन यह भूख को संतुष्ट नहीं करते। यह चाहे जितने स्वादिष्ट हों, इनसे तृप्ति नहीं मिलती, यह तुम्हें शक्तिशाली नहीं बनाते। हां, महत्वाकांक्षा का स्वाद अच्छा होता है। वह एक लालीपाप जैसी ही है। प्रसिद्धि, सफलता, इनका भी स्वाद मधुर है, लेकिन गहरे में तुम कंगाल ही बने रहते हो।

अपने तथाकथित धनी और समृद्ध लोगों की ओर जरा देखो, उनके अंदर थोड़ा सा गहराई में झांकों, वे सभी भिखारी हैं, भिखारियों से भी बुरे। कभी यह तो सम्भव है कि एक भिखारी के पास कुछ चीज उसके अंदर एक प्रकाशवान अस्तित्व की भांति मौजूद भी हो। बुद्ध एक भिक्षु थे और महावीर भी। लेकिन तुम अपने राजाओं और धनी लोगों की ओर देखो – मंद, उदास और मुर्दे की भांति। उनके चारों और आनंद है और उल्लास। वे बस किसी तरह अपने को घसीटे जा रहे हैं।

और तुम उसी घिसी पिटी लीक पर चलने को बाध्य किये जाते रहे। तुम्हें किसी ऐसे व्यक्ति की आवश्यकता है, जो तुम्हें परिवार समाज और धर्म द्वारा

थोपे जाने वाले नीति नियमों, अनुशासन और आदतों के ढांचे से बाहर निकाल सके। इस कंडीशनिंग से बाहर निकालने का कार्य एक सद्गुरु का होता है, जो तुम्हारे माता-पिता द्वारा थोपी गई 'कंडीशनिंग' से तुम्हें मुक्त करता है। एक सद्गुरु बुनियादी रूप से तुम्हारे माता-पिता के विरुद्ध होता है, वह तुम्हारे समाज और तुम्हारे राजनीतिकों के भी विरुद्ध होता है। इसलिए यह कोई संयोग नहीं है कि राजनीतिक और पुरोहित, तुम्हारे माता-पिता और समाज हमेशा ही एक प्रामाणिक सद्गुरु के जब भी वह उपस्थित होता है उसके विरुद्ध होते हैं। वह जहां भी होता है, संघर्ष होता है।

यही सभी कुछ मैं यहां कर रहा हूं – तुम्हारी गलत कंडीशनिंग तुमसे ले रहा हूं, जिससे तुममें फिर आनंद उमग सके। वह वहां है, वह निर्मल झरना वहां बह रहा है, उसे कोई भी नष्ट नहीं कर सकता। वह अस्तित्वगत है, वह तुम्हारे अस्तित्व का एक भाग है, उसे तुमसे कोई भी नहीं ले सकता – वह केवल अवरुद्ध हो गया है। वह झरना वहां अभी भी है, उसमें ताजा जल प्रवाहित हो रहा है, लेकिन तुम्हारे चारों ओर कुछ चट्टानों का अवरोध रख दिया गया है। तुम्हें अवरुद्ध कर दिया गया है। एक बार वे चट्टानें वहां से हटा दी जायें, तुम एक बार फिर शिशु बन जाओगे। यह तुम्हारा पुनर्जन्म होगा। तुम फिर से प्रवाहित होना शुरू हो जाओगे। फिर से तुम्हारी आंखों में वही चमक होगी और तुम्हारे चेहरे पर वही आनंद और उल्लास। तुम फिर से प्रकाशित हो उठोगे। यही अर्थ है जीसस का जब वह कहे चले जाते हैं – "केवल वे ही लोग जो बच्चों जैसे निर्दोष हैं, मेरे प्रभु के साम्राज्य में प्रवेश कर सकेंगे।"

तुम पूछते हो : ब्राउन ने कहा है – "सबसे बड़ी और अंतिम समस्या अपराध बोध नहीं, बल्कि जीने की असमर्थता है। एक पशु होने के लिए अपराध बोध का भ्रम होना एक अनिवार्यता है, और वह नीरस जीवन का आयोजन करने की वजह से जीवन का आनंद नहीं ले सकता।"

तुम्हें अपने बचपन में किस तरह बरबाद कर दिया गया है? तुम्हारे अंदर यही तो वेदना है। जीवन की सामर्थ्य के साथ तुम्हारा जन्म हुआ था, तब तुम्हारी जीने की समर्थता तुमसे ले ली गई। और जो चाल जो उपाय तुमसे उसे लेने में प्रयुक्त किये गये, वे तुम्हें नकली और झूठे आदर्श देने के लिए थे, तुम्हें उस दिशा की ओर गतिशील करने के लिए थे, जो व्यर्थ और अर्थहीन हैं, और वे तुम्हें उस लीक पर डालने के लिये थे, जो जाती कहीं भी नहीं, और जिसका अंत हमेशा एक तंग और बंद गली में होता है। और स्वाभाविक रूप से जब तुम एक अंधी और बंद गली में हो, तो तुम्हारा जीवन कहीं भी आगे नहीं बढ़ता अथवा

एक गोल चक्कर में घूमता रहता है – और यह स्पष्टीकरण दिया जाना जरूरी है – 'यह मेरे साथ ही क्यों हुआ? ऐसा आखिर मेरे साथ ही क्यों घटा और दूसरों के साथ क्यों नहीं घटा? यही विचार प्रत्येक व्यक्ति के मन में उठता है – 'केवल मैं ही दुःखी हूं जब कि मेरे अलावा प्रत्येक व्यक्ति प्रसन्न है – ऐसा इसलिए है, क्योंकि तुम केवल चेहरों की ओर देखते हो। और लोग अपने चेहरों पर मुखौटे लगाने की व्यवस्था कर लेते हैं, वे अपने अंदर के दुःखों को दिखाना नहीं चाहते – आखिर उसकी आवश्यकता क्या? वे उसे छिपाये रखते हैं। इसलिए जब तुम चारों ओर देखते हो, तो तुम्हें प्रत्येक व्यक्ति प्रसन्न दिखाई देता है – और केवल तुम अपने को ही दुःखी पाते हो। और ऐसा ही प्रत्येक व्यक्ति सोच रहा है – 'मेरे अलावा प्रत्येक व्यक्ति प्रसन्न दिखाई देता है और केवल मैं ही दुःखी हूं।' सभी दुःखी और पीड़ित ही है यहां।

वहां दुःख है, क्योंकि समाज ने तुम्हें विभाजित कर भ्रमित कर दिया है। ऐसा नहीं है कि मनुष्य जीने की अक्षमता के साथ जन्मा था, नहीं, समस्या यह नहीं है। यही कारण है कि मैं इस वक्तव्य से सहमत नहीं हूं। समस्या यह नहीं है कि मनुष्य के पास प्रसन्न होने की सामर्थ्य नहीं हैं – वह है उसके पास, समस्या यह है कि मनुष्य को स्वाभाविक रूप से विकसित होने की अनुमति नहीं दी गई।

वहां कुछ निहित स्वार्थ हैं, जो मनुष्य को आनंद के पथ पर जाने की अनुमति नहीं देते। उन्हें दुःखी मनुष्यों की ही जरूरत है। उनके अपने उद्देश्यों के लिए प्रसन्न व्यक्ति की अपेक्षा दुःखी मनुष्य अधिक उपयोगी है, क्योंकि एक प्रसन्न व्यक्ति एक विद्रोही होता है और दुःखी व्यक्ति कभी भी विद्रोही नहीं हो सकता। एक दुःखी व्यक्ति हमेशा आज्ञा मानने के लिए पहिले ही तैयार होता है, वह हमेशा आधीन बनने को तैयार रहता है। एक दुःखी व्यक्ति इतना अधिक दुःखी होता है कि वह स्वयं अपने पैरों पर खड़ा नहीं हो सकता; वह जानता है कि वह स्वयं अपने में तुच्छ और दयनीय है। इसलिए वह किसी भी व्यक्ति के जाल में गिरने को तैयार रहता है।

यदि लोग कष्ट में हैं, दयनीय हैं, तो कोई भी राजनीतिक व्यक्ति उनका नेता बन सकता है। तब कोई भी, मंदबुद्धि व्यक्ति भी तुम्हारा नेता बन सकता है। तुम्हारा प्रधानमंत्री और राष्ट्रपति बन सकता है – क्योंकि वह तुम्हें बहुत सी बातों और महान चीजों को बड़े-बड़े वायदे कर सकता है। और तुम इतने अधिक कष्टों में घिरे हो कि तुम उन वायदों पर विश्वास करते हो। यदि तुम प्रसन्न हो तो वायदों के द्वारा कोई भी तुम्हें धोखा नहीं दे सकता – क्योंकि तुम्हें किन्हीं वायदों की

जरूरत ही नहीं है, तुम पहिले ही से प्रसन्न हो। एक आनंदित संसार में राजनीतिक लोग स्वतः मिट जायेंगे।

जब तुम दुःखी होते हो, तो तुम सोचना शुरू कर देते हो : भले ही यह जीवन बरबाद हो गया, इस जीवन में मैं व्यवस्था नहीं कर सका, लेकिन यदि मैं आने वाले अगले जन्म के लिए आवश्यकता से अधिक मांग सकूं...फिर तुम पंडित पुरोहित के पास जाते हो। पुरोहित या पुजारी अगले जन्म के लिये तुम्हें सुंदर चीजें मिलने का आश्वासन देता है। राजनीतिक व्यक्ति तो कुछ अच्छी चीजों के वायदे भविष्य में इसी जीवन के लिये करता है, और पुजारी मृत्यु के बाद दूसरे जीवन के लिये अच्छी चीजें मिलने का आश्वासन देता है। दोनों ही वायदे किये चले जाते हैं। दुःखी लोगों को वायदों और आश्वासनों की जरूरत होती है। यदि तुम प्रसन्न हो, तो तुम राजनीतिकों और पुजारियों के पास जाओगे ही नहीं। तुम पहिले ही से आनंदित हो, स्वर्ग में हो, इसलिए तुम किस लिए उनके पास जाओगे, तब राजनीतिक लोगों और पंडित पुरोहितों का पूरा धंधा ही समाप्त हो जाता है।

ये लोग शोषक हैं। यह लोग वे हैं, जो तुम्हारे हृदयों में बैठे हुए तुम्हारी ऊर्जा को अवरुद्ध कर रहे हैं। ये लोग केवल तभी शक्तिशाली बने रह सकते हैं यदि तुम दुःख और कष्टों में रहो। इसे स्मरण रखो, दुःखी बने हुए तुम इन शोषकों के गैंग की सहायता कर रहे हो। आनंदित बनो, और तुम विश्व में सबसे बड़ी क्रांति ला सकते हो।

कभी-कभी कुछ लोग मेरे पास आकर पूछते हैं – "आप कुछ चीज ऐसी क्यों नहीं सिखलाते जिससे समाज बदल सके?" यही सब कुछ तो मैं कर रहा हूं – लेकिन मैं इसे बुनियादी रूप से कर रहा हूं। मैं तुम्हें किसी सामाजिक क्रांति करने की बात नहीं सिखलाता। मैं तुमसे यह नहीं कहता – "जाओ और जाकर सरकार को उखाड़ दो।" यह अर्थहीन होगा, क्योंकि जो लोग सरकार उखाड़ेंगें, फिर वे ही तुम्हारे शोषक बन जायेंगे। इससे कभी कोई चीज नहीं बदलती। कई युगों से मनुष्य सरकार को, सामाजिक और आर्थिक ढांचे को बदलता रहा है, लेकिन बुनियादी रूप से कभी भी कुछ भी नहीं बदलता। बार-बार फिर वही चीज होती है। मनुष्य फिर फंस जाता है। सभी आशाएं निराशाओं में बदल जाती हैं।

लेकिन मैं वास्तव में कुछ चीज क्रांतिकारी और मौलिक कर रहा हूं। मैं तुम्हें प्रसन्न बनाने की चेष्टा कर रहा हूं। हो सकता है कि वह तुम्हारे लिये बहुत स्पष्ट न हो, कि सामाजिक क्रांति के साथ यह कैसे संबंधित है, लेकिन यह है। एक प्रसन्न और आनंदित व्यक्ति, उत्पीड़न और शोषण के परे होता है, उसका

उत्पीड़न और शोषण किया ही नहीं जा सकता, क्योंकि एक प्रसन्न व्यक्ति को वायदों और आश्वासनों की कोई जरूरत नहीं होती। एक प्रसन्न मनुष्य पहिले ही से प्रसन्न होता है, इसलिए उसे इस जीवन के बाद स्वर्ग की फिक्र नहीं होती। वह सभी कुछ व्यर्थ है। एक प्रसन्न व्यक्ति आने वाले कल की फिक्र नहीं करता, कल अपनी परवाह स्वयं करता है। जीसस कहते हैं – 'खेत में खिले हुए लिली के फूलों को देखो। वे कल के बारे में नहीं सोचते वे कोई श्रम नहीं करते, वे बिना किसी फिक्र के अस्तित्व में जीते हैं। वे बस वहां होते हैं। लेकिन मैं तुमसे कहता हूं कि चाहे सम्राट सोलोमन भी अपने सभी सुंदर और मूल्यवान वस्त्रों में सजा हुआ भी सामने आ जाए, वो भी इन लिली के फूलों से अधिक सुंदर नहीं लगेगा।

ऐसा ही सभी कुछ संन्यास के बारे में भी है। मैं चाहता हूं कि तुम लिली के फूलों की तरह बनो, भविष्य से असंबंन्धित, और अतीत से असंबंधित। अब कोई भी अतीत न रहा और भविष्य अभी आया नहीं है। वहां केवल वर्तमान है। उसी में रहते हुए खिलो, प्रसन्न बने रहो, उत्सव आनंद मनाओ और तुम विश्व में एक बहुत बड़ी क्रांति ला दोगे – क्योंकि तुम पुरोहितों और राजनीतिक लोगों के सभी तरह के जालों से मुक्ति पा लोगे।

पुरोहित और राजनीतिक लोग ही तुम्हारे अंदर अपराध बोध उत्पन्न करते हैं। वे तुम्हारी जीने की सामर्थ्य को, प्रेम करने और प्रसन्न होने की क्षमता को नष्ट कर देते हैं, और तब वे तुम पर ही सारा दायित्व लाद कर तुमसे कहते हैं – 'यह तुम्हारा ही पाप है, यह तुम्हारे ही किये गये गलत कृत्य हैं, जिन्होंने तुम्हें कष्ट दिए हैं, तुम्हें दुःखी बनाया है। तब वे तुम्हारे अंदर अपराध-बोध उत्पन्न करते हैं।

लेकिन बुनियादी समस्या कंडीशनिंग है। मनुष्य की सहज स्वाभाविक जीवन जीने में उसकी सहायता करनी चाहिये, और उस पर अप्राकृतिक और नकली जीवन जीने के लिए, नीति, नियमों और अनुशासन का ढांचा नहीं थोपना चाहिये (कंडीशनिंग)। मूल समस्या जीने की अक्षमता नहीं है – तुम जीने की क्षमता और सामर्थ्य लेकर ही जन्में हो – मूल समस्या तो यह है कि दूसरों को इस क्षमता को नष्ट करने की कैसे अनुमति न दी जाये। एक बार वे इसे नष्ट कर देते हैं, फिर वे अपराध बोध भी ले आते हैं। अपराध बोध ही उनकी सुरक्षा है। अपराध बोध के लिबास के पीछे ही वे अपनी सुरक्षा करते हैं। पहिले वे तुम्हें मारते हैं और तब वे तुम्हें अपराधी ठहराते हैं कि तुमने आत्महत्या की है।

आठवां प्रश्न :

मैं हमेशा भय से भरा ही कार्य क्यों करता हूं?

उत्तर :

यह वही चीज़ है। भय तुम्हारे बहुत गहरे में भर दिया गया है और तुम्हें बहुत-बहुत भयपूर्ण स्थिति में रखा गया है।

एक बच्चा जब जन्म लेता है, तो वह बहुत असहाय होता है, लेकिन वह भयभीत नहीं होता। याद रहे, वह असहाय तो होता है लेकिन भयभीत नहीं होता। बच्चा एक सांप के साथ भी खेले चला जा सकता है और बच्चा शेर पर भी सवारी करने का प्रयास किए चले जा सकता है। बच्चा भयभीत नहीं होता। बच्चा असहाय होता है, यह बात सच है। वह बहुत नाजुक होता है। विकसित होने के लिए उसे तुम्हारी सहायता की आवश्यकता होती है। लेकिन तुम उसकी असहायता का शोषण करते हो। तुम उसकी असहायता का शुद्ध आकृति को बदलना शुरू कर देते हो, तुम उसे कायर बना देते हो, तुम उसकी असहायता को कायरता में बदल देते हो। और असहायता को कायरता में बदलना बहुत आसान है।

क्योंकि बच्चा असहाय है, तुम हमेशा उसे भयभीत बना सकते हो। तुम उससे कह सकते हो – हम आज तुम्हें भोजन देने नहीं जा रहे, अथवा हम आज तुम्हें बाथरूम में बंद कर बाहर से ताला लगा देंगे, अथवा यदि तुम ऐसा करोगे तो हम तुम्हारी अच्छी खासी पिटाई करेंगे। अथवा मां कह सकती है – "मैं तुम्हें छोड़ने जा रही हूं अथवा मैं तुम्हारा परित्याग करने जा रही हूं।" अथवा उसका पिता उससे कह सकता है – "यदि तुम ऐसा फिर करोगे, तो मैं कभी घर वापस नहीं आऊंगा।" तुम बच्चे को बहुत भयभीत बना सकते हो। वह इतना अधिक असहाय है कि बिना तुम्हारी सहायता के जीवित नहीं रह सकता। वह यह भी नहीं जानता कि बिना तुम्हारे बिना कैसे जीवित रह जाये। और बिना तुम्हारे, उसके लिए जीवित रहना सम्भव ही नहीं है।

इसी की वजह से तुम उसका शोषण कर सकते हो, तुम उसे भयभीत बना सकते हो। जब वह भयभीत हो जाता है, तुम शक्तिशाली बन जाते हो। जब वह भयभीत होता है, तुम उसे नियंत्रित करना जान लेते हो। तब तुम यह व्यवस्था कर लेते हो कि उससे मनचाहा कौन सा काम कराना है और कौन सा काम नहीं कराना है। तब तुम अपने विचार अपना धर्म, अपने आदर्श और अपना ढांचा, उस पर बलपूर्वक थोप सकते हो। तुम भी कभी दुःखी और कष्टों में रहे हो, और

अब तुम उस पर, वही चीजें थोप दोगे और तुम उसे और अधिक दुःखी बना दोगे। यदि तुम वास्तव में अपने बच्चे से प्रेम करते हो, तो एक चीज तुम कभी भी नहीं करोगे – तुम कभी भी उसे अपने जैसा नहीं बनाओगे। लेकिन प्रत्येक पिता और प्रत्येक मां हमेशा बच्चे को अपने जैसा ही बनाना चाहते हैं और ऐसा कर वे बहुत खुश होते हैं।

एक बार एक बच्चे का जन्म हुआ। उसके पिता विश्वविद्यालय में मेरे साथ अध्यापक थे। उन्होंने मुझे बच्चे को देखने के लिए आमंत्रित किया। वह बहुत अधिक रोमांचित थे। और अपने घर के रास्ते में उन्होंने मुझसे कहा – "किसी व्यक्ति ने कहा कि बच्चा ठीक मेरे जैसा ही है और बहुत से लोग भी यही कह रहे हैं कि बच्चा ठीक मेरे जैसा ही दिखाई देता है।"

जब मैंने उस बच्चे को देखा तो उसके पिता से कहा – "वह आपके जैसा ही दिखाई तो देता है, पर कृपया स्मरण रखियेगा, कि उसे अपने जैसा मत बनाइयेगा।"

वह बोले – "आप क्या कह रहे हैं? इसके अतिरिक्त मैं और क्या कर सकता हूं? मेरे बच्चे को मेरे जैसा होना ही चाहिये।"

अब यह पिता अपनी अहंकार की यात्रा पर है – जैसे सभी पिता होते हैं। बच्चे को तुम्हारे जैसा क्यों बनना चाहिये? भले ही उसका चेहरा तुम्हारे जैसा ही हो, लेकिन चेहरा महत्वपूर्ण नहीं है, जो महत्वपूर्ण है, वह उसकी आत्मा है। उसके पास अपनी आत्मा है। यदि आप उसे अपने जैसा बनाने की कोशिश करते हैं, तो आपके लिये यह एक अच्छी अहंकार यात्रा होगी। लोग इसी तरह से अमर होने का प्रयास करते हैं। वे तो मर जायेंगे, लेकिन उनका बच्चा जीवित रहेगा – और वह ठीक उन जैसा ही होगा, ठीक उन जैसा ही दुःखी, जितने वे हैं, ठीक उन जैसा ही विक्षिप्त जितने वे लोग हैं।

मैंने उसके पिता से कहा – "जहां तक मैं आपको जानता हूं, आप पिछले कई वर्ष से कई बार मेरे पास आते रहे हो और आप मेरे पास इसीलिये आते रहे हैं, क्योंकि आप बहुत दुःखी थे। और आप चाहते हैं कि छोटा बच्चा भी आप जैसा ही बने। तब यह भी दुःखी बनेगा। यदि आप बच्चे को वास्तव में प्रेम करते हैं, तब एक निर्णय कीजिए, एकदम पक्का निर्णय और प्रतिज्ञा – कि आप एक चीज से दूर रहेंगे। बच्चे को अपने जैसा नहीं बनायेंगे। वह किसी भी व्यक्ति जैसा बन सकता है, किसी अन्य व्यक्ति जैसा बनने में वहां उसके प्रसन्न होने के कुछ अवसर तो हो सकते हैं, लेकिन कम से कम एक चीज तो निश्चित है कि यदि वह आपके जैसा ही बनता है, तो वह भी दुःखी बनेगा, जितने कि आप हैं।"

लेकिन जैसा कि प्रचलन है, सभी कुछ इसी तरह चले जा रहा है। तुम मुझसे पूछ रहे हो – 'मैं हमेशा भयभीत बना हुआ ही कार्य क्यों करता हूं?' क्योंकि तुम अभी भी अपने माता-पिता से स्वतंत्र नहीं हुए हो। सारा भय तम्हें माता-पिता से ही है। भले ही तुम आयु में बड़े हो गये हो, लेकिन तुम्हारी चेतना विकसित नहीं हुई है। तुम अपने माता-पिता से मुक्त हो जाओ।

और मैं कोई भी चीज तुम्हारे माता-पिता के विरुद्ध नहीं कह रहा हूं। उनके प्रति मेरे पास बहुत करुणा है। उनके भी माता पिता ने उनके साथ वह चीज की थी। उन लोगों ने बहुत से कष्ट सहे हैं। मैं यह नहीं कह रहा हूं कि उनके साथ क्रोधित बनी रहो। मैं कह रहा हूं बस उनसे मुक्त हो जाओ। उस कंडीशनिंग को गिरा दो, जो उन्होंने अनजाने तुम पर लाद दी है। उनसे स्वतंत्र हो जाओ, और तब तुम्हारे पास भी उनके लिए प्रेम और महान करुणा होगी। तुम उनके लिए खेद प्रकट करोगे।

इस चर्च के दान का धन संग्रह करने वाले बक्से में कुछ नई विशेषताएं हैं। जब तुम उनमें पच्चीस सेंट या उससे अधिक धन डालते हो तो कोई आवाज नहीं होती। यदि उसमें दस सेंट का निकल का सिक्का डालो तो एक घंटी टन-टन करके बजती है। निकल के सिक्के से सीटी जैसी आवाज उत्पन्न होती है और पेनी डालने से गोली चलने जैसी आवाज निकलती है, और जब तुम उसमें कुछ भी नही डालते, तो बक्सा तुम्हारी तस्वीर ले लेता है।

अब यह धर्म किस तरह तुम्हारे अंदर भय उत्पन्न करता है।

मैंने सुना है...

एक पादरी पहाड़ों पर शिकार करने गया। अचानक वहां एक बड़ा भालू जैसे उसके लिए ही वहां प्रकट हुआ। वह इतनी अधिक तेज़ी से भागा कि उसके कोट का पीछे का भाग हवा में इस तरह तन गया कि तुम उस पर शतरंज खेल सको, लेकिन वह छिपने के लिए कोई भी स्थान न खोज सका।

अचानक उसे एक पेड़ दिखाई दिया – लेकिन उसकी सबसे नीची डाली भी जमीन से बीस फीट ऊंची थी। उसने एक लम्बी उछाल ली, लेकिन वह चूक गया। आखिर किसी तरह नीचे गिरने से पहले उसने उस डाल को झपट कर पकड़ ही लिया।

तुम भय से भरे हुए हो। तुम बस भय ही बन गये हो, और बुरी तरह कांप रहे हो। तुम इसके अतिरिक्त और कुछ भी नहीं हो। और दूसरा प्रत्येक व्यक्ति तुम्हारे भय पर ही जीता है। इसलिए भय को दूर करने के लिए कोई भी व्यक्ति तुम्हारी सहायता करने नहीं जा रहा है, क्योंकि प्रत्येक व्यक्ति उस पर ही जीता है।

तुम्हारी पत्नी भी उसे छुड़ाने में तुम्हारी सहायता नहीं करेगी, क्योंकि वह भी उस पर जीती है। पत्नियां अपने पतियों को बहुत भयभीत बनाये रखती है। तुम्हारा पति भी उसे गिराने में तुम्हारी सहायता नहीं करेगा? क्योंकि एक बार तुमने भय करना छोड़ दिया, तो हो सकता है तुम अपने पति को स्वयं छोड़ दो। यह हो सकता है कि ठीक भय के कारण ही तुम इस कुरूप पुरुष के साथ रुकी हुई हो। तुम्हारे बच्चे भी नहीं चाहेंगे कि तुम भय छोड़ो। क्योंकि तुम भयभीत हो, इसलिए तुम्हारे बच्चे के पास भी तुम्हारे ऊपर कुछ शक्ति है। तुम्हारे माता-पिता नहीं चाहेंगे कि तुम भय करना छोड़ दो। कोई भी व्यक्ति भय को छोड़ना ही नहीं चाहता। तुम्हें ही उसे छोड़ने का निर्णय लेना है – क्योंकि वह तुम्हारे विरुद्ध और सभी के पक्ष में है। वह तुम्हारे लिये विनाश है और प्रत्येक व्यक्ति के लिये तुम्हारे शोषण करने का यह एक अच्छा अवसर है।

और यह अंतिम प्रश्न :

> प्यारे भगवान! मैं लेखकीय अवरोध से पीड़ित हूं। ऐसा क्यों है, कि कुछ दिनों से मैं जितना अधिक प्रेम और अहोभाव से विह्वल होने का अनुभव करती हूं, मुझे आश्चर्य होता है कि उतना ही उसे कम से कम अभिव्यक्त करने में सफल हो पाती हूं? यह मुझे पीड़ित करता है कि मैं जो कुछ अनुभव कर रही हूं, उसमें दूसरों को सहभागी नहीं बना पाती। आपकी
> प्रेम पीड़ित गायिका : मनीसा

उत्तर :

ऐसा ही होता है मनीषा। मेरे लिये तुम जितना अधिक अनुभव करोगी, उतना ही अधिक तुम उसे अभिव्यक्त करने में अक्षमता का अनुभव करोगी।

उथले अनुभवों को सरलता से अभिव्यक्त किया जा सकता है : उनके लिये शब्द पर्याप्त हैं। गहरे अनुभवों को संतोषजनक रूप से अभिव्यक्त नहीं किया जा सकता, शब्द उनके लिए पर्याप्त नहीं होते। शब्द बहुत अधिक हल्के हैं। जब अनुभव बहुत गहरे होते हैं, तो वे शब्दों के पार चले जाते हैं। तुम इसे अनुभव कर सकती हो, तुम इससे रोमांचित हो सकती हो, तुम इसकी धड़कनों को अपने पूरे शरीर

और अस्तित्व में अनुभव कर सकती हो, लेकिन तुम उन्हें शब्द नहीं दे सकतीं। तुम प्रयास कर सकती हो और यह अनुभव कर सकती हो कि तुम असफल हो गईं। जब तुम उन्हें शब्द देती हो तो कुछ अनुभव करते समय वह इतना अधिक विराट और असीम था। वह इतना अधिक अभिभूत करने वाला था। अब तुम उसे शब्दों में समेटना चाहती हो और वह ठीक एक बूंद जितना ही अभिव्यक्त हो पाता है, जब कि जो तुम अनुभव कर रही थी, वह पूरा सागर था।

मैं मनीषा की समस्या समझ सकता हूं। वह मेरी प्रशंसिका है और वह मेरे अंदर और स्वयं अपने भी अंदर जितनी अधिक गइराई में उतरती है, उतनी ही अधिक से अधिक उसके लिए कठिनाई होगी और उस अनुभव को अभिव्यक्त न कर पाने की अक्षमता का उसे उतना ही अधिक से अधिक अनुभव होगा। लेकिन यह एक अच्छा संकेत है क्योंकि वास्तव में कुछ बहुत बड़ी चीज उसे घट रही है।

उसे अभिव्यक्त करने का प्रयास करती रहो – क्योंकि यदि वह अभिव्यक्त नहीं भी किया जा सकता, फिर भी उसे अभिव्यक्त करना है। यदि तुम हृदय के सागर को शब्दों के छोटे से पात्र में नहीं उंड़ेल पाती, तो भी फिक्र मत करो। यदि उसकी केवल थोड़ी-सी बूंदें ही उसमें आ सकें, तो भी अच्छा है – क्योंकि वह चंद कतरे ही लोगों को मेरी ओर आने का पथ प्रशस्त करेंगे, और वे चंद कतरे ही उन्हें सागर का स्वाद दे देंगे।

और एक बात का स्मरण रहे कि सागर की एक बूंद में भी वही खारापन होता है, जो पूरे सागर में होता है, और सागर की एक अकेली बूंद भी उतना ही जल है, जितना कि पूरे सागर में। परिमाण छोटा हो सकता है, पर उसके पास भी वही स्वाद और सुवास है। वह बहुत थोड़ा और लघु हो सकता है, पर उसके पास रहस्य वही है। यदि तुम जल की एक बूंद को समझ सकते हो तो तुमने इस पृथ्वी और सभी ग्रहों पर होने वाले जल को समझ लिया। भले ही वही जल कुछ अज्ञात ग्रहों पर भी अस्तित्व में हो, वह H_2o अर्थात हाइड्रोजन के दो अणुओं और ओषजन के एक अणु का संयोग होगा। हम नहीं जानते, लेकिन यदि जल किसी अनजाने ग्रह पर अस्तित्व में है तो वह H_2o ही होगा और इसके अतिरिक्त अन्य कुछ हो ही नहीं सकता। हम उसका रहस्य जानते है। जल की एक अकेली बूंद के पास भी वही रहस्य है।

इसलिए जरा भी फिक्र मत करो। यह गीत गाना अब और कठिन बनता जा रहा है। तुम जितनी भी अधिक गहराई में जाओगी, तुम उतना ही अधिक गूंगी होने का अनुभव करोगी। जितना-जितना गहरा उतरोगी, तुम उतना ही अधिक अनुभव करोगी कि अब मौन की ही जरूरत है, और उतना ही अधिक तुम मौन

में गीत गाना चाहोगी। लेकिन मौन को लोगों द्वारा न समझा जायेगा। और मनीषा मेरी प्रिय कवियित्री और शिष्या है, इसलिए उसे अनुमति नहीं दी जा सकती।

इसलिए यह लेखकीय अवरोध वहां बना रहने दो। मैं उस पर चोट करता रहूंगा और उसे नष्ट करता रहूंगा। और तुम अपना गीत गाती चली जाओ।

ओशो - एक परिचय

ओशो किसी कोटि में नहीं रखे जा सकते। उनके हजारों प्रवचन अर्थवत्ता की व्यक्तिगत तलाश से लेकर आज समाज के समक्ष उपस्थित सर्वाधिक ज्वलंत सामाजिक व राजनैतिक समस्याओं तक सब-कुछ पर प्रकाश डालते हैं। ओशो की पुस्तकें लिखी नहीं गई हैं, वे अंतर्राष्ट्रीय श्रोताओं के समक्ष उनकी तत्क्षण दी गई ध्वनिमुद्रित ऑडियो/वीडियो वार्ताओं के संकलन हैं। जैसा कि वे कहते हैं: ''तो याद रहे, मैं जो भी कह रहा हूं वह केवल तुम्हारे लिए ही नहीं...मैं भविष्य की पीढ़ियों के लिए भी बोल रहा हूं।''

ओशो को लंदन के *दॅ संडे टाइम्स* ने ''बीसवीं सदी के १००० निर्माताओं'' में से एक कह कर वर्णित किया है। सुप्रसिद्ध अमरीकी लेखक टॉम राबिन्स ने ''जीसस क्राइस्ट के बाद सर्वाधिक खतरनाक व्यक्ति'' कह कर वर्णित किया है। भारत के *संडे मिड-डे* ने ओशो को गांधी, नेहरू और बुद्ध के साथ उन दस लोगों में चुना है जिन्होंने भारत का भाग्य बदल दिया।

अपने कार्य के बारे में ओशो ने कहा है कि वे एक नये मनुष्य के जन्म के लिए भूमि तैयार कर रहे हैं। इस नये मनुष्य को वे 'ज़ोरबा दि बुद्धा' कहते हैं - जो ज़ोरबा दॅ ग्रीक की तरह पृथ्वी के समस्त सुखों को भोगने की क्षमता रखता हो और गौतम बुद्ध की तरह प्रशांत सौम्यता में जीता हो। ओशो के हर आयाम में एक धारा की तरह बहता हुआ वह जीवन-दर्शन है जो पूरब की समयातीत प्रज्ञा और पश्चिम के विज्ञान और तकनीकी की सर्वोच्च संभावनाओं को एक साथ समाहित करता है। वे आंतरिक रूपांतरण के विज्ञान में क्रांतिकारी देशना के पर्याय हैं और ध्यान की उन विधियों के प्रस्तोता हैं जो आज के गतिशील जीवन को ध्यान में रख कर रची गई हैं।

अनूठे ओशो सक्रिय ध्यान इस तरह रचे गए हैं कि पहले शरीर और मन में एकत्रित तनावों का रेचन हो सके, जिससे रोजमर्रा के जीवन में सहज स्थिरता फलित हो व विचार-रहित दशा की प्रशांति अनुभव की जा सके।

ओशो की दो आत्मकथात्मक कृतियां:

ऑटोबायोग्राफी ऑफ ए स्प्रिचुअली इनकरेक्ट मिस्टिक, (सेंट मार्टिंस प्रेस, यू एस ए)
ग्लिम्प्सेस ऑफ ए गोल्डन चाइल्डहुड, (ओशो मीडिया इंटरनेशनल, पुणे, भारत)

ओशो इंटरनेशनल मेडिटेशन रिज़ॉर्ट

स्थान

मुंबई से सौ मील दक्षिणपूर्व में फलते-फूलते आधुनिक शहर पुणे में स्थित ओशो इंटरनेशनल मेडिटेशन रिज़ॉर्ट छुट्टियां बिताने का एक ऐसा स्थल है जो औरों से सर्वथा भिन्न है। वृक्षों की कतारों से घिरे आवासीय क्षेत्र में मेडिटेशन रिज़ॉर्ट २८ एकड़ के दर्शनीय बगीचों में फैला हुआ है।

अनूठापन

हर वर्ष मेडिटेशन रिज़ॉर्ट १०० से भी अधिक देशों से आने वाले हजारों मित्रों का स्वागत करता है। रिज़ॉर्ट का अनूठा परिसर अधिक होशपूर्ण, विश्रांत, उत्सवमय व सृजनात्मक जीवन जीने के एक नये ढंग का प्रत्यक्ष अनुभव करने के लिए अवसर प्रदान करता है। चौबीसों घंटे और पूरे वर्ष चलने वाले कार्यक्रमों का भव्य, विविधतापूर्ण चुनाव उपलब्ध है - कुछ भी न करना व केवल विश्राम उनमें से एक है!

यहां के सभी कार्यक्रमों की पृष्ठभूमि में ओशो की 'ज़ोरबा दि बुद्धा' की अंतर्दृष्टि निहित है जो गुणात्मक रूप से एक नये ढंग का मनुष्य है जो दैनंदिन जीवन को सृजनात्मक ढंग से जीने के साथ ही मौन और ध्यान में ठहर जाने की क्षमता रखता है।

विवरण

ध्यान

हर तरह के व्यक्ति के अनुरूप दिन भर चलने वाले ध्यान-कार्यक्रमों में सक्रिय और निष्क्रिय, परंपरागत और क्रांतिकारी, तथा खासकर ओशो डाइनैमिक मेडिटेशन जैसी ध्यान-विधियां उपलब्ध हैं। ये सभी ध्यान-विधियां विश्व के संभवतः सर्वाधिक भव्य व विशाल ध्यान-सभागार 'ओशो ऑडिटोरियम' में होती हैं।

मल्टीवर्सिटी

यहां होने वाले विभिन्न व्यक्तिगत सेशन, कोर्स और वर्कशॉप अपने आप में सृजनात्मक कला से लेकर समग्र स्वास्थ्य तक, व्यक्तिगत रूपांतरण, संबंध एवं जीवन-अग्रसरण, कार्य-ध्यान, गुह्य-विज्ञान, तथा खेलों व मनोरंजन में "झेन" ढंग तक सब-कुछ समाहित करते हैं। मल्टीवर्सिटी की सफलता का राज इस तथ्य में है कि इसके समस्त कार्यक्रम ध्यान से जुड़े होते

हैं, जो इस समझ को बढ़ावा देता है कि मनुष्य केवल अंगों का जोड़ मात्र नहीं है, वरन उससे बढ़ कर बहुत कुछ है।

बाशो स्पा

वैभवमय बाशो स्पा में उपलब्ध है हरे-भरे पेड़ों व हरियाली भरे वातावरण के बीच खुली हवा में तैरने का आनंद विशालकाय स्विमिंग-पूल में। अनूठे ढंग से बनी विस्तृत ज़कूजी, सौना, जिम, टेनिस कोर्ट...मनमोहक सुंदर पृष्ठभूमि में उभर-उभर आते हैं।

भोजन

अलग-अलग ढंग के विभिन्न भोजन-स्थलों पर परोसे जाने वाले सुस्वादु व शाकाहारी पाश्चात्य, एशियायी व भारतीय भोजन में मेडिटेशन रिज़ॉर्ट के लिए विशेष रूप से उगाई गई आर्गनिक सब्जियों का ही उपयोग होता है। ब्रेड और केक इत्यादि रिज़ॉर्ट की अपनी बेकरी में ही तैयार किए जाते हैं।

सांध्य गतिविधियां

चुनने के लिए सांध्य-गतिविधियों की लिस्ट लंबी है जिसमें नृत्य करना सबसे ऊपर है। अन्य गतिविधियों में तारों की छांव में फुलमून-ध्यान, वैरायटी शो, संगीत-कार्यक्रम तथा दैनिक जीवन के लिए ध्यान शामिल हैं।

इसके अलावा आप प्लाज़ा कैफे में मित्रों से मिलने-जुलने से लेकर रात की शांति से घिरे इस परीकथा जैसे वातावरण के बगीचों में चहलकदमी का आनंद ले सकते हैं।

सुविधाएं

आप प्रतिदिन उपयोग में आने वाली बुनियादी चीजें मेडिटेशन रिज़ॉर्ट पर गैलेरिया से खरीद सकते हैं। मल्टीमीडिया गैलरी में ओशो की सभी मीडिया सामग्री उपलब्ध है। बैंक, ट्रैवल एजेंसी तथा साइबर कैफे की सुविधाएं भी परिसर के भीतर ही उपलब्ध हैं। खरीददारी के शौकीन मित्रों के लिए पुणे में सभी चुनाव उपलब्ध हैं - परंपरागत भारतीय वस्तुओं से लेकर अंतर्राष्ट्रीय ब्रैंड्स के स्टोर्स तक।

आवास

आप ओशो गेस्टहाउस के सुरुचिपूर्ण कमरों में ठहरने का चुनाव कर सकते हैं। अगर आप लंबे समय तक रुकना चाहते हैं तो 'लिविंग-इन' कार्यक्रम के पैकेज भी चुन सकते हैं। इसके अतिरिक्त नजदीक ही बहुत प्रकार के होटल व सर्विस्ड अपार्टमेंट भी उपलब्ध हैं।

www.OSHO.com/meditationresort
www.OSHO.com/guesthouse
www.OSHO.com/livingin

ओशो का हिंदी साहित्य

उपनिषद
सर्वसार उपनिषद
कैवल्य उपनिषद
अध्यात्म उपनिषद
कठोपनिषद
ईशावास्य उपनिषद
निर्वाण उपनिषद
आत्म-पूजा उपनिषद
केनोपनिषद

कृष्ण
गीता-दर्शन (आठ भागों में अठारह अध्याय)
कृष्ण-स्मृति

कबीर
सुनो भई साधो
- सुनो भई साधो
- कस्तूरी कुंडल बसै

कहै कबीर दीवाना
- कहै कबीर दीवाना
- मेरा मुझमें कुछ नहीं

कहै कबीर मैं पूरा पाया
- गूंगे केरी सरकरा
- कहै कबीर मैं पूरा पाया

न कानों सुना न आंखों देखा
- होनी होय सो होय (कबीर)
- अकथ कहानी प्रेम की (फरीद)

बुद्ध
एस धम्मो सनंतनो (बारह भागों में)

अष्टावक्र
अष्टावक्र महागीता (नौ भागों में)

महावीर
महावीर-वाणी (दो भागों में)
जिन-सूत्र (दो भागों में)
महावीर या महाविनाश
महावीर: मेरी दृष्टि में
ज्यों की त्यों धरि दीन्हीं चदरिया

लाओत्से
ताओ उपनिषद (छह भागों में)

च्वांगत्सु
संसार और मार्ग
सत्य असत

मीरा
मैंने राम रतन धन पायो
झुक आई बदरिया सावन की

जगजीवन
नाम सुमिर मन बावरे
अरी, मैं तो नाम के रंग छकी

दरिया
कानों सुनी सो झूठ सब
अमी झरत बिगसत कंवल

सुंदरदास
हरि बोलौ हरि बोल
ज्योति से ज्योति जले

धरमदास
जस पनिहार धरे सिर गागर
का सोवै दिन रैन

पलटू
अजहूं चेत गंवार
सपना यह संसार
काहे होत अधीर

दादू
सबै सयाने एक मत
पिव पिव लागी प्यास

मलूकदास
कन थोरे कांकर घने
रामदुवारे जो मरे

शांडिल्य
अथातो भक्ति जिज्ञासा (दो भागों में)

बाउल संत

प्रेम योग

आनंद योग

झेन, सूफी और उपनिषद की कहानियां

बिन बाती बिन तेल

सहज समाधि भली

दीया तले अंधेरा

मनुष्य होने की कला

सदगुरु समर्पण

उस पथ के पथिक

अंतर्यात्रा के पथ पर

बोध-कथा

मिट्टी के दीये

अन्य रहस्यदर्शी

भक्ति-सूत्र (नारद)

शिव-सूत्र (शिव)

भजगोविन्दम् मूढ़मते (आदिशंकराचार्य)

एक ओंकार सतनाम (नानक)

जगत तरैया भोर की (दयाबाई)

बिन घन परत फुहार (सहजोबाई)

नहीं सांझ नहीं भोर (चरणदास)

संतो, मगन भया मन मेरा (रज्जब)

कहै वाजिद पुकार (वाजिद)

मरौ हे जोगी मरौ (गोरख)

सहज-योग (सरहपा-तिलोपा)

बिरहिनी मंदिर दियना बार (यारी)

प्रेम-रंग-रस ओढ़ चदरिया (दूलन)

दरिया कहै सब्द निरबाना (दरियादास बिहारवाले)

हंसा तो मोती चुगैं (लाल)

गुरु-परताप साध की संगति (भीखा)

मन ही पूजा मन ही धूप (रैदास)

झरत दसहुं दिस मोती (गुलाल)

योग

पतंजलि: योग-सूत्र (पांच भागों में)

योग: नये आयाम

तंत्र

संभोग से समाधि की ओर

  संभोग से समाधि की ओर

  युवक और यौन

  क्रांति-सूत्र

तंत्र-सूत्र (पांच भागों में)

विचार-पत्र

क्रांति-बीज

पथ के प्रदीप

पत्र-संकलन

अंतर्वीणा

प्रेम की झील में अनुग्रह के फूल

ढाई आखर प्रेम का

पद घुंघरू बांध

प्रेम के फूल

प्रेम के स्वर

पाथेय

साधना-शिविर

साधना-पथ

  साधना-पथ

  अंतर्यात्रा

  प्रभु की पगडंडियां

मैं मृत्यु सिखाता हूं

जिन खोजा तिन पाइयां

समाधि के सप्त द्वार (ब्लावट्स्की)

साधना-सूत्र (मेबिल कॉलिन्स)

ध्यान-सूत्र

जीवन ही है प्रभु

असंभव क्रांति

रोम-रोम रस पीजिए

ध्यान दर्शन

ध्यान के कमल

नेति-नेति

  शून्य की नाव

  शून्य के पार

  सत्य की खोज

  संभावनाओं की आहट

साक्षी की साधना

  साक्षी की साधना

  साक्षी का बोध

समाधि कमल

जो घर बारे आपना

धर्म साधना के सूत्र
मैं कहता आंखन देखी
जीवन क्रांति के सूत्र
जीवन रहस्य
करुणा और क्रांति
विज्ञान, धर्म और कला
प्रभु मंदिर के द्वार पर
तमसो मा ज्योतिर्गमय
प्रेम है द्वार प्रभु का
अंतर की खोज
अमृत वर्षा
अमृत द्वार
एक नया द्वार
प्रेम गंगा
समुंद समाना बुंद में
सत्य की प्यास
शून्य समाधि
व्यस्त जीवन में ईश्वर की खोज
अज्ञात की ओर
धर्म और आनंद
जीवन-दर्शन
जीवन की खोज
क्या ईश्वर मर गया है
क्या मनुष्य एक यंत्र है
नानक दुखिया सब संसार
नये मनुष्य का धर्म
धर्म की यात्रा
स्वयं की सत्ता
सुख और शांति
नारी और क्रांति
सम्यक शिक्षा
शिक्षा में क्रांति
गहरे पानी पैठ
ज्योतिष विज्ञान
नव संन्यास क्या
सत्य का अन्वेषण
सत्य का दर्शन
घाट भुलाना बाट बिनु
पथ की खोज
जीवन अलोक
जीवन की कला
जीवन क्रांति की दिशा
जीवन गीत
मन का दर्पण
आंखों देखी सांच
आनंद की खोज
स्वर्णिम बचपन

ओशो के साहित्य के संबंध में समस्त जानकारी एवं ऑर्डर हेतु संपर्क सूत्र:
ओशो मीडिया इंटरनेशनल
17 कोरेगांव पार्क, पुणे-411001, महाराष्ट्र, इंडिया
Tel: +91 (20) 6601 9981
email: distribution@osho.net

ओशो के ऑडियो-वीडियो प्रवचन के संबंध में समस्त जानकारी एवं ऑर्डर हेतु संपर्क सूत्र:
ओशो मल्टीमीडिया एंड रिजॉर्ट्स प्रा. लि.
17 कोरेगांव पार्क, पुणे-411001, महाराष्ट्र, इंडिया
Tel: +91 (20) 6601 9981
email: distribution@osho.net

ओशो की पुस्तकें उनके द्वारा श्रोताओं के समक्ष दिए गए तात्कालिक प्रवचनों से अभिलिखित हैं। सभी ओशो प्रवचन संपूर्ण रूप से पुस्तकों में प्रकाशित हुए हैं और ऑडियो रिकॉर्डिंग के रूप में भी उपलब्ध हैं। ऑडियो रिकॉर्डिंग व संपूर्ण लिखित संग्रह के बारे में जानकारी www.OSHO.com/library से प्राप्त की जा सकती है।

अधिक जानकारी के लिए :

अभी बहुत समय नहीं हुआ जब वेबसाइटें ही संपूर्ण जानकारी का एकमात्र स्रोत हुआ करती थीं तथा सोशल नेटवर्किंग साइटें केवल किशोर-किशोरियों व कॉलेज के छात्र-छात्राओं की व्यक्तिगत अभिरुचियों के आदान-प्रदान का वाहन भर होती थीं। समय बदल गया है और साथ ही हम भी -

ओशो की अद्वितीय वाणी को अब आप विभिन्न भाषाओं व प्रारूपों में निम्नलिखित ऑनलाइन वेबसाइटों पर पा सकते हैं :

आधिकारिक वेबसाइट: www.OSHO.com

हिंदी भाषा के लिए देखें: www.OSHO.com/hindi

अपने मनपसंद विषय को ओशो लाइब्रेरी में ढूंढने के लिए देखें (हिंदी में भी उपलब्ध):
www.OSHO.com/library
www.OSHO.com/library-hindi

संपूर्ण ओशो ध्यान-विधियों व उससे संबंधित संगीत के लिए देखें: www.OSHO.com/Meditation

ओशो का संपूर्ण हिंदी-अंग्रेजी साहित्य व ई-बुक्स के लिए देखें: www.OSHO.com/shop
www.OSHO.com/shop-hindi
www.OSHO.com/ebooks

ओशो के ऑडियो प्रवचन MP3 व अन्य प्रारूप के लिए देखें:
www.OSHO.com/hindiAudiobooks

ओशो इंटरनेशनल मेडिटेशन रिज़ॉर्ट आने की योजना बनाने के लिए देखें:
www.OSHO.com/MeditationResort

ओशो इंटरनेशनल न्यूज़लेटर की निःशुल्क सदस्यता की सुविधा के लिए देखें:
www.OSHO.com/newsletters
www.OSHO.com/hindinewsletters

ओशो टैरो कार्ड ऑनलाइन रीडिंग के लिए देखें: www.OSHO.com/tarot

ओशो-वाणी को अपनी स्थानीय भाषा में उपलब्ध कराने के लिए आप पंजीकृत करके ओशो-वाणी को लिपिबद्ध अथवा अनुवादित कर सकते हैं : www.OSHOtalks.info

ओशो हिंदी रेडियो के लिए देखें: radiohindi.OSHO.com

यहां होने वाले कार्यक्रमों, उत्सवों, मीडिया विज्ञप्तियों व सूक्तियों की हर दिन की जानकारी प्राप्त करने के लिए देखें: www.facebook.com/OSHO.International

मल्टीविर्सिटी कार्यक्रमों की नवीनतम जानकारी के लिए देखें:
www.facebook.com/OSHO.International.Meditation.Resort

ओशो वीडियो चैनल से कहीं भी, कभी भी जुड़िए:
www.youtube.com/OSHO.International

अपनी सुबह की शुरुआत ओशो के संदेश के साथ कीजिए: www.twitter.com/OSHOtimes

कृपया इन साइटों पर रजिस्टर व ब्राउज़ करने के लिए कुछ क्षण निकालें, क्योंकि ये साइटें आपको ओशो के बारे में विस्तृत जानकारी उपलब्ध करवाती हैं।

इसके अतिरिक्त आप और भी अधिक रोचक व मौजपूर्ण ढंग खोज ले सकते हैं जिनके द्वारा ओशो को विश्व भर में उपलब्ध कराया जा सकता है।